HEYNE
BÜCHER

Von der gleichen Autorin erschienen außerdem als Heyne-Taschenbücher

Der Efeubaum · Band 01/372
Begegnung in Delphi · Band 01/447
Das Jahr auf Valmy · Band 01/446
Die Bucht der Delphine · Band 01/629
Schatten im Nebel · Band 01/708
Die Geisterhunde · Band 01/817
Delphin über schwarzem Grund · Band 01/878
Rubin mit kalten Augen · Band 01/920
Reise in die Gefahr · Band 01/957
Flammender Kristall · Band 01/5035
Frau im Zauberfeuer · Band 01/5075
Rühr nicht die Katze an · Band 01/5703

MARY STEWART

DER ERBE

Roman

WILHELM HEYNE VERLAG
MÜNCHEN

HEYNE-BUCH Nr. 01/5336
im Wilhelm Heyne Verlag, München

Titel der englischen Originalausgabe
THE HOLLOW HILLS
Deutsche Übersetzung von Günter Panske

9. Auflage

Genehmigte, ungekürzte Taschenbuchausgabe

Deutsche Erstausgabe 1974

Printed in Germany 1984
Umschlagfoto: C. A. M. Thole, Mailand
Umschlaggestaltung: Atelier Heinrichs, München
Gesamtherstellung: Presse-Druck Augsburg

ISBN 3-453-00713-1

In Erinnerung
an meinen Vater

Es ward ein Knabe geboren,
Ein Winterkönig.
Vor dem schwarzen Monat
Ward er geboren
Und floh in den dunklen Monat,
Um Obdach zu finden
Bei den Armen.

Er wird kommen
Mit dem Frühling
Im grünen Monat
Und goldenen Monat,
Und hell
Wird sein das Leuchten
Seines Sterns.

M. S.

INHALT

1. BUCH
DAS WARTEN

1

Irgendwo hoch oben sang eine Lerche. Licht traf meine Augenlider und mit dem Licht auch das Lied, wie der ferne Tanz von Wasser. Ich schlug die Augen auf. Über mir wölbte sich der Himmel, in dessen Helle und flutendem Frühlingsblau der kleine Sänger sich irgendwo verlor. Überall schwebte ein süßer Geruch wie von Nüssen, der mich an Gold und Kerzenflammen denken ließ und auch an junge Liebespaare. Doch dann, weniger süß duftend, bewegte sich etwas neben mir, und eine rauhe junge Stimme sagte: »Sir?«

Ich drehte den Kopf. Neben mir kniete ein Knabe. Er mochte etwa zwölf Jahre alt sein: sehr schmutzig, wirr verklebtes Haar, braunes Gewand; sein Mantel, aus zusammengenähten Fellen, war an vielen Stellen geflickt. Auch ohne den beklemmenden Geruch, den er ausströmte, war zu erkennen, welcher Beschäftigung er nachging, denn rund um uns graste eine Ziegenherde.

Als er meine Kopfbewegung gewahrte, erhob er sich rasch und wich ein Stück zurück. Vorsichtig und hoffnungsvoll zugleich spähte er durch herabhängendes Haargeflecht zu mir. Offensichtlich hatte er mich also noch nicht ausgeraubt. Ich blickte auf den schweren Stock in seiner Hand und fragte mich, von Schmerzen immer noch wie gelähmt, ob ich mich in meinem jetzigen Zustand selbst gegen einen solchen Knaben würde wehren können. Doch seine Gedanken schienen nicht auf Raub gerichtet. Augenscheinlich erhoffte er sich eine Belohnung; denn seine Hand wies auf irgend etwas hinter den Büschen. »Ich habe Euer Pferd für Euch eingefangen und dort drüben angebunden. Ich hielt Euch für tot.«

Behutsam stützte ich mich auf einen Ellbogen. Der Tag war von beschwingter Klarheit, und die Blüten des Stechginsters glichen aufsteigenden Weihrauchwolken. Meine Schmerzen milderten sich allmählich, und gleichzeitig kehrte die Erinnerung zurück.

»Seid Ihr arg verwundet?«

»Nein, nicht so schlimm, bis auf meine Hand. Aber das wird schon wieder werden. Du hast also mein Pferd eingefangen? Hast du auch meinen Sturz gesehen?«

»Ja. Ich stand dort drüben.« Er streckte wieder die Hand aus. Hinter dem Stechginster erhob sich der Hügel und wurde zu einer kahlen, glatten Kuppe, auf der nur graues Felsgestein und hartes Dornengestrüpp zu sehen war. In der Ferne dehnte sich die endlose Weite des Himmels, eine leere Fläche, die vom Meer kündete. »Ich sah, wie Ihr langsam von der Küste her das Tal heraufgeritten kamt, und dachte sofort, daß mit Euch irgend etwas nicht stimmte. Entweder wart Ihr krank oder aber vor lauter Übermüdung eingeschlafen. Und dann trat Euer Roß fehl, und Ihr wurdet herabgeschleudert. Ihr liegt noch nicht lange hier. Ich bin sofort zu Euch geeilt.«

Erschrocken brach er ab. Ich saß jetzt, auf den linken Arm gestützt, und legte die verletzte rechte Hand auf den Oberschenkel. Sie war unförmig angeschwollen, eine verkrustete Masse, durch die frisches Blut sickerte. Beim Sturz war die Wunde offenbar wieder aufgebrochen. Nur gut, daß die Bewußtlosigkeit mir die ärgsten Schmerzen erspart hatte. Jetzt kehrten sie, wenn auch abgeschwächt, in Wellen zurück, ein stetes Pulsen, das der Brandung des Meeres glich. Doch mein Kopf fühlte sich zunehmend klarer, wenngleich er vom Sturz noch ein wenig schmerzte.

»Heilige Mutter Gottes!« sagte der Knabe entsetzt. »Eure Hand — das kann doch nicht von dem Sturz gekommen sein.«

»Nein. Das stammt von einem Kampf.«

»Aber Ihr habt kein Schwert.«

»Das ist mir verlorengegangen. Doch das macht nichts. Noch besitze ich meinen Dolch, den ich auch mit der linken Hand zu gebrauchen weiß. Nein, keine Angst, du hast nichts zu fürchten. Hilf mir jetzt auf mein Pferd, damit ich weiterreiten kann.«

Ich raffte mich hoch und stützte mich auf seinen Arm. Auf der anderen Seite, hinter dem Stechginster, fiel der Hügel steil ab. Hier und dort standen vereinzelt Bäume, vom Seewind zu bizarren Gestalten verformt. Überall zeigten sich Spuren von Schafen und Ziegen. Der Hang bildete eine Seite eines engen, gewundenen Tals, in dessen Tiefe, zwischen Felsbrocken hindurch, ein Sturzbach schäumte. Etwa eine Meile weiter, das wußte ich, erstreckte sich hinter einem Horizont aus Wintergras die blaue See, die vom Land durch hohe Klippen getrennt war. Und zur rechten Hand, verschwindend klein aus dieser Entfernung, erhob sich eine Reihe von Türmen.

Es war die Burg von Tintagel, die Feste der Herzöge von Cornwall: unüberwindliches Bollwerk auf starkem Fels, das nur auf eine Weise zu überwältigen war — durch List und Verrat von innen.

In der vergangenen Nacht hatte ich beides zu gebrauchen gewußt.

Ein Frösteln lief mir über die Haut. Gestern im Dunkel, in der pechschwarzen Finsternis des Sturms, hatten dort Götter und Schicksal gewaltet, unnennbare Mächte, die seit langem alles auf ein bestimmtes Ziel hinlenkten, auf das mir, von Zeit zu Zeit, ein flüchtiger Blick zuteil geworden war. Ich, Merlin, Sohn des Ambrosius, den die Menschen als Seher und Propheten fürchteten, hatte in der vergangenen Nacht Gott als bloßes Werkzeug gedient.

Ich besaß das, was man die Gnade des Blicks nennt, und auch jene eigentümliche Kraft, die man allgemein für Zauber hält. Und gestern nacht hatten sich diese Gaben auf einen klar umrissenen Zweck gerichtet: Aus jener entlegenen und vom Land fast abgetrennten Feste dort würde eines Tages der König kommen, der Britannien von seinen Feinden befreien konnte — von den immer wieder anbrandenden Wogen der Sachsen, die im Land tiefen Schrekken verbreiteten. Dies hatte ich in den Sternen gesehen und im Wind gehört; und von meinen Göttern wußte ich, daß es meine Aufgabe war, eben dies zustande zu bringen: Für nichts anderes war ich geboren worden.

Ja, wenn mich die Gunst der Götter nicht verlassen hatte, so war es jetzt gezeugt, das Kind, das einmal König und Befreier werden sollte. Doch nicht weniger als vier Männer hatte dies das Leben gekostet: nichts Besonderes in der sturmdurchtobten Nacht, in der hoch oben der Drachenstern glühte und überall Götter und Geister zu lauern schienen. Aber nun, in der Stille des Morgens danach, was blieb wohl von allem? Ein junger Mann mit einer verletzten Hand; ein König, der seine Begierde gesättigt hatte; und eine Frau, deren Schwangerschaft gerade begann.

Jetzt war es Zeit, sich der Toten zu erinnern.

Der Hirtenknabe brachte mir mein Pferd. Aus neugierigen Augen starrte er mich an.

»Wie lange bist du schon mit deinen Ziegen hier?« fragte ich ihn.

»Einen Sonnenaufgang und noch einen.«

»Was hast du gestern nacht gesehen oder gehört?«

In seinem Blick zeigte sich plötzlich Furcht. Hastig drehte er den Kopf zur Seite und spähte, über die Ginsterbüsche hinweg, zu einem fernen Punkt. Sein Gesicht wirkte völlig ausdruckslos. »Ich weiß nicht, Herr. Nichts. Jedenfalls habe ich es vergessen.«

Ich lehnte mich gegen mein Pferd und faßte ihn schärfer ins Auge. Wie oft in meinem Leben hatte ich diese maskenhafte und einfältige Miene schon gesehen? Sie war der einzige Schutzschild der Armen.

Ich sagte leise: »Was immer gestern nacht auch geschehen sein mag — du sollst es nicht vergessen. Im Gegenteil. Fürchte nichts. Und sage mir jetzt, was du gesehen hast.«

Er musterte mich schweigend. Sehr vertrauenerweckend konnte mein Anblick kaum für ihn sein: ein hochgewachsener junger Mann mit blutiger Hand; ohne Umhang und mit zerrissenem und verflecktem Gewand; vor Erschöpfung und Schmerzen aschgraues Gesicht.

Dennoch schien er Mut zu fassen, denn plötzlich nickte er und begann zu sprechen.

»Gestern nacht in der tiefen Dunkelheit hörte ich das Getrappel von Pferdehufen. Vier insgesamt, glaube ich. Doch erkennen konnte ich nichts. Am frühen Morgen dann folgten noch zwei, in schnellem Trab. Ich nahm an, daß die Reiter alle zur Burg wollten, doch von meinem Platz auf den Felsen oben sah ich weder beim Wachhaus noch auf den Klippen oder auf der Brücke, die zum Haupttor führt, irgendeine Fackel. Im Morgengrauen kamen schließlich, von der Küste unterhalb des Burgfelsens, zwei Reiter zurück.« Er zögerte einen Augenblick. »Und dann Ihr, Herr.«

Ich sagte langsam und eindringlich: »Höre mir zu, und ich will dir sagen, wer die Reiter waren. Gestern nacht in der Dunkelheit ritt König Uther Pendagron diesen Weg, begleitet von mir und zwei anderen. Er ritt nach Tintagel, mied jedoch sowohl das Wachhaus wie auch die Brücke. Statt dessen ritt er das Tal zur Küste hinab, klomm dann den geheimen Pfad hinauf und drang durch die Ausfallpforte in die Burg ein. Warum schüttelst du den Kopf? Glaubst du mir nicht?«

»Herr, jedermann weiß, daß der König und der Herzog Streit miteinander hatten. Selbst wenn König Uther die Ausfallpforte gefunden hätte — er wäre niemals eingelassen worden.«

»O doch. Es war die Herzogin Ygraine persönlich, die den König auf Tintagel empfing.«

»Aber ...«

»Warte«, sagte ich. »Du sollst erfahren, wie es geschah. Durch Zauberkunst ähnelte der König dem Herzog und glichen seine Begleiter den Freunden des Herzogs. Daher glaubten die Männer, die sie in die Burg einließen, Herzog Gorlois mit Brithael und Jordan vor sich zu haben.«

Sein Gesicht, unter verkrustetem Schmutz, wurde blaß. Für ihn, wie für die meisten Bewohner dieses wilden und geheimnisvollen Landes, war mein Bericht von Zauberbann und Hexerei durchaus nichts Ungewöhnliches.

Er schluckte und stammelte dann: »Der König ... der König war gestern nacht in der Burg bei der Herzogin?«

»Ja. Und das Kind wird das Kind des Königs sein.«

Er schwieg lange und fuhr sich dann mit der Zunge über die Lippen. »Aber ... wenn der Herzog davon erfährt ...«

»Er wird nichts erfahren«, sagte ich. »Er ist tot.«

Er preßte die Fingerknöchel gegen die Zähne. Sein Blick glitt hastig von meiner verletzten Hand zu den Blutflecken auf meinen Kleidern und von dort zu meiner leeren Scheide. Einen Augenblick lang schien es, als wollte er davonlaufen. Doch selbst das wagte er offenbar nicht.

Atemlos stieß er hervor: »Ihr habt ihn getötet? Ihr habt unseren Herzog getötet?«

»Aber nein. Weder der König noch ich selbst wünschten ihm den Tod. Der Herzog fiel in der Schlacht. Ohne zu wissen, daß König Uther bereits heimlich nach Tintagel aufgebrochen war, unternahm Herzog Gorlois gestern abend aus seiner Feste Dimilioc einen Ausfall gegen das Heer des Königs — und verlor dabei das Leben.«

Er schien mir kaum zuzuhören. Stockend sagte er: »Aber die beiden Männer, die ich heute morgen sah ... das war der Herzog, der von Tintagel kam, in Begleitung von Jordan. Glaubt Ihr etwa, daß ich Herzog Gorlois nicht kenne?«

»Das mag schon sein. Trotzdem hast du dich geirrt. Die beiden Männer waren der König und sein Diener Ulfin. Kein Wunder, daß auch du getäuscht wurdest. Es war ja Zauberei im Spiel.«

Er trat einen Schritt zurück. »Woher wißt Ihr das alles? Und habt Ihr nicht gesagt, Ihr wärt bei ihnen gewesen? Wer ... wer seid Ihr denn?«

»Ich bin Merlin, der Neffe des Königs. Man nennt mich Merlin den Zauberer.«

Er wich weiter zurück. Während seine Augen flink einen Fluchtweg suchten, streckte ich ihm die Hand entgegen.

»Du brauchst vor mir keine Angst zu haben. Sei jetzt vernünftig und nimm das hier. Gold hat noch niemandem geschadet. Es ist der Lohn dafür, daß du mein Pferd eingefangen hast. Hilf mir jetzt hinauf, damit ich meinen Weg fortsetzen kann.«

Zögernd machte er einen halben Schritt auf mich zu und blieb dann plötzlich stehen. Mit einem Ruck fuhr sein Kopf nach hinten herum. Die Ziegen hörten auf zu grasen und äugten mit gespitzten Ohren in die gleiche Richtung.

Und dann vernahm auch ich es: das Getrappel von Hufen.

Sofort griff ich mit der gesunden Hand nach den Zügeln meines Pferdes. Doch wenn ich gehofft hatte, daß der junge Hirt, vom reichen Lohn verlockt, an meiner Seite bleiben würde, so sah ich mich getäuscht; denn schon nahm er, seine Ziegen vor sich hertreibend, in wilder Hast Reißaus. Und als ich hinter ihm herrief, wandte er nur kurz den Kopf und hob rasch das Goldstück auf, das ich ihm als Köder nachwarf. Dann war er, inmitten seiner Ziegen, hangaufwärts entschwunden.

Wieder fielen die Schmerzen über mich her, stachen herauf von der Hand und von den geschundenen Rippen. Überall auf meinem Körper begann Schweiß auszubrechen. Die Klarheit des Frühlingstages tauchte schwankend in ein Gespinst aus Nebel. In meinen Knochen, wie im Gleichklang mit dem pulsenden Schmerz, schien das Stampfen der nahenden Hufe zu hämmern. Ich lehnte mich gegen den Sattel meines Pferdes und wartete.

Es war der König, der wieder nach Tintagel ritt, an der Spitze einer Reiterschar; und diesmal bei Tageslicht und auf das Haupttor zu. In raschem Galopp kamen sie über den grasbewachsenen Pfad von Dimilioc her, vier Mann jeweils nebeneinander. Über Uther gleißte, Rot auf Gold, das Drachenbanner im Sonnenschein. Der König war wieder er selbst. Keine Spur mehr von der gestrigen Verkleidung. Das Zeichen des Königs auf seinem Helm glitzerte hell. Sein scharlachroter Umhang bauschte sich hinter ihm über den glänzenden Flanken seines Braunen. Sein Gesicht wirkte ruhig und entschlossen. Er ritt nach Tintagel, und Tintagel und alles, was sich innerhalb der Burgmauern befand, gehörte jetzt ihm, ihm allein. Er hatte sein Ziel erreicht.

Erschöpft gegen mein Pferd gestützt, beobachtete ich die Schar, bis sie mit mir auf gleicher Höhe war.

Natürlich hatte Uther mich längst bemerkt, doch er würdigte mich keines Blickes. Desto neugieriger musterten mich die Männer hinter ihm. Gewiß konnten sie sich denken, was in der vergangenen Nacht auf Tintagel geschehen war und welche Rolle ich dabei gespielt hatte. Vielleicht erwarteten die schlichteren Gemüter unter ihnen, daß Uther mir für meine Hilfe Dank und Anerkennung zollen würde. Doch ich, der ich mein Leben lang mit Königen Umgang gehabt hatte, wußte es besser. Zum Dank gesellte sich der Tadel, und der Tadel kam zuerst, damit keine Spur davon am König haftenblieb. Uther begriff nicht und wollte wohl auch nicht begreifen, daß es auch mir unmöglich gewesen war, Herzog Gorlois' Tod vorauszusehen: den Tod auf dem Schlachtfeld, während Uther selbst bei der Herzogin lag — diese grimmige Ironie hatten sich die lächelnden Götter nicht nehmen lassen, bewiesen sie damit doch, daß die Sterblichen in ihren Händen nichts als Puppen waren.

Nein, Uther, im allgemeinen gleichgültig gegenüber den höheren Mächten, verstand das nicht. Nach seiner festen Überzeugung hätte ein weiterer Tag Wartezeit genügt, um seinen Willen nicht heimlich, sondern offen und in allen Ehren durchzusetzen. Sein Zorn auf mich war echt. Doch wie dem auch immer sein mochte und egal, wie er über des Herzogs Tod dachte (jetzt stand seiner Vermählung mit Ygraine ja nichts mehr im Wege), vor den Augen der Welt mußte er Zerknirschung zeigen. Und als sichtbares Zeichen seiner Reue war ich gerade das geeignete Opfer.

Einer der Offiziere, Caius Valerius, der an des Königs Seite ritt, beugte sich vor und sagte etwas. Aber Uther schien nichts zu hören. Valerius sah ihn erstaunt an, blickte dann mit einem Schulterzucken zu mir und grüßte flüchtig. Die Schar entschwand.

Und während das Pochen der Hufe zum Meer hin immer gedämpfter herüberklang, brach hoch oben auch das Lied der Lerche plötzlich ab.

Nicht weit von mir ragte ein mannshoher Felsblock auf. Ich führte mein Pferd darauf zu, und irgendwie gelang es mir, mich von oben in den Sattel zu schwingen. In nordöstlicher Richtung trug mich das Tier auf Dimilioc zu, wo das Heer des Königs lagerte.

2

Wie ich das Lager erreichte, weiß ich nicht mehr. Aber als ich dann, Stunden später, wieder emportauchte aus dem Meer von Müdigkeit und Schmerz, befand ich mich irgendwo in einem Bett.

Offenbar war es schon Abend, denn nur flüchtiger Schein von

flackernden Kerzen und von offenem Feuer umgab mich: eigentümliche Farbtupfer und Farbstreifen, von Schatten halb erstickt; und dazu der Geruch von brennendem Holz und, in der Ferne, das Geräusch plätschernden Wassers.

»Mehr läßt sich im Augenblick nicht tun. Außer der Hand haben die Rippen am meisten abbekommen. Aber sie sind nur angebrochen und werden bald wieder heilen.«

Die Stimme kam mir irgendwie bekannt vor. Aber auch so verriet mir der feste und doch schmiegsame Sitz der frischen Verbände, daß der Mann, der da sprach, ein Arzt sein mußte, und ein erfahrener dazu. Ich versuchte die Augen zu öffnen, doch die Lider waren wie Blei und von Schweiß und Blut verklebt. Süßer Geruch hing in der Luft. Benommen dachte ich: Wahrscheinlich haben sie mir, bevor sie mir die Hand verbanden, Mohn gegeben oder mich mit Rauch betäubt. Doch das Denken fiel mir schwer, und so ließ ich mich wieder dahintreiben durch dunkle Fluten. Über das nachtschwarze Wasser hallten leise Stimmen herüber.

»Hör auf zu starren und bring die Schale her. Hab keine Angst, er kann dir in seinem Zustand nichts antun.« Das war wieder die Stimme des Arztes.

»Aber man hat schon so viele Geschichten über ihn gehört.«

Die beiden Männer sprachen lateinisch. Die zweite Stimme klang fremdartig. Nein, nicht germanisch, auch nicht vom Mittelmeer. Aus Kleinasien vielleicht oder sogar aus Arabien? Obwohl ich von Kind auf mit vielen Sprachen und Dialekten vertraut war, fehlte mir für diesen Akzent jeder Anhaltspunkt.

Die geschickten Finger drehten sacht meinen Kopf und strichen mir das Haar zurück, um die Schwellungen mit einem Schwamm zu kühlen. »Hast du ihn nie zuvor gesehen?«

»Nein. So jung hatte ich ihn mir nicht vorgestellt.«

»So jung ist er nicht mehr. Er muß jetzt etwa zweiundzwanzig sein.«

»Ja, aber wieviel hat er in seinem Leben schon geleistet! Es heißt, daß sein Vater, der Hohe König Ambrosius, in den letzten ein oder zwei Jahren nie einen Schritt unternahm, ohne ihn vorher um Rat zu fragen. Außerdem sagt man, er könne in einer Kerzenflamme die Zukunft sehen und eine Schlacht gewinnen, obwohl er sich eine Meile entfernt auf einer Hügelspitze befindet.«

»Es gibt wohl nichts, was man sich nicht über ihn erzählt«, sagte der Arzt trocken. Woher kenne ich die Stimme nur? dachte ich. Aus der Bretagne? Ja, dort muß es gewesen sein. Das glatte Latein hatte einen Beiklang, an den ich mich sehr wohl erinnerte, ohne zu wissen, wohin er gehörte. »Es stimmt jedenfalls, daß Ambrosius auf seinen Rat großen Wert legte.«

»Ist es denn wahr, daß er den ›Hünentanz‹ bei Amesbury wiedererrichtete — die sogenannten Hängenden Steine?«

»Ja, das ist wahr. Als junger Bursche beim Heer seines Vaters in der Bretagne studierte er das Ingenieurwesen. Ich erinnere mich noch, wie er mit Tremorinus, dem Hauptingenieur, über das Aufrichten der Hängenden Steine sprach. Aber das war nicht das einzige, was er studierte. Auch über Medizin wußte er schon damals mehr als die meisten Ärzte mit jahrelanger Erfahrung. In einem Feldlazarett hätte ich niemand lieber zur Seite als ihn. Aber er verkriecht sich in jenem gottverlassenen Winkel in Wales — und ich kann mir auch denken, warum. Er und König Uther haben sich nie sehr gut verstanden. Uther soll auf ihn eifersüchtig gewesen sein, weil Ambrosius Merlin unverkennbar bevorzugte. Nach seines Vaters Tod zog sich Merlin völlig zurück — bis zu dieser Sache mit Uther und der Herzogin Ygraine, Gorlois' Gemahlin. Aber das scheint ihm nur Ärger eingetragen zu haben ... Hierher mit der Schale, während ich sein Gesicht säubere. Ja, dort ... da steht sie gut.«

»Das sieht ja wie eine Schwertwunde aus.«

»Nur ein leichter Kratzer von der Spitze. Sieht mit dem vielen Blut schlimmer aus, als es in Wirklichkeit ist. Nur eine Daumenbreite weiter, und es hätte sein Auge erwischt. Gut, jetzt ist es sauber genug. Nicht einmal eine Narbe wird zurückbleiben.«

»Er ist so blaß, als ob ... Bist du sicher, Gandar, daß er wieder gesund werden wird?«

»Aber natürlich.« Trotz meiner halben Betäubung erkannte ich, daß die Versicherung aufrichtig gemeint war. »Von den Rippen und der Hand abgesehen, handelt es sich um sehr leichte Verletzungen. Was er jetzt am nötigsten braucht, ist Schlaf. Reich mir bitte die Salbe. In dem grünen Topf dort drüben.«

Angenehm kühl strich es über meine verletzte Wange. Der Geruch von Baldrian. Erinnerungen stiegen auf und führten mich zurück zum Moos am Flußufer, wo glitzernd das Wasser sprudelte und ich mich bückte, um Springkraut und Kapuzinerkresse zu sammeln ...

Aber nein, das Plätschern kam von der anderen Seite des Raums. Der Arzt war mit der Behandlung fertig und wusch sich jetzt die Hände. Die beiden Stimmen klangen weiter entfernt.

»Er ist also Ambrosius' Bastard, wie?« fragte der Fremde neugierig. »Wer war seine Mutter?«

»Eine Königstochter aus Südwales, von Maridunum in Dyfed. Von ihr soll er auch haben, was man allgemein den ›Blick‹ nennt. Nicht jedoch sein Aussehen. Darin gleicht er dem verstorbenen König mehr als dessen Bruder Uther. Die gleiche Tönung der Haut, die gleichen schwarzen Augen, das gleiche schwarze Haar. Ich erinnere mich noch genau, wie er damals in der Bretagne als Knabe auf mich wirkte: wie eines dieser Wesen aus den hohlen Hügeln; sprach auch so — falls er überhaupt sprach. Durch seine ruhige Art wird man leicht getäuscht. Glaub mir, in ihm ist viel mehr als bloßes Bücherwissen und Glück und Geschick. Es steckt Macht dahinter, wirkliche Macht.«

»Dann sind die Geschichten also wahr?«

»Ja, die Geschichten sind wahr«, erwiderte Gandar. »Im übrigen braucht er unsere Hilfe im Augenblick nicht. Er ist gut versorgt, und wir können ihn jetzt allein lassen. Du solltest am besten ein wenig schlafen. Ich werde selbst noch einmal nach ihm sehen, bevor ich mich hinlege. Gute Nacht.«

Die Stimmen verklangen. In der Dunkelheit kamen und gingen dann andere Stimmen, doch sie stammten nicht von Menschen aus Fleisch und Blut, sondern von den Wesen der Luft. Vielleicht hätte ich wach bleiben sollen, um zu warten und zu lauschen, aber mir fehlte der Mut dazu. Und so langte ich nach dem Schlaf wie nach einer warmen Wolldecke, in die ich mich hüllte, um alle Schmerzen und alle Gedanken von mir abzuhalten.

Als ich wieder die Augen öffnete, war es immer noch dunkel. Nur sanftes Kerzenlicht schimmerte von irgendwoher. Ich befand mich in einer kleinen Kammer, deren rauhe Wände, früher offenbar einmal bunt bemalt, jetzt vernachlässigt wirkten. Sauber war der Raum jedoch. Fleißige Hände hatten den Schieferboden sorgfältig geschrubbt, und das Linnen, auf dem ich lag, roch frisch.

Die Tür ging auf, und ein Mann trat ein. Gegen den helleren Schein, der von draußen einfiel, erkannte ich zunächst nur seine Umrisse: mittelgroß, breitschultrig, kräftig gebaut; langes, einfaches Gewand, runde Kopfbedeckung. Doch als er dann näher trat, dichter zum Kerzenlicht, sah ich, daß es Gandar war, der oberste Arzt im Heer des Königs.

Lächelnd beugte er sich über mich.

»Es wird aber auch Zeit.«

»Gandar! Schön, dich zu sehen. Wie lange habe ich geschlafen?«

»Gestern nacht und auch am Tage. Jetzt ist es schon wieder Mitternacht vorbei. Aber den Schlaf hattest du bitter nötig. Als man dich zu mir brachte, sahst du aus wie der Tod. Deine Bewußtlosigkeit hat mir die Arbeit allerdings sehr erleichtert.«

Ich warf einen Blick auf meine Hand, die, sauber verbunden, vor mir auf der Bettdecke lag. Mein Körper, von Bandagen umhüllt, war steif und wund, doch der wütende Schmerz war abgeklungen, und nur ein dumpfes Stechen blieb noch zurück. In meinem geschwollenen Mund spürte ich auch jetzt noch den Geschmack von Blut, vermischt mit den süßlichen Resten der Droge, die man mir gegeben hatte. Doch der heftige Druck im Kopf war verschwunden, auch meine Gesichtsverletzung tat nicht mehr weh.

»Ich bin sehr froh, daß du zur Stelle warst«, sagte ich und bewegte sacht die verbundene Hand. »Werde ich meine Glieder wieder richtig gebrauchen können?«

»Aber gewiß. Du bist ja jung, und soweit ich das sehen kann, heilen deine Wunden ausgezeichnet. Drei Knochen sind gebrochen, doch ich bin sicher, daß es mir gelungen ist, die Wunden ordentlich zu säubern.« Er sah mich neugierig an. »Man könnte fast glauben, du wärst unter die Hufe eines wildgewordenen Gauls geraten. Aber deine Gesichtsverletzung, die stammt gewiß von einem Schwert, nicht wahr?«

»Ja. Ich hatte einen Kampf.«

Er runzelte die Stirn. »Nun, wenn das ein Kampf war, dann scheint man sich dabei nicht an die üblichen Regeln gehalten zu haben. Sag mir doch — nein, noch nicht. Wie alle hier brenne ich zwar darauf zu erfahren, was eigentlich geschehen ist, aber du mußt zuerst essen.« Er trat zur Tür, und auf seinen Ruf erschien ein Diener mit einer Schüssel voll Suppe und etwas Brot. Das Kauen fiel mir schwer, doch die warme Flüssigkeit tat mir wohl. Gandar schob einen Schemel neben das Bett und wartete schweigend, bis ich fertig war. Dann nahm er mir die leere Schüssel aus der Hand und stellte sie auf den Fußboden.

»Fühlst du dich jetzt kräftig genug, um zu sprechen? Überall schwirren wilde Gerüchte umher. Daß Gorlois tot ist, hast du gewußt?«

»Ja.« Ich drehte den Kopf. »Ich nehme an, daß ich hier in Dimilioc bin. Hat sich die Festung nach dem Tod des Herzogs ergeben?«

»Sobald der König von Tintagel zurückkehrte, öffneten sie die Tore. Von dem Scharmützel und Gorlois' Tod wußte er bereits.

Offenbar machten sich Brithael und Jordan, die Männer des Herzogs, sofort auf, um Ygraine die traurige Nachricht zu überbringen. Aber das weißt du ja, da du selbst dort warst.« Er brach ab, schien zu stutzen. »Jetzt verstehe ich! Brithael und Jordan — sie sind mit dir und Uther zusammengestoßen.«

»Nicht mit Uther, nein. Ihn haben sie nicht zu Gesicht bekommen. Er befand sich noch bei der Herzogin, während ich und mein Diener Cadal — sicher erinnerst du dich noch an ihn — draußen die Türen bewachten. Cadal tötete Jordan, und ich tötete Brithael.« Ein flüchtiges Lächeln glitt über mein Gesicht, und ich spürte wieder die geschwollenen Lippen. »Ja, da starrst du mich an. Nun, Brithael war mir an reiner Körperkraft wohl unterlegen. Sicher fragst du dich, ob ich einen sauberen Kampf geführt habe.«

»Was ist mit Cadal?«

»Tot. Sonst hätte Brithael auch kaum eine Chance gehabt, an mich heranzukommen.«

»Verstehe.« Sein Blick glitt wieder über die Verbände, die meine Wunden bedeckten. Als er weitersprach, klang seine Stimme plötzlich spröde. »Vier Männer. Mit dir sogar fünf. Hoffentlich weiß der König diesen hohen Preis zu würdigen.«

»Ja, das weiß er«, sagte ich. »Oder wird es doch bald wissen.«

»Nun ja, *das* ist allgemein bekannt. Er braucht nur etwas Zeit, der Welt zu verkünden, daß er an Gorlois' Tod unschuldig ist, und den Herzog mit allen Ehren zu bestatten — dann wird er Ygraine heiraten. Weißt du, daß er schon wieder nach Tintagel geritten ist? Aber halt — er muß dir ja auf dem Weg dorthin begegnet sein.«

»Allerdings«, sagte ich trocken. »Er kam ganz dicht an mir vorbei.«

»Hat er dich denn nicht gesehen? Er mußte doch wissen, daß du verwundet bist.« Er stockte und schien erst jetzt zu begreifen, wie meine Antwort gemeint war. »Er hat dich in deinem Zustand einfach dir selbst überlassen?« Er wirkte weniger überrascht als schockiert. Gandar und ich waren alte Bekannte, und so wußte er recht genau, wie Uther, der Bruder meines verstorbenen Vaters, zu mir stand. Von Beginn an war mein Onkel auf Ambrosius' Liebe zu seinem Bastardsohn eifersüchtig gewesen. Außerdem verachtete er meine Seher- und Prophetengabe ebensosehr, wie er sie fürchtete.

Gandar sagte hitzig: »Aber wenn es in seinen Diensten geschah ...«

»Nein, nicht in seinen Diensten. Ich erfüllte nur ein Versprechen, das ich Ambrosius gegeben hatte. Er — er sorgte sich um das Fortbestehen seines Reiches.« Dabei beließ ich es. Gandar war nicht der Mann, mit dem man über Götter und Visionen sprach. Genau wie Uther befaßte er sich mit Dingen aus Fleisch und Blut. »Berichte doch«, bat ich ihn, »was man sich über die Vorfälle auf Tintagel erzählt. Du sagtest ja selbst, es schwirre überall von Gerüchten.«

Er blickte hastig zur Tür. Obwohl sie geschlossen war, senkte er die Stimme. »Es heißt, daß Uther bereits bei Ygraine auf Tintagel war und daß er den Zugang zur Burg deiner Kunst verdankt. Man sagt, daß du den König äußerlich in den Herzog verzaubertest, so daß weder die Wachen noch die Herzogin selbst Verdacht schöpften. Und man erzählt sich noch mehr: Daß nämlich Ygraine, in der Annahme, es handle sich um ihren Gemahl, Uther zu sich ins Bett ließ; und daß, als Brithael und Jordan ihr die Nachricht von Gorlois' Tod überbrachten, Gorlois in voller Lebensgröße mit ihr beim Frühstück saß. Merlin, warum lachst du?«

»Zwei Tage und zwei Nächte«, sagte ich, »und schon beginnt die Legende zu wuchern. Nun, man kann den Menschen kaum ausreden, was sie gern glauben wollen. Vielleicht ist das auch besser, als wenn sie die Wahrheit wüßten.«

»Und was ist die Wahrheit?«

»Daß wir nicht durch Zauberei in die Burg von Tintagel eindrangen, sondern mit Hilfe geschickter Verkleidung — und menschlichen Verrats.«

Er schwieg einen Augenblick. »Dann wußte die Herzogin also Bescheid?«

»Sonst wären wir nicht in die Burg gekommen«, sagte ich. »Keinesfalls soll es heißen, daß es Notzucht war. Ja, die Herzogin wußte sehr wohl Bescheid.«

Er schwieg wieder, und als er dann sprach, fiel es ihm offensichtlich schwer, den Satz zu formen: »Verrat ist ein hartes Wort.«

»Es ist ein wahres Wort. Der Herzog war ein Feind meines Vaters und vertraute mir. Nie wäre er auf den Gedanken gekommen, daß ich mich, an Uthers Seite, gegen ihn stellen würde. Auch wußte er, wie ich über die Begierden unseres Königs denke. Er konnte jedoch nicht ahnen, daß meine Götter von mir verlangten, Uther dieses eine Mal bei der Befriedigung seiner Wollust zu helfen. Aber wenn ich auch nur ein Werkzeug in den Händen höherer Mächte war — es ist und bleibt Verrat, und wir werden alle dafür büßen müssen.«

»Der König bestimmt nicht«, sagte Gandar mit Nachdruck. »Ich kenne ihn doch. Wenn er überhaupt etwas empfindet, so kaum mehr als flüchtige Gewissensbisse. Nein, der einzige, der unter der Schuld wirklich leiden wird, bist du, Merlin — genauso wie du es bist, der es beim richtigen Namen nennt.«

»Nur dir gegenüber«, sagte ich. »Für die anderen bleibt es eine Geschichte von Magie und Zauberei, gleich jener von den Drachen, die auf meinen Befehl unter Dinas Emrys kämpften, ähnlich auch jener von dem ›Hünentanz‹, der auf Luft und Wasser nach Amesbury schwamm. Aber du hast ja gesehen, was Merlin, des Königs Zauberer, in der Nacht damals wirklich tat. Aber die Ereignisse auf Tintagel werden nicht ohne Folgen bleiben. Ein Kind wird zur Welt kommen. Woher ich das weiß? Nun, nenn es Weissagung oder Hoffnung, ganz wie du willst. — Hat Uther schon verlauten lassen, wann er Ygraine zu heiraten gedenkt?«

Gandar lachte kurz auf. »Sobald es sich schickt«, sagte er und räusperte sich. »Die Leiche des Herzogs ist hier, aber in ein oder zwei Tagen wird man ihn nach Tintagel bringen, um ihn dort zu bestatten. Dann noch eine Trauerfrist von acht Tagen, und schon kann Uther seine Ygraine zum Weibe nehmen.«

Ich überlegte einen Augenblick. »Gorlois hatte von seiner ersten Gemahlin doch einen Sohn. Cador hieß er. Er muß jetzt etwa fünfzehn sein. Weißt du, was mit ihm geschehen soll?«

»Er ist hier. Bevor sein Vater fiel, kämpfte er an seiner Seite. Was sich zwischen ihm und dem König abgespielt hat, weiß niemand, doch Tatsache ist, daß Uther alle Krieger, die bei Dimilioc gegen ihn standen, begnadigt hat. Was Cador betrifft — er soll als Nachfolger seines Vaters Herzog von Cornwall werden.«

»Ja«, sagte ich. »Und Uthers und Ygraines Sohn wird eines Tages König sein.«

»Mit dem Herzog von Cornwall als erbittertstem Feind.«

»Wer wollte ihm das wohl verübeln, Gandar? Aber es mag durchaus sein, daß die Buße allzu lang und allzu hart wird — selbst für schnöden Verrat.«

»Nun ja«, sagte Gandar mit etwas unechter Munterkeit, »das liegt noch in weiter Ferne. Und jetzt, junger Mann, würde ich dir in aller Freundschaft raten, recht ausgiebig der Ruhe zu pflegen. Hättest du Lust auf einen Schluck?«

»Nein, danke.«

»Wie macht sich die Hand?«

»Besser. Der Wundbrand scheint mich zu verschonen, sonst würde ich sicher etwas spüren. Mach dir also meinetwegen keine

Sorgen, Gandar, und höre endlich auf, mich wie einen Halbtoten zu behandeln. Nach dem langen Schlaf fühle ich mich ausgezeichnet. Mach also, daß du ins Bett kommst. Gute Nacht.«

Nachdem er gegangen war, lag ich noch lange wach und lauschte auf die Geräusche der See.

Erst nach einem weiteren Tag war ich kräftig genug, mich von meinem Bett zu erheben und die Kammer zu verlassen. Am Abend ging ich zu der großen Halle, wo der Leichnam des alten Herzogs aufgebahrt war. Morgen sollte er nach Tintagel gebracht werden, um dort neben seinen Ahnen die letzte Ruhestätte zu finden. Jetzt lag er, bis auf die Wachen, ganz allein in dem riesigen Raum, wo er mit seinen Rittern so oft gezecht hatte. Von hier mochte er auch zu seiner letzten Schlacht aufgebrochen sein.

Es war kalt und totenstill. Nur dumpfe Geräusche drangen herein, vom Meer und vom Wind, der sich gedreht hatte und jetzt aus Nordwesten blies, Vorbote kommender Regenschauer. Scharfe Zugluft ließ die flammenden Fackeln in ihren eisernen Haltern erzittern und trieb schwarze Schwaden über die verrußten Wände. Ein nackter, fast völlig kahler Raum. Nirgendwo eine Spur von Farbe, von Kacheln, von geschnitztem Holz. Ja, Dimilioc war nie etwas anderes gewesen als eine Stätte für Kämpfer und Krieger. Fraglich, ob Ygraine auch nur eine einzige Stunde hier verbracht hatte. Die Aschenreste im Herd waren viele Tage alt, und die halbverbrannten Kloben schienen von klammer Feuchtigkeit durchtränkt.

Der Leichnam des Herzogs lag in der Mitte der Halle auf einem hohen Katafalk, er war mit seinem Kriegsgewand bedeckt. Deutlich sah ich das Scharlachrot mit der silbernen Doppelborte und dem weißen Zeichen des Ebers, ganz wie früher in der Schlacht an der Seite meines Vaters — und wie vor wenigen Tagen, als ich Uther in Gorlois' Verkleidung nach Tintagel zu Ygraine geführt hatte. Jetzt hing der schwere, faltige Stoff tief auf den Boden hinab, und der tote Körper darunter war eingeschrumpft und zusammengesunken. Sein Gesicht war unverhüllt geblieben. Das eingefallene Fleisch, grau wie schmutziger Talg, schien auf den Knochen zu kleben, schattenhafter Totenschädel, der kaum noch eine Ähnlichkeit mit dem lebenden Gorlois besaß. Die Münzen, die man auf seine Augen gelegt hatte, waren bereits in seine Haut eingesunken. Das Haupthaar lag unter dem Kriegshelm verborgen, doch der wohlvertraute graue Bart fiel über das Wappen des Ebers auf des toten Herzogs Brust.

Mit zögernden Schritten trat ich näher zum Katafalk. An welchen Gott hatte Gorlois wohl geglaubt? Zu welchem Gott war er jetzt hinübergegangen? Nichts hier verriet etwas darüber. Die Münzen auf den Augen — Christenbrauch, aber auch bei anderen Sitte. Ich rief mir andere Totenlager zurück: die Erinnerungen an jene unsichtbare und doch deutlich zu spürende Anwesenheit wartender Geister ringsum. Hier fand sich nichts davon. Allerdings war er schon drei Tage tot, und vielleicht hatte sein Geist, sein Dämon, sein Gott sich inzwischen durch jene kahle Mauerlücke dort zurückgezogen, zu weit entfernt schon, als daß ich noch Gelegenheit gehabt hätte, mit ihm meinen Frieden zu schließen.

Und so stand ich stumm am Fußende des Katafalks: vor dem Mann, der meines Vaters Freund gewesen war und den ich verraten hatte. Sehr deutlich erinnerte ich mich an den Tag, an dem er mich um Hilfe für seine junge Gattin gebeten und zu mir gesagt hatte: »Es gibt nicht viele Männer, denen ich unter diesen Umständen vertrauen würde. Aber dir vertraue ich. Du bist der Sohn deines Vaters.« Und ich entsann mich auch, daß ich ihm die Antwort schuldig blieb, während Flammenschein über sein Gesicht flackerte wie eine Lache aus Blut.

Die Gabe des Blickes in die Zukunft ist wie ein zweischneidiges Schwert. Wer vorauszusehen vermag, muß auch darauf gefaßt sein, verfolgt zu werden von den Schatten der Vergangenheit. Niemand kann den Triumph und den Ruhm der Weissagung auskosten, ohne auf der Zunge gleichzeitig den bitteren Nachgeschmack der eigenen Taten zu spüren. Und so brachte mir diese Begegnung mit dem toten Herzog von Cornwall nicht den insgeheim erhofften Trost oder Frieden. Für einen Mann wie Uther Pendagron, der es gewohnt war, in offener Feldschlacht zu töten, waren dies hier nicht mehr als die Überreste eines Sterblichen. Mir jedoch bedeutete das viel mehr. Den Göttern gefügig, hatte ich ihnen vertraut, wie der Herzog mir vertraut hatte; dennoch wohl wissend, daß ich dafür zu zahlen haben würde. Und so war ich gekommen — hoffend, ohne wirklich zu hoffen.

Das Flackern der Fackeln — Licht und Feuer. Ich war Merlin, und es mußte mir gelingen, mit ihm in Verbindung zu treten. Auch früher schon hatte ich mit Toten gesprochen. Und so stand ich ohne Bewegung und wartete.

Bald schien die ganze Festung zu schlafen. Von tief unten kam das Stöhnen und Seufzen der See. Der Wind prallte wütend gegen Mauerwerk und peitschte die überall wuchernden Farne gegen Gestein. Von irgendwo kam das leise Quieken einer Ratte. In den eisernen Haltern quoll das Harz der Fackeln. Und durch den beizenden Rauch witterte ich den Geruch des Todes mit seiner fauligen Süße. Von den glänzenden Münzen auf den erloschenen Augen blitzte heller Widerschein.

Die Zeit kroch dahin. Die Flammen blendeten meinen Blick, und der stechende Schmerz in meiner Hand schnürte mich, einer würgenden Fessel gleich, in den Kerker meines Körpers. Meiner Seele gelang es nicht, sich daraus zu befreien. Nur verwischt fing ich Gewisper auf, Gedankensplitter der schläfrigen Wachen, kaum mehr als ein Hauch und genauso bedeutungslos wie das gedämpfte Knarren von Leder oder das leise Klirren von Metall. Sonst nichts, keine Erscheinung, kein Gesicht. Welch besondere Macht ich auch einmal besessen haben mochte — mit der Kraft, die Brithael das Leben gekostet hatte, schien es von mir gewichen zu sein. Ja, sie war fort und befand sich jetzt, wie ich glaubte, im Körper einer Frau: in Ygraine, die in diesem Augenblick auf Tintagel neben dem König lag.

Nein, hier konnte ich nichts tun. Die Luft, kompakt wie harter Stein, umschloß mich wie eine undurchlässige Hülle.

Ganz in meiner Nähe bewegte sich unruhig eine der Wachen. Der Schaft seines Speers kratzte laut über den Boden, und das Geräusch stieß wie ein Keil in die Stille. Unwillkürlich hob ich den Kopf und sah das Augenpaar, das starr auf mir lag.

Er war jung. Seine Fäuste hielten mit hartem Griff den Speer umklammert, und sein Blick, blitzendes Blau, wich nicht von meinem Gesicht. Ich erschrak. Denn plötzlich wußte ich, zu wem diese Augen gehörten. Sie gehörten zu Gorlois. Der junge Krieger dort war des toten Herzogs Sohn, Cador von Cornwall, und aus seinem Gesicht sprach nur eines: unversöhnlicher Haß.

Am Morgen brach man mit Gorlois' Leichnam nach Süden auf. Von Gandar wußte ich, daß Uther nach dem Begräbnis zu seinem Heer zurückkehren wollte, um dort den Zeitpunkt für seine Vermählung mit Ygraine abzuwarten. Mir lag herzlich wenig daran, ihm bald wieder zu begegnen. Und so versorgte ich mich mit Proviant, ließ mein Pferd satteln und machte mich, trotz Gandars beschwörendem Protest, ich sei noch nicht reisefähig, auf den Weg zu meinem Tal oberhalb von Maridunum: zu jener Höhle im Hügel, die, dem Gelöbnis des Königs gemäß, mir auch weiterhin gehören sollte.

3

Offenbar war während meiner Abwesenheit niemand in der Höhle gewesen, was allerdings kaum verwundern konnte. Erstens fürchteten die Menschen meine Macht als Zauberer, und zweitens wußten sie, daß der König selbst mir die Höhle zugesprochen hatte und auch den Hügel mit dem Namen Bryn Myrddin. Als ich bei der Wassermühle abbog und das steil ansteigende Tal hinaufritt, sah ich niemand, nicht einmal den Schafhirten, der für gewöhnlich seine Herden auf den grasbewachsenen Steinhängen weidete.

Im unteren Bereich des Tals war der Wald sehr dicht. Raschelnd bewegte sich das welke Laub der Eichen, und Kastanien- und Ahornbäume schienen sich, dicht gegeneinander gedrängt, den Platz am Licht streitig zu machen. Zwischen Buchen wucherten schwarzgetüpfelte Farnwedel. Dann jedoch wurden die Bäume spärlicher, und der Pfad lief an der einen Seite des Tals entlang, während zur Linken der Bach tief in die Erde schnitt und zur Rechten geröllbedeckte Grashänge steil emporstiegen zur Felshöhle, die den Hügel krönte. Das Grün der Halme war immer noch ausgebleicht von der Winterkälte, doch zwischen dem Adlerfarn vom letzten Jahr zeigten sich stolz die glänzenden Blätter der Glockenblumen, und überall waren die Knospen des Schlehdorns zu sehen. Von irgendwo kam das leise Wimmern eines Lamms. Hoch oben über der Felsspitze erscholl der Schrei eines Bussards. Dazu das Rascheln des abgestorbenen Farns unter den müden Tritten meines Pferdes — nur diese Geräusche gab es im Tal. Ich war wieder daheim.

Man hatte offenbar mit meiner Rückkehr gerechnet. Denn als ich mich im Dornenhain unterhalb der Felsenwand aus dem Sattel schwang und mein Pferd in den kleinen Stall dort führte, fand ich eine frische Streu aus Adlerfarn vor, auch hing an einem Haken neben der Tür ein Beutel voll Futter; und auf dem Grasflecken oben vor meiner Höhle lagen, in ein sauberes Tuch eingehüllt, Käse und Brot. Sogar für Wein hatte man gesorgt. Ein Schlauch aus Ziegenleder befand sich unmittelbar neben dem Quell.

Ja, der Quell: Reines, klares Wasser, kaum mehr als ein Rinnsal, quoll aus einer Felsspalte seitlich vom Höhleneingang. Manchmal kam es in stetem Strom, dann wieder glich es einem gleitenden Glitzern auf dem moosbewachsenen Stein, von dem es in ein rundes Felsbecken tropfte. Über dem Quell, zwischen Farnen, starrte die kleine Statue des Gottes Myrddin herab, des Herrschers über die geflügelten Weiten der Luft, und unter seinen rissigen Holzfüßen tröpfelte das Wasser ins Steinbecken, um sich dann, hinwegquellend über den Rand, auf das tieferliegende Gras zu ergießen. Auf dem Grund des Beckens blinkte Metall, hineingeworfene Münzen, die, genau wie Brot und Käse und Wein, nicht nur für mich, sondern auch für den Gott als Spende und Opfer gedacht waren. In der Vorstellung des einfachen Volkes war ich bereits Teil der Legende des Hügels, gleichsam fleischgewordener Gott, der so lautlos kam und ging wie die Luft und mit sich die Gabe des Heilens brachte.

Ich nahm den Becher aus Horn herab, der sich über dem Quell befand, füllte ihn aus dem Lederschlauch und verschüttete den Wein dann für den Gott; den Rest trank ich selbst. Die Gottheit würde schon wissen, ob in dieser Geste mehr lag als nur rituelle Ehrerbietung. Ich war zu müde, um zu denken oder selbst zu beten, und die wenigen Schlucke Wein sollten mir ein wenig Zuversicht einflößen, mehr nicht.

Auf der anderen Seite des Höhleneingangs, dem Quell gegenüber, lag ein Gewirr grasbewachsener Steine, wo Eichen- und Eschenschößlinge dicht emporsprossen im sicheren Schutz der emporstrebenden Felswand. Im Sommer warf ihr Gezweig weitgestreckten Schatten. Jetzt jedoch verbargen sie den Höhleneingang nicht, obschon sie sich tief über ihn neigten. Die Öffnung im Fels, nicht besonders groß, glich einer Art regelmäßig geformtem Rundbogen, wie von menschlicher Hand behauen.

Unmittelbar an der Innenseite des Eingangs lagen auf der Feuerstelle noch weiße Aschenreste, jetzt mit hereingewehtem Laub und Gezweig vermischt. In meine Nase drang jener eigentümliche Geruch, der unbewohnten Räumen eigen ist. Dabei war es kaum einen Monat her, daß ich, auf das Geheiß des Königs, aufgebrochen war, um ihm bei seinem Werben um Ygraine von Cornwall zu helfen. Neben der erkalteten Feuerstelle standen vom letzten Mahl, das mir mein Diener hier bereitet hatte, noch ungesäuberte Schüsseln und Näpfe.

Nun, Cadal war tot. Ich würde jetzt mein eigener Diener sein. Sorgfältig legte ich den Lederschlauch mit dem Wein und das Bündel mit Brot und Käse auf den Tisch und ging dann daran, ein Feuer anzufachen. Feuerstein und Zunder befanden sich an der gewohnten Stelle, doch ich kniete neben den Reisigbündeln nieder und streckte beschwörend die Hände vor. Dies war der erste und auch einfachste Zauber, den man mich gelehrt hatte: das Herbeizwingen von Feuer aus der Luft. Mein Lehrmeister war Galapas gewesen, der alte Eremit vom Hügel, bei dem ich als Kind in dieser Höhle aufgewachsen war. Von ihm hatte ich erfahren, was immer ich über die Natur und ihre wundersamen Kräfte wußte. Und weiter innen im Hügel, in jener Höhle aus Kristall, waren mir meine ersten Visionen zuteil geworden: die zögernden Anfangsschritte eines Sehers und Propheten.

»Eines Tages«, hatte Galapas gesagt, »wirst du zu Zielen aufbrechen, zu denen ich dir nicht einmal mehr mit dem Blick folgen kann.«

Er sollte recht behalten. Von meinem Gott gerufen, verließ ich ihn, und tatsächlich konnte nur ich, Merlin, tun, was getan werden mußte. Aber jetzt war der Wille des Gottes erfüllt, und ich war jeglicher Kraft beraubt. Dort auf der Feste von Dimilioc, neben Gorlois' Katafalk, hatte ich mich gefühlt wie eine leere Hülle, genauso blind und genauso taub, wie es die Menschen im allgemeinen sind. Die besondere Macht, die mir einst gegeben war, schien verloren. Doch ich wußte, daß ich trotz aller Müdigkeit nicht ruhen würde, bevor sich hier, an der Geburtsstätte meiner magischen Kunst, eindeutig erwies, ob mir wenigstens die erste und geringste meiner Fertigkeiten erhalten geblieben war.

Ich brauchte nicht lange zu warten. Doch es war mir unmöglich, die Antwort als endgültig hinzunehmen. Während am westlichen Himmel der glutrote Sonnenball sank, rührte sich im Reisig nichts, keine Flamme, kein Glühen, kein Glimmen. Als ich schließlich aufgab, zitterten meine vorgestreckten Hände wie die gichtgeschwächten Glieder eines Greises. Ich setzte mich neben die kalte Feuerstelle und aß in der Abendkühle dieses Frühlingstages mein Mahl aus Brot und Käse und gewässertem Wein, ehe ich die Kraft fand, nach Feuerstein und Zunder zu langen und es damit zu versuchen.

Doch selbst dies, die Alltagsverrichtung einer jeden Frau, wollte mir eine Ewigkeit nicht gelingen. Meine verletzte Hand begann sogar wieder zu bluten. Aber irgendwann glückte es mir dann doch. Ein winziger Funke sprang im Zunder auf und vergrößerte sich allmählich zu einer kriechenden Flamme. Ich hielt die Fackel dagegen, und als sie brannte, ging ich zum hinteren Teil der Höhle. Es gab noch etwas, was unbedingt getan werden mußte.

Der hochgewölbte Hauptraum der Höhle lag langgestreckt, fast wie ein Tunnel. Ich hielt die Fackel hoch. Ganz im Hintergrund stieg schräg eine Felswand an und bildete ein Stück weiter oben einen breiten Absatz, der sich, noch höher hinauf, zwischen dunklen Schatten verlor. Nicht sichtbar befand sich dort der verborgene Spalt, der zur inneren Höhle führte: zu jenem kugelförmigen Hohlraum aus Kristall, wo ich, von Licht und Feuer wie betäubt, meine ersten Visionen gehabt hatte. Wenn sich von meiner verlorenen Kraft noch irgendwo etwas fand, dann hier.

Langsam und mit vor Müdigkeit steifen Gliedern erklomm ich den Felsabsatz und spähte dann vorgebeugt durch den niedrigen Spalt in die innere Höhle. Die Kristallwände des Hohlraums warfen den Schein meiner Fackel zurück und überfluteten mich mit blendender Helle. Meine Harfe stand noch dort, wo ich sie gelassen hatte: in der Mitte auf dem funkelnden Boden. Sie ragte schattenhaft auf, doch während ich kniend wartete, setzte nicht der leiseste Hauch der Luft die Saiten in klingende Bewegung. Lange Zeit verging. Ich starrte aus aufgerissenen Augen. Rund um mich wechselten Licht und Schatten einander ab. Doch meine schmerzenden Augen blieben leer und die Harfe stumm. Keine Vision wollte sich zeigen.

Schließlich kletterte ich in die Haupthöhle zurück. Ich weiß noch, daß ich sehr langsam ging und meine Füße mit äußerster Vorsicht setzte, ganz wie ein Mensch, der den Weg hier nicht kennt: wie ein Fremder. Bei der Feuerstelle hielt ich die Fackel unter die trockenen Scheite, die ich dort aufgeschichtet hatte, bis prasselnd die Flamme hochschlug. Dann ging ich hinaus und holte meine Satteltaschen. Im trostvollen Schein des Feuers begann ich sie zu entleeren.

Es dauerte lange, bis meine Hand endlich heilte. In der ersten Zeit quälte mich ständiges Stechen, so daß ich fürchtete, sie habe sich entzündet. Tagsüber war das nicht so schlimm, weil es für mich genug zu tun gab, was mich ablenkte: all jene Alltagsarbeit, die sonst mein Diener Cadal für mich verrichtet hatte, sehr geschickt und sehr tüchtig, während ich mich jetzt recht linkisch anstellte — das Säubern der Höhle, die Zubereitung des Essens, die Wartung des Pferdes.

In diesem Jahr hielt der Frühling nur zögernd Einzug in Südwales, und da sich auf dem Hügel noch kein Weidegras fand, mußte ich das Futter für das Tier von weither holen. Noch schwieriger war es, die Heilkräuter aufzustöbern, die ich für meine Wunden brauchte. Zum Glück hatte ich keine Sorgen mit der Nahrung für mich selbst. Fast tagtäglich lagen am Fuße der schmalen Felswand draußen irgendwelche Gaben, die von der Landbevölkerung stammten. Offenbar hatten die Leute noch nicht gehört, daß ich beim König in Ungnade gefallen war. Oder aber das Dankgefühl für meine ihnen erwiesene Heilkunst war stärker als das Mißfallen Uthers. Ich war Merlin, Sohn des Ambrosius; oder, wie die Waliser lieber sagten, Myrddin Emrys, Magier vom Myrddin-Hügel; in gewisser Weise auch, glaube ich, der Priester des alten Gottes vom hohlen Hügel, Myrddin selbst. Die Gaben, die sie sonst ihm gebracht hätten, brachten sie jetzt mir, und gleichsam an seiner Statt nahm ich sie an.

Doch wenn die Tage auch erfüllt blieben von emsiger Tätigkeit, so waren die Nächte desto schlimmer. Nie schien ich einschlafen zu können, und es war vielleicht weniger der Schmerz in meiner Hand als der Schmerz der Erinnerung, der mich wach hielt: Die lähmende Leere von Gorlois' Totenhalle war hier in der Höhle ersetzt durch eine Überfülle mich bedrängender Gestalten. Hätte es sich um die Geister von geliebten Toten gehandelt, so wären sie mir willkommen gewesen. Doch es waren die Geister der von mir Getöteten, und wenn sie im Dunkeln an mir vorbeistrichen, so stießen sie dünne Schreie aus, ganz wie Fledermäuse. Das jedenfalls redete ich mir damals ein. Jetzt jedoch will mir scheinen, daß oft das Fieber in mir wütete und jene flatternden Gestalten wirkliche Fledermäuse waren: jene, die in der Höhle hausten und deren Lebensweise ich einst zusammen mit Galapas studiert hatte. In der Nacht flogen sie durch den Höhleneingang hin und her. Dennoch haften sie in meiner Erinnerung fest als die Stimmen toter Menschen, die im Dunkeln weder Rast noch Ruhe finden.

Der April verging, feucht und klamm und mit Winden, die bis auf die Knochen drangen. Es war eine schlimme Zeit, in deren Leere es nichts zu geben schien als die unablässigen Schmerzen und ein Mindestmaß an Mühe, um zu überleben. Ich nahm wohl kaum etwas zu mir, in der Hauptsache Wasser und Früchte und schwarzes Brot. Meine Kleider, ohnehin nicht gerade prächtig, ähnelten allmählich Lumpen und hingen schließlich in Fetzen. Wer mich so sah und nicht wußte, wer ich war, mußte mich für einen Bettler halten. Oft verbrachte ich die Tage fast ausschließlich damit, zusammengekauert am Feuer zu hocken. Ungeöffnet stand meine Truhe voller Bücher, unberührt meine Harfe. Und was die Magie betraf, meine so sichergeglaubte Zauberkunst, so wagte ich es nicht, mich nochmals darin zu erproben.

Doch nach und nach glitt ich hinüber in einen Zustand ruhigen und geduldigen Hinnehmens. Im Verlauf langer Wochen heilte meine Hand, sehr sauber, doch nicht ohne einige Spuren zu hinterlassen. Eine Narbe blieb, und aus zwei Fingern wich erst ganz allmählich die Steifheit. Mit der Zeit schlossen sich auch die anderen Wunden. Ich gewöhnte mich wieder an die von früher so vertraute Einsamkeit, und die Alpträume hörten auf. Im Mai wechselten dann die Winde, es wurde warm, und Gras und Blumen sprossen. Das graue Gewölk trieb davon, und über dem Tal lag helles Sonnenlicht. Stundenlang saß ich oft im wärmenden Schein vor der Höhlenöffnung und las oder präparierte allerlei Kräuter. Und gelegentlich blickte ich, wenn auch nur flüchtig und eher nebenbei, hinab in die Tiefe: ob sich dort wohl ein Reiter zeigte, der mir eine Botschaft zu überbringen hatte. (Genauso, dachte ich, hatte vor langer Zeit gewiß auch mein alter Lehrmeister Galapas in der Sonne gesessen und eines Tages unten im Tal einen reitenden Knaben erspäht — mich.) Immer mehr vergrößerte ich meine Sammlung von Kräutern und anderen Pflanzen und dehnte, während mein Körper sich zunehmend kräftigte, meine Wanderungen von Mal zu Mal weiter aus. In die Stadt ging ich nicht, aber mitunter kamen ein paar arme Leute, die mich um eine Arznei oder eine Heilung baten, und von ihnen war so manches zu erfahren. Der König hatte sich samt all dem Pomp und Prunk, der in der Eile aufzubieten war, mit Ygraine vermählt und wirkte seit der Hochzeit sehr zufrieden, wenn auch womöglich noch jähzorniger als sonst; es war ratsam, ihm rechtzeitig aus dem Weg zu gehen. Was die Königin betraf, so sprach sie kaum und fügte sich in allem Uthers Wünschen. Doch es hieß, daß über ihr Gesicht oft ein düsterer Schatten glitt, als ob sie insgeheim trauerte ...

Der einfache Mann, der mir dies berichtete, brach plötzlich ab und maß mich mit einem kurzen Seitenblick. Ich sah, wie seine Finger verstohlen das Zeichen gegen Zauberei machten. Ich lächelte und stellte keine weiteren Fragen. Was ich über die Vorgänge in der Außenwelt wissen mußte, würde schon rechtzeitig an meine Ohren dringen.

Fast drei Monate nach meiner Rückkehr zum hohlen Hügel war es dann soweit.

An einem Junitag, als morgens die warmen Sonnenstrahlen den

Frühnebel über dem Gras verjagten, kletterte ich weiter den Hang hinauf, wo sich oberhalb der Höhle eine saftige Weidefläche befand. Dort hatte ich, an einer langen Leine, mein Pferd angebunden. Wenn ich am Rand der Weide erschien, kam mir das Tier, soweit es die Leine erlaubte, stets entgegen.

Heute jedoch war das anders. Das Pferd stand ganz auf der anderen Seite, mit angespanntem Seil, Kopf erhoben, Ohren gespitzt. Unverkennbar äugte es hinab ins Tal, wo irgend etwas seine Aufmerksamkeit erregt haben mußte. Während ich zu dem Tier trat und ihm Brot unter das weiche Maul hielt, versuchte ich herauszufinden, was dort unten den Blick des Pferdes angezogen hatte.

Aus dieser Höhe hatte ich Sicht auf Maridunum, in der Ferne, fast verschwindend klein, am nördlichen Ufer des friedlichen Flusses Tywy gelegen, der sich durch sein breites, grünes Tal auf das Meer zuschlängelte. Die Stadt mit ihren gewölbten Steinbrücken und dem Hafen befindet sich an genau der Stelle, wo sich der Fluß zur Bucht hin weitet. Natürlich war, wie stets, ein Gewirr von Schiffsmasten zu sehen, und, näher zu meinem Standort hin, erkannte ich den Schleppweg, der sich am Silberband des Flusses entlangwand: Dort zog ein Schimmel einen Lastkahn voll Getreide zur Mühle, die in dem Gehölz verborgen lag, wo mein Bergbach in den Fluß mündete. Aus den Bäumen heraus strebte schnurgerade die alte Militärstraße, die mein Vater wieder hatte instand setzen lassen; fünf Meilen durch offenes Land, bis hin zu den Unterkünften der Krieger beim östlichen Stadttor von Maridunum.

Etwa anderthalb Meilen jenseits der Wassermühle war auf dieser Straße jetzt eine aufstiebende Staubwolke zu sehen. Blitzendes Metall zuckte durch die Luft, offenbar handelte es sich um einen Kampf. Bald erkannte ich genauer, daß es vier Berittene waren, von denen drei gegen einen standen. Dieser versuchte verzweifelt zu entfliehen, was ihm schließlich auch gelang. Sein Roß, kurz herumgerissen, prallte gegen eines der anderen Tiere, und dessen Reiter stürzte, von einem harten Hieb gefällt, herab. Jetzt gab der einzelne Mann seinem Pferd mit aller Kraft die Sporen und sprengte quer über ein grünes Feld auf den Waldrand zu, wo er seine Verfolger wohl abzuschütteln hoffte.

Doch sein Glück war nur von kurzer Dauer, denn die beiden anderen jagten in wildem Galopp hinter ihm her und holten ihn schließlich ein. Er wurde aus dem Sattel gezerrt und in die Knie gezwungen. Vergeblich versuchte er fortzukriechen. Die beiden

Berittenen umkreisten ihr Opfer, und schon zuckten die Schwerter, als plötzlich der dritte, wieder auf seinem Roß und offenbar unverletzt, bei ihnen auftauchte und sein Tier so schroff zügelte, daß es sich hochbäumte. Er hob seinen Arm und rief wohl auch eine Warnung, denn die beiden anderen ließen unvermittelt von ihrem Opfer ab, warfen ihre Pferde herum, und zu dritt jagten sie in vollem Galopp davon, bis sie irgendwo gegen Osten hin zwischen den Bäumen verschwanden.

Und dann sah ich auch, was sie zur hastigen Flucht getrieben hatte. Von der Stadt her näherte sich eine Schar von Reitern, die zwar das davonhetzende Trio bemerkt haben mußten, vom stattgefundenen Kampf jedoch offenbar keine Ahnung hatten, denn sie behielten ihren langsamen Trab unverändert bei. Bald befanden sie sich auf gleicher Höhe mit der Stelle, wo der gestürzte Mann liegen mußte, dessen Pferd hinter den drei Flüchtenden einhergaloppiert war. Offensichtlich war zwischen den hohen Grashalmen nichts zu erkennen, denn der Trupp ritt mit gleichbleibender Geschwindigkeit weiter und verlor sich dann in der Ferne.

Mein Pferd, das in meiner Hand vergeblich nach weiteren Brotresten suchte, zwickte mich sacht, und ich packte es beim Riemen am Hals und zwang seinen Kopf herum zum Tal.

»Hier habe ich schon einmal gestanden«, sagte ich zu ihm, »als ein berittener Bote des Königs kam, um mich in seinem Auftrag um Hilfe zu bitten, damit seine Begierde gestillt würde. An jenem Tag besaß ich Macht. Ich träumte, daß ich in meinen Händen die ganze Welt hielt, einer kleinen, glänzenden Kugel gleich. Nun, vielleicht verfüge ich jetzt über nichts mehr als über diesen Hügel hier. Aber es könnte sehr wohl sein, daß der Mann, der dort unten liegt, von der Königin geschickt wurde, um mir eine Botschaft zu überbringen. Doch wie dem auch immer sei — wenn er noch lebt, braucht er Hilfe. Und du und ich, mein Freund, wir haben beide lange genug gerastet. Jetzt ist es an der Zeit, wieder etwas zu tun.«

Rasch, wenn auch gewiß nicht so schnell wie früher mein armer Cadal, hatte ich das Pferd gesattelt und strebte auf seinem Rücken ins Tal hinab. Bei der Mühlenstraße bog ich nach rechts ab und gab dem Tier die Sporen.

Die Stelle, wo der Mann gestürzt und über den Boden gekrochen war, befand sich nicht weit vom Waldrand, wo schon vereinzelte Bäume wuchsen und Unterholz wucherte. Selbst jetzt hing hier noch der Geruch dampfender Pferdeleiber in der Luft, und durch den süßen Duft unzähliger Blüten drang ätzend der Gestank von

Erbrochenem in meine Nase. Ich schwang mich aus dem Sattel, schlang die Zügel um einen Ast und folgte dann der Spur, die ins Dickicht führte.

Bald fand ich ihn. Er lag auf dem Bauch, wie in kriechender Bewegung erstarrt, eine Hand unter dem Leib, die andere um einen Farnwedel gekrallt. Ein Jüngling noch, leicht gebaut, doch gut gewachsen, etwa fünfzehn Jahre alt, vielleicht auch etwas mehr. Seine Kleider, vom Kampf und von der Flucht durch das Dornengestrüpp zerrissen, verschmutzt und blutbefleckt, bewiesen, daß er nicht von niedrigem Stande war. An seiner Schulter sah ich eine Silberspange. Die drei Angreifer, sofern es sich um Wegelagerer handelte, hatten also keine Zeit gefunden, ihn auszurauben. Auch der Beutel an seinem Gürtel schien unberührt.

Als ich neben ihm niederkniete, sah ich, daß er nicht tot war; die Hand um den Farn krampfte sich enger.

Ich sagte leise: »Sei ohne Sorge, ich will dir helfen. Bewege dich nicht, sondern bleibe ruhig liegen.«

Er gab keine Antwort. Vorsichtig tastete ich seinen Körper nach Wunden und Knochenbrüchen ab. Unter der Berührung meiner Hände zuckte er zusammen, blieb jedoch stumm. Nein, Knochen schienen nicht gebrochen zu sein. An seinem Hinterkopf fand sich eine blutige Schwellung, und eine Schulter war, vom Aufprall beim Sturz vielleicht, blauschwarz verfärbt. An der Hüfte sah ich eine blutrote Quetschung wie von einem auskeilenden Pferdehuf — was es denn auch war, wie sich später herausstellte.

»Komm«, sagte ich schließlich. »Dreh dich herum und trink dies hier.«

Ich legte ihm helfend den Arm um die Schultern, und er zuckte wieder zusammen, wälzte sich jedoch gefügig auf den Rücken. Sorgfältig wischte ich ihm den Mund sauber und hielt dann die mitgebrachte Flasche an seine Lippen. Er schluckte gierig, begann zu husten, lehnte sich erschöpft gegen mich. Als ich ihm die Flasche ein zweites Mal an die Lippen schob, drehte er mit verzerrtem Gesicht den Kopf zur Seite.

»Ich habe ein Pferd hier«, sagte ich. »Irgendwie müssen wir es schaffen, dir in den Sattel zu helfen.« Und als er nicht antwortete: »Oder wollen wir etwa warten, bis die drei zurückkehren?«

Fast schien es, als seien dies die ersten Worte, die in sein umnebeltes Bewußtsein drangen. Seine Hand glitt zu dem Beutel, der an seinem Gürtel hing. Hastig vergewisserten sich die Finger, daß alles noch an Ort und Stelle war, und erschlafften dann. Und plötzlich sackte er, offenbar ohnmächtig, an meiner Brust zusammen.

Vielleicht ist es so das beste, dachte ich, während ich seinen Oberkörper auf den Boden gleiten ließ und mein Pferd holte. Auf diese Weise spürte er wenigstens nichts von dem Ritt, der für ihn in seinem jetzigen Zustand eine Qual sein mußte. So mein Gott wollte, mochte es mir gelingen, diesen halben Knaben frisch verbunden ins Bett zu stecken, bevor er aus seiner Bewußtlosigkeit erwachte.

Plötzlich stutzte ich. Unter der Maske aus Schmutz und Schleim und Blut glaubte ich vertraute Züge zu sehen. Die braunen Haare, der jetzt so schlaffe Mund. Ja, ich erkannte ihn wieder. Es war Ralf, Ygraines Page; er hatte uns in jener Nacht in die Feste von Tintagel eingelassen und gemeinsam mit Ulfin und mir das Gemach der Herzogin bewacht, wo der König seine Begierde stillte.

Ich bückte mich und hob ihn hoch, den Boten der Königin, dessen ohnmächtigen Körper ich quer über den Sattel meines geduldigen Pferdes legte.

4

Tatsächlich kam Ralf erst wieder zu Bewußtsein, nachdem ich oben in der Höhle seine Verletzungen gewaschen und verbunden und ihn ins Bett gelegt hatte. Doch als er die Augen öffnete, starrte er mich an wie einen Fremdling.

»Erkennst du mich denn nicht?« fragte ich. »Ich bin Merlinus Ambrosius. Du hast mir die Botschaft sicher überbracht — hier, siehst du?« Ich hielt den Beutel hoch, ein eher eckiges Ledergebilde, noch versiegelt. Doch sein verschwommener Blick glitt daran vorbei, und er drehte erschöpft den Kopf zur Seite. »Gut, gut«, sagte ich rasch, »schlaf nur, du bist bei mir in bester Hut.«

Ich wartete, bis er eingeschlafen war, und trat dann mit der Ledertasche hinaus in das Sonnenlicht, wo ich den an mich gerichteten Brief hervorzog und das Siegel erbrach. Er stammte tatsächlich von der Königin.

Doch das Schreiben selbst kam von Marcia, Ralfs Großmutter, die Ygraines engste Vertraute war. Sehr knapp gefaßt, enthielt es dennoch alles, was ich wissen wollte. Die Königin war wirklich schwanger, und die Geburt des Kindes wurde für den Dezember erwartet. Ygraine (so Marcia) schien über die Empfängnis glücklich, sprach jedoch, sofern sie mich überhaupt erwähnte, nur mit Bitterkeit von mir, der in ihren Augen die Schuld trug an Gorlois' Tod. »Sie spricht nur wenig, doch glaube ich, daß sie insgeheim immer noch trauert und trotz ihrer tiefen Liebe zum König stets unter den Schatten der Vergangenheit leiden wird. Gebe Gott, daß ihre Gefühle für das Kind dadurch nicht getrübt werden. Was den König betrifft, so sieht man ihn oft zornig, obschon er es meiner Herrin gegenüber nie an Beweisen seiner Zuneigung fehlen läßt; und es gibt wohl keinen Menschen, der daran zweifelt, daß das Kind von ihm ist. Ach, säße in meinem Herzen doch nur nicht die Furcht, dem Kind könnte von des Königs eigener Hand Schreckliches geschehen. Dabei ist es doch undenkbar, daß er es je über sich brächte, meiner Herrin einen solchen Schmerz zu bereiten. Doch habt Verständnis, Prinz Merlin, wenn ich Euch mit diesem Brief bitte, meinen Enkel Ralf in Eure Obhut zu nehmen als Euren Diener; denn auch für ihn fürchte ich Gefahr von seiten des Königs. Lieber mag er in der Ferne einem wahren Prinzen dienen als hier am Hof einem König, der, was zu seinem Nutzen geschieht, als Verrat betrachtet. Nein, in Cornwall gibt es für Ralf keine Sicherheit. Und so, Herr, flehe ich Euch an: Laßt ihn Euch dienen und nach Euch dem Kind. Denn ich glaube zu verstehen, was Ihr meintet, als Ihr zu meiner Herrin gesagt habt: ›Ich sah ein helles Feuer lodern und darin eine Krone und ein Schwert, das in einem Altar stand wie ein Kreuz.‹«

Ralf schlief bis zum Abend. Ich machte Feuer und bereitete eine Suppe zu. Als ich eine gefüllte Schüssel nach hinten trug, wo er lag, sah ich, daß seine Augen geöffnet waren. Offenbar erkannte er mich jetzt. Um so unerklärlicher war das eigentümliche Mißtrauen, das aus seinem Blick zu sprechen schien.

»Wie fühlst du dich jetzt?«

»Recht gut, Herr. Ich ... dies ist Eure Höhle? Wie bin ich hierhergekommen? Wie habt Ihr mich gefunden?«

»Ich stand oben auf dem Hügel und sah von dort, wie du angegriffen wurdest. Aber dann flüchteten die Männer und ließen dich allein. Und so ritt ich hinab, legte dich auf mein Pferd und schaffte dich hier herauf. Du erkennst mich also offenbar wieder?«

»Ihr habt Euch einen Bart wachsen lassen, aber natürlich erkenne ich Euch wieder, Herr. An irgend etwas erinnern kann ich mich jedoch kaum. Ich muß beim Kampf einen Schlag auf den Kopf erhalten haben.«

»Das glaube ich auch. Die Spuren sind jedenfalls noch zu sehen. Hast du dort Schmerzen?«

»Ein leichtes Stechen. Doch es ist auszuhalten.« Er zuckte zusammen. »Es ist die Seite, die mir am meisten weh tut.«

»Dort hat dich eines der Pferde mit seinem Huf getroffen. Doch keine Sorge, es ist kaum mehr als eine Prellung. In wenigen Tagen wirst du wieder wohlauf sein. Weißt du, wer die Männer waren?«

»Nein.« Er schien zu überlegen. Ich hob rasch die Hand.

»Streng dich nicht unnötig an. Wir können auch später noch miteinander sprechen. Iß jetzt.«

»Herr, die Botschaft ...«

»Ist hier und in Sicherheit. Später.«

Er aß Suppe und Brot und trank dann auf mein Drängen etwas Wein. Allmählich kehrte Farbe in seine Wangen zurück. Ich zog einen Stuhl herbei und setzte mich neben das Bett.

»Besser?«

»Ja.« Er sprach, ohne mich anzusehen. Sein Blick glitt hinab zu den Fingern, die nervös an der Bettdecke zupften. »Ich ... ich habe Euch noch nicht gedankt, Herr.«

»Aber wofür? Dafür, daß ich dich von unten geholt und hergebracht habe? Nun — wie anders hätte ich zu der Botschaft gelangen sollen, die du für mich bei dir hattest?«

Überrascht bemerkte ich, daß er meine abwehrenden Worte offensichtlich für bare Münze nahm. Und jetzt begriff ich auch, was der eigentümliche Ausdruck in seinen Augen zu bedeuten hatte: Er fürchtete mich. Ich dachte an jene Nacht auf Tintagel zurück, wo er, der unbekümmerte Jüngling, sich an meiner Seite so tapfer für den König geschlagen hatte. Irgend etwas stimmte da nicht. Doch es hatte keinen Sinn, jetzt darauf einzugehen. Statt dessen sagte ich:

»Der Brief deiner Großmutter enthält alles, was ich wissen wollte. Wie du siehst, habe ich ihn inzwischen gelesen. Du weißt, was sie mir darin über die Königin mitteilt?«

»Ja.«

»Und auch über dich?«

»Ja.« Die Silbe kam eher widerstrebend über seine Lippen. Sofort schloß er wieder den Mund, offenbar entschlossen, sich nicht dem Verhör zu unterziehen, dem er sich von meiner Seite ausgesetzt fühlte. Es schien, daß er, ganz im Gegensatz zu den Absichten seiner Großmutter, keineswegs gewillt war, mir seine Dienste anzubieten. Über ihre Hoffnungen für die Zukunft konnte sie ihm folglich kaum etwas gesagt haben.

»Nun gut«, sagte ich, »lassen wir das für den Augenblick.

Wichtiger ist ja auch, daß dir jemand nach dem Leben trachtet, wer immer er auch sei. Falls die drei Männer vorhin nicht nur Wegelagerer waren, so wüßte ich gern, wer sie dir nachgeschickt und bezahlt hat. Hast du vielleicht eine Ahnung, wer sie gewesen sein könnten?«

»Nein«, murmelte er.

»Denke nach«, sagte ich. »Das ist für mich nicht ohne Interesse. Vielleicht wollen sie auch mir ans Leben.«

Er sah mich überrascht an. »Aber wieso denn, Herr?«

»Nehmen wir einmal an, daß ihr Überfall vorhin ein Racheakt war für deine Mitwirkung auf Tintagel — dann dürfte auch ich für sie ein lohnenswertes Opfer sein. Galt ihr Angriff der Botschaft für mich, so möchte ich wissen, warum. Und sollte es sich, wofür manches spricht, um Räuber gehandelt haben, so werden sie die Gegend hier wohl auch weiterhin unsicher machen, und es ist meine Pflicht, die Soldaten unten in Maridunum zu verständigen.«

»O ja, ja natürlich«, sagte er stockend. »Aber ich verschweige Euch nichts, Herr. Ich weiß wirklich nicht, wer die Männer waren. Es — es war für mich auch ohne Bedeutung, im Augenblick jedenfalls. Inzwischen habe ich darüber nachgedacht, finde jedoch keine Lösung. Nichts an ihrer Kleidung wies auf ihre Herkunft hin ... zumindest kann ich mich nicht erinnern ...« Er runzelte die Stirn. »Nein, kein Zeichen, nichts — und so etwas hätte ich doch sicher bemerkt, meint Ihr nicht?«

»Wie waren sie denn gekleidet?«

»Das weiß ich nicht mehr genau. Lederwams, glaube ich, und Kettenhelm. Keine Schilde, aber Schwerter und Dolche.«

»Und sie waren gut beritten. Das konnte ich sogar vom Hügel aus sehen. Hast du sie sprechen hören?«

»Nur wenig. Ein oder zwei Rufe, das war alles. Britisch — aber aus welcher Gegend? Ich verstehe mich auf Dialekte nicht besonders gut.«

»Es gab also nichts, kein Zeichen, kein Wappen, das sie als Männer des Königs ausgewiesen hätte?«

Fast schien es, als hätte ich ins Schwarze getroffen. Er verfärbte sich, sagte aber dann mit unbewegter Stimme: »Nein, nichts. Aber wie kommt Ihr darauf?«

»Nun, sicher klingt ein solcher Gedanke nicht sehr wahrscheinlich. Doch Könige sind oft unberechenbar, besonders wenn sie ein schlechtes Gewissen haben. Wenn es also nicht die Leute des Königs waren – stammten die Männer dann vielleicht aus Cornwall?«

Die Röte war wieder aus seinem Gesicht gewichen. Er wirkte noch bleicher als zuvor. Ein trüber Ausdruck zeigte sich in seinen Augen. Offenbar ging ihm meine letzte Frage unter die Haut, sprach sich in ihr doch die Befürchtung aus, die er zweifellos selbst empfand. »Leute des Herzogs, meint Ihr?«

»Bevor ich Dimilioc verließ, erzählte man mir, daß der König bereit sei, den jungen Cador als Herzog von Cornwall zu bestätigen. Und Cador wird dich ewig hassen, Ralf. In seinen Augen bist du der willfährige Handlanger der damaligen Herzogin. Und wenn sein Haß umschlagen sollte — wer von uns wollte ihm das im Grunde verübeln?«

Er musterte mich, ein wenig verdutzt, aber auch irgendwie erleichtert. Im gleichen nüchternen und sachlichen Ton wie ich sagte er dann: »Ja, es könnten Cadors Männer gewesen sein. Doch wie ich Euch schon sagte, zu erkennen war das nicht. Aber vielleicht erinnere ich mich noch an etwas, das mir im Augenblick entfallen ist.« Er schwieg, fuhr dann fort: »Allerdings — wenn es Cadors Absicht gewesen wäre, mich töten zu lassen, so hätte er das doch in Cornwall tun können. Warum sollte er mich erst verfolgen lassen — hierher zu Euch? Er muß Euch genauso sehr hassen wie mich.«

»Mehr«, sagte ich. »Viel mehr sogar. Doch scheint er es, im Augenblick jedenfalls, nicht auf mich abgesehen zu haben. Sonst hätte er mich hier längst aufstöbern können. Schließlich weiß alle Welt, wo sich meine Höhle befindet.«

Er sah mich zweifelnd an. Offenbar suchte er nach einer Erklärung für meine Furchtlosigkeit. Mit einem kurzen Nicken sagte er: »Niemand würde es wagen, Euch hierher zu folgen — wegen Eurer Zauberkraft.«

»Zumindest ist das ein angenehmer Gedanke«, sagte ich leichthin. Wie es um meine magischen Künste in Wirklichkeit bestellt war, brauchte er ja nicht zu wissen. »Aber genug für den Augenblick. Es ist besser, wenn du dich wieder ausruhst. Morgen wird es dir viel besser gehen. Glaubst du, daß du schlafen kannst? Oder quälen dich die Schmerzen zu sehr?«

»Nein«, behauptete er, doch ich sah, daß er log. Schmerzen waren eine Schwäche, und diese Schwäche wollte er mir gegenüber nicht zugeben. Ich griff nach seinem Handgelenk, fühlte den Puls, der gleichmäßig und kräftig war. Ich nickte zufrieden. »Keine Gefahr, du wirst es überstehen. Falls du in der Nacht meine Hilfe brauchst, so zögere nicht, mich zu rufen. Und jetzt versuche zu schlafen.«

Auch am nächsten Morgen erinnerte Ralf sich an nichts, was mir die Identität seiner Angreifer enthüllt hätte, und ich unterließ es, weiter in ihn zu dringen. Auch nach Einzelheiten in Marcias Brief fragte ich ihn während der folgenden Tage nichts. Erst als er wieder leidlich bei Kräften schien, rief ich ihn eines Abends zu mir. Dem feuchten Tag war eine fröstlige Dunkelheit gefolgt, und ich hatte ein Feuer entzündet, neben dem ich jetzt saß, zum Essen bereit.

»Ralf, hol deine Schüssel und komm her. Hier ist es angenehm warm. Außerdem möchte ich mit dir sprechen.«

Er gehorchte. Sein zerrissenes Gewand hatte er inzwischen notdürftig geflickt, von seinen Verletzungen war nur noch wenig zu bemerken, auch zeigte sein Gesicht wieder eine gesunde Farbe. Nur ein leichtes Hinken, Folge des Huftritts an der Hüfte, ließ erkennen, daß er noch nicht ganz der alte war. Auffällig blieb jenes ungeminderte Mißtrauen in seinen Augen.

Meinem Wink folgend, humpelte er herbei und setzte sich.

»Ralf«, sagte ich, »du weißt also, was im Brief deiner Großmutter steht — von dem, was die Königin betrifft, einmal abgesehen.«

»Ja.«

»Dann weißt du ja, daß sie dich zu mir geschickt hat, damit du in meine Dienste trittst, weil sie für dich die Ungnade des Königs fürchtet. Glaubst du selbst einen Grund zu haben, ihn fürchten zu müssen?«

Ein kaum merkliches Kopfschütteln. Doch er vermied es sorgfältig, mir in die Augen zu sehen. »Nein, Herr, kein Grund zur Furcht. Es ist nur ... als die Nachricht kam, daß an der Südküste Sachsen gelandet waren, und ich ihn bat, mit seinen Männern reiten zu dürfen, da ... da wies er mich zurück.« Aus seiner Stimme klang mühsam unterdrückter Zorn. »Dabei war ihm sonst jeder Krieger recht, selbst die Leute aus Cornwall, die bei Dimilioc gegen ihn gekämpft hatten. Nur ich, sein treuer Helfer, wurde übergangen.«

Er saß mit gebeugtem Kopf und erhitzten Wangen. Jetzt glaubte ich seine feindselige Haltung gegen mich besser verstehen zu können. Aus seinem Blickwinkel hatte er durch die mir und dem König geleisteten Dienste seinen Platz bei der Königin verloren und, schlimmer noch, den Zorn des neuen Herzogs auf sich gezogen. Ralf, der junge Mann aus Cornwall, war aus seiner Heimat verstoßen und wurde durch die Umstände zu etwas gezwungen, was er verabscheute: den Dienst bei mir.

Ich sagte: »Deine Großmutter meint, es sei für dich besser, außerhalb Cornwalls etwas Neues anzufangen — an irgendeinem Hof vielleicht. Eine Frage noch. Hat der König zu dir je etwas über die Nacht von Gorlois' Tod gesagt?«

Er schwieg beharrlich. Doch als ich schon glaubte, er wollte mir die Antwort verweigern, erwiderte er: »Ja. Er dankte mir. Dann wollte er wissen, ob ich mir eine Belohnung wünsche. Ich sagte, nein, die Möglichkeit, ihm zu dienen, sei für mich Lohn genug. Doch das schien ihm wenig zu gefallen. Ich glaube, er wollte mir Geld geben, um die Rechnung ein für allemal zu begleichen. Und dann erklärte er, daß ich weder ihm noch der Königin länger dienen könne. Warum? Nun, um ihm zu helfen, hätte ich meinen Herrn, den Herzog, verraten; und wer einen Herrn verriete, der könne sehr wohl auch einen zweiten Herrn verraten.«

»Ist das alles?« fragte ich.

»Alles?« Mit einem Ruck hob er den Kopf und musterte mich, verwundert und verächtlich zugleich. »Alles? Eine solche Schmähung? Außerdem ist es eine Lüge, wie Ihr wohl wißt. Denn ich stand ja im Dienst der Herzogin Ygraine und nicht im Dienst des Herzogs. Also habe ich ihn auch nicht verraten!«

»Ja, du hast recht, das war eine Schmähung. Aber es läßt sich kaum erwarten, daß der König einen kühlen Kopf behält, da er sich selbst zutiefst schuldig fühlt. Diese Schuld versucht er auf andere abzuwälzen, auf dich und auf mich. Andererseits bezweifle ich, daß dir von seiner Seite wirklich Gefahr droht. Deine Großmutter sieht das etwas übertrieben.«

»Gefahr?« sagte Ralf hitzig. »Wer spricht denn von Gefahr? Ich bin ja auch nicht gekommen, weil ich irgend etwas fürchte. Wovor hätte ich schon Angst haben sollen? Nein, jemand mußte Euch die Botschaft überbringen, und dieser Jemand bin nun einmal ich.«

Ich mußte lächeln. »Wie dir doch sofort der Kamm schwillt, mein junger Hahn. Niemand bezweifelt deinen Mut, sicher auch der König nicht. Aber jetzt berichte mir von der Landung der Sachsen. Wo hat sie stattgefunden? Was ist geschehen? Seit einem Monat habe ich keine Nachrichten aus dem Süden.«

Er brauchte einen Augenblick, um sich zu fassen. Dann gab er sehr höflich Auskunft. »Es war im Mai. Sie landeten südlich von Vindocladia. Dort liegt eine tiefe Bucht, oft Töpferbucht genannt. Ihren richtigen Namen weiß ich nicht. Sie liegt außerhalb des Gebiets der Verbündeten, in Dumnonia, und die Landung verstieß gegen die Verpflichtungen, die die Verbündeten eingegangen waren — aber das ist Euch sicher bekannt.«

Ich nickte. Jetzt, da ich dies schreibe, viele Jahre später also, erinnert sich kaum noch jemand der Bezeichnung Verbündete. Die ersten der verbündeten Sachsen waren die Anhänger von Hengist und Horsa: jene Scharen, die König Vortigern zu Hilfe gerufen hatte, um den von ihm geraubten Thron zu verteidigen. Als der Kampf dann vorüber war und die rechtmäßigen Prinzen Ambrosius und Uther in die Bretagne fliegen mußten, da hätte der Usurpator Vortigern seine sächsischen Hilfstruppen nur zu gern wieder davongeschickt. Doch diesen Gefallen taten sie ihm nicht. Hartnäckig forderten sie von ihm Siedlungsland und versprachen, auch weiterhin als seine Bundesgenossen für ihn zu kämpfen. Da er es sich mit ihnen nicht verderben wollte (und auch voraussah, daß er sie noch gebrauchen würde), willigte er ein und überließ ihnen den Küstenstreifen im Süden von Rutupiae bis Vindocladia, jenen Abschnitt also, den man schon in früheren Tagen die Sächsische Küste nannte. Zu Uthers Zeit jedoch nahm das Wort einen Klang an, der deutlicher und drohender war als je zuvor: An klaren Tagen konnte man dort weithin die sächsischen Feuer aufsteigen sehen.

Von diesem Stützpunkt aus (und von ähnlichen Stützpunkten im Nordosten) waren, als mein Vater auf dem Thron saß, neue Angriffe vorgetragen worden. Ambrosius hatte Hengist und seinen Bruder getötet und die Eindringlinge zurückgetrieben, teils in die Wildnis hinter dem Hadrianswall, teils in ihre alten Gebiete. Durch später abgeschlossene Zwangsverträge sollten die Sachsen dazu gebracht werden, sich innerhalb ihrer Grenzen zu halten. Doch ein Vertrag war für einen Sachsen kaum das Pergament wert, auf das er geschrieben wurde; und so hatte Ambrosius, der dem Frieden ohnehin nicht traute, sicherheitshalber einen Wall errichtet, der das fruchtbare Land gegen die Sächsische Küste abschirmte. Bis zu seinem Tod hatte der Vertrag (oder der Wall) die Sachsen zurückgehalten, und selbst in den frühen Tagen von Uthers Herrschaft waren sie an den Vorstößen aus dem Norden nie offen beteiligt gewesen. Dennoch war ihre Nachbarschaft recht beunruhigend: Ihr Gebiet bildete gleichsam einen Brückenkopf, und so manches Langschiff fand sich dort ein, bis die Sächsische Küste schließlich übervölkert war und selbst Ambrosius' Wall vor den Scharen kaum noch Schutz zu bieten schien. Von der Nordsee, dem Germanenmeer, kamen immer mehr Plünderer, die brandschatzten und sich nahmen, was sie brauchten, und dann wieder verschwanden — oder auch blieben. Und sie verstanden es, die kleineren Fürsten so unter Druck zu setzen, daß diese ihnen, oft genug ohne Bezahlung, Land überließen.

Ein solcher Vorstoß war es, den Ralf mir jetzt beschrieb.

»Natürlich brachen die Verbündeten den Vertrag. Eine Flotte von dreißig Kriegsschiffen landete in der Töpferbucht westlich der Grenze und wurde von den Verbündeten mit offenen Armen aufgenommen. Genauer gesagt: Die Sachsen kamen den Neuankömmlingen zu Hilfe und stießen gemeinsam mit ihnen in Richtung Vindocladia vor. Ich glaube, wenn sie zum Badon-Hügel — aber was ist?«

Er starrte mich an.

»Nichts«, sagte ich. »Ich glaubte draußen etwas zu hören, aber das war wohl nur der Wind.«

Er sagte langsam: »Für einen Augenblick saht Ihr aus wie in jener Nacht auf Tintagel, als Ihr davon spracht, daß die Luft voller Zauber sei. Fast schien es, als könntet Ihr etwas Unsichtbares sehen, dort jenseits des Feuers.« Er zögerte kurz. »Hattet Ihr ein Gesicht?«

»Nein, Ralf. Ich sah nichts Besonderes. Mir wollte nur scheinen, daß von fernher das Stampfen galoppierender Pferdehufe klang. Aber ich habe mich wohl geirrt. Sollte es doch ein Gesicht gewesen sein, so wird es wiederkommen. Fahre nur fort. Du sprachst gerade vom Badon-Hügel.«

»Die Sachsen wußten offenbar nicht, daß sich König Uther mit seiner ganzen Streitmacht in Cornwall befand, wo er ja gegen Herzog Gorlois gekämpft hatte. Er versammelte sein Heer um sich, rief noch die Dumnonianer zur Verstärkung herbei und marschierte sofort gegen die Sachsen.« Er brach ab, preßte die Lippen zusammen, fügte dann kurz hinzu: »Cador begleitete ihn.«

»Tatsächlich?« Ich überlegte. »Wie stehen die beiden zueinander?«

»Cador soll gesagt haben, da er seinen Teil von Dumnonia nicht allein verteidigen könne, sei ihm selbst der Teufel als Bundesgenosse recht, wenn es nur endlich gelänge, die Sachsen von der Küste zu vertreiben.«

»Nun, das klingt gar nicht so unvernünftig.«

Doch Ralf hörte mir nicht zu. »Dabei hat Cador mit Uther nicht eigentlich Frieden geschlossen.«

»Das läßt sich denken.«

»Und trotzdem zieht er mit ihm in den Kampf. Mir hingegen wurde das verwehrt. Ich ging zu ihm und zu meiner Herrin. Ich bat und flehte. Doch ich wurde abgewiesen!«

»Nun«, sagte ich beschwichtigend, »was ließ sich denn anderes erwarten?«

Er sah mich zornig an. »Wie meint Ihr das?«

»Nicht so hitzig, Ralf. Cador und du, ihr seid doch etwa im gleichen Alter, nicht wahr? Dann beweise, daß du einen nicht weniger kühlen Kopf besitzt als er. Überlege doch. Da Cador an des Königs Seite in die Schlacht ziehen sollte, konnte Uther dich, schon um deiner selbst willen, unmöglich mitnehmen. Dem König mag deine Anwesenheit ein paar flüchtige Gewissensbisse verursachen, mehr kaum. Für Cador hingegen bist du mit schuld am Tod seines Vaters Gorlois. Also würde er, so nötig der König mit seinem Heer auch für ihn sein mag, deine Gegenwart niemals dulden.«

Er schwieg. Ich sagte besänftigend: »Was geschehen ist, läßt sich nicht ändern, Ralf. Nur ein Kind erhofft sich vom Leben Gerechtigkeit. Ein Mann hingegen ist bereit, für seine Taten einzustehen. Und das wird uns beiden nicht erspart bleiben. Was immer die Götter beschließen, wir müssen es ertragen. Glaub mir, auch wenn du den Hof und sogar Cornwall verlassen mußtest — dein Leben ist noch lange nicht zu Ende.«

Auch diesmal gab er keine Antwort. Schließlich nahm er unsere beiden leeren Schüsseln und erhob sich.

»Ich verstehe«, sagte er dann. »Da ich im Augenblick kaum eine andere Wahl habe, werde ich bei Euch bleiben und Euch dienen. Aber nicht weil ich den König oder Herzog Cador fürchte, sondern aus freien Stücken.« Er schluckte. »In gewisser Weise schulde ich Euch das wohl.« Aus seiner Stimme klangen weder Dank noch Versöhnlichkeit.

»Nun«, sagte ich und unterdrückte ein Lächeln, »wenn du jetzt vielleicht die Schüsseln säubern wolltest — das wäre ein Anfang, um deine Schuld bei mir abzutragen.«

Einen Augenblick blieb er bewegungslos stehen. Dann ging er ohne ein Wort hinaus, um Wasser vom Quell zu holen.

5

Junges Fleisch heilt rasch, und Ralf war bald wieder gesund und munter und wollte nichts mehr von meiner Pflege wissen. Nur die

Hüftverletzung setzte ihm noch zu. Ein oder zwei Wochen lang hinkte er.

Seine Versicherung, aus »freien Stücken« bei mir zu bleiben, hatte etwas Belustigendes an sich; denn ohne Pferd und gesunde Beine war er ja an die Höhle gefesselt. Doch ich muß sagen, daß er es mit seinen Pflichten als mein Diener sehr genau nahm. Einzig seine Einsilbigkeit verriet seine wahren Empfindungen. Doch mir war sein Schweigen nur recht. Nach und nach paßte er sich meinen Gewohnheiten an, und wir kamen ganz gut miteinander aus. Wie er auch immer über mein Höhlenquartier und unsere primitiven Alltagsverrichtungen denken mochte — er ließ keinen Zweifel daran, daß er sich als Edelknabe sah, der im Dienst eines Prinzen stand. Ohne es zuerst recht zu bemerken, fand ich mich zusehends von der mühevollen Arbeit befreit, die ich bislang als unvermeidlich hingenommen hatte. Dank seiner Hilfe konnte ich mich wieder dem Studium widmen, meine Arzneien ergänzen, ja selbst Musik machen. Lag ich nachts wach und hörte Ralfs gleichmäßige Atemzüge, so fühlte ich mich zunehmend getröstet. Bald fand auch ich selbst wieder zu geruhsamem Schlaf. Im selben Maß, wie die Alpträume wichen, kehrten körperliche Kraft und seelische Ruhe zurück. Und was meine besonderen Gaben betraf, die Macht Merlins, des Sehers, so zweifelte ich nicht länger daran, daß auch sie sich eines Tages wieder einstellen würde.

Die Wochen vergingen, auf den Feldern im Tal reifte die Ernte, und endlich traf von Tintagel die langerwartete Botschaft ein. Ich hatte Ralf zur Hütte des Schäfers Abba geschickt, dessen Sohn Ban für seinen wunden Fuß Salben brauchte, und war allein, als, gegen Abend schon, ein Reiter das Tal heraufgesprengt kam.

Ich ging dem Boten entgegen. Er war unten am Fels von seinem Pferd gestiegen und erschien jetzt auf der flachen Alm vor der Höhle: ein junger Mann, elegant gekleidet. Da sein Pferd sehr frisch wirkte, schien er sich Zeit gelassen zu haben; keine eilige Botschaft also.

Beim Anblick meiner zerlumpten Kleider stutzte er, nahm dann jedoch seine Kopfbedeckung ab und ließ sich auf ein Knie nieder. Ehrfurchtsvoller Gruß. Für den Zauberer? Für den Königssohn?

»Mein Herr Merlin.«

»Sei willkommen«, sagte ich. »Von Tintagel?«

»Ja, Herr. Von der Königin.« Ein rascher Blick zu mir herauf. »Ohne Wissen des Königs.«

»Wie sich denken läßt, denn sonst würdest du ja ihr Zeichen

tragen. Steh auf. Das Gras ist feucht. Hast du schon gegessen?«

Er sah mich überrascht an. Offenbar war das nicht die Art, in der Prinzen für gewöhnlich ihre Boten empfingen. »Nein, Herr, gegessen habe ich noch nicht — nur im Wirtshaus unten Bescheid gesagt, daß ich bald kommen werde.«

»Dann will ich dich davon nicht abhalten. Zweifellos kannst du dort auf bessere Kost rechnen als hier bei mir. Ist es ein Brief der Königin?«

»Nein, kein Brief, Herr. Nur die Botschaft, daß die Königin Euch zu sehen wünscht.«

»Jetzt?« fragte ich scharf. »Ist etwas mit ihr — oder mit dem ungeborenen Kind?«

»Nein, nichts, worüber man sich sorgen müßte. Die Ärzte und die Frauen versichern, daß alles zum besten steht.« Er senkte den Blick. »Nur scheint die Königin den dringenden Wunsch zu haben, mit Euch zu sprechen. So bald wie möglich, sagte sie.«

»Ich verstehe. Und wo ist der König?«

»Er will Tintagel in der zweiten Septemberwoche verlassen.«

»Ah, das ist mit so bald wie möglich gemeint, habe ich recht?«

Die Frage war ihm offenbar zu direkt. Er warf mir einen kurzen Blick zu und starrte dann wieder vor sich hin. »Die Königin wird Euch dann mit Vergnügen empfangen. Sie hat mir aufgetragen, alle Vorbereitungen zu treffen, damit Ihr einen angenehmen Aufenthalt habt. Aber natürlich darf von Eurem Erscheinen auf Tintagel sonst niemand wissen.« Mit unerwarteter Aufrichtigkeit fügte er hinzu: »Denn wenn man in Cornwall davon erfährt, so würdet Ihr nicht mehr lebendig herauskommen — das versteht Ihr doch. Vielleicht wäre eine Verkleidung ratsam.«

»Nun«, sagte ich und strich mir übers Kinn, »wie du siehst, bin ich schon halb verkleidet. Mach dir keine Sorgen, ich verstehe schon und werde in aller Heimlichkeit kommen. Nannte die Königin keinen Grund für ihren Wunsch, mich zu sehen?«

»Nein, Herr.«

»Und du hast auch sonst nichts gehört, aus dem Geschwätz der Weiber vielleicht?«

Er schüttelte den Kopf, fügte dann hastig hinzu: »Herr, ich weiß nur, daß es ihr wichtig war. Sie sprach zwar nicht davon, aber gewiß handelt es sich um das Kind.«

»Dann werde ich kommen.« Ich sah den bestürzten Ausdruck auf seinem Gesicht und sagte scharf: »Nun, was hast du denn erwartet? Weder die Königin noch der König haben über mich zu gebieten?«

»Wer sonst?«

»Ich selbst. Und mein Gott. Aber du kannst zur Königin zurückkehren und ihr sagen, daß ich erscheinen werde. Welche Vorbereitungen hast du für mich getroffen?«

Erleichtert beeilte er sich, vertrautes Gelände zu betreten. »Etwa fünf Meilen von Tintagel, an einer Furt des Flusses Camel, befindet sich ein kleines Gasthaus. Der Wirt, ein Mann namens Caw, stammt zwar aus Cornwall, doch Maeve, sein Weib, gehörte zu den Frauen der Königin, und deshalb ist auf seine Verschwiegenheit Verlaß. Man erwartet Euch, und Ihr könnt dort Quartier nehmen, ohne für Euer Leben fürchten zu müssen. Die Söhne sind bereit, für Euch Botschaften nach Tintagel zu bringen, sofern Ihr welche habt. Ihr selbst solltet Euch der Burg erst nähern, wenn die Königin nach Euch schickt. Und jetzt zur Reise. Da Mitte September mit gutem Wetter zu rechnen ist und die See um diese Zeit meist noch sehr ruhig ...«

»Falls du die Absicht hast, mir die Vorzüge einer Seereise zu schildern, so verschwendest du deine Zeit«, unterbrach ich ihn. »Schon auf einer Fähre über den Severn-Fluß würde mir übel werden. Nein, da ziehe ich den normalen Landweg vor.«

»Aber die Hauptstraße führt an den Soldatenquartieren bei Caerleon vorbei, wo man Euch erkennen könnte. Und die Brücke bei Glevum wird von den Kriegern des Königs bewacht.«

»Nun gut. Zur Not bin ich bereit, mich über einen Fluß setzen zu lassen.«

Er hatte zweifellos recht. Der Weg durch Caerleon und über die Glevum-Brücke war zu gefährlich, und wenn ich dem ausweichen wollte, so mußte ich einen großen, zeitraubenden Bogen schlagen.

»Ich werde die Militärstraße meiden«, sagte ich. »Entlang der Küste, durch Nidum, gibt es eine gute Fährte. Diesen Weg werde ich einschlagen, sofern du mir an der Mündung des Ely-Flusses ein Boot besorgen kannst.«

»Sehr wohl, Herr.« Und so verblieben wir. Ich würde vom Ely zur Mündung des Uxella im Land der Dumnonii übersetzen und dort in südwestlicher Richtung der Wegspur folgen, somit die Straßen meidend, wo ich auf Uthers oder Cadors Krieger stoßen konnte.

»Kennt Ihr den Weg?« fragte er mich. »Beim letzten Teil der Strecke kann Euch natürlich Ralf als Führer dienen.«

»Ralf wird mich nicht begleiten. Doch keine Sorge, ich verirre mich schon nicht. Schließlich war ich bereits in jener Gegend, und außerdem wird sich immer jemand finden, der mir mit einem Rat hilft.«

»Falls Ihr unterwegs die Pferde zu wechseln wünscht, so könnte ich dafür sorgen, daß ...«

»Lieber nicht«, unterbrach ich ihn. »Wie du ganz richtig gesagt hast, ist für mich eine Verkleidung äußerst ratsam, und so werde ich reisen, wie ich schon früher gereist bin — als Augenarzt. Ein so einfacher Mann ist es nicht gewohnt, überall frische Pferde vorzufinden. Nein, laß nur. Auf meine Weise komme ich sicher ans Ziel, und wenn die Königin mich zu sehen wünscht, so werde ich zur Stelle sein.«

Er nickte befriedigt und blieb noch eine Weile, um mir auf meine wißbegierigen Fragen Rede und Antwort zu stehen. Uther hatte seine kurze Strafexpedition gegen die Eindringlinge von der Küste erfolgreich abgeschlossen und die Landräuber wieder über die Grenzen der verbündeten Westsachsen zurückgeworfen. Im Augenblick war im Süden alles friedlich. Doch aus dem Norden kam weniger erfreuliche Kunde. Angeln, aus Germanien stammend, waren beim Alaunus-Fluß ins Land der Votadini eingedrungen: in jenes Land also, das wir Dyfed Manau Guotodin nennen. Vor einem Jahrhundert von Kaiser Maximus gerufen, kam von dort der große König Cunedda, um die Iren aus Nordwales zu vertreiben und später mit seinem Volk unter dem Zeichen des römischen Adlers zu siedeln. Sie waren wohl die ersten der sogenannten Verbündeten. Nach dem Sieg über die Iren blieben sie in Nordwales, von ihnen Gwynedd genannt. Der jetzige Herrscher dort war ein Nachkomme Cuneddas, Maelgon mit Namen, ein strenger König und kühner Krieger.

Über das Votadini-Land herrschte, gleichfalls von Cunedda abstammend, der junge König Lot, der es an Mut und Verwegenheit durchaus mit Maelgon aufnehmen konnte. Seine Burg lag an der Küste südlich von Caer Eidyn inmitten seines Reiches Lothian. Er war es gewesen, der die letzten Angriffe der Angeln zurückgeschlagen hatte.

Ich entsann mich noch gut. Seinerzeit übertrug ihm mein Vater Ambrosius die Führung in der Hoffnung, daß er gemeinsam mit anderen Königen — Gwalawg von Elmet, Urien von Gore, Coel von Rheged und den Fürsten von Strathclyde — im Norden und Osten einen starken Schutzwall bilden würde. Doch Lot, so hieß es, war ehrgeizig und streitsüchtig; und Strathclyde hatte bereits neun Söhne gezeugt, die sich wie bissige junge Hunde um das ihnen zustehende Erbe balgten. Urien von Gore, mit Lots Schwester vermählt, galt als treuer Bundesgenosse, doch hieß es, er sei oft nicht mehr als Wachs in Lots Hand. Der Stärkste von allen war Coel von Rheged, der es immer noch verstand, seine Fürsten und Grafen mit leichter Hand zusammenzuhalten und sie gemeinsam gegen jeden Feind ins Feld zu führen, der das Hohe Königreich bedrohte.

Von dem Boten erfuhr ich jetzt, daß sich der König von Rheged mit Ector von Galava, Ban von Benoic sowie Lot und Urien vereint hatte, um den Norden von Angreifern zu säubern. Bisher war das Unternehmen erfolgreich verlaufen. Überhaupt klangen die Meldungen recht verheißungsvoll. Reiche Ernte überall, so daß der Hunger keine weiteren Sachsen herübertreiben würde. Eine Zeit des Friedens stand zu erhoffen: ausreichende Frist für Uther, um jegliche Unruhe zu schlichten, die durch seinen Zwist mit Cornwall und seine Vermählung entstanden sein mochte. Auch hatte er nun Gelegenheit, die einst von Ambrosius geschlossenen Bündnisse zu erneuern und den Schutz des Reiches zu verstärken und zu erweitern.

Als der Bote wieder davonritt, gab ich ihm keine Briefe mit, sondern beschränkte mich auf mündliche Mitteilungen: Er möge Ralfs Großmutter von ihrem Enkel grüßen und der Königin meine Ergebenheit bekunden und auch meinen Dank für das Reisegeld, das sie ihm für mich mitgegeben hatte. Mit sichtbarer Erleichterung trabte der junge Mann ins Tal hinab. An mir war es jetzt, Ralf über meine Pläne zu unterrichten.

Keine leichte Aufgabe. Als er von dem Boten erfuhr, leuchteten seine Augen auf, doch schien er enttäuscht, daß der Mann bereits wieder fort war. Die Grüße seiner Großmutter wischte er mit einer ungeduldigen Handbewegung beiseite. Statt dessen mußte ich ihm ausführlich über die Kämpfe südlich von Vindocladia berichten, und die fast gierige Anteilnahme, mit der er mir zuhörte, bewies sehr deutlich, daß er unter der erzwungenen Untätigkeit hier bei mir viel stärker litt, als er sich je hatte anmerken lassen.

Schließlich kam ich auf den Kernpunkt der Botschaft, den Wunsch der Königin, mich zu sprechen. Sein Gesicht glänzte vor Freude.

»Wann brechen wir auf?«

»Wir? Davon kann nicht die Rede sein. Ich werde allein reisen.«

»Allein?« Es klang fast wie ein Schrei. Er stand mit starrenden

Augen und offenem Mund. Schließlich sagte er, mühsam nach Worten ringend: »Das könnt Ihr doch unmöglich im Ernst meinen!«

»Doch, Ralf. Und glaube nicht, daß es sich dabei um eine Laune von mir handelt. Ich würde dich sehr gern mitnehmen, aber leider ist das ausgeschlossen.«

»Aber wieso denn, Herr? Die Höhle können wir getrost unbewacht zurücklassen. Das habt Ihr ja auch schon früher getan. Die Reise hingegen könnt Ihr unmöglich allein überstehen. Wie wolltet Ihr da wohl zurechtkommen?«

»Mein guter Ralf, es wäre wahrscheinlich nicht das erstemal.«

»Vielleicht, Herr. Aber Ihr werdet mir zugeben müssen, daß ich Euch bislang ein zuverlässiger Diener gewesen bin. Warum wollt Ihr mich nicht bei Euch haben? Während Ihr in Tintagel seid, wo sich so viel ereignet, soll ich hier in der Einsamkeit bleiben?« Er atmete heftig, und seine blitzenden Augen verrieten, daß es mit seiner sonstigen Höflichkeit vorbei war. »Ich warne Euch, Herr, wenn Ihr ohne mich reist, so werdet Ihr mich bei Eurer Rückkehr nicht mehr hier finden.«

Ich wartete einen Augenblick und sagte dann ruhig: »Sei vernünftig, Ralf. Du mußt einsehen, daß ich dich nicht mitnehmen kann. Du bist in der Gegend von Tintagel viel zu bekannt, und falls dich einer von Cadors Männern entdecken sollte — nun, du weißt, womit du zu rechnen hättest.«

»Gewiß. Aber Ihr scheint immer noch zu glauben, daß ich Cador und den König fürchte.«

»Nein, das glaube ich keineswegs. Doch es ist töricht, sich einer Gefahr auszusetzen, die sich vermeiden läßt.«

»Und Ihr selbst? Gilt das für Euch etwa nicht?«

»Schon möglich. Doch ich werde mich einer Verkleidung bedienen. Nicht umsonst habe ich mir in der letzten Zeit diesen Bart wachsen lassen.«

»Oh — Ihr habt also damit gerechnet, daß die Königin Euch zu sich ruft?«

»Nein, damit eigentlich nicht«, sagte ich. »Doch ich wollte unbedingt dabeisein, wenn zu Weihnachten das Kind geboren wird.«

Er starrte mich an. »Warum?«

Ich musterte ihn stumm. Er stand im Höhleneingang, hinter sich die untergehende Sonne, in den Händen immer noch den Weidenkorb, mit dem er von der Hütte des Schäfers zurückgekehrt war.

Unter dem sauberen Leinentuch lag gewiß wieder ein Stück Brot, wie Abba es mir regelmäßig schickte. Ich sah Ralfs Fäuste. Mit weißen Knöcheln hielten sie den Korbgriff umklammert. Dieser halbe Knabe glich einem kampfbegierigen Stier, kaum noch zu bändigen. Doch es schien mehr dahinterzustecken: mehr noch als Heimweh; und mehr auch als Enttäuschung über ein dahinschwindendes Abenteuer.

»Setz endlich den Korb ab und komm herein«, sagte ich. »Und jetzt nimm Platz. Es ist wohl an der Zeit, daß wir beide ein vernünftiges Gespräch miteinander führen. Als ich dich in meinen Dienst nahm, tat ich das keineswegs, um jemanden zu haben, der mir die Kochtöpfe scheuert und frisches Brot vom Schäfer holt. Auch wenn mir selbst mein Leben hier auf Bryn Myrddin durchaus behagt, so weiß ich doch recht gut, daß es dich kaum befriedigt — zumindest nicht für längere Zeit. Laß mich die Dinge beim Namen nennen, Ralf. Wir warten, alle beide. Wir sind der Gefahr entflohen, haben unsere Wunden ausgeheilt, und jetzt bleibt uns nichts als eben dies — das Warten.«

»Auf die Niederkunft der Königin? Aber warum?«

»Weil sie ihren Sohn gleich nach seiner Geburt meiner Obhut anvertrauen wird.«

Er sah mich lange schweigend an. Schließlich fragte er mit verwundertem Kopfschütteln: »Weiß denn auch meine Großmutter schon davon?«

»Wahrscheinlich vermutet sie, daß die Zukunft des Kindes in meinen Händen liegt. Als ich in jener Nacht auf Tintagel zum letztenmal mit dem König sprach, ließ er keinen Zweifel daran, daß er niemals bereit sein würde, das Kind anzuerkennen. Und deshalb hat mich die Königin jetzt auch wohl rufen lassen.«

»Aber ... warum sollte er seinen ältesten Sohn nicht anerkennen? Meint Ihr etwa, daß er ihn vom Hof verbannen will? Aber das würde die Königin doch niemals zulassen. Ein neugeborenes Kind — wieso sollte sie das gerade Euch anvertrauen? Ihr hättet doch gar nicht die Möglichkeit, ihm die notwendige Pflege angedeihen zu lassen. Und woher wollt Ihr überhaupt wissen, daß es ein Knabe wird?«

»In jener Nacht auf Tintagel, Ralf, hatte ich eine Vision. Nachdem du uns durch die Ausfallpforte eingelassen hattest, hielt Ulfin Wache vor dem Gemach, in dem der König bei Ygraine weilte, während dir die Aufgabe übertragen war, den Pförtner durch Würfelspiel abzulenken. Erinnerst du dich noch?«

»Gewiß. Wie könnte ich es je vergessen? Die Nacht wollte kein Ende nehmen.«

Ich lächelte flüchtig. Ihm zu sagen, daß sie im Grunde auch jetzt noch nicht vorüber war, hatte wenig Sinn.

»Mir erging es, während ich allein im Wachraum wartete, kaum anders. Und dann erschien mir die Vision, von der ich soeben sprach, und ich wußte, daß meine Weissagungen sich erfüllen würden und daß es tatsächlich Gott war, dessen Gebot ich folgte. Von der Treppe draußen kam ein Geräusch, und ich trat hinaus und sah, wie Marcia, deine Großmutter, vom Gemach der Königin her die Stufen herabstieg, ein Kind in den Armen. Und obwohl es März war, spürte ich plötzlich bittere Kälte wie mitten im Winter. Dann erkannte ich, daß ich durch Marcia hindurchsehen konnte, und begriff, daß es sich um ein Gesicht handelte. Sie streckte mir das Kind entgegen und sagte: ›Nimm ihn in deine Hut.‹ Sie weinte. Und dann war sie verschwunden, und mit ihr das Kind und auch die Winterkälte. Doch die Erscheinung war unmißverständlich, Ralf. Zu Weihnachten werde ich zur Stelle sein und warten, und Marcia wird den Sohn der Königin meiner Obhut anvertrauen.«

Er blieb lange stumm. Die Vision schien ihn zu bestürzen. Doch schließlich sagte er, den Sinn ganz aufs Praktische gerichtet: »Und ich? Welche Rolle spiele ich dabei? Hat meine Großmutter mich deshalb zu Euch geschickt, damit ich Euch diene?«

»Ganz recht. Da bei König Uther für deine Zukunft wenig zu erhoffen war, lag ihr daran, dich in der Nähe seines Sohnes zu wissen.«

»Bei einem hilflosen Kind?« Seine Enttäuschung war nicht zu überhören. »Wenn, wie Ihr meint, der König seinen Erstgeborenen nicht anerkennt — soll sein Sohn dann wirklich bei Euch aufwachsen? Schön, ich begreife ja zur Not, daß Ihr und auch meine Großmutter deswegen besorgt seid. Aber warum nur, allmächtiger Himmel, werde ich da mit hineingezogen? Welche Hoffnungen bleiben mir, wenn ich dem Bastard eines Königs diene, den sein eigener Vater nicht anerkennt?«

»Der Bastard eines Königs?« sagte ich. »O nein, Ralf — sondern ein König aus eigenem Recht.«

Eine Zeitlang war nichts zu hören als das Prasseln der Flammen.

Ich sagte: »Trotz deiner Verbitterung hast du mir in all diesen Monaten treu gedient, und ich will dir nicht verschweigen, daß ich ein wenig ratlos bin, weil ich nicht weiß, ob auch du in den göttlichen Plan gehörst. Seit Gorlois' Tod habe ich keine Vision mehr gehabt. Doch ich kann dir versichern, daß ich niemanden lieber an meiner Seite wüßte als dich, und zwar nicht als der Diener, der du mir bisher gewesen bist. Nein, im kommenden Winter werde ich einen treuergebenen Kämpfer brauchen, nicht für mich selbst, sondern für den zukünftigen Hohen König.«

Aus seinem Gesicht war alles Blut gewichen. Er stammelte: »Woher sollte ich denn wissen, daß ... ich dachte doch ...«

»Daß dein Schicksal besiegelt sei und du zu den Ausgestoßenen gehörst? Nun, verbannt waren wir in gewissem Sinn wohl beide. Ich sagte dir ja, daß wir warten müßten.« Draußen vor der Höhle sank die Dämmerung. Die Sonne war verschwunden. »Auch ich weiß nicht, was uns erwartet, außer Gefahr und Verlust und Verrat und — ganz zum Schluß — vielleicht auch ein wenig Ruhm.«

Er verharrte sehr still, während ich einen Augenblick meinen Gedanken nachhing und ihn dann anlächelte: »Glaubst du mir nun, daß ich deinen Mut nicht bezweifle?«

»Ja. Verzeiht mir, daß ich vorhin so unbedacht sprach.« Er sah mich aufmerksam an und fragte: »Warum Euch die Königin jetzt zu sehen wünscht, wißt Ihr nicht?«

»Nein.«

»Aber da Ihr auf Eure Vision vertraut, glaubt Ihr ungefährdet nach Cornwall reisen und auch wieder zurückkehren zu können?«

»Ja.«

»Ich will Eure Zauberkraft keineswegs unterschätzen. Aber könnte es nicht sein, daß Ihr die Reise nur deshalb sicher überstehen werdet, weil ich bei Euch bin, um Euch zu beschützen?«

Ich lachte. »Schon gut, Ralf. Ein mutiger Mann gibt sich nie geschlagen. Aber du mußt begreifen, daß deine Begleitung die Gefahr nur verdoppeln würde. Wenn ich auch weiß, daß mir nichts geschieht, so gilt das doch noch lange nicht für dich.«

»Wenn Ihr euch verkleiden könnt, so kann ich das auch, als Bettler, als Lump, als was immer Ihr wollt.« Er schluckte hart. »Da Ihr wißt, daß Euch nichts geschehen wird, kann meine Begleitung Euch doch nicht gefährden, und nur darauf kommt es an. Nehmt mich also mit — bitte!«

Seine Stimme, die Stimme eines flehenden Kindes, verstummte abrupt. Vor uns flackerten die Flammen. Ich begann zu grübeln. Vor gar nicht langer Zeit hätte ich nur in das Feuer zu starren brauchen, um dort auf meine Fragen Antwort zu erhalten. Konnte ich es auf mich nehmen, Ralf seinen Wunsch zu erfüllen? Oder würde ich eines Tages auch für seinen Tod die Verantwortung tragen müssen? Ich blieb in meiner Entscheidung ganz auf mich gestellt, denn die Flammen zeigten mir nichts als das eifrige Gesicht eines Jünglings, den es drängte, sich endlich als Mann zu bewähren. Uther hatte ihm das verweigert. Ich brachte es nicht übers Herz.

Sorgsam nach Worten suchend, sagte ich schließlich: »Du weißt, daß man für sich und seine Taten selbst einstehen muß. Und deshalb habe ich wohl nicht das Recht, dich von der Reise zurückzuhalten. Also gut, du magst mitkommen ... Nein, danke mir lieber nicht. Ich fürchte, daß du mich für meine Nachgiebigkeit schon bald gründlich hassen wirst. Was uns bevorsteht, ist kein Kinderspiel, und ehe wir aufbrechen, habe ich noch Arbeit für dich, die dir kaum schmecken dürfte.«

»Das bin ich gewohnt«, rief er lachend. Die freudige Erregung auf seinem Gesicht weckte in mir die Erinnerung an frühere Zeiten. »Wollt Ihr mich etwa in den Anfangsgründen der Zauberkunst unterweisen?«

»Nein, aber in den Anfangsgründen der Heilkunst, ob dir das nun gefällt oder nicht. Ich werde als Augenarzt reisen, eine unverfängliche Tarnung, mit der man überall durchkommen kann. Und du wirst mein Gehilfe sein, was nichts anderes heißt, als daß du dich auf das richtige Mischen der Salben verstehen mußt.« Er lächelte breit. »Dann wollen wir hoffen, daß Gott den armen Kranken beisteht. Ihr wißt ja, daß ich ein Kraut vom anderen nicht unterscheiden kann.«

»Keine Sorge, das Auswählen der Pflanzen bleibt auf jeden Fall mir vorbehalten. Du hast sie nur zuzubereiten.«

»Gut«, sagte er vergnügt. »Und falls einer von Cadors Leuten es sich einfallen lassen sollte, unsere Verkleidung zu durchschauen — nun, wozu gibt es denn die Magie? Salbenbewaffnet wird ihn der Gehilfe des Augenarztes ganz einfach mit Blindheit schlagen.«

6

Zwei Tage vor Mitte September erreichten wir das Gasthaus bei Camelford.

Der Fluß dort schlängelt sich durch ein enges Tal mit steilen Hängen. Die letzte Wegstrecke führte uns dicht am Ufer entlang. Wir ritten über moosbewachsene Pfade zwischen schattigen Bäumen. Die Hufe unserer Pferde riefen nur gedämpfte Geräusche hervor. Neben uns wand sich der Fluß an glitzernden Felsblöcken aus Granit vorbei. Überall auf Eichen und Buchen zeigte sich gelbes Laub. Im Dickicht reiften Nüsse, und die tiefhängenden Zweige der Weiden wurden von sprudelndem Wasser umspült. Hier und dort drangen Sonnenstrahlen durchs Geäst, und manchmal schimmerte eine taubenetzte Spinnwebe in der Helle.

Unsere Reise war ohne besondere Zwischenfälle verlaufen. Südlich des Severn (wo wir kaum noch fürchten mußten, erkannt zu werden) schlugen wir ein gemächliches Tempo an. Wie so oft im September war das Wetter angenehm warm und hatte doch jene wohltuende Frische, die einen Ritt zum Vergnügen werden läßt. Trotz unserer ärmlichen Kleidung und der Arbeit, die er als mein Gehilfe verrichten mußte, strahlte Ralf in frischerwachter Lebenslust.

Südlich von Herkulespunkt (altes Römerlager, von Uther als Stützpunkt benutzt) wollte es das Mißgeschick, daß wir mitten auf der Heide einer bewaffneten Schar begegneten, Krieger des Königs, die gerade von einem Erkundungsritt zurückkehrten. Sie nahmen uns zum Lager mit und unterzogen uns einem kurzen Verhör, nicht mehr als eine Formalität. Ein flüchtiger Blick auf unser Reisegepäck genügte ihnen offenbar, um meiner Geschichte Glauben zu schenken. Sie gaben uns sogar von ihrem Wein, und einer der Männer folgte mir nach draußen und bat mich um einen Topf Salbe.

In scharfem Galopp strebten wir über die Heide hin, fort vom Lager und seiner Besatzung.

»Hast du jemanden gesehen, den du kanntest, Ralf?«

»Nein. Und Ihr?«

»Ja, einen der Offiziere, Priscus mit Namen. Aber er schien mich nicht zu erkennen.«

»Kein Wunder, Herr. Oder vielleicht doch ein Wunder. Mir würde es jedenfalls nicht anders ergehen. Und es liegt nicht nur an Eurem Bart. Euer Gang, Eure Stimme, alles ist wie umgewandelt. Auch in jener Nacht auf Tintagel, als Hauptmann des Herzogs verkleidet, hätte niemand Eure Maske durchschaut. Nicht umsonst spricht man im Volk soviel von Zauberei.«

Ich lächelte. »Gar so viel hat es hiermit nicht auf sich«, sagte ich. »Wenn man ein Handwerk oder ein Gewerbe ausübt, so geben sich die Menschen meist mit dem äußeren Anschein zufrieden und versuchen gar nicht erst, tiefer zu dringen.«

In der Tat hatte ich auf meine Verkleidung keine große Mühe

verwandt. Ein unscheinbares braunes Gewand mit einer Kapuze, die ich mir übers Gesicht ziehen konnte — das war, bis auf den Bart, eigentlich alles. Von der Brosche — das königliche Zeichen des Roten Drachens auf Gold —, die mir mein Vater einst geschenkt hatte, mochte ich mich nicht trennen; allerdings trug ich sie auf der Innenseite meines Gewandes.

Gegen Abend erreichten wir endlich Camelford. Das Gasthaus, ein kleines Gebäude aus Lehmziegeln, stand fast unmittelbar an der Furt. Der Weg am Fluß führte uns zunächst zum hinteren Teil. Das Haus wirkte freundlich und sehr sauber. Rötliche Tünche bedeckte die Ziegel, und auf dem Hinterhof pickte eine Schar wohlgenährter Hühner. Im Schatten eines Maulbeerbaums schlief ein Kettenhund. Gegen den Kuhstall war, in säuberlichen Schichten, Brennholz gestapelt.

Der Zufall wollte es, daß die Wirtsfrau gerade mit einer Magd das Bettzeug von den Büschen holte, wo es in der Sonne gelegen hatte. Während der Hofhund, an rasselnder Kette, die Fremdlinge wütend ankläffte, beschattete die Frau ihre Augen mit der Hand und spähte zu uns herüber.

Sie war noch jung und wirkte recht derb und gesund. Doch ihre schlechten Zähne und die plumpe Gestalt verrieten, daß sie eine unselige Neigung zu Näschereien hatte; aus ihren lebhaften Augen sprach, womöglich noch eindeutiger, der Hang auch zu anderen Wonnen. Abschätzend glitt ihr Blick über Ralf hinweg, befand ihn offenbar für zu jung und huschte erwartungsvoll zu mir. Doch der Mann im schlichten braunen Gewand schien sie noch mehr zu enttäuschen. Dann erkannte sie uns plötzlich, Ralf war ihr ja früher schon begegnet. Einen Augenblick schien es, als wollte sie sich, sprachlos und mit offenem Mund, tief vor mir verneigen. Doch sie hatte sich in der Gewalt. Sie schickte die Magd mit einem Teil des Bettzeugs ins Haus, trieb den Hund in den Schatten des Maulbeerbaums zurück und begrüßte uns mit einem Lächeln. In ihren Augen spiegelten sich Wißbegier und Erregung.

»Ihr seid wohl der Augenarzt, wie?«

Wir zügelten unsere Pferde. »In der Tat, Frau, so ist es. Ich heiße Emrys, und dies hier ist mein Diener Ban.«

»Wir erwarten euch schon. Eure Betten stehen bereit.« Dicht zu mir herantretend, flüsterte sie: »Seid willkommen, Herr, und Ralf natürlich auch. Er ist inzwischen ja um eine ganze Handspanne gewachsen. Wenn Ihr jetzt bitte eintreten wollt.«

Ich stieg ab und reichte Ralf die Zügel. »Danke. Es ist schön, endlich am Ziel zu sein. Die lange Reise hat uns beide ermüdet. Um die Pferde wird Ralf sich selber kümmern. Bevor wir ins Haus gehen, Maeve, berichte mir rasch, was es auf Tintagel Neues gibt. Ist die Königin wohlauf?«

»Ja, Herr, und allen Heiligen und allen guten Feen sei dafür Dank. In dieser Hinsicht braucht Ihr Euch keine Sorgen zu machen.«

»Und der König? Ist er noch auf Tintagel?«

»Ja, Herr, aber man sagt, daß er die Burg bald verlassen wird. Ihr werdet nicht lange warten müssen. Und hier seid Ihr sicherer als irgendwo sonst in Cornwall. Wenn eine Kriegerschar in der Nähe auftaucht, so kann man sie schon etwa eine Meile entfernt hören. Und sorgt Euch nicht wegen Caw, meinem Mann. Er ist zwar ein Anhänger des Herzogs, doch er würde nie etwas tun, was meiner früheren Herrin schaden könnte, und außerdem ist er mir stets gefügig. Nun, vielleicht nicht stets. Es gibt schon Dinge, wo er nicht oft genug tut, was ich gerne hätte.« Sie brach in helles Gelächter aus. Ralf warf mir einen kurzen Blick zu und grinste dann. Während er die Pferde bei den Zügeln nahm, führte Maeve mich ins Haus und schwatzte laut über Betten und Kost und über ihr Kleines, dessen entzündete Augen unbedingt der Kunst eines Arztes bedürften.

Als ich dann, später am Abend, ihren Mann sah, wußte ich sofort, daß von ihm kein Verrat zu befürchten war. Er schien das Gold des Schweigens dem Silber des Redens entschieden vorzuziehen. Während wir bei der Abendmahlzeit saßen, tauchte er plötzlich auf, musterte Ralf mit raschem Blick, nickte mir zu und bediente uns dann, ohne auch nur ein einziges Wort zu äußern. Seine Frau behandelte ihn genauso rauh und genauso herzlich, wie sie es bei anderen tat. Es war zweifellos ihre Tüchtigkeit, der wir die ausgezeichnete Kost und das behagliche Quartier verdankten. Ich kann mich nicht erinnern, je in einem besser geführten Gasthaus untergekommen zu sein.

Kein Wunder also, daß außer uns auch viele andere den Weg hierherfanden. Dennoch liefen wir kaum Gefahr, von jemandem erkannt zu werden. Mein angebliches Gewerbe als reisender Heilkünstler befriedigte nicht nur die flüchtige Neugier der Leute, sondern gab Ralf und mir auch einen bequemen Vorwand, viel über Land zu reiten und dem Gasthaus nach Möglichkeit fernzubleiben. Morgens brachen wir, mit Brot und Wein wohlversorgt, schon in aller Frühe auf und strebten dann durch eine der schmalen, dichtbewaldeten Seitenschluchten des Cameltals zum windgepeitschten Hochland hinauf, das zwischen Camelford und dem Meer lag. Ralf kannte jeden Winkel des Gebiets. Oft trennten wir uns, um, jeder für sich, einen verborgenen Beobachtungsposten aufzusuchen, von wo man gute Sicht auf die beiden Straßen hatte, über die Uther mit seinen Männern von Tintagel her wahrscheinlich reiten würde.

Im Gasthaus wußte natürlich niemand etwas vom eigentlichen Zweck unserer Streifzüge. Angeblich waren wir auf der Suche nach Heilpflanzen, und ich versäumte es auch nie, mit einem Beutel voll Wurzeln und Beeren zurückzukommen: Gewächse, die es in meiner Heimat nicht gab und über deren Besitz ich recht froh war. Da sich das gute Wetter hielt, konnte sich über unsere Ausritte auch niemand verwundern. Im übrigen freute man sich, einen Arzt zur Hand zu haben, der jeden Abend bereit war, Kranke gegen ein geringes Entgelt zu behandeln.

Eine ganze Woche verstrich, ehe Uther schließlich die Burg verließ.

Die Fährte von Tintagel nach Camelford zieht sich fast eine Viertelmeile am Fuß eines steilen Abhangs dahin, dessen dichtes Gehölz nahezu undurchdringlich ist. Doch gibt es hier und dort winzige Lichtungen, auf denen Farne und Disteln und Sträucher wuchern. Ich war gerade dabei, Beeren zu sammeln, als ich plötzlich in der Ferne ein Geräusch hörte wie leise rollender Donner.

Es war das Stampfen von Pferdehufen tief unter mir. Rasch zog ich mich zwischen die Bäume zurück und spähte. Bald sah ich die Spitze der Reiterschar, dann kam der Rest der Kolonne, ein riesiger Trupp, tausend Mann oder mehr. Metall klirrte, Staub wölkte, Standarten gleißten im Sonnenlicht.

Vorn ritt der König. Ihm folgte, mit aufgepflanztem Roten Drachen, der Bannerträger. Auch andere Farben schimmerten durch den Dunst, doch so angespannt ich auch Ausschau hielt, alles konnte ich nicht erkennen, und so mochte es durchaus sein, daß meinem Blick durch den Staub entzogen blieb, wonach er eigentlich suchte — bedauerlich, aber nicht zu ändern. Kaum war der letzte Berittene verschwunden, als ich auch schon dem Treffpunkt zustrebte, den ich mit Ralf verabredet hatte.

Er kam mir auf halbem Wege entgegen. »Habt Ihr sie gesehen?« fragte er keuchend.

»Ja. Aber wo hast du gesteckt? Ich hatte dir doch aufgetragen, die andere Straße zu beobachten.«

»Das habe ich auch getan. Doch dort zeigte sich nichts. Und so kehrte ich zurück und hörte plötzlich das Stampfen vieler Hufe. Aber ich kam zu spät, um noch die ganze Schar zu sehen. Es war der König, nicht wahr?«

»Ja. Konntest du die Banner erkennen? Oder irgendein vertrautes Gesicht?«

»Ich sah Brychan und Cynfelin, doch sonst niemanden von Dyfnaint. Auch waren die Männer von Garlot dabei und Bernyw, glaube ich. Aber ich bin meiner Sache nicht sicher, denn der Staub war zu dicht. Und dann entschwanden sie ja auch sofort.«

»Befand sich Cador unter ihnen?«

»Verzeiht, Herr, aber das weiß ich nicht.«

»Schon gut. Da andere aus Cornwall mit dem König ritten, dürfte auch er kaum gefehlt haben.«

Am Morgen des nächsten Tages erschien der erwartete Bote. Ralf brachte ihn zu mir, und ich erfuhr, daß die Königin mich sofort zu sehen wünschte. Wenig später ritten Ralf, der Bote und ich durch den milden Septembertag auf Tintagel zu.

7

Ygraine erschien mir seit unserem letzten Zusammentreffen sehr verändert, was ich zuerst auf ihre Schwangerschaft schob. Ihr früher so schlanker Leib war jetzt sehr plump, und obwohl ihr Gesicht gesund wirkte, zeigte sich um Augen und Mund jener eigentümlich überschattete Zug, wie man ihn bei Frauen in diesem Zustand oft gewahrt. Doch die eigentliche Veränderung saß tiefer. Sie sprach aus Ygraines Blick, aus ihren Gebärden. Hatte sie einst einem jungen Vogel geglichen, der voll Tatendrang seinem Käfig zu entkommen trachtet, so ähnelte sie jetzt eher einem dumpf brütenden Wesen voller Erdenschwere.

Sie empfing mich in ihrem Gemach, einem langgestreckten Raum, der von Sonnenlicht durchflutet war. Doch die Königin zog es vor, im Schatten an einem der schmalen Turmfenster zu sitzen, durch das nichts drang als das leise Lispeln des Windes und das Tosen der Brandung, die tief unten gegen die Felsen schlug. Dies war die Ygraine, wie ich sie von früher her kannte: die junge Frau, der Wind und Meer lieber waren als das gleißende Licht des Tages. Der Eindruck von Käfig oder Kerker jedoch blieb. Hier hatte sie als Gorlois' Gemahlin ihre Zeit verbracht. Jetzt, nach kurzem Flug ins Freie (wo das Schicksal sie in London mit Uther zusammengeführt hatte), war sie erneut in dieses Verlies eingesperrt, eine Gefangene ihrer Liebe zum König und der bevorstehenden Mutterschaft. Bis auf eine Ausnahme habe ich zu Frauen nie eine engere Bindung gehabt, doch mein Mitgefühl besaßen sie stets. Und ich muß gestehen, daß es mir jetzt, als ich die junge, schöne Königin sah, nicht anders ging. Obschon ich mich vor dem fürchtete, was sie mir zu sagen haben mochte, tat sie mir in tiefster Seele leid.

Sie war allein. Zu ihrem Gemach geführt hatte mich ein Kämmerer. Im Vorraum saßen spinnende und webende Frauen, die für einen Augenblick ihr Geschwätz unterbrachen und mich neugierig betrachteten. Erkannt wurde ich offenbar nicht: irgendein Bote, den die Königin in Abwesenheit ihres Gemahls empfing.

Der Kämmerer klopfte an die Tür des inneren Gemachs und zog sich dann zurück. Marcia, Ralfs Großmutter, öffnete. Einen Augenblick musterte sie mich verwundert, und selbst Ygraine schien über meinen seltsamen Aufzug überrascht. Dann streckte sie mir lächelnd die Hand entgegen.

»Willkommen, Prinz Merlin.«

Marcia ließ uns sofort allein. Ich trat vor, kniete nieder und küßte der Königin die Hand.

»Majestät.«

Mit einem freundlichen Wink gebot sie mir, mich wieder zu erheben.

»Ich danke Euch dafür, daß Ihr meinem Ruf so rasch gefolgt seid. Hoffentlich hattet Ihr eine angenehme Reise.«

»Sehr angenehm. Wir haben im Gasthaus bei Camelford Wohnung genommen, und bislang hat mich oder Ralf niemand erkannt. Euer Geheimnis ist also gewahrt.«

»Ihr beweist große Umsicht, wie stets. Selbst mir, die ich Euch doch gut kenne, wäre Eure wahre Identität verborgen geblieben.«

Ich strich mir lächelnd übers Kinn. »Wie Ihr seht, war ich seit geraumer Zeit darauf vorbereitet.«

»Kein Zauber diesmal, keine Magie?«

»Genausoviel und genausowenig wie sonst«, sagte ich.

Sie musterte mich mit einem durchdringenden Blick aus ihren wunderschönen blauen Augen, und ich erkannte, daß dies noch die alte Ygraine war, nicht weniger geradeheraus als ein Mann und erfüllt vom gleichen unbändigen Stolz. Die eigentümliche Dumpfheit schien nur eine äußere Hülle zu sein, Folge jener träumerischen Stille, die schwangeren Frauen eigen ist. Doch unter der ruhigen Oberfläche brodelte immer noch ein Vulkan.

Sie breitete die Hände.

»Wenn Ihr mich jetzt so seht, wollt Ihr mir dann immer noch weismachen, daß in jener Nacht in London, als Ihr mir die Liebe des Königs verspracht, keine Zauberei im Spiel war?«

»Nicht bei der List, die Euch mit dem König zusammenbrachte. Später? Vielleicht.«

»Vielleicht?« Aus der hastigen Frage schien eine Warnung zu klingen: ein Wink für mich, auf der Hut zu sein. Mochte Ygraine auch für gewöhnlich nicht weniger beherzt sein als ein Mann, doch jetzt, fast schon im siebten Monat, war sie für Ängste gewiß nicht weniger anfällig als Frauen sonst. Also galt es, meine Befürchtungen für mich zu behalten. Während ich noch zögernd nach Worten suchte, fuhr sie, wie um sich selbst zu beschwichtigen, eilig fort: »Ja, es war Magie dabei, das fühlte ich und sah ich in Eurem Gesicht — damals, als Ihr mir sagtet, Ihr hättet die Macht, den König zu mir zu bringen. Von einer Kraft, die von Gott stamme, spracht Ihr; und auch davon, daß ich, indem ich Euch gehorchte, genauso zum Werkzeug Gottes würde wie Ihr selbst. Ich entsinne mich Eurer Rede noch in jeder Einzelheit. Meine Vereinigung mit Uther, so sagtet Ihr, solle dem Reich Frieden geben. Ihr spracht von Kronen und Altären ... Und jetzt, da ich mit Gottes Hilfe Königin geworden bin und das Kind des Königs unter dem Herzen trage ... wollt Ihr mir jetzt etwa sagen, daß Ihr mir alles nur vorgetäuscht habt?«

»Nein, ganz und gar nicht. Die Zeit damals war voller Visionen und Gesichte. Das ist vorbei, und uns bleibt die Nüchternheit des hellen Tages. Dennoch ... ist es nicht Zauber oder wie immer Ihr es nennen wollt ... das Wunder, das in Euch wächst ... Tatsache diesmal und nicht nur Traum? Er wird zu Weihnachten zur Welt kommen, nicht wahr?«

»Er? Ihr scheint Eurer Sache ja sehr sicher.«

»Ich bin meiner Sache sicher.«

Wie in plötzlichem Schmerz preßte sie die Lippen zusammen und starrte auf ihre Hände, die über dem schweren Leib gefaltet waren. Schließlich sagte sie mit ruhiger Stimme, doch ohne den Blick zu heben: »Marcia hat mir von dem Brief erzählt, den sie Euch im Sommer schickte. Doch vermutlich habt Ihr auch so gewußt, wie mein Gemahl, der König, zu — zu dieser Angelegenheit steht.«

Da sie eine Antwort zu erwarten schien, erwiderte ich nach kurzem Zögern: »Ja, ich erfuhr es aus seinem eigenen Munde, und sollte er sich inzwischen nicht anders besonnen haben, so wird er das Kind nie als Thronerben anerkennen.«

»Er denkt nicht daran, sich anders zu besinnen«, sagte sie schroff und hob den Kopf. »Bitte, mißversteht mich nicht. Er zweifelt nicht an mir und hat auch nie an mir gezweifelt. Vom ersten Augenblick an, da ich ihn sah, habe ich nur noch ihm gehört und den Herzog mit Ausflüchten hingehalten. Das weiß Uther. Also weiß er auch, daß das Kind von ihm stammt.« Ein flüchtiges Lächeln glitt über ihr Gesicht. »Obschon er es nie eingestehen würde — er fürchtet Eure geheimnisvolle Macht, Prinz Merlin. Ihr wart es damals, der ihm sagte, daß in jener Nacht ein Kind gezeugt werden würde; und er glaubte Euch aufs Wort. Dennoch vermag das nichts an seinen Gefühlen zu ändern. In seinen Augen ist er — wie auch Ihr und selbst das Kind — mit schuld an des Herzogs Tod.«

»Ich weiß.«

»Hätte er doch nur gewartet, sagt er. Nach Gorlois' Tod wäre unsere Vermählung nur eine Frage der Zeit gewesen. Und einem ehelich gezeugten Kind kann niemand vorwerfen, ein Bastard zu sein.«

»Und was ist Eure Meinung, Ygraine?«

Sie blieb lange stumm und blickte durch das Fenster, vor dem, mit wildem Kreischen, Seevögel durch die Luft schwangen. Mir schien, daß Ygraines Gelassenheit der eines Kriegers glich, welcher nach gewonnener Schlacht Kräfte fürs nächste Treffen sammelt. Besonders behaglich war der Gedanke nicht — sollte sie mich als Gegner erwählt haben.

Als sie schließlich sprach, klang ihre Stimme sehr beherrscht. »Vielleicht hat der König recht. Ich weiß es nicht. Aber nicht darauf kommt es jetzt noch an, sondern auf das Kind.« Sie schwieg einen Augenblick und fügte dann abrupt hinzu: »Ich fürchte für sein Leben.«

»Von des Königs eigener Hand?« fragte ich.

Das war selbst für Ygraine zu ungeschminkt. Sie musterte mich aus kalten Augen. »Das ist Anmaßung, Prinz. Ihr vergeßt Euch offenbar.«

»Glaubt Ihr?« Meine Stimme klang nicht weniger hart. »Ich finde eher, daß Ihr es seid, die vergißt, Ygraine. Aber vielleicht erlaubt Ihr mir, Euch einige Tatsachen ins Gedächtnis zurückzurufen. Wären meine Eltern miteinander vermählt gewesen, als sie mich zeugten, so hätte es nie einen König Uther gegeben. Auch hätte für mich keine Veranlassung bestanden, ihm bei seiner Vereinigung mit Euch zu helfen. Überlegt es Euch also, wenn Ihr zu mir von Anmaßung sprecht. Niemand weiß besser als ich, was in Britannien einen sogenannten Bastardprinzen erwartet, den sein Vater nicht als Thronerben anerkennt.«

War sie soeben noch blaß gewesen, so stieg jetzt Röte in ihre Wangen. Meinen Blick meidend, sagte sie leise: »Ihr habt recht, ich hatte es tatsächlich vergessen, verzeiht. Auch wußte ich nicht mehr, wie es ist, wenn man offen miteinander spricht. Meine einzige Gesellschaft sind Marcia und der König, doch mit Uther kann ich über das Kind nicht reden.«

Ich war bis jetzt gestanden. Nun zog ich einen Stuhl herbei und setzte mich zu ihr in den Turmwinkel. Alles zwischen uns schien plötzlich verändert. Ich begriff, daß nicht ich ihr Gegner war, sondern ihre eigene Schwäche — ihre Furcht.

»Jetzt bin ich ja hier, um Euch zuzuhören«, sagte ich beschwichtigend. »Was wollt Ihr mir anvertrauen?«

Sie atmete tief, und als sie sprach, glich ihre Stimme fast einem Flüstern. »Uther hat entschieden, Merlin. Ist das Kind ein Mädchen, so darf ich es bei mir behalten. Ist es jedoch ein Knabe, so werde ich ihn nicht großziehen können. Uther weigert sich nicht nur, ihn als Erben anzuerkennen. Er will ihn nicht einmal am Hofe dulden, selbst als erklärten Bastard.« Sie straffte sich mit Mühe. »Wie ich Euch schon sagte, zweifelt der König keineswegs an mir. Doch fürchtet er, daß wegen der unglückseligen Verkettung von Umständen die Leute insgeheim immer noch glauben könnten, daß der Herzog der wahre Vater des Kindes ist. Seinen Nachfolger will er unter jenen Söhnen erwählen, die er sich für die Zukunft noch von mir erhofft.«

Sorgsam meine Worte wägend, sagte ich: »Es muß für eine Mutter schrecklich sein, sich von ihrem Kind zu trennen. Vielleicht gibt es überhaupt nichts Schlimmeres. Doch ich glaube, daß der König recht hat. In diesen unruhigen Zeiten wäre es unklug, den Knaben hier als Bastard aufwachsen zu lassen. Bringt Ihr weitere Söhne zur Welt, die Uther als rechtmäßige Erben anerkennt, so mögen diese in Eurem Erstgeborenen eine Gefahr sehen, was wiederum ihn selbst gefährdet. Und glaubt mir, ich weiß, wovon ich rede. Es ist ja mein eigenes Jugendschicksal. Nur hatte ich später das Glück, das diesem Prinzen vielleicht nie zuteil werden wird: Ich stand unter dem Schutz meines königlichen Vaters.«

Sie nickte wortlos und starrte wieder auf ihre Hände.

»Und wenn Ihr Euch schon von dem Kind trennen müßt«, fuhr ich fort, »so ist es besser, wenn das gleich nach der Geburt geschieht, noch bevor Ihr Zeit und Gelegenheit hattet, es in Euren Armen zu halten.« Meine Stimme klang immer drängender. »Glaubt mir, das ist die Wahrheit. Ich spreche jetzt als Arzt.«

Sie schluckte. »Genau dasselbe sagt Marcia auch.«

Meine Finger spannten sich hart um die Armlehnen des Stuhls, auf dem ich saß. Jetzt kam ich zum Kern, zur entscheidenden Frage.

»Hat der König zu Euch davon gesprochen, wo das Kind aufgezogen werden soll?«

»Nein. Ich sagte Euch ja, daß mit ihm darüber kaum zu reden ist. Er meinte nur, das würde sich finden, und nannte in diesem Zusammenhang die Bretagne.«

»Die Bretagne!?« Nur mit Mühe gelang es mir, mich zu fassen. Meine Befürchtungen waren also nicht aus der Luft gegriffen. Doch sonderbar — diese Gewißheit bestärkte mich nur in meinem Entschluß. Solange ich festen Boden unter den Füßen hatte, war ich bereit, mit jedem Gegner den Kampf aufzunehmen, gleich, ob mit König oder Königin, ja selbst mit meinen eigenen Göttern.

»Dann will Uther ihn also zu König Budec schicken«, sagte ich.

»So scheint es.« Ygraine hatte von meiner scharfen Reaktion offenbar nichts bemerkt. »Vor einem Monat sandte er einen Boten nach drüben. Wen könnte es auch verwundern, wenn seine Wahl auf Budec fiele?«

Damit hatte sie nicht ganz unrecht. König Budec von Niederbritannien war Uthers Vetter. Und bei ihm hatten er und mein Vater Ambrosius vor dreißig Jahren Zuflucht gefunden, nachdem ihr älterer Bruder, König Constans, von dem Usurpator Vortigern ermordet worden war. Mit einem in Budecs Reich ausgebildeten Heer gelang es ihnen später, ihr Erbe zurückzuerobern.

Ein naheliegender Gedanke also. Dennoch schüttelte ich den Kopf. »So ganz überzeugt mich das nicht. Denn sollte jemand dem Kind nach dem Leben trachten, so würde er als erstes in Budecs Nähe nach ihm suchen und ...«

»Budec!« rief sie plötzlich. »Budec! Wie kann man das Neugeborene nur so einem alten Mann anvertrauen wollen!«

Offenbar hatte sie mir überhaupt nicht zugehört. Sie nahm alle Kraft zusammen, um nicht völlig die Selbstbeherrschung zu verlieren, und fuhr dann ruhiger fort:

»Er weiß doch gar nicht mehr, wie man mit Kindern umgehen

muß. Außerdem liegt die Bretagne weit von hier und ist noch stärker gefährdet als dieses von räuberischen Sachsen heimgesuchte Land.«

Sie sah mich an, und ihre Hände schienen gegeneinander zu drängen.

»Prinz Merlin, ich weiß, daß ich niemandem mehr vertrauen kann als Euch. Und im Grunde ist wohl auch Uther davon überzeugt, in Euch den besten Sachwalter zu haben. Ihr seid Ambrosius' Sohn und steht dem Kind, außer seinen Eltern, somit am nächsten. Jeder kennt und fürchtet Eure Macht. Ich wüßte keinen, bei dem das Kind sicherer aufgehoben wäre. Ihr müßt es in Eure Obhut nehmen, Merlin!« Sie flehte mich jetzt an. »Ja, nehmt ihn. Nehmt meinen Sohn. Nehmt ihn fort von dieser grausamen Küste und zieht ihn für mich auf. Lehrt ihn, wie Ihr gelehrt worden seid, und unterweist ihn in allem, was ein Königssohn können und wissen muß. Und wenn er erwachsen ist, bringt ihn hierher zurück, damit er, genau wie einmal Ihr, seinen Platz an der Seite des Königs einnehmen kann.«

Sie stockte. Wahrscheinlich hatte ich sie angestarrt wie ein Narr. Doch sie achtete nicht auf mich, sondern rang nur, stumm jetzt, die Hände. Die Stille war erfüllt vom Salzhauch des Windes und vom Gekreisch der Möwen. Ohne zu wissen, daß ich mich von meinem Stuhl erhoben hatte, stand ich plötzlich am Turmfenster und spähte zum Himmel. Unter mir schimmerte helles Gefieder, und noch weiter in der Tiefe, am Fuß der schwarzen Klippe, schlug und schäumte das Meer. Doch ich sah und hörte kaum etwas. Die Hände hart gegen die Fensterbank gepreßt, blieb ich lange bewegungslos stehen.

Ich sagte mit ausdrucksloser Stimme: »Glaubt Ihr, daß Ihr den König dazu bringen könnt, mir das Kind zu geben?«

»Nein. Jedenfalls bin ich nicht davon überzeugt.« Sie schluckte. »Natürlich kann ich mit ihm sprechen, aber ...«

»Wenn Ihr das selbst bezweifelt, warum habt Ihr mich dann überhaupt holen lassen?«

Ihre Lippen im blassen Gesicht arbeiteten einen Augenblick stumm. Dann sagte sie stockend: »Ich hoffte, Prinz Merlin, daß Ihr, Euer Einverständnis vorausgesetzt, in der Lage wärt ...«

»Bei Uther kann auch ich nichts erreichen, wie Ihr wohl wißt.« Doch dann glaubte ich plötzlich zu begreifen, bitterer, fast beschämender Gedanke. »Oder erwartet Ihr von mir, genau wie beim letzten Mal, auf Abruf ein Stück Schwarze Kunst, ganz wie bei einem Dorfdruiden oder einem alten Weib, das Warzen bespricht? Man sollte doch annehmen, daß Ihr ...« Ich brach ab. Ich durfte nicht vergessen, daß es ja nicht um sie ging, sondern um das Kind.

Beschwichtigend hob ich die rechte Hand: »Verzeiht, Ygraine. Ich will sehen, was sich tun läßt; selbst wenn das heißt, daß ich Uther an sein Versprechen erinnern muß.«

»Was hat er Euch denn versprochen? Und wann?«

»Das war, als er zu mir von seiner Liebe zu Euch sprach. Damals gelobte er, mir in allem zu gehorchen, sofern ich ihn nur ans Ziel seiner Wünsche brächte.« Ich lächelte. »Mag er es damit auch nicht sehr ernst gemeint haben — vielleicht kann ich ihn dennoch dazu bringen, sein königliches Wort einzulösen.«

Sie wollte mir danken, doch ich wehrte rasch ab. »Es kann durchaus sein, daß mir beim König der Erfolg versagt bleibt. Ihr wißt ja, wie gering ich in seiner Gunst stehe. Es war klug von Euch, mich heimlich kommen zu lassen. Und gewiß ist es auch ratsam, ihm von unserer Unterredung nichts mitzuteilen.«

»Von mir wird er nichts erfahren.«

Ich nickte. »Ygraine — um Eurer selbst und um des Kindes willen müßt Ihr Eure Furcht vergessen. Überlaßt nur alles mir. Auch wenn der König darauf bestehen sollte, daß ein anderer das Kind in seine Obhut nimmt: Ich werde stets in der Nähe Eures Sohnes sein und über ihn wachen. Vermag Euch dieser Gedanke zu trösten?«

»Ein wenig — wenn es gar nicht anders geht.«

Sie atmete tief, erhob sich dann und schritt durch den langgestreckten Raum zu einem der weiter entfernten Fenster. Eine Zeitlang verharrte sie schweigend. Als sie sich schließlich zu mir umwandte, sah ich auf ihrem Gesicht ein Lächeln. Sie hob eine Hand und winkte mich zu sich.

»Wollt Ihr mir bitte noch eines sagen, Merlin?«

»Wenn ich kann.«

»Damals in London, noch ehe Ihr den König hierher zu mir brachtet, da spracht Ihr von einer Krone und einem Schwert, die in einem Altar standen wie ein Kreuz. Ich habe oft daran denken müssen ... Was hat es zu bedeuten? War meine Krone gemeint? Oder wolltet Ihr damit sagen, daß dieses Kind eines Tages König sein wird?«

Ich hätte antworten sollen: Das weiß ich nicht, Ygraine. Ich glaubte damals, ein Seher zu sein, und hielt die Vision für wahr. Doch inzwischen habe ich verloren, was man den Blick nennt.

Weder aus dem Dunkel noch aus dem Feuer spricht noch etwas zu mir. Wie Euch bleibt mir nur die Hoffnung auf die Zukunft. Doch ein Zurück gibt es nicht. Denn Gott weiß, warum er die vielen Opfer gefordert hat.

Doch in ihren Augen war ein Schmerz, der mich zu einer unumwundenen Antwort zwang; und so sagte ich: »Ja, er wird König sein.«

Sie beugte den Kopf und blickte schweigend auf die Sonnenflecken auf dem Boden.

»Und das Schwert im Altar?«

Ich schüttelte den Kopf. »Ich weiß nicht, was es zu bedeuten hat. Aber vielleicht werde ich es eines Tages wissen — so mein Gott will.«

Sie hob den Kopf und sah mich an. »Noch etwas, Merlin.« Ihre Augen forschten ängstlich in meinem Gesicht. Offenbar war die nächste Frage für sie besonders wichtig. Ich überlegte kurz und beschloß dann, sie im Zweifelsfall anzulügen. »Wenn ich mich schon von diesem Kind trennen muß«, sagte sie, »kann ich dann später auf andere hoffen?«

»Ihr wollt sehr viel von mir wissen, Ygraine.«

»Verweigert Ihr mir die Antwort?«

Mir war es nur darum gegangen, Zeit zu gewinnen. Doch zu meiner Erleichterung sah ich, daß eine Lüge gar nicht nötig war. »Nein, ich würde sie Euch nicht verweigern. Doch Tatsache ist, daß ich es selbst nicht weiß.«

»Was soll das heißen?« fragte sie scharf.

Ich hob die Schultern. »Was immer ich damals gesehen habe, betraf nur das Kind, das Ihr bald zur Welt bringen werdet. Und da er zum König vorherbestimmt ist, glaube ich kaum, daß Ihr auf weitere Söhne hoffen dürft. Mit Töchtern mag das anders sein, und ich will sie Euch wünschen, damit Ihr nicht ohne Kinder bleibt.«

»Ich werde darum beten«, erwiderte sie schlicht und ging, mir voraus, zum Turmwinkel zurück, wo wir beide wieder Platz nahmen. »Hättet Ihr Lust, jetzt einen Becher Wein mit mir zu trinken? Ich fürchte, daß ich Euch eine schlechte Gastgeberin war, und kann Euch nur bitten, es mir nachzusehen. In meiner Bedrängnis mußte ich mir erst das Herz erleichtern. Aber jetzt berichtet von Euch und Euerm Leben.«

Ich kam ihrer Aufforderung nach, doch viel gab es da nicht zu erzählen, und sehr bald schon war ich der wißbegierige Zuhörer, den es drängte, aus Ygraines Mund zu erfahren, was er noch nicht wußte.

Anders als von mir erwartet, wollte Uther mit seiner Schar nicht nach Winchester, sondern, in nördlicher Richtung, nach Viroconium, wo er mit den Kleinkönigen und Fürsten des Nordens und Nordostens Rat zu halten gedachte. Viroconium liegt an der Grenze von Wales, eine ehemalige Römerstadt, die zu dieser Zeit noch ein wichtiger Handelsplatz war. Bei dem ausgezeichneten Zustand der Straßen konnte Uther, sofern das Wetter nicht umschlug, rasch vorangelangen und zur Niederkunft der Königin schon wieder hier sein. Ygraine versicherte mir, daß die üblichen Unruhen an der Sächsischen Küste nach Uthers Sieg bei Vindocladia vorerst erloschen seien. Wie es im Norden stand, wußte niemand genau; doch fürchtete der König für das kommende Frühjahr einen gemeinsamen Vorstoß der Pikten von Strathclyde und der landgierigen Angeln. Deshalb die Versammlung der Könige und Fürsten in Viroconium: Man wollte über geeignete Gegenmaßnahmen beraten.

»Und Herzog Cador?« fragte ich. »Wird er hier in Cornwall bleiben oder von Vindocladia aus die Sächsische Küste im Auge behalten?«

Ihre Antwort überraschte mich. »Er begleitet den König.«

»In der Tat? Nun, dann werde ich auf der Hut sein müssen.« Mit einem Nicken beantwortete ich ihre stumme Frage. »Da keine Zeit zu verlieren ist, will ich nicht zögern, dem König zu folgen. Auch trifft es sich recht gut, daß er nach Norden reitet. Er muß mit den Kriegern ja über die Glevum-Brücke, und wenn Ralf und ich uns beeilen, sind wir mit der Fähre schon vor ihm drüben. Erwarte ich ihn dann nördlich des Severn, so kann er nicht einmal ahnen, daß ich Wales je verlassen habe.«

Bald darauf ging ich. Sie trat wieder ans Fenster, den Kopf hoch erhoben, das dunkle Haar vom Seewind leicht zerzaust. Unwillkürlich fühlte ich mich erleichtert, als ich sie so sah. Zweifellos würde sie, wenn sie sich von dem Kind trennen mußte, Haltung beweisen: die Haltung einer Königin, die ihren Sohn voll Vertrauen der Fügung des Schicksals überläßt.

Marcia war da aus weniger hartem Holz. Ungeduldig in einem Vorraum auf mich wartend, überfiel sie mich mit einer Flut von Fragen und machte aus ihrem Zorn gegen den König kaum einen Hehl. Ich beschwichtigte sie, so gut ich es vermochte, und schwor ihr bei sämtlichen Göttern Britanniens, alles zu versuchen, um das Kind an mich zu bringen. Doch als sie mich dann um Zaubersprüche fürs Wochenbett bat und sich über Ammen zu verbreiten begann, kehrte ich ihr den Rücken und ging auf die Tür zu.

Erregt eilte sie hinter mir her und packte mich beim Arm. »Wißt Ihr auch, daß der König darauf besteht, daß sein Leibarzt die Königin entbindet? Ein Mann seines Vertrauens, der zu schweigen versteht und keiner Menschenseele verrät, wohin das arme Würmchen verbannt werden soll. Als ob die richtige Pflege meiner Herrin nicht wichtiger wäre! Aber man weiß ja, wie Ärzte sind. Für genügend Geld verleugnen sie ihre eigene Mutter.«

»Mag sein«, sagte ich ernst. »Aber ich kenne Gandar gut genug, um zu wissen, daß es keinen besseren Arzt gibt als ihn. In seinen Händen ist die Königin sicher.«

»Aber er hat doch sonst nur mit Kriegern zu tun! Was kann er schon über eine Entbindung wissen?«

Ich lachte. »Nun, ganz so ist das nicht. Er hat lange Jahre beim Heer meines Vaters in der Bretagne gedient. Und wo es Krieger gibt, gibt es auch Frauen, die entbunden werden müssen. Gandar verfügt über einen reichen Schatz an Erfahrungen.«

Damit ließ ich sie stehen.

Abends kam sie dann, in weitem Umhang und Kapuze, auf einem Pferd zum Gasthaus. Maeve führte sie in ein leeres Zimmer und holte dann Ralf. Ich kümmerte mich nicht weiter darum, sondern legte mich ins Bett.

Am nächsten Morgen brachen wir nach Bryn Myrddin auf, und zu meiner Überraschung zeigte Ralf sich nicht weniger vergnügt als auf der Herreise. Von seiner Großmutter hatte er allerlei Neuigkeiten erfahren, doch war darunter kaum etwas, was ich nicht schon von der Königin wußte, ausgenommen ein wenig Hofklatsch, in der Hauptsache um Uther und seine unversöhnliche Haltung kreisend.

Marcias Einfluß auf ihren Enkel war unverkennbar. Genau wie sie wünschte Ralf plötzlich, das Kind in meiner Obhut zu sehen. Ich unterdrückte ein Lächeln.

»Was werdet Ihr tun, falls der König Euerm Wunsch nicht entspricht«, fragte er.

»In die Bretagne zu König Budec reisen.«

»Glaubt Ihr, der erlaubt es Euch, beim Prinzen zu bleiben?«

»Nun, schließlich bin auch ich mit ihm verwandt.«

»Aber er müßte doch fürchten, Uther vor den Kopf zu stoßen. Oder meint Ihr, er wäre bereit, die Sache geheimzuhalten?«

»Das weiß ich nicht. Säße Hoel, Budecs Sohn, jetzt auf dem

Thron, so wäre das etwas anderes. Er und Uther waren wie Katze und Hund.«

Wir saßen auf einem sonnenüberfluteten Hügel, wo wir nach mehrstündigem Ritt kurze Rast hielten.

»Hier, Herr«, sagte Ralf und bot mir von dem Schlehenwein an, den Maeve uns mitgegeben hatte. »Sicher habt Ihr Durst.«

»Bei allen guten Göttern«, rief ich, »das Zeug ist im Augenblick noch völlig ungenießbar. Da müssen wir schon etwa ein Jahr warten.«

Meiner Versicherung zum Trotz öffnete er das Gefäß und roch daran. Angewidert verzog er das Gesicht, versuchte aber dennoch einen Schluck.

»Ich weiß nicht recht, Ralf«, sagte ich mit unbewegter Miene. »Womöglich hat Maeve aus Versehen ein Mittel gegen Hartleibigkeit hineingefüllt.«

Sofort spie er die Flüssigkeit wieder aus und sah mich dann, als ich laut auflachte, ärgerlich an.

»Nichts für ungut, Ralf«, sagte ich. »Im Grunde lache ich gar nicht über dich, sondern über mich selbst. Da habe ich eine halbe Ewigkeit an die Pforten des Himmels gepocht, und was bekomme ich dafür? Ein Wickelkind und womöglich eine Amme dazu. Solltest du entschlossen sein, bei mir zu bleiben, so werden die nächsten Jahre uns beiden allerlei neue Erfahrungen bringen.«

Er nickte nur kurz. Was ihn beschäftigte, war von anderer Art.

»Wenn wir in die Bretagne reisen, müssen wir dann etwa verkleidet bleiben — auf unabsehbare Zeit?«

»Das kommt darauf an. Gar so schäbig hoffentlich nicht. Im übrigen solltest du dir über ungelegte Eier nicht den Kopf zerbrechen.«

Von seinem Gesicht ließ sich ablesen, daß dies nicht die Sprache war, die er von einem Zauberer erwartete.

»Worauf kommt es an, Herr?« fragte er schließlich. »Meine Großmutter meint, der König brauche überhaupt nicht zu erfahren, daß Ihr das Kind habt. Man müsse nur das Gerücht ausstreuen, es sei tot geboren worden.«

»Du vergißt etwas Wichtiges, Ralf. Die Menschen müssen wissen, daß es einen Prinzen gibt. Wie sonst könnten sie ihn nach Uthers Tod als Nachfolger anerkennen?«

»Was wollt Ihr also unternehmen, Herr?«

Ich gab keine Antwort. So vieles lag noch im dunkeln. Die Königin hatte ich zwar für mich gewonnen und damit den ersten wichtigen Schritt getan. Aber ob ich beim König Erfolg haben würde, stand in den Sternen.

Die warme Sonne durchströmte meine Glieder. Ich überließ mich der Ruhe, und meine Gedanken trieben wie Wolken dahin. Die Zustimmung der Königin hatte ich erlangt, ohne selbst auch nur einen Finger zu krümmen. Irgend etwas schien sich also wieder zu regen, und mir kam es vor, als sei im vorbeistreichenden Wind etwas vom Atem Gottes: von jener Macht, die, unsichtbar, dennoch immer zugegen war.

Doch ich besaß nicht den Mut, meine einstigen Fähigkeiten jetzt erneut zu erproben. Und so hüllte ich mich in Hoffnung, ganz wie ein Mensch, der im Schneesturm für den winzigsten Fetzen dankbar ist.

8

Da das gute Wetter anhielt, kamen wir rasch voran. Natürlich galt es, nicht zu dicht zu Uthers Schar aufzuschließen. Wurden wir westlich der Uxella-Sümpfe (oder überhaupt südlich des Severn) entdeckt, so wußte der König sofort, wo wir gewesen waren. Gelang es uns jedoch, unbemerkt mit der Fähre über den Fluß zu setzen, so konnten wir, scheinbar von Maridunum kommend, weiter nördlich getrost auf des Königs Streitmacht stoßen.

Beim Ritt nach Süden hatten wir, statt der Hauptstraße, einen Pfad nahe der Küste benutzt. Um nicht zu sehr hinter Uther zurückzubleiben, durften wir so weite Umwege jetzt nicht wagen. Und so hielten wir uns, die gepflasterte Straße etwaiger Wachposten wegen meidend, so dicht wie möglich bei der nach Norden verlaufenden Strecke.

In Gasthäusern zu übernachten wäre für uns zu riskant gewesen; aber dort, wo wir ritten, gab es auch keine. Und so schliefen wir, wo immer sich ein Platz für uns fand, in Holzfällerhütten, in Schafställen, selbst in Haufen aus hochgeschichtetem Farn. Das warme Wetter erwies sich als ein wahrer Segen.

Wildes, ungebändigtes Land, durch das wir hier kamen. Hochgewellte Heideflächen mit Granitfelsen zwischen wucherndem Kraut, das höchstens Schafen und Hirschen als Nahrung dienen mochte. Etwas tiefer jedoch, spärlich zuerst, der beginnende Wald; windzerzaustes Geäst, schon im Frühherbst fast kahl. Unten in den

Tälern dann Stamm an Stamm mit dichtem, fast undurchdringlichem Unterholz. Und immer wieder, wie tödliche Fallen unter Dornen und Gestrüpp versteckt, tiefe Spalten im Fels. Doch gefährlicher noch die Sumpfstellen, manche schwarz und schleimig, andere von so unschuldigem Grün wie eine harmlose Weide: trügerischer Boden, in dem ein Reiter im Nu versackt. Den Waldbewohnern sind die verborgenen Pfade bekannt, die sicher durch die Wildnis führen. Doch die meisten Menschen scheuen vor diesen Bereichen zurück. Nachts flackern Irrlichter über das Moor, und man erzählt sich, das seien die Seelen von Toten, die nirgends Ruhe fänden.

Gelegentlich stießen wir auf Köhler oder auch auf einen Einsiedler, der hier hauste; und diese Männer waren es, die uns mit handfesten Hinweisen weiterhalfen. Oft boten sie uns auch ein Nachtlager an. Ralf schien die gefahrvolle Reise sehr zu genießen, und von uns beiden ließ sich sagen, daß wir von Tag zu Tag abgerissener wirkten — zu unserem Glück. Denn so konnten wir unsere Rollen als arme Heilkünstler sehr überzeugend spielen und wurden überall mit offenen Armen aufgenommen, während wir als wohlhabende Leute kaum vor Raub und Mord sicher gewesen wären.

Für eine Salbe oder eine andere Arznei bekamen wir, was immer wir an Nahrung brauchten. Wer in Sumpfnähe lebt, leidet ewig unter Gebrechen wie geschwollenen Gelenken und tückischem Fieber. Hinzu kommt noch, daß die Menschen hier ihre Hütten unmittelbar am Rand der verpesteten Tümpel errichten; mitunter, auf Pfählen, sogar darüber. Natürlich faulen die kümmerlichen Behausungen an allen Ecken und Enden und müssen jedes Jahr ausgebessert werden. Doch im Frühling und im Herbst schweben ganze Scharen von Zugvögeln zum Trinken herab, und im Sommer ist das Wasser voller Fische und der Wald voller Wild. Im Winter dann hacken die Sumpfbewohner das Eis auf und lauern auf die Hirsche, die zur Tränke kommen. Fast unablässig tönt durch die Stille das Quaken der Frösche, die, wie ich von der Bretagne her weiß, ein äußerst schmackhaftes Mahl abgeben. So also leben die Menschen hier: in stinkenden Hütten mit fauligem Wasser als Trunk, doch ohne jeden Mangel an Nahrung. Und wenn sie sterben, so sterben sie meist am Sumpffieber oder ähnlichen Übeln. Doch die nächtlichen Irrlichter über dem Moor fürchten sie nicht, denn es sind ja die Seelen von Männern und Frauen, die sie gut kannten.

Wir mochten, während allmählich Dunkelheit fiel, noch etwa

zwölf Meilen von der Fähre entfernt sein, als ein erstes Zeichen uns warnte. Die Eichenwälder waren lichterem Birken- und Erlengehölz gewichen, doch der Pfad, dem wir folgten, war so dicht überwuchert, daß wir uns tief auf die Hälse unserer Pferde beugen mußten, um vom herabhängenden Geäst nicht zerkratzt zu werden. Obwohl es seit Tagen nicht geregnet hatte, war der Boden sehr weich, und hier und dort ritten wir durch schwarzen Schlamm. Bald drang der unverkennbare Geruch von Sumpfgelände herbei, und schließlich sahen wir zwischen den Stämmen der spärlicher werdenden Bäume den dumpfen Schimmer von Moortümpeln, in denen sich das letzte Licht des Tages spiegelte. Plötzlich begann mein Pferd zu straucheln. Doch bevor das Tier ins Rutschen kommen konnte, griff Ralf helfend nach meinen Zügeln. Dann streckte er die Hand aus und wies nach vorn.

Ein Stück voraus flackerte Helle, von einer Fackel oder einer Kerze offenbar. Ich erkannte eine Hütte und hielt sofort darauf zu.

Da der Untergrund sehr feucht war (und bei starken Regenfällen wohl überflutet wurde), stand die Behausung, zu der eine Art Holzsteg führte, auf Pfählen.

Ein Hund bellte. Im trüben Schein eines Fenstergevierts sah ich einen Mann, der achtsam nach uns spähte. Ich hob die Hand und entbot ihm meinen Gruß. Zwar sprechen die Menschen hier eine eigene Sprache, doch verstehen sie das Keltische, wie es bei den Dumnonii gebräuchlich ist.

»Mein Name ist Emrys. Ich bin ein reisender Arzt, und dies hier ist mein Diener. Wir wollen zur Fähre bei Uxella. Den Weg durch den Wald haben wir gewählt, weil das Heer des Königs die Straße entlangzieht. Wir suchen ein Obdach für die Nacht und werden dafür natürlich bezahlen.«

Wenn es etwas gab, was man hier sofort verstand, so war es dies: Kriegern wich jeder vernünftige Mensch nach Möglichkeit aus. Nach wenigen Augenblicken waren wir uns handelseinig. Der Hund wurde zurückgescheucht und angebunden; und während ich vorsichtig über den schlüpfrigen Holzsteg schritt, blieb es Ralf überlassen, sich um die Pferde zu kümmern und für sie zwischen den Bäumen ein möglichst trockenes Plätzchen zu finden.

Unser Gastgeber hieß Nidd: ein kurzwüchsiger, doch sehr beweglich wirkender Mann mit schwarzem Haar und nicht weniger schwarzem, gesträubtem Bart. Seine Schultern und Arme verrieten große Körperkraft, doch er hinkte stark, Folge eines schlecht verheilten Beinbruchs. Sein Weib, wohl kaum über dreißig, hatte bereits schlohweißes Haar und litt an Rheumatismus, wie ihr tiefgebeugter Körper verriet. Sie sah aus wie eine Greisin mit scharfen Falten um den zahnlosen Mund. In der engen Hütte lag ein übler, fauliger Geruch, und ich hätte es vorgezogen, im Freien zu übernachten, wäre es draußen nicht so kühl und so naß gewesen. Daher waren wir, nach einem kurzen Mahl aus Brot und Brei, recht zufrieden, einen Schlafplatz auf dem Fußboden zugewiesen zu bekommen, wo wir uns ausstrecken konnten. Ich hatte für das Weib einen Heiltrank gemischt, und sie schlief bereits, drüben an der anderen Wand in Felle gehüllt. Doch Nidd machte keine Anstalten, sich zu ihr zu legen. Er trat zur Tür und spähte in die Nacht hinaus, als ob er jemanden erwarte. Ralf warf mir einen raschen Blick zu und griff zum Dolch; doch ich schüttelte den Kopf. Draußen auf dem Holzsteg erklangen leise, eilige Schritte, und es war auffällig, daß der Hund nicht anschlug. Dann wurde an der Tür der Vorhang aus Hirschfell beiseite geschoben, und das schmutzige Gesicht eines Knaben erschien. Er grinste breit. Offenbar war er Nidds Sohn. Als er uns sah, stutzte er, doch Nidd, der gedämpft auf ihn einsprach, schien ihn zu beschwichtigen. Der Knabe warf ein Reisigbündel auf den Tisch, löste den Lederriemen, den er darum geschlungen hatte, und mitten zwischen den dürren Zweigen erschien plötzlich ein totes Huhn, einige Stücke gesalzenes Schweinefleisch sowie ein ledernes Beinkleid und sogar ein scharfes Messer — von der Art, wie es die einfachen Krieger des Königs benutzten.

Ich trat an den Tisch, nahm das Messer in die Hand, ließ es dann mit der scharfen Spitze auf die Holzplatte fallen. Zitternd schwang es neben dem toten Huhn hin und her.

Ich lachte.

»Nun, da hast du heute abend ja gute Beute gemacht. Das ist leichter als die Pirsch auf Wildenten, wie? Also schön, ich weiß jetzt, daß das Heer des Königs in der Nähe lagert. Wie nah?«

Der Knabe starrte mich nur wortlos an, doch mit Hilfe seines Vaters gelang es mir, alles Wichtige zu erfahren.

Besonders erbaulich klangen die Neuigkeiten nicht. Das Heer lag kaum fünf Meilen entfernt, und falls Nidds Sohn, hinter Büschen auf eine günstige Gelegenheit lauernd, die Unterhaltung der Krieger richtig verstanden hatte, so mußten wir damit rechnen, daß der Hauptteil des Heeres morgen wie geplant weiterzog, während ein gesonderter Trupp mit einer Botschaft zum Befehlshaber in Caerleon ritt. Das aber konnte für uns verhängnisvoll sein. Denn der kürzeste Weg für diese Schar führte zur Überfahrtsstelle am Fluß, was nichts anderes hieß, als daß sie alle verfügbaren Boote für sich beanspruchen würde.

Ich blickte zu Ralf. Er war bereits in sein Gewand geschlüpft und nickte mir jetzt zu.

»Ich fürchte, wir müssen sofort aufbrechen«, sagte ich zu Nidd. »Da die Krieger des Königs zweifellos morgen in aller Frühe zur Fähre wollen, bleibt uns nichts anderes übrig, als uns jetzt schon auf den Weg zu machen. Kann dein Sohn uns in der Dunkelheit führen?«

Für die Kupfermünze, die ich hervorzog, schien der Knabe zu allem bereit. Wir dankten Nidd, gaben ihm, was wir ihm schuldeten, und machten uns unverzüglich auf den Weg. Der Knabe, Ger mit Namen, schritt zu Fuß voraus, während wir ihm auf unseren Pferden folgten.

Nur selten lugte zwischen dunklen Wolkenballen die Sichel des Mondes hervor, und so fühlte ich mich fast wie ein Blinder. Ger hingegen schien mit seinen Augen die Nacht zu durchdringen, denn ohne das geringste Zögern schlug er den Pfad ein, der sicher durch das Moor führte.

Ich weiß nicht, wieviel Zeit verging. Aber irgendwann traten die Bäume zu beiden Seiten zurück, und im jetzt heller strahlenden Mondschein konnte ich den Weg deutlicher erkennen. Wir befanden uns immer noch im Sumpfgebiet. Wie Inseln in einem Meer aus schwarzem Pech gleißten Wassertümpel, und unter den Hufen unserer Pferde quoll Schlamm. Binsen, manchmal fast schulterhoch, raschelten leise. Überall klang das Quaken von Fröschen, und ab und zu klatschte etwas ins Wasser, unsichtbares Getier, ein Fisch vielleicht. Einmal scheuchte, kaum eine Armlänge vor den Hufen meines Pferdes, ein hellschimmernder Vogel hoch, und hätte Ger nicht rechtzeitig die Zügel gepackt, so wäre ich aus dem Sattel geschleudert worden. Deutlich war zu spüren, daß mein Tier sich von diesem Schrecken nur mühsam erholte. Seine Flanken bebten, nur zögernd schritt es voran, und schon beim leisesten Laut fuhr es erneut zusammen.

Eine seltsame Landschaft war es in der Tat, die uns hier umgab: eine Landschaft des Todes. Irrlichter huschten, und hier und dort erhob sich wie ein Skelett der nackte Stamm und die kahlen Äste eines Baums, der aus Urzeiten herrühren mochte. Ralfs Schweigen bewies zur Genüge, wie sehr er sich fürchtete, während Ger in diesen Gefilden wandernder Nebel und flackernder Flammen offenbar zu Hause war. Ein einziges Mal nur bemerkte ich bei ihm eine Reaktion, die seine sonstige Gelassenheit zu durchbrechen schien; aber auch das nur scheinbar.

Es geschah, als sich der Weg vor uns verzweigte. Ein hohler Baumstamm von fast doppelter Manneshöhe stand dort an der Gabelung. Im klaffenden Loch zeigte sich ein grünlicher Schimmer, und unter dem fahlen Licht des Mondes enthüllte sich ein Gesicht, Augen, Mund, und ein Stück tiefer plump geformte Brüste: die alte Göttin der Wegkreuzungen, die keinen Namen trägt und aus dem ausgehöhlten Holz hervorstarrt wie die Eule, der ihr geweihte Vogel der Nacht. Vor dem Baumstamm, dem Sitz der Göttin, lag in einer Muschelschale eine Opfergabe, Fisch mit grünlichem Verwesungsschimmer, vom Volk ganz allgemein Zaubererlicht genannt.

Ich sah, wie Ralf, hastig atmend, abwehrend die Hand hob, während Ger, ohne auch nur den Kopf zu wenden, leise das Wort murmelte, mit dem er sich gegen bösen Bann gefeit glaubte.

Eine halbe Stunde später erhob sich vor uns eine Bodenwelle, fester Untergrund endlich, und von ihrer Höhe überblickten wir dann die breite, mondbeschienene Flußmündung. Wie erlösend strömte mit der klaren Luft frischer Salzhauch herbei.

Unten am Ufer, nicht weit von der Stelle, wo die Fähre anzulegen pflegte, flackerte heller Schein, kein Moorlicht diesmal, sondern das Holzfeuer, das nachts stets dort brannte. Wir brachten unsere Pferde zum Stehen, doch als ich Ger für seine Hilfe danken wollte, suchte ich vergeblich nach ihm. Die Dunkelheit schien ihn verschluckt zu haben.

Wir ritten weiter und mußten dann am Ufer entdecken, daß uns das Glück ebenso rasch und entschieden im Stich gelassen hatte wie Nidds Sohn. Denn obschon das Feuer bei der Landestelle der Fähre brannte, war von der Fähre selbst nichts zu sehen. Von irgendwo glaubte ich, leise, rhythmische Geräusche zu vernehmen: das Eintauchen von Rudern ins Wasser. Doch als ich rief, blieb ich ohne Antwort.

Ralf hatte sich inzwischen in der Nähe umgesehen. »Ich nehme an, daß der Fährmann bald zurückkommen wird«, sagte er. »Die Tür zu seiner Hütte ist offen, und im Herd findet sich noch Glut.«

»Dann laß uns drinnen warten«, erwiderte ich. »Vor dem ersten Hahnenschrei werden die Krieger des Königs kaum aufbrechen. Wäre seine Botschaft nach Caerleon gar so eilig, so hätte er gewiß schon gestern abend einen Reiter damit losgeschickt. Kümmere dich um die Pferde und komm mir dann nach. Ein wenig Ruhe kann uns beiden nicht schaden.«

Bald hatte ich, mit Hilfe der Scheite, die neben dem primitiven Steinherd lagen, die schwache Glut zum wärmenden Feuer entfacht. Ralf, offenbar todmüde, schlief sofort ein, während ich blinzelnd zu den emporzüngelnden Flammen sah und angespannt lauschend auf die Rückkehr des Fährbootes wartete.

Doch was mich dann hochschrecken ließ, war nicht das Geräusch eines auf Sand knirschenden Kiels, sondern das dumpfe, noch ferne Pochen von Pferdehufen: eine sich in lockerem Trab nähernde Reiterschar.

Noch ehe ich ihn wachrütteln konnte, riß Ralf die Augen auf und raffte sich auf.

»Schnell, Herr. Wenn wir uns sofort auf unsere Pferde werfen, sind wir davon, bevor ...«

»Nein, denn man würde uns hören. Außerdem sind die Tiere viel zu erschöpft. Wie weit, glaubst du, ist die Schar jetzt noch von hier entfernt?«

Mit zwei Schritten war er bei der Tür und beugte den Kopf hinaus. »Höchstens eine halbe Meile. Vielleicht weniger. In einigen Minuten werden sie hier sein. Was wollt Ihr tun? Verbergen können wir uns nicht. Denn man würde die Pferde sehen. Auch ist das Land ringsum so offen wie ein aufgeklapptes Buch.«

»Was man nicht meiden kann, muß man in Kauf nehmen«, sagte ich und hob die Hand, denn Ralfs Finger glitten mechanisch zum Griff seines Schwerts. »Nein, so ist das nicht gemeint. Gegen die Krieger des Königs hätte das ohnehin keinen Sinn. Ich habe etwas anderes vor. Hol meine Sachen aus den Satteltaschen.«

Noch während ich sprach, hatte ich mein beschmutztes und zerfetztes Gewand abgelegt. Ralf warf mir einen zweifelnden Blick zu. »Eure Verkleidung als Arzt dürfte Euch jetzt wenig nützen.«

»Ganz recht. Ich habe auch nicht die Absicht, es damit zu versuchen. Man muß stets dem Wink des Schicksals folgen, Ralf. Wie es scheint, werde ich den König früher sehen, als ich ursprünglich hoffte.«

»Hier? Aber Ihr ... er ... die Königin ...«

»Ihr Geheimnis wird gewahrt bleiben. Im übrigen ist mir gar nicht bange. Wir werden so tun, als seien wir gerade aus dem Süden gekommen, um hier auf den König zu warten.«

»Aber der Fährmann? Wenn man ihn befragt?«

»Kein sehr angenehmer Gedanke, gewiß, doch rechne ich eigentlich nicht damit. Sollte es aber geschehen — nun, so weiß ich Rat. Vergiß nicht, Ralf, daß die Menschen vom Zauberer des Königs Wunder geradezu erwarten, und sei es das Überqueren des Flusses auf einer Wolke.«

Während er das dunkle Gewand und die bestickten Lederstiefel holte, die ich bei meiner Unterredung mit der Königin getragen hatte, beugte ich mich über einen Wassereimer bei der Tür und spülte, so gut es ging, Müdigkeit und Moorgestank fort. Dem Wink des Schicksals folgen — ja, das war leicht gesagt. Und dennoch: Da mir keine Wahl blieb, mußte ich diesen Weg gehen, ob es nun zum Guten ausschlug oder zum Bösen. Einen Augenblick glaubte ich zwischen meinen Schulterblättern eine kalte Hand zu spüren, die Hand meines Gottes, Warnung und Hoffnung zugleich.

Als wenig später die Reiterschar vor der Hütte des Fährmanns hielt, stand ich wartend in der offenen Tür, im Hintergrund das Flackern des Herdfeuers, während sich auf der königlichen Drachenbrosche an meiner Schulter das Licht des Mondes fing.

Leise drang Ralfs Stimme an mein Ohr. »Aus Cornwall stammen sie nicht. Also kennt mich zum Glück auch keiner.«

»Aber mich«, gab ich ebenso leise zurück. »Das ist Ynyrs Zeichen. Es sind Waliser aus Guent.«

Der Anführer war ein hochgewachsener Mann mit einem schmalen Falkengesicht und einer hellen Narbe am Mund. Ich konnte mich nicht erinnern, ihn schon gesehen zu haben. Er jedoch erkannte mich sofort. Mit ehrerbietigem Gruß sagte er: »Beim Raben, Herr — wie kommt Ihr denn hierher?«

»Ich muß mit dem König sprechen. Wo ist sein Lager?«

Bevor er antworten konnte, lief plötzlich ein Raunen durch die Schar der Berittenen, und einige der Pferde, von harter Hand zurückgerissen, bäumten sich wiehernd. Der Offizier rief einen scharfen Befehl und sagte dann stockend:

»Das Lager, Herr? Etwa acht Meilen von hier.«

Seine Haltung erschien mir sonderbar. Gewiß war er überrascht, an diesem abgelegenen Ort auf mich zu stoßen. Auch zeigten er und seine Männer viel von der Scheu, mit der man dem Zauberer Merlin allgemein begegnete. Doch es steckte mehr dahinter.

Ich spürte Ralf dicht neben mir. In seinen Augen sah ich ein kampfbereites Glänzen. Offensichtlich witterte er eine Gefahr.

Der Offizier sagte plötzlich schroff: »Nun, Herr, das trifft sich recht günstig. Auf Befehl des Königs suchen wir nämlich nach Euch. Ihr sollt unverzüglich zu ihm kommen.«

Unwillkürlich schlug mein Herz rascher. Jetzt begriff ich das eigentümliche Verhalten der Krieger. Zweifellos nahmen sie an, daß ich durch geheimnisvollen Zauber den Wunsch und Willen des Königs erahnt hatte. Nun gut. War diese Schar mit meiner Begleitung beauftragt, so brauchte sie nicht über den Fluß zu setzen. Damit löste sich das Problem des Fährmanns von selbst. Sein Schweigen konnte Ralf später erkaufen. Ihn mitzunehmen und Uthers Ungnade auszusetzen — nein, daran dachte ich nicht im Traum.

Es schien klug, den Glauben der Männer an meine übernatürlichen Fähigkeiten noch zu vertiefen. Und so sagte ich sehr freundlich: »Ja, ich habe euch den Ritt nach Bryn Myrddin erspart. Wo gedenkt der König mich zu empfangen? In Viroconium? Ich nahm nicht an, daß er bei Caerleon sein Lager aufschlagen wollte.«

»Ganz recht«, sagte der Offizier. Seine Stimme klang heiser, und er räusperte sich. »Ihr — Ihr wußtet, daß der König nordwärts nach Viroconium zieht?«

»Gewiß«, sagte ich und sah zu meiner Befriedigung, wie die Berittenen einander zunickten. »Doch meine Absicht war es, ihn schon früher zu sprechen. Hat er denn keinen Brief für mich mitgegeben?«

»Nein, Herr. Wir haben den Auftrag, Euch zu ihm zu bringen, weiter nichts.« Er beugte sich im Sattel vor. »Ich glaube, es ist wegen der Botschaft, die er gestern abend aus Cornwall erhielt. Nichts Günstiges, fürchte ich, obschon er niemandem etwas von ihrem Inhalt verriet. Doch wurde er zornig und befahl uns, sofort nach Euch zu suchen.«

Sein forschender Blick zeigte deutlich, was er dachte. Anders als gewöhnliche Sterbliche wußte ein Magier gewiß, was die Botschaft enthielt.

Und er hatte sogar recht. Zu meinem Unbehagen lag nur zu deutlich auf der Hand, was geschehen sein mußte. Trotz unserer Verkleidung waren wir offenbar erkannt worden. Ohne Zweifel würde Uther mich seinen Unwillen mit aller Schärfe spüren lassen. Aber in größerer Gefahr als ich befanden sich, wenn schon nicht Ygraine selbst, so doch Ralf, Maeve, Caw, Marcia — und nicht zuletzt das ungeborene Kind.

Ich fühlte ein Frösteln über den Rücken kriechen. Mich mit Mühe zur Ruhe zwingend, fragte ich: »Ist ein freies Pferd für mich da? Mein Tier ist zu erschöpft, um mich zu tragen. Im übrigen wird mein Diener hier bleiben, um morgen früh nach Bryn Myrddin vorauszureiten, wohin ich ihm nach der Unterredung mit dem König folgen werde.«

Höflich, doch sehr bestimmt unterbrach mich der Offizier: »Gewiß erlaubt Ihr, daß Euer Diener Euch begleitet, Herr. So jedenfalls lautet der Befehl. Pferde haben wir genug. Können wir jetzt aufbrechen?«

Angesichts der bewaffneten Schar blieb uns keine Wahl. Außerdem konnte, von den Fackeln der Krieger angezogen, jeden Augenblick der Fährmann zurückkehren und unsere Lage noch verschlimmern.

Also fügten wir uns und ritten wenig später, gemeinsam mit dem Offizier an der Spitze des Trupps, in lockerem Trab die Bodenwelle hinauf. Wir konnten kaum zweihundert Schritt zurückgelegt haben, als am Ufer hinter uns ein Kiel auf Sand knirschte. Doch außer mir schien niemand das Geräusch zu hören. Der Offizier an meiner Seite berichtete ausführlich über den Rat der Könige und Fürsten, der im Norden stattfinden sollte; und Ralf, ein kurzes Stück zurück, riet den Kriegern nicht ohne versteckten Spott, es doch »mit dem Schlehenwein zu versuchen, den wir bei uns haben. Geheimrezept meines Herrn und von ungeahnter Wirkung. Doch bei einem Hexenmeister wie ihm, der schon im voraus weiß, was geschehen wird, ist das ja auch kein Wunder, kein besonderes jedenfalls ...«

Als wir im Lager eintrafen, schlief der König bereits. Man quartierte uns in einem benachbarten Zelt ein und stellte draußen Wachen auf. Immerhin — eine so gute Unterkunft hatten wir seit Tagen nicht gehabt. Im Gegensatz zu Ralf lag ich noch lange wach, und während dann und wann gedämpft der Regen gegen die Zeltwände trommelte, dachte ich: »Es muß geschehen, ja, es muß. Die Vision damals war von Gott, und das Kind ist mir anvertraut. Oder irre ich mich?«

Doch so angestrengt ich auch lauschte, die Frage blieb ohne Antwort. Ich drehte den Kopf und erkannte im trüben Schein Ralfs Augen, die mich neugierig musterten. Aber sofort fielen sie wieder zu, und wenig später hörte ich seine tiefen, gleichmäßigen Atemzüge.

9

Der König empfing mich bald nach Sonnenaufgang. Sein Helm mit dem goldenen Zeichen lag auf einem Schemel neben seinem Stuhl. Schwert und Schild lehnten an dem Kasten, in dem der Mithras-Altar aufbewahrt wurde, den er auf Reisen stets mit sich führte. Die Zeltwände waren mit Fellen und kunstvoll gearbeiteten Vorhängen verkleidet. Dennoch drang Kälte ein. Geräusche von draußen verrieten, daß das Heer zum Aufbruch rüstete.

Uthers Gruß war kurz, kaum mehr als eine knappe Geste. Doch sein Gesicht zeigte weder Zorn noch Feindseligkeit. Und aus seinem Blick sprach nur jene kühl abschätzende Gelassenheit, die ich so gut an ihm kannte.

»Du und dein Blick, Merlin — ihr habt mir einige Mühe erspart.«

Ich neigte den Kopf und zögerte nicht, ohne Umschweife zur Sache zu kommen. »Was wollt Ihr von mir?«

»Als wir das letztemal miteinander sprachen, war ich recht ungnädig zu dir. Doch schien das kaum eines Königs würdig, dem du gerade einen Dienst erwiesen hattest.«

»Ihr wart über Gorlois' Tod verbittert.«

»Kann man sein Schicksal unverdient nennen? Er hatte es gewagt, das Schwert gegen mich, seinen König, zu erheben. Doch kommt es darauf nicht länger an, denn das ist Vergangenheit. Uns beiden, dir wie mir, dürfte die Zukunft wichtiger sein.«

Ich nickte. »Gewiß meint Ihr das Kind.«

Seine blauen Augen verengten sich. »Woher weißt du das? Ist schon wieder dein Blick im Spiel?«

»Nein«, erwiderte ich lächelnd. »Ich weiß es von Ralf. Nachdem er Eurem Hof den Rücken kehrte, kam er zu mir, um in meine Dienste zu treten.«

Er runzelte die Brauen und schien zu grübeln. Doch bald glättete sich seine Stirn wieder. Während er noch schweigend saß, betrachtete ich ihn, ein langvertrautes Bild: hohe Gestalt, rötliches Haar und eine helle Haut, die ihn jünger erscheinen ließ, als er in Wirklichkeit war. Vor kaum einem Jahr hatte er, nach dem Tod meines Vaters, den Thron bestiegen, und die neue Würde (und nicht zuletzt auch die inzwischen errungenen Siege) schienen ihn tief geprägt zu haben: Aus seinem Gesicht sprach eine Selbstzucht, die seiner sonstigen, oft so zügellosen Leidenschaftlichkeit offenbar nicht mehr freien Lauf ließ. Aber es konnte durchaus sein, daß ich mich da täuschte.

Mit einer flüchtigen Handbewegung bedeutete er mir, daß Ralf für ihn ohne jegliches Interesse war. Ich atmete erleichtert auf.

Dann sagte er plötzlich: »Mag es auf die Vergangenheit nicht länger ankommen — eine Frage habe ich dennoch an dich. In jener Nacht auf Tintagel, da dieses Kind gezeugt wurde, gebot ich dir, dich von mir fernzuhalten und mich nie wieder zu belästigen. Entsinnst du dich?«

»Ja.«

»Deine Antwort lautete, daß ich mich darauf gewiß verlassen könnte und deine Dienste auch nicht mehr nötig hätte. War das Seherweisheit? Oder sprach aus dir nur Zorn?«

Ich entgegnete mit ruhiger Stimme: »Alles, was ich in jener Nacht sagte oder tat, schien mir von den Göttern eingegeben. Aber warum fragt Ihr? Habt Ihr mich kommen lassen, um einen Dienst von mir zu fordern?«

»Nicht zu fordern, sondern zu erbitten.«

»In meiner Eigenschaft als Prophet?«

»Nein. In deiner Eigenschaft als mein Verwandter.«

»Dann will ich Euch unter vier Augen gestehen, daß in jener Nacht wohl weder Seherweisheit noch Zorn aus mir sprachen, sondern einzig Gram. Trauer über den Tod so vieler tapferer Männer. Doch Ihr habt recht, wenn Ihr sagt, das sei alles längst Vergangenheit. Wenn ich Euch also dienen kann, so gebietet über mich.«

Während ich schweigend auf seine Antwort wartete, dachte ich: Das mag ihn immerhin beschwichtigen; doch für mich gibt es keinen Zweifel, daß ich damals die Wahrheit sprach — schon in jener Nacht war es ja im Grunde nicht Uther, dem ich diente; und auch jetzt wird es nicht Uther sein.

Uther nickte und stützte sein Kinn auf die Hände. Eine Weile saß er grübelnd.

Schließlich sagte er: »Da ist noch etwas. Ich schwor damals, das von mir gezeugte Kind nie anzuerkennen. Gewiß war es der Zorn, der mir die Worte eingab. Aber auch jetzt, kalten Blutes und nach langem Nachdenken, komme ich zum gleichen Schluß.«

Er sah mich fragend an, doch ich schwieg beharrlich, und so fuhr er leicht gereizt fort: »Um nicht mißverstanden zu werden, Merlin — die Königin ist für mich über jeden Zweifel erhaben. Wenn sie sagt, daß sie nach unserer Begegnung in London nie mehr mit Gorlois das Bett teilte, so glaube ich ihr. Das Kind ist mein Kind. Sollte es ein Mädchen werden, so erübrigen sich meine Sorgen. Wird es jedoch ein Knabe, dann muß ich auf ihn als meinen Erben verzichten und kann nicht einmal dulden, daß er an meinem Hof aufgezogen wird. Es wäre Wahnwitz, jemanden zu meinem Nachfolger zu bestimmen, der gezeugt wurde, als Ygraine noch Gorlois' Gemahlin war — und als dessen Vater also der Herzog gelten könnte.« Sein Blick glitt prüfend über mein Gesicht. »Diese Gedanken dürften dir kaum fremd sein, Merlin. Schließlich hast du bei Königen gelebt. Seine hohe Abkunft wird man bezweifeln und versuchen, ihn vom Thron zu stoßen, um für andere mit besseren Rechten Platz zu schaffen. Daran mangelt es ja nie. Und an erster Stelle werden meine anderen Söhne stehen. Also darf er nicht einmal als Bastard an meinem Hof bleiben, weil das zu gefährlich ist. Er könnte versuchen, durch die Ermordung seiner Geschwister auf den Thron zu gelangen. Ungewöhnlich wäre das nicht, wie die Götter wissen. Aber ich will keine Metzelei an meinem Hof. Und so werde ich einen anderen Sohn zeugen, über dessen Rechte nicht der geringste Zweifel besteht. Wie stehst du dazu?«

»Ihr, Uther, seid der König und der Vater des Kindes.«

Die kurze Feststellung, kaum eine Antwort, schien ihm zu genügen. Er nickte befriedigt.

»Noch etwas«, sagte er dann. »Das Kind könnte in große Gefahr geraten. Denn wenn man glaubt, daß es nicht von mir stammt, so folgt daraus, daß Gorlois es gezeugt haben muß. Und als jüngerer Sohn des toten Herzogs hätte es einen Mitanspruch auf all jenes Land, über das Cador jetzt ungeteilt herrscht, nachdem ich ihn als Nachfolger seines Vaters bestätigt habe. Du verstehst doch? Ob als Sohn des Königs oder des Herzogs — das Kind wird stets Cador zum Feinde haben.«

»Und was haltet Ihr von Cadors Ergebenheit Euch gegenüber?«

»Ich vertraue ihm«, sagte er mit leisem Lachen. »Bis jetzt. Trotz seiner Jugend weiß er genau, was er will. Er wird nichts unternehmen, was seine Herrschaft über Cornwall gefährden könnte. Später allerdings, wenn ich nicht mehr bin ...« Er ließ den Satz unvollendet. »Nein, Cador ist nicht mein Feind. Aber es gibt andere.«

»Wen?«

»Widersacher, wie sie jeder König hat. Selbst von Ambrosius behauptet man ja, daß er an Gift gestorben sei. Ich weiß, daß du da anderer Meinung bist. Dennoch lasse ich meine Speisen von Ulfin vorkosten. Solange Octa und Eosa als Gefangene in London sitzen, bilden sie das Sturmzentrum für jeden unzufriedenen kleinen Fürsten, der, Vortigern nacheifernd, mit Hilfe der Sachsen auf den

Thron zu kommen hofft. Aber was soll ich tun? Wenn ich sie freilasse, so wiegeln sie mit Sicherheit die Verbündeten gegen mich auf. Töte ich sie, so ist das für ihre Söhne in Germanien eine Schmach, die nur mit Blut getilgt werden kann. Nein, ich habe keine Wahl. Octa und Eosa müssen meine Geiseln bleiben. Nur deshalb halten Colgrim und Badulf sich zurück. Nur deshalb hat die sächsische Flut noch nicht den Ambrosiuswall überspült. Ich versuche Zeit zu gewinnen. Doch wie soll das werden? Weißt du etwas, Merlin? Hast du etwas gehört oder gesehen?«

Ich kannte Uther gut genug, um zu begreifen, daß er keine Weissagung erwartete. Was nicht handfest im Diesseits wurzelte, war für ihn von zweifelhaftem Wert. Schattenhafte Bereiche versuchte er nach Möglichkeit zu meiden, obschon er eine gewisse Scheu nicht verleugnen konnte.

Ich sah ihn an. »Eigentlich nichts. Oder doch sehr wenig. Als Ralf damals zu mir kam, wurde er von einigen Berittenen überfallen und beinahe getötet. Auffällig war, daß die Männer kein Zeichen trugen.« Ich gab ihm einen kurzen Bericht. »Vielleicht hielten sie ihn für Euren Boten oder den Boten der Königin. Später hörte ich, daß Krieger aus der Stadt die Wälder nach ihnen durchstreiften, jedoch keine Spur mehr von ihnen fanden. Weiter weiß ich über den Vorfall nichts. Sollte ich noch etwas erfahren, so werde ich Euch natürlich verständigen.«

Er nickte nur und besann sich wieder auf den Kern unseres Gesprächs. Sehr behaglich fühlte ich mich nicht. »Uns beiden, dir wie mir, dürfte die Zukunft wichtiger sein«, hatte er zu Beginn der Unterredung gesagt: kein Zweifel also, daß er mich auf irgendeine Weise mit dem Schicksal des Kindes verknüpfte. Aber wie? Das war die Frage. Ich bezweifelte sehr, daß seine Pläne meinen Erwartungen entsprachen.

Sorgsam die Worte wählend, sagte er: »Warum das Kind, wenn es ein Knabe ist, nicht bei mir bleiben kann, habe ich dir bereits erklärt. Doch auch in der Fremde bedarf es des Schutzes, den ich ihm dort nicht gewähren kann. Denn ob Bastard oder nicht — ich habe ihn mit der Königin gezeugt, und sollten uns keine weiteren Söhne geboren werden, so bleibt mir keine Wahl, als eines Tages ihn als Thronerben anzuerkennen.« Er hob eine Hand. »Für die nächsten Jahre muß ich ihn also jemandem anvertrauen, bei dem ich ihn in sicherer Obhut weiß ... bis es mir gelingt, dieses zerrissene Reich wieder zu vereinigen ... bis andere anerkannte Erben vorhanden sind.«

Er wartete auf eine Antwort. Ich nickte und fragte dann behutsam: »Und — habt Ihr Euch schon entschieden?«

»Ja. Für Budec.«

Die Königin hatte mit ihrer Vermutung also recht gehabt. Aber was wollte Uther von mir? Die Frage blieb nach wie vor offen.

Ich sagte so ruhig, daß es fast schon gleichgültig klang: »Nun, das lag nahe.«

Er räusperte sich, sprach jedoch nicht. Zu meiner Überraschung bemerkte ich, daß seine Bewegungen recht fahrig wirkten. Meine Zustimmung schien nicht ganz seinen Beifall zu finden. Vielleicht auch legte er keinen großen Wert auf sie. Ich begriff, daß ich, allzusehr mit dem künftigen Schicksal des Kindes (und meinem eigenen) befaßt, ihn bislang mit falschen Augen gesehen hatte: Er war keineswegs mein Feind.

Offensichtlich besaß die Angelegenheit für ihn nur untergeordneten Rang. Als Herrscher eines von innen wie außen bedrohten Reiches hatte er genug damit zu tun, die Ordnung wenigstens notdürftig aufrechtzuerhalten: hier einen alten Damm wieder instand zu setzen, dort einen neuen Wall zu errichten gegen die ständig steigende Flut seiner Feinde. Und die Entscheidung über das Schicksal des Kindes, so bedeutsam sie eines Tages auch werden mochte, war für ihn jetzt nur eine nebensächliche Pflicht, deren er sich so rasch wie möglich zu entledigen gedachte. Wenn ich ehrlich sein wollte: Leicht hatte er sich die Sache keineswegs gemacht; Budec war nicht die schlechteste Wahl.

Was aber wünschte er von mir? Meinen Rat, wie mein Vater einst? Nun denn, ich war bereit, ihm zuzuhören ...

Unvermittelt kam er auf die Botschaft zu sprechen, die gestern bei ihm eingetroffen war. Das Pergament, auf dem Schemel neben seinem Stuhl, sah aus, als hätte er es in jähem Zorn zerknüllt.

»Wußtest du es schon?« fragte er.

Ich nahm den Brief, glättete ihn und las. Er kam aus der Bretagne. In dürren Worten wurde Uther mitgeteilt, daß König Budec im Sommer an einem Fieber erkrankt und im August, scheinbar schon auf dem Wege der Besserung, plötzlich verstorben war. Hoel, der neue König, versicherte Uther formell seiner Freundschaft als »ergebener Vetter und Verbündeter ...«

Ich hob den Kopf. Uther hatte sich zurückgelehnt und beobachtete mich mit einer Mischung aus Besorgnis und Ungeduld. Alles war sehr still. Selbst die Geräusche von draußen wirkten unendlich weit entfernt.

Ich wich einer klaren Antwort aus. »Eine schlimme Botschaft. Budec war ein guter Mann und ein guter Freund.«

»Eine sehr schlimme Botschaft«, bestätigte er. »Um so schlimmer, als meine Pläne dadurch zunichte sind. Ich stand gerade im Begriff, Budec zu schreiben, als dieser Brief eintraf. Was ich jetzt tun soll, weiß ich nicht. Ist dir bekannt, daß ich in Viroconium mit den Königen und Fürsten Rat halten will?«

»Audagus hat mir davon berichtet.« Audagus war der Offizier, der mich vom Fluß zum Lager begleitet hatte.

»Dann kannst du dir gewiß denken, wie knapp die Zeit ist, in der ich eine neue Entscheidung fällen muß. Um es ohne Umschweife zu sagen: Es hat augenblicklich zu geschehen. Und deshalb habe ich dich holen lassen.«

Ich strich mit den Fingerkuppen über das Siegel des Pergaments. »Dann habt Ihr also nicht die Absicht, das Kind Hoel anzuvertrauen? Aber er versichert Euch doch seiner Ergebenheit als Vetter und Verbündeter.«

»Vetter hin, Verbündeter her«, fiel Uther mir schroff ins Wort und gebrauchte dann einen Ausdruck, wie man ihn aus dem Munde eines erhabenen Königs kaum erwartete. »Ich habe ihn nie ausstehen können und er mich genausowenig. Mithras sei mein Zeuge, daß ich ihm keine Arglist gegen meinen Sohn zutraue; aber er ist nicht der Mann, der sein Vater war. Wie soll ich da sicher sein, daß er das Kind vor dessen Feinden schützen könnte? Nein, Hoel scheidet aus. Aber welcher Hof kommt sonst in Frage?« Er nannte die Namen einiger Könige, deren Länder im Südwesten hinter dem Ambrosiuswall lagen. »Begreifst du jetzt, welchen Schwierigkeiten ich mich gegenübersehe? Schicke ich ihn zu einem der Kleinkönige oder Fürsten in jenem an sich unbedrohten Gebiet, so mag ihm dennoch ein Ehrgeizling nach dem Leben trachten. Schlimmer noch: Man könnte ihn später als Werkzeug gegen mich mißbrauchen, als den Kern zu Aufruhr und Verrat.«

»Und?«

»Und somit komme ich zu dir. Du bist der einzige, der mich zwischen diesen Klippen sicher hindurchgeleiten kann. Auf der einen Seite muß, sofern es keinen weiteren Erben gibt, zweifelsfrei feststehen, daß dieses Kind mein Sohn ist. Auf der anderen Seite darf es aus besagten Gründen nicht an meinem Hof bleiben und zudem seine wahre Abkunft erst erfahren, wenn ich ihn später vielleicht zu mir rufe.« Er drehte die rechte Hand mit der Innenfläche nach oben und fragte plötzlich einfach: »Kannst du mir helfen?«

Die Verwirrung, die meine Gedanken beherrscht hatte, wich mit einem Schlag. Es war, als fiele windgetriebenes buntes Laub auf einen Rasenteppich, um dort ein klares und unmißverständliches Muster zu bilden. »Natürlich«, erwiderte ich. »Diese Klippen, von denen Ihr spracht, müssen weder Euch noch Euer Reich gefährden. Doch bevor ich Euch antworte, gestattet mir eine Frage. Habt Ihr von anderen Rat eingeholt? Wissen sie von Eurem Plan, den Knaben zu Budec zu schicken?«

»Ja.«

»Habt Ihr auch diesen Brief erwähnt — und die Zweifel, die Ihr an Hoel hegt?«

»Nein.«

»Gut. Dann verkündet, daß Ihr bei Eurer ursprünglichen Absicht bleibt und den Knaben an Hoels Hof in Kerrec schickt. Laßt einen Brief aufsetzen, in dem Ihr Hoel um sein Einverständnis bittet. Trefft auch ansonsten alle Vorbereitungen, um das Kind so bald wie möglich in die Bretagne bringen zu lassen. Und sagt, daß zu seinen Begleitern auch ich gehören werde.«

Er schien protestieren zu wollen, fragte dann jedoch nur: »Und?«

»Zudem muß ich mir ausbedingen, während der Geburt auf Tintagel zu sein. Welcher Arzt wird der Königin zur Seite stehen?«

»Gandar.« Wieder wollte er offensichtlich etwas hinzufügen. Doch er besann sich und wartete ab.

»Gut«, sagte ich und lächelte dann. »Nicht daß Ihr glaubt, ich hätte die Absicht, den Geburtshelfer zu spielen. Angesichts dessen, was ich vorschlagen möchte, wäre das auch unklug, weil es zu verhängnisvollen Gerüchten führen könnte. Doch eine Frage: Werdet Ihr zugegen sein?«

»Ich will es versuchen, glaube jedoch nicht, daß es sich einrichten läßt.«

»Dann wird es an mir sein, die Geburt des Kindes zu bezeugen. Außerdem sind ja auch Gandar und die Frauen der Königin da — und gewiß noch andere. Ist es ein Knabe, so werdet Ihr durch Leuchtsignale verständigt und könnt öffentlich verkünden, daß dies wahrhaft Euer Sohn ist — und Euer Erbe, solange kein ehelich gezeugter Prinz das Licht der Welt erblickt.«

Sein inneres Widerstreben war unverkennbar. Doch beugte er sich offensichtlich der Erkenntnis, daß ich im Grunde nur die Schlußfolgerung zog aus dem, was er selbst mir dargelegt hatte. Und so nickte er schließlich und sagte zögernd: »Ja, es ist schon wahr. Auch als Bastard bleibt er mein Erbe, bis ich einen anderen Sohn zeuge. Sprich weiter.«

»Sobald die Geburt von den Anwesenden bezeugt und beschworen worden ist, wird das Kind in die Gemächer der Königin gebracht, zu denen nur Gandar und die Frauen Zugang haben dürfen. Was mich betrifft, so werde ich Tintagel vor aller Augen durch das Haupttor verlassen. Später, nach Einbruch der Dunkelheit, gehe ich dann heimlich zur Ausfallpforte auf der Klippe, um Euren Sohn in Empfang zu nehmen.«

»Und wohin willst du ihn bringen?«

»In die Bretagne. Nein, wartet. Nicht zu Hoel. Und auch nicht mit dem dafür vorgesehenen Schiff. Überlaßt alles nur mir. Ich werde ihn zu jemandem bringen, der ganz am Rande von Hoels Reich wohnt. Dort befindet er sich in bester Hut. Dafür stehe ich Euch mit meinem Wort.«

Er wirkte sehr erleichtert, wie erlöst von einer Last, die nur eine Bürde unter anderen war. »Und wer ist dieser Mensch, dem du so vertraust?«

»Meine frühere Kinderfrau, die mich und andere in Maridunum aufzog. Sie heißt Moravik und ist Bretonin. Sie kehrte später in ihre Heimat zurück und hat, soviel ich weiß, inzwischen geheiratet. Vorerst dürfte es für den Knaben keinen Ort geben, an dem er sicherer aufgehoben ist. Niemand wird ihn bei so einfachen Leuten vermuten.«

»Und Hoel?«

»Ihn muß man einweihen. Erfahren wird er es ohnehin. Überlaßt das nur mir.«

Von draußen kam ein Fanfarenstoß. Im Zelt war es jetzt wärmer. Die Sonne schien schon ein gutes Stück über dem Horizont zu stehen.

Uther bewegte die steifen Glieder und fragte dann unvermittelt: »Und wenn sich herumspricht, daß das Kind gar nicht auf das königliche Schiff gebracht wurde? Wie wollen wir sein Verschwinden erklären?«

»Recht einfach. Da die Sachsen die Meere unsicher machen, habt Ihr Euch einer List bedient und Euren Sohn in Begleitung Merlins mit einem anderen Schiff in die Bretagne geschickt.«

»Nun ja — aber er wird ja an Hoels Hof nie eintreffen, was bald bekanntwerden dürfte.«

»Gandar und Marcia können beschwören, daß ich das Kind tatsächlich an mich genommen habe. Und mögen Gerüchte auch unvermeidlich sein, so wird doch niemand an meiner Treue zweifeln — oder an der Wirksamkeit meines Schutzes. Ihr wißt, wie ich das meine. Man wird von Zauberei sprechen und darauf warten, daß ich Euren Sohn wieder erscheinen lasse.«

»Glaubst du?« fragte er. »Wahrscheinlicher ist, daß man behauptet, das Schiff sei untergegangen und das Kind ertrunken.«

»Ich werde zur Stelle sein, um dem zu widersprechen.«

»Willst du denn nicht bei dem Knaben bleiben?«

»Im Augenblick noch nicht. Da man mich kennt, wäre das zu gefährlich.«

»Und wer soll für dich über ihn wachen?«

Ich zögerte kaum merklich. »Ralf.«

Er musterte mich verblüfft. Zorn spiegelte sich in seinem Blick. Doch er bezwang sich und sagte dann gedehnt: »Ja, ich sehe ein, daß ich ihm gegenüber ungerecht war. Auf seine Treue ist Verlaß.«

»Unbedingt.«

»Nun gut, du hast mein Einverständnis. Leite also in die Wege, was immer du an Vorbereitungen für notwendig hältst. Ich lege alles in deine Hände. In ganz Britannien weiß niemand besser als du, wie man das Kind schützen kann.« Mit einem Ruck beugte er sich vor. »Es ist entschieden. Ehe wir heute weiterziehen, werde ich der Königin eine Botschaft schicken, um sie von meinem Entschluß zu verständigen.«

Es schien mir ratsam, den Unwissenden zu spielen: »Aber wird sie sich auch fügen? Für jede Frau, und sei sie selbst eine Königin, ist das ein schweres Los.«

»Sie kennt meinen Willen und wird sich beugen. Allerdings dürfte sie darauf bestehen, daß das Kind eine christliche Taufe erhält.«

Ich blickte zu dem Mithras-Altar, der ein Stück entfernt an der Zeltwand stand. »Und was meint Ihr dazu?«

Er hob die Schultern. »Mir kann es gleichgültig sein. Aller Voraussicht nach wird er nie König werden. Sollte es aber doch dazu kommen, so wird er dort Andacht halten, wo es die Umstände erfordern.« Er musterte mich scharf. »Genau wie mein Bruder früher.«

Es klang wie eine Herausforderung. Doch ich ging nicht darauf ein, sondern fragte nur: »Und welchen Namen wollt Ihr ihm geben?«

»Den Namen Artus.«

Das Wort drang an mein Ohr wie ein Echo aus ferner, längst

vergangener Zeit. Aber woher nur? Konnte es sein, daß in Ygraines Adern auch römisches Blut floß? ... die Artorii, natürlich. Doch nein — in diesem Zusammenhang hatte ich den Namen nicht gehört.

»Gut«, sagte ich, »es soll geschehen. Wenn Ihr erlaubt, so will auch ich der Königin einen Brief schicken, um sie meiner Ergebenheit zu versichern.«

Er nickte, erhob sich dann und griff nach seinem Helm. Der Ausdruck auf seinem Gesicht war ein kalter Abglanz jenes boshaften Lächelns, mit dem er mich in meiner Jugend so oft in Schrecken versetzt hatte. »Seltsam, Merlin, daß ich dir, dem Bastard meines toten Bruders, meinen eigenen Bastard anvertraue — gerade dem Mann, der auf den Thron ältere Ansprüche besitzt als das noch ungeborene Kind. Sehr seltsam, findest du nicht?«

»Nein. Denn ich habe ja nicht den Ehrgeiz, diese Rechte geltend zu machen, und das wißt Ihr genau.«

Er lachte leise. »Dann laß dir auch nicht einfallen, in dem Knaben falsche Hoffnungen zu wecken. Und verschone ihn mit deinem Zauberkram.«

»Wenn er Euch nachschlägt«, entgegnete ich trocken, »so dürfte er dazu wenig Neigung haben. Doch keine Sorge. Ich hatte ohnehin die Absicht, ihn nur in dem zu unterweisen, das für ihn unmittelbar von Wert und Nutzen ist.«

Und damit schieden wir voneinander. Nein, große Zuneigung bestand zwischen uns nicht, höchstens eine Art von unterkühlter Achtung. Im Grunde waren wir, trotz unserer Blutsverwandtschaft, füreinander fast Fremde. Doch ich hätte wissen müssen, daß wir, soweit es das Kind betraf, gleichsam die beiden Seiten ein und derselben Münze bildeten, vereint im Willen höherer Mächte.

Ja, ich hätte es wissen müssen. Doch der Stimme meines Gottes entwöhnt, die früher aus Flammen und Sternen zu mir gesprochen hatte, war ich wie taub. In unserem Zelt wartete Ralf schon voll Ungeduld auf mich. Ich berichtete ihm von meiner Unterredung mit dem König, und erst nach längerem Schweigen sagte er: »Es wird also genau so kommen, wie Ihr es vorausgesehen habt. Aber wart Ihr Eurer Sache wirklich sicher? Als man uns gestern herbrachte, wollte mir scheinen, daß — daß Ihr Angst hattet.«

»Ganz recht. Wenn auch nicht so, wie du meinst.«

Zu meiner Überraschung fragte er nicht weiter, sondern schien sofort zu begreifen. Verlegen machte er sich an unserem Gepäck zu schaffen und stammelte dann: »Herr, ich muß Euch noch etwas sagen ...« Seine Stimme klang wie erstickt. »Ich habe mich in Euch geirrt. Da Ihr kein Mann des Krieges seid, hielt ich Euch zuerst ...«

»... für einen Feigling? Ja, ich weiß.«

Er hob hastig den Kopf. »Ihr wußtet es? Und habt es hingenommen?«

Ich lächelte. »Als Kind war ich von lauter zukünftigen Kriegern umgeben, und so mußte ich mich wohl oder übel an ihre wenig schmeichelhafte Meinung über mich gewöhnen. Außerdem weiß ich auch gar nicht, wieviel Mut ich wirklich besitze.«

Einen Augenblick starrte er mich sprachlos an. »Mut?« rief er dann. »Aber Herr, Ihr fürchtet Euch ja vor nichts! Unser Ritt durch die unheildrohenden Wälder und Sümpfe — für Euch schien das kaum mehr als ein Spaziergang zu sein. Und als uns am Fluß die Krieger des Königs abfingen, da zeigtet Ihr Euch so gelassen, als ob Uther für Euch nie eine Gefahr sein könnte — obschon doch jeder weiß, daß er im Zorn selbst seinen eigenen Neffen nicht verschonen würde. Ihr und Furcht? Nein, Ihr fürchtet Euch vor nichts.« Er brach ab und fügte dann nachdenklich hinzu: »Vor nichts jedenfalls, das wirklich ist.«

»Vielleicht verstehst du jetzt besser, was ich meine«, sagte ich. »Wieviel Mut gehört denn schon dazu, menschlichen Feinden entgegenzutreten, wenn man im voraus weiß, daß sie einen nicht töten werden? Doch ein solches Wissen hat auch seine Schrecken, Ralf. Wenn einem nämlich genau bekannt ist, wann und wie das eigene Ende kommen wird. Nein, sehr angenehm ist dieser Gedanke nicht.«

»Ihr — Ihr wißt das!?«

»Ja. Ich sehe es vor mir: Finsternis in einer Gruft, aus der es kein Entrinnen gibt.«

Er schrak zusammen. »Allmächtige Götter — da ist es mir doch lieber, im Licht des Tages zu kämpfen, selbst wenn ich fürchten muß, schon morgen das Leben zu lassen. Ungewißheit heißt ja auch Hoffnung.« Er besann sich und fragte: »Wollt Ihr für den Ritt andere Stiefel anziehen, Herr?«

»Ja.« Ich setzte mich, und er half mir. »Da ist noch etwas, was du wissen mußt, Ralf. Ich habe dem König gesagt, daß du es sein wirst, der später in der Bretagne über seinen Sohn wacht.«

Er sah mich bestürzt an. »Und was hat er Euch darauf erwidert?«

»Daß auf deine Treue Verlaß ist. Er war einverstanden.«

Er schüttelte ungläubig den Kopf.

»Doch, Ralf. Vergiß nicht, daß er inzwischen genügend Zeit gehabt hat, über alles nachzudenken — und sein Gewissen zu beschwichtigen. Beides kann bei einem König kaum überraschen. Gorlois erscheint in seinen Augen jetzt als Rebell, und im übrigen ist die Vergangenheit für ihn abgetan. Solltest du wieder in seine Dienste treten wollen, so wird er dich mit offenen Armen aufnehmen und dir einen Platz unter seinen Kriegern zuweisen.«

Er gab keine Antwort, sondern beugte sich nur tiefer über meine Stiefel. Dann sprang er auf, trat vor das Zelt und rief einem Mann zu: »Unsere Pferde, aber rasch. Mein Herr und ich müssen zur Fähre.«

»Diesmal«, sagte ich, »ist es deine eigene, völlig freie Entscheidung. Und dennoch — wer will wissen, ob sie nicht ebenso Teil der Vorsehung ist wie Budecs scheinbar zufälliger Tod?« Ich stand auf, streckte mich, lachte dann. »Bei allen Göttern, ich bin froh, daß die Dinge endlich in Fluß geraten. Über eines freue ich mich jedoch ganz besonders.«

»Über die bevorstehende Geburt des Kindes natürlich.«

»Gewiß, Ralf, gewiß. Doch im Augenblick meinte ich etwas anderes.« Ich strich mir übers Kinn. »Endlich kann dieser verwünschte Bart fallen.«

10

Als Ralf und ich Maridunum erreichten, waren, soweit sich das im Augenblick machen ließ, meine Pläne gefaßt. Gleich mit dem nächsten Schiff schickte ich ihn zu Hoel in die Bretagne und gab ihm für den neuen König Briefe mit, ein Beileidsschreiben und zwei Botschaften. Mich Uthers Wunsch anschließend, bat ich Hoel darum, dem Kind in seinen ersten Lebensjahren Obdach zu gewähren. Diese Zeilen waren natürlich für die Augen und Ohren der Allgemeinheit bestimmt. In dem zweiten Brief, den Ralf im geheimen überreichen sollte, versicherte ich Hoel, daß niemand ihm eine solche Last aufzubürden gedächte und wir auch nicht mit dem königlichen Schiff kommen würden. Doch möge er die Güte besitzen, Ralf bei den Vorbereitungen zu meiner heimlichen Reise nach Weihnachten zu unterstützen. Mir war klar, daß Hoel, von Natur aus eher träge und seinem Vetter Uther kaum sehr gewogen, Ralf und mir schon aus Erleichterung jede Hilfe zuteil werden lassen würde.

Wenig später brach ich nach Norden auf. Offenkundig konnte ich das Kind nicht allzulange in der Bretagne lassen. Der Schlupfwinkel bei Moravik mochte seinen Zweck erfüllen, bis sich das allgemeine Interesse anderen Dingen zuwandte. Doch Sicherheit bot er nur, solange der Knabe noch in der Wiege lag.

Etwas anderes kam hinzu: die Notwendigkeit einer so früh wie möglich einsetzenden Erziehung. Blieb ihm sein Rang als Prinz auch vorenthalten, so war er dennoch ein junger Edelmann. Also konnte er unmöglich in meiner Höhle auf Bryn Myrddin aufwachsen, sondern brauchte eine entsprechende Umgebung. Ector, Graf von Galava, mit meinem Vater einst eng befreundet, schien der geeignete Mann. Er hatte unter König Coel von Rheged gekämpft und war Uthers wichtigster Verbündeter im Norden.

Rheged ist ein großes Königreich, das sich vom gebirgigen Rücken Britanniens bis zur Westküste und vom Hadrianswall im Norden bis hinab zum Flachland von Deva erstreckt. Galava, Ectors Grafschaft, liegt im Nordwesten des Reiches, etwa dreißig Meilen von der See, ein wildes, fast undurchdringliches Gebiet voller Hügel, Wälder und Gewässer.

Als Uther davon gesprochen hatte, das Kind einem der mit ihm verbündeten Herrscher anzuvertrauen, war sein Augenmerk ausschließlich auf jene Länder gerichtet gewesen, die innerhalb des Ambrosiuswalls lagen. Doch selbst wenn man die Treue dieser Fürsten nicht in Zweifel zog, so drohte gerade dort Gefahr — handelte es sich doch um Gebiete, auf die sich die landgierigen Sachsen zuallererst stürzen würden. In der Grafschaft Galava im Norden hingegen blieb das Kind so gut wie unauffindbar.

Ectors Gattin, erst seit wenigen Jahren mit ihm vermählt, hieß Drusilla und entstammte einer römisch-britannischen Familie aus York. Ihr Vater, Faustus, ein hoher Beamter, hatte die Stadt gegen Hengists Sohn Octa verteidigt und zu jenen gehört, die dem Sachsenführer rieten, sich Ambrosius auszuliefern. Was Ector betraf, so stand er seinerzeit im Heer meines Vaters. Er und Drusilla waren beide Christen, und wahrscheinlich kreuzten sich aus diesem Grund ihre und Uthers Wege so selten. Mein Vater und ich hingegen, früher in Faustus' Haus in York zu Gast, hatten den Umgang mit so vortrefflichen Menschen sehr wohl zu schätzen gewußt.

Ectors Burg, von wilden Bergen umgeben, lag am Rande eines Sees, und Zugang zu ihr gab es nur über das Wasser oder durch die engen, leicht zu überwachenden Täler. Doch sie wirkte gar nicht wie eine trutzige Feste. Ringsum wuchsen Bäume, jetzt herbstlich belaubt, und auf dem nahen Fluß trieben Fischerboote. Auf grünen Wiesen weideten Rinder, und bei den Burgmauern drängten sich, wie schon in den Tagen des Römischen Friedens, die Häuser eines kleinen Dorfes. Zwei Meilen weiter stand ein Kloster, und auf hohen, bis auf Grasbüschel völlig kahlen Hängen sah man Schafe, sonderbar bläulich schimmernde Tiere. Sie wurden von Hirtenknaben bewacht, denen im Kampf gegen räuberische Wölfe und Schafe nichts blieb als ein knotiger Stock und ein treuer Hund.

Ich reiste allein, und obwohl der verhaßte Bart (und mit ihm die Verkleidung) verschwunden war, gelang es mir, Galava unbemerkt und unerkannt zu erreichen. An einem frischen, sonnenklaren Oktobertag, gegen Abend schon, traf ich ein.

Die großen Tore waren weit geöffnet und gaben den Blick frei auf einen gepflasterten Hof, wo Männer und Knaben Stroh von einem Wagen luden, vor dem, geduldig wiederkäuend, Zugochsen standen. Nicht weit davon besprengte ein junger Bursche zwei schweißbedeckte Pferde mit Wasser. Laut kläffend balgte sich eine Hundeschar, und überall pickten Hühner herum. Bäume warfen lange Schatten. Zu beiden Seiten der Haupttreppe erstreckten sich Blumenbeete, die unter der Abendsonne in hellem Gelb und Rot erstrahlten. Das Ganze glich eher einem blühenden Landgut als einer Burg. Doch durch die offenstehende Tür konnte ich Reihen frischgeschliffener Waffen sehen, und hinter einer der hohen Mauern erschollen laute Befehle. Kein Zweifel, daß dort Krieger für den Kampf geschult wurden.

Noch bevor ich auf den Hof gelangen konnte, trat mir im Torbogen der Pförtner entgegen und fragte nach meinem Begehr. Ich reichte ihm meine in Leder eingewickelte Drachenbrosche und gebot ihm, sie seinem Herrn zu bringen. Nach wenigen Minuten war er wieder da, hinter sich den kurzatmigen Kämmerer, der mich unverzüglich zum Grafen führte.

Ector erschien kaum verändert. Er war etwa so alt, wie mein Vater jetzt gewesen wäre: also knapp über vierzig, hatte ein gesundes, rotbraunes Gesicht und einen leicht ergrauten Bart. Seine Gattin, über zehn Jahre jünger als er, ähnelte mit ihrer hohen Gestalt oft einer unnahbaren Statue, doch die rauchblauen Augen straften diesen Eindruck Lügen. Drusilla war längst nicht so kühl und scheu, wie sie sich gab. Ector schien mit ihr recht glücklich zu sein.

Er empfing mich allein in einem kleinen Gemach voller Speere und Spieße. Die Flammen des Feuers, das zwischen Holzscheiten prasselte, schlugen so hoch, daß sie zum Himmel zu lodern schienen — kein Wunder, da der frische Oktoberwind kräftig durch die schmalen, ungeschützten Fensteröffnungen hereinwehte.

Ector packte mich mit bärenstarkem Griff bei den Armen. »Merlinus Ambrosius!« rief er strahlend. »Welch ein Vergnügen! Wie lange haben wir uns schon nicht mehr gesehen? Zwei Jahre? Oder gar drei? Sei mir willkommen. Ich wüßte nicht, wen ich unter meinem Dach lieber sähe. Du hast dir sehr viel Ruhm erworben. Man erzählt sich wahre Wunderdinge von dir. Aber was daran ist, werde ich ja bald aus deinem eigenen Munde hören. Bei Gott, du ähnelst deinem verstorbenen Vater von Tag zu Tag mehr. Bloß dünner, viel dünner. Als ob du seit einem Jahr gehungert hättest. Komm, setz dich zu mir ans Feuer. Ein kräftiger Bissen kann nicht schaden.«

Der kräftige Bissen erwies sich als üppiges Mahl, das uns von Bediensteten gebracht wurde. Ector aß für drei und ließ mir keine Ruhe, bis auch der letzte Rest vertilgt war. Währenddessen tauschten wir Neuigkeiten aus. Er wußte von der Schwangerschaft der Königin und sprach auch davon, doch mich drängte es, etwas über die Beratung der Fürsten in Viroconium zu erfahren, von der er erst vor kurzem zurückgekehrt war.

»Erfolg?« erwiderte er auf meine Frage. »Schwer zu sagen. Erschienen waren ja fast alle, Coel von Rheged natürlich sowie sämtliche Nachbarn« — er nannte ein halbes Dutzend Namen — »außer Riocatus von Verterae, der sich mit Krankheit entschuldigen ließ.«

»Das klingt ganz, als glaubtest du ihm nicht.«

»Sollte ich je etwas glauben, was dieser Schakal von sich gibt«, sagte Ector zornig, »so bin ich ein Speichellecker wie er. Doch die Wölfe waren ausnahmslos versammelt, und da fallen die Aasfresser kaum ins Gewicht.«

»Strathclyde?«

»Ja, auch Caw war dort. Du weißt ja, daß die Pikten im Westen seines Landes gegen ihn rebelliert haben — doch wann wäre das je anders gewesen? Im Grunde ist er selber Pikte, und so begrüßt er jeden Plan, der ihm hilft, seine Herrschaft über jenes ungebändigte Gebiet aufrechtzuerhalten. Die Beratung in Viroconium kam ihm deshalb wie gerufen. Also wird er unter den Umständen auch ein zuverlässiger Verbündeter sein. Ob er allerdings diese Meute bändigen kann, die er seine Söhne nennt, steht auf einem anderen Blatt. Weißt du, daß einer von ihnen, Heuil mit Namen und kaum alt genug, um einen Speer zu schleudern, im vergangenen Frühjahr über eine von Moriens Töchter herfiel und bei ihr seinen Speer sehr wohl zu gebrauchen verstand? Sie wollte gerade zu dem Kloster, dem sie von Kind auf zugedacht war. Als ihr Vater von dem Vorfall erfuhr, befand sie sich mit Heuil längst jenseits der Grenze — und kaum in der richtigen Verfassung für ein Nonnendasein.« Er grinste breit. »Morien schrie natürlich Zeter und Mordio und sprach von Notzucht und ähnlichem mehr. Aber wer den Schaden hat, braucht bekanntlich für den Spott nicht zu sorgen, und so schickte er sich schließlich drein. Strathclyde allerdings mußte zahlen, und in Viroconium saßen beide weit voneinander getrennt — Heuil zog es vor, gar nicht erst zu erscheinen. Man kam überein, den Streit beizulegen, was nicht zuletzt Uthers Klugheit zu verdanken ist. Alles in allem läßt sich sagen, daß zumindest die eine Hälfte der Fürsten von der Nordgrenze geschlossen hinter dem König steht.«

»Und die andere Hälfte?« fragte ich. »Was ist mit Lot?«

»Lot?« schnaubte Ector. »Dieser aufgeblasene Maulheld? Der würde doch selbst mit dem Teufel paktieren, wenn er sich davon etwas verspräche. Was liegt ihm schon an Britannien? Nichts. Er und seine Sippschaft verwilderter Brüder oben auf ihren kalten Felsen — die kämpfen doch nur, wenn sie auf Beute hoffen.« Er brach ab, starrte ins Feuer und kraulte dem Jagdhund neben ihm das Fell. Das Tier gähnte wohlig und legte die Ohren dicht an den Kopf. »Vielleicht tue ich ihm unrecht. Die Zeiten ändern sich, und selbst ein Barbar wie Lot müßte eigentlich begreifen, daß wir nur durch ein unverbrüchliches Bündnis eine Wiederkehr der Flut verhindern können.«

Ich wußte natürlich, was er meinte: nicht eine wirkliche Flut, sondern jenen mächtigen Ansturm vor einem Jahrhundert, als Pikten und Sachsen, mit Skoten aus Irland verbündet, den Hadrianswall überschwemmt hatten. Maximus gelang es damals, sie zurückzutreiben und ihre Kraft zu brechen. Der Lohn war für Britannien eine Zeit des Friedens und für ihn ein großes Reich und unvergänglicher Ruhm.

Ich sagte: »Lothian ist für Uthers Verteidigungsplan noch wichtiger als selbst Rheged oder Strathclyde. Ob es stimmt, weiß ich nicht; aber ich habe gehört, daß am Alaunus Angeln sitzen und daß die anglischen Verbündeten südlich von York doppelt so stark sind wie zu Lebzeiten meines Vaters.«

Er nickte widerstrebend. »Ja, leider ist es nur allzu wahr. Und südlich von Lothian ist nur noch Urien an der Küste, eine Aaskrähe, die sich von Lots Abfällen nährt. Aber nein, vielleicht tue ich auch ihm unrecht. Schließlich ist Lots Schwester sein Weib, und da scheint es nur natürlich, wenn er mit ihm am selben Strang zieht. Was mich darauf bringt ...«

»Ja?« fragte ich, als er stockte.

»... wie es mit dem Ehestand bestellt ist«, fuhr er fort und lächelte plötzlich. »Oder auch mit dem Nicht-Ehestand. Ein heißes Eisen, wie man wohl sagen kann. Du weißt natürlich, daß Uther eine kleine Bastardin in die Welt gesetzt hat — sieben oder acht muß sie jetzt sein, an ihren Namen erinnere ich mich nicht mehr.«

»Morgause«, half ich ihm. »Drüben in der Bretagne geboren.«

Die junge Frau, mit der Uther das Kind gezeugt hatte, war ihm später nach Britannien gefolgt, wohl in der Hoffnung, daß er sie heiraten würde, da sie aus guter Familie stammte. Er erkannte das Kind als sein eigenes an und brachte es in einem seiner Häuser unter, zusammen mit der Mutter, bis diese einen seiner Verwalter heiratete. Danach nahm er das Mädchen zu sich. Ich hatte Morgause ein- oder zweimal in der Bretagne gesehen, ein mageres, hellblondes Geschöpf mit großen Augen und einem verkniffenen Mund.

»Wie kommst du auf sie?« fragte ich.

»Uther hat Lot gegenüber durchblicken lassen, daß er ihm Morgause zur Frau geben würde, sobald sie im entsprechenden Alter ist.«

Ich sah ihn überrascht an. »Und wie hat Lot den Vorschlag aufgenommen?«

»Es war ein reines Vergnügen, ihn dabei zu beobachten: einerseits fast schwarz vor Zorn, weil Uthers Seitensproß für ihn gut genug sein soll; andererseits honigsüß für den Fall, daß der König mit seiner Gemahlin keine Tochter zeugt. Schließlich weiß man, daß Bastarde — und ihre Ehegefährten — auch schon früher große Reiche geerbt haben. Anwesende ausgenommen natürlich.«

»Natürlich. So hoch hat Lot seine Ziele also gesteckt?«

Er nickte kurz. »So hoch wie Uthers Hohes Königreich, das kannst du mir aufs Wort glauben.«

Ich ließ mir das durch den Kopf gehen. Begegnet war ich Lot bisher noch nicht. Er mußte etwa in meinem Alter sein, also Anfang Zwanzig; und obwohl er Bundesgenosse meines Vaters gewesen war, hatten sich unsere Wege noch nicht gekreuzt. »Uther möchte Lothian also an sich binden, und Lot hätte auch gar nichts dagegen? Nun, was auch immer an eigenem Ehrgeiz dahinterstecken mag — jedenfalls wäre er bereit, für den Hohen König zu kämpfen. Und Lothian ist unser Hauptbollwerk gegen die Angeln und die anderen Angreifer aus dem Norden.«

»O gewiß doch, gewiß«, sagte Ector. »Kämpfen wird er schon — sofern ihm die Angeln nicht mehr zu bieten haben als Uther.«

»Meinst du das im Ernst?« fragte ich bestürzt. Ector war ein kluger Beobachter, und es gab nur wenige, die über die Machtverhältnisse an unseren Küsten ein so genaues Bild hatten wie er.

»Vielleicht übertreibe ich da ein wenig. Doch in meinen Augen vereinigen sich in Lot Ehrgeiz und Skrupellosigkeit, und das ist eine sehr gefährliche Mischung.«

»Wie ist sein Verhältnis zu Rheged?« Falls ich das Kind später hier nach Galava zu Ector brachte, so war Lothian ja nicht weit: nördlich jenseits des Penninischen Gebirges.

»Oh, freundschaftlich, äußerst freundschaftlich. Wie bei zwei Jagdhunden, von denen jeder seinen eigenen Freßnapf hat. Kein Anlaß zur Sorge also, noch nicht, vielleicht nie. Zerbrich dir nicht den Kopf darüber, sondern leere deinen Becher.« Er trank selbst, lange, tiefe Züge, und wischte sich dann mit dem Handrücken über den Mund. »Nun?« sagte er dann und musterte mich neugierig. »Heraus mit der Sprache, Freund. Du hast die weite Reise doch nicht gemacht, um dich an meinem Tisch zu stärken und mit mir zu schwatzen. Sage mir, wie ich Ambrosius' Sohn zu Diensten sein kann.«

»Weniger Ambrosius' Sohn als Ambrosius' Neffen«, entgegnete ich lächelnd und begann dann zu berichten, welche Pläne ich für das Kind hatte. Er hörte mir schweigend zu. Trotz seiner rauhen und oft überschäumenden Herzlichkeit handelte er stets voll Bedacht. Auf dem Schlachtfeld war er umsichtig, bei einer langen Belagerung ausdauernd und zäh. Und so zeigte sich in seinen Augen auch jetzt nur ein flüchtiges Erstaunen, das er sehr gut zu beherrschen wußte. Doch ich wußte, daß er sich kein Wort entgehen ließ.

Schließlich sagte er: »Nun, Merlin, ich bin froh und stolz; denn gewiß würdest du dich nicht jedem anvertrauen, und dafür weiß ich dir Dank. Auch dürfte dir nicht unbekannt sein, wie hoch ich deinen Vater schätzte.« Er räusperte sich, zögerte und blickte dann zu den züngelnden Flammen. »Ich habe es stets tief bedauert, daß du ... nun ja, daß du ein Bastard bist und somit nicht an Uthers Stelle ...« Er brach ab, zögerte wieder, fügte nach einer Weile hinzu: »Aber das bleibt unter uns, nicht wahr? Denn man muß es Uther lassen, daß er sich als Hoher König nicht einmal schlecht bewährt hat.«

»Jedenfalls besser, als es mir je gelungen wäre«, pflichtete ich ihm bei. »Mein Vater sagte oft, daß Uther und ich zusammen über viele jener Eigenschaften verfügten, die einen guten König auszeichnen. Und er träumte davon, daß ein solcher Herrscher unser gemeinsames Werk sein könnte. Ich glaube, in diesem Kind wird seine Hoffnung sich erfüllen.« Diesmal konnte Ector seine Überraschung nicht verbergen. »Ja, ich weiß«, fuhr ich fort. »Noch ist es nicht einmal geboren. Und doch — bis jetzt ist alles eingetroffen, wie ich es vorhergesehen habe: Uther hat es gezeugt, und ich werde sein Erzieher sein. Nein, es gibt keinen Zweifel: Dieser Knabe ist der König, den unser armes Land braucht — ein König, wie man ihn noch nicht gekannt hat; ein König, wie er vielleicht nie wiederkehren wird.«

»Sagen dir das deine Sterne?«

»Gewiß, dort steht es geschrieben, und von wem außer Gott könnten die Zeichen sein?«

»Gebe Gott, daß dem so ist. Denn es wird eine Zeit kommen, Merlin, vielleicht erst in fünf oder zehn oder zwanzig Jahren, wo die Flut wiederkehrt, der Ansturm unserer Feinde, und wir können nur hoffen, daß dann hier ein König herrscht, der die Kraft hat, das Schwert des Maximus gegen sie zu führen.« Er drehte hastig den Kopf. »Was ist denn das — dieses Geräusch?«

»Nur der Wind, der dort in den Bogensehnen spielt.«

»Klang in meinen Ohren wie eine Harfe. Sonderbar. Was ist, Merlin? Warum siehst du mich so an?«

»Ach, nichts.«

Er musterte mich scharf, brummte jedoch nur und lehnte sich zurück, während hinter uns leise Laute zu schwingen schienen, eine kalte Melodie, die der Luft entstammte. Und ich entsann mich, wie ich als Kind, zum nächtlichen Himmel starrend, angespannt auf die Musik gewartet hatte, die (so war mir erzählt worden) der Gang der Gestirne dort oben hervorrief. Ja, dachte ich, so wie jetzt würde es wohl geklungen haben.

Ein Bediensteter kam, um in das Feuer frische Scheite zu legen, und die Melodie brach ab. Nachdem er wieder gegangen war, sagte Ector mit völlig veränderter Stimme: »Natürlich werde ich tun, worum du mich gebeten hast, das ist ganz selbstverständlich. Außerdem erfüllt es mich mit Stolz, daß ich dazu ausersehen bin.

Im übrigen stimme ich dir zu. In den kommenden Jahren dürfte Uther für das Kind ohnehin kaum Zeit haben. Zudem wäre es selbst für ihn nicht leicht, seinen Sohn vor Nachstellungen zu schützen. Tintagel ist zwar eine sichere Feste, doch wie du selbst sagst, darf man nicht vergessen, daß ja auch Cador da ist ... Weiß der König von deiner Reise zu mir?«

»Nein. Und er soll es vorerst auch nicht wissen.«

»So?« Er runzelte die Stirn. Offenbar behagte ihm der Gedanke nicht recht. »Später wird er es ja doch erfahren, und dann dürfte er kaum sehr erbaut darüber sein.«

»Vielleicht. Ich weiß es nicht. Er schien nicht allzu begierig, über meine nächsten Pläne etwas Genaueres zu hören. Es hatte eher den Anschein, daß er zufrieden war, die Verantwortung dafür in fremde Hände zu legen.« Ich verzog den Mund zu einem Lächeln. »Noch etwas. Der König und ich haben die Streitaxt zwar begraben, aber ich würde nicht darauf bauen, daß es so bleibt. Wenn ich will, daß mir die Erziehung des Kindes überlassen bleibt, so dürfte es die Klugheit gebieten, Uther aus dem Weg zu gehen.«

»Ja«, bestätigte Ector mit einem Nicken. »Das halte ich auch für ratsam. Man weiß ja, wie Könige manchmal sind. Aber was den Knaben betrifft — soll er Christ werden?«

»Das ist der Wunsch der Königin. Also werde ich nach Möglichkeit dafür sorgen, daß er in der Bretagne getauft wird. Artus soll er heißen.«

»Wirst du sein Pate sein?«

Ich lachte. »Da ich selbst nie getauft worden bin, komme ich dafür wohl nicht in Frage.«

Er stimmte in mein Lachen ein. »Richtig, du bist ja Heide. Das hatte ich ganz vergessen. Jedenfalls bin ich froh, daß der Knabe das heilige Sakrament empfangen wird. Sonst hätte ich sicher Ärger bekommen.«

»Mit Drusilla, meinst du? Ist sie denn so fromm?«

»Armes Weib«, sagte er und zuckte mitfühlend die Schultern. »Was bleibt ihr schon seit dem Tod unseres zweiten Kindes? Cei, unser Ältester, ist trotz seiner drei Jahre bereits ein kleines Rauhbein, das zudem von den Frauen maßlos verhätschelt wird. Also können wir Gott für seine Gnade danken, wenn er Uthers Sohn in unsere Obhut gibt; denn Drusilla wird nie wieder gebären. Welchen Namen soll der Knabe erhalten? Artus? — Du wirst verstehen, daß ich das alles erst noch mit Drusilla besprechen muß, obwohl sie sich zweifellos auf das Kind genauso freuen wird wie ich. Und laß dir versichern, daß sie zu schweigen versteht. Bei uns befindet sich das Kind in Sicherheit.«

»Davon bin ich überzeugt — auch ohne erst die Sterne zu befragen.«

Doch als ich ihm danken wollte, fiel er mir fast grob ins Wort.

»Soweit wäre also alles klar. Über Einzelheiten reden wir später. Erst werde ich Drusilla einweihen. Du bleibst doch noch eine Weile?«

»Danke, aber ich fürchte, ich muß dich enttäuschen. Wenn ich mich von den Anstrengungen der Reise erholt habe, geht es sofort zurück. Im Dezember will ich auf Tintagel sein, und zuvor muß ich noch in Bryn Myrddin Ralfs Rückkehr abwarten. Es gilt allerlei Vorbereitungen zu treffen.«

»Schade, aber wir werden uns ja wiedersehen. Ich freue mich schon darauf.« Auf seinem Gesicht erschien ein belustigtes Lächeln. »Welch ein Genuß wird es doch sein, dich hier als Hauslehrer zu erleben — oder wie immer dein Titel dann lauten mag. Ehrlich gesagt wäre es mir sehr recht, wenn du dir auch Cei ein wenig vornehmen würdest. Vielleicht gehorcht er dir aus Angst, sonst in eine Kröte verwandelt zu werden.«

»Meine Spezialität sind eigentlich Fledermäuse«, erwiderte ich lächelnd. »Nun, Ector, ich danke dir für das Anerbieten, auch mich in deinem Haus aufnehmen zu wollen. Doch ich werde mir etwas Eigenes suchen.«

»Merlin«, sagte er eindringlich, »ich kann es nicht zulassen, daß Ambrosius' Sohn in der Umgebung nach einem Unterschlupf sucht, während ich vier geschützte Wände und ein warmes Feuer für ihn habe. Warum also nicht hier?«

»Aus einem sehr einfachen Grund. Man könnte mich erkennen, und wo Merlin ist, wird man in den nächsten Jahren auch nach Artus suchen. Nein, ich muß mich verborgen halten. Hier mag es viele neugierige Augen und Ohren geben. Außerdem sind vier Wände nicht unbedingt das beste Obdach für jemanden wie mich.«

»Ja, richtig. Du ziehst es ja vor, in Höhlen zu wohnen. Nun, die gibt es auch hier, nur müßtest du wohl zuerst die Wölfe daraus vertreiben.«

Wir unterhielten uns noch bis spät in die Nacht. Artus, so kamen wir überein, sollte die Bretagne erst verlassen, wenn er etwa drei Jahre alt war. Ralf würde ihn dann nach Galava bringen.

»Und du?« fragte Ector. »Wo wirst du dann sein?«

»Weder in der Bretagne noch hier. Ich werde mich in Nichts auflösen — eine Gabe, über die Zauberer verfügen, wie du ja weißt. Und wenn ich wieder erscheine, so wird das an einem Ort sein, der fern von der Bretagne und von Galava liegt, damit niemand auf den Gedanken kommt, verräterischen Spuren zu folgen.« Er sah mich fragend an, doch ich schüttelte lächelnd den Kopf. »So genau weiß ich es selbst noch nicht«, wich ich aus. »Und jetzt muß ich dich um Nachsicht bitten, weil ich dich so lange von deiner verdienten Ruhe abgehalten habe. Drusilla wird sich über dein Ausbleiben wundern. Es soll mir eine angenehme Pflicht sein, mich morgen früh bei ihr dafür zu entschuldigen.«

»Angenehm«, sagte er. »Damit triffst du es genau. Glaub mir, es tut gut, eine Frau wie Drusilla zu haben, überhaupt eine Frau. Aber das kannst du natürlich nicht wissen.«

»Doch, ich weiß«, sagte ich.

»Du weißt es — und bleibst trotzdem unbeweibt. Dann mußt du schon gewichtige Gründe dafür haben.«

»Ja, die habe ich.«

»Nun, dann komm, damit ich dich zu deinem kalten Bett führen kann«, sagte er und öffnete die Tür.

11

Das Kind kam an Weihnachtsabend zur Welt, eine Stunde vor Mitternacht.

Kurz vor der Geburt wurde ich (zusammen mit den beiden Edelleuten, die als Zeugen dienen sollten) ins Gemach der Königin gerufen, wo sich Gandar und Marcia um Ygraine mühten. Unter den übrigen Frauen befand sich ein Mädchen namens Branwen, die als Amme ausersehen war. Natürlich empfand ich tiefe Freude, als ich das Neugeborene sah. Doch ich empfahl mich schon bald und ritt, Tintagel hinter mir lassend, den Weg entlang, der nach Dimilioc führte. Als ich dann außer Sichtweite der Wachen war, strebte ich den schroff abfallenden Pfad in das Tal hinab, das sich zur Küste hin erstreckt.

Die Burg Tintagel steht auf einem Fels, der fast schon einer Insel gleicht: steil aus dem Meer emporragende Klippen, nur durch eine schmale Zunge mit dem eigentlichen Festland verbunden. Doch von der Tiefe her schlängelt sich, durch vorspringendes Gestein hindurch, ein kaum sichtbarer Pfad hinauf zur Felsplatte: schlüpfriger Untergrund, wo man ewig in Gefahr ist, abzustürzen, und ohnehin nur bei Ebbe begehbar. Folgt man ihm, so gelangt man am Fuß der Burgmauern zu einer winzigen Öffnung, der Ausfallpforte, die den einzigen geheimen Zugang zu Tintagel gewährt. Drinnen führt eine schmale Treppe zu den königlichen Gemächern, und davor, auf halber Höhe, befindet sich ein Wachraum.

Hier sollte ich darauf warten, daß man mir das Kind übergab.

Die Ausfallpforte (durch die damals Uther zu Ygraine gelangt war) stand in dieser Nacht offen. Ulfin, des Königs Vertrauter, und Valerius, einer seiner Freunde, ließen mich ein. Während Valerius mich zum leeren Wachraum brachte, stieg Ulfin den Pfad hinab, um sich um mein Pferd zu kümmern, das ich in der Bucht zurückgelassen hatte. Ralf befand sich nicht bei mir. Seine Aufgabe war es, sich zu vergewissern, daß das bretonische Schiff am verabredeten Ort auf uns wartete. Später sollte er dann nachkommen und nachts von der Bucht aus den geheimen Pfad im Auge behalten.

Ich wartete zwei Tage und zwei Nächte. Mitunter streckte ich mich auf dem Schlaflager in einem Winkel des Wachraums aus und war froh, daß Ulfin für ein wärmendes Feuer sorgte, denn die Kälte, die durch die Mauern drang, ließ mich frösteln. Auch brachte er mir regelmäßig zu essen und berichtete, was immer es aus den königlichen Gemächern zu berichten gab.

Vor dem Wachraum befand sich ein breiter Treppenabsatz, und die Tür in der Wand gegenüber — der Außenmauer — führte zu einer Art Plattform mit hüfthoher Brüstung. Von den Burgfenstern aus war sie nicht zu sehen. Unterhalb, zu den Klippen hin, wuchs auf schräger Fläche Gras, und im Sommer brüteten Seevögel dort. Jetzt, im Winter, lag Frost darüber. Und von tief unten tönte unablässig das Brausen der gegen den Fels prallenden Brandung.

Jeden Tag, frühmorgens und dann wieder bei Sonnenuntergang, trat ich auf diese Plattform hinaus, um zu sehen, ob das Wetter nicht endlich umschlagen wollte. Doch vorerst blieb meine Hoffnung vergebens. In der Luft lag schneidende Kälte, und über den Klippen schwebten dichte Nebelschwaden.

Dann, in der dritten Nacht, kam plötzlich Wind auf, eine leichte Brise aus dem Westen, die über die Brustwehr wehte und durch die Türritzen in den Wachraum drang, wo sie die Flammen des Holzfeuers in flackernde Bewegung setzte. Ich stand auf und lauschte. Bald vernahm ich von oben ein Geräusch. Die Tür zu den Gemächern der Königin hatte sich leise geöffnet. Ich trat hinaus.

Mit kaum hörbaren Schritten kam jemand die Treppe herab, eine dicht verhüllte Frau, die etwas zu tragen schien. Ich blickte ihr entgegen. Aus der offenen Tür des Wachzimmers fiel Helle, Licht und Schatten in eins vermischt.

Es war Marcia. Auf ihren Wangen schimmerten Tränen. Das Kind in ihren Armen, unter Tüchern kaum zu erkennen, schien gegen die Winterkälte gut geschützt.

Sie sah mich und reichte mir das winzige Bündel.

»Behütet ihn gut«, sagte sie. »Behütet ihn, wie Gott ihn und Euch behüten mag.«

Ich nahm das Kind. Unter der äußeren Wollhülle glitzerte gold-durchwirktes Gewebe. »Und das Erkennungszeichen?« fragte ich. Sie gab mir einen Ring, den ich oft an Uthers Hand gesehen hatte: in goldener Fassung ein roter Jaspis, in den, sehr klein, die Umrisse eines Drachens eingeritzt waren.

Ich steckte ihn mir an den Finger und bemerkte, daß Marcia unwillkürlich eine abwehrende Bewegung machte. Doch dann schien sie sich darauf zu besinnen, wer ich war.

Ich lächelte. »Damit ich ihn nicht verliere«, erklärte ich. »Später werde ich ihn an sicherer Stelle aufbewahren.«

»Entschuldigt, Prinz«, sagte sie und beugte den Kopf. Dann blickte sie über die Schulter zurück. Branwen, die Amme, und Ulfin kamen die Treppe herab. Marcia griff nach meinem Arm. »Wollt Ihr mir nicht verraten, wohin Ihr ihn bringt?« Es war fast ein Flehen.

»Nein, Marcia. Es ist besser, wenn das niemand weiß.«

Sie preßte die Lippen aufeinander und straffte sich dann. »Wie Ihr meint. Doch sagt mir — und ich frage jetzt nicht den Menschen und nicht den Prinzen, sondern jenen anderen, der Ihr auch seid: Wird dem Kind nichts geschehen? Wird es sicher sein?«

Ygraine hatte offenbar nicht einmal Marcia anvertraut, was sie von mir über die Zukunft des Kindes wußte. Doch es würden zweifellos Tage kommen, an denen die beiden Frauen in Trost und Zuspruch aufeinander angewiesen waren. Die Königin mit ihrem Wissen und ihrer Hoffnung sich selbst zu überlassen, erschien mir grausam. Es ist keineswegs wahr, daß Frauen ein Geheimnis nicht zu hüten verstehen. Lieben sie, so können sie schweigen, allen Gefahren zum Trotz und oft sogar gegen jede Vernunft. Das ist ihre Schwäche — und ihre große Stärke.

Ich sah Marcia an und zögerte nicht länger. »Eines Tages wird er König sein«, sagte ich. »Seine Mutter weiß es. Und jetzt auch du. Doch um des Kindes willen darf niemand sonst etwas davon erfahren. Behalte es also für dich.«

Sie neigte nur stumm den Kopf. Dann standen Ulfin und Branwen neben uns. Marcia beugte sich vor und zog mit den Fingerspitzen sacht das Tuch über dem Gesicht des Kindes beiseite. Es schlief. Die Augäpfel, unter den geschlossenen, hell schimmernden Lidern, wirkten eigentümlich hochgewölbt. Schon bedeckte dichter Flaum den Kopf. Marcia hauchte einen Kuß auf die winzige Stirn. Dann zog sie das Tuch wieder über das Gesicht des schlafenden Kindes und schmiegte das Bündel mit geschickten Händen enger und fester in meine Arme. »So müßt Ihr seinen Kopf halten. Und wenn Ihr jetzt den Pfad hinabsteigt, so gebt nur ja auf jeden Eurer Schritte sorgfältig acht.«

»Natürlich, Marcia.«

Sie schien noch etwas hinzufügen zu wollen, blieb jedoch stumm und wandte sich dann, Tränen in den Augen, von uns ab. Langsam stieg sie die Stufen hinauf.

Das Kind in den Armen, folgte ich dem geheimen Pfad. Valerius schritt mit gezogenem Schwert voraus. Hinter mir kamen Branwen und Ulfin. Als wir endlich unten waren, löste sich aus dem Schatten der Felswand Ralfs Gestalt, und wir vernahmen seinen leisen, erleichterten Gruß. Hinter ihm knirschten Hufe im groben Sand.

Er hatte für Branwen ein Maultier mitgebracht. Jetzt half er ihr in den Sattel, und ich wartete und reichte ihr dann das Kind. Sie hüllte das Bündel in ihren Umhang. Ralf schwang sich auf sein Pferd und nahm die Zügel des Maultiers in die Hand. Ich sollte den Packesel führen.

Mein Plan war es, diesmal als fahrender Sänger zu reisen; denn einem Spielmann steht offen, was einem schlichten Heilkundigen verwehrt bleibt: der Zugang zu Königs- und Fürstenhöfen. Und so hatte Ralf auch nicht vergessen, meine Harfe mitzubringen.

Ulfin gab mir die Leitzügel und hielt dann meinen Wallach für mich fest. Ich sagte Ulfin und Valerius meinen Dank und entbot ihnen den Abschiedsgruß, der von beiden erwidert wurde. Dann wandten sie sich um und stiegen wieder den Klippenpfad hinauf.

Der Wallach gehorchte meinem leichten Fersendruck sofort. Ich folgte Ralf und Branwen, die mir schon vorausgeritten waren. Ein Stück über mir erkannte ich auf den Küstenfelsen undeutlich ihre Schatten. Sie warteten offenbar auf mich. Als ich näher kam, sah ich, daß Ralf mich beobachtete. Plötzlich streckte er den Arm aus.

»Seht doch!«

Ich drehte den Kopf. Hinter mir hob sich, wie ein milchiger

Vorhang, der dichte Nebel und gab den Blick auf den sternfunkelnden Himmel frei. Hoch oben über den Burgklippen zeigte sich ein dunstiger Halbkreis aus Licht. Dann trieb auch die letzte Wolke davon, vor dem Westwind gebläht wie ein Segel, das der Bretagne zustrebte, und in ihrer Spur, hervorwachsend aus dem Flimmern minderer Sterne, tauchte jener große Stern auf, der in der Nacht geleuchtet hatte, da Ambrosius gestorben war — und der jetzt, zur Geburt des Weihnachtskönigs, im Osten erstrahlte.

Wir gaben unseren Tieren die Sporen und ritten so rasch es nur ging zum Schiff.

12

Der Wind blieb uns günstig bis zur Bretagne, und im Morgengrauen des fünften Tages sichteten wir die Wilde Küste. Hier kommt die See nie zur Ruhe. Dunkel und drohend ragten die Klippen in die Höhe, während hinter ihnen das frühe Licht schimmerte und an ihrem Fuß das Meer wie mit weißen Zähnen nagte. Doch nachdem wir dann Vindanis-Point umschifft hatten, nahm die Kraft der rollenden Wogen ab, und ich konnte sogar meine Kajüte verlassen, um unser Einlaufen in den Hafen südlich von Kerrec zu beobachten: in jenen Hafen, den mein Vater und König Budec angelegt hatten, als sich dort vor Jahren die Invasionsstreitmacht ansammelte.

Es war ein stiller Morgen mit einem Hauch von Frost und dünnen Nebelschleiern über den Feldern. Das Land ist hier flach, Felder und Moore, die sich ins Binnenland erstrecken, wo der Wind salzig über das Gras streicht und meilenweit nichts wächst als Kieferngehölz und Dornengestrüpp. Zwischen steilen Schlammufern winden sich Bäche und Flüßchen hinab zu den Buchten entlang der Küste, und überall sind Vögel auf der Jagd nach Beute.

Als ein Jahrhundert zuvor Kaiser Maximus nach Rom marschierte, fanden jene britannischen Soldaten, die das Glück hatten, seine Niederlage zu überleben, Zuflucht in diesem friedlichen Land. Manche kehrten von dort in ihre Heimat zurück, aber sehr viele blieben, um sich hier endgültig niederzulassen. Einer solchen Familie entstammte auch König Hoel, mein Blutsverwandter. In der Tat war in diesem Gebiet eine so große Anzahl von Britanniern ansässig geworden, daß man die Halbinsel bald schon Niederbritannien nannte. Auch die Sprache hier verleugnete ihren Ursprung nicht, und die Menschen beteten zu denselben Göttern, ohne daß sich die Erinnerungen an jene alten, immer noch spürbaren Gottheiten ganz verlor. Es war ein sonderbares, fast befremdliches Land; und während wir uns der Küste näherten, bemerkte ich, wie Branwen mit großen Augen und bestürzter Miene starrte. Selbst Ralf, der doch schon als Bote hier gewesen war, machte einen eigentümlich scheuen Eindruck. Überraschen konnte das allerdings kaum; denn je näher wir kamen, desto deutlicher sahen wir hinter den Hütten die ersten Reihen der stehenden Steine.

Ihnen folgten weitere Reihen, tiefer und tiefer gestaffelt. Sie schienen zu warten wie alte, im Kampf ergraute Krieger oder wie die Heerscharen der Toten. Im Volk erzählt man sich, daß sie seit Anbeginn der Zeiten hier stehen. Niemand vermag zu sagen, woher sie kamen. Doch ich wußte schon lange, daß weder Riesen oder Götter noch selbst Zauberer sie aufgerichtet hatten, sondern Männer, über deren Fähigkeiten als Ingenieure nur noch das Lied zu berichten weiß. Aber mag es auch ein Werk längst verstorbener Menschen sein: Die Götter, deren Verehrung es diente, leben noch; denn wenn ich früher nachts dort umherging, so spürte ich ganz deutlich ihre Blicke auf meinem Rücken.

Doch jetzt stand die Sonne über dem Horizont, goldener Glanz auf den Granitkolossen, die bläuliche Schatten über den gefrorenen Boden warfen. Bald war unser Schiff fest vertäut, und Männer und Knaben gingen daran, die Fracht zu entladen. Auf uns, die einzigen Reisenden, achtete niemand — ein Spielmann mit seiner Harfe und in seiner Begleitung Weib, Kind und Bediensteter. Als ich Ralf jetzt so sah, bemerkte ich erstaunt, daß aus dem Knaben fast über Nacht ein Mann geworden war. Er mochte inzwischen etwa sechzehn sein, und obschon Branwen ein oder mehrere Jahre älter war als er, konnte er sehr wohl als ihr Gatte gelten.

König Hoel hatte zu unserem Geleit eine Schar Krieger schicken wollen, was von Ralf in meinem Auftrag jedoch abgelehnt worden war. Und so warteten auf uns jetzt nur ein Maultier mit Sänfte sowie der Maultiertreiber. Ein weiterer Mann, der für Ralf und mich Pferde mitgebracht hatte, trat auf mich zu, Offizier der Haltung nach, was seine Kleidung aber nicht verriet. Er schien nicht zu wissen, wer wir waren; denn er begrüßte mich zwar höflich, doch ohne jene Ehrerbietung, die mir meinem Rang nach zustand.

»Seid im Namen des Königs willkommen, Herr. Ich soll Euch in die Stadt geleiten. Hoffentlich habt Ihr eine gute Reise gehabt.«

»Wenn man den Seeleuten glauben will, so war sie sogar ausgezeichnet«, sagte ich. »Doch halten sowohl die Dame hier als auch ich selbst das für ein gutgemeintes Märchen.«

Er lachte. »Ja, sie sieht ein wenig grün aus. Und wie steht es mit Euch? Könnt Ihr bis zur Stadt reiten? Es ist etwa eine Meile.«

»Versuchen will ich es jedenfalls«, erwiderte ich und tauschte mit ihm ein paar belanglose Höflichkeiten aus, während Ralf Branwen in die Sänfte half und die Vorhänge zuzog. Plötzlich wachte das Kind auf und begann zu schreien. Er hatte eine sehr kräftige Lunge, unser Artus. Wahrscheinlich zuckte ich zusammen, denn der Offizier erkundigte sich belustigt:

»Ah, Ihr seid verheiratet?«

»Ja.«

»Nun, ich habe mich schon oft gefragt, was ich als Junggeselle versäume. Jetzt kann ich's mir denken.« Er lachte.

An seiner Seite ritt ich zur Stadt. Kerrec, mit Mauer und Graben, war ein nicht unbedeutender Ort, in dessen Mitte sich der Hügel mit der Königsburg erhob. Nahe der Straße, die zum Burgtor hinaufführte, lag das Haus, in dem mein Vater einmal gewohnt hatte: Damals, als er, von Vortigern aus seiner Heimat vertrieben, hier das Heer um sich scharte, mit dem er sein angestammtes Erbe dann wiedereroberte — jenes Land also, dessen zukünftiger König (immer noch aus Leibeskräften schreiend) jetzt in schaukelnder Sänfte durch das Stadttor getragen wurde.

Unsere Wirtsleute, ein bieder wirkendes Paar, hießen uns herzlich willkommen, und während Branwen und das Kind sogleich in weibliche Obhut genommen wurden, brachte man mich in einen recht behaglichen Raum, wo in der Nähe eines prasselnden Feuers schon das Frühmahl auf mich wartete.

Bei Einbruch der Dunkelheit kam die Einladung des Königs, und mit ihr erschien Ralf, über dem Arm ein tiefblaues Gewand mit goldenen und silbernen Borten.

»Das läßt Euch der König schicken. Werdet Ihr es auch tragen?«

»Natürlich, Ralf. Es wäre eine Beleidigung, das nicht zu tun.«

»Aber ein Prinzengewand? Das muß doch die Aufmerksamkeit der Leute auf Euch lenken.«

»Du irrst dich, Ralf. Es ist das Ehrengewand für einen Sänger. Wann soll ich vor dem König erscheinen?«

»In einer Stunde, sagt er. Und er will Euch allein empfangen, ehe Ihr in der Halle singt. — Worüber lacht Ihr?«

»Über König Hoels weise Umsicht. Mit meinem Erscheinen als

Sänger an seinem Hof hat es nämlich seine besondere Bewandtnis. Er ist völlig unmusikalisch. Und so empfängt er mich zuerst allein, um nicht später in Gesellschaft seiner Edlen die für ihn grauenhaften Töne ertragen zu müssen.«

»Aber er hat Euch doch diese Harfe mitgeschickt«, sagte Ralf und wies auf das Instrument, das, von einem Tuch verhüllt, in der Nähe der Lampe stand.

»Gewiß — doch sie gehört ohnehin nicht ihm, sondern mir.«

Er musterte mich verdutzt. Ich hatte, von Erinnerungen überwältigt, schroffer gesprochen, als es meine Absicht gewesen war. Erinnerungen, ja: denn während meiner Jugendzeit hier in Kerrec, im Haus meines Vaters, verging kaum ein Abend, an dem ich nicht in die Saiten griff; glückliche Bilder, längst zerronnen.

Bedachtsamer fügte ich hinzu: »Ich habe sie früher benutzt, und offenbar hat Hoels Vater sie für mich aufbewahrt. Wahrscheinlich ist sie seitdem nie wieder in Gebrauch gewesen. Nimm doch gleich einmal die Hülle ab.«

Ein Kratzen an der Tür unterbrach uns. Einen dampfenden Wasserkrug in der Hand, trat ein Sklave ein. Ich wusch und kämmte mich, und während der Sklave mir in das blaue Prachtgewand half, streifte mein guter Ralf das Tuch vom Instrument und stellte es bereit.

Es war größer als jenes, das ich in meinem Gepäck mit mir führte, nicht eine Knie-, sondern eine richtige Standharfe, deren voller Klang einen Königssaal sehr wohl zu füllen vermochte. Ich stimmte sie sorgfältig und ließ die Finger über die Saiten gleiten.

König Hoel war ein großer, schwerleibiger Mann Mitte der Dreißig. Während meiner Zeit in Kerrec — vom zwölften bis zum siebzehnten Lebensjahr — hatte ich ihn nur selten zu Gesicht bekommen, was nicht zuletzt am Altersunterschied zwischen uns lag: Während er als Krieger schon lange seinen Mann stand, ging ich, der Jüngling, eifrig meinen Studien nach, sei es nun bei der Krankenpflege oder in Tremorinus' Ingenieurswerkstatt.

Später, in Britannien, hatte Hoel dann im Heer meines Vaters gekämpft, und wir waren fast so etwas wie Freunde geworden. Wenn ich an ihn dachte, mußte ich oft unwillkürlich lächeln: ein Mann mit einem ungeheuren Appetit auf alles, was Genuß versprach, und entsprechend gutmütig und dem Müßiggang zugeneigt. Jetzt wirkte er, körperlich zumindest, noch fülliger und behäbiger als damals. Doch ich bezweifelte keinen Augenblick, daß er auf dem Schlachtfeld noch genauso tapfer war wie einst.

Unser Gespräch begann damit, daß ich die Rede auf seinen Vater, König Budec, brachte und auf jene einschneidenden Veränderungen, die in der letzten Zeit eingetreten waren. Eine Weile unterhielten wir uns über die Vergangenheit.

»Ah ja, das waren gute Jahre«, sagte er und starrte, das Kinn auf die Faust gestützt, ins Feuer.

Er hatte mich in seinem Privatgemach empfangen, Wein holen lassen und die Bediensteten dann hinausgeschickt. Seine Jagdhunde lagen auf den Fellen zu seinen Füßen und träumten wohl von erlegter oder entgangener Beute. Hoels Jagdspeere, am Tage auf der Pirsch benutzt, lehnten frisch gesäubert hinter seinem Stuhl an der Wand, und auf ihren Klingen spiegelte sich das flackernde Licht.

Der König dehnte die mächtigen Schultern und sagte dann sehnsüchtig: »Wann werden solche Jahre wohl wiederkommen?«

»Meint Ihr die Jahre des Kampfes?«

»Ich meine Ambrosius' Jahre, Merlin.«

»Sie werden wiederkehren, mit Eurer Hilfe.«

Er sah mich fragend an und wirkte zuerst verwirrt, dann beklommen. Offenbar begriff er die tiefere Bedeutung, die hinter meinem nüchternen Satz lag; wie Uther war er ein Mann, der Verwicklungen und Verstrickungen aus tiefster Seele verabscheute.

»Du meinst das Kind? Den Bastard? Soll denn wirklich er es sein, der Uther auf dem Throne folgt?«

»Ja. Das versichere ich Euch.«

Er drehte seinen Weinbecher zwischen den Händen und mied meinen Blick. »Nun gut, wir werden für seine Sicherheit sorgen. Doch weshalb eigentlich diese Geheimniskrämerei? Uther hat mich in einem Brief ganz offen darum ersucht, den Knaben in meine Obhut zu nehmen. Was Ralf mir später zu berichten wußte, ging kaum über das hinaus, was in deinen Botschaften stand. Natürlich werde ich helfen, so gut ich kann; doch möchte ich mit Uther keinesfalls Streit bekommen. Und aus seinem Brief ergab sich ganz eindeutig, daß er in diesem Knaben nur dann seinen Erben sieht, wenn er keine anderen Söhne hat.«

»Ganz recht. Auch ich möchte nicht, daß es zwischen Euch und Uther Streit gibt. Denn der Zankapfel, das Kind, würde zwischen zwei solchen Kampfhähnen kaum ungeschoren davonkommen. Aber glaubt mir — solange Uther von Ygraine keinen weiteren

Sohn hat, ist ihm an der Sicherheit dieses Knaben genausoviel gelegen wie mir. Er weiß von meinen Plänen. Bis zu einem gewissen Punkt.«

»So!?« Kein Zweifel, daß meine Feststellung sein Interesse weckte. Mochte er Britannien selbst auch sehr gewogen sein, sein Verhältnis zu Britanniens König stand auf einem gänzlich anderen Blatt.

»In drei oder vier Jahren, wenn der Knabe alt genug ist, um von Männern unterwiesen zu werden, will ich mit ihm nach Britannien zurückkehren. Sollte Uther sich erkundigen, wo sein Sohn lebt, so müßte man ihm das natürlich sagen; aber ungefragt ... Ihr versteht. Nach meiner festen Überzeugung wird Uther das auch von Euch nie wissen wollen, sondern eher versuchen, das Kind zu vergessen. Die Verantwortung liegt ohnehin bei mir. Soweit besitze ich ja auch Uthers volles Vertrauen.«

»Aber wird es nicht zu gefährlich sein, das Kind wieder nach Britannien zu bringen? Wegen der Feinde, die ihm dort nach dem Leben trachten könnten, ist es jetzt doch hier.«

»Gewiß ist es ein Wagnis, das sich jedoch nicht umgehen läßt. Der Knabe muß in Britannien aufwachsen, und ich will in seiner Nähe sein. Ich sage Euch, Hoel, es werden schlimme Zeiten kommen: schlimme Zeiten für uns alle. Was genau geschehen wird, weiß auch ich noch nicht; aber dieser Knabe wird mehr Feinde haben als Uther. Ihr nennt ihn Bastard, und Ihr werdet nicht der einzige bleiben. Er muß später mit Feinden rechnen, die tödlicher sind als selbst die Sachsen. Also wird er im verborgenen leben, bis die Zeit für ihn kommt, sich die Krone aufs Haupt zu setzen. Dann aber muß er sie nehmen und jenseits allen Zweifels und vor den Augen ganz Britanniens zum König erhoben werden.«

»Du hast wieder Gesichte gehabt, Merlin?« Doch er schien vor einer möglichen Antwort eher zurückzuscheuen. Sich räuspernd, fuhr er eilig fort: »Nun gut, ich werde nach Möglichkeit über ihn wachen. Du wußtest ja immer schon recht genau, was du wolltest. Nenn mir also deine Wünsche. Ich muß allerdings gestehen, daß ich nicht so ganz begreife. Diese Feinde, von denen du sprichst — sie müssen doch ohnehin glauben, daß sich das Kind in der Bretagne befindet. Schließlich hat Uther aus seinen Plänen kein Geheimnis gemacht. Und wenn das königliche Schiff später ohne dich und den Knaben ausläuft, so nehmen sie gewiß an, daß ihr schon früher gesegelt seid. Also wird man ihn doch zuallererst hier in der Bretagne suchen, oder nicht?«

»Wahrscheinlich. Doch der Ort, wo ich ihn zu verstecken gedenke, ist nicht von der Art, daß Uthers Edle ihn dort vermuten würden. Und was mich betrifft, so werde ich bald wieder verschwinden.«

»Ort? Was für ein Ort denn? Darf ich das wissen?«

»Natürlich. Es handelt sich um ein kleines Dorf nahe Eurer nördlichen Grenze, nicht weit von Lanascol.«

»Was!?« Seine Bestürzung war unverkennbar. »Im Norden? In unmittelbarer Nachbarschaft von Gorlans Gebiet? Gorlan ist kein Freund des Drachens.«

»Auch mein Freund ist er nicht«, sagte ich. »Aber mit Euch liegt er doch nicht in Fehde?«

»Das will ich meinen«, erwiderte Hoel fast inbrünstig, und aus seiner Stimme klang Achtung, die er, der Kämpfer, einem anderen Kämpfer bezeigte.

»Das dachte ich mir. Es ist also unwahrscheinlich, daß Gorlan innerhalb Eurer Grenzen Raubzüge unternimmt. Zudem wird niemand vermuten, daß ich das Kind ausgerechnet in der Nähe von Uthers geschworenem Feind lasse. Nein, gerade dort befindet sich der Knabe in Sicherheit. Wenn ich wieder meines Weges ziehe, kann ich das ruhigen Gewissens tun — was jedoch nicht heißen soll, daß ich nicht tief in Eurer Schuld stünde.« Ich lächelte ihn an. »Selbst die Sterne brauchen manchmal Hilfe.«

»Schön, das aus deinem Mund zu vernehmen«, sagte Hoel mürrisch. »Wir simplen Könige bilden uns mitunter ein, daß auch wir eine Rolle spielen. Aber in den riesigen Wäldern im Norden muß es doch bessere Schlupfwinkel geben als ausgerechnet dieses Dorf unmittelbar an der Grenze.«

»Mag sein. Aber es fügt sich, daß ich gerade dort ein sicheres Haus weiß. Und in diesem Haus wohnt der einzige Mensch, der mir für die kommenden vier Jahre für das Kind und sein Wohlergehen gut genug ist.«

»Ein Mann? Eine Frau?«

»Meine frühere Kinderfrau, Moravik. Sie ist gebürtige Bretonin, und nach der Plünderung Maridunums in Camlachs Krieg verließ sie Südwales und kehrte in ihre Heimat zurück. Ihrem Vater gehörte eine Schenke nördlich von hier in einem Ort mit dem Namen Coll. Als er dann wegen Altersschwäche nicht mehr arbeiten konnte, sprang ein gewisser Brand für ihn ein, dessen Frau gestorben war. Nach Moraviks Rückkehr wurden sie und Brand, damit auch alles — und ich meine nicht nur die Besitzverhältnisse —

seine richtige Ordnung hatte, recht bald schon ein Ehepaar; und das Wirtshaus gehört ihnen nach wie vor. Im übrigen müßt Ihr es auf Euren Ritten oft genug gesehen haben, aber sicher erinnert Ihr Euch nicht mehr. Es steht an einer Stelle, wo zwei Flüsse oder Flüßchen ineinandermünden und von einer Brücke überspannt werden. Brand hat früher einmal in Eurem Heer gedient und versteht zu gehorchen — vor allem seiner eigenen Frau.«

»Nun ja«, sagte Hoel, immer noch zweifelnd. »Ich kenne das Dorf, eine Handvoll Hütten bei der Brücke und weiter nichts. Der Ort selbst ist wahrscheinlich unauffällig genug. Aber ausgerechnet ein Wirtshaus, wo alle möglichen Leute aus- und eingehen, unter anderem auch Gorlans Männer, da zwischen uns ja Frieden herrscht. Ist das nicht doch zu gefährlich?«

»Keineswegs. Es ist sogar ein Vorteil. Denn bei dem steten Kommen und Gehen werden auch die Boten nicht auffallen, die ich von Zeit zu Zeit zu Ralf schicken muß, damit er über alles Wichtige unterrichtet bleibt. Ihm ist die Aufgabe zugedacht, das Kind zu beschützen.«

»So ist das also. Aber wie willst du euer plötzliches Auftauchen im Dorf erklären?«

»Über einen fahrenden Sänger, der sich nur sein Brot verdienen will, macht sich niemand Gedanken. Und was Ralf, die Amme und das Kind betrifft, so hat Moravik bereits dafür gesorgt, daß die Neugier der Leute mit einer glaubhaften Geschichte befriedigt wird. Branwen, die Amme, ist angeblich ihre Nichte, die von ihrem Herrn drüben in Britannien ein Kind bekam und deshalb von der Herrin aus dem Haus gejagt wurde. Der Herr steckte ihr heimlich Geld zu, damit sie zu ihrer Tante in der Bretagne reisen konnte, und sie bat den fahrenden Sänger und seinen Diener, sie gegen Lohn hierherzubegleiten. Inzwischen hat aber der Diener beschlossen, seinen Herrn zu verlassen und bei dem Mädchen zu bleiben.«

»Und der Sänger selbst? Wie lange gedenkst du, dich dort aufzuhalten?«

»Gerade so lange, wie es sich für einen fahrenden Sänger geziemen mag. Dann werde ich weiterziehen und vergessen werden. Bis Uthers Feinde Verdacht schöpfen, weil das Kind an Eurem Hof nicht zu finden ist, sind meine Spuren längst verwischt. Das Mädchen, die angebliche Mutter, kennt ja niemand, und das Kind ist nur ein Kind — eines von unzähligen, wie sie sich in jedem Haus hier befinden.«

Er wiegte bedächtig den Kopf, stellte noch einige Fragen und sagte schließlich nickend: »Nun ja, es mag angehen. Was aber habe ich mit allem zu schaffen?«

»In den Ländern, die mit Euch verbündet sind — sitzen da nicht Eure Beobachter?«

Er lachte kurz auf. »Spione? Wer hätte sie nicht?«

»Dann wird man Euch ja sofort verständigen, falls von Gorlan oder auch von anderer Seite etwas drohen sollte. Ich wäre Euch sehr dankbar, wenn Ihr Euch dann mit Ralf heimlich in Verbindung setzen wolltet und nötigenfalls ...«

»Selbstverständlich. Ich werde tun, was in meiner Macht steht, sofern das nicht gerade Krieg mit Gorlan bedeutet.« Er lachte wieder sein dröhnendes Lachen. »Schön, mit dir nach so langer Zeit zusammenzusein. Wie lange kannst du bleiben?«

»Schon morgen will ich nach Norden aufbrechen, und zwar ohne Geleit, wenn Ihr erlaubt. Sobald alles geregelt ist, komme ich zurück — allerdings nicht an Euren Hof. Denn daß Ihr einen fahrenden Sänger zweimal empfängt, müßte Mißtrauen erregen.«

»Bei Gott, da hast du allerdings recht!«

Ich erwiderte sein breites Grinsen. »Sagt, Hoel — falls das Wetter nicht umschlägt, könnte das Schiff dann einige Tage auf mich warten?«

»So lang du willst. Wo soll es denn hingehen?«

»Zuerst nach Massilia, dann, zu Lande, nach Rom. Und später weiter nach Osten.«

Er sah mich überrascht an. »Höre ich recht? Und da habe ich immer geglaubt, daß du von deinen Hügeln nicht fortzulocken bist. Folgst du etwa einer Eingebung?«

»Vielleicht. Ich weiß es selber nicht. Jedenfalls muß ich für die nächsten Jahre, bis das Kind mich braucht, unauffindbar bleiben, und dies erschien mir als beste Lösung.« Ich dachte an den Wind, dessen verhaltenes Lied in den Bogensehnen erklungen war. »Außerdem glaube ich, etwas vernommen zu haben. Doch entscheidender ist«, fügte ich rasch hinzu, »daß ich schon lange einige Länder kennenlernen wollte, von denen ich als Kind hörte.«

Ich versprach, ihm aus den östlichen Hauptstädten Briefe zu schicken und nannte, soweit das möglich war, Orte, an die er seinerseits Botschaften für mich gehen lassen konnte, mochten sie nun von ihm selbst stammen oder von Ralf.

»Bald wirst du unten im Saal deine Kunst als Sänger beweisen müssen«, sagte er dann und lehnte sich zurück, um einem seiner Jagdhunde über das seidenweiche Fell zu streichen. In seinen

Augen schimmerte Belustigung. »Aber zuvor mußt du mir noch berichten, was es in Britannien Neues gibt. Vor neun Monaten, wie war das damals? Ich meine, hinter den Kulissen.«

»Gut, Ihr sollt es erfahren. Aber sagt mir zuerst, was man sich darüber erzählt.«

Er lachte. »Nun, was schon? Wenn du deine Finger im Spiel hast, dann kommen die wildesten Geschichten in Umlauf: von Zauberei und fliegenden Drachen; von Menschen, die unsichtbar Mauern und Wände durchdringen; und was nicht sonst noch. Offen gestanden verwundert es mich, daß du dir die Mühe machst, wie ein ganz gewöhnlicher Sterblicher mit dem Schiff zu reisen, obwohl das dein Magen doch so schlecht verträgt. Aber jetzt berichte endlich.«

Erst spät kam ich in unser Quartier zurück. Ralf saß verschlafen beim Feuer. Als er mich sah, sprang er auf und nahm mir die schwere Harfe ab.

»Steht alles gut?«

»Ja. Gleich in der Frühe brechen wir nach Norden auf. Nein, danke, keinen Wein. Ich habe schon mit dem König getrunken und später auch im Saal.«

»Gebt mir Euren Umhang. Ihr seht müde aus. Mußtet Ihr wirklich singen?«

»Gewiß.« Ich zeigte ihm die Münzen, die ich als Lohn erhalten hatte: bis auf eine goldene sämtliche aus Silber. »Gar kein so übles Gefühl, sich auf diese Weise durchs Leben schlagen zu können. Die Goldmünze stammt übrigens vom König, der mich auf diese Weise dazu bewegen wollte, doch endlich aufzuhören. Sonst wäre ich wohl jetzt noch dort. Decke die große Harfe zu. Die andere nehme ich morgen auf die Reise mit.« Und als er gehorchte: »Was ist mit Branwen und dem Kind?«

»Schlafen schon lange. Branwen liegt bei den Frauen, die ganz aus dem Häuschen zu sein scheinen, weil sie sich um einen Säugling kümmern können.«

Seine Stimme klang so verwundert, daß ich unwillkürlich lachte. »Hat Artus noch lange geschrien?«

»Bestimmt einige Stunden. Aber das schien den Weibern überhaupt nichts auszumachen.«

»Morgen früh wird er uns wohl wieder beweisen, wie ungemein kräftig seine Lunge ist. Aber leg dich jetzt zur Ruhe. Wir brechen beim ersten Hahnenschrei auf.«

13

Von Kerrec führt eine Straße fast schnurgerade nach Norden: die alte Römerstraße, die gleich einem Speer durch das öde, salzige Grasland strebt. Doch bald schon, etwa eine Meile außerhalb der Stadt, sieht man am Horizont den Wald, der sich wie eine träge Flutwelle in die Salzebene zu ergießen scheint. Wilder, tiefer Tann. Die Straße stößt hinein und zielt auf den großen Fluß zu, der das Land von Osten nach Westen durchschneidet. Als die Römer Gallien besetzt hielten, gab es am Fluß eine Feste mit benachbarter Siedlung, und ihretwegen war die Straße auch angelegt worden. Jetzt jedoch bildet der Fluß die Grenze von Hoels Reich, während die Festung, auf der anderen Seite des Wasserlaufs, zu Gorlans Stützpunkten zählt. Im riesigen Waldgelände, das sich in der Mitte der bretonischen Halbinsel über endlose Meilen erstreckt, kann kaum einer der beiden Könige irgendwelche Rechte geltend machen. Wer nach Norden reisen muß, hält sich tunlichst an die Straße. Im Wald finden sich nur die Pfade der Holzfäller und Köhler und die Fährten der Vogelfreien. Zu der Zeit, von der ich hier berichte, sprach man vom Verwunschenen Wald; denn es hieß, daß dort Geister und Spukgestalten umgingen. Wer es wagte, von der Straße abzuweichen und den Schlängelpfaden zu folgen, konnte oft tagelang reisen, ohne daß durch das dunkle Geäst der Bäume mehr als ein Sonnenschimmer zu ihm drang.

Der Tag, an dem wir aufbrachen, war kalt und grau. Der vom Meer wehende, feuchte Wind trug zwar Salzhauch, jedoch keinen Regen herbei, und so kamen wir gut voran. Die Baumriesen entlang der Straße glichen Säulen aus Metall, die den tiefen, dicht verhangenen Himmel stützten. Zwischen uns wurde kaum ein Wort gewechselt. Schon nach wenigen Meilen zwang uns das weit in die Straße ragende Unterholz, hintereinander zu reiten, ich voran, dann Branwen und am Ende Ralf, den Packesel hinter sich.

Während der ersten ein oder zwei Stunden ließ sich kaum verkennen, daß Ralf recht besorgt war. Immer wieder wanderte sein Blick nach links und nach rechts. Auch bemerkte ich, daß er angespannt lauschte. Doch nichts war zu sehen und zu hören als das stille Leben des winterlichen Waldes: ein Fuchs, ein paar Rehe und dann und wann, zwischen den mächtigen Stämmen, ein schleichender Schatten, ein Wolf vielleicht. Sonst nichts, weder das Geräusch von Pferdehufen noch eine Spur von Menschen.

Branwen zeigte nicht die mindeste Furcht. Blickte ich gelegentlich zu ihr zurück, so wirkte sie auf ihrem Maultier stets völlig gefaßt, und aus ihren Zügen sprach eine Gelassenheit, die in keiner Weise erzwungen war. Wenn ich bisher sehr wenig über Branwen gesagt habe, so gibt es dafür einen einfachen Grund. Ich muß gestehen, daß ich mich kaum noch an sie erinnere. Versuche ich, mir ihr Bild nach so vielen Jahren wieder ins Gedächtnis zu rufen, so sehe ich nur, wie sie ihren braunen Haarschopf über das Kind in ihren Armen beugt, und zur Not auch noch die vollen, frischen Wangen und den gesenkten Blick. Ihre Stimme hatte einen fast scheuen Klang, und sie wirkte überhaupt sehr still. Mit Ralf allerdings schwatzte sie recht gern. Mich hingegen sprach sie von sich aus niemals an. Der Prinz, der zudem noch ein Zauberer war, schien ihr einigen Schrecken einzuflößen. Doch daß uns hier, auf unserem Weg durch den finsteren Wald, irgendwelche Gefahren drohen könnten, schien sie nicht einmal zu ahnen. Auch löste — anders als es bei den meisten anderen Mädchen der Fall gewesen wäre — die Reise durch ein fremdes, unbekanntes Land nicht das geringste Prickeln in ihr aus.

Bald begriff ich, daß ihre unerschütterliche Gelassenheit nicht etwa auf ihrem Vertrauen zu Ralf oder zu mir beruhte. Nein, sie war fügsam und ergeben bis zu einem Punkt, wo eine solche Haltung schon an Unverstand grenzte, und ihre Aufopferungsbereitschaft dem Kind gegenüber machte sie ohnehin für alles übrige blind.

Sie gehörte zu jenen Frauen, für die das Gebären und Aufziehen von Kindern den einzigen Lebensinhalt bildet, und da sie (was hiermit nachgetragen sei) schon in jungen Jahren eine Fehlgeburt hatte, war es zweifellos Artus, der sie über diesen Verlust hinwegtröstete. In seiner Gegenwart schien sie alles zu vergessen und träumte oft stundenlang zufrieden vor sich hin, jene Behaglichkeit verbreitend, deren das Kind auf dieser beschwerlichen Reise so sehr bedurfte.

Gegen Mittag befanden wir uns tief im Wald. Über uns waren die Baumkronen dicht ineinander verwoben, und im Sommer wäre durch dieses Dach wohl kaum ein Sonnenstrahl zu uns gelangt; doch jetzt ließ sich durch das kahle Wintergeäst der dunstige Lichtpunkt erkennen, wo das Tagesgestirn das graue Gewölk zu durchdringen suchte. Ich hielt Ausschau nach einer Stelle, wo wir, ohne auffällige Spuren zu hinterlassen, von der Straße in den Wald abschwenken konnten, und fand schließlich auch eine Art Lichtung im Unterholz — gerade als das Kind aufwachte und wieder zu schreien begann.

Ein schmaler, gewundener Pfad gabelte sich nach etwa hundert Schritt, und während die eine Abzweigung noch tiefer ins dichte Gehölz führte, strebte die andere, kaum mehr als eine Hirschfährte, schleifenförmig eine Anhöhe empor. Diesen Weg schlugen wir ein. Der Pfad schlängelte sich zwischen farnbewachsenen Felsblöcken hindurch, führte um einen Kiefernhain herum und mündete oberhalb des Felsgesteins in eine kleine, von ausgeblichenem Gras bedeckte Mulde. Hier war sogar, wenn auch nur schwach, die Wärme der Wintersonne zu spüren.

Wir stiegen von unseren Tieren, und ich breitete für Branwen an einer geschützten Stelle das Satteltuch aus, während Ralf ein Stück entfernt die Pferde anband und ihnen vom mitgebrachten Heu zu fressen gab. Dann ließen wir uns zu unserem eigenen Mahl nieder. Ich saß, den Rücken einem Baum zugekehrt, am oberen Rand der Mulde, von wo ich den Pfad unten gut beobachten konnte. Ralf blieb bei Branwen. Da wir seit vielen Stunden nichts zu uns genommen hatten, waren wir alle sehr hungrig; und was das Kind betraf — nun, es meldete seine Ansprüche mit unüberhörbarer Lautstärke an und gab erst Ruhe, als es Branwens Brustwarze an seinen Lippen spürte.

Im Wald rundum herrschte tiefe Stille, denn um die Mittagszeit halten die meisten wilden Tiere Rast. Das einzige, was sich in unserer Nähe zu bewegen schien, war eine Aaskrähe, die sich mit flappenden Flügeln in einem Kiefernwipfel über uns niederließ und laut zu krächzen begann. Die Pferde, satt inzwischen, standen müde, mit schläfrig gesenktem Kopf. Das Kind saugte zwar immer noch, doch sehr langsam jetzt und wie verträumt. Ich lehnte mich an den Baumstamm zurück. Nur verschwommen hörte ich, daß Branwen sich leise mit Ralf unterhielt. Über irgendeine Bemerkung von ihm lachte sie belustigt auf. Und dann vernahm ich plötzlich, durch das Flüstern der beiden jungen Stimmen hindurch, ein fernes Geräusch: das Pochen trottender Pferdehufe.

Auf meinen warnenden Ruf verstummten die beiden jungen Leute sofort, und flink wie ein Wiesel eilte Ralf herbei, um an meiner Seite den Pfad dort unten zu beobachten. Ich gab Branwen ein Zeichen, in der Mulde zu bleiben — eine überflüssige Besorgnis, wie sich erwies. Denn sie warf uns nur einen verwunderten Blick zu. Dann galt ihre Aufmerksamkeit ausschließlich dem von einem Schluckauf geplagten Kind.

Soweit sich das nach dem Geräusch unterscheiden ließ, mußte es sich um zwei Pferde handeln. Es war kaum anzunehmen, daß sie einem Holzfäller oder einem Köhler gehörten. Nein, trottende oder eher schon trabende Pferde bedeuteten hier im Verwunschenen Wald nur eines: Gefahr. Und Reisende, die wie wir Gold bei sich hatten, waren für Strauchdiebe und Wegelagerer eine lohnenswerte Beute. Durch Branwen und Artus darin behindert, kamen weder Kampf noch Flucht für uns in Frage. Zudem war nicht auszuschließen, daß das Kind durch ein Seufzen oder einen anderen Laut die Aufmerksamkeit auf uns lenkte.

Und so schärfte ich Ralf mit wenigen Sätzen ein, daß er unbedingt bei Branwen bleiben und es mir überlassen sollte, beim leisesten Anzeichen von Gefahr eine Finte zu ersinnen, mit deren Hilfe ich die Buschklepper von hier fortzulocken vermochte. Er schien protestieren zu wollen, beschied sich dann jedoch und zuckte die Schultern.

»Wahrscheinlich sind es nur zwei«, flüsterte ich ihm zu. »Vielleicht wollen sie gar nicht hier herauf und entdecken uns nicht. Mach, daß du zu den Pferden kommst. Und sage Branwen, sie möchte dafür sorgen, daß das Kind nicht losschreit.«

Er nickte und gehorchte. Ich sah, wie er gebückt zu Branwen schlich und hastig auf sie einsprach. Sofort reichte sie dem Kind die andere Brust. Ralf glitt wie ein Schatten zwischen die Kiefern, wo die Pferde standen. Ich wartete und ließ den Pfad nicht aus den Augen.

Bald tauchten, eines hinter dem anderen, die Tiere auf, deren Hufschlag ich vernommen hatte; keine stolzen Rosse, sondern armselige Schinder, schwerfällig und schlecht genährt. Sie stolperten über jedes Loch und jede Wurzel und mußten von ihren fluchenden Reitern immer wieder an den Zügeln hochgerissen werden. Keine Frage also, daß die beiden Männer dort tatsächlich Geächtete waren, genauso heruntergekommen wie ihre Pferde und dem Aussehen nach halbe Wilde.

Die Lumpen, in die sie gekleidet waren, schienen alte Kriegsgewänder zu sein, und auf dem Arm des einen erkannte ich ein zerschlissenes Zeichen, das wie Gorlans Wappen aussah. Der zweite Mann, offenbar betrunken, schwankte haltlos im Sattel; doch der erste drehte den Kopf gleich einem witternden Hund von einer Seite zur anderen und hielt Pfeil und Bogen bereit. Durch die verrottete Lederscheide an seinem Schenkel sah ich das lange Messer, scharf geschliffen und mit tödlicher Spitze.

Jetzt befanden sich die beiden Reiter fast direkt unter mir. Offenbar führte ihr Weg sie an uns vorbei. Weder das Kind noch die

Pferde zwischen den Kiefern hatten auch nur das leiseste Geräusch von sich gegeben. Nur die Aaskrähe hoch oben im Wipfel krächzte noch lauter als zuvor.

Der Mann mit dem Bogen hob den Kopf, rief seinem Genossen über die Schulter irgend etwas zu, zeigte bei einem breiten Grinsen seine fauligen Zähne und ließ dann den Pfeil von der Sehne schnellen. Das Geschoß traf den Vogel mitten durch die Brust. Mit einem rasch erstickten Schrei stürzte die Krähe herab und schlug kaum zwei Schritte von Branwen und dem Kind entfernt auf den Boden, um nach kurzem Zucken zu erstarren.

Während ich rasch zurückwich und auf die Kiefern zulief, hörte ich die beiden Männer lachen. Der Schütze würde sich seinen Pfeil natürlich wieder holen wollen. Schon knackte es unten im Gebüsch. Ich nahm Pfeil samt Krähe und schleuderte beides über den Rand der Mulde hinweg, wo sie irgendwo zwischen den Felsblöcken landeten. Sehen konnte das der Schütze vom Pfad aus nicht; und so konnten wir hoffen, daß er annahm, die Krähe sei im Todeskampf dorthin geflattert. Gab er sich damit zufrieden, so lenkte er seinen Klepper vielleicht nicht zu uns herauf.

Ich sah Branwens Blick auf mir, fragend, verdutzt. Doch sie blieb ruhig sitzen, das schlafende Kind an der Brust. Ich machte ihr ein Zeichen, Warnung, Beschwichtigung und Anerkennung zugleich, und hastete auf mein Pferd zu.

Ralf hielt die Tiere bei den Zügeln, die Köpfe dicht beieinander. Über ihre Augen und Nüstern hatte er seinen Umhang gedeckt. Ich blieb neben ihm stehen und lauschte. Ja, die beiden Vogelfreien näherten sich. Offenbar hatten sie die Krähe nicht gefunden und hielten nun auf die Mulde zu.

Sofort schwang ich mich auf meinen Rotfuchs, unter dessen Hufen trockenes Gezweig knickte; ein Geräusch, das den beiden Räubern offenbar nicht entging. Denn der eine sagte auf bretonisch: »Hör nur, da ist doch was!« Ein metallenes Zischen verriet, daß die Männer ihre Waffen zogen. Auch mein Schwert glitt aus der Scheide. Schon wollte ich, mit lautem Schrei, mein Tier herumwerfe, um in rascher Flucht die Strauchdiebe hinter mir herzulocken, als dieselbe Stimme plötzlich rief: »Da! Sieh!«

Und während mein Pferd sich erschrocken aufbäumte, brach dicht neben mir etwas aus dem Unterholz: eine fast weiße Hirschkuh, die auf flinken Läufen geistergleich durch die Kiefern hastete und für einen kurzen Augenblick am Rand der Mulde verhoffte, genau über jener Stelle, wo sich Branwen mit dem Kind befand.

Dann schleuderte sie sich herum und sprang den steinigen Hang hinab, direkt auf die beiden Buschklepper zu.

Lautes Triumphgeschrei erklang, dann Peitschengeknall. Offensichtlich gaben die Männer ihren Tieren die Sporen, um die Verfolgung der Hirschkuh aufzunehmen. Ich glitt aus dem Sattel, reichte Ralf die Zügel und kam gerade noch zurecht, um zu beobachten, wie die beiden Geächteten in plumpem Galopp den Weg zurückritten, den sie gekommen waren. Vor ihnen, nur verschwommen erkennbar und eher treibendem Nebel gleichend, floh zwischen den Baumstämmen die weiße Hindin.

Ich hörte das Gelächter, die Schreie, die stampfenden Hufe. Doch bald schon verklangen sie, und ringsum war es wieder still.

14

Der Fluß, der die Grenze von Hoels Reich bildet, strömt unmittelbar durch das Herz des Waldes. Hier und dort gräbt er sich tief zwischen hohe, baumbestandene Ufer, und in seiner Nachbarschaft finden sich kleine, wilde Schluchten. Von dort stürzen schäumende Bäche auf den breiteren Wasserlauf zu, in den sie sich dann ergießen. Nur an einer Stelle, fast genau in der Mitte des Waldes, weitet sich das Tal des Flusses zu einer breiten, sanft gewellten Senke: zu einer Art grünen Niederung, wo fleißige Hände schon vor Jahr und Tag den Wald gerodet hatten, um Acker- und Weideland zu schaffen. Die kleine Ansiedlung dort heißt Coll, ein bretonisches Wort, das soviel wie verborgener Platz bedeutet. Hier hatte sich, in vergangenen Zeiten, an der Straße von Kerrec nach Lanascol ein römisches Lager befunden, von dem, bis auf den rechteckig geformten Graben, nichts übriggeblieben war.

Und hier also lag jetzt das Dorf, auf zwei Seiten durch den Fluß geschützt, auf den beiden anderen durch den römischen Graben, den man gesäubert, erweitert und mit Wasser gefüllt hatte. Innerhalb dieses Gevierts erhoben sich von Palisaden gekrönte Erdwälle. Von der einstigen Brücke standen nur noch die Pfeiler, die jetzt von Holzplanken überspannt waren. Obwohl das Dorf an Gorlans Grenze lag, führte der einzige Zugang zu ihm durch die schmale Talstelle, die der Fluß in die Erde geschnitten hatte, und gerade dort war von der einstigen Römerstraße kaum etwas erhalten. Fast schon glich sie jenem ursprünglichen Felspfad, den vor undenkbaren Zeiten bereits Wölfe oder anderes Wild benutzt hatten.

Trat man durch das Tor, so stieß man sogleich auf Brands Schenke. Die Hauptstraße des Ortes, unregelmäßig gepflastert, war kaum mehr als eine Art Feldweg. Auf der rechten Seite stand, ein Stück zurückgesetzt, das Wirtshaus: sehr niedrig, aus rauhen Steinen, Mörtel in den Lücken dazwischen. Die Stallungen um den Hof ähnelten eher Hütten, deren Flechtwerk man mit Lehm verschmiert hatte. Das Dach war frisch mit Stroh und Schilf gedeckt, darüber lag ein mit Steinen beschwertes Netz aus Stricken. Wie bei einem Wirtshaus nicht anders zu erwarten, stand die Tür weit offen, doch wurde der Innenraum durch einen schweren Vorhang aus Fellen gegen das Eindringen der rauhen Witterung geschützt. Durch eine Öffnung drangen träge Rauchschwaden, die den Geruch von Torf mit sich trugen.

Wir trafen gegen Einbruch der Dunkelheit ein. Nur wenige Menschen waren zu sehen. Die Kinder lagen wohl längst im Bett, und die Männer saßen gewiß beim Nachtmahl, denn überall mischte sich in den Torfrauch der Dunst von Gekochtem oder Gebratenem. Hier und da streunten ein paar Hunde umher. Ein altes Weib eilte vorüber, ein Tuch übers Gesicht gezogen, ein gackerndes Huhn unter dem Arm. Ein Mann führte ein müdes Ochsengespann die Straße entlang. Irgendwo in der Nähe erklang wuchtiges Hämmern, aus einer Schmiede augenscheinlich, denn ich bemerkte den stechenden Geruch verbrannter Hufe.

Ralf ließ seinen Blick über das Wirtshaus gleiten. »Ich weiß nicht recht«, sagte er zögernd. »Damals im Oktober, als noch die Sonne schien, sah es etwas einladender aus. Ist doch eine trübe Behausung, oder findet Ihr nicht?«

»Um so besser«, sagte ich. »Denn hier dürfte niemand den Sohn des britannischen Königs vermuten. Geh jetzt hinein und spiele deine Rolle, während ich die Pferde halte.«

Er gehorchte. Ich half Branwen aus dem Sattel und führte sie zu einer Bank neben der Tür. Das Kind wachte auf und begann leise zu weinen, doch wenige Augenblicke später erschien wieder Ralf. Hinter ihm kamen ein großer, ziemlich beleibter Mann und ein Knabe. Der Mann war zweifellos Brand, denn aus der Art, in der er sich trug, sprach eindeutig der einstige Kämpe, und den Rücken seiner rechten Hand schmückte eine breite Narbe.

Offenbar wußte er nicht recht, wie er mich begrüßen sollte; und so kam ich ihm zuvor und sagte rasch:

»Du bist sicher der Wirt. Ich bin Emrys, der Sänger, und habe die Nichte deiner Frau und das Kind hergebracht. Vermutlich erwartest du uns schon.«

Er räusperte sich. »Gewiß doch, gewiß. Herzlich willkommen. Meine Frau war in den letzten Tagen schon sehr ungeduldig.« Er warf einen Blick auf den neugierig gaffenden Knaben und fuhr ihn grob an: »Was stehst du noch da? Führe die Pferde nach hinten.«

Der Knabe machte, daß er fortkam. Brand beugte den Kopf ein wenig vor und wies mit der Hand auf die Tür: »Nur herein. Das Abendessen ist so gut wie fertig.« Nach kurzem Zögern setzte er hinzu: »Es sind meist recht rauhe Gesellen, die hier einkehren, aber vielleicht ...«

»Ich bin solchen Umgang gewohnt«, erwiderte ich mit einem halben Lächeln und ging voraus.

Um diese Jahreszeit gab es nur wenige, die sich den unsicheren Straßen anvertrauten, und so fand sich auch kaum mehr als ein halbes Dutzend Männer in der Schenke, die nur durch eine brennende Talgkerze und den Schein des Torffeuers erhellt wurde. Als wir eintraten, verstummten die Gespräche für einen Augenblick. Doch meine Harfe schien allgemein Aufmerksamkeit zu erregen, wie das Getuschel verriet. Von Branwen und dem Kind nahm offenbar niemand Notiz. Brand sagte ein wenig überrascht: »Dort hindurch, hinter dem Feuer.« Eine Tür schwang auf, schloß sich wieder, und wir befanden uns in einem Raum, in dessen Mitte Moravik stand, die Fäuste in die Hüften gestemmt.

Es ging mir, wie es einem oft geht, wenn man jemandem wiederbegegnet, den man aus Kindertagen kennt. Moravik wirkte in meinen Augen wie zusammengeschrumpft. Als ich sie das letzte Mal gesehen hatte, war ich zwölf gewesen, ein für sein Alter hochaufgeschossener Knabe, doch im Vergleich zu ihr recht klein und schmächtig. Mit ihrem massigen Leib und ihrer befehlsgewohnten Stimme (so wollte mir damals scheinen) erdrückte sie ihre Umgebung geradezu. Jetzt entdeckte ich, daß sie mir kaum bis zur Schulter reichte. Derb und stämmig war sie allerdings nach wie vor, und auch ihre Stimme hatte — wie ich sogleich herausfinden sollte — nichts von ihrer Autorität eingebüßt. Für Moravik war ich, der Lieblingssohn des verstorbenen Hohen Königs von ganz Britannien, offenbar immer noch das mutwillige Kind, das sie sehr wohl zurechtzustutzen wußte.

Das verrieten schon ihre ersten Worte. »Eine feine Zeit hast du dir da ausgesucht — wo es schon dunkel ist und die Tore geschlossen werden! Um ein Haar hättest du im Wald übernachten müssen, und was wäre da wohl von dir übriggeblieben, bei all den Wolfsrudeln und dem Lumpenpack dort? Na, und dann die Feuchtigkeit und die Nässe — bei allen Heiligen, sieh dir doch nur deinen Umhang an! Sofort legst du ihn ab und kommst an das Feuer! Was da kocht, ist dein Abendessen, eigens für dich zubereitet. Schließlich weiß ich noch ganz genau, welche Leckerbissen zu besonders magst. Aber daß ich dich je im Leben wieder an meinem Tisch sehen würde, Merlin, das habe ich denn doch nicht geglaubt.« Plötzlich stürzte sie auf mich zu und umschlang mich. »Merlin, kleiner Merlin«, sagte sie, Tränen in den Augen, »wie gut tut es doch, dich wiederzusehen.«

»Und dich, Moravik.« Ich umarmte sie. »Seit damals bist du offenbar von Jahr zu Jahr jünger geworden. Ich verdanke dir so viel, und jetzt stehe ich wieder in deiner Schuld und auch in der Schuld deines guten Mannes. Weder der König noch ich werden das je vergessen. Das hier ist Ralf, mein Gefährte, und dort drüben steht Branwen mit dem Kind.«

»Allmächtiger Gott, das Kind! Mag der Himmel mir vergeben! Vor lauter Wiedersehensfreude hatte ich es im Augenblick ganz vergessen. Komm näher ans Feuer, Mädchen, komm näher! Was für ein schöner Knabe ... was für edle Züge ...«

Brand zwinkerte mir verstohlen zu und sagte leise: »Nur gut, daß das Essen schon fertig ist, denn jetzt hat sie ja doch nur noch Augen für ihn. Nehmt Platz. Ich werde sofort für Euch auftragen.«

Es gab Hammelfleisch mit Klößen und dazu frischgebackenes Brot. Der Rotwein, den Brand uns vorsetzte, mundete ausgezeichnet. Überhaupt war es ein vorzügliches Mahl. Während Ralf und ich aßen, wich Moravik keinen Schritt von Branwen und dem Kind, dessen jetzt vergnügtes Schreien erst verstummte, als das Mädchen ihm die Brust gab. Im Raum war es behaglich warm, Feuer prasselte, und flackernde Helle huschte über die Gesichter.

Plötzlich spürte ich Ralfs Augen auf mir. Er schien etwas sagen zu wollen, schwieg jedoch und drehte den Kopf. Aus dem Schankraum drang lautes Stimmengewirr. Brand entschuldigte sich hastig und verschwand. Durch die nur angelehnte Tür hörte ich, wie er seine Gäste zu beschwichtigen versuchte. Doch offenbar gelang ihm das nicht, denn der Lärm nahm eher noch zu.

Mit besorgter Miene kam er zurück.

»Herr«, sagte er, während er die Tür hinter sich schloß, »die

Männer draußen haben vorhin Eure Harfe gesehen, und es ist wohl nur natürlich, daß sie von Euch ein Lied hören möchten. Obwohl ich ihnen versicherte, daß Ihr von der langen Reise sehr ermüdet seid, ließen sie sich nicht davon abbringen. Wenn ihnen Euer Lied gefällt, wollen sie sogar Euer Abendessen bezahlen.«

»Nun«, sagte ich, »warum eigentlich nicht?«

Er starrte mich ungläubig an. »Aber ... für sie singen? Ihr?«

»Ja, kennt man denn hier in der Bretagne keine Musik?« fragte ich lächelnd. »Im übrigen bin ich wirklich ein Sänger. Es wäre nicht das erste Mal, daß ich mir auf diese Weise meinen Lohn verdiene.« Ich erhob mich. »Ralf, hol meine Harfe. Und dann magst du den Wein austrinken und zu Bett gehen. Warte nicht auf mich.«

Ich trat hinaus in den Schankraum, in dem sich jetzt, von rauchiger Wärme umhüllt, etwa zwanzig Männer befanden, eine dichtgedrängte Zuhörerschaft.

Rufe erklangen: »Der Sänger! Der Sänger!« und: »Wir wollen eine Geschichte hören — eine Geschichte!«

»Dann macht für mich Platz, ihr guten Leute«, sagte ich laut.

Sofort wurde mir, neben dem Feuer, ein freier Schemel zugeschoben. Eifrige Hände stellten einen Becher voll Wein vor mich hin. Ich setzte mich und begann, die Harfe zu stimmen. Rundum war alles still. Aus wachen Blicken sprach gespannte Erwartung.

Es handelte sich natürlich um sehr einfache Menschen: um Menschen, die Geschichten lieben, in denen Wunderdinge geschehen. Als ich sie nach ihren Wünschen fragte, baten sie denn auch um diese und jene Sage, in denen vom Walten der Götter oder vom Wirken der Zauberer berichtet wurde. Am Ende entschied ich mich (in Gedanken wohl noch beim schlafenden Kind nebenan) für die Erzählung von Macsens Traum, eine Art Zaubermärchen wie die übrigen auch, obschon ihr Held der römische Befehlshaber Magnus Maximus ist, ein Mann, der wirklich gelebt hatte. Die Kelten nennen ihn Macsen Wledig, und die Sage von seinem Traum wurde in den singenden Tälern von Dyfed und Powys geboren, wo sich jeder Prinz Macsen ganz besonders verbunden glaubt und die Geschichten über ihn von Mund zu Mund gegangen sind, bis sie wahrer klangen als die Wirklichkeit, wie Maximus selbst sie wohl berichtet hätte.

Sehr lang ist sie, die Erzählung von seinem Traum, und jeder Sänger gibt sie anders wieder. Dies nun ist es, was ich den Männern an jenem Abend vorsang:

Macsen, Kaiser von Rom, ging auf die Jagd, und als ihn die Hitze des Tages ermüdete, hielt er Rast am Ufer des großen Stroms, der nach Rom fließt, und er träumte einen Traum.

Er träumte, daß er dem Lauf des Flusses folgte und zum höchsten Berg der Welt kam. Durch dichte Wälder und fruchtbare Äcker gelangte er schließlich zur Mündung, wo er eine Stadt erblickte, zahllose Burgen und Türme, die einen großen Hafen säumten. Und in dem Hafen lag ein Schiff aus Silber und Gold, völlig unbemannt, obschon alle Segel gesetzt waren und sich im Ostwind blähten. Über einen Steg aus weißem Walbein ging er an Bord, und das Schiff stach in See.

Nach zwei Tagen und zwei Nächten kam er zur schönsten Insel der Welt, und dort verließ er das Schiff und durchquerte die Insel von Küste zu Küste. Als er sein Ziel erreichte, sah er, daß sich jenseits einer schmalen Meerenge eine zweite Insel befand, während gar nicht weit von ihm eine herrliche Burg aufragte, deren Tore geöffnet waren. Er trat ein und gelangte in einen großen Saal mit goldenen Säulen und Wänden aus Silber und Gold und funkelnden Edelsteinen. Im Saal spielten, über ein silbernes Brett gebeugt, zwei Jünglinge Schach, während in ihrer Nähe ein alter Mann auf einem Stuhl aus Elfenbein saß und für sie aus Kristall Schachfiguren schnitzte. Doch für all diese Pracht blieb Macsen blind. Denn schöner als Silber und Elfenbein und selbst Edelsteine war eine Maid, die erhaben wie eine Königin auf einem goldenen Stuhl thronte. Als der Kaiser sie sah, entbrannte er sofort in Liebe zu ihr und umarmte sie und bat sie, seine Frau zu werden. Aber im selben Augenblick wachte er auf und fand sich am Ufer des Flusses wieder, die neugierigen Blicke seiner Jagdgefährten auf sich gerichtet.

Er berichtete ihnen von seinem Traum, und Boten wurden in alle Welt entsandt, um jene Insel mit der Burg und der wunderschönen Maid aufzuspüren. Viele Monate vergingen, und die Kundschafter des Kaisers suchten vergeblich, bis schließlich einer wiederkehrte, der seinem Herrn berichten konnte, er habe die Insel gefunden, die schönste Insel der Welt, Britannien genannt. Die Burg an der Westküste sei Caer Seint, nahe Segontium, und die Insel jenseits der Meerenge Mona, Eiland der Druiden.

Und so brach Macsen nach Britannien auf und fand alles vor wie erträumt und bat den Vater und die Brüder der Maid um ihre Hand und machte sie zu seiner Kaiserin. Ihr Name war Elen, und sie gebar Macsen zwei Söhne und eine Tochter, und zu ihrer Ehre ließ er drei Burgen erbauen, in Segontium, Caerleon und Maridunum, das zu Ehren des Gottes der höchsten Höhen Caer Myrddin genannt wurde.

Doch weil Macsen in Britannien blieb und Rom vergaß, machte man dort einen anderen Mann zum Kaiser, der auf den Mauern seine Standarte aufrichten ließ und Macsen trotzte. Und so scharte Macsen ein britannisches Heer um sich und zog, Elen und ihre Brüder an seiner Seite, nach Rom und eroberte die Hauptstadt des Reiches, um dann für immer dort zu leben. Britannien sah ihn nie wieder, doch Elens Brüder führten das britannische Heer in die Heimat zurück, und bis auf den heutigen Tag ist es Macsen Wledigs Same, der über die Insel herrscht.

Nachdem mein Lied geendet hatte und der letzte Harfenton verklungen war, scholl Beifall auf, sehr rauh und sehr derb, wie von diesen Männern nicht anders zu erwarten. Becher wurden auf die Tische gehämmert, und heisere Stimmen verlangten nach mehr Musik und mehr Wein. Auch ich erhielt einen Trunk, und während ich eine kurze Ruhepause machte, unterhielten sich die Gäste wieder miteinander, doch sehr leise, um den Sänger ja nicht in seinen Gedanken zu stören.

Nur gut, daß sie nicht einmal ahnen konnten, wem diese Gedanken galten: jenem Kind nämlich, das, letzter und jüngster Nachkomme des Maximus, jetzt nebenan im Schlaf lag. Denn zumindest dieser Teil der Sage beruhte auf Wahrheit. Die Familie meines Vaters entstammte in gerader Linie der Ehe des Maximus mit der walisischen Prinzessin Elen. Im übrigen handelte es sich um eine Verzerrung der Tatsachen, wie man sie im Traum erleben mag: Als versuchte ein Künstler aus den Resten eines zerbrochenen Mosaiks das ursprüngliche Bild wiederherzustellen, wobei seine Phantasie die Farben in frischem Glanz erstrahlen läßt und nur hier und dort ein Stück der einstigen Wirklichkeit durchschimmert.

Die Tatsachen waren folgende: Maximus, ein gebürtiger Spanier, hatte unter seinem Feldherrn Theodosius die Heere in Britannien zu einer Zeit befehligt, in der Sachsen und Pikten immer wieder die Küsten plünderten und die römische Provinz Britannien dem Untergang nahe schien. Doch die Offiziere sorgten dafür, daß der Hadrianswall wieder instand gesetzt wurde, so daß sie ihn verteidigen konnten. Maximus seinerseits ließ die mächtige Feste bei Segontium in Wales wiedererrichten und machte sie zu seinem Hauptquartier. Dies ist das Bollwerk, das von den Britanniern den Namen Caer Seint erhielt, die »herrliche Burg« aus dem Traum und vermutlich jener Ort, wo Maximus seine walisische Elen kennengelernt und zur Frau genommen hatte.

Als dann das Jahr kam, in dem, wie Ector es genannt hatte, die Flut über das Land hereinbrach, war es kein anderer als Maximus, der die Sachsen nach monatelangen erbitterten Kämpfen zurückschlug — ein Verdienst, das seine persönlichen Feinde ihm stets streitig machten. Später hatte er die Provinzen Strathclyde und Manau Guotodin geschaffen, Vorposten gleichsam, in deren Schutz das britannische Volk — sein Volk — in Frieden leben konnte. Für die Waliser war »Prinz Macsen« von seinen Soldaten längst zum Kaiser erhoben worden, und dabei wäre es vermutlich auch geblieben, hätten ihn die Ereignisse nicht gezwungen, das Land zu verlassen, um den Mord an seinem alten Oberbefehlshaber zu rächen.

Er kehrte nie zurück, und hier entspricht die Sage also wieder der Wirklichkeit. Allerdings gelang es Maximus keineswegs, Rom zu erobern. Vielmehr erlitt er dort eine Niederlage und wurde später hingerichtet. Ein Teil der britannischen Söldner sah die Heimat wieder und gelobte seiner Witwe und seinen Söhnen Gefolgschaft. Aber mit dem Frieden im Land war es dennoch vorbei. Unaufhaltsam brandete die Flut der Feinde heran, und diesmal gab es kein Schwert, das sie zurückwarf.

So konnte es nicht verwundern, daß in den düsteren Jahren danach die kurze Friedensspanne, die Maximus' Sieg gefolgt war, den Menschen als das verlorene Goldene Zeitalter erschien, von dem die Dichter schon immer sangen. Wenig überraschend auch, daß die Sage von »Macsen, dem Beschützer« weiter und weiter gewachsen war, bis seine Macht die ganze Erde umfaßte. In Zeiten der Not nannten die Menschen ihn den gottgesandten Retter, ja Erlöser ...

Meine Gedanken kehrten zu dem schlafenden Kind nebenan zurück. Ich hob die Harfe, und als alle verstummten, sang ich für sie ein zweites Lied:

Es ward ein Knabe geboren,
Ein Winterkönig.
Vor dem schwarzen Monat
Ward er geboren
Und floh in den dunklen Monat,
Um Obdach zu finden
Bei den Armen.

Er wird kommen
Mit dem Frühling
Im grünen Monat
Und goldenen Monat,
Und hell
Wird sein das Leuchten
Seines Sterns.

»Nun?« fragte Moravik. »Hast du dir dein Abendessen verdient?«

»Jedenfalls genug zu trinken und dazu diese drei Kupfermünzen.« Ich legte das Metall auf den Tisch und tat den Lederbeutel hinzu, der die Goldstücke des Königs enthielt.

»Das ist für den Unterhalt des Kindes und für dich als Lohn. Später werde ich mehr schicken. Du und Brand, ihr werdet es beide nicht bereuen. Und glaube mir, Moravik, so viele Könige du auch schon aufgezogen hast — einer wie dieser war noch nicht darunter.«

»Was kümmern mich deine Könige? Das ist für mich nichts als ein winziger Wurm, den man bei diesem Wetter nicht auf eine Reise mitschleppen darf. Sollte jetzt daheim im warmen Bettchen liegen — das magst du König Uther getrost von mir ausrichten. Gold — also wirklich!« Doch mit verblüffender Geschwindigkeit war der Lederbeutel in irgendeiner Falte ihres Kleides verschwunden, und auch die drei Kupfermünzen fanden sich nicht mehr auf dem Tisch.

»Wie denn, Moravik?« fragte ich hastig. »Hat die Reise dem Kind etwa geschadet?«

»Zum Glück offenbar nicht. Es scheint vor Gesundheit ja nur so zu strotzen. Jetzt schläft es, und mit ihm diese beiden jungen Menschen, selbst noch halbe Kinder. Sprich also leise, damit sie nicht gestört werden.«

Branwen und das Kind lagen auf der anderen Seite des Raums, ein ganzes Stück vom Feuer entfernt. Ihr Bett befand sich unter einer Holztreppe, die, wie ich sah, zu einem Heuboden führte. Unterhalb des Speichers und nur durch eine Art Verschlag von uns getrennt, standen unsere Tiere, die man offenbar vom hinteren Teil des Hofes dort hingeführt hatte.

»Viel Platz ist da ja nicht«, sagte Moravik. »Aber Brand wollte sie lieber nicht draußen oder im Kuhstall lassen. Vor allem dein Fuchs mit der Blesse, dem könnte doch leicht einer ansehen, daß er König Hoel gehört — und neugierige Fragen können wir nicht gebrauchen. Im übrigen habe ich dich, zusammen mit diesem Jungen, dort oben einquartiert. Mag nicht ganz das sein, was du gewohnt bist, aber es schläft sich weich, und sauber ist es auch.«

»Ausgezeichnet«, sagte ich. »Aber schick mich bitte noch nicht zu Bett, Moravik. Ich möchte gern noch ein wenig aufbleiben und mit dir reden.«

»Dich zu Bett schicken, wie? Als ob ich das nicht von früher her kenne! Du hast es ja immer verstanden, mich zu beschwatzen, um dann deinen dicken Kopf durchzusetzen ...« Sie setzte sich ans Feuer und wies mit der Hand auf einen Schemel. »Also setz dich, damit ich dich richtig ansehen kann. Erzähle. Erzähle mir alles.«

Das Feuer war niedergebrannt, kaum mehr noch als glimmende Asche. Aus dem Schankraum nebenan kam kein Laut. Die Zecher waren entweder nach Hause gegangen oder hatten sich zum Schlafen ausgestreckt. Brand, schon vor einer Stunde über die Holztreppe nach oben verschwunden, schnarchte leise neben Ralf. Im Winkel, nicht weit von den dösenden Tieren, lagen Branwen und das Kind.

»Also was das alles eigentlich soll, verstehe ich nicht«, sagte Moravik leise. »Du versicherst mir, er ist der Sohn des Hohen Königs. Aber Uther will ihn gar nicht haben. Warum kümmerst du dich so um das Kind? Man sollte doch meinen, daß der König es anderen anvertrauen könnte, denen das leichter fiele.«

»Für Uther kann ich nicht antworten. Aber was mich betrifft, so könnte man sagen, daß mir das Kind als Vermächtnis von meinem Vater übergeben wurde — von meinem Vater und von den Göttern.«

»Von den Göttern?« wiederholte sie scharf. »Was sind das für Reden im Munde eines guten Christen?«

»Du vergißt, daß ich nie getauft worden bin.«

»Wie denn — noch immer nicht? Ja, ich weiß, dein Großvater, der alte König, war dafür nicht zu haben. Nun, das ist deine Sache. Aber dieses Kind hier, ist es getauft?«

»Nein. Dafür war keine Zeit. Wenn du willst, kannst du das gern nachholen lassen.«

»›Wenn du willst‹? Was spricht denn da aus dir? Wieder irgendwelche von deinen Göttern?«

»Sei nicht gleich so aufgebracht, Moravik. Ja, ich habe meine Götter oder eher wohl: meinen Gott. Und wenn es ihm gefällt, so wird er mir auch wieder ein Zeichen geben. Was die Taufe betrifft, so wäre ich dir dankbar, wenn du das übernehmen würdest. Denn später, in Britannien, soll das Kind in einem christlichen Haus aufwachsen.«

Sie nickte zufrieden. »Das will ich gern tun, und zwar so bald wie möglich, damit er mit dem lieben Herrgott und den Heiligen von Anfang an auf gutem Fuß steht. Ich habe zu seinem Schutz auch schon ein Bündel Eisenkraut über seine Wiege gehängt und außerdem die neun Gebete hergesagt. Das Mädchen hat mir erzählt, daß er Artus heißen soll. Was für ein Name ist denn das?«

»Du würdest das Wort wahrscheinlich Artos aussprechen«, erwiderte ich. »Auf keltisch bedeutet das ›Bär‹. Aber rufe ihn hier niemals bei diesem Namen. Am besten vergißt du das Wort ganz und läßt dir dafür etwas einfallen, was dir geeignet erscheint.«

»Emrys vielleicht? Na, es ließ sich ja denken, daß du darüber lächeln würdest. Dabei habe ich immer gehofft, daß irgendwann einmal ein Kind zur Welt kommt, das deinen Namen trägt.«

»Nein, eher schon den Namen meines Vaters Ambrosius, wie man ja auch mich genannt hat.« Ich begann zu grübeln und sagte unhörbar die Namen vor mich hin, zuerst auf lateinisch, dann in der keltischen Sprache. »Artorius Ambrosius, der letzte der Römer ... Artos Emrys, der erste der Britannier ...« Natürlich, daß ich daran nie gedacht hatte! Mit einem Lächeln fuhr ich laut fort: »Ja, nenne ihn nur so, Moravik. Vor langer Zeit sagte ich einmal das Kommen des Bären voraus, das Erscheinen eines Königs namens Artus, der die Kraft besitzen würde, Vergangenheit und Zukunft miteinander zu verbinden. Aber bis zu diesem Augenblick hatte ich vergessen, woher ich den Namen kannte. Taufe ihn also darauf.«

Sie schwieg eine Weile. Ihre Augen forschten in meinem Gesicht. »Dir als Vermächtnis übergeben, hast du gesagt? Ein König, wie ihn die Welt noch niemals sah? Dann wird er also König werden? Wirklich, Merlin, schwörst du mir das?« Und dann, ganz plötzlich: »Warum schaust du nur so merkwürdig drein? Als das Mädchen vorhin das Kind in den Armen hielt, war in deinen Augen genau der gleiche Blick. Was bedeutet das?«

»Ich weiß es nicht«, sagte ich langsam und starrte in die verzuckenden Flammen eines Holzfeuers, das ein rotes Höhlenrund erhellte. »Moravik, was ich getan habe, habe ich getan, weil Gott — welcher Gott es auch immer sei — das von mir verlangte. Aus der Dunkelheit sprach er zu mir, um mir zu sagen, daß das Kind, das Uther in jener Nacht mit Ygraine auf Tintagel zeugte, dereinst König von ganz Britannien sein würde, ein großer Herrscher, der die Sachsen von unseren Küsten vertreibt und das arme Land einigt und festigt. Nicht mein eigener Wille war es, der mich lenkte. Es kam zu mir aus der Stille und dem Feuer, und es kam als Gewißheit. Doch dann sah ich eine Zeitlang nichts. Sah nichts und hörte nichts und begann mich zu fragen, ob ich mich nicht, aus Liebe zu meinem Vater und zu meines Vaters Land, hatte irreleiten lassen: Ob ich nicht Visionen gesehen hatte, wo es nichts gab als Sehnsucht und Hoffnung. Aber jetzt liegt es ja dort, genau wie der Gott es mir sagte.« Ich sah sie an. »Ich weiß nicht, ob ich es dir begreiflich machen kann, Moravik. Visionen und Prophezeiungen, Götter und Sterne und Stimmen, die in der Nacht sprechen ... Erscheinungen in zuckenden Flammen und funkelnden Gestirnen und doch ebenso wirklich wie der Schmerz, der im Körper wühlt. Aber jetzt ...« Ich zögerte. »... Jetzt ist es nicht länger die Stimme eines Gottes oder eine Vision, sondern ein kleines Kind mit kräftiger Lunge, ein Säugling wie andere Säuglinge auch, ein winziges Wesen, das weint und schreit und genährt werden will und seine Windeln durchnäßt.« Ich schwieg einen Augenblick. »Große Visionen geben sich mit solchen Einzelheiten nicht ab.«

»Visionen haben immer nur Männer«, sagte Moravik. »Und die Frauen sind es dann, die ihnen die Kinder gebären, damit sich ihre Visionen erfüllen. Das ist der Unterschied. Und was den Kleinen dort in der Ecke betrifft, so werden wir schon sehen. Wenn er am Leben bleibt — und warum nicht, gesund genug ist er ja —, so mag er eines Tages durchaus König sein. Wir können jetzt nur dafür sorgen, daß ein Mann aus ihm wird. Du hast das Deine getan, ich tue das Meine. Alles übrige liegt beim lieben Gott.«

Ich lächelte sie an. Ihre natürliche Weisheit hatte mich von einer großen Last befreit. »Du hast recht. Ich war ein Narr, je zu zweifeln. Was kommen wird, wird kommen.«

»Nun, dann schlaf darüber.«

»Ja, ich werde mich hinlegen. Ich freue mich, daß du einen so braven Mann hast, Moravik.«

»O ja, Merlin. Zusammen mit ihm werde ich deinen kleinen König schon gut behüten.«

»Das will ich glauben«, sagte ich und stieg die Holztreppe zum Heuboden hinauf.

In der Nacht hatte ich einen Traum. Ich stand auf einem Feld bei Hoels Hauptstadt Kerrec. Es war eine uralte Weihestätte, wo ich einmal einen Gott hatte wandeln sehen. Und im Traum wußte ich, daß ich gekommen war, um ihm wieder zu begegnen.

Doch die Nacht war leer. Nur der Wind regte sich; hoch oben wölbte sich der Himmel mit gleichgültig funkelnden Sternen. Wie ein breites Band zog sich durch das Leuchten der helleren Gestirne jene Lichtbahn, die man die Milchstraße nennt. Rings um mich dehnte sich das Feld, genau wie ich es von früher her kannte, vom Wind gepeitscht und mit Seesalz besät. Kahle Dornenbäume duckten sich am Rand, und einsam ragte in der Mitte ein riesiger Stein auf. Ich schritt darauf zu. Im fahlen Schein der Sterne warf ich keinen Schatten, und auch beim Stein war davon nichts zu sehen. Nur der Wind wühlte im Gras, und hinter dem Stein gewahrte ich jenes Pulsen der Sterne, das nicht Bewegung ist, sondern der Atem des Himmels.

Immer noch war die Nacht leer. Meine Gedanken schnellten wie Pfeile empor in die Hülle aus Schweigen und fielen wieder kraftlos zurück. Alle Kraft und alle Kunst, die mir je zu eigen gewesen war, spannte ich an, um den Gott herbeizurufen, der seine Hand über mich gehalten und dessen Licht mich geleitet hatte. Ich betete laut, hörte jedoch nicht das leiseste Wort. Auch jene Gabe meiner Augen und meines Geistes, von den Menschen der Blick genannt, versuchte ich verzweifelt zu Hilfe zu nehmen. Doch nichts kam, nichts geschah. Die Nacht blieb leer. Ich begann zu ermatten, und rings um mich verschwamm alles, die Schwärze der Nacht und das Funkeln der Sterne: Unter sacht strömendem Wasser schien es sich zu bewegen ...

Ja, der Himmel war es, der sich bewegte. Während die Erde reglos stillstand, ging am Firmament eine Veränderung vor. Das breite Band der Milchstraße verengte sich zu einem schmalen Schaft aus Licht, der dann erstarrte wie ein Fluß im Winterfrost. Ein Schaft aus Eis war es, nein, eine Klinge — die Klinge eines Königsschwerts, das quer über dem Himmel lag mit blitzenden Edelsteinen am Knauf. Smaragde sah ich und Topase und Saphire, die dort am Schwert Macht bedeuteten und Freude und Gerechtigkeit und sauberen Tod.

Lange Zeit lag das Schwert ganz still wie eine frischgeschmiedete Waffe, die noch der Hand harrt, welche es erheben und schwingen wird. Dann jedoch begann es sich aus eigener Kraft zu bewegen. Doch nicht wie in der Schlacht oder im Wettstreit oder bei feierlicher Zeremonie: So wie eine Klinge sacht in die schützende Hülle gleitet, schwebte das Schwert zum stehenden Stein herab, als wolle es in ihm wie in einer Scheide ruhen. Doch dann war da nichts als das leere Feld und der pfeifende Wind und ein grau aufragender Stein.

Ich erwachte in der Dunkelheit des Heubodens und sah durch ein Loch zwischen Dachgebälk einen kleinen, hellen Stern. Die Tiere unten schnaubten leise.

Reglos auf dem Rücken liegend, beobachtete ich den kleinen Stern. Über den Traum dachte ich nur wenig nach. Verschwommen erinnerte ich mich, daß von einem Schwert die Rede gewesen war, und jetzt dieser Traum ... Doch ich ließ ihn mir entgleiten. Er würde zurückkommen, zur rechten Zeit. Dann würde mir ein Zeichen werden. Gott war wieder bei mir. Die Hoffnung hatte nicht getrogen.

Schon in ein oder zwei Stunden brach der Morgen an.

2. BUCH

DIE SUCHE

1

Die Götter, sie alle, sind Lästerungen sicher gewohnt. Denn Lästerung ist es auch, ihre Absichten zu bezweifeln, oder gar, wie ich es getan, sich zu fragen, wer sie denn sind oder ob es sie überhaupt gibt. Jetzt wußte ich, daß mein Gott wieder bei mir war und daß sein Wille wirkte; und obschon ich immer noch nichts deutlich sah, wußte ich doch, daß er, wenn die Zeit reif war, seine Hand über mich halten würde.

Um Ralf oder das Kind brauchte ich nicht zu fürchten. Meine Sicherheit und dic Sicherheit des Knaben standen außerhalb jeden Zweifels. Und so brauchte ich mich um nichts Ärgeres zu sorgen als um die nächste Seereise, die mich zum Hafen von Massilia am Mittelmeer führte, wo ich an einem Februartag eintraf, bei klarem, sonnenhellem Wetter.

Hier mochte man mich getrost erkennen und, wem immer, meinen Aufenthalt vermelden. Denn sprach sich in Britannien herum, daß Prinz Merlin in Südgallien oder in Italien gesehen worden war, so ließen Uthers Feinde mich vielleicht eine Zeitlang beobachten, weil sie auf eine Spur hofften, die zu dem verschwundenen Kind führte. Gaben sie dann früher oder später auf, um in einer anderen Richtung zu suchen, so war die Fährte längst verwischt. Ich nahm einen Leibdiener in meine Dienste, kaufte Reitpferde und Tragtiere sowie einen Sklaven, der sich um sie kümmern konnte, und brach nach Rom auf, meinem ersten Ziel.

Die Straße außerhalb von Massilia, ein fast schnurgerades Band aus hellem, sonnendurchglühtem Staub, verläuft entlang der Küste, wo Dörfer, von Cäsars Veteranen erbaut, sich zwischen Olivenhainen und Weinberge schmiegen. Als wir uns in aller Frühe auf den Weg machten, warfen unsere Pferde hinter uns lange Schatten. Hinter mir unterhielten sich die beiden Bediensteten, doch nur leise, um mich nicht zu stören.

Ich schien gut gewählt zu haben. Den Freien, Gaius mit Namen, hatte man mir sehr empfohlen. Der andere, Stilicho, war der Sohn eines sizilianischen Pferdehändlers, der Stilicho verkauft hatte, um seine Schulden zu bezahlen. Doch mochte der schlanke Jüngling nun auch Sklave sein, er verlor nichts von seinem Lebensmut und seiner Lebenslust, wie die fröhlich blitzenden Augen verrieten. Gaius hingegen wirkte gesetzt und schien viel stärker auf die Wahrung meiner Würde bedacht als ich selbst. Als er entdeckte, daß ich von königlichem Geblüt war, hüllte er sich in eine Aura aus Pomp, was mich sehr belustigte und Stilicho immerhin so beeindruckte, daß er fast zwanzig Minuten lang schwieg. Später diente den beiden mein Rang als Prinz vermutlich immer wieder als Drohung oder Bestechung, um bei anderen das Gewünschte zu erreichen. Doch welche Mittel sie auch angewandt haben mochten — meine Reise verlief so glatt und so reibungslos, daß es schon einem Wunder gleichkam.

Jetzt, an diesem frühen, frischen Morgen, hob sich meine Stimmung von Minute zu Minute. Die Sorgen und Zweifel des vergangenen Jahres fielen von mir ab. Zum erstenmal in meinem Leben fühlte ich mich völlig frei, und mit meinen zweiundzwanzig Jahren fast noch ein Jüngling, konnte ich mit vollen Zügen die Freiheit genießen. Eine mir unbekannte Welt wollte entdeckt werden; all jene Länder, von denen ich als Kind so viel gehört und nach denen ich mich stets gesehnt hatte.

Von Rom ging es nach Korinth und dann, auf dem Landweg, durch die Täler der Argolis, wo auf ausgedörrten Sommerhügeln Ziegen weideten und zwischen gigantischen Ruinen Menschen hausten, die unbezähmter waren als selbst die wilden Tiere. Hier endlich sah ich Steine, größer noch als jene vom sogenannten Hünentanz und zu ragender Höhe aufgerichtet, wie die Lieder es zu erzählen wußten. Je weiter ich nach Osten kam, desto zahlreicher bevölkerten sie die sonnendurchglühte Öde, und die Menschen dort lebten so primitiv wie streunende Wolfsrudel. Doch mit der Leichtigkeit schwereloser Vögel ersannen sie Weisen, die kaum weniger wundersam waren als der Lauf der Gestirne. In der Tat wußten sie über die Bewegungen der Himmelskörper auch mehr als irgend jemand sonst. Ihre Welt scheint gleichsam aus zwei leeren Räumen zu bestehen, der Wüste unter ihren Füßen und dem Firmament über ihren Köpfen.

Acht Monate verbrachte ich bei einem Mann unweit Sardes in Maeonia, der wie kein zweiter die Kunst der Mathematik beherrschte. Mit seiner Hilfe hätte ich vor Jahren den Hünentanz in höchstens der Hälfte der dafür benötigten Zeit aufrichten können. Weitere sechs Monate verlebte ich an der Küste von Mysien in der

Nähe von Pergamon, wo in einem großen, eigens dafür vorgesehenen Haus Kranke behandelt wurden, gleich ob arm oder reich. Dort gab es für mich viel zu lernen, denn in Pergamon benutzt man außer Arzneien auch die Musik, um durch Träume die Seele des Kranken und danach erst seinen Körper zu heilen.

In unregelmäßigen Abständen erwarteten mich an den dafür vorgesehenen Plätzen Ralfs Botschaften, von König Hoel mir zugesandt. Auf diese Weise erfuhr ich schon bald, daß Ygraine wieder schwanger war. Später wurde sie dann von einer Tochter entbunden, die man Morgian nannte. Natürlich waren, wenn ich die Briefe las, die Neuigkeiten längst veraltet. Doch verfügte ich, soweit es Artus betraf, über eine andere Quelle, aus der ich mein unmittelbares Wissen schöpfte. Ich blickte, in der mir gewohnten Weise, ins Feuer.

Das erste Mal geschah es in Rom. Mich in der Abendkühle an der Glut einer Kohlenpfanne wärmend, sah ich Ralf, der durch den Wald nach Kerrec ritt. Er reiste allein und unbemerkt, und als er im nebligen Dunkel wieder nach Coll aufbrach, folgte ihm niemand. Im tiefen Wald verlor ich dann seine Spur, doch als später der Rauch zur Seite wehte, erblickte ich Ralf auf dem Hof des Wirtshauses und neben ihm Branwen, das Kind in den Armen. Noch des öfteren beobachtete ich ihn bei seinen Ritten zu Hoels Burg, aber immer wieder wollte Rauch oder Nebel mir die Sicht versperren, und nie gelang es mir, in das Innere der Schenke zu spähen, es sei denn sehr unklar und sehr verschwommen. Der Verwunschene Wald trägt seinen Namen nicht umsonst, und zweifellos sind dort geheimnisvolle, übernatürliche Kräfte am Werk. Ich konnte gewiß von Glück sagen, daß, dem fremden Zauber dort zum Trotz, überhaupt Bilder zu mir kamen. Von Zeit zu Zeit zerriß der schützende Schleier, und ich sah das Kind, wie es auf dem Hof mit Welpen spielte, während die Hündin ihm das Gesicht leckte, bis Moravik laut scheltend aus der Küche stürzte und den kleinen Artus gleich einer wütenden Glucke in das Haus entführte. Ein anderes Mal sah ich ihn oben auf Ralfs Pferd, während das Tier seinen Kopf über einen Wassertrog beugte. Später dann saß er vor Ralf im Sattel, und beide ritten am Flußufer entlang. Nah oder deutlich sah ich sein Gesicht nie, doch ich erkannte genug, um zu wissen, daß er von Tag zu Tag größer und kräftiger wurde.

Und als er vier Jahre alt war, kam der Tag, an dem Ralf ihn aus der Abgeschiedenheit des Verwunschenen Waldes nach Britannien zu Graf Ector bringen sollte.

In der Nacht, in der sein Schiff in See stach, lag ich unter dem tiefschwarzen syrischen Himmel, an dem die Sterne viel größer und heller zu strahlen schienen als in meiner Heimat. Ich ruhte neben dem Feuer eines Schafhirten, das Wölfe und Berglöwen abwehren sollte. Auf unserer Reise unversehens von der Dunkelheit überrascht, hatten ich und meine Bediensteten bei dem Mann gastliche Aufnahme gefunden.

Vom hochgeschichteten Holzstoß loderten die Flammen wild in die Nacht empor. Von irgendwo kam Stilichos Stimme, dann die rauhe Antwort des Hirten und Gelächter, bis Gaius beide eindringlich ermahnte. Doch durch das Prasseln des Feuers drangen die Gespräche ohnehin nur gedämpft an mein Ohr. Dann erschienen in der flackernden Helle unversehens die Bilder. In jeder Einzelheit konnte ich, wie in einem Traum, in dem eine ganze Lebensspanne sich zu einer Dauer von wenigen Minuten rafft, in dieser nächtlichen Vision die gesamte Reise verfolgen ...

Es war das erstemal, daß ich Ralf, seit ich mich in der Bretagne von ihm getrennt hatte, deutlich sah. Ich erkannte ihn kaum wieder. Er war jetzt ein hochgewachsener junger Mann mit dem Aussehen eines Kämpfers, der Entscheidungen zu fällen und Verantwortung zu tragen weiß.

Ob er sein »Weib« und sein »Kind« im Schutz bewaffneter Krieger zum Schiff bringen würde, hatte ich seinerzeit ihm und Hoel überlassen. Was ich jetzt beobachten konnte, gefiel mir, weil unser Geheimnis gewahrt blieb. Hoel schickte in Begleitung von etwa sechs Bewaffneten einen mit allerlei Gütern beladenen Wagen nach Coll, und als das Gefährt dann, mit neuer Fracht, nach Kerrec zurückkehrte — nun, was war natürlicher, als daß ein junger Mann mit seiner Familie die Gelegenheit wahrnahm, um unter dem sicheren Schutz der Krieger mitzureisen? Branwen fuhr im Wagen, und schließlich bequemte sich auch Artus dazu; denn am liebsten wollte er bei den Soldaten sein, und erst nachdem Ralf ein Machtwort gesprochen hatte, kroch er widerstrebend in das Innere des Fahrzeugs, wo er vor neugierigen Blicken besser geschützt war.

Später gingen mit der »Familie« auch vier Krieger an Bord des Schiffes, vorgeblich um die Fracht zu bewachen und an ihren Bestimmungsort zu geleiten. Tatsächlich waren sie klug genug, Artus nach außen hin völlig unbeachtet zu lassen. Und so setzte das Schiff die Segel und stach in See. Auf dem Wasser glitzerte der

Widerschein der untergehenden Sonne, und die roten Segel des kleinen Schiffs schienen in die tiefe Glut des Abendhimmels zu tauchen, bis sie schließlich ganz verschwanden.

In der strahlenden Helle des Sonnenaufgangs (mir vielleicht nur vom flackernden Feuer hier unter syrischem Himmel vorgegaukelt) lief das Schiff in den Hafen von Glannaventa ein. Ich sah, wie es vertäut wurde, und erblickte dann Graf Ector, der mit einer Schar Bewaffneter zum Empfang bereitstand. Keiner von ihnen trug ein Zeichen, und dem Augenschein nach ging es ihnen nur um die Fracht, doch sobald ihr mitgebrachter Wagen die Stadt verlassen hatte, hielten sie und holten für Branwen und Artus eine Sänfte hervor. Dann folgte das Gefährt langsamer nach, während die Gruppe in raschem Ritt auf Galava zustrebte. Die Straße dort, die alte Militärstraße, klimmt durch zwei steile Schluchten, zwischen denen sich ein tiefes, sumpfiges Tal dehnt, bis zum späten Frühjahr stets überflutet. Es ist eine schlechte Straße, von der Witterung weitgehend verwüstet und stellenweise unter Steinschlag und herabrutschenden Erdmassen überhaupt nicht mehr zu erkennen. Und doch hat sie, dieses Überbleibsel der alten Römerstraße, den Vorteil, auf kürzestem Wege zum Ziel zu führen.

Und so beobachtete ich zufrieden die Schar der Bewaffneten, die an diesem Maitag in verhaltenem Trab dahinstrebte, während zwischen zwei Maultieren sacht die Sänfte hin und her schaukelte: eine Reise von der glutenden Abenddämmerung gestern in den glühenden Tag heute. Dann jedoch, zu späterer Stunde, begann es allmählich zu dunkeln, und ich sah, ein Stück voraus, am Ende der langen Schlucht das Blitzen von Schwertern. Dort lauerten berittene Männer im Hinterhalt.

Graf Ector ritt an der Spitze seiner Krieger, in deren Mitte sich die schaukelnde Sänfte befand. Dicht daneben trabte Ralfs Pferd. Näher und näher kam die Gruppe den hinter Felsbrocken verborgenen Feinden. Und dann sah ich, wie Ector mit einem Ruck den Kopf drehte und sein Schwert zog, während sein Roß sich hochbäumte. Sofort schlossen sich die Krieger um die Sänfte zu einem dichten Ring. Doch keiner von ihnen entdeckte offenbar jene anderen Schatten, die aus dem Abendnebel hinter Felswänden hervortauchten.

Unwillkürlich schrie ich auf. Und gab doch keinen Laut von mir. Doch ich konnte sehen, wie Ralf auf meine unhörbare Warnung hin zur Seite blickte und einen schrillen Ruf ausstieß. Er warf sein Pferd herum und mit ihm ein Teil von Ectors Mannen, um sich diesem zweiten Überfall entgegenzustemmen, während die übrigen die ersten Angreifer abwehrten. Schwerter klirrten gegeneinander, und Funken stoben wie vom Amboß eines Schmieds.

Angestrengt versuchte ich im Feuer des syrischen Schafhirten zu erkennen, wer die Leute waren, die Ector und seiner Schar aufgelauert hatten. Doch ich sah es nicht. Zu wild war das Getümmel der Kämpfenden und ihrer Pferde, zu tief die Dunkelheit. Und genauso rasch, wie sie aufgetaucht waren, entschwanden die Angreifer wieder im Nebel. Sie ließen einen Toten zurück und schleppten, quer über einen Sattel gelegt, einen blutenden Verwundeten mit.

Eine Verfolgung durch die dämmrigen, nebelverhangenen Berge konnte nichts einbringen. Und so hielt der Graf seine Männer zurück. Einer der Krieger hob den Gefallenen auf und warf ihn über ein Pferd. Auf Ectors Weisung sah man sich den Toten genau an, fand jedoch nichts, was auf seine Identität schließen ließ. Bald scharten sich die Krieger wieder um die Sänfte und ritten weiter. Ich sah, wie Ralf heimlich einen Lappen um seinen linken Arm schlang, wo ihn, am schützenden Schild vorbei, ein Schwerthieb getroffen hatte. Wenige Augenblicke später lachte er belustigt auf und beugte sich von seinem Sattel zur Sänfte. »Aber nun hör doch einmal«, sagte er kopfschüttelnd. »Dafür bist du doch nicht groß genug. In ein oder zwei Jahren, da werden wir für dich ein Schwert finden, ein kleines natürlich, das du wenigstens halten kannst. Das verspreche ich dir.«

Als ich Artus durch den winzigen Spalt im Ledervorhang der Sänfte zu erkennen versuchte, wehte grauer Rauch über das Bild. Der syrische Schäfer rief seinem Hund etwas zu, und ich fand mich unversehens zurückversetzt auf den Hügelhang im wüstenartigen Gelände. Hell stieg der Mond über die nahen Ruinen des Tempels empor, in dem von der Göttin nichts geblieben war als ihre brütenden Nachteulen.

Und so vergingen die Jahre, und ich reiste frei und unbeschwert, ganz wie ich es schon geschildert habe; doch ist für einen ausführlichen Bericht hier nicht der Platz. Erfüllte Jahre waren es für mich, eine leicht ertragene Wartezeit, denn ich wußte ja die Hand des Gottes über mir und sah alles, was ich zu schauen begehrte. Doch keine Botschaft traf ein, kein himmlisches Zeichen zeigte sich: nichts, was mich nach Hause rief.

Aber dann, als Artus sechs Jahre alt war, erreichte mich bei Pergamon, wo ich im Krankenhaus arbeitete und lehrte, eines Tages der Ruf.

Es war zu Beginn des Frühlings. Den ganzen Tag schon regnete es in Strömen, und die triefende Nässe dunkelte den Kalkstein hier an der Küste mehr und mehr. Die Wege, die zu den Krankenräumen führten, waren tief aufgeweicht. Diesmal hatte ich kein Feuer zur Hand, das mir die Vision bringen konnte. Doch in jenem Gebäude schienen die Götter hinter jeder Säule zu warten, und die Luft war gleichsam von Träumen erfüllt.

Und durch einen Traum, wie ihn auch andere Menschen haben, erfuhr ich, was ich erfahren sollte. Er kam zu mir, als ich mich in einem Zustand der Erschöpfung befand.

Spätabends wurde ein Mann ins Krankenhaus gebracht, der eine klaffende Beinverletzung hatte. Gemeinsam mit einigen anderen Ärzten hatte ich etwa drei Stunden lang zu tun, um das Schlimmste zu verhüten. Später schwamm ich im Meer, um das verkrustete Blut von meinem Körper zu spülen. Der Mann war jung, und wir konnten hoffen, daß er durchkommen würde. Jetzt lag er mit genähter Wunde im Bett und schlief. Ich wusch meinen besudelten Lendenschurz (mehr braucht man bei solcher Arbeit in diesem Klima nicht) und streckte mich dann lang auf dem noch warmen Sand aus. Der Regen hatte inzwischen aufgehört, und unter dem sternbesäten Himmel war es sehr still.

Es war keine Vision, sondern eine Art Wachtraum. Denn ich lag, wie ich glaubte, mit offenen Augen und starrte zu den funkelnden Lichtpunkten empor, unabsehbar in ihrer Zahl. Und irgendwo dazwischen leuchtete, fern und schwach wie eine Lampe im Schneegestöber, ein einzelner Stern, der näher und näher glitt, bis sein Glanz das Glitzern der anderen Sterne überstrahlte. Ich sah die Küsten und die Berge, die Flüsse und die Täler meiner Heimat. Immer heftiger wirbelte der Schnee und hüllte die Täler ein, und hinter den wallenden Schleiern erklang Donnergrollen und Schlachtgeschrei, und das Meer stieg, bis die Küste unter den heranbrandenden Wogen versank, und das Salzwasser drang die Flüsse hinauf, und die grünen Felder verblichen zu fahlem Grau und verwandelten sich dann in dunkle Wüste.

Ich erwachte aus diesem Traum. Ja, jetzt mußte ich heimkehren. Noch war die Flut nicht da, doch sie näherte sich unaufhaltsam. Im kommenden Winter oder im Winter danach würden wir den Donner hören. Und dann mußte ich dort sein — zwischen dem König und seinem Sohn.

2

Meine Absicht war es gewesen, über Konstantinopel heimzukehren, und ich hatte auch schon Briefe vorausgeschickt. Jetzt hätte ich einen kürzeren und schnelleren Weg vorgezogen. Doch das einzige Schiff, das für mich in Frage kam, fuhr in nördlicher Richtung dicht an der Küste nach Chalcedon: jenseits der Meerenge gegenüber Konstantinopel. Dort hielten mich dann ungünstige Winde und unsicheres Wetter auf. Überhaupt schien mir das Glück nicht sehr gewogen; denn nur um ein oder zwei Stunden hatte ich ein nach Westen fahrendes Schiff verfehlt, und das nächste in gleicher Richtung lichtete erst in etwa einer Woche die Anker.

Von Chalcedon aus wird der Handel zum größten Teil mit kleinen Küstenfahrern betrieben, während die größeren Frachtschiffe den gewaltigen Hafen von Konstantinopel anlaufen. Und so nahm ich, trotz der Eile, die Gelegenheit wahr, mit der Fähre überzusetzen. Ich mußte unbedingt die Stadt sehen, von der ich so viel gehört hatte.

Eigentlich hatte ich erwartet, daß das neue Rom das alte an Pracht bei weitem übertreffen würde, doch ich entdeckte bald, daß Konstantinopel eine Stadt mit schärferen Kontrasten war. Hinter dem äußeren Glanz drängte sich das Elend, und überall wurde jenes eigentümliche Prickeln spürbar, voller Erregung und auch voller verborgener Gefahren, wie es sich zumeist in einer noch jungen Stadt findet, die ihrer Blütezeit entgegensieht: ein unablässig wachsendes Gebilde, das sich weiter und weiter ausbreitet und von großem Reichtum träumt.

Gegründet worden war sie zwar schon vor langer Zeit — Hauptstadt eines Reiches, seit, ein Jahrtausend zuvor, Byzantin mit seinem Volk sich hier niederließ. Doch erst anderthalb Jahrhunderte war es her, daß Kaiser Konstantin das Herz des Römischen Reiches nach Osten verlegte und das alte Byzanz, neu erbaut und stark befestigt, nach sich benannte.

Die Stadt liegt unvergleichlich schön auf einer Landzunge, die einen von der Natur gebildeten Hafen umschließt. Er trägt den Namen Goldenes Horn, und das zu Recht. Denn selbst in meinen kühnsten Vorstellungen hätte ich nie geglaubt, während der kurzen Überfahrt von Chalcedon so viele reich beladene Schiffe zu sehen. Es gibt Paläste und schöne Häuser und riesige Regierungsgebäude, in denen man sich verirren kann wie in einem Labyrinth. Und überall sind Gärten mit Pavillons und plätschernden Springbrunnen, denn Wasser findet sich hier in überreicher Fülle. Zur Landseite hin bietet der Konstantinwall der Stadt Schutz, und durch sein Goldenes Tor führt eine große, fast ganz von Arkaden überwölbte Prachtstraße durch drei säulengeschmückte Fora zum riesigen Triumphbogen des Konstantin. Des Kaisers gewaltige Kirche, der Heiligen Weisheit geweiht, erhebt sich hoch über die Stadtmauern am Meer.

Und doch: So eindrucksvoll Konstantinopel mit all seinem Glanz auch für mich war — die machtvolle Metropole besaß nicht die unverwechselbare Prägung des alten Rom, wie mein Vater sie mir geschildert hatte und wie wir in Britannien sie uns vorstellten. Dies war nach wie vor der Osten, und gen Osten blickte denn auch die Stadt. Selbst in der Kleidung drückte sich das aus. Obwohl die Männer nach römischem Brauch Tunika und Chiton trugen, hatte ihre Gewandung einen asiatischen Anstrich. Auch hörte ich auf den Marktplätzen, neben dem allgemein üblichen Latein, sehr viel Griechisch und Syrisch und Armenisch, und in manchen Teilen der Stadt kam man wohl nur mit Antiochisch durch.

Mein Gastgeber hier war irgendwie mit mir verwandt, und wir begrüßten uns als Vettern. Einer seiner Vorfahren, Adean mit Namen und Schwager des Maximus, hatte in dessen Heer als Offizier gedient. In der Schlacht vor Rom dann verwundet und von seinen Gefährten für tot gehalten, war er von einer christlichen Familie gefunden und gesundgepflegt worden. Später heiratete er die Tochter des Hauses, bekehrte sich zum Christentum, und wenn er selbst auch nicht wieder Soldat wurde (sein Schwiegervater hatte einen Gnadenerlaß für ihn erwirkt), so trat doch sein Sohn in die Dienste von Theodosius II., wo es ihm gelang, sein Glück zu machen: Er erwarb ein Vermögen und wurde außerdem mit einem Haus am Goldenen Horn und einer Gattin von königlichem Geblüt belohnt.

Sein Urenkel trug den gleichen Namen, den er jedoch mit byzantinischem Akzent aussprach — Ahdjan. Seine keltische Herkunft war ihm noch anzumerken, doch wirkte er, so könnte man sagen, wie ein von der allzu nahen Sonne gebleichter, blutloser Waliser. Groß und mager, mit ovalem Gesicht, blasser Haut und schwarzen Augen, glich er genau den Menschen, wie sie dort auf Porträts abgebildet sind: ein dünnlippiger Mund, gleichfalls blutlos; der Mund des Höflings, der Geheimnisse wohl zu bewahren weiß. Doch war er durchaus nicht ohne Humor, und die Gespräche mit ihm schienen nicht weniger lehrreich als vergnüglich.

Er empfing mich sehr freundlich in einem prachtvollen Raum mit Mosaiken an den Wänden und einem Fußboden aus vergoldetem Marmor. Im kalten Klima Britanniens hält man es anders: Mosaikbilder schmücken den Boden, während Wände und Türen mit allerlei Umkleidungen verhüllt werden. Im Osten erübrigt sich das. Und so erglänzte der Raum hier in vielen Farben, Gold zumeist, auch in den Mosaiken, und wegen der leicht unebenen Oberfläche wirkte alles wie in glitzernder Bewegung, gleich Bildern auf seidenen Wandteppichen.

Auf einer Seite öffnete sich Ahdjans Gemach zu einer Terrasse hin, wo in einem breiten Marmorbecken der Strahl eines Springbrunnens in die Höhe schoß und in Töpfen an der Balustrade Lorbeerbäume und Zypressen wuchsen. Unterhalb dieser Terrasse lag der Garten, von Sonne überhauchte Lilien und Rosen, deren Duft mit dem Wohlgeruch von hundert Sträuchern wetteiferte, und überall wiesen die dunklen Finger der Zypressen mit winzigen goldenen Spitzen zum strahlendblauen Himmel empor. Jenseits des Gartens sah man das glitzernde Wasser der Hafenbucht, auf dem sich die Schiffe so dicht drängten wie in einem Dorfweiher die Gelbrandkäfer.

Bei Ahdjan wartete schon ein Brief von Ector auf mich, und so bat ich meinen Gastgeber bald, die Botschaft in aller Ruhe lesen zu dürfen. Bereitwillig fügte er sich meinem Wunsch.

Ectors Schreiber verstand sich zweifellos auf sein Fach, nur drückte er sich in langen, gewundenen Sätzen aus, in denen er ebenso fraglos verwässerte, was sein geradliniger Herr ihm ungeschminkt mitgeteilt hatte. Doch die Neuigkeiten, die ich zwischen all der Poesie und Rhetorik herauslas, bestätigten, was ich bereits wußte oder doch vermutete. In verschlüsselten Wendungen wurde mir mitgeteilt, daß Artus (der Sekretär schrieb hier von »Drusilla und den beiden Knaben«, sicher auf Ectors Geheiß) in Sicherheit sei. Wie lange sich indes diese Sicherheit am gegebenen Orte verbürgen ließe, könnte man nicht sagen.

Und dann setzte Ector mich über das ins Bild, was ihm von seinen Kundschaftern gemeldet worden war.

Die Gefahr der Invasion, stets vorhanden, doch in den letzten Jahren immer weiter entrückt, war zu echter Bedrohung angewachsen. Octa und Eosa, die sächsichen Führer, von Uther in seinem ersten Regierungsjahr besiegt und in London gefangengesetzt, befanden sich zwar immer noch in sicherem Gewahrsam; doch wurde seit kurzem auf den Hohen König starker Druck ausgeübt

— nicht etwa von den Verbündeten, sondern von einigen britannischen Fürsten, denen die steigende Unruhe an der Sächsischen Küste Angst einflößte. Und so drängten sie Uther, die beiden gefangenen Prinzen freizulassen, wenn auch nicht ohne vertragliche Friedensvereinbarung.

Nach Uthers Weigerung hatten Bewaffnete zweimal versucht, Octa und Eosa mit Gewalt aus ihren Kerkern zu holen, wofür an den Schuldigen grausam Vergeltung geübt worden war. Jetzt gab es in Uthers Lager andere Gruppen, die den König beschworen, die sächsischen Führer ohne weitere Umstände hinrichten zu lassen; eine Maßnahme, vor der er aus Furcht vor den Verbündeten offensichtlich zurückscheute.

Was die Verbündeten selbst betraf, so hatten sie an der Küste festen Fuß gefaßt und drängten immer dichter heran, selbst für London unbehaglich nah. Außerdem gab es Anzeichen, die darauf hinwiesen, daß sie auf Verstärkungen vom Festland drüben hofften, auf jene Streitmacht also, die einen erfolgreichen Ansturm versprach. Wilde Gerüchte liefen um: Ein Bote sei abgefangen worden, der unter der Folter gestanden habe, daß er von den Angeln am Abus im Osten zu den Piktenkönigen in dem wilden Land westlich von Strathclyde Zeichen der Freundschaft bringen sollte. Aber eben nur Zeichen, fügte Ector hinzu. Er persönlich glaube nicht, daß im Augenblick aus dem Norden Gefahr drohe. Denn zwischen Strathclyde und dem Abus stünden nach wie vor festgefügt die Reiche Rheged und Lothian.

Ich überflog den Rest der Zeilen und rollte den Brief zusammen. »Ich muß unverzüglich heimkehren«, sagte ich zu Ahdjan.

»So bald schon?« Auf seinen Wink brachte ein Bediensteter ein gekühltes Silbergefäß und schenkte Wein in gläserne Pokale, um den Krug dann wieder in eine schneegefüllte Schale zu stellen. Woher der Schnee kam, wußte ich nicht; aber ich hatte gehört, daß man ihn nachts von Berggipfeln holen und später unter der Erdoberfläche zwischen Stroh aufbewahren ließ. »Als ich den Brief sah, fürchtete ich gleich, er würde schlechte Nachrichten enthalten.«

»Schlechte noch nicht, aber sie werden nicht mehr lange auf sich warten lassen.« Ich umriß ihm kurz die Lage, und er hörte mir mit ernstem Gesicht zu. In Konstantinopel findet man für solche Dinge ein offenes Ohr; denn seit Alarich, der Gote, Rom eroberte, lauscht man hier immer auf ein etwaiges Donnergrollen aus dem Norden. »Uther ist ein starker König und ein guter Feldherr«, fuhr ich fort.

»Doch auch er kann nicht überall zugleich sein, und diese Zerspaltung der Macht erweckt in den Menschen Furcht und Unsicherheit. Es ist an der Zeit, die Erbfolge festzulegen.« Ich deutete auf den Brief. »Ector schreibt mir, daß die Königin wieder schwanger ist.«

»Davon hatte ich schon gehört. Wenn es diesmal ein Knabe ist, so wird man ihn doch sicher zum Thronfolger erklären, nicht wahr? Kein leichtes Erbe für einen Säugling, es sei denn, er hätte einen Stilicho, der für ihn in seinem Sinn regiert.« Er meinte den Oberfeldherrn, der das Reich des jungen Kaisers Honorius verteidigt hatte. »Ist unter Uthers Befehlshabern denn einer, der, falls der Hohe König getötet werden sollte, als Reichsverweser eingesetzt werden könnte?«

»Ich fürchte, sie würden eher den jungen Herrscher ermorden, als ihm die Treue wahren.«

»Nun, dann kann man nur hoffen, daß Uther am Leben bleibt oder seinen Erstgeborenen zu seinem Erben macht. Wie alt ist der Knabe jetzt eigentlich? Sieben? Acht? Wenn Uther nur Vernunft annehmen wollte, würde er seinen Sohn als legitimen Thronfolger anerkennen und für den Fall, daß er stirbt, solange das Kind minderjährig ist, keinen anderen als dich als Reichsverweser vorsehen.« Er warf mir einen raschen Blick zu. »Nun krause nicht gleich die Stirn, Merlin. Alle Welt weiß, daß du das Kind von Tintagel zu einem verborgenen Zufluchtsort gebracht hast.«

»So? Weiß die Welt denn auch, wo dieser Zufluchtsort liegt?«

»Sie glaubt es jedenfalls zu wissen. Du kennst die Menschen doch. Rätsel reizen sie dazu, auf Gedeih und Verderb eine Lösung zu finden. Nach der vorherrschenden Meinung befindet sich das Kind auf dem Eiland Hy-Brasil in Sicherheit und wird dort mit dem weißen Mus von nicht weniger als neun Königinnen genährt. Kein Wunder also, daß es so prächtig gedeiht. Oft heißt es auch, daß es bei dir ist — vielleicht als Maultier getarnt?«

Ich lachte. »Wie könnte ich das wagen? Denn wozu würde das Uther stempeln?«

»Ich glaube, es gibt nichts, was du nicht wagen würdest. Eigentlich hatte ich gehofft, von dir zu erfahren, wo sich der Knabe jetzt befindet und wie es ihm geht, und ... Nein?«

Ich schüttelte lächelnd den Kopf. »Verzeih mir — nein.«

Er nickte bedächtig. In Konstantinopel weiß man sehr gut, wie wichtig es ist, ein Geheimnis zu wahren. »Aber du kannst mir doch wenigstens sagen, ob er gesund und sicher ist.«

»Das will ich dir gern bestätigen.«

»Und wie steht es mit der Zukunft? Wird er König werden — mit dir als Regenten?«

Ich lachte, schüttelte abermals den Kopf und leerte mein Glas. Auf ein Zeichen von ihm eilte der Sklave, der außer Hörweite stand, herbei und schenkte es wieder voll.

»Übrigens«, sagte Ahdjan, »habe auch ich einen Brief erhalten, und zwar von Hoel. Er schreibt, daß Uther überall nach dir suchen läßt und wenig freundlich von dir spricht, obschon er, wie jeder weiß, tief in deiner Schuld steht. Gerüchte wollen wissen, daß nicht einmal der König davon Kenntnis hat, wo sein Sohn versteckt ist. Auch auf ihn soll er, wenn wir es so nennen wollen, Späher angesetzt haben. Manche behaupten, das Kind sei tot. Andere meinen, daß du dich in der Nähe des Prinzen hältst, um zu gegebener Zeit deinem eigenen Ehrgeiz zu frönen.«

»Nun«, sagte ich seelenruhig, »so etwas kann ja kaum ausbleiben.«

Er hob ein wenig unwillig die Hand. »Da versuche ich verzweifelt, dich zum Ausplaudern zu bewegen, aber du wirst nicht einmal zornig. Jeder andere würde Widerspruch erheben gegen solche Vorwürfe oder sich sogar vor der Heimkehr fürchten. Du hingegen lächelst und schweigst. Und denkst, wie ich fürchte, bereits an das Schiff, das dich auf dem kürzesten Wege nach Hause bringt.«

»Ich kenne die Zukunft, Ahdjan. Und darin liegt der ganze Unterschied.«

»Nun, ich kenne die Zukunft nicht, und offenbar gedenkst du ja auch nicht, mich einzuweihen. Aber Vermutungen darf ich wohl anstellen. Es heißt, daß du den Knaben versteckst, weil du weißt, daß er eines Tages König sein wird. Ich halte das für eine Verdrehung des wirklichen Sachverhalts. Sage mir also — wirst du ihn nach deiner Heimkehr aus seiner Verborgenheit erlösen?«

»Bis ich wieder in Britannien bin, hat die Königin ihr Kind längst zur Welt gebracht«, erwiderte ich. »Davon hängt ab, was ich unternehmen werde. Natürlich muß ich Uther aufsuchen und mit ihm sprechen. Wichtiger scheint es mir, die Menschen in Britannien, gleich ob Freunde oder Feinde, wissen zu lassen, daß Prinz Artus lebt und bereit ist, sich an der Seite seines Vaters zu zeigen, wenn die Zeit dafür kommt.«

»Jetzt ist es noch zu früh?«

»Das werde ich sehen, wenn ich wieder in Britannien bin. Mit deiner Erlaubnis, Ahdjan, werde ich das erste Schiff nehmen.«

»Natürlich, ganz wie du willst. Nur bedauere ich es jetzt schon, auf deine Gesellschaft verzichten zu müssen.«

»Das beruht auf Gegenseitigkeit. Und doch bin ich glücklich; denn es war für mich eine unerwartete Fügung, daß ich überhaupt nach Konstantinopel kam. Wir verdanken unsere Begegnung der Ungunst des Wetters und der Tatsache, daß ich in Chalcedon das Schiff verfehlte.«

Er ließ es sich nicht nehmen, mir einige Artigkeiten zu sagen, schien dann jedoch plötzlich zu stutzen. »Wie denn? Du wurdest aufgehalten? Befandest dich also bereits auf der Heimreise? Noch ehe du diesen Brief in der Hand hattest? Du wußtest schon?«

»Nichts Genaues. Nur daß es für mich Zeit wurde, an die Rückkehr zu denken.«

»Bei der Heiligen Dreifaltigkeit!« Einen Moment lang blickte der heidnische Kelte aus seinen Augen. Nach kurzem Besinnen lachte er. »Ja, bei der Heiligen Dreifaltigkeit! Ich wünschte, du wärst vorige Woche im Hippodrom bei mir gewesen. Ich verlor runde Tausend beim Wettrennen — eine sichere Sache hätte man meinen sollen, aber die Biester rannten wie dreibeinige Kühe. Aber zurück zu dir, Merlin. Ein Prinz, der dich zum Ratgeber hat, kann sich glücklich schätzen. Hättest du *ihm* seinerzeit zur Verfügung gestanden, so besäße ich heute vielleicht ein Imperium, statt einen respektablen Posten bei der Regierung zu bekleiden — und noch froh zu sein, daß ich den erlangt habe, ohne Eunuch zu werden.«

Er wies mit dem Kopf auf ein großes Mosaik an der Wand hinter uns. Es war mir schon vorher aufgefallen. Es zeigte eine Hinrichtung auf dem Schlachtfeld. Der Himmel war dunkel, und zwischen Gewölk sah man die Köpfe von Göttern. Am Horizont ragte eine Reihe von Türmen und Tempeln auf, hinter denen eine glutrote Sonne unterging. Offenbar war Rom gemeint. Vor den Schutzmauern eine weite Ebene, wo gerade eine Schlacht ihr Ende gefunden hatte: links die Besiegten, teils gefangen, teils tot oder sterbend auf einem Boden, der mit zerbrochenen Waffen übersät war; rechts die Sieger, dicht hinter ihrem gekrönten Feldherrn gedrängt und gebadet in einen Lichtstrahl, der von oben herabfiel, wo ein Christus, weit über den anderen Göttern, seinen Segen spendete. Zu Füßen des Siegers kniete der andere Feldherr, das Genick dem Schwert des Henkers entblößt. Er breitete seine Arme, doch nicht in einer Gebärde, die Gnade erflehte, sondern in Ergebenheit vor dem richtenden Schwert. Unter ihm, am Bildrand, standen die Buchstaben *Max*.

»Bei dem einen und einzigen Gott!« sagte ich laut.

Ahdjan lächelte. Doch was mich so rasch auf die Füße brachte, konnte er nicht einmal ahnen. Doch fand mein unverkennbares Interesse offenbar seinen Beifall. Wir traten beide näher zur Wand.

»Ja, Maximus' Niederlage gegen den Kaiser. Ausgezeichnet gelungen, nicht wahr?« Er ließ seine Finger über die Mosaiksteine gleiten. »Und doch kann der Künstler, dem wir dieses Werk verdanken, über die Ironie des Krieges und des Kriegsglücks kaum viel gewußt haben. Denn in gewisser Weise ging die Partie am Ende unentschieden aus. Jener Galgenvogel links hinter Maximus ist Hoels Ahnherr, der die kümmerlichen Reste des britannischen Heeresteils wieder in die Heimat führte. Und dieser so tugendhaft wirkende Mann, der auf die Füße des Kaisers solche Unmengen von Blut strömen läßt, ist mein Ururgroßvater, dessen widerstandsfähigem Gewissen und gesunden Geschäftssinn ich sowohl mein Vermögen als auch die Errettung meiner Seele verdanke.«

Ich hörte kaum zu. Was meinen Blick bannte, war das Schwert in Maximus' Hand. Ich hatte es schon zuvor gesehen. Schimmernd, nein, blitzend an der Wand hinter Ygraine. Und dann in der Bretagne, wo es funkelnd in die Scheide glitt. Jetzt und hier erblickte ich es zum dritten Mal: abgebildet in Maximus' Hand vor den Stadtmauern Roms.

Ahdjan beobachtete mich neugierig. »Was ist denn?«

»Das Schwert. Es war also sein Schwert.«

»Hast du es denn gesehen?«

»Nicht wirklich. Nur im Traum. Zweimal schon habe ich es im Traum gesehen. Und nun finde ich es hier zum dritten Mal, auf einem Bild ...« Ich sprach grübelnd, in halbem Selbstgespräch. Vom Wasserbecken auf der Terrasse spiegelte Helle herüber und ließ wie in Wellen Licht über das Mosaik gleiten, so daß das Schwert in Macsens Hand, das er dem Sieger darbot, wie von innen her aufleuchtete und die Edelsteine am Knauf in tiefem Grün, Gelb und Blau erstrahlten. Ich sagte leise: »Deshalb also habe ich das Schiff in Chalcedon verfehlt.«

»Wie meinst du das?«

»Verzeih mir, Ahdjan, ich weiß es selbst nicht recht. Ich dachte an einen Traum. Aber sag mir bitte ... sind das die Stadtmauern von Rom? Wurde Maximus denn bei Rom ermordet?«

»Ermordet?« Seine Stimme klang spröde, doch in seinen Augen zeigte sich Belustigung. »Bei uns spricht man in einem solchen Fall von ›hinrichten‹. Nein, es war nicht bei Rom. Das ist von dem Künstler gewiß nur symbolisch gemeint. In Wahrheit ereignete es sich bei Aquileia. Das ist ein kleiner Ort an der Mündung des

Turrus am nördlichen Ende der Adria. Du wirst ihn kaum kennen.«

»Legen dort auch Schiffe an?«

Seine Augen weiteten sich. »Dort? Ja willst du denn etwa hin?«

»Ich möchte die Stelle sehen, wo Macsen starb. Mir liegt daran, zu erfahren, was aus seinem Schwert geworden ist.«

»Nun«, sagte er. »Das wirst du in Aquileia nicht finden. Kynan nahm es an sich.«

»Wer?«

Er deutete auf das Bild. »Der Mann dort links. Hoels Ahnherr, der die Britannier in ihre Heimat zurückbrachte oder doch fast bis dorthin.« Er lachte, als er mein überraschtes Gesicht sah. »Statt das von Hoel zu erfahren, mußt du erst eine halbe Weltreise machen — bis zu mir nach Konstantinopel.«

»Den Anschein hat es wirklich«, sagte ich. »Und vielleicht habe ich die Reise eigens aus diesem Grund gemacht, ohne es allerdings bis zu diesem Augenblick selbst zu wissen. Dann befindet sich das Schwert also in der Bretagne? In Hoels Besitz?«

»Nein. Es gilt seit langem als verloren. Einige der britannischen Krieger, die auf ihre Insel zurückkehrten, nahmen seine Hinterlassenschaft mit, einige wenige Dinge, darunter vermutlich auch sein Schwert, das sie dann sicher seinem Sohn übergaben.«

»Und?«

»Mehr weiß ich nicht darüber. Das liegt alles so unendlich lange zurück und ist bei uns jetzt so eine Art Familienlegende, zur Hälfte also gewiß Erfindung. Scheint es dir so wichtig?«

»Wichtig?« sagte ich. »Das weiß ich selbst nicht. Aber die Erfahrung hat mich gelehrt, möglichst alles genau in Augenschein zu nehmen.«

Er musterte mich erstaunt und schien weiterfragen zu wollen, doch nach einem kurzen Zögern sagte er nur: »Hättest du jetzt Lust, in den Garten zu gehen? Dort ist es kühler. Und du siehst aus, als ob du Kopfweh hättest.«

»Nicht der Rede wert. Da draußen spielt ja jemand auf der Lyra. Das Instrument ist nicht richtig gestimmt.«

»Das ist meine Tochter. Möchtest du, daß wir ihr in den Arm fallen, um Ärgeres zu verhindern?«

Wir verließen den prachtvollen Raum, und Ahdjan erzählte mir von einem Schiff, das in zwei Tagen aus dem Goldenen Horn auslaufen sollte. Er kannte den Eigner und war sicher, für mich einen Platz belegen zu können. Allerdings würde die Reise schon im

Hafen von Ostia zu Ende sein. Doch mußte es ein leichtes sein, dort ein nach Westen fahrendes Schiff zu finden.

»Und was wird mit deinen Bediensteten?« fragte er schließlich.

»Gaius ist ein vortrefflicher Mann. Es könnte dir wahrhaftig Schlimmeres widerfahren, als ihn in deine Dienste zu nehmen. Und was Stilicho betrifft — nun, ich habe ihn freigelassen, und wenn er bleiben will, kannst du ihn gern haben. Mit Pferden versteht er umzugehen wie kaum jemand sonst. Es wäre grausam von mir, wenn ich ihn nach Britannien mitnehmen würde. Sein Blut ist so dünn wie das einer arabischen Gazelle.«

Doch als der Morgen kam, war Stilicho am Hafen, nicht weniger störrisch als die Maultiere, die er mit so großem Geschick zu handhaben wußte: seine Habseligkeiten in einem bestickten Sack verstaut und um die Schultern trotz der heißen byzantinischen Sonne eine Art Mantel aus Schaffell. Ich versuchte ihm sein Vorhaben auszureden, schmähte sogar nach Kräften das britannische Klima, verschwieg auch nicht meine einfache Lebensweise, die für ihn in einem Sonnenland wie diesem annehmbar sein mochte, beschwerlich und unerträglich jedoch auf einer Insel mit steter Nässe und eisigen Winden. Doch ich mußte schließlich einsehen, daß er auf seiner Absicht beharren würde, selbst wenn er (von dem Geldgeschenk, das ich ihm zum Abschied gegeben hatte) die Überfahrt aus eigener Tasche bezahlen mußte. Und so zuckte ich also die Schultern und gab nach.

Doch ich will gestehen, daß mich seine Anhänglichkeit rührte. Auch konnte mir seine Gesellschaft während der langen Heimreise nur recht sein. Obschon ihm Gaius' Schulung als Leibdiener fehlte, verfügte er doch über einen raschen und sehr aufnahmefähigen Verstand und hatte auch beim Hantieren mit meinen Pflanzen und Arzneien bereits Geschick bewiesen. Ja, er konnte für mich recht brauchbar sein, und außerdem: Nach den langen Jahren in der Fremde kam mir, wenn ich an Bryn Myrddin dachte, das Leben dort doch ein wenig einsamer vor als früher; und ich wußte sehr wohl, daß Ralf nie mehr zu mir zurückkehren würde.

3

Als ich Britannien erreichte, war es schon Spätsommer. Bereits am Hafen erwarteten mich Neuigkeiten, und zwar in Gestalt eines der

Kämmerer, die dem König dienten. Er begrüßte mich mit geradezu inbrünstiger Erleichterung, ohne sich jedoch über meine Ankunft im mindesten verwundert zu zeigen.

Und so sagte ich zu ihm mit einem halben Lächeln: »Du solltest eigentlich in meinem Gewerbe sein.«

Lucan lachte. Wir kannten uns seit der Zeit, da mein Vater König gewesen war, und standen sehr gut miteinander. »Wahrsagerei? Kaum. Dies ist bereits das fünfte Schiff, dessen Einlaufen ich abwarte. Allerdings habe ich mit dir gerechnet, wenn auch nicht ganz so früh. Wir hatten gehört, daß du, vor langem schon, gen Osten gereist warst, und schickten dir Boten nach. Haben sie dich gefunden?«

»Nein. Ich befand mich bereits auf der Heimreise.«

Er nickte, als fände er seine Vermutung bestätigt. Da er ein Vertrauter meines Vaters gewesen war, konnte es ihm nicht einfallen, jene Kräfte in Zweifel zu ziehen, die mich leiteten und lenkten. »Dann wußtest du also, daß der König erkrankt ist?«

»Nein, das nicht. Nur daß schwere Zeiten bevorstehen und es für mich ratsam war, nach Hause zurückzukehren. Uther erkrankt? Das ist eine schlimme Nachricht. Um was für ein Leiden handelt es sich?«

»Eine entzündete Wunde. Vielleicht weißt du, daß er die Verteidigungsanlagen gegen die Sächsische Küste wieder instand setzen ließ und die Ausbildung der Krieger dort selbst überwachte. Nun, eines Tages wurde Alarm gegeben: Langschiffe auf der Themse in der Höhe von Vagniacae gesichtet — also London schon bedrohlich nahe. Ein kleiner Raubzug, nichts wirklich Gefährliches; aber natürlich kämpfte Uther in vorderster Linie, erhielt einen Hieb, und die Wunde verheilte nicht. Das war vor zwei Monaten, doch er hat immer noch Schmerzen, und es sieht gar nicht gut aus.«

»Vor zwei Monaten? Hat ihn denn nicht sein Leibarzt behandelt?«

»O doch. Gandar war sogleich zur Hand.«

»Und vermochte nichts auszurichten?«

»Gandar zufolge befindet sich der König auf dem Wege der Genesung. Genau wie die anderen Ärzte, die noch zu Rate gezogen wurden, behauptet er auch, Befürchtungen seien völlig unangebracht. Aber ich habe beobachtet, wie sie aufgeregt miteinander tuschelten. Und Gandar macht eine recht besorgte Miene.« Er musterte mich kurz. »Ich brauche dir nicht zu erklären, wie schlimm es gerade jetzt wäre, wenn man im Lande das Gefühl hätte, der König sei vorläufig nicht in der Lage, sein Volk zu führen. Schon laufen Gerüchte um. Man flüstert sich zu, es sei böser Zauber im Spiel. Ganz unverständlich erscheint das nicht, denn der König gleicht mitunter einem Mann, der von Geistern heimgesucht wird. Gut, daß du endlich hier bist.«

Wir befanden uns inzwischen auf der Straße nach London, beide im Sattel, hinter uns ein Geleit von Kriegern, die wohl eher eine Ehreneskorte darstellten; denn die Straße ist gut bewacht und gilt als völlig sicher. Außerdem wollte mir scheinen, daß es für die Anwesenheit der Bewaffneten noch einen zweiten Grund gab: Uther lag daran, mich so bald wie möglich bei sich zu sehen.

Ich sagte lächelnd: »Der König scheint zu fürchten, daß ich ihm verlorengehen könnte.«

Er erwiderte mein Lächeln, entgegnete jedoch mit der geübten Glattzüngigkeit des Höflings: »Vielleicht ist er nur besorgt, deine Heilkünste entbehren zu müssen.« Er schwieg einen Augenblick und fügte dann wie nebenbei hinzu: »Im Grunde erscheint mir der König weniger körperlich als geistiger oder seelischer Genesung bedürftig.«

»So?« sagte ich. »Dann soll meine Magie wohl Abhilfe schaffen — oder besser noch sein Sohn, nicht wahr?«

Er blickte zur Seite. »Auch über ihn gibt es Gerüchte.«

»Davon bin ich überzeugt.« Meine Stimme klang nicht weniger ausdruckslos als seine. »Übrigens kam mir auf meinen Reisen zu Ohren, daß die Königin wieder schwanger sei. Ihre Niederkunft muß etwa einen Monat zurückliegen. Was ...?«

»Es war ein Knabe, eine Totgeburt. Es heißt, daß dies der Grund dafür sei, daß der König so leidet — an Körper wie an Seele. Und jetzt erzählt man sich sogar, daß auch sein ältester Sohn nicht mehr lebt.« Er verstummte, warf mir jedoch einen raschen Blick zu. Die Frage in seinen Augen war unverkennbar.

»Laß dir versichern, Lucan«, sagte ich, »daß genau das Gegenteil wahr ist. Das Kind lebt nicht nur, sondern wächst und gedeiht.«

»Ah.« Er stieß einen Seufzer der Erleichterung aus. »Dann stimmt es, daß er sich in deiner Hut befindet? Den Göttern sei Dank. Denn das ist eine Botschaft, die, wenn schon nicht den König, so doch das Königreich heilen wird. Wirst du den Knaben jetzt nach London bringen?«

»Zuerst muß ich mit dem König sprechen. Danach — nun, wir werden sehen.«

Als erfahrener Höfling wußte Lucan, daß weitere Fragen zwecklos waren, und so wandte er sich anderen Dingen zu und berichtete mir ausführlich, was ich schon, kurz zusammengefaßt, aus Graf Ectors Brief wußte. Offenbar hatte Ector, was die allgemeine Lage betraf, durchaus nicht übertrieben. Lucan sprach von den drohenden Gefahren im Norden: über die Schwierigkeiten bei der Bemannung der Stützpunkte entlang der alten Linie des Hadrianwalls sowie über Lots Bereitschaft (oder Nichtbereitschaft), den Nordosten zu verteidigen. »Du kennst ihn ja. Er denkt immer nur an sich selbst. An sich ist an der Grenze dort alles friedlich. Im Augenblick jedenfalls. Aber gerade das erweist sich als heikel. Die kleineren Fürsten vertrauen Lot nicht. Wenn Beute gemacht wird, so sagen sie, steckt er den Löwenanteil immer in die eigene Tasche; ist jedoch nichts zu holen, dann sind ihm ihre Dienste gerade gut genug. Und so lassen sie ihn jetzt, wo es dort keine Kämpfe gibt, mit ihren Kriegern im Stich, damit die Männer daheim ihre Felder bestellen können.« Er ließ ein verächtliches Schnaufen hören. »Schöne Fürsten — Narren, die nicht begreifen wollen, daß man ständig kampfbereit sein muß, um überhaupt Felder zu haben, die man bestellen kann.«

»Gewiß denkt Lot nur an sich selbst. Aber zu seiner eigenen Sicherheit muß er sich, auch im Süden, seine Bündnisse erhalten. Mit Rheged hat er wohl keine besonderen Schwierigkeiten, wie? Aber warum mißtrauen ihm die anderen? Vermuten sie, daß er, auf ihre Kosten, sein eigenes Nest ausbauen will? Oder fürchten sie gar Schlimmeres?«

»Das kann ich dir nicht sagen«, erwiderte er. Seine Stimme hatte einen fast hölzernen Klang.

»Gibt es denn niemanden sonst, den Uther im Norden zum Befehlshaber ernennen könnte?«

»Nein. Es sei denn, er übernähme den Oberbefehl selbst. Jede andere Lösung wäre für Lot untragbar. Der König hat ihm nämlich seine Tochter versprochen.«

»Seine Tochter?« wiederholte ich überrascht. »Dann war Lot also doch bereit, sich mit Morgause zufriedenzugeben.«

»Nein«, sagte Lucan, »nicht Morgause. Eine Verbindung mit ihr scheint ihn wenig gelockt zu haben, obschon aus dem früher so unscheinbaren Mädchen eine Schönheit geworden ist. Bei seinem Ehrgeiz begnügt er sich nicht mit einer Bastardin, wenn er an ihrer Stelle eine echte Prinzessin bekommen kann. Ich meinte die Tochter der Königin — Morgian.«

»Morgian? Aber die ist doch noch ein Kind, höchstens fünf Jahre alt.«

»Stimmt. Dennoch ist sie ihm versprochen, und du weißt ja, daß so etwas zwischen Königen als unauflöslich gilt.«

»Das weiß wohl niemand besser als ich«, entgegnete ich mit einem Nicken, und Lucan konnte sich gewiß denken, wie ich das meinte: Als mein Vater mich mit meiner Mutter gezeugt hatte, waren beide zwar nicht vermählt gewesen, doch durch ein geheimes Versprechen miteinander verbunden. Obwohl widrige Umstände eine Ehe verhinderten, dachte Ambrosius zeit seines Lebens nicht daran, eine andere zur Gattin zu nehmen.

Bald tauchte der Londoner Wall vor uns auf, und das Menschengewimmel, Händler und Krämer zumeist, wurde immer dichter. Was Lucan mir berichtet hatte, stimmte mich sehr nachdenklich, und so war ich froh, daß er jetzt, während die Kriegereskorte zu uns aufschloß, in Schweigen fiel und mich meinen Grübeleien überließ.

Warum, vermag ich nicht genau zu sagen: Aber ich hatte erwartet, Uther trotz seiner Wunde auf den Beinen zu finden oder auf einem bequemen Ruhelager, Regierungsgeschäften nachgehend.

Doch man sagte mir, er befände sich immer noch in seinen Privatgemächern.

Während man mich durch eine ganze Flucht von Räumen zu ihm führte, sah ich überall Edelleute, Offiziere und Bedienstete, eine wie von nachlässiger Hand zu kleineren Gruppen geordnete Menge, durch die ein besorgtes Flüstern lief. Die Bediensteten wirkten unruhig, fast verstört, und in den äußeren Korridoren warteten Kaufleute und Bittsteller, deren allzu geduldige Mienen darauf hindeuteten, daß sie die Hoffnung längst aufgegeben hatten.

Neugierige Blicke trafen mich, und das leise Raunen, das mir vorauslief, glich einem über Ödland wehenden Wind. Neben mir sagte ein christlicher Bischof, sich und sein Amt für einen Moment vergessend: »Gelobt sei der Herr. Jetzt wird der böse Zauber endlich weichen.« Ich sah altbekannte Gesichter und vernahm herzliche Worte der Begrüßung. So mancher schien mich mit einer Flut von Fragen überhäufen zu wollen. Doch ich schüttelte nur lächelnd den Kopf und ging rasch weiter. Eines ließ ich mir indes nicht entgehen. Ich musterte die Anwesenden sehr sorgfältig. Unter all den Fürsten und Edlen hier mochten durchaus welche sein, denen mein überraschendes Auftauchen recht wenig behagte: die darauf hofften, daß Uther hinweggerafft wurde, bevor sein Sohn erwachsen war — Artus' Feinde, die somit auch meine Feinde sein mußten.

Rheged sah ich nicht und auch nicht Lot. Beide, so stand zu vermuten, waren durch die kritische Lage im Norden so sehr in Anspruch genommen, daß ihnen nicht einmal Zeit für einen Höflichkeitsbesuch beim kranken König blieb. Ich sah jedoch Urien, Lots Schwager, einen rothaarigen Mann von auffallender Magerkeit. Seine fahlblauen Augen und die leicht fleckige Haut verrieten nur allzu deutlich die Neigung zum Jähzorn. Außer ihm waren auch Tudwal von Dinpelydr und dessen Blutsbruder Aguisel da. Über Aguisels heimliches Tun und Treiben in seiner kalten Feste bei Bremenium waren mir seltsame Geschichten zu Ohren gekommen.

Manche der Anwesenden waren mir völlig fremd, und bei ihnen begnügte ich mich jetzt mit einem flüchtigen Blick. Um wen es sich handelte, konnte ich später von Lucan oder von Caius Valerius erfahren, die beide bei der Tür zu den Gemächern des Königs standen. Neben Valerius sah ich einen jungen Mann, dessen Züge mir nicht unvertraut schienen. Er mochte etwa zwanzig sein und besaß einen kraftvollen Körper. Aber woher ich mich an ihn erinnerte oder zu erinnern glaubte, wußte ich nicht.

Unverkennbar musterte auch er mich mit besonderer Aufmerksamkeit, machte jedoch keine Anstalten, mich mit einem Wort oder einer Gebärde zu begrüßen.

Ich wandte mich Lucan zu und fragte leise: »Wer ist das dort neben Valerius?«

»Cador von Cornwall.«

Jetzt fiel es mir wie Schuppen von den Augen: Damals, als ich in der Nacht Gorlois' in der Halle von Dimilioc aufgebahrte Leiche aufgesucht hatte, da war es dieses Gesicht gewesen, das sich in meine Erinnerung eingrub. Und es hatte dort den gleichen Ausdruck getragen, den es auch hier trug; eisblaue Augen, gerunzelte Brauen — das Gesicht eines Vollblutkriegers und mit den Jahren dem seines Vaters immer ähnlicher.

Wer Gorlois zu Lebzeiten gekannt hatte, wußte, daß es keinen verbisseneren Widersacher gab als ihn.

Nein, ich brauchte nicht weiter zu suchen. Von allen Anwesenden mußte Cador mich am meisten hassen. Und noch etwas ließ mich stutzen. Im Gegensatz zu Rheged und Lot war er, der den wichtigen Abschnitt an der irischen Küste befehligte, jetzt hier.

Wir begegneten einander vor der Tür. Kaum ein Schritt trennte uns. Ich sah ihn an, und er erwiderte meinen Blick. Aber das war auch alles. Kein Gruß, keine höfliche Gebärde, nichts. Die blauen Augen waren wie eine Wand. Nun, dachte ich, während ich mit Valerius ein paar freundliche Worte wechselte: Sicher kann ich von Uther erfahren, warum er hier ist und was er sich von seiner Anwesenheit erhoffen mag.

Lucan war vorausgeeilt, um dem König meine Ankunft zu melden. Jetzt erschien er wieder und gab mir ein Zeichen. Hinter ihm tauchte Gandar auf, der hastig den Kopf schüttelte, als er sah, daß ich für einen Augenblick bei ihm stehenbleiben wollte.

»Lieber nicht, denn er möchte dich sofort sprechen. Bei der Schlange, Merlin, wie freue ich mich, dich endlich wiederzusehen! Aber sei auf der Hut ... Da, er ruft schon nach dir. Später also, wenn es dir recht ist.«

»Natürlich ist es mir recht.«

Erneut klang von drinnen die gebieterische Stimme, und während Gandar beiseite trat, um mich einzulassen, sah ich in seinen Augen tiefe Beunruhigung.

Dann schloß ein Bediensteter die Tür hinter mir, und ich fand mich Uther gegenüber.

4

Er ruhte nicht, sondern war tatsächlich auf: in eine Art Hausmantel gehüllt, der vorn offenstand und den Blick auf sein Gewand frei ließ; kostbares Tuch mit edelsteingeschmücktem Gürtel, an dem ein langer Dolch hing. Sein Schwert, das Königsschwert Falar, hing am Gehenk quer über der Wand hinter dem Bett. Darüber erhob sich der vergoldete Drache.

Mit raschen Bewegungen kam Uther auf mich zu, doch ich bemerkte, daß er hinkte. Während ich seinen Gruß erwiderte, suchte ich in seinem Gesicht nach den Spuren der körperlichen Krankheit oder auch jenes seelischen Leidens, von dem Lucan gesprochen hatte. Er wirkte hagerer denn je, und tiefe Furchen ließen ihn, der jetzt etwa vierzig war, eher wie einen Fünfzigjährigen aussehen. Seine umschatteten Augen verrieten deutlich, daß er unter ständigen Schmerzen und wohl auch an Schlaflosigkeit litt. Doch bis auf das leichte Hinken wirkte er genauso kraftvoll wie früher, getrieben von rastloser Energie.

Auch seine Stimme klang nicht weniger entschieden und hochmütig als sonst.

»Dort ist Wein. Wir werden uns selbst einschenken. Ich will mit dir unter vier Augen reden. Setz dich.«

Ich gehorchte, goß zwei Becher voll und reichte ihm einen. Ohne davon zu trinken, stellte er ihn auf den Tisch und nahm mir gegenüber Platz, wobei er den Stoff des Hausmantels mit schroffer, fast zorniger Bewegung straffte. Doch eigentümlicherweise mied er angestrengt meinen Blick und starrte statt dessen auf den Becher, dann zu Boden.

Seine Stimme indes behielt den jähen, hochfahrenden Tonfall. Ohne auch nur mit einer einzigen höflichen Wendung auf meine Reise einzugehen, sagte er: »Sicher hast du bereits erfahren, daß ich krank gewesen bin.«

»Gewiß. Und ich glaubte, das wäret Ihr immer noch. Um so schöner, Euch auf den Beinen zu sehen und so voller Unternehmungsgeist. Wie Lucan mir erzählte, wurdet Ihr vor etwa zwei Monaten bei Vagniacae im Kampf verwundet.«

»Ganz recht. Eigentlich war es kaum mehr als ein Kratzer, jedenfalls nicht sehr tief. Doch dann begann die Wunde zu schwären und wollte lange nicht heilen.«

»Ist sie denn jetzt verheilt?«

»Ja.«

»Bereitet sie Euch noch Schmerzen?«

»Nein.«

Er schleuderte mir das Wort fast entgegen und richtete sich kerzengerade hoch, die Hände auf die Armlehnen gestützt, den Blick starr auf mir. Der Ausdruck in seinen Augen, bräunlich-harter Glanz, erinnerte mich an den Uther, wie ich ihn von Jugend auf kannte: an den Uther, der mir immer nur Zorn und Abneigung entgegenbrachte. Doch dann begriff ich, daß diesmal etwas anderes dahintersteckte — das tiefe Unbehagen eines Mannes, der sich geschworen hatte, mich nie wieder um Hilfe zu bitten, und sich nun doch, gegen seinen Willen, dazu gezwungen sah.

Ich wartete.

»Wie geht es dem Knaben?« fragte er unvermittelt.

Ich verbarg meine Überraschung, so gut ich es vermochte.

Zwar hatte ich Hoel und Ector gebeten, dem König nur dann zu verraten, wo sich das Kind befand, wenn Uther aus eigenen Stükken danach fragte; und das hatte er, soweit ich wußte, in all den Jahren nicht getan. Andererseits war er durch Botschaften (deren verschlüsselte Wendungen außer ihm niemand verstand) genau darüber unterrichtet, wie es seinem Sohn ging und welche Fortschritte er machte. Seit Artus bei Ector in Galava lebte, wurden die Berichte erst Hoel zugeschickt, der sie dann an Uther sandte: eine mir unerläßlich erscheinende Vorsichtsmaßnahme.

Ich sagte: »Ich verstehe nicht ganz. Es müßte doch längst ein neuer Brief eingetroffen sein, der Euch darüber Auskunft gibt.«

»Bisher ist er ausgeblieben. Vor einem Monat schrieb ich selbst, um Hoel zu fragen, wo sich der Knabe jetzt befindet. Auf eine Antwort warte ich allerdings vergeblich.«

»Vielleicht ist sie nach Tintagel gegangen oder nach Winchester.«

»Vielleicht. Vielleicht ist er aber auch nicht bereit, mir die Antwort zu geben.«

Ich zog die Brauen hoch. »Weshalb denn nicht? Schließlich hat nie jemand daran gedacht, Euch das Geheimnis vorzuenthalten. Hat Hoel die Antwort denn schon einmal verweigert?«

Kalt, doch mit kaum bemäntelter Beunruhigung erwiderte er: »Ich hatte bislang keinen Grund, ihn danach zu fragen.«

Enthüllende Worte, die mir viel verrieten oder doch bestätigten. Erst seit Ygraines Fehlgeburt hatte Uther offenbar das Bedürfnis, sich nach dem Verbleib seines Sohnes zu erkundigen; sonst hätte er den »Bastard« gewiß lieber vergessen. Aber noch etwas mochte aus seiner ernüchternden Feststellung sprechen: Wenn er Artus jetzt nötig zu haben glaubte, so endete meine Aufgabe an der Seite des Knaben womöglich, noch ehe sie überhaupt begonnen. Vielleicht hatte er mich holen lassen, um mir eben dies zu sagen. Ein unbehaglicher Gedanke.

Ich versuchte Zeit zu gewinnen. »Ihr könnt überzeugt sein, daß Hoels Antwort bereits auf dem Weg zu Euch ist. Im übrigen fällt das nicht länger ins Gewicht, denn nun bin ich ja hier, um sie Euch zu geben.«

Sein Blick verlor nichts von der wie versteinerten Härte. »Soweit ich weiß, warst du in all diesen Jahren außer Landes. Hattest du ihn mitgenommen?«

»Nein. Ich hielt es für ratsam, mich von ihm fernzuhalten, bis ich für ihn von Nutzen sein konnte. Und so sorgte ich für seine Sicherheit und blieb nach meiner Abreise aus der Bretagne in ständiger Verbindung.« Ich lächelte. »Allerdings nicht auf eine Weise, der Eure oder andere Spione hätten nachspüren können. Ihr wißt ja, daß ich in manchem – nun, sagen wir: eigene Wege gehe. Und Ihr dürft versichert sein, daß kein Uneingeweihter auch nur ahnt, wo sich Euer Sohn befindet.«

Ein kurzes Flackern in seinen Augen verriet mit, daß ich richtig vermutet hatte: Zweifellos war ich, soweit nur irgend möglich, auf meinen Reisen von seinen Spähern beobachtet worden; und ebenso fraglos wußte er also über meine Unternehmungen recht gut Bescheid.

Augenscheinlich in tiefes Grübeln versunken, griff er nach seinem Becher, trank jedoch immer noch nicht, sondern tastete nur mit den Fingerkuppen darüber hin.

»Er muß jetzt sieben sein«, sagte er plötzlich.

»Ganz recht. Zu Weihnachten wird er schon acht. Für sein Alter ist er sehr kräftig, ein Bild blühender Gesundheit. Nein, um ihn braucht Ihr Euch nicht zu sorgen, Uther.«

»Glaubst du wirklich?«

Die Bitterkeit in seiner Stimme ließ mich stutzen. Doch es war nicht Zorn, der aus ihm sprach. Und plötzlich spürte ich, wie mich ein leises Frösteln überkroch: Sollte, dem äußeren Anschein zum Trotz, der König an einer tödlichen Krankheit leiden und Artus zu seinem Erben bestimmen — welche Hoffnung blieb dann diesem Kind, sich den Thron zu erhalten? Nur zu gern würden viele der Kleinkönige die Gelegenheit wahrnehmen, ihm wie reißende Wölfe an die Kehle zu springen. Unwillkürlich sah ich Cadors Gesicht vor mir.

»Glaubst du wirklich?« wiederholte Uther. Ich sah, wie seine knochigen Finger sich mit hartem Griff um den Becher schlangen. »Als wir das letztemal miteinander sprachen, Merlin, da bat ich dich um einen Dienst. Zweifellos hast du all deine Kraft eingesetzt, um zu tun, was ich von dir verlangte. Aber ich glaube, es ist nicht länger notwendig, daß du mir diesen Dienst erweist. Nein, hör mir zu!« Gebieterisch hob er die Hand, obwohl ich keinerlei Anstalten gemacht hatte, ihn zu unterbrechen. Er sprach wie ein Mann, der sich in die Enge gedrängt fühlt und zum Angriff übergeht, noch bevor er selbst wirklich in Gefahr ist. »Ich brauche dich nicht an das zu erinnern, was ich früher zu dir gesagt habe, noch muß ich dich fragen, ob du mir gehorcht hast. Wo der Knabe sich jetzt auch befinden und was immer du ihn gelehrt haben magst — ich bin überzeugt, daß er, unserer Verabredung gemäß, von seiner Geburt und seinem Rang nichts weiß, jedoch wert und würdig ist, zu mir zu kommen, um vor aller Augen als mein Sohn und mein Erbe zu erscheinen.«

Ich spürte, wie mir das Blut siedend heiß durch die Adern strömte. »Wollt Ihr damit sagen, daß Ihr die Zeit für gekommen haltet?«

Ich hatte lauter gesprochen, als es meine Absicht gewesen war. Mit einem Ruck stellte Uther den Silberbecher wieder auf den Tisch. Seine blauen Augen funkelten mich zornig an. »Was ich damit sagen will? Ein König, Merlin, will seinen Dienern nicht etwas sagen, sondern sagt es. Er befiehlt!«

Ich senkte rasch den Blick. Es wäre unklug gewesen, Uther jetzt gegen mich aufzubringen. Wenn der Groll sich in ihm festfraß, so konnten Jahre vergehen, bevor es mir gelang, wieder meinen Platz an Artus' Seite einzunehmen.

Ich hob den Kopf und sagte: »Dann bitte ich Euch, König, mir mitzuteilen, welche Befehle Ihr für mich habt. Möge es sich nun um Eure Gesundheit handeln oder um Euren Sohn — ich bin nach wie vor Euer Diener.«

Er starrte mich schweigend an, doch nach und nach glättete sich seine Stirn, und in seinen Augen zeigte sich plötzlich ein Hauch von Belustigung. »Nein, Merlin, was du auch immer sein magst, mein Diener bist du kaum. Und du hattest recht: Ich möchte dir etwas sagen — etwas, das sowohl meine Gesundheit als auch meinen Sohn betrifft. Beim Skorpion, warum kann ich nicht die richtigen Worte finden? Nicht um meinen Sohn von dir zu fordern, habe ich dich holen lassen, sondern um dir zu sagen, daß er König werden muß, sollten selbst deine Heilkünste mir nicht mehr helfen.«

»Aber Ihr habt mir doch versichert, daß Ihr wieder genesen seid.«

»Ich habe nur gesagt, daß die Wunde verheilt ist. Und so verhält es sich auch. Schmerzen fühle ich nicht mehr. Doch es ist eine Krankheit zurückgeblieben, gegen die Gandar nichts auszurichten vermag. Er hat mir geraten, mich an dich zu wenden.«

Deutlich erinnerte ich mich an Lucans Worte: Mitunter gleicht der König einem Mann, der von Geistern heimgesucht wird. Ich dachte an Pergamon, an die Art, in der man dort seelisch Erkrankte behandelte. »Ihr wirkt auf mich nicht wie ein Mann, der dem Tod verfallen ist, Uther. Von was für einem Leiden sprecht Ihr? Betrifft es vielleicht — Euer Gemüt?«

Er ließ die Frage unbeantwortet. Doch als er sprach, hatte ich nicht das Gefühl, daß er mir ausweichen wollte. »In den Jahren, da du fern von hier warst, hat die Königin mir noch zwei Kinder geboren. Wußtest du das?«

»Ich wußte von dem Mädchen, Morgian. Von der Totgeburt hörte ich jedoch erst heute. Ich möchte Euch meine Anteilnahme aussprechen.«

»Nun, dein berühmter Blick muß dir doch verraten haben, daß die Königin keine Kinder mehr gebären wird!« Wieder schloß sich seine Hand um den silbernen Becher. Ich sah, wie das dünne Metall unter den Knochenfingern nachgab. Er starrte darauf, sprang dann plötzlich wie von der Sehne geschnellt hoch. Und jetzt erst begriff ich, daß es nicht die frühere rastlose Energie war, die ihn erfüllte, sondern ein kaum erträglicher Druck, Zeichen innerer Qual, der seine Nerven bis zum Zerreißen spannte. »Wie kann jemand König sein, der nicht einmal ein richtiger Mann ist?« Er schleuderte mir die Frage entgegen und trat dann mit raschen Schritten zum Fenster, wo er den Kopf gegen die Mauer lehnte und vor sich hin zu brüten schien.

Ja, ich begriff. Ich wartete einen Augenblick und sagte dann: »Wenn es Euch schwerfällt, mit mir darüber zu sprechen, wollt Ihr dann nicht erst Eure Ärzte zu Rate ziehen?«

»Sie wissen es nicht. Nur Gandar.«

»Nun, dann fragt ihn.«

Doch er schien nicht zu hören. Sich mit rascher Bewegung vom Fenster lösend, begann er, hastig hin und her zu gehen. Als er sich vorhin erhoben hatte, war auch ich aufgestanden. Jetzt forderte er mich mit einer schroffen Geste auf, wieder Platz zu nehmen. Ich gehorchte, und er wanderte, leicht hinkend, stumm umher.

Und dann sprach er. In kurzen, abgerissenen Sätzen berichtete er von dem erbitterten Scharmützel am Ufer von Vagniacae. Nicht ein Schwert hatte ihn getroffen, sondern ein Speer, und zwar in der Leiste. Keine tiefe Wunde, unbedeutend eigentlich, aber so eigentümlich gezackt, wie von einer verrosteten Spitze.

Er hatte sich verbinden lassen und nicht weiter auf die Verletzung geachtet. Bald darauf war er, ohne sich Ruhe zu gönnen, erneut zur Stelle gewesen, als es einen Vorstoß der Sachsen zurückzuschlagen galt. Gewiß, beim Reiten stach es manchmal recht heftig, doch wirkliche Schmerzen, nein, davon konnte man nicht reden. Aber dann begann die Wunde, ehe er sich recht versah, böse zu schwären, und er konnte nicht länger im Sattel sitzen. In einer Sänfte brachte man ihn nach London zurück. Gandar gelang es nach und nach, die schwärende Wunde auszutrocknen. Schließlich verheilte sie, wenn auch mit falsch zusammengewachsenen Muskeln. Ein leichtes Hinken war die Folge. Doch schien ansonsten alles zum Besten zu stehen, keine Schmerzen mehr, keine wirkliche Behinderung. Aber dann ...

Während dieser Zeit befand sich die Königin, ihrer Niederkunft wegen, auf Tintagel. Uther, allem Anschein nach wieder genesen, brach zu ihr auf. Er ritt nach Winchester, hielt dort mit einigen Getreuen eine Beratung ab, und spätabends dann war ein Mädchen zur Stelle, mit dem er ...

Wieder unterbrach er sich, wanderte stumm umher, ging hinkend zum Fenster zurück. Ich beobachtete ihn aufmerksam. Nein, ich hatte niemals angenommen, daß es seit Ygraine keine andere Frau für ihn gab. Dafür war er viel zu heißblütig.

»Ja?« drängte ich leise.

Und jetzt hielt er die Wahrheit nicht länger zurück. Wie mit so vielen anderen war er auch mit diesem Mädchen ins Bett gegangen. Und hatte sich impotent gefunden.

Ich wollte sprechen, doch er ließ mich nicht zu Worte kommen. »Ich weiß schon, was du sagen willst. So etwas kann jedem einmal widerfahren. Sehr richtig. Auch ich habe es schon an mir erlebt. Es gibt wohl keinen Mann, bei dem das anders wäre. Nur — diesmal hätte es nicht geschehen dürfen. Das Mädchen war hübsch und reizvoll. Auch an Erfahrung fehlte es ihr nicht. Ich wollte sie, und doch war da nichts — nichts. Zuerst glaubte ich, der Ritt hätte mich erschöpft, das lange Sitzen im Sattel. Und so blieb ich vorerst in Winchester, um mich auszuruhen. Dann rief ich wieder das Mädchen zu mir, sie und auch andere. Doch es hatte alles keinen Zweck.« Er kam vom Fenster zurück. »Von Tintagel erschien ein Bote, der mir mitteilte, daß die Königin vorzeitig entbunden habe. Mein Sohn, mein Erbe — eine Totgeburt.« Mit fast haßerfülltem Blick starrte er zu mir herab. »Dieser Bastard, der sich in deiner Obhut befindet: Du warst doch stets davon überzeugt, daß er und kein anderer mir auf dem Thron nachfolgen würde. Nun, du und dein verdammter Blick, ihr werdet wohl recht behalten. Ich kann keine Kinder mehr zeugen.«

Ich sagte: »Gandars ärztliche Kunst steht der meinen in nichts nach, und vielleicht vermag er Euch zu helfen. Wenn Ihr unbedingt wollt, werde ich Euch untersuchen. Doch möchte ich mich zuvor mit Gandar besprechen.«

»Er versteht sich nicht so auf Arzneien wie du. Keiner kommt dir darin gleich. Ich will, daß du mir etwas gibst, was mir meine Manneskraft zurückbringt. Dazu wirst du doch wohl in der Lage sein. Schließlich schwört jedes alte Weib Stein und Bein, es könne einen Liebestrank zusammenbrauen ...«

»Habt Ihr es schon damit versucht?«

»Bist du von Sinnen? Dann wüßte man doch sofort in ganz London, wenn nicht gar im ganzen Reich, wie es mit dem König bestellt ist. Überall würden Spottlieder erklingen.«

»Das glaube ich nicht, Uther. Denn Ihr seid ein guter König. Man macht sich nicht über einen Mann lustig, der so entscheidende Siege errungen hat.«

»Siege, ja. Aber wie lange noch? Ich bin nicht mehr der, der ich früher war. Es frißt mich von innen her auf. Ich kann einfach nicht als halber Mann leben. Und was meine Krieger betrifft — wie würde es dir gefallen, auf einem Wallach in die Schlacht zu reiten?«

»Sie würden Euch folgen, selbst wenn Ihr, wie eine Frau, eine Sänfte benutzen müßtet. Das sollte Euch eigentlich klar sein. Aber sagt mir — weiß die Königin?«

»Ich ritt von Winchester nach Tintagel. Bei ihr und mit ihr, so glaubte und hoffte ich ... aber ...«

Jedes Wort war für ihn eine Qual. Ich unterbrach ihn rasch: »Schon gut, ich verstehe. Wenn es ein Mittel gibt, das Euch helfen kann, so werde ich es finden; das versichere ich Euch. Im Osten habe ich vieles gelernt, und ärztliche Kunst, richtig angewandt, vermag oft Unmögliches. Faßt Euch also in Geduld und gebt die Hoffnung nicht auf. Vielleicht zeugt Ihr doch noch den Sohn, den Ihr Euch an Stelle Eures Bastards so wünscht.«

Er fiel mir rauh ins Wort. »Das sagst du, ohne es selbst zu glauben.«

»Vielleicht. Ich glaube an das, was mir die Sterne verkünden. Aber kann ich auch sicher sein, ihre geheime Botschaft richtig zu enträtseln? Seid also überzeugt, daß ich alles tun werde, um Euch zu helfen. Was auch geschieht — es liegt bei den Göttern.« Ich schwieg einen Augenblick. »Eines glaube ich jedenfalls in den Sternen gesehen zu haben. Vor Euch liegen noch etliche Jahre. Und Schlachten. Und Siege.«

Die unverkennbare Erleichterung, die sich in seinen Zügen zeigte, verriet mir, daß er tatsächlich Schlimmeres befürchtet hatte als nur den Verlust seiner Manneskraft. Während ich ihn aufmerksam betrachtete, wollte mir scheinen, daß aus seinen Augen etwas sprach, ein Schimmern, ein Leuchten, ein erster Hoffnungsfunke: die einsetzende Heilung an Körper wie an Seele.

Er setzte sich, griff nach dem Silberbecher, leerte ihn mit einem Zug.

»Nun«, sagte er lächelnd, »dann werde ich wohl den Leuten glauben müssen, die darauf schwören, daß des Königs Prophet niemals lügt. Ja, dein Wort genügt mir. Und jetzt schenke uns wieder ein, Merlin, und dann berichte. Gewiß hast du mir viel zu erzählen.«

Ich begann zu sprechen: von Artus, von allem, was ich über das Kind wußte. Schweigend, doch mit angespannter Aufmerksamkeit hörte Uther mir zu. Offenbar hatte er, ohne sich das selbst einzugestehen, schon seit längerem seine Hoffnungen auf den Erstgeborenen gesetzt.

Als ich ihm sagte, wo sich der Knabe jetzt befand, erhob er keine Einwände, sondern stellte nur ein paar ergänzende Fragen und nickte schließlich.

»Ector ist ein vortrefflicher Mann. Vielleicht wäre damals auch meine Wahl auf ihn gefallen, hätte ich nicht so ausschließlich an Königshöfe gedacht. Ja, Galava scheint mir sehr geeignet. Ein sicherer Ort, solange nur die Verträge gehalten werden, die ich im Norden geschlossen habe. Und beim himmlischen Licht, ich werde dafür sorgen, daß sie niemand ungestraft brechen kann. Was du mir da über Artus' Erziehung und Ausbildung berichtest ... ausgezeichnet, ganz ausgezeichnet. Wenn er auch nur einen Tropfen von meinem Blut in seinen Adern hat, so wird er ein guter Kämpfer sein und ein Mann, dem andere Männer folgen, weil sie ihm vertrauen. Wir müssen Ector den besten Fechtmeister schicken, den es im Lande gibt.«

Wie um möglichen Einwänden zuvorzukommen, hob er die Hand und fuhr lächelnd fort: »Keine Sorge, Merlin, auch ich kann verschwiegen sein. Wenn mein Sohn auch den besten Lehrer haben soll, um im Waffenhandwerk unterwiesen zu werden — erfahren wird niemand etwas davon. Aber eine Frage, Merlin. Wie willst du selbst nach Galava reisen, ohne daß dir halb Britannien auf den Fersen folgt, um vielleicht etwas von deiner Zauberkunst zu erspähen?«

Ich gab ihm eine ausweichende Antwort. Mein Erscheinen in London hatte seinen Zweck erfüllt, denn gewiß bezweifelte jetzt niemand mehr, daß Prinz Artus lebte. Wann es für mich ratsam sein mochte, erneut zu verschwinden, wußte ich im Augenblick nicht. Aber darauf kam es jetzt auch nicht an. Wichtig war nur, daß der König meine Pläne gebilligt und Artus in meiner Obhut gelassen hatte. Vermutlich empfand Uther darüber die gleiche Erleichterung wie schon vor Jahren. Befand ich mich erst einmal in Galava, so konnte er mich getrost wieder aus seinem Gedächtnis streichen.

Tatsächlich schien ihn dieser Gedanke jetzt zu beschäftigen.

Sollten es die Umstände nicht anders erfordern, so erklärte er mit zufriedenem Lächeln, dann wolle er den Knaben zu sich holen, wenn dieser etwa vierzehn sei; alt genug also, um eine Schar Krieger anzuführen.

»Und gern will ich ihn bei dieser Gelegenheit zu meinem Erben und Nachfolger erklären«, sagte er und fügte sofort hinzu: »Vorausgesetzt natürlich, daß ich keinen anderen Sohn habe.«

In seinen Augen zeigte sich der wohlbekannte harte Glanz, und eine schroffe Handbewegung bedeutete mir, daß ich entlassen war.

5

In dem Raum, den man mir zugewiesen hatte, wartete schon Gandar auf mich. Inzwischen war auch mein Gepäck eingetroffen. Wir sprachen über das Leiden des Königs, und ich zeigte Gandar die aus dem Osten mitgebrachten Arzneien und bat ihn, mir einen seiner Gehilfen zu schicken, damit ich diesen, ehe ich London verließ, in ihre Zubereitung und ihren Gebrauch einweihen konnte. Gandar versicherte mir, er wüßte jemanden, den er für geeignet halte und zu mir schicken wolle, sobald ich bereit sei.

Ich machte mich sofort an die Arbeit. Auf mein Drängen hatte man Stilicho eine kleine Kammer unmittelbar neben meinem Gemach gegeben. Beide Räume waren miteinander durch eine Öffnung verbunden, vor der ein dichter Vorhang hing. Zu meiner heimlichen Belustigung hielt Stilicho streng daran, daß er nach Möglichkeit geschlossen blieb. Drüben bei ihm prasselte in einem Ofen ständig ein Holzkohlenfeuer, kaum zu ertragende Siedehitze, doch für den jungen Mann aus dem Süden eine wahre Erlösung: Mit dem britannischen Sommer konnte er sich nicht aussöhnen.

Was wir für unsere Arbeit brauchten, stand in seiner Kammer auf einem Tisch. Nach drei Tagen war es endlich soweit. Ich hatte eine Mischung gefunden, die bei der Heilung des Königs Erfolg versprach.

Sofort verständigte ich Gandar davon. Er erschien selbst, doch an Stelle des erwarteten Gehilfen sah ich an seiner Seite ein junges Mädchen, in dem ich, nach einem Augenblick des Überlegens, Morgause erkannte, Uthers Bastardtochter. Sie konnte höchstens dreizehn oder vierzehn sein, wirkte jedoch für ihr Alter sehr groß und war ohne Frage eine wirkliche Schönheit. Für gewöhnlich finden sich bei so jungen Mädchen nur Verheißungen künftiger Anmut. Morgause hingegen besaß bereits, was andere sich erhoffen. Selbst ich, der ich gewiß kein Frauenkenner war, konnte deutlich sehen, daß dieser Liebreiz jene unwiderstehliche Kraft besitzen mochte, die Männer oft um den Verstand brachte. Sie war gertenschlank, fast wie ein Kind noch, doch ihre Brüste wirkten voll und spitz und ihr Hals so sanft gerundet wie der Stiel einer Lilie. Ihr goldenes Haar fiel lang über ihr grün-goldenes Gewand herab. Grün-gold oder gold-grün waren auch ihre Augen, sehr groß, hell glänzend und klar wie ein Bach. Der kleine Mund zeigte in einem Lächeln perlweiße Zähne, als sie jetzt zum Gruß tief den Kopf vor mir senkte.

»Prinz Merlin.« Eine Kinderstimme, scheu oder doch sehr zurückhaltend und kaum mehr als ein Flüstern. Ich sah, wie Stilicho, bis zu diesem Augenblick völlig in seine Arbeit versunken, rasch den Kopf herumdrehte und dann stand und starrte.

Ich reichte ihr die Hand. »Von deiner Schönheit habe ich bereits viel gehört, Morgause. Glücklich der Mann, dessen Frau du eines Tages sein wirst. Du bist noch nicht verlobt? Da scheinen die Männer in London ja recht langsam zu sein.«

Das Lächeln vertiefte sich, und auf ihren Wangen zeigten sich zwei Grübchen. Doch sie schwieg. Auf meinen Wink beugte Stilicho sich wieder über seine Arbeit, aber mir wollte scheinen, daß seine eigentliche Aufmerksamkeit jetzt etwas anderem galt.

»Puh«, sagte Gandar und versuchte, sich mit der Hand frische Luft zuzuwedeln. Auf seinem wohlgenährten Gesicht schimmerten bereits Schweißperlen. »Das ist ja wie in einem Backofen. Wie kann man bei einer solchen Hitze arbeiten?«

»Ich werde alles, was wir brauchen, zu mir hinüberbringen lassen.«

»Nun, was mich betrifft, so muß ich ohnehin sogleich wieder fort, Merlin. Aber hier ist meine Gehilfin. Ihre Aufgabe wird es sein, sich um den König zu kümmern. Überrascht dich das? Sehr begreiflich. Aber ich kann dir versichern, daß dieses Kind hier sich bereits ganz ausgezeichnet auf Arzneien versteht. Drüben in der Bretagne hat sie viel darüber gelernt, und zwar von ihrer Kinderfrau, die ihr zeigte, wie man Heilkräuter sammelt und trocknet und verwendet. Seit sie hier ist, kann ich ihren Wissensdurst kaum stillen. Aber ich bin ja auch nur ein simpler Arzt, der es in der Hauptsache gewohnt ist, verwundete Krieger zusammenzuflicken. Sie jedoch verlangt es nach mehr.«

»Ich bin in der Tat überrascht«, sagte ich und nickte.

Morgause war an den Tisch getreten, wo Stilicho arbeitete. Jetzt beugte sie neugierig den Kopf zu ihm, und eine Strähne ihres goldenen Haars strich über seine Hand. Verwirrt versuchte er, die Töpfe zu ordnen, in denen sich Arzneien befanden, und brachte natürlich alles nur noch mehr in Unordnung.

»Als sie hörte, daß der König Heilmittel braucht«, fuhr Gandar fort, »bat sie, sich darum kümmern zu dürfen. Übung und Erfahrung besitzt sie zur Genüge, und so hat der König eingewilligt. Trotz ihrer Jugend ist sie sehr verschwiegen, und wer könnte den König wohl besser pflegen und seine Geheimnisse hüten als seine eigene Tochter?«

Ich nickte wieder. Der Gedanke gefiel mir nicht übel. Gandar, obschon Leib- oder eher Hauptarzt des Königs, war oft genug nicht rechtzeitig verfügbar, da er mit einer ganzen Anzahl von Gehilfen auch für das Heer die Verantwortung trug. Um Uther hatte er sich bis zu dessen Verwundung bei Vagniacae so gut wie überhaupt nicht zu kümmern gebraucht. Und so mochte es die beste Lösung sein, wenn jetzt Morgause, in der Heilkunde zum Glück schon sehr bewandert, nach ihrem Vater sah.

»Sie soll uns willkommen sein«, sagte ich und wandte mich dem Mädchen zu. »Dieses und jenes wirst du hier gewiß noch lernen können, Morgause. Im übrigen habe ich ein Mittel destilliert, von dem ich hoffe, daß es dem König helfen wird. Hier ist das Rezept. Du kannst es doch entziffern? Gut. Dort in den Töpfen hat Stilicho alles, was dazugehört. Allerdings ist zu fürchten, daß er im Augenblick nicht recht weiß, was sich wo befindet. Wenn er sich wieder ein wenig gefaßt hat, wird er dir zeigen, wie man die Arznei mischt. Laß ihm nur etwas Zeit, seinen Körper diesem Dampfbad hier zu entwöhnen, damit er dir in einem anderen Raum ...«

»Nicht nötig«, sagte sie mit einem Lächeln. »Ich liebe die Hitze.«

Gandar seufzte erleichtert. »Nun, dann können die beiden ja hierbleiben, Merlin. Übrigens — wie wäre es mit einem gemeinsamen Nachtmahl? Oder mußt du zum König?«

Wir gingen in mein Gemach hinüber. Angenehme Kühle empfing uns. Von der anderen Seite des Vorhangs kam Stilichos Stimme, scheues Murmeln nur, und ab und zu hörte ich eine leise Frage des Mädchens.

Gandar musterte mich. »Kein Grund zur Sorge«, sagte er. »Sie verfügt wirklich über ganz erstaunliche Kenntnisse. Weshalb deine Zweifel?«

»Ist mir das so anzumerken? Was ihre Kenntnisse in der Heilkunde betrifft, so glaube ich dir aufs Wort.«

»Du wirst doch noch eine Weile in London bleiben? Dann kannst du selber feststellen, ob sie sich bewährt.«

»Nur ein paar Tage, aber das sollte genügen. Und du — wirst du hier sein?«

»Ja. Doch ich glaube kaum, daß mich der König noch dringend braucht. Seit deiner Rückkehr vor drei Tagen ist eine deutliche Veränderung in ihm vorgegangen.«

»Hoffen wir, daß sich das fortsetzt, Gandar. Offen gesagt, mache ich mir keine großen Sorgen — jedenfalls nicht um seine Gesundheit und auch nicht um das, was ich mit Manneschwäche umschreiben möchte. Ruhe und Schlaf, das braucht er, um wieder zu Kräften zu kommen. Und wenn er sich nicht länger mit Selbstzweifeln plagt, so ist das schon die halbe Heilung. Wie es scheint, befindet er sich bereits auf dem Weg dorthin. Du weißt ja, wie das bei diesen Dingen ist.«

»Natürlich wird er wieder gesund werden.« Er warf einen Blick zum Vorhang und senkte unwillkürlich seine Stimme. Dann sagte er in der unverhohlenen Art, die ihm eigen war. »Ob der Hengst allerdings jemals wieder in die Zucht geht, scheint mir nicht besonders wichtig, wo wir jetzt wissen, daß ein Prinz da ist, der Anspruch auf die Krone erheben kann. Natürlich werden wir alles daransetzen, Uther bei Laune zu halten, und wenn er mit Hilfe Gottes und deiner Arzneien wieder so weit hergestellt werden sollte, daß er kämpfen und sich als König an der Spitze des Rudels behaupten kann, so ...«

»Das wird er, Gandar.«

Tatsächlich, das sei hier vorweggenommen, erholte sich der König sehr rasch. Das Hinken verschwand, und gesunder Schlaf und gutes Essen trugen dazu bei, daß er schon bald wieder bei Kräften war. Wenn auch nicht länger der Stier des Mithras, den seine Krieger wegen seiner Unersättlichkeit belächelt und bewundert hatten, genoß er doch (wie ich später von einem seiner Kämmerer erfuhr) im Bett gewisse Freuden. Bemerkenswert war, daß seine Neigung zum Jähzorn immer mehr schwand. Als Krieger stand er bald wieder seinen Mann als der gleiche unerbittliche Kämpfer, der sein Heer in die Schlacht und zum Sieg führte.

Nachdem Gandar gegangen war, kehrte ich in Stilichos Kammer zurück, wo ich Morgause über das Rezept gebeugt fand, während mein Diener ihr Stück für Stück all jene Mittel reichte, die sie für die Behandlung des Königs benötigte, Pulver für den Schlaftrunk, Öl zum Einreiben in die verspannten Muskeln und anderes mehr.

Da keiner der beiden mein Eintreten bemerkte, beobachtete ich sie eine Weile schweigend. Nicht ohne Befriedigung entdeckte ich, daß Morgause sich bei ihrer Arbeit keine Einzelheit entgehen ließ. Und wenn Stilicho ihr auch immer noch scheue und verstohlene Blicke zuwarf, so gewahrte sie doch offenbar nichts davon: eine Prinzessin, für die ein Sklave ein geschlechtsloses Wesen war.

Die Hitze verursachte auf meinen Schläfen einen unerträglichen Druck. Ich trat rasch an den Tisch. Beide drehten den Kopf. Morgause lächelte mich an.

Ich sagte: »Du hast alles begriffen? Gut. Dann werde ich jetzt gehen. Sollte Stilicho eine deiner Fragen nicht beantworten können, so lasse mich holen.«

Ich wandte mich meinem Diener zu. Doch bevor ich dazu kam, ihm Anweisungen zu geben, legte Morgause zu meiner Überraschung ihre Hand auf meinen Arm und sah mich bittend an.

»Prinz ...«

»Ja?«

»Müßt Ihr wirklich gehen? Ich — ich hatte gehofft, Ihr selbst würdet mein Lehrer sein.«

»Über die Arzneien, die der König braucht, kann Stilicho dir alles sagen. Wenn du möchtest, zeige ich dir gern, wie du ihm über die Schmerzen in den verspannten Muskeln hinweghilfst. Doch meine ich, daß du das besser seinem Badesklaven überläßt.«

»Ja, natürlich. Daran habe ich auch weniger gedacht. Was für die Pflege des Königs nötig ist, kann ich schnell lernen. Es ist nur — ich hatte mir mehr erhofft. Als ich Gandar bat, mich zu Euch zu bringen, da glaubte ich, daß ...«

Sie verstummte und senkte den Kopf. Das goldene Haar fiel wie glänzendes Gewebe über ihr Gesicht. Wie durch den Spalt eines Vorhangs sah ich ihren Blick auf mir, sehr ergeben und von kindlicher Scheu.

»Was hast du geglaubt?«

Ihre Antwort klang so leise, daß Stilicho, obwohl kaum vier Schritt von uns entfernt, sie gewiß nicht verstand.

»Ich hatte gehofft, daß Ihr, mein Prinz, mich ein wenig in Eurer Kunst unterweisen würdet.«

Ihre Augen flehten mich an.

Ich lächelte, spürte jedoch sehr wohl, wie steif und hölzern ich wirken mußte. Lieber hätte ich mich einem bewaffneten Feind gegenübergesehen als diesem so reizenden Mädchen, das mich anbettelte, wie eine Halbverhungerte um Brosamen bitten mag. Ihre schmeichelnde Hand auf meinem Arm. Der süße Duft, der sie umhüllte gleich der frischen Würze eines sonnendurchwärmten Obstgartens. Woran nur fühlte ich mich erinnert? Erdbeeren? Aprikosen?

Ich sagte hastig: »Morgause, ich beherrsche keine Kunst, die nicht auch aus Büchern zu erlernen wäre; und lesen kannst du doch. Nun, dann lerne von Hippokrates und Galen. Mögen sie deine Lehrer sein, sie waren auch meine.«

»Prinz Merlin, in den Künsten, die ich meine, seid Ihr unübertroffen.«

Die Hitze in der Kammer schien noch anzusteigen. Der Druck auf meinen Schläfen wuchs immer mehr. Wahrscheinlich verzog ich unwillkürlich das Gesicht, denn Morgause kam noch näher und sagte, sich fast an mich schmiegend: »Seid bitte nicht zornig auf mich. Ich habe so lange gewartet. Aber ich war sicher, Euch eines Tages zu begegnen. Wieviel Wundersames habe ich doch über Euch gehört. Meine Kinderfrau in der Bretagne erzählte mir, sie hätte Euch am Meer und im Wald gesehen beim Sammeln von Kressen und Wurzeln und weißen Beeren, und oft wären Eure Schritte gar nicht zu vernehmen gewesen, und selbst an Sonnentagen hättet Ihr keinen Schatten geworfen.«

»Das waren Schauermärchen, mit denen sie dich verschrecken wollte. Ich bin ein Mensch wie andere Menschen auch.«

»So? Sprechen denn andere Menschen von den Sternen, als ob es sich um vertraute Freunde handle? Oder können sie die stehenden Steine bewegen? Oder folgen sie den Druiden nach Nemet, ohne unter dem Messer zu sterben?«

»Wenn ich damals mit dem Leben davongekommen bin«, sagte ich schroff, »so gibt es dafür einen ganz einfachen Grund — der Oberdruide fürchtete meinen Vater. Und in der Bretagne war ich seinerzeit noch kein Mann und gewiß kein Zauberer. Ich war ein Knabe und später ein Jüngling, der sich, genau wie du, allerlei Kenntnisse anzueignen suchte. Als ich von dort fortging, zählte ich kaum siebzehn Jahre.«

Doch sie hörte mir offenbar gar nicht richtig zu. Ihr Blick, zwischen dem goldenen Gespinst ihrer Haare hervorspähend, lag still auf mir. Die schmalen weißen Hände lagen ineinanderverschränkt auf dem grünen Gewand unterhalb der Brust.

Sie sagte: »Aber jetzt, Prinz, seid Ihr ein Mann. Und könnt Ihr leugnen, daß Ihr hier in Britannien Wunder gewirkt habt? Man nennt Euch im Lande den größten Zauberer der Welt. Ich habe die Hängenden Steine gesehen, die Ihr aufgerichtet und wieder an Ort und Stelle gesetzt habt. Auch weiß ich, daß Ihr es wart, der Pendagrons Siege voraussagte und den Stern nach Tintagel brachte und den Sohn des Königs auf die Insel Hy-Brasil entschwinden ließ ...«

»Ja, die Leute erzählen viel«, sagte ich, bemüht, einen leichten Tonfall zu finden. »Aber ich bitte dich, Morgause, sprich nicht weiter, sonst verschreckst du meinen Diener so, daß er mir davonläuft. Und das wäre sehr bedauerlich, da er recht brauchbar ist.«

»Ihr macht Euch über mich lustig, Prinz. Aber Ihr bestreitet nicht, daß Ihr die magische Kunst beherrscht?«

»Nun ja«, sagte ich gedehnt. »Jedenfalls könnte ich dich in dem, was du wissen möchtest, nicht unterweisen. In manche Geheimnisse der Schwarzen Kunst kann man von jedem ihrer Jünger eingeweiht werden. Doch die Fähigkeiten, über die ich verfüge, lassen sich einem anderen nicht mitteilen. Selbst wenn du alt genug wärst, um sie zu verstehen, könnte ich darin nicht dein Lehrer sein.«

»Aber ich bin alt genug dafür. Und ich habe mich auch schon in der Zauberkunst versucht, was bei einem jungen Mädchen natürlich nicht viel heißen will. Ich möchte Euch folgen und von Euch lernen. Prinz Merlin — bitte lehrt mich, eine Kraft zu finden, die der Euren gleicht.«

»Ich sage dir doch, daß das unmöglich ist. Du bist zu jung, Kind. Und ich fürchte, daß du für jene besondere Kraft oder Macht, nach der du strebst, immer zu jung sein wirst. Wohl keine Frau könnte gehen, wohin ich gehe, und sehen, was ich sehe. Es ist keine leichte Kunst. Der Gott, dem ich diene, ist ein harter Herr.«

»Welcher Gott? Ich kenne nur Menschen.«

»Dann lerne von ihnen. Denn die Gabe oder Kraft, die ich besitzen mag, läßt sich auf niemanden übertragen; das habe ich dir schon gesagt.«

Sie musterte mich verständnislos, viel zu jung, um zu begreifen, was ich meinte. Vom Ofen fiel schimmernde Helle auf das prachtvolle Haar, die schön geschwungenen Brauen, die vollen Brüste, die kleinen, kindlichen Hände. Ich erinnerte mich, daß Uther Lot die jüngere Halbschwester versprochen hatte — nachdem Morgause von diesem verschmäht worden war. Ob sie das wohl wußte? Nicht ohne Mitgefühl fragte ich mich, welche Zukunft sie erwartete.

»Es ist wirklich so, Morgause«, sagte ich besänftigend. »Der Gott gibt seine Kraft nur dem, der seinen Zielen dient. Doch niemand weiß, worin sie bestehen und wann sie erreicht sind. Wenn er dich braucht, so wird er dich rufen. Aber wage dich nicht in die Flammen, Kind. Begnüge dich mit den Zauberkünsten, die einem jungen Mädchen von Nutzen sein mögen.«

Sie wollte etwas sagen, doch plötzlicher Lärm unterbrach uns. Stilicho, am offenen Ofenloch mit dem Erhitzen einer Pfanne beschäftigt, war offenbar allzu begierig gewesen, von unserem Gespräch wenigstens Bruchstücke aufzuschnappen. Jedenfalls ließ er die Pfanne unachtsam zur Seite kippen, etwas von der Flüssigkeit darin schwappte über und ergoß sich in die Flammen. Es prasselte und zischte. Eine dichte, nach Kräutern duftende Dampfwolke stieg auf und schob sich zwischen mich und das Mädchen. Undeutlich sah ich, daß ihre Hände, eben noch völlig reglos, die Schwaden vor ihren Augen fortzufächeln suchten. Der unerträgliche Kopfschmerz schien mich zu blenden. Alles um mich her verschwamm zu einem glitzernden Etwas, aus dem Visionen stiegen. Das Spiel der weißen Hände dicht vor mir war wie ein beschwörender Zauberbann. Schwärme von Fledermäusen strichen an meinem Kopf vorbei. In der Nähe erzitterten leise die Saiten meiner Harfe. Die Kammer schien zu schrumpfen, zu einer hohlen Kristallkugel zu erstarren, zu einer abgrundtiefen Gruft ...

»Verzeiht, Herr. Herr, seid Ihr krank? Herr?«

Ich schüttelte mich wach. Jetzt war mein Blick wieder klar. Die Dampfwolke, fast völlig fortgeweht, hatte in der Luft nur dünne Schleier hinterlassen. Morgause stand, wie sie vorhin gestanden hatte, die Haare sorgfältig aus dem Gesicht gestrichen, die Hände wieder reglos über dem grünen Gewand. Sie musterte mich aufmerksam und schien jede meiner Bewegungen genau zu verfolgen. Stilicho, die Pfanne jetzt in der Hand, starrte mich ängstlich und besorgt an.

»Herr, es ist das, was Ihr selber mischt. Und Ihr habt doch gesagt, es sei ungefährlich ...«

»Das ist es auch. Trotzdem solltest du das nächste Mal besser aufpassen.« Ich blickte zu Morgause. »Habe ich dich erschreckt? Nur Kopfschmerzen, wie sie mich öfter plagen. Sie verschwinden ebenso schnell, wie sie gekommen sind. Aber jetzt muß ich gehen. Gegen Ende der Woche werde ich London verlassen. Solltest du vorher meinen Rat oder meine Hilfe brauchen, so laß es mich wissen. Ich werde gern kommen.« Ich lächelte und strich ihr flüchtig übers Haar. »Nun sei nicht so enttäuscht, Kind. Glaub mir, es ist wirklich keine leichte Bürde, die ich da trage. Und für junge Mädchen eignet sie sich ganz und gar nicht.«

Wieder verneigte sie sich tief vor mir. Wie zuvor verhüllte das goldene Haar fast völlig ihr Gesicht. Ich besann mich nicht länger und ging hinaus.

6

Ich glaube, es war das einzige Mal in meinem Leben, daß ich in Bryn Myrddin weniger meine eigentliche Heimat und mein Zuhause sah als eine Art Zwischenstation auf der Weiterreise. Denn statt mich an der vertrauten Stille des Tals zu erfreuen oder mich mit gewohnter Hingabe meinen Büchern oder Pflanzen oder der Musik zu widmen, fand ich, daß meine Ungeduld sich kaum bezähmen ließ. Ich wollte fort, nach Norden: dorthin, wo das Kind lebte, das von jetzt an all meine Kräfte beanspruchen würde.

Stilicho reagierte auf den Anblick meiner Höhle anders, als von mir erwartet. Als ich vor Jahren zu meiner langen Reise aufgebrochen war, hatte ich dem Müller am Tywy Geld gegeben und ihn gebeten, von Zeit zu Zeit einen seiner Bediensteten heraufzuschikken, damit dieser sich ein wenig um meine Behausung kümmere. Das war offensichtlich geschehen, denn alles wirkte sehr sauber. Selbst für die Pferde fand sich frische Streu. Wir hatten uns kaum aus dem Sattel geschwungen, als auch schon, vom raschen Gehen leicht außer Atem, die Magd von der Mühle auf dem Pfad hinter uns erschien. Sie brachte Ziegenmilch, frisches Brot und fünf oder sechs Forellen. Ich dankte ihr, und da ich nicht wollte, daß Stilicho die Fische am heiligen Quell säuberte, bat ich sie, ihm die Stelle zu zeigen, wo, unterhalb des Felsens, das Wasser abfloß. Während ich die Töpfe und Flaschen mit den Arzneien überprüfte und dann nach meiner Truhe sah (das Schloß war unversehrt, und all meine Bücher und Instrumente schienen die lange Trennungszeit gut überstanden zu haben), hörte ich von draußen die beiden jungen Stimmen, immer wieder von lautem Lachen unterbrochen, denn da keiner die Sprache des anderen sprach, hatten sie große Mühe, sich miteinander zu verständigen.

Als das Mädchen schließlich ging und Stilicho mit den ausgenommenen Fischen eintrat, zeigte er nicht die mindeste Überraschung: ganz, als empfände er die Höhle ebenso bequem und behaglich wie irgendeines unserer Quartiere während der Reise. Ich schob das auf die heitere Stimmung, in der er sich nach dem lustigen Geschwätz mit dem Mädchen befand. Den wahren Grund erfuhr ich erst später. In einer Höhle war er nämlich zur Welt gekommen und aufgewachsen. In seiner Heimat sind die Menschen niederen Standes so arm, daß sich die Besitzer gutgelegener und trockener Höhlen glücklich schätzen. Oft müssen sie ihre Behausung sogar wie Füchse gegen Eindringlinge verteidigen. Stilichos Vater (dreizehn Kinder waren insgesamt vorhanden) hatte nicht sonderlich gezögert, seinen Sohn wie einen überzähligen Welpen zu verkaufen — das schaffte mehr Platz. Als Sklave schlief Stilicho dann in Ställen oder in irgendeinem Winkel des Hofes. Seine Kammer in London war der erste Raum, den er je ganz für sich gehabt hatte. Und so erschien ihm meine Höhle auf Bryn Myrddin als recht einladend.

Sehr bald sprach sich in der Umgebung herum, daß Merlin, der Zauberer, zurückgekehrt war, und genau wie früher brachten die Menschen Speisen und vieles andere, um dafür Arzneien einzuhandeln. Mai, das Mädchen aus der Mühle, nahm jede Gelegenheit wahr, um vom Tal heraufzukommen, und Stilicho seinerseits zögerte nicht, sie unten zu besuchen, wenn er für mich in die Stadt mußte. Bald schienen sie miteinander sehr vertraut zu sein.

Als ich eines Nachts nicht schlafen konnte, ging ich hinaus zum Quell, um von dort die Sterne zu beobachten. In der Stille hörte ich vom Verschlag unterhalb des Felsens das unruhige Stampfen der Pferde. Da die helle Mondsichel genügend Licht spendete, brauchte ich keine Fackel und kletterte rasch hinab, um zu sehen, was die Tiere so verstörte. Durch die halbgeöffnete Tür entdeckte ich auf dem Stroh die beiden jungen Körper, wie ineinander verschlungen und gleichsam eins werdend. Leise zog ich mich zurück.

Wenige Tage später erzählte ich Stilicho von meiner Absicht, bald nach Norden aufzubrechen. Da niemand etwas davon erfahren dürfe, müsse er zurückbleiben, um meine (wenn auch unsichtbare) Anwesenheit vorzutäuschen. Er schüttelte bedauernd den Kopf, konnte seine Freude jedoch kaum verbergen. Auf seine Treue und Verschwiegenheit, so versicherte er, könne ich mich unbedingt verlassen. Ich war davon überzeugt. Denn außer seiner Geschicklichkeit im Umgang mit Arzneien besaß er eine kaum glaubliche Gewandtheit im Lügen; gleichfalls ein Erbteil seiner Rasse, wie man allgemein behauptet.

Als er mich mit nur schwach verhohlener Wißbegier fragte, an welchem Tag ich denn aufbrechen wolle, lautete meine Antwort, ich müßte noch warten: auf die Zeit und ein Zeichen. Ergeben beschied er sich damit, wie stets; und ich glaube, er hätte es eher gewagt, die Orakel der Priesterin in ihrem Schrein (auf Sizilien hält man noch an der alten Religion fest) oder selbst den Feueratem des Hephästus zu bezweifeln als meine übernatürlichen Kräfte. Was immer man ihm über mich zugetragen hatte, glaubte er unbesehen. Vermutlich hätte es ihn nicht überrascht, wenn ich aus der Luft Gold hervorgezaubert oder mich in eine Rauchwolke aufgelöst hätte.

Es war kein magisches Zeichen, auf das ich wartete. Mein Vorhaben schien mir im Augenblick noch nicht genügend abgesichert, denn zweifellos hielt man mich unter Beobachtung, Uthers Spione und gewiß auch andere, manche vielleicht nur aus Neugier. Und so bezwang ich meine Ungeduld, lebte auf Bryn Myrddin mein gewohntes Leben und wartete darauf, daß die Späher sich selbst verrieten.

Eines Tages schickte ich Stilicho mit den Pferden zu der Schmiede unten am Rande der Stadt. Für den Ritt von London nach hier waren beide Tiere beschlagen worden. Für gewöhnlich entfernte man vor Winteranfang die Hufeisen. Doch wegen der bevorstehenden Reise wollte ich, daß meine Stute neue bekam. Zudem mußten ihre Sattelgurte ausgebessert werden. Und so war Stilicho zur Stadt geritten, wo er, während der Schmied sich um die Pferde kümmerte, verschiedenes erledigen sollte.

Es war ein kalter und stiller Tag. Oben durchdrangen Sonnenstrahlen das dichte Gewölk und tauchten den tiefhängenden Himmel in frostiges Rot. Ich wanderte über die Hügel zur Hütte Abbas. Ban, der Sohn des Schäfers, ein ungeschickter Tölpel, hatte sich vor einigen Tagen die Hand verletzt, und die eiternde Wunde war von mir aufgeschnitten und mit Salbe behandelt worden; doch fürchtete ich, daß der schwachsinnige Ban, wenn ihm der Verband lästig wurde, das schützende Tuch einfach abstreifen würde.

Aber meine Sorge erwies sich als unbegründet. Alles war in bester Ordnung, und die Wunde begann sich bereits zu schließen. Schon oft hatte ich bemerkt, daß Schwachsinnige, genau wie Kinder und wilde Tiere, besonders gutes Heilfleisch besitzen; für Ban ein wahres Glück, denn es verging kaum eine Woche, ohne daß er sich irgendwo stieß oder schnitt.

Nachdem ich die Wunde erneut behandelt hatte, blieb ich noch. Die Hütte lag in einem geschützten Winkel des Tals, und Abbas

Schafe waren eingepfercht. Wie es mitunter geschieht, lammten schon jetzt, im Dezember, einige Muttertiere. Da sein Sohn ihm im Augenblick nicht helfen konnte, ging ich Abba zur Hand, und als es uns endlich gelungen war, gleich zwei Junge in die trockene Geborgenheit der Hütte zu schaffen, neigte sich der kurze Wintertag mit rötlichem Dämmerschein auch schon seinem Ende zu. Ich machte mich auf den Rückweg, der mich am oberen Rand meines Tals zur Hügelspitze führte. Als ich das Kiefernwäldchen auf dem Gipfel erreichte, war es bereits dunkel. Am jetzt fast wolkenlosen Himmel glitzerten die Sterne, und der leicht dunstige Mond warf bläuliche Schatten auf den froststarren Boden, reglose Schatten — und Schatten, die sich bewegten.

Ich blieb stehen.

Vor meiner Höhle sah ich vier Männer, und vom Dickicht unterhalb des Felsens kam das Scharren von Pferdehufen. Mich langsam nähernd, hörte ich leises Flüstern. Die vier Männer schienen sich zu beraten. Zwei von ihnen hielten Schwerter in den Händen.

Das Mondlicht strahlte jetzt heller. Von tief unten im Tal klang Hundegebell und dann, sehr gedämpft, doch weniger fern, das unverkennbare Geräusch gemächlich trabender Pferde. Sofort fuhren die vier Männer herum. Das Scharren, das ich auch jetzt noch hören konnte, stammte zweifellos von ihren Tieren. Das gleichmäßige Stampfen jedoch verriet, daß weitere Reiter im Anzug waren.

Offenbar keine Freunde der vier Männer, die unverzüglich auf den nach unten führenden Pfad zustrebten. Doch ehe sie ihn erreichen konnten, rief ich, fast unmittelbar über ihren Köpfen: »Was wollt ihr?«

Man hätte meinen mögen, ich sei in einem Feuerwagen vom Himmel zur Erde niedergefahren. Einer schrie vor Entsetzen auf, ein anderer unterdrückte einen Fluch. Ihre emporgekehrten Gesichter waren nicht weniger grau als der froststarre Boden.

Ich sagte: »Ich bin Merlin. Was wollt ihr von mir?«

Keiner gab Antwort. In der Stille vernahm ich, deutlicher als zuvor, das Pochen von Pferdehufen, beschleunigt jetzt. Natürlich, das mußte Stilicho sein, der mit unseren Tieren von der Stadt zurückkam. Die vier Männer schienen wieder die Flucht ergreifen zu wollen. Doch dann faßte sich einer von ihnen ein Herz und sagte, sich räuspernd: »Wir kommen vom König.«

»Dann steckt die Schwerter weg. Ich werde sofort bei euch sein.«

Ich stieg hinab und sah dann, daß sie mir gehorcht hatten. Doch ihre Hände blieben dicht bei den Waffen. Sie schienen dem Frieden nicht recht zu trauen.

»Wer von euch ist der Anführer?«

Der größte trat vor. Er gab sich höflich, doch spürte ich hinter der äußeren Maske deutlich den Trotz, der ihn erfüllte. Offenbar verübelte er mir, daß ich ihm einen so tiefen Schrecken eingejagt hatte.

»Wir haben auf Euch gewartet, Prinz. Wir sollen Euch Botschaften des Königs überbringen.«

»Mit gezückten Schwertern?« fragte ich und fügte dann spöttisch hinzu: »Ihr seid ja auch nur vier gegen einen.«

»Das war nur zur Sicherheit«, erwiderte er verdrossen. »Gegen Zauberei.«

»Nun«, sagte ich, »hier ist für eine Unterredung wohl nicht der rechte Platz. Wie ihr sehen könnt, steht mein Unterschlupf jedem Gast offen. Ihr hättet ein Feuer und die Lampen anzünden und drinnen in aller Behaglichkeit auf mich warten können.«

Verstohlen gewechselte Blicke. Doch keine Antwort.

Überraschen konnte das kaum. Denn die Fußspuren, die sich deutlich auf dem Boden abzeichneten, bewiesen zur Genüge, daß sie tatsächlich in der Höhle gewesen waren.

»Seid mir also willkommen«, sagte ich.

Ich trat zum heiligen Quell, über dem, in der dunklen Nische jetzt kaum zu sehen, das aus Holz geschnitzte Abbild des Gottes stand. Mit Sorgfalt den Becher füllend, trank ich für ihn und winkte dann den Anführer herbei. Er zögerte, schüttelte dann den Kopf. »Ich bin Christ. Was für ein Gott ist denn das?«

»Myrddin«, sagte ich, »der Gott der Gipfelhöhen. Ehe ich hierherkam, gehörte der Hügel ihm. Er hat ihn mir geliehen, wacht aber noch darüber.«

Ich bemerkte, wie die Männer verstohlen das Zeichen gegen Zauberei machten. Doch einer nach dem anderen kamen sie, um aus dem Becher zu trinken und einen Teil des Wassers für den Gott zu verschütten.

Ich nickte. »Recht so. Denn es ziemt sich nicht, die alten Götter zu vergessen, die uns immer noch beobachten und in den hohlen Hügeln warten. Wie hätte ich ohne ihre Hilfe von euch wissen können?«

»Ihr wußtet, daß wir hier waren?«

»Natürlich. Tretet ein.«

Ich bog die Zweige zur Seite, die die Höhlenöffnung halb verdeckten. Keiner der Männer machte Anstalten, mir zu folgen. Nur der Anführer wagte einen Schritt, blieb jedoch sofort wieder stehen.

»Was hast du?« fragte ich ihn. »Die Höhle ist leer, wie du eigentlich wissen müßtest, denn du hast sie vorhin ja schon betreten. Oder war dir dort irgend etwas nicht ganz geheuer?«

»O doch«, versicherte er und fügte dann betreten hinzu: »Es stimmt, Herr, wir waren in Eurer Höhle, aber nur ein ganz kleines Stück, und ...«

Er brach ab, und ich hörte, wie einer der anderen Männer ihn drängte: »Nun erzähl schon, Crinas. Sag es ihm.«

Crinas begann erneut: »Die Wahrheit, Herr, ist ...«

Doch es dauerte eine ganze Weile, bis ich mir aus seinen unbeholfenen Sätzen ein Bild zusammenfügen konnte. Offenbar waren die vier vor ein oder zwei Tagen nach Maridunum gekommen und hatten auf eine günstige Gelegenheit gewartet, um unbeobachtet zur Höhle zu reiten. Sich mir offen zu nähern, wagten sie nicht, da, wie man ihnen gesagt hatte, andere Spione in der Nähe sein mochten, die vielleicht nur darauf lauerten, die Botschaften des Königs abzufangen.

»Und?« fragte ich.

Crinas räusperte sich. Am Morgen, so fuhr er fort, hatten sie vor der Schmiede meine Stute gesehen, auf ihre neugierigen Fragen vom Schmied jedoch keine Antwort erhalten. Doch nahmen sie an, daß ich nicht weit sein könne, gewiß irgendwo in der Stadt, um dort zu warten, bis der Schmied mit meinem Tier fertig war. Also schien dies die von ihnen erhoffte günstige Gelegenheit zu sein; denn wer immer den Auftrag hatte, jeden meiner Schritte zu beobachten, mußte sich in meiner Nähe befinden, also gleichfalls in Maridunum.

In der Dunkelheit vor dem Höhleneingang spürte ich ihre forschenden Blicke auf mir. Offenbar versuchten sie herauszufinden, ob ich ihnen glaubte.

Nun, zumindest was den nächsten Teil ihres Berichtes betraf, hegte ich keinen Zweifel. In Maridunum hatten sie sich so unauffällig wie möglich nach dem Weg zur Höhle erkundigt und bereitwillig Auskunft erhalten, allerdings nicht, ohne auf die Heiligkeit des Ortes hingewiesen zu werden und auf die übernatürlichen Kräfte seines Besitzers. Die Leute im Tal waren auf ihren Zauberer sehr stolz, und was immer ich getan oder geleistet haben mochte, konnte in ihrem Mund nur an Wirkung gewinnen.

Und so waren die vier, von den Erzählungen schon halb eingeschüchtert, das Tal hinaufgeritten. Wie erwartet, fanden sie die Höhle verlassen. Auf dem frostüberkrusteten Boden davor zeigten sich keinerlei Spuren. Sie zündeten eine Fackel an und spähten durch den Eingang. Erkaltete Asche, sonst niemand und nichts, und doch ...

»Ja?« fragte ich, als Crinas verstummte.

»Wir wußten, daß Ihr nicht dort sein konntet, Herr, und doch glaubten wir zu spüren, daß da ... Aber als wir riefen, bekamen wir keine Antwort. Dann raschelte etwas. Es schien vom hinteren Teil zu kommen, dort, wo das Bett mit der Lampe daneben steht ...«

»Seid ihr hineingegangen?«

»Nein, Herr.«

»Oder habt ihr etwas berührt?«

»Nein, Herr«, versicherte er hastig. »Das — das hätten wir nicht gewagt.«

»Gut«, sagte ich. »Und dann?«

»Wir blickten uns um, konnten jedoch niemanden entdecken. Aber das Geräusch war immer noch zu hören. Wir begannen uns zu fürchten. In Maridunum hatte man uns so viel über Euch erzählt, sogar, daß Ihr, selbst unsichtbar, die Menschen beobachten könntet. Ich hielt das für ein Ammenmärchen. Aber dann, in der Höhle, spürten wir etwas ...«

»... wie Blicke, die nach einem spähen? Fahre fort.«

Er schluckte. »Wir riefen wieder. Und dann — dann kamen sie oben von der Höhlendecke herab wie eine Wolke: Fledermäuse.«

Wir wurden unterbrochen. Stilicho hatte offenbar die unten am Hain angebundenen fremden Pferde entdeckt. Jetzt kam er den Pfad heraufgehastet und stürzte auf die Männer zu, den Dolch in der Hand.

Er stieß einen zornigen Schrei aus. Die nackte Klinge, zum Angriff bereit, blitzte im fahlen Licht des Mondes. Die vier an meiner Seite wirbelten herum und zogen ihre Schwerter. Doch bevor es zum Kampf kommen konnte, trat ich dazwischen.

Zu Stilicho sagte ich: »Es sind Krieger des Königs«, und zu den Männern: »Steckt eure Schwerter ein«, und wieder zu meinem Diener: »Ist man dir gefolgt?«

Er schüttelte den Kopf. Ich sah, daß er zitterte. Anders als der Sohn eines freien Mannes ist ein Sklave im Umgang mit Waffen kaum geübt; und erst seit wir auf Bryn Myrddin waren, hatte ich Stilicho erlaubt, ein Messer zu tragen.

Ich wandte mich wieder Crinas zu. »Fledermäuse mögen einen gewiß erschrecken, aber doch nur für einen kurzen Augenblick. Schließlich sind es völlig harmlose Tiere.«

»Das war es ja nicht allein, Herr. Nachdem die Fledermäuse durch die Öffnung ins Freie geflattert waren, hörten wir andere Geräusche — Musik.«

Ich sah, daß Stilichos scheuer Blick von Gesicht zu Gesicht glitt. Die Männer machten wieder verstohlen das Zeichen.

»Musik rings um uns her«, sagte Crinas. »Wie leises Geflüster lief es über die Höhlenwände. Herr, ich scheue mich nicht, Euch einzugestehen, daß wir uns sofort zurückzogen und beschlossen, draußen auf Euch zu warten.«

»Mit gezückten Schwertern, zum Schutz gegen Zauberei. Nun ja. Aber jetzt braucht ihr doch nicht länger in der Kälte zu warten. Solange ihr nicht gegen mich oder meinen Diener die Hand erhebt, wird euch gewiß nichts geschehen. Geh schon voraus, Stilicho, und mach Feuer.«

Zu meiner Belustigung gingen sie wie auf Zehenspitzen und unterhielten sich nur flüsternd. Einzig Crinas hatte den Mut, sich zu mir ans Feuer zu setzen. Die anderen zogen es vor, sich dichter am Ausgang zu halten. Stilicho wärmte gewürzten Wein und reichte ihn unseren Gästen.

Erst jetzt, beim Schein des Feuers, sah ich, daß sie nicht wie Uthers Krieger gekleidet waren. Auch fand sich auf ihren Gewändern kein Zeichen oder Wappen. Eigentlich wirkten sie eher wie die Krieger eines Kleinfürsten. Soldaten schienen sie jedenfalls zu sein, das verriet schon ihre straffe Haltung. Und zweifellos besaß Crinas tatsächlich einen höheren Rang als die übrigen.

Ich musterte sie eingehend. Nur der Anführer hielt meinem Blick gelassen stand, während die anderen sofort unruhig wurden. Einer von ihnen, ein kleiner, hagerer Mann mit schwarzem Haar und blassem Gesicht, machte sogar wieder das Zeichen.

Nach längerem Schweigen sagte ich: »Ihr seid also mit Botschaften des Königs gekommen. Handelt es sich um einen Brief?«

»Nein, Herr«, erwiderte Crinas nach kurzem Zögern. Er hatte breite Schultern und auffallend kräftige Hände. Sein rötliches Haar und die hellen Augen schienen darauf hinzuweisen, daß in seinen Adern auch sächsisches Blut floß. Allerdings gibt es Kelten, die nicht weniger rotblond sind. »Er hat uns nur mündliche Grüße an

Euch aufgetragen. Ja, und dann will er auch wissen, wie es seinem Sohn geht.«

»Warum?«

»Warum?« wiederholte er überrascht. »Ihr fragt, warum?«

»Ja, warum? Er weiß, daß sich das Kind nicht hier befindet. Außerdem war dem König bekannt, daß ich mit meiner Reise zu Prinz Artus noch warten wollte, weil ich im Augenblick keinen Schritt machen kann, ohne Spione im Nacken zu haben. Und so will es mir nicht recht in den Kopf, daß er euch mit einer solchen Botschaft zu mir geschickt haben soll.«

Die drei in der Nähe des Ausgangs tauschten hastige Blicke. Einer von ihnen, er hatte ein derbes, rotes Gesicht, zerrte nervös an seinem Schwertgurt und tastete nach dem Griff. Stilicho ließ ihn nicht aus den Augen. Den Weinkrug noch in der Hand, trat er unauffällig näher.

Crinas musterte mich schweigend und nickte dann. »Also gut, Herr, Ihr habt uns ausgeräuchert. Allerdings hatte ich auch nicht gehofft, jemanden wie Euch mit einer solchen Geschichte narren zu können. Aber als Ihr vorhin so plötzlich aufgetaucht seid, fiel mir nichts Besseres ein.«

»Nun ja, ich habe also Spione vor mir. Dennoch wüßte ich gern, was ihr eigentlich hier wollt?«

Er zuckte die breiten Schultern. »Herr, niemand weiß besser als Ihr, wie Könige sind. Natürlich stellten wir keine Fragen, als man uns den Befehl gab, hierherzureiten und uns die Höhle anzusehen, ohne von Euch gesehen zu werden.«

Ich sah, daß die anderen zustimmend nickten.

»Glaubt mir, Herr, wir haben nichts Unrechtes getan, ja die Höhle nicht einmal richtig betreten.«

»Ja, ich weiß. Weil ihr Angst hattet.«

Beschwichtigend hob er die Hand. »Herr, ich verstehe, daß Ihr zornig seid. Glaubt mir, daß Spionieren für gewöhnlich nicht unsere Sache ist. Doch Befehl ist Befehl.«

»Und wie lautete der Befehl? Was solltet ihr denn herausfinden?«

»Eigentlich nichts Besonderes. Wir sollten uns ein wenig umhören, uns Eure Höhle ansehen und herausfinden, wann Ihr zu Eurer Reise aufbrechen werdet.« Er warf mir von der Seite einen forschenden Blick zu. »Ihr scheint dem König einiges verschwiegen zu haben, und er möchte gern erfahren, was das ist — so scheint mir jedenfalls. Wußtet Ihr, daß er gleich bei Eurem Aufbruch von London jemanden auf Eure Fährte setzte?«

Wieder ein Körnchen Wahrheit. »Es ließ sich denken«, sagte ich.

»Nun, seht Ihr.« Er brachte den Satz vor, als sei damit alles geklärt. »So sind Könige nun einmal. Sie vertrauen niemandem und wollen alles wissen. Wenn Ihr mir meine Offenheit nicht verübelt, Herr, so möchte ich sagen ...«

»Sprich nur.«

»Der König scheint nicht zu glauben, daß der junge Prinz wirklich dort ist, wo Ihr gesagt habt. Vielleicht fürchtet er auch, daß Ihr ihn an einen anderen Ort bringen läßt, um ihn dort versteckt zu halten, wie früher schon. Und so hat er uns in aller Heimlichkeit ausgeschickt, damit wir vielleicht einen Anhaltspunkt finden.«

»Hat sich der Gesundheitszustand des Königs denn so verschlechtert, daß ihm an gewissen Neuigkeiten besonders gelegen sein muß?«

Es war ihm anzumerken, daß ihn meine Frage überrumpelte. Er zögerte einen Augenblick und sagte dann gedehnt: »Das weiß ich nicht genau, Herr. Ich habe ihn in letzter Zeit nicht gesehen. Es heißt allerdings, daß er wieder wohlauf sein soll und auch wieder beim Heer draußen ist.«

Ich schwieg, beobachtete ihn und seine Gefährten und sagte schließlich: »Nun, ihr habt getan, was man euch befohlen hat, und herausgefunden, was der König wissen will. Ich bin noch hier, jedoch ohne Kind. Im übrigen wird der König mir vertrauen müssen. Wann ich aufbreche, werde ich ihm zur rechten Zeit schon mitteilen.«

Crinas räusperte sich. »Mit einer solchen Antwort können wir uns kaum zufriedengeben, Herr.« Seine Stimme klang überlaut; es schien, als müsse er sich zu diesem herausfordernden Ton zwingen. Dennoch bezweifelte ich nicht, daß er, trotz seiner unverkennbaren Furcht vor mir, ein mutiger, vielleicht sogar verwegener Mann war. Aber mochten die anderen ihm hierin auch nachstehen, unterschätzen durfte ich sie nicht: in die Enge getrieben, konnten sie zu gefährlichen Gegnern werden.

Einer der drei (der mit dem blassen Gesicht und den schwarzen Haaren) beugte sich zu Crinas hinüber und flüsterte ihm zu: »Verschwinden wir lieber ... vergiß nicht, wer er ist ... bring ihn nicht in Zorn ...«

Ich sagte rasch: »Was soll das? Ihr tut doch nur eure Pflicht. Für das Mißtrauen des Königs könnt ihr ja nichts. Aber damit ihr nicht leer ausgeht, will ich euch eine Botschaft für ihn mitgeben.« Ich schwieg einen Augenblick und sah, wie sie neugierig die Hälse reckten. »Sagt ihm, daß sich sein Sohn am genannten Ort in Sicherheit befindet und daß ich nur auf gutes Wetter für die Seereise warte.«

»Seereise?« wiederholte Crinas verdutzt.

Ich hob die Brauen. »Das überrascht dich? Ich glaubte, es sei allgemein bekannt, wo Artus ist. Der König wird jedenfalls wissen, was ich meine.«

Einer der Männer sagte heiser: »Ja, natürlich, wir haben auch davon gehört. Man flüstert es sich überall heimlich zu. Dann stimmt das also mit der Insel?«

»Ja, es stimmt.«

»Hy-Brasil?« fragte Crinas. »Aber diese Insel gibt es ja in Wirklichkeit gar nicht, Herr. Das ist doch nur ein Märchen.«

»Habe ich etwa einen Namen genannt? Die Gerüchte, die im Umlauf sind, stammen nicht von mir. Der Ort trägt viele Bezeichnungen, und die Geschichten, die man sich über ihn erzählt, würden die Neun Bücher der Magie füllen. Jeder sieht ihn mit anderen Augen. Als ich Artus dort hinbrachte ...«

Ich brach ab und trank einen Schluck wie ein Barde, der sich die Kehle befeuchtet, bevor er zum Lied anhebt. Die drei vor mir ließen mich nicht aus den Augen. Ich vermied es, Crinas anzusehen.

Mit der klangvollen Stimme des erprobten Erzählers begann ich: »Ihr alle wißt, daß mir das Kind drei Tage nach seiner Geburt anvertraut wurde. Ich brachte es an einen sicheren Ort, und als die Welt dann still und die Zeit dafür gekommen war, reiste ich mit ihm gen Westen zu einer Küste, die ich kenne. Dort, unterhalb der Klippen, liegt eine Bucht, in der, wie die Fänge von Wölfen, Felsen aufragen. Bei Flut gelangt weder ein Schiff noch ein Schwimmer heil an Land. Rechts und links von der Bucht hat das Meer große Rundbögen durch die Klippen getrieben. An Sommerabenden, wenn die Ebbe kommt und die Sonne schon tief am Himmel steht, kann man am Horizont Land erblicken, das mit dem Licht erscheint und mit dem Licht verschwindet. Es ist die Sommerinsel, und man erzählt sich, daß sie ganz nach dem Willen des Himmels auftaucht und wieder versinkt: eine Insel aus Glas, durch die man die Wolken und Sterne sehen kann, jedoch für jene, die auf ihr leben, voller Gras und Bäume und sprudelnder Bäche ...«

Der mit den schwarzen Haaren und dem bleichen Gesicht beugte sich mit offenem Mund vor. Ein anderer schüttelte sich, als ob es ihn fröstele.

»Es ist die Insel der Maiden, wo Könige großgezogen werden. Und es wird der Tag kommen, an dem ...«

»Herr, auch ich habe sie gesehen!« rief der Schwarzhaarige plötzlich, in seiner Erregung völlig vergessend, daß er hier einem Propheten ins Wort fiel, dem scheinbar eine Weissagung auf den Lippen schwebte. »Mit eigenen Augen habe ich sie gesehen, vor vielen Jahren, als ich noch sehr jung war: klar und deutlich wie die Kassiteriden an einem hellen Tag. Aber mir schien, daß das Land leer und unbewohnt war.«

»Da irrst du dich. Es ist nicht leer, und es ist auch nicht unbewohnt. Auch liegt es nicht nur dort, wo Männer deiner Art es erblicken könnten. Selbst im Winter läßt es sich finden — wenn man eingeweiht ist. Doch kehren nur wenige je von dort zurück.«

Crinas hatte mit ausdruckslosem Gesicht zugehört. Jetzt sagte er plötzlich: »Dann gehört es wohl zu Cornwall.«

»Du weißt es also?«

Meine Stimme war ohne Spott. Dennoch schien er zu spüren, daß ich mich über ihn lustig machte, denn er sagte scharf: »Nein, ich weiß es nicht.« Er erhob sich, und seine Hand tastete nach dem Schwertgurt. Auch die anderen standen auf. »Ist dies die Botschaft, die wir dem König überbringen sollen?« fragte er mit zusammengezogenen Brauen.

Ich lachte. »Wenn das alles wäre, würdet ihr sicher seinen Zorn zu spüren bekommen — und ich wohl auch. Um ihn zu beruhigen, werde ich euch einen Brief für ihn mitgeben.«

Seine Erleichterung war unverkennbar. Der lauernde Ausdruck in seinen Augen hatte recht deutlich verraten, daß er, um mehr von mir zu erfahren, notfalls auch zur Gewalt gegriffen hätte.

»Das ist ein guter Gedanke, Herr«, sagte er.

»Dann setzt euch wieder und wartet noch einen Augenblick. Füll die Becher, Stilicho.«

Der Brief an Uther war kurz. Ich erkundigte mich nach seinem Befinden und schrieb dann, meines Wissens sei der Prinz wohlauf. Im kommenden Frühjahr wolle ich zu ihm reisen. Inzwischen würde ich ihn auf meine Weise im Auge behalten und dem König unverzüglich mitteilen, was immer es zu berichten gäbe.

Ich reichte Crinas die versiegelte Botschaft. »In dem Brief steht alles, was ich dem König im Augenblick zu sagen habe. Er wird zufrieden sein, auch mit euch. Geht jetzt. Möge euch der Gott des Abschieds auf eurem Weg beschützen.«

Endlich verschwanden sie. Mein guter Wunsch allerdings schien sie nicht sehr zu entzücken. Vom Höhlenausgang beobachtete ich, wie sie hastige Blicke um sich warfen und sich dichter in ihre Umhänge hüllten, als wehe sie aus den Schatten ein eisiger Atem an. Beim heiligen Quell machten sie alle ein Zeichen, und mir schien, daß auch Crinas' Gebärde nicht jene war, die man von einem frommen Christen erwartet.

7

Unten im Tal verklang das Getrappel der Pferdehufe. Stilicho kam eilig vom Felsen oberhalb des Dornenhains zurück.

»Sie sind alle fort.« Er starrte mich aus großen Augen an. »Herr, ich fürchtete schon, sie würden Euch töten.«

»Dazu hätte es durchaus kommen können. Am gefährlichsten war wohl Crinas, ihr Anführer. Er ist Christ. Du verstehst, was ich damit sagen will?«

Er stutzte einen Augenblick, schien dann jedoch zu begreifen. »Ihr meint, er war ohnehin voll Mißtrauen gegen Euch und glaubte Euch nicht?«

»Ja, das meine ich. Jetzt sieh zu, daß du rasch herbeischaffst, was ich für die Reise brauche. Um meine Kleider kümmere ich mich selbst. Ist bei der Stute alles in Ordnung?«

»Ja, Herr. Aber wollt Ihr denn heute nacht noch fort?«

»Sobald ich fertig bin. Dies ist die Gelegenheit, auf die ich gewartet habe. Bis die Kerle herausfinden, daß ich sie auf eine falsche Fährte gesetzt habe, kann ich längst verschwunden sein — zu jener Insel fern im Westen ... Was du zu tun hast, weißt du ja. Wir haben oft genug darüber gesprochen.«

Wie bereits erwähnt, sollte Stilicho auf Bryn Myrddin bleiben und seinen gewohnten Verrichtungen nachgehen, ganz als sei ich immer noch hier. In der Höhle befand sich ein kleiner Vorrat an Arzneien, auch konnte Stilicho einfache Mittel inzwischen selbst zubereiten. Für die armen Leute aus den Dörfern unten war also vorerst gesorgt, und gewiß würde ich, ehe jemand Verdacht schöpfen konnte, genügend Zeit gewinnen, um mir einen ausreichenden Vorsprung zu sichern.

Bald hatte Stilicho alles beisammen, was für die Reise nötig war. Er schnürte meine Sachen zu handlichen Bündeln. Ich fühlte immer wieder seine Augen auf mir. Zweifellos hatte er noch viele Fragen. Ich nickte ihm aufmunternd zu.

»Herr, wenn dieser Crinas Euch die Geschichte von der Insel aus Glas nicht geglaubt hat, er jedoch unbedingt etwas über das Kind erfahren wollte, warum ist er dann fortgeritten?«

»Um meinen Brief zu lesen. Er hofft, darin die Wahrheit zu finden.«

»Aber er würde es doch nie wagen, einen Brief an den König zu öffnen, und — habt Ihr denn darin die Wahrheit geschrieben?«

Ich unterdrückte ein Lächeln. »Die Wahrheit? Glaubst du etwa auch nicht an die Insel aus Glas?«

»O doch«, versicherte er mit ernstem Gesicht. »Selbst auf Sizilien weiß jeder von dem unsichtbaren Eiland fern im Westen. Aber dort wollt Ihr jetzt gewiß nicht hin. Darauf würde ich meinen Kopf verwetten.«

»Und was bringt dich zu dieser Überzeugung?«

Er blinzelte mich listig an. »Ihr, Herr? Mitten im Winter über die westliche See? Wenn ich auch alles glauben will, das ganz bestimmt nicht. Ja, hättet Ihr statt eines Schiffes einen Zauberwagen zur Verfügung — aber dann wärt Ihr wohl bereit gewesen, ihn schon auf dem Mittelmeer zu benutzen, denn gar so angenehm schien Euch der Sturm vor Pylos nicht zu sein.«

Ich lachte. »Mußt du mich denn daran erinnern, Stilicho? Doch um auf den Brief zurückzukommen — es steht nichts von Bedeutung darin, und der König wird ihn auch nie erhalten; denn die vier waren gar nicht seine Krieger.«

»Nicht seine Krieger?« wiederholte er fassungslos und beugte sich dann, um seiner Verblüffung Herr zu werden, rasch über eine Satteltasche. »Aber woher wollt Ihr das wissen? Waren Euch die Männer denn bekannt?«

»Nein. Aber Uther wäre nie so töricht, Krieger als Spione zu verwenden. Späher, die Geheimnisse erfolgreich und vor allem unauffällig aufzuspüren verstehen, sind von anderem Schlag als rauhe Soldaten. Crinas und die drei anderen waren keine Spione, wie mir ihr plumpes Vorgehen deutlich bewies. Da ich mich dumm stellte, glauben sie vielleicht, mich getäuscht zu haben. Crinas muß man immerhin lassen, daß er, als ich ihn bei einer Lüge ertappte, behende genug war, sofort eine neue zu erfinden. Nur war dann der andere so unvorsichtig, sich zu verraten.«

»Der andere? Wie meint Ihr das, Herr?«

»Der mit dem schwarzen Haar und dem blassen Gesicht. Ich hörte, wie er etwas vor sich hinmurmelte, und zwar in der kornischen Sprache. Deshalb erzählte ich später von der Insel aus Glas und beschrieb die Bucht. Er kannte sie und natürlich auch die Kassiteriden. Es sind nämlich Inseln vor der Küste von Cornwall. Nicht einmal Crinas hätte bestreiten können, daß es sie gibt.«

»Cornwall?« wiederholte Stilicho.

»Ja, im Südwesten von Cornwall.«

»Dann können es ja Leute der Königin gewesen sein. Es heißt doch, daß sie auch nach ihrer Niederkunft noch im Südwesten ist.«

»Ganz recht. Aber ich glaube nicht, daß die vier von ihr geschickt worden waren. Denn kornischen Kriegern würde bei der jetzigen Lage wohl weder der König noch die Königin vertrauen.«

»Aber in Caerleon soll doch ein kornisches Heer sein. Das erzählt man sich jedenfalls in der Stadt.«

Ich blickte hastig auf. »Wirklich? Unter wessen Befehl denn?«

»Das habe ich nicht gehört. Aber gewiß läßt es sich leicht herausfinden.«

Ich schüttelte den Kopf. »Nein. Je weniger du weißt, desto besser. Und mir nützt es nichts mehr. Ich muß fort, solange die vier mit dem Brief beschäftigt sind, und ehe sie jemanden finden, der griechisch lesen kann ...«

»Griechisch?«

»Der König hat einen griechischen Sekretär«, sagte ich lächelnd, »und ich sah nicht ein, warum ich ihnen die Sache leicht machen sollte. Außerdem steht in dem Brief, daß ich erst im Frühjahr aufbrechen will. Das dürfte sie hinhalten.«

»Aber sie werden zurückkommen?«

»Das glaube ich nicht. Da sie sich als Uthers Krieger ausgegeben haben, werden sie das kaum wagen. Ich könnte dem König ja über sie berichten. Und als feindliche Spione gefaßt werden möchten sie sicherlich nicht. Aber wenn du das nächste Mal nach Maridunum kommst, so bitte den Befehlshaber dort, vorsichtshalber nach ihnen Ausschau zu halten. Außerdem soll er dem König melden, was vorgefallen ist. Ich werde gleichfalls eine Botschaft schikken ... mögen seine Spione uns wenigstens vor fremden Spionen schützen. — So, ich bin fertig. Ist alles bereit? Vergiß nicht, die Reiseflasche zu füllen. Und erzähl mir dabei, was du sagst, wenn jemand nach mir fragen sollte.«

»Ich sage, daß Ihr jeden Tag auf den Hügeln umherwandert. Und zuletzt seid Ihr zu Abbas Hütte gegangen, um ihm bei der Arbeit zu helfen.« Er unterbrach sich. »Aber ...«

»Was?«

»Aber das wird mir niemand glauben.«

»Warum denn nicht? Du bist doch ein geschickter Lügner. Vorsicht, du verschüttest ja den Wein.«

»Ein Prinz, der einem Schafhirten bei der Arbeit hilft? Das klingt nicht gerade überzeugend.«

»Ich habe schon ganz andere Dinge getan«, sagte ich. »Außerdem habe ich Abba wirklich geholfen. Oder was glaubst du, woher die frischen Blutflecken auf meinem alten Umhang stammen?«

»Ich — ich dachte, Ihr hättet jemanden umgebracht.«

Er sprach in vollem Ernst. Ich lachte. »So oft kommt das nun auch wieder nicht vor, und wenn, dann meist aus Versehen.«

Er schüttelte ungläubig den Kopf und sagte dann nach kurzem Schweigen: »Es ist alles bereit, Herr. Sicher wollt Ihr Eure dicken Stiefel und den Mantel aus Schaffell tragen. Soll ich inzwischen schon die Stute satteln?«

»Warte noch«, unterbrach ich ihn. »Komm her und sieh mich an. Ich habe dir gesagt, daß du hier sicher bist, und du kannst meinem Wort vertrauen. Dir droht keine Gefahr. Solltest du dich jedoch fürchten, so gehe hinunter zur Mühle und bleibe dort.«

»Ja, Herr.«

»Glaubst du mir nicht?«

»Doch, Herr.«

»Und wovor fürchtest du dich schon jetzt?«

Er zögerte, schluckte, sagte dann: »Die Musik, von der die Männer sprachen, Herr. Was für eine Musik war das? Kam sie von den Göttern?«

»Wie man es nimmt. Wenn sich die Luft bewegt, beginnt meine Harfe manchmal von selbst zu sprechen. Offenbar war es das, was die Männer hörten. Und da sie heimlich in die Höhle eindringen wollten, fürchteten sie sich.«

Er warf einen Blick zu der Stelle, wo die große Harfe stand. Sie war von der Bretagne herübergeschickt worden, und ich hatte, seit ich wieder hier war, viel auf ihr gespielt.

»Aber sie steckt doch in einer Hülle, Herr. Wie können ihre Saiten dann von der Luft bewegt werden?«

»Ganz recht, Stilicho. Aber die Harfe dort meine ich auch nicht. Ich meine die kleine Harfe, die ich auf meinen Reisen immer bei mir hatte. Vor langer Zeit habe ich sie hier in dieser Höhle selbst gebaut. Allerdings half mir der Zauberer Galapas dabei.«

Er fuhr sich mit der Zunge über die Lippen. Besonders beruhigend schien er diese Erklärung nicht zu finden. »Wo ist sie eigentlich, Herr? Seit wir hier sind, habe ich sie nicht gesehen.«

»Ich werde dir die Stelle zeigen. Ich wollte es ohnehin noch tun. Komm, Stilicho, und habe keine Angst. Schließlich hast du die Harfe schon unzählige Male für mich getragen. Zünde eine Fackel an.«

Ich führte ihn zum hinteren Teil des Hauptraums. Die Kristallhöhle hatte ich ihm bisher vorenthalten, und da meine Truhe und der Tisch vor der Schräge standen, die zum Felsabsatz hinaufführte, war er auch noch nie hinaufgestiegen, um dort auf eigene Faust zu forschen. Jetzt rückten wir den Tisch beiseite und standen wenig später vor der niedrigen Öffnung zur verborgenen Kristallhöhle. Ich ließ mich auf die Knie nieder und bedeutete Stilicho, mir zu folgen.

Die Fackel in meiner Hand schleuderte flammendes Licht gegen die nach außen gewölbten Wände aus Kristall. Hier hatte ich, ein Knabe noch, meine ersten Visionen erlebt. Bilder, in zuckendes Feuer getaucht. Jetzt war der Hohlraum leer, bis auf die Harfe, deren Schatten über die gleißenden Wände huschte.

Ich blickte zu Stilicho. Scheue, gemischt mit Schrecken, malte sich auf seinem Gesicht.

»Du brauchst dich nicht zu fürchten«, sagte ich, und meine Stimme klang so laut, daß der Lufthauch in den Saiten der Harfe ein Flüstern weckte und die Musik in summendem Widerhall über die Kristallwände gleiten ließ.

»Hörst du, Stilicho?« fragte ich. Und dann fügte ich rasch hinzu: »Wenn du je ein sicheres Versteck suchst, so bist du hier am besten aufgehoben. Auch ich habe es früher benutzt. Sei sicher, daß die Götter über dich wachen werden. Hier, in der Hand des Gottes, in seinem hohlen Hügel, bist du geborgen. Und jetzt kümmere dich um meine Stute. Die Harfe bringe ich selbst. Es wird für mich Zeit zum Aufbruch.«

Als der Morgen kam, ritt ich fünfzehn Meilen weiter nördlich durch den Eichenwald im Tal der Cothi. Eine Straße gab es hier nicht, nur Wegspuren, die ich jedoch gut kannte. Und ich wußte auch, wo die Hütte des Glasbläsers stand, sehr abgelegen und um diese Jahreszeit gewiß unbewohnt.

Einen halben Tag hielt ich dort Rast, führte die Stute am nahen Bach zur Tränke, legte in der Hütte vom mitgebrachten Futter für sie hin. Ich selbst hatte keinen Hunger. Ich trank einen Schluck Wein, hüllte mich in Abbas Schaffelle und schlief ein.

Wieder träumte ich vom Schwert. Zum ersten Mal sah ich es aus der Nähe: eine herrlich geschmiedete Waffe mit Edelsteinen am goldenen Knauf und ungestüm blitzender Klinge, als wolle es sich allein ins Kampfgetümmel stürzen. Nach solchen Eigenschaften benennt man Schwerter denn auch. Manche sind besonders kampfbegierig, andere vor allem ausdauernd und zäh, einige widerspenstig. Doch in allen wohnt ein eigenes Leben.

Auch dieses Schwert lebte. Ein Mann hielt es in der Hand. Neben ihm loderte ein Feuer, der einzige Lichtfleck in einer weitgestreckten, dunklen Ebene. Außer dem Mann war niemand zu sehen. Weit hinter ihm erkannte ich undeutlich die Umrisse einer Festungsmauer mit Turm. Ich dachte an das Mosaik in Ahdjans Haus, doch dies hier war nicht Rom. Die Gestalt des Turms wirkte vertraut, doch wußte ich nicht, wo ich ihn schon gesehen hatte, ob in der Wirklichkeit oder nur im Traum.

Der Mann war hochgewachsen. Ein langer, dunkler Umhang hüllte ihn von den Schultern bis zu den Füßen ein, und ein Helm verbarg sein Gesicht. Er hielt den Kopf gebeugt. Das Schwert lag jetzt blank auf den Innenflächen beider Hände, und er drehte die Klinge, drehte sie immer wieder, als versuche er angestrengt, die Runen dort zu entziffern. Gleißender Widerschein funkelte vom Metall. Ich erkannte ein Wort: *»König«*, und dann wieder: *»König«*, und das Glitzern der Edelsteine am Knauf blendete mich fast. Dann sah ich den Kreis aus rotem Gold auf dem Helm des Mannes und bemerkte auch, daß sein Umhang purpurfarben war. An seinem Finger blitzte ein goldener Ring mit dem Zeichen des Drachens.

Ich wollte sagen: »Vater, Ihr seid es doch, nicht wahr?« Aber wie es so oft im Traum geschieht, ich brachte keinen Laut hervor. Dennoch blickte er auf. Doch unter dem Helmrand waren keine Augen, war kein Gesicht. Die Hände, die das Schwert hielten, waren Knochenhände. Der Ring glänzte am Finger eines Skeletts.

Er streckte mir das Schwert entgegen, und eine Stimme, die nicht die Stimme meines Vaters war, sagte: »Nimm es.« Ich lauschte dem Klang der Worte nach. Nein, es war nicht die Stimme eines Geistes oder eine jener Stimmen, wie man sie bei Visionen hören mag. Diese kenne ich und weiß, daß kein Blut in ihnen ist. Sie gleichen dem Atem des Windes in einem leeren Horn. Die Stimme jedoch, die ich jetzt vernahm, war die tiefe, rauhe und befehlsgewohnte Stimme eines Mannes. Auch Zorn sprach aus ihr oder doch verhaltener Groll oder nur Mißmut aus Müdigkeit.

Ich versuchte mich zu bewegen, konnte es aber nicht. Geister habe ich nie gefürchtet, doch vor diesem Mann fürchtete ich mich. Ich spürte, wie meine Haut zu prickeln begann. Und dann sagte er, und diesmal konnte ich in seiner Stimme deutlich die Erschöpfung hören: »Du brauchst weder mich zu fürchten noch das Schwert. Ich bin nicht dein Vater, doch du bist mein Same. Nimm es also, Merlinus Ambrosius. Erst dann wirst du Ruhe finden.«

Langsam näherte ich mich ihm. Das Feuer war fast erloschen, und immer tiefer breitete Dunkelheit sich aus. Zögernd streckte ich die Hände nach dem Schwert aus, das er mir entgegenhielt. Mein Fleisch zuckte vor der Berührung mit den Knochenfingern zurück. Doch ich spürte sie gar nicht. Und dann fiel das Schwert, fiel durch seine und meine Hände hindurch und zwischen uns auf den Boden. Ich kniete nieder, tastete überall herum, fand nichts. Über mir fühlte ich den Atem des Mannes, warm wie aus einem lebendigen Leib. Ich hörte ihn sagen: »Finde es. Es gibt niemanden außer dir, der es finden kann.«

Und dann lag ich plötzlich mit offenen Augen, heller Mondschein füllte die Hütte, und es war die Mähne der über mich gebeugten Stute, die mir über das Gesicht strich.

8

Der Dezember ist gewiß kein Reisemonat, vor allem wenn man, aus guten Gründen, die Straßen nicht benutzen will. In den Wäldern findet sich das Unterholz zwar nicht so dicht wie zu anderen Zeiten, doch in den entlegeneren Tälern sind viele Strecken, wo es kaum ein Vorankommen gibt außer an den Ufern der Flüsse und Bäche; das heißt unendlich viele Windungen in Kauf nehmen und immer wieder Umwege machen, weil man oft selbst diesen Pfaden nicht folgen kann, denn Witterung und Überflutung haben oft an den Ufern verheerende Schäden angerichtet. Schnee blieb mir jedoch erspart; aber schon am zweiten Tag nach meinem Aufbruch von Bryn Myrddin fiel ein kalter Wind mit Graupelschauern über mich her, und der Boden vereiste.

Gegen Abend des dritten Tages hörte ich, von der Schneegrenze her, das Heulen von Wölfen. Bislang hatte ich mich an die Täler gehalten, an die Tiefe des stillen Waldes; doch hier und dort, wo die Bäume spärlicher wurden, hatte ich Ausblick auf die Hügel, auf denen frisch gefallener Schnee schimmerte. Die Luft schien schwanger davon, und unverkennbarer Geruch verriet, daß der Himmel bald wieder weiße Lasten herabschütten würde. Kein Zweifel, die Wölfe mußten dadurch tiefer getrieben werden.

Als sich dann die Dunkelheit herniedersenkte und die Bäume enger zusammenzurücken schienen, glaubte ich zwischen den Stämmen graue Schatten entlanghuschen zu sehen. Aus dem Unterholz klang leises Knacken, das natürlich auch von ungefährlichen Tieren herrühren mochte, Rehen oder Füchsen; aber meine Stute schnaubte unruhig, ein warnendes Zeichen.

Ich ritt mit vorgebeugtem Kopf, das Schwert locker in der Scheide. »Mevysen«, sagte ich zu dem Pferd auf walisisch (da es aus Wales stammte, war es mit den Lauten dieser Sprache besser vertraut), »Mevysen — wenn wir das große Schwert Macsen Wledigs finden, werde ich unüberwindlich sein. Und finden müssen wir es, das ist klar. Doch ich muß dir gestehen, daß ich im Augenblick die Wölfe nicht weniger fürchte als du. Reiten wir also weiter und suchen wir nach einem Flecken, wo ich uns im Notfall mit dieser armseligen Waffe verteidigen kann, mit der ich allerdings nicht sehr gut umzugehen verstehe.«

Tatsächlich hatten wir das Glück, tief im Wald auf Mauerwerk zu stoßen. Glück? Als wir näher kamen, zeigte sich, daß nur kümmerliche Überreste standen, kaum noch eine Ruine zu nennen. Das meiste war eingestürzt und viele der Steine offenbar weggeschleppt, um woanders zum Bauen verwendet zu werden. Immerhin mochten wir hier Schutz vor den unaufhörlich niederprasselnden Graupelschauern finden.

Ich stieg ab und führte die Stute hinein. Zwischen moosbewachsenem Geröll vorsichtig die Hufe setzend, schüttelte sie den nässetriefenden Hals und stand dann bald auf dem trockenen Boden unter einer Art Gewölbe, mit ihrem Futterbeutel wohl versorgt. Ich schlang das Ende ihres Haltestricks um einen Felsbrocken, rieb dann ihr Fell mit trockenen Farnwedeln ab und legte eine wärmende Decke über ihren Rücken. Das Tier fraß zufrieden. Anzeichen von Furcht zeigte es nicht mehr. Ich legte eine Satteltasche auf den Boden und setzte mich darauf, den Rücken gegen das Gemäuer gelehnt. Gern hätte ich ein Feuer angezündet als Schutz gegen die Kälte und die Wölfe. Doch inzwischen mochten andere Feinde nach mir spüren als nur diese mordgierigen Räuber. Und so hüllte ich mich, das Schwert in der Hand, in meine Schaffelle, stärkte mich mit Wein und ein paar kalten Bissen und fiel schließlich, an der Grenze zwischen Wachen und Schlafen, in eine Art Dösen.

Und träumte wieder. Diesmal nicht von Königen oder Schwertern oder Sternen, sondern von den kleinen Göttern kleiner Bereiche, von den Göttern der Hügel und Wälder, der Flüsse und Wegkreuzungen, von jenen Göttern, die immer noch in ihren zerstörten Schreinen wohnen und, abseits der lichterhellen christlichen Kirchen und der machtvollen Gottheiten Roms, im Abenddämmer warten. Mögen sie in Städten und auf Marktplätzen vergessen sein — im tiefen Wald und im wilden Hügelland bringen ihnen die Menschen nach wie vor die gewohnten Gaben, Speise und Trank, und beten zu ihnen.

Im Traum wußte ich, daß ich hier, in dieser Ruine, an einem solchen Ort war. Dunkelheit herrschte, und von draußen kam das Tosen des Windes, der in den Wipfeln rauschte. Näherte sich jemand? Ich konnte nichts hören, doch die Stute neben mir bewegte sich unruhig, schnaubte in den Futterbeutel, hob den Kopf. Und dann sah ich, daß mich aus dem Dunkel hinter der Schutzmauer ein Augenpaar beobachtete.

Schlafschwere lähmte meine Glieder. Ich konnte mich nicht aus meiner Erstarrung lösen. Doch zu dem einen Augenpaar gesellten sich, genauso lautlos, bald schon andere, schattenhafte Gestalten, nicht Wölfe, sondern Menschen, klein von Wuchs. Einer nach dem anderen kamen sie geistergleich heran, bis sie dicht nebeneinander am Eingang standen: wortlos, reglos, acht zwergenhafte Schatten, die mit dem Wald und der Nacht verschmolzen schienen. Im schwachen Widerschein der Sterne am Winterhimmel gewahrte ich nichts als das matte Glänzen ihrer auf mich gerichteten Augen.

Keine Bewegung, kein Laut. Und ohne mir eines Übergangs bewußt zu werden, begriff ich plötzlich, daß ich nicht länger schlief. Ich war wach, hellwach. Und immer noch standen die dunklen Gestalten dort.

Nach dem Schwert griff ich nicht. Gegen eine solche Übermacht stand ich auf verlorenem Posten. Wenn überhaupt, so mußte es andere Mittel und Wege geben, ungeschoren davonzukommen. Doch ehe mir ein rettender Gedanke kam, hatten mich auf ein leises Wort des Anführers die anderen bereits überwältigt. Ich spürte einen Knebel in meinem Mund. Grobe Finger banden meine Hände auf dem Rücken zusammen. Wenig später fühlte ich, wie man mich hochhob und nach draußen trug, wo man mich absetzte, den Rücken gegen die Reste der alten Schutzmauer. Ich hörte das Geräusch von Feuerstein auf Eisen, und schließlich sprang ein Funke über auf eine Art Docht in einem rissigen Ochsenhorn, das offenbar als Fackel diente. Sie verbreitete einen üblen Gestank und warf nur ein trübes Licht, doch der matte Schein genügte den Männern, um sorgfältig meine Satteltaschen zu durchsuchen und auch neugierige Blicke auf meine Stute zu werfen. Dann kamen sie zu mir zurück, stießen mir die qualmende Fackel fast ins Gesicht und nahmen mich sehr eingehend in Augenschein.

Wegelagerer waren sie offenbar nicht, denn sonst hätten sie mich sofort niedergestoßen oder doch zumindest meine Satteltaschen ausgeraubt. Aber nichts dergleichen. Den leisen Gesprächsfetzen war nicht zu entnehmen, was sie mit mir vorhatten. Dennoch verrieten mir die gemurmelten Worte etwas sehr Wichtiges: Diese Männer unterhielten sich in einer Sprache, die ich, obwohl mit ihr durch keinerlei praktischen Umgang vertraut, dennoch kannte. Mein alter Meister Galapas hatte sie mich gelehrt — die Ursprache der Britannier.

Ich begriff, wer diese Männer sein mußten. Sie waren Nachfahren jener Ureinwohner, die einst vor den Römern geflohen waren und ihnen die Städte und das fruchtbare Land überlassen hatten. Sie hausten wie heimatlose Vögel in den höheren Bereichen des Waldes, wo vorerst niemand daran dachte, ihnen die unwirtliche Wildnis streitig zu machen. Hier und dort befestigten sie sogar einen Gipfel und hielten ihn einige Zeit. Doch handelte es sich meist um Punkte, die zur Beherrschung des Landes auch für die Eroberer wichtig waren. Und so wurden sie nach und nach selbst von dort vertrieben, bis ihnen nur noch Felsen und Felshöhlen blieben, kahles, ödes Gebiet, das im Winter der Schnee deckte. Wenn nicht der Zufall (oder ihr eigener Wille) es fügte, waren sie für die Außenwelt unsichtbar. Ich hatte den leisen Verdacht, daß niemand anders als sie im Schutz der Dunkelheit zu den Schreinen der alten Gottheiten schlichen, um die vom einfachen Volk gebrachten Gaben an sich zu nehmen. Sie wußten dafür sicher Verwendung.

Die Männer vor mir sprachen jetzt lauter. Ohne mir anmerken zu lassen, daß ich sie verstand, hielt ich die Lider gesenkt und hörte angespannt zu.

»Ich sage dir, so muß es sein. Wer würde sonst in einer solchen Nacht hier durch den Wald reiten? Und dann die Stute. Genau wie man sie uns beschrieben hat.«

»Ja, das stimmt. Allein, hieß es. Und auf einem Fuchs.«

»Vielleicht hat er den anderen umgebracht und das Pferd gestohlen. Weshalb hält er sich sonst hier versteckt — mitten im Winter ohne Feuer, und das trotz der Wölfe.«

»Es sind nicht die Wölfe, die er fürchtet. Glaubt mir, dies ist der Mann, den sie haben wollen.«

»Für gutes Geld.«

»Und sehr gefährlich soll er sein. Aber so sieht er gar nicht aus.«

»Er saß mit gezogenem Schwert.«

»Aber er hat es nicht geschwungen.«

»Wir waren zu schnell für ihn.«

»Gesehen muß er uns jedoch haben. Höre, Cwyll — es war nicht klug von dir, ihn gefangenzunehmen. Sie sagten doch, wir sollten seine Fährte finden und ihm dann folgen.«

»Nun, das ist nicht mehr zu ändern. Was machen wir jetzt? Töten wir ihn?«

»Llyd wird es wissen.«

»Ja, Llyd wird es wissen.«

»Warten wir also auf ihn.«

Sie sprachen in kurzen, abgerissenen Sätzen, wild durcheinanderklingendes Stimmengewirr. Schließlich entfernten sie sich ein Stück. Nur zwei Wächter blieben bei mir.

Etwa zwanzig Minuten später lösten sich aus dem Dunkel des Waldes drei weitere Schatten, darunter offenbar auch Llyd, der Mann, auf den die übrigen gewartet hatten. Jetzt umdrängten sie ihn. Er hörte ihnen kurz zu, nahm dann die Fackel, die schon tief heruntergebrannt war, und trat auf mich zu. Die anderen folgten ihm.

Im Halbkreis umstanden sie mich. Die trübe Flamme flackerte unruhig über sie hin. Klein und dunkelhaarig, schienen sie mit ihren verwitterten Gesichtern knorrigen Holzstämmen zu gleichen. Sie trugen primitiv gegerbte Felle und Beinkleider aus grobgewebtem Tuch. Ihre Waffen waren nicht weniger einfach — Keulen, Messer, Steinäxte.

Llyd sagte: »Sie sind nach Norden gezogen. Im Wald ist niemand, der uns sehen oder hören könnte. Nehmt ihm den Knebel aus dem Mund.«

»Wozu?« fragte der Mann, der bis zu Llyds Auftauchen der Anführer gewesen war und sich meines Schwerts bemächtigt hatte. »Er spricht die alte Sprache doch nicht.«

»Und woher willst du das wissen?«

»Als wir vorhin sagten, daß wir ihn vielleicht töten würden, schien er sich nicht zu fürchten.«

»Was beweist das schon? Doch nur, daß er ein mutiger Mann ist, und das wußten wir bereits. Tut, was ich sage. Ich kenne seine

Sprache gut genug, um ihn zu fragen, wie er heißt und wohin er will. Pwul und Areth, ihr beide sucht trockenes Reisig, damit wir ihn bei einem hellen Feuer sehen können. Diese Fackel taugt nichts mehr.«

Einer meiner beiden Wächter nahm mir den Knebel aus dem Mund und stopfte ihn, obwohl der Fetzen mit Blut und Speichel verschmiert war, in seinen Beutel; ein Zeichen dafür, wie arm diese Leute waren: bei ihnen vergeudete man nichts.

Doch mir ging jetzt eine andere Frage durch den Kopf. Wer mochten »sie« sein — jene, die auf meinen Kopf (oder doch auf meine Verfolgung) einen Preis ausgesetzt hatten? Crinas und seine Gefährten vielleicht? Wer immer es sein mochte, in dessen Auftrag sich diese Gebirgsbewohner an meine Fersen geheftet hatten: Lag ihm daran zu erfahren, wohin meine Reise mich führen würde, so war diese Hoffnung jetzt vereitelt. Aber auch ich mußte mein ursprüngliches Vorhaben aufgeben. Selbst wenn man mich wieder freiließ, um mir heimlich zu folgen, durfte ich meinen Ritt nicht in der alten Richtung fortsetzen, denn natürlich konnte es mir nie gelingen, die wachsamen Späher abzuschütteln. Der Wald hier besaß Augen und Ohren, und auf geheimnisvollen Wegen wanderten Nachrichten schnell wie flinke Vögel.

Nur einen Ausweg schien es zu geben. Es mußte mir gelingen, die Männer hier auf meine Seite zu ziehen. Dann konnte ich Galava erreichen, ohne an meine Feinde verraten zu werden.

Doch bevor ich diesen Versuch unternahm, wollte ich hören, was mir der Anführer zu sagen hatte.

In gebrochenem Walisisch sagte er langsam: »Wer bist du?«

»Jemand, der weiter im Norden einen alten Freund besuchen will.«

»Im Winter?«

»Das ließ sich nicht umgehen.«

»Woher ...« Er hatte Mühe, die richtigen Wörter zu finden. »... woher kommst du?«

»Aus Maridunum.«

Er nickte zufrieden. Offenbar bestätigte meine Antwort, was man ihm von mir erzählt hatte.

»Bist du ein Bote?«

»Nein. Deine Männer haben ja gesehen, was ich bei mir trage.«

Neben Llyd sagte einer in der alten Sprache: »Er hat Gold bei sich, in seinem Gürtel und auch in einen Gurt der Stute eingenäht.«

Der Anführer beobachtete mich stumm. Sein Gesicht wirkte

ausdruckslos. Nach einer Weile sagte er in der alten Sprache zu den anderen: »Habt ihr ihn durchsucht?«

»Nein, ihn nicht. Nur die Satteltaschen.«

»Dann durchsucht ihn jetzt.«

Sie gehorchten. Grobe Hände tasteten mich ab. Dann richteten die Männer sich wieder auf und zeigten Llyd, was sie gefunden hatten. »Das Gold. Seht doch nur, wieviel. Eine Brosche mit dem Drachen des königlichen Hauses. Richtiges Gold, so schwer. Und dann noch ein Zeichen mit dem Raben des Mithras. Und er reitet allein und heimlich von Maridunum nach Norden.« Cwyll, der Mann, der mein Schwert an sich genommen hatte, ließ meinen Umhang wieder über das Zeichen des Raben gleiten und erhob sich. »Das muß der Mann sein, von dem uns die Soldaten erzählt haben. Er lügt. Er ist der Bote. Wir sollten ihn freilassen und ihm dann folgen.«

Llyd ließ mich nicht aus den Augen. Schließlich sagte er nachdenklich: »Ein Bote mit einer Harfe und dem Zeichen des Drachens und dem Mal des Raben? Ganz allein auf dem Ritt durch die Wälder von Maridunum her? Nein, das ist kein Bote. Das kann nur einer sein — der Zauberer von Bryn Myrddin.«

»Der Zauberer?« wiederholte Cwyll erschrocken. »Für einen Zauberer ist er doch viel zu jung. Außerdem soll das ein Riese sein mit einem Blick, der einem das Mark in den Knochen erstarren läßt. Ach was, Llyd, der hier ist ein ganz gewöhnlicher Mensch. Laßt ihn frei, damit wir ihm heimlich folgen können.«

Ein anderer Mann sagte: »Ja, Llyd, laß ihn frei. Mit einem Zauberer wollen wir nichts zu tun haben.«

Neugierig und ängstlich drängten die anderen näher.

»Ein Zauberer? Davon haben uns die Soldaten nichts gesagt, sonst hätten wir ihn nie angerührt.«

»Bestimmt kein Zauberer, das sieht man doch schon an seiner Kleidung. Außerdem hätte er sich dann gewiß nicht von uns gefangennehmen lassen.«

»Wir haben ihn im Schlaf überrascht. Auch Zauberer müssen schlafen.«

»Nein, er war wach und sah uns. Trotzdem tat er nichts.«

»Wir haben ihn gleich geknebelt.«

»Aber jetzt ist er nicht mehr geknebelt und sagt doch nichts.«

»Ja, laß ihn frei, Llyd. Die Soldaten haben uns guten Lohn versprochen.«

Gemurmel, Nicken. Dann die zögernde Stimme eines Mannes

neben Cwyll: »Er hat viel mehr bei sich, als sie uns geben wollen.« Llyd hatte bislang geschwiegen. Jetzt sagte er voll Zorn: »Sind wir Diebe? Oder Gesindel, das für Geld alles tut? Ich habe euch schon einmal gesagt, daß ich nicht daran denke, mich ihren Wünschen blindlings zu fügen. Wer sind sie denn, daß wir, die früheren Besitzer dieses Landes, für sie die Mietlinge spielen? Wir werden nicht tun, was ihnen, sondern was uns nützt. Hier gibt es Dinge, die ich gern erfahren möchte. Die Soldaten haben uns nichts gesagt. Vielleicht wird uns dieser Mann etwas wagen. Mir scheint, daß Wichtiges vor sich geht. Seht ihn euch doch an. Er soll ein Bote sein? Niemals. Er ist ein Mann, der unter anderen Männern Rang und Namen hat. Bindet ihn los, damit ich besser mit ihm sprechen kann. Und du da — hol etwas zu essen und zu trinken.«

Die Wächter, das Messer in der Hand, schienen zu zögern. Die übrigen drängten herbei, streitende Stimmen. Llyd war offensichtlich nur gewählter Anführer, erster unter gleichen, und mußte es sich gefallen lassen, daß gegen ihn Widerspruch laut wurde.

Eine Weile hörte er schweigend zu, dann verschaffte er sich mit lauter Stimme Gehör. »Es gibt Dinge, die wir wissen müssen — begreift das doch endlich. Und wenn er nicht freiwillig spricht, so bleibt uns nichts übrig, als ihn mit Gewalt dazu zu bringen.«

Zu meiner Überraschung hatten Pwul und Areth es tatsächlich geschafft, den Reisighaufen anzuzünden. Doch loderte kein richtiges Feuer auf. Nur dichte Rauchschwaden kräuselten empor und krochen, vom Wind sofort wieder herabgedrückt, beizend und ätzend in jeden Winkel des Gemäuers. Meine Augen brannten, in meiner Kehle biß es.

Es war wohl an der Zeit, der Ungewißheit ein Ende zu machen. Schließlich hatte ich gehört, worauf es mir ankam. Und so sagte ich in der alten Sprache: »Areth, tritt vom Feuer zurück.«

Die Stimmen rund um mich verstummten mit einem Schlag. Doch ich sah die Männer nicht an, sondern blickte zum qualmenden Reisighaufen. Ich spürte, wie mich Kraft durchrann — jene besondere Kraft. Und dann stürzte von oben her Helle durch das Dunkel gleich einem flammenden Pfeil oder einem glühenden Stern. Blitzend fiel ein Schauer weißer Funken auf den Reisighaufen und setzte ihn in Brand. Ein Strom aus Feuer ergoß sich mit den Hagelkörnern auf das Holz und schlug, prasselnd und herrlich heiß, sofort wieder hoch in leuchtendem Rot und strahlendem Gold. Es war, als würden die Flammen aus einem überreichen Quell aus Öl gespeist. Das laute Getöse erfüllte den Wald und kam als hallendes Echo zurück. Eine Schar von Pferden schien in wildem Galopp dahinzujagen.

Ich blickte mich um, konnte jedoch niemanden sehen. Die Männer waren verschwunden, als hätte sie der Erdboden verschluckt. Ich schien völlig allein zu sein, hier im Gemäuer mit den schattigen Umrissen der Bäume ringsum. Immer noch umschlangen die Fesseln meine Handgelenke. Vom feuchten Stoff meines Umhangs stieg stickiger Geruch auf. Die Nässe begann zu entweichen.

Dann spürte ich von hinten einen sachten Stoß. Etwas gleichzeitig Rauhes und Scharfes, ein Steinmesser offenbar, durchschnitt die Stricke. Sie fielen zu Boden. Ich rieb mir die wunden Handgelenke und sah, daß das Messer einen winzigen, leicht blutenden Schnitt hinterlassen hatte.

Ohne den Kopf zu drehen, blieb ich sitzen. Nach einer Weile erklang hinter mir Llyds Stimme.

Er redete mich in der alten Sprache an. »Du bist Myrddin, genannt Emrys oder Ambrosius, Sohn von Ambrosius, dem Sohn von Constantius, der dem Samen von Macsen Wledig entstammte — habe ich recht?«

»Ich bin Myrddin Emrys.«

»Als meine Männer dich gefangennahmen, wußten sie nicht, wer du bist.«

»Aber jetzt wissen sie es. Was werdet ihr mit mir tun?«

»Dich gehen lassen, wann immer du willst.«

»Aber wolltest du mich nicht noch befragen?«

»Wie könnten wir dich zu etwas zwingen? Und wir würden es auch nie tun. Wenn du uns sagen willst, was wir gern wüßten, so ist es gut; wenn nicht, sind wir es auch zufrieden. Vielleicht möchtest du vor deinem Weiterritt noch ein wenig schlafen. Dann können wir über dich wachen. Was wir zu essen und zu trinken haben, wollen wir gern mit dir teilen.«

»Ich danke dir und nehme an. Meinen Namen habe ich dir genannt. Deinen habe ich natürlich gehört, aber du mußt mir selber sagen, wie du heißt.«

»Ich bin Llyd. Mein Vorfahr war Llyd von den Wäldern. Es gibt hier keinen Mann, der nicht von einem Gott abstammt.«

»Dann hat auch niemand Grund, sich vor einem Mann zu fürchten, der von einem König abstammt. Kommt also alle her und wärmt euch an meinem Feuer.«

Das Mahl, das sie mit mir teilten, war einfach, doch schmackhaft. Es bestand aus geröstetem Hasenfleisch und einem Laib

Schwarzbrot. Auch frisch erlegtes Wildbret hatten sie bei sich, doch war dies, eine Beute ihres nächtlichen Streifzuges, für die anderen Stammesangehörigen bestimmt. Während wir aßen, legten sie das Stück Wild und eine tote Henne zum Rösten ins Feuer, dazu auch einige flache, ungebackene Kuchen, roher Teig, nach Aussehen und Geruch mit Blut vermischt. Woher die Männer dies alles (und auch den gerösteten Hasen) hatten, war unschwer zu erraten: Man sieht dergleichen dort im Norden an jeder Wegkreuzung. Wenn diese Männer sich der Opfergaben bedienten, so lag darin durchaus kein Frevel, glauben sie doch von den Göttern abzustammen und also ein Recht darauf zu haben.

Mir erschien die Sache harmlos genug, und ich zögerte keinen Augenblick, mich mit dem Fleisch und dem Brot zu stärken und aus einem Horn von jenem süßen und sehr starken Trank zu schlürfen, den sie aus Kräutern und wildem Honig brauen.

Die zehn Männer saßen um das Feuer, während Llyd und ich, ein kleines Stück von ihnen entfernt, miteinander sprachen.

»Diese Soldaten«, sagte ich, »die Krieger, die euch eine Belohnung versprachen, wenn ihr mir folgt. Was für Männer waren das?«

»Fünf Männer, alle bis an die Zähne bewaffnet, doch ohne ein Wappen oder sonst ein Zeichen.«

»Fünf? War darunter einer mit roten Haaren, sehr groß und kräftig, mit braunem Wams und blauem Umhang? Und ein anderer auf einem Schecken?« Der Schecke war das einzige Pferd, das Stilicho damals im Dunkeln des Dornenhains erkannt hatte, weiße Flecken, hell schimmernd. Im übrigen schienen Crinas und seine Kumpane also noch einen fünften Mann bei sich gehabt zu haben. Wahrscheinlich war er am Fuß des Tals als Wachposten zurückgeblieben. »Was haben sie denn zu euch gesagt?«

Doch Llyd schüttelte den Kopf. »Einen Mann oder auch ein Pferd, wie du sie beschreibst, habe ich nicht gesehen. Der Anführer war blond, dünn wie eine Heugabel und trug einen Bart. Und sie sagten nur, wir sollten nach einem Mann auf einem Fuchs Ausschau halten. Er ritte ganz allein, und sie wüßten nicht, mit welchem Ziel oder Zweck. Aber wenn wir herausfinden könnten, wohin seine Reise ginge, so würden ihre Herren gut dafür bezahlen.«

Er schleuderte einen abgenagten Knochen über die Schulter, wischte sich den Mund und sah mich dann an. »Wohin dich dein Weg führt, ist gewiß nicht meine Sache«, sagte er. »Auch haben mich deine sonstigen Pläne nicht zu kümmern. Aber sage mir doch, Myrddin Emrys: Warum versteckt sich der Sohn des Hohen Königs Ambrosius und Neffe des Uther Pendagron ganz allein im tiefen Wald, während Uriens Männer ihn verfolgen?«

»Uriens Männer?«

Die Genugtuung in seiner Stimme war nicht zu überhören. »Manche Dinge kann dir selbst deine Zauberkraft also nicht verraten. Doch in diese Täler kommt niemand, ohne daß wir davon erfahren. Wir setzen uns auf seine Fährte, bis wir wissen, was er im Schilde führt. Urien von Gore kennen wir. Und dies waren seine Männer. Schon ihre Sprache zeigte das.«

»Erzähl mir von Urien«, sagte ich. »Gehört habe ich von ihm natürlich. Er ist der kleine König eines kleinen Landes und Lot von Lothians Schwager. Doch aus welchem Grund sollte er mich verfolgen lassen? Ich reise im Auftrag des Königs, und weder mit mir noch mit dem König ist Urien verfeindet. Er und sein Schwager Lot sind sogar mit Rheged und dem König verbündet. Ist Urien vielleicht das Werkzeug eines anderen — Herzog Cadors?«

»Nein, nur König Lots.«

Ich schwieg. Das Feuer prasselte, und rund um uns rauschte der Wald, doch nach und nach legte sich der Wind. Ich grübelte angestrengt. Daß Crinas und seine Gesellen von Cador ausgeschickt worden waren, bezweifelte ich keinen Augenblick. Doch außer ihnen hatten offenbar weitere Späher aus dem Norden auf der Lauer gelegen — und meine Spur auch gefunden. Urien, Lots Handlanger. Und Cador. Zwei mächtige Verbündete des Hohen Königs, gleichsam seine rechte und linke Hand. Doch kaum war Uther krank geworden, hatten sie auch schon ihre Spürhunde damit beauftragt, nach dem Prinzen zu suchen ...

Es war, als zersplittere vor meinen Augen ein Bild, um sich aus abertausend Scherben zu einem neuen Mosaik zusammenzusetzen. König Lot, dem Morgian, Uthers Tochter, versprochen war. König Lot.

Nach einer Weile sagte ich: »Diese Männer wollten also nach Norden, wenn ich richtig verstanden habe. Warum? Um Urien zu berichten? Oder um mich zu finden und mir dann zu folgen?«

»Um dir zu folgen. Sie sagten, sie würden weiter nördlich nach einer Spur von dir suchen. Sollten sie jedoch nichts finden, so wollen sie sich mit uns an einem verabredeten Ort treffen.«

»Und werdet ihr zur Stelle sein?«

Statt mir zu antworten, spuckte er nur verächtlich aus.

Ich lächelte. »Ich werde morgen weiterreiten. Könntet ihr mich zu einem Pfad führen, den die Soldaten nicht kennen?«

»Natürlich. Aber um das zu tun, müssen wir wissen, wohin du willst.«

»Ich folge einem Traum, den ich hatte«, erwiderte ich.

Er nickte. Für einen Menschen wie ihn war daran nichts Besonderes. Ähnlich wie Tiere lassen sich die Bewohner der Berge von Instinkten leiten, auch suchen sie den Himmel nach geheimen Vorzeichen ab.

Ich dachte einen Augenblick nach und sagte dann: »Du hast von Macsen Wledig gesprochen. Als er diese Inseln verließ und nach Rom aufbrach, sind ihm da welche von euren Leuten gefolgt?«

»Ja. Mein eigener Urgroßvater hat sie unter Macsen befehligt.«

»Kehrte er später zurück?«

»Ja.«

»Ich sprach von einem Traum, den ich hatte, Llyd. Ich träumte von einem toten König. Und dieser tote König sagte zu mir, ehe der lebende den Thron bestiege, müßte ich mich auf die Suche machen. Hast du je gehört, was aus Macsens Schwert geworden ist?«

Er machte hastig ein Zeichen. Obwohl ich es nicht kannte, begriff ich, was es war: starker Schutz gegen starken Zauber. Dann murmelte er etwas vor sich hin, eine Beschwörungsformel offenbar, und sagte schließlich heiser: »Die Zeit ist also gekommen. Gepriesen sei Arawn, gepriesen sei Bilis, gepriesen sei Myrddin von den Höhen. Ich wußte, daß es um große Dinge ging. Ich spürte es auf der Haut, wie man den fallenden Regen spürt. Das ist es also, was du suchst, Myrddin Emrys?«

»Das ist es, was ich suche. Ich war im Osten, und dort sagte man mir, daß das Schwert, mit einem Teil des kaiserlichen Schatzes, wieder in den Westen zurückkam. Mir will scheinen, daß es kein Zufall ist, der mich hierhergeführt hat. Kannst du mir weiterhelfen?«

Er schüttelte langsam den Kopf. »Nein. Doch es gibt andere hier im Wald, die das können. Das Schwert wurde von Geschlecht zu Geschlecht vererbt. Mehr kann ich dir nicht sagen.«

»Hat denn dein Urgroßvater nie davon gesprochen?«

»O doch. Und wenn du es hören willst, so werde ich dir gern berichten.« Unwillkürlich fiel seine Stimme in den Singsang der Geschichtenerzähler. »Das Schwert wurde niedergelegt von einem toten Kaiser und wird wieder erhoben werden von einem lebenden. Über Wasser und über Land, mit Blut und mit Feuer gelangte es heim und wird wieder heimgelangen über Wasser und über Land und verborgen liegen im schwebenden Stein, bis das Feuer es weckt. Doch erheben kann es nur ein Mann, der rechtmäßig dem Samen Britanniens entstammt.«

Der Singsang brach ab. Die anderen, drüben am Feuer, waren verstummt, um zuzuhören. Ihre Augen glänzten hell, und ich sah, wie ihre Hände das uralte Zeichen machten. Llyd räusperte sich, spie wieder aus und sagte dann fast mürrisch: »Das ist alles. Weiterhelfen wird es dir sicher nicht.«

»Wenn es mir bestimmt ist, das Schwert zu finden«, erwiderte ich, »so werde ich zur rechten Zeit auch Hilfe erhalten, dessen bin ich sicher. Wahrscheinlich ist sie gar nicht mehr so fern; denn wo das Lied ist, kann auch das Schwert nicht weit sein. Und nachdem ich es gefunden habe ... gewiß kannst du dir schon denken, wohin ich will.«

»Wohin sollte dich jetzt im Winter dein Weg führen, wenn nicht zum Prinzen? Habe ich recht, Myrddin Emrys?«

Ich nickte. »Ja, Llyd. Er befindet sich zwar nicht auf deinem Gebiet, jedoch in der Nähe. Weißt du, wo?«

»Nein. Aber ich werde es wissen.«

»Gut«, sagte ich. »Das kann für uns alle nur von Nutzen sein. Ihr werdet mich ja beobachten und sehen, wohin ich reite. Und dann, Llyd, wacht über ihn. Denn dies ist ein König, der den alten Stämmen in den Bergen nicht weniger Gerechtigkeit widerfahren lassen wird als den Königen und Bischöfen, die sich in Winchester versammeln.«

»Wir werden tun, was du uns rätst, Myrddin Emrys, und über ihn wachen.«

»Gut«, sagte ich zufrieden. »Dann kann ich morgen beruhigt nach Norden weiterreiten und auf ein Zeichen hoffen, das mir bei meiner Suche hilft. Wenn es dir recht ist, möchte ich jetzt noch ein wenig schlafen.«

»Hier bei uns bist du in Sicherheit«, erwiderte Llyd. »In der Frühe bringen wir dich dann auf den Weg.«

9

Der Pfad, den sie mir zeigten, unterschied sich äußerlich in nichts von jenen Wegen, die mich zum verfallenen Gemäuer geführt hatten. Doch der Anschein trog, denn die Männer verrieten mir, daß es überall verborgene Markierungen gab, denen man mühelos folgen konnte. Tatsächlich erwies sich schon bald, wie wichtig das war. Im oft fast unwegsamen Gelände mit dem wuchernden Dickicht und den engen Schluchten hätte ich mich ohne die geheimen Zeichen zweifellos verirrt. Manchmal tauchte, wie ein undurchdringlicher Panzer, eine Felswand vor mir auf, während von irgendwoher das Rauschen eines Wasserfalls an meine Ohren klang. Kopfschüttelnd starrte ich dann auf das massive Gestein. Hier konnte es unmöglich weitergehen. Und doch fand sich stets eine Lücke, ein Spalt, sehr eng und oft gefährlich, aber klar erkennbar in die Richtung führend, der ich zustrebte. Zwei Tage ritt ich und hielt nur selten Rast. Als Nahrung diente mir und der Stute, was uns Llyd und seine Männer mitgegeben hatten.

Am Morgen des dritten Tages verlor das Tier dann ein Hufeisen. Zum Glück befanden wir uns auf weichem Boden, einem grasbewachsenen Kamm, Weideland zwischen zwei Tälern, um diese Jahreszeit verlassen. Ich stieg ab und führte die Stute am Zügel, während meine Augen über die tiefen Senken glitten und nach einer Straße oder einer Ansiedlung suchten. Wo ich jetzt war, wußte ich so ungefähr; denn durch aufreißendes Gewölk hatte ich den weißen Gipfel des Großen Schneehügels gesehen, jenes Berges, der den Winterhimmel stützt. Ich kannte das Land von meiner früheren Reise her. Kein Zweifel, daß irgendwo in der Nähe eine Straße sein mußte. Und wo es eine Straße gab, war auch ein Schmied nicht weit. Natürlich lief ich Gefahr, erkannt zu werden. Doch da die Stute auf dem jetzt steinharten Untergrund gewiß bald lahmen würde, blieb mir keine Wahl.

Gegen Mittag erblickte ich Rauch, und wenig später sah ich im Tal darunter das Glitzern von Wasser. Sofort strebte ich mit der Stute hangabwärts. Hier und dort standen vereinzelte Eichen, in deren Geäst noch welkes Laub hing. Zwischen den Stämmen erkannte ich, weiter in der Tiefe, einen Fluß.

Wir gelangten ans Ufer. Doch durch das Rauschen des Wassers war nichts zu hören als das ferne Bellen der Hunde im Dorf.

Irgendwo in der Nähe mußte die Straße sein. Mich dicht am Rande des Eichenwaldes haltend, führte ich die Stute weiter.

Etwa eine Stunde mochte vergangen sein, als sich das Tal plötzlich nach Nordwesten zu krümmte, und dort, ein Stück voraus, sah ich das Grün, das die unmittelbare Nachbarschaft einer Straße verriet.

Und dann hörte ich, laut und deutlich in der winterlichen Stille, den metallenen Klang eines Hammers.

Von einem Dorf fand sich keine Spur, doch wenn es, woran kaum zu zweifeln war, hier eine Ansiedlung gab, so lag sie, gegen mögliche Überfälle dort besser geschützt, gewiß auf einer der dichtbewaldeten Hügelkuppen. Der Schmied unten am Fluß hatte wenig zu befürchten. Solche Männer besitzen nichts, was zu rauben sich lohnte, und sind außerdem viel zu nützlich. Auch geht von ihnen etwas aus, was selbst Gesindel zurückscheuen läßt: jener uralte, geheimnisvolle Bann, der über Orten zu schweben scheint, wo Straßen und Wasserläufe aufeinanderstoßen.

Der Schmied hier glich im Aussehen Llyd und seinen Männern. Er war klein, von der Arbeit gebeugt, hatte jedoch breite Schultern und sehr muskulöse Arme, die von einem dichten Pelz bedeckt waren. Seine mächtigen Pranken, voller Schwielen, wirkten kaum weniger schwarz als das Haar.

Ich grüßte, band die Stute an einen Ring bei der Tür und setzte mich dann, um zu warten. Vom Feuer, das von einem jungen Burschen geschürt wurde, schlug Hitze herüber, mir mehr als willkommen. Der Schmied erwiderte meinen Gruß und musterte mich einen Augenblick scharf. Dann wandte er sich, ohne seinen Arbeitsrhythmus zu unterbrechen, wieder dem Amboß zu, auf dem eine halbfertige Pflugschar lag, die jedoch unter dem gleichmäßigen Hämmern nach und nach endgültige Gestalt annahm. Schließlich rief der Schmied dem jungen Burschen am Blasebalg etwas zu. Der Gehilfe nickte und verschwand mit einem Wassereimer nach draußen.

Der Meister legte den Hammer aus der Hand und streckte sich. Dann trank er aus einem Weinschlauch, der an der Wand hing, und wischte sich den Mund.

»Hast du das Hufeisen mitgebracht?« Unwillkürlich hatte ich erwartet, daß er sich der alten Sprache bedienen würde, doch es war unverkennbar Walisisch. »Sonst dauert es nämlich länger. Oder soll ich einfach die drei anderen abmachen?«

Ich lachte. »Und sie mir bezahlen?«

»Ich würde es umsonst tun«, erwiderte er, gleichfalls lachend, die Zähne schwarz im schwarzen Gesicht.

»Schon gut«, sagte ich. »Ich habe es mitgebracht.« Ich hielt ihm das Eisen hin.

Er prüfte es sorgfältig, nickte dann und hob den Fuß der Stute hoch. »Willst du noch weit?«

Von alters her hat ein Schmied, außer auf seinen Lohn, auch ein Anrecht auf die letzten Neuigkeiten. Da ich darauf gefaßt gewesen war, hielt ich eine Geschichte bereit. Sorgfältig den Huf raspelnd, hörte er mir aufmerksam zu. Nach einer Weile kam der junge Bursche mit dem vollen Eimer zurück und kippte das Wasser in einen Zuber. Er war lange fort gewesen und keuchte wie nach eiligem Lauf. Der Schmied winkte ihn mit einem Grunzen zum Blasebalg. Bald schlugen die Flammen wieder tosend hoch, und in der rotstrahlenden Hitze begann das Hufeisen zu glühen.

Gewiß hätte ich besser auf der Hut sein sollen. Gewiß wäre es vernünftiger gewesen, die Schmiede ganz zu meiden. Doch wie schon gesagt, eine Wahl war mir kaum geblieben. Auch hatte ich insgeheim gehofft, daß die Soldaten, die zweifellos überall nach dem Reiter mit dem Fuchs fragten, noch nicht bis hierher vorgedrungen waren — ein Irrtum, wie es jetzt schien.

Mochten sie inzwischen auch wieder verschwunden sein, so gab es offenbar andere, die ihnen willig die Arbeit abnahmen.

Bei dem Lärm, der in der Schmiede herrschte, hörte ich die Schritte nicht. Doch sah ich plötzlich vier schattenhafte Gestalten zwischen mir und der Tür, bewaffnete Männer, zwei mit primitiven Speeren, der dritte mit einem Hackmesser, der vierte mit einem römischen Kurzschwert.

Der Schmied unterbrach sein Hämmern, der Gehilfe nahm den Fuß vom Blasebalg.

Der mit dem Kurzschwert trat einen halben Schritt auf mich zu. Er grüßte höflich. »Wer bist du und wo willst du hin?«

Ich antwortete ihm in seiner Sprache, in der gleichen Mundart. »Mein Name ist Emrys, und ich will nach Norden. Wie du siehst, hat meine Stute ein Hufeisen verloren, und deshalb bin ich hier.«

»Wo kommst du her?«

»Vom Süden, wo man gegen harmlose Fremdlinge keine Bewaffneten ausschickt. Wovor fürchtet ihr euch, daß ihr gleich zu viert erscheint?«

Er knurrte einen halblauten Befehl, und die beiden, deren Speere mit den Spitzen auf mich gerichtet waren, stießen sofort die Schäfte auf den Boden. Doch das Kurzschwert blieb gezückt.

»Du sprichst unsere Sprache zu gut, um ein Fremder zu sein. Also bist du wahrscheinlich der Mann, vor dem wir uns hüten sollen. Wer bist du?«

»Für dich in der Tat kein Fremder, Brychan«, erwiderte ich. »Hast du das Schwert bei Kaerconan erbeutet oder bei Bremia, wo wir Vortigerns Heer vernichtend schlugen?«

»Kaerconan?« Die Schwertspitze senkte sich zögernd. »Du hast dort gekämpft? Für Ambrosius?«

»Ich war dort, ja.«

»Und bei Bremia auch? Unter Herzog Gorlois vielleicht?« Er betrachtete mich aufmerksam. »Warte — hast du nicht gesagt, daß du Emrys heißt?« Er starrte mich aus aufgerissenen Augen an. »Seid Ihr etwa Myrddin Emrys, der Prophet, der die Schlacht für uns gewann und später die Verwundeten verband? Ambrosius' Sohn?«

»Ja, der bin ich.«

Männer seiner Art beugen nicht leicht das Knie, und er dachte auch jetzt nicht daran, das zu tun. Doch die schroffe Bewegung, mit der er das Kurzschwert in seinen Gurt zurückschob, und das breite, freudestrahlende Grinsen besagten auf ihre Weise kaum weniger als ein ehrerbietiger Kniefall.

»Bei den Göttern, Ihr seid es wirklich, Herr! Ich habe Euch nur nicht gleich erkannt!« Er fuhr zu den drei anderen herum. »Weg mit den Waffen, ihr Dummköpfe! Könnt ihr denn nicht sehen, daß er ein Prinz ist und keiner von euerm Schlag?«

»Nun«, sagte ich lachend, »man kann es ihnen kaum verübeln, wenn sie nichts dergleichen sehen. Im Augenblick bin ich nämlich weder ein Prinz noch ein Prophet, Brychan. Von meiner Reise darf niemand etwas erfahren. Außerdem brauche ich Hilfe ... verschwiegene Hilfe.«

»Die sollt Ihr haben, Herr.« Er sah, daß ich den Schmied und seinen Gehilfen mit einem flüchtigen Blick streifte, und setzte rasch hinzu: »Keiner der Männer hier wird etwas verraten. Auch der Bursche dort nicht.«

Der Gehilfe nickte hastig, und der Schmied sagte rauh: »Wenn ich gewußt hätte, wer Ihr in Wahrheit seid ...«

»... dann hättest du es nicht so eilig gehabt, den Burschen ins Dorf zu schicken, um Verstärkung herbeizuholen, wie?« fragte ich lächelnd. »Nun, was tut's? Wenn du ein Mann des Königs bist wie Brychan, so kann ich dir vertrauen.«

»Wir halten hier alle zum König«, sagte Brychan schroff.

»Aber selbst wenn Ihr nicht Uthers Neffe wärt und der eigentliche Sieger seiner Schlachten, sondern sein ärgster Feind — die Menschen, die hier leben, würden Euch dennoch helfen. Wem habe ich es denn zu verdanken, daß mir damals nach der Schlacht bei Kaerconan nicht der Arm abgenommen werden mußte? Doch nur Euch und Eurer ärztlichen Kunst.«

Ich erinnerte mich. Eine sächsische Streitaxt hatte bei ihm einen Muskelstrang durchtrennt und den Knochen bloßgelegt. Die Wunde war von mir genäht und behandelt worden. Doch ob Brychan die Heilung meinem ärztlichen Können verdankte oder seinem blinden Vertrauen zu allem, was »des Königs Prophet« tat, blieb eine offene Frage. Obwohl zweifellos geschwächt, leistete ihm der Arm noch gute Dienste — wie seine Handhabung des Kurzschwertes hinlänglich bewiesen hatte.

»Ja, Herr«, sagte er. »Ihr könnt auf uns alle zählen. Hier seid Ihr mit Euren Geheimnissen sicher. Denn es gibt keinen unter uns, der nicht wüßte, daß die Zukunft des ganzen Reiches in Euren Händen liegt, Myrddin Emrys. Hätten wir geahnt, wer der Reiter ist, den die Soldaten suchten, so hätten wir diese Bande bis zu Eurem Eintreffen festgehalten — und auf ein bloßes Nicken von Euch getötet.« Mit grimmigem Gesicht warf er den anderen einen kurzen Blick zu. Sie nickten.

Ich sagte ein paar kurze Worte, Dank und Anerkennung. Während ich noch sprach, wurde mir plötzlich bewußt, daß ich allzulange von Britannien fort gewesen war. Nicht nur die Kleinkönige, Fürsten und Edelleute würden Artus auf den Thron helfen. Sie vielleicht sogar zuallerletzt. Nein, es war das Volk von Britannien, in diesem Land verwurzelt und sich von ihm nährend wie die Bäume, das den Willen und die Kraft haben mochte, den Prinzen zu seinem König zu machen und auch für ihn zu kämpfen. Einzig der Glaube der einfachen Menschen aus dem Flachland und aus den Bergen konnte ihn zum Herrscher über all diese Fürstentümer und Inseln machen, über jenes Reich, von dem mein Vater geträumt hatte. Ihm selbst war nicht genügend Zeit geblieben, diesen Traum zu verwirklichen. Doch auch schon Maximus, der Fast-Kaiser, hatte dieses Ziel vor Augen gehabt: ein vereinigtes Britannien, das gegen den kalten Wind aus dem Norden ein Bollwerk war.

Ich ließ meinen Blick über die Männer hier gleiten. Da stand Brychan mit seinem halbverkrüppelten Arm. Da standen die anderen drei mit ihren primitiven Waffen. Dort hielt der Schmied noch den schweren Hammer in der Hand, an seiner Seite der junge Bursche. Sie alle, so schien es, waren bereit, ihr Dorf, ihr Land, ihren armseligen Besitz bis zum letzten Blutstropfen zu verteidigen. Auch Llyd und seine Männer fielen mir ein: all jene in den Bergen hausenden Stämme, in deren kalten Höhlen Vergangenheit und Zukunft miteinander verknüpft waren. Ja, dachte ich, diesmal wird es anders sein. Maximus und Ambrosius hatten die Waffen sprechen lassen, und wenn sie auch nicht ans Ziel gelangt waren, so hatten sie doch zumindest den Grundstein gelegt. Auf diesem Grundstein konnte Artus, wenn das Volk hinter ihm stand, den Palast errichten.

Brychan sagte: »Wollt Ihr nicht mit uns ins Dorf kommen, Herr? Der Schmied kann ja Eure Stute beschlagen, während Ihr Euch in meinem Haus ausruht und etwas eßt. Wir sind alle sehr gespannt, was Ihr uns zu berichten habt. Auch würden wir gerne wissen, warum die Soldaten so eifrig nach Euch suchen, als stünde ein Königreich auf dem Spiel.«

»Nun, Brychan, es steht auf dem Spiel. Aber nicht für den Hohen König.«

»Dacht' ich's mir doch«, sagte er. »Und uns wollten sie weismachen, sie seien Krieger des Königs. Wem dienen sie denn?«

»Urien von Gore.«

Die Männer wechselten rasche Blicke. Brychan nickte bedächtig.

»Urien also«, sagte er. »Und warum zahlt Urien wohl, um etwas über Euch zu erfahren — oder eher noch über Prinz Artus?«

»Ganz recht«, sagte ich. »Warum wohl? Nun, ich werde bald bei Artus sein, und Urien möchte wissen, wo sich der Prinz befindet.«

»Also setzt er Spürhunde auf Eure Fährte, damit sie herausbekommen, wo Ihr hinreitet. Natürlich. Doch was hätte Urien davon? Er ist nur ein kleiner Fürst, und mehr wird er auch nie sein. Aber — gewiß doch: Lot von Lothian, seinem Schwager, könnte es nützen.«

»Das glaube ich auch. Urien handelt zweifellos in Lots Auftrag.«

Brychan nickte. »Und König Lot«, sagte er, »soll einmal Prinzessin Morgian heiraten. Und wenn Artus tot wäre, so würde Morgian Königin werden.« Er schwieg einen Augenblick. »Also sind es Lots Bluthunde, die den Prinzen aufzuspüren versuchen.

Herr, wenn Ihr mir ein offenes Wort nicht übelnehmt — da stinkt doch etwas wie ein Haufen Mist.«

Ich lächelte. »Ganz recht, Brychan. Natürlich können wir uns irren, aber es spricht wenig dafür. Auch mag es außer Lot und Urien noch andere geben, die dasselbe Ziel verfolgen. Waren diese Soldaten die einzigen, die neugierige Fragen stellten? Oder gab es vielleicht auch welche aus Cornwall?«

»Nein, Herr. Und sollte wieder eine Schar auftauchen, so wissen wir, was wir zu tun haben.« Er ließ ein rauhes Lachen hören. »Wir werden dafür sorgen, daß Euch keine Gefahr zu dem kleinen Prinzen folgt. Schließlich verstehen wir uns darauf, Spürhunde von der richtigen Fährte abzulenken. Wenn sie, wie ein Hirsch im Wasser, die Witterung verlieren, sind sie völlig hilflos. Vertraut uns also, Herr. Wir halten zu Euch wie zu Eurem Vater. Über Prinz Artus wissen wir nur wenig oder nichts. Aber solange Ihr es seid, unter dessen Obhut er steht, werden wir ihm folgen und dienen — und auch für ihn kämpfen. Das verspreche ich Euch.«

»Danke, Brychan«, sagte ich. »Und Dank auch dafür, daß du mich in dein Haus eingeladen hast. Es ist jedoch besser, wenn ich nicht mit euch ins Dorf gehe. Aber du könntest etwas anderes für mich tun. Ich brauche Reiseproviant, auch Futter für die Stute. Geld habe ich.«

»Das laßt nur stecken, Herr. Oder habt Ihr damals bei Kaercònan von mir Geld genommen? In einer Stunde sollt Ihr haben, was Ihr braucht, ohne daß jemand etwas davon erfährt. Der Bursche hier kann mitkommen und Euch die Sachen bringen. Das fällt nicht auf, weil er für den Schmied oft etwas aus dem Dorf holt.«

Ehe sie gingen, mußte ich noch rasch ihre Neugier befriedigen. Sie wollten natürlich wissen, was es im Süden Neues gab. Dann verschwanden sie, und ich sah dem Schmied zu, der, ohne sich durch meine Gegenwart beirren zu lassen, in aller Ruhe seiner Arbeit nachging. Auch als er mit der Stute fertig war und ich ihm, mit ein paar lobenden Worten, seinen wohlverdienten Lohn reichte, zeigte er nichts von jener übertriebenen Ehrerbietung, wie ich sie so oft antraf, wenn man meinen Rang kannte. Mir gefiel das. Warum sollte ein Mann, der es in seinem Handwerk zur Meisterschaft gebracht hatte, weniger Stolz empfinden als ein Prinz?

»In welche Richtung reitet Ihr?« fragte er. Er sah, daß ich zögerte, und fügte hinzu: »Ihr braucht nichts zu fürchten. Wenn dieser Schwätzer Brychan und seine Brüder schweigen können, so kann ich das erst recht. Ich bin zwar im Grunde genausowenig ein Mann des Königs wie die anderen Schmiede, die für jeden da sind, der des Weges kommt; aber — nun ja, ich habe einmal mit Ambrosius gesprochen. Und der Großvater meines Großvaters hat sogar Kaiser Maximus' Pferd beschlagen.« Er schien meine Verblüffung für Zweifel zu halten. »Ja, das ist schon lange her, aber laßt Euch sagen, daß dieser Amboß selbst damals nicht mehr neu war. Soweit man zurückdenken konnte, hatte ihn der Vater an den Sohn und der Sohn an den Enkel vererbt. Ja, es heißt sogar, daß der erste Schmied, der sich hier niederließ, sein Handwerk von keinem Geringeren erlernt hatte als von Wieland dem Schmied. Wer hätte die Pferde des Kaisers also besser beschlagen können? Da, seht einmal.«

Er wies auf die breite, offene Eichentür, deren Holz in seiner Glätte getriebenem Silber glich. Vom Alter und Wetter ausgebleicht, ähnelte die Tönung fahl schimmernden Knochen. Daneben hingen, an Haken, ein Beutel mit Nägeln und eine Anzahl Brandeisen. Im Holz über der Türöffnung waren Zeichen zu sehen. Dort hatten Generationen von Schmieden Brandeisen ausprobiert.

Ich entdeckte ein A, neu noch, wie die schwärzlichen Spuren bewiesen. Nicht weit davon fand sich das Bild eines fliegenden Vogels; und ein Pfeil; und ein Auge; und anderes mehr. Doch auf der einen Seite, klar von allem übrigen abgesetzt, sah ich, wie schattenhaftes Silber auf hellem Untergrund, zwei verblaßte Buchstaben: M. I. Ein Stück darunter befand sich eine halbmondförmige Vertiefung mit den Abdrücken von Nägeln.

Dieses Mal war es, auf das die Hand des Schmieds wies. »Es heißt, daß der Hengst des Kaisers diese Spur mit seinem Huf hinterließ. Aber das glaube ich nicht. Denn wenn ich und die Meinen ein Pferd beschlagen, wird unter unseren Händen selbst das wildeste Tier lammfromm. Doch das Zeichen darüber, das ist echt. Denn hier wurde das Brandeisen geschmiedet für die Pferde, die Macsen Wledig mit nach Osten nahm, wo er dann den König vom Rom tötete.«

»Das«, sagte ich, »entspricht nicht ganz der Wahrheit. Es war nämlich der König von Rom, der Maximus tötete und sein Schwert an sich nahm. Doch die Männer von Wales brachten es wieder nach Britannien zurück. Sag — ist vielleicht auch das Schwert hier geschmiedet worden?«

Er zögerte mit der Antwort, und ich spürte, wie mein Herz rascher schlug. Schließlich sagte er widerstrebend: »Davon habe ich nie etwas gehört.« Zweifellos sprach er die Wahrheit und hatte nur einen Augenblick überlegt, ob er nicht, zum Ruhm seiner Vorfahren, auch das Schwert für die Schmiede beanspruchen sollte.

»Man hat mir erzählt«, sagte ich, »daß irgendwo im Wald ein Mann lebt, der weiß, wo das Schwert des Kaisers versteckt ist. Kennst du ihn vielleicht? Und weißt du, wie ich ihn finden kann?«

»Nein«, erwiderte er. »Aber es heißt, daß weiter im Norden ein heiliger Mann wohnt, der alles weiß. Doch das ist nördlich von Deva, in einem anderen Land.«

»Das ist die Richtung, die ich einschlagen will«, sagte ich. »Ich werde ihn aufsuchen.«

»Wenn Ihr den Soldaten aus dem Wege gehen wollt, die hinter Euch her sind, dann meidet lieber die Straße. Sechs Meilen nördlich von hier ist eine Kreuzung, wo die Straße nach Segontium nach Westen führt. Am besten haltet Ihr Euch gleich hinter der Schmiede dicht am Fluß, bis Ihr zu dieser Straße kommt ...«

»Aber ich will nicht nach Segontium. Und wenn ich zu weit nach Westen gerate ...«

»Wo der Fluß zum zweitenmal auf die Straße stößt«, sagte er unbeirrt, »führt von der Furt ein Weg in den Wald hinauf, leicht zu erkennen. Auf diesem Pfad gelangt Ihr bis nach Deva. Der Fährmann dort kann Euch sagen, wie Ihr zu dem heiligen Mann kommt. Folgt also der Fährte am Fluß. Ihr könnt sie gar nicht verfehlen.«

Auf meinen Reisen hatte ich oft genug erleben müssen, daß gerade so nachdrücklichen Versicherungen nicht ganz zu trauen ist. Doch ich behielt meine leisen Zweifel für mich. Im selben Augenblick kehrte der junge Bursche vom Dorf zurück.

Während er mir half, den Proviant in den Satteltaschen zu verstauen, flüsterte er mir zu: »Herr, ich habe gehört, was er zu Euch gesagt hat. Aber die Fährte am Fluß ist ganz schlecht, und das Wasser steht hoch. Bleibt lieber auf der Straße.«

Ich nickte kurz und gab ihm eine Münze. Er ging zu seinem Blasebalg zurück. Ich blickte mich suchend nach dem Schmied um, der plötzlich verschwunden war. Aus dem dunklen Hintergrund des Raums kam Klirren, dann leises Pfeifen. »Ich breche jetzt auf«, rief ich und verstummte sofort. Denn im Dunkel hinter der Esse, vom wieder hochflammenden Feuer grell beleuchtet, war ein Gesicht aufgetaucht.

Ein Gesicht aus Stein und altvertraut, weil man es früher an jeder Wegkreuzung sehen konnte: einer der alten Götter, der Gott der Wege und des Verkehrs, jener andere Myrddin, dessen Name Merkur oder Hermes war, himmlischer Bote und auch Träger der heiligen Schlange. Da ich im September geboren war, stand ich eigentlich unter seinem Schutz. Doch wie machtlos schien er jetzt, dort hinter der Esse auf den Boden gestreckt oder vielleicht auch nur an die Wand gelehnt; das konnte ich nicht deutlich erkennen. Aber ich wußte noch gut, wie stolz er einmal, inmitten von Moos und Farn, am Wegrand gestanden. Ja, das war, wenn auch inzwischen verwittert, das altbekannte Gesicht, von einem Bart umrahmt, mit Augen wie quellende Weintrauben und über dem Bauch verschränkten Händen. Doch das einst strotzende Zeichen seiner Männlichkeit zwischen den Beinen war zerschmettert und verstümmelt.

»Hätte ich gewußt, daß du hier bist«, sagte ich, »dann hätte ich dir als Gabe Wein gebracht.«

»Da braucht Ihr Euch nicht zu sorgen«, versicherte der Schmied, der wieder neben mir stand. »Ich vergesse ihn schon nicht. Wie könnte ich auch, wo er doch der Herr der Straßen und der Wege ist?«

»Hat er früher hier gestanden?«

»Nein, nicht hier, sondern an der Furt, von der ich Euch erzählte — dort, wo die alte Fährte, die man Elens Damm nennt, über den Fluß hinüberführt. Als die Römer ihre neue Straße nach Segontium bauten, hielt er sozusagen Wacht. Wie er später hier in die Schmiede gekommen ist, weiß ich nicht.«

»An der Furt, von der du mir erzählt hast?« sagte ich langsam. »Nun, dann werde ich der Fährte wohl doch folgen müssen.« Ich nickte dem Schmied zu und hob dann, als Gruß für den Gott, die Hand. »Begleite mich«, bat ich ihn, »und hilf mir den Weg finden — den man unmöglich verfehlen kann.«

Tatsächlich blieb er mir zur Seite, auf der ersten Wegstrecke jedenfalls. Solange die Fährte dicht am Flußufer verlief, war sie wirklich leicht zu erkennen. Doch dann, am späten Nachmittag, als die trübe Wintersonne schon dem Horizont entgegenglitt, stieg dünner Nebel auf, der sich mit der hereinbrechenden Dämmerung zu dicken Schwaden verdichtete. Das Rauschen des Wassers, bald laut und nah, dann wieder leise und täuschend fern, war schon trügerisch genug; doch als schlimmer erwies sich, daß der Fluß hier und dort einen Bogen schlug. Dann führte die Fährte durch ihn hindurch, und mehrmals geschah es, daß ich mich danach im tiefen Wald verirrte und nur mit Mühe wieder zurückfand. Am Ende überließ ich es der Stute, ihrem Instinkt zu folgen. Hätte ich mich nur an die Straße gehalten, dachte ich ironisch: Bei der schlechten Sicht wäre ich dort vor einer Überrumpelung durch die Soldaten sicher gewesen.

Oben am Himmel stand jetzt offenbar der Mond, denn durch den Nebel drang fahle Helle, und die Schwaden glichen treibenden Wolken oder eher noch Strömen aus Dampf mit dunklem Geäder dazwischen. An den Bäumen haftete es weißlich wie frischer Schnee, und durch den Dunst war oben verschlungenes Geäst zu erkennen. Der samtene Waldboden schluckte jedes Geräusch.

Die Stute folgte ohne jedes Zögern einem für mich unsichtbaren Pfad, den ihr der Instinkt zu weisen schien. Ab und zu spitzte sie die Ohren und lauschte offenbar auf etwas, während ich nicht den leisesten Laut vernahm. Einmal hatte es den Anschein, als wollte sie scheuen und sich aufbäumen. Doch sofort beruhigte sie sich wieder und strebte noch rascher dahin. Was immer sie erschreckt haben mochte, wir brauchten es nicht zu fürchten. Wenn dies der Weg war, und ich zweifelte nicht länger daran, so standen wir unter sicherem Schutz.

Etwa eine Stunde nach Einbruch der vollen Dunkelheit wichen die Bäume plötzlich zurück, und ein Stück voraus tauchten schwarze, kantige Umrisse auf, ein Gebäude offenbar. Ich erinnerte mich an eine kurze Bemerkung des Schmieds: Wo die Straße hier auf den Fluß stieß, hatten die Boten der Römer einst ihre Pferde gewechselt. Dies mußte das Haus sein.

Ich stieg ab. Während die Stute ihren Kopf über einen Wassertrog draußen beugte, öffnete ich die Tür und trat ein. Das Gebäude, halb verfallen und jetzt leer, diente Reisenden offenbar immer noch als Unterschlupf. In einer Ecke sah ich die Überreste eines Holzfeuers, in einem anderen Winkel eine Art primitives Bett, über Steine gelegte Bretter. Kein bequemes Ruhelager, gewiß, aber doch besser als so manches, mit dem ich schon hatte vorliebnehmen müssen.

Ich führte die Stute hinein, streckte mich dann aus und schlief fest und traumlos bis zum Morgen durch.

Als ich aufwachte, begann es gerade zu dämmern. Die Stute stand mit gesenktem Kopf in einer Ecke. Ich ging hinaus, um mich am Trog zu waschen.

Der Nebel war verschwunden und mit dem Nebel auch die milde Luft. Auf dem Boden schimmerte eine graue Decke aus Frost. Ich blickte mich um.

Das Haus stand nur wenige Schritte von der Straße entfernt, die schnurgerade wie ein Speer von Osten nach Westen durch den Wald stieß. Zu beiden Seiten dieser Strecke hatten die Römer in einer Breite von je hundert Schritt Bäume fällen und Unterholz niederhacken lassen. Inzwischen war jedoch alles wieder wild verwuchert. Dennoch glaubte ich, nicht weit von der Stelle, wo ich stand, zwischen wirrem Gezweig Spuren jener alten Fährte zu erkennen, die aus der Zeit vor der Eroberung des Landes durch die Römer stammte. Der Fluß, hier sehr glatt und friedlich, glitt etwa eine Handbreit hoch über die Trümmer des Dammes hinweg, der die Straße zum anderen Ufer führte. Dahinter, am Rand der einstigen Lichtung, sah ich vor dem wintergrauen Eichenwald einige dunkle Baumstämme, und mir schien, als zeige sich dort ein Stück des Pfades, von dem der Schmied gesprochen hatte: jenes Weges, auf dem ich nach Deva reiten sollte.

Zufrieden nickend, trat ich an den Trog, zerschlug die dünne Eisschicht über dem Wasser und begann mich zu waschen. Zwischen den Bäumen hinter mir stieg in kaltem Rot die Sonne hoch. Schatten wuchsen und fielen, von Minute zu Minute schärfer umrissen, lang über den Boden. Frost funkelte wie mit abertausend Splittern. Immer heller strahlte das Licht, fast so grell wie das lodernde Feuer in der Schmiede. Und als ich mich umwandte, stach mir der Glanz der Sonne in die Augen und blendete mich.

Doch dann erkannte ich etwas: etwas, das zwischen mir und dem Fluß stand — hochgestreckte Umrisse, sehr wuchtig und dennoch vor der Flut aus Licht wie ohne Schwere. Dort im Unterholz am Rande der Straße war es, irgendwie vertraut, wenn auch in anderer Umgebung, im Dämmerschein eher oder gar in Dunkelheit, an geheimnisvollen Orten, bei fremdartigen Gottheiten.

Ein stehender Stein.

Einen Moment lang wollte mir scheinen, daß ich, immer noch im Schlaf, wieder meinen alten Traum träumte. Ich beschattete die Augen mit der Hand und spähte angestrengt.

Die Sonne hob sich über die Baumwipfel. Die Schatten des

Waldes wichen zurück. Und im hellen Licht stand der Stein, funkelnd vor Frost.

Und doch war es keiner jener stehenden Steine. Überhaupt war nichts Fremdartiges oder Sonderbares an ihm. Es handelte sich um einen ganz gewöhnlichen Meilenstein, etwa zwei Ellen höher als üblich, mit der zu erwartenden Inschrift für einen Kaiser und dieser Botschaft darunter: A. SEGONTIO M. P. XXII.

Beim Nähertreten sah ich, warum er so groß wirkte. Man hatte ihn nicht in den Boden gesenkt, sondern auf einen quadratischen Sockel gestellt, der jedoch aus anderem Gestein bestand. War dies vielleicht einmal der Sockel für die Figur des Hermes gewesen? Ich bückte mich und schob die frostbedeckten Grasbüschel beiseite. Darunter sah ich auf dem Sockelstein ein Zeichen, das einen Pfeil darzustellen schien. Doch ich begriff sehr bald, daß es sich um die Reste einer uralten Inschrift handelte, um Ogambuchstaben, die verwischt und verwittert waren, bis von ihnen nichts mehr blieb als diese scheinbare Gestalt eines Pfeils, dessen Spitze nach Westen wies.

Nun ja, dachte ich, die Botschaften kommen nicht immer von den Göttern. Schon so manches Mal hatte mein Gott aus winzigen, kaum wahrnehmbaren Dingen zu mir gesprochen. Fanden sich nicht, zusammengenommen, genügend Zeichen: das verlorene Hufeisen, die Bemerkungen des Schmieds, die Kerben hier im Stein? Es konnte keinen Zweifel geben. Nicht nach Norden sollte mich meine Reise führen, sondern in westlicher Richtung nach Segontium.

Warum auch nicht? Wer wollte mit Sicherheit wissen, daß das Schwert nicht doch aus jener Schmiede bei Brychans Dorf stammte? Und wenn man es nach des Kaisers Tod nach Britannien zurückgebracht hatte, daß es in Segontium, dem Caer Seint von Macsen Wledig, nur darauf wartete, wieder ans Licht und ans Feuer gehoben zu werden.

10

Das Gasthaus, in dem ich in Segontium wohnte, lag am Rande der Stadt. In der Schenke verkehrten fast ausschließlich Einheimische, die auf dem Markt zu tun hatten oder Waren nach unten zum Hafen brachten. Doch um diese Jahreszeit lief nur selten ein

Schiff den Hafen an. Die Handvoll Gäste in der Schenke achtete nicht weiter auf mich, und niemand stellte neugierige Fragen. Sobald es dunkelte, legte ich mich schlafen.

Am Morgen war ich schon zeitig auf den Beinen. Das Wetter meinte es gut: ein goldheller Dezembertag, wie eine glänzende Münze im grauen Einerlei des Winters. Ich ließ die Stute im Verschlag. Zu Fuß machte ich mich auf den Weg.

Stadt und Hafen hinter mir lassend, ging ich in östlicher Richtung am Flußufer entlang, wo, auf einer Anhöhe etwa eine halbe Meile oberhalb der Stadt, die Ruinen der römischen Festung standen. Ein Stück davor und etwas tiefer erhob sich Macsens Turm. Hier hatte der Hohe König Vortigern seine Männer einquartiert, als mein Großvater, der König von Südwales, mit seiner Kriegerschar von Maridunum hergeritten war, um mit ihm zu sprechen. Ich entsann mich noch genau. Kaum zwölf Jahre alt, hatte ich auf dieser Reise entdeckt, daß meine Träume in der Kristallhöhle der Wahrheit entsprachen. Hier war mir klargeworden, daß ich eine besondere Gabe besaß.

Winter — damals wie jetzt. Während ich die unkrautüberwucherte Straße zum Tor zwischen morschem Gemäuer hinaufschritt, versuchte ich die Bilder zurückzurufen, die leuchtenden Farben der Banner und Gewänder, das helle Blitzen der Waffen. Jetzt, in den bläulichen Schatten des Morgens, fand sich nichts als eine weitgestreckte Fläche aus Frost.

Die Gebäude waren verödet. Auf dem abbröckelnden Mauerwerk zeigten sich Brandspuren. An vielen Stellen hatte man brauchbare Steine herausgelöst, und selbst das Straßenpflaster war nicht verschont worden: Wer sich ein Haus bauen wollte, zögerte nicht, sich hier zu holen, was er verwenden konnte. In den Fensterhöhlen wuchsen Disteln, junge Bäume senkten ihre Wurzeln in die Mauern. Ein Brunnenschacht, zur Hälfte mit Trümmern gefüllt, glich einem aufklaffenden Maul. In den Zisternen stand Regenwasser, das durch Rinnen sickerte, wo Soldaten einmal ihre Schwerter geschliffen hatten. Nein, hier gab es nichts zu sehen. Der Ort war verödet, leer. In diesen Ruinen mochten wohl nicht einmal Geister hausen. Die Wintersonne schien herab wie auf einen verwesenden Leichnam. Überall herrschte unendlich tiefe Stille.

Oben, fast genau im Zentrum, fand ich die Ruine des Hauses, das einst der Oberbefehlshaber, Maximus also, bewohnt hatte. An verrosteten Angeln hing noch die große Tür, doch das Gebäude sah aus, als wolle es jeden Augenblick zusammenstürzen. Ich trat vorsichtig ein. Durch Löcher im Dach fiel spärliche Helle in den Hauptraum, auf dessen Wänden noch die Spuren abblätternder Farbe zu sehen waren. In einem Winkel stand ein halbzertrümmerter Tisch, dahinter hingen die Fetzen einer ledernen Wandverkleidung. Ich verhielt unwillkürlich mitten im Schritt. Dort hatte also einmal Maximus gesessen und die Eroberung Roms geplant. Doch gerade durch seine Niederlage war ein Gedanke entstanden, der dann später in meinem Vater einen Bewahrer fand. »Eines Tages«, hatte er gesagt, »wird aus der ehemaligen Provinz Roms ein geeinigtes Königreich werden.« Und durch diese Erinnerung hindurch klang ein Widerhall der Stimme des Propheten, der manchmal aus mir sprach: »Und die Königreiche sollen ein Königreich sein und die Götter ein Gott.«

Von der Anhöhe hatte man Ausblick auf den Hafen mit den kleinen, dichtgedrängten Häusern und auf die Druideninsel mit dem Namen Mona oder Von, im Volksmund meist Caer-y-n'ar Von genannt. In der Ferne hinter mir lag Y Wyddfa, der Schneehügel, auf dessen Gipfel die Götter wandelten. Davor erhob sich, dunkel und halb verfallen, Macsens Turm. Und plötzlich, während ich noch stand und starrte, sah ich ihn mit neuen Augen: den Turm aus meinem Traum, den Turm auf dem Mosaik in Ahdjans Haus ... Ohne zu zögern, verließ ich die Festungsruine durch das Tor und ging mit raschen Schritten auf ihn zu.

Er stand zwischen hochgetürmten Trümmerhaufen, doch ich wußte, daß sich fast unmittelbar unter ihm der Tempel des Mithras befand, zu dem, von der benachbarten Talsenke her, eine Tür führte. Wie von selbst folgten meine Füße dem Pfad dorthin.

Ich stieg die Treppe hinab, brüchiges Gestein, teils kaum mehr als Geröll, teils sperrig aufragende Blöcke. Unten war alles von Schlamm überkrustet, mit den Spuren streunender Hunde und huschender Ratten. Es roch dumpf und stickig, und in der Luft schien noch der Dunst uralter Blutopfer zu schweben. In der verfallenen Mauer oberhalb der Treppe hatten offensichtlich Vögel gebrütet. Ihre Kothaufen waren jetzt von grünlichem Schleim überzogen. Das Nest einer Dohle vielleicht? Oder eines Mithras-Raben? Oder eines Merlin-Falken? Behutsam bewegte ich mich über die schlüpfrigen Steine voran und blieb im Eingang zum Tempel stehen.

Es war dunkel, doch nach und nach gewöhnten sich meine Augen an das Dämmerlicht, das hier und dort durch die Lücken drang. Der Tempel wirkte genauso verödet und verkommen wie die Treppe, die zu ihm führte; und wenn er bislang unter der Last des darüberliegenden Hügelhangs noch nicht eingestürzt war, so verdankte er das dem äußerst widerstandsfähigen Deckengewölbe. Leuchter, Bänke und was immer sonst einmal zur Einrichtung gehört hatte, war natürlich längst verschwunden. Wie die verwitterte Turmruine oben glich der Raum einer leeren Hülle. Von den vier kleinen Altären fand sich kaum ein Rest, doch der Hauptaltar stand noch, fest und unzerstörbar, mit der eingemeißelten Weihung: MITHRAE INVICTO. Aber in der Deckenrundung darüber hatten Hammer und Feuer die Geschichte von dem Stier und dem siegreichen Gott ausgelöscht. Vom einst so prachtvollen Bild war nur, wundersam unversehrt, ganz unten eine Weizenähre übriggeblieben.

Ich hatte das Gefühl, dem gestürzten Gott ein Gebet schuldig zu sein. Als ich laut zu sprechen begann, klang aus dem Widerhall meiner Stimme etwas, das einer Antwort glich. Nein, der Tempel war gar nicht leer. Früher heilig und dann seiner Heiligkeit beraubt, haftete dennoch etwas dort am kalten Altar; und der Geruch, der leicht säuerlich die Luft erfüllte, war nicht der Geruch von Fäulnis und Verfall, sondern von nicht entzündetem Weihrauch, erkalteter Asche und unausgesprochenen Gebeten.

Der Gott. Früher war ich einer seiner Diener gewesen. Mit langsamen Schritten trat ich auf den Hauptaltar zu und streckte die geöffneten Hände vor.

Licht und Farbe und Feuer. Weiße Gewänder und Gesang. Hochzüngelnde Flammen. Das Brüllen eines sterbenden Stiers und der Dunst von Blut. Irgendwo draußen gleißende Sonnenstrahlen und eine Stadt, die ihrem neuen König zujubelt. Lautes Lachen und das Stampfen marschierender Füße. Rund um mich, schwer und süß, dichte Weihrauchwolken und dann eine Stimme, leise, doch sehr deutlich: »Stürze meinen Altar. Jetzt ist die Zeit dafür gekommen.«

Hustend kam ich wieder zu Sinnen. Überall in der Luft wirbelte Staub, und noch hallte aus der Wölbung ein dröhnendes Echo wider. Die Erde schien zu beben. Und dann sah ich zu meinen Füßen, nach hinten umgestürzt, den zerstörten Altar.

Im verschwimmenden Licht starrte ich benommen auf das Loch, das er in den Boden gerissen hatte, und senkte den Blick dann auf meine steif ausgestreckten Hände. Sie waren voll Schmutz und bluteten leicht. Woher hatte ich nur die Kraft genommen, ganz allein den schweren Altar von seinem Platz zu bewegen? Während oben im Gewölbe das Echo seines Sturzes nach und nach erstarb, glitten die Trümmer über den Rand der aufklaffenden Vertiefung.

Und dann sah ich unten etwas, hart und kantig. Ich kniete mich hin und langte danach.

Es war eine metallene Truhe und entsprechend schwer. Dennoch gelang es mir mühelos, den Deckel hochzuheben. Meine Finger stießen auf verrottetes Gewebe, das sofort zerschliß. Dann fanden sie eine lange und schmale Lederhülle, einst offenbar sehr sorgfältig geölt, denn sie war immer noch geschmeidig.

Hier endlich war es. Ich löste das Leder ab und hielt das blanke Schwert in den Händen.

Seit hundert Jahren lag es hier und blitzte doch so hell und so gefährlich wie an dem Tag, da es geschmiedet worden war. Viele Legenden hatten sich darum gebildet; und es fiel nicht schwer, zu glauben, daß es, als letztes Zeugnis seiner Kunst, von Wieland dem Schmied hinterlassen worden war, ehe er mit den anderen kleinen Göttern der Wälder und Bäche und Flüsse in die nebelverhangenen Hügel entschwand, um den strahlenden Gottheiten der Römer in den geschäftigen Tälern Platz zu machen.

Ich fühlte, wie vom scharfen Metall Kraft in mich überströmte, als hielte ich, während ein Blitz niederzuckte, die Hände ins Wasser. Wer dieses unter Steinen verborgene Schwert nimmt, ist der rechtmäßige König von ganz Britannien ... Die Wörter schienen laut an mein Ohr zu klingen und in unauslöschlicher Schrift vom Metall zu blinken. Ich, Merlin, Ambrosius' einziger Sohn, hatte das Schwert genommen: ich, der ich in einer Schlacht noch nie eine Schar geführt oder auch nur einen Befehl gegeben hatte; der einen Wallach oder eine Stute einem wilden Kriegshengst vorzog; der nicht wußte, wie es war, sich mit einer Frau zu paaren; der eigentlich nur aus Augen und einer Stimme bestand: kaum mehr als ein Hauch und ein Wort.

Nein, das Schwert war nicht für mich bestimmt. Es stand einem anderen zu. Auf ihn mußte es warten.

Ich hüllte es wieder ein und sah dann, als ich es zurücklegen wollte, daß die Truhe noch andere Dinge enthielt. Eine weit geöffnete Schale, wie ich sie von meinen Reisen im Osten her kannte, aus rötlichem Gold und mit Smaragden geschmückt. Daneben, unter Hüllen fast versteckt, die funkelnde Schneide einer Speerspitze. Und der Rand eines Tellers, mit Saphiren und Amethysten verziert.

Ehe ich dazu kam, das Schwert wieder an seinen Platz zu legen, schlug der schwere Deckel der Truhe krachend zu. Abermals hallte oben aus der Wölbung ein dumpfes Echo, und von den Wänden prasselte wie eine Sturzflut ein Schauer aus Mörtel und Steinen herab. Es geschah so schnell, daß im selben Augenblick, da ich zurückzuckte, Truhe und Vertiefung unter den Trümmern verschwanden.

Das umhüllte Schwert in meinen schmutzigen und blutenden Händen, kniete ich noch. Und dann sah ich, daß über der Stelle, wo der Altar gestanden hatte, selbst der letzte Rest des Mithras-Bildes, die Weizenähre, ausgetilgt war. Nichts blieb als eine gewölbte Wand, leer wie die Wand einer Höhle.

11

Der Fährmann an der Deva kannte den heiligen Mann, von dem der Schmied gesprochen hatte. Offenbar lebte er irgendwo in den Hügeln oberhalb von Ectors Burg, am Rande jenes gebirgigen Landes, das man den Wilden Wald nennt. Auch wenn ich seinen Rat jetzt nicht mehr brauchte, mochte ein Gespräch mit ihm doch nützlich sein, und seine Klause (der Fährmann sprach von Kapelle) lag ohnehin auf meinem Weg. Vielleicht konnte ich bei ihm Unterschlupf finden, bis ich mir überlegt hatte, auf welche Weise ich am besten vor Ectors Toren erschien.

Mochte es nun an der geheimen Kraft des Schwertes liegen oder nicht: Ich kam schneller und müheloser voran als zuvor. Eine Woche nachdem ich Segontium verlassen hatte, strebte ich am grünen Rand eines breiten, stillen Sees in lockerem Trab auf ein Licht zu, das ein Stück über dem jenseitigen Ufer fahl durch die frühe Abenddämmerung schimmerte.

Als ich nach langem Ritt um den weitgebuchteten See endlich den Waldpfad zu einer Lichtung einschlug, war es schon finster. Gegen den Hintergrund des Himmels und der Bäume hob sich wie ein scharfer Keil das Dach einer Kapelle ab.

Es war ein kleines, längliches Gebäude am anderen Ende der Lichtung mit den schwarzen Umrissen von Kiefern als stumme

Wächter und einem Baldachin aus Sternen hoch oben. In der Ferne zeigten sich, matt glitzernd, schneebedeckte Gipfel. Auf der einen Seite der Lichtung war eine kleine Mulde aus moosigem Fels, das Becken für eine jener Quellen, die lautlos aus der Tiefe aufsteigen und sich ständig selbst erneuern. Die Kälte biß, und in der Luft hing der Geruch von Harz.

Brüchige Steinstufen führten zum Eingang der Kapelle. Die Tür stand offen, und aus dem Inneren drang der schwache Schein einer Lampe. Ich stieg ab, doch die Stute widerstrebte meiner lenkenden Hand und drehte den Kopf der Felsmulde voll Wasser zu. Ich ließ der Stute ihren Willen, und sofort trabte sie zum Quell. Mich dichter in meinen Umhang hüllend, stieg ich die Stufen zur Kapelle hinauf.

Es war ein sonderbares Gefühl, hier im länglichen Innenraum zu stehen: mitten im wilden Herzen des Waldes, wo man nur primitive Behausungen erwarten konnte, eine Hütte vielleicht oder eine Höhle. Dies jedoch war eine geweihte Stätte, irgendeinem Gott zugedacht. Dem Eingang gegenüber stand vor einem dichten Vorhang ein Altar, der mit einem grobgewirkten, doch sehr sauberen Tuch bedeckt war. Darauf erhob sich die brennende Lampe — sie war von einfacher Machart, wie man es für gewöhnlich auf dem Lande findet, doch ein viel stärkeres Licht verbreitend, als ich zuerst geglaubt hatte. Offenbar war erst vor kurzem Öl nachgefüllt und der Docht gestutzt worden. Auf der einen Seite des Altars stand eine steinerne Schale voll Wasser, auf der anderen ein topfartiger Behälter mit durchlöchertem Deckel, wie ihn die Christen benutzen, wenn sie Weihrauch anzünden; und in der Luft schwebte auch noch der unverkennbare süßliche Geruch. Ansonsten war, bis auf drei nicht brennende Bronzelampen an einer Wand, die Kapelle leer.

Doch jemand mußte in der Nähe sein: jener, der in diesem Gotteshaus nach dem Rechten sah.

»Ist denn niemand da?« rief ich laut und hörte als Antwort nichts als gedämpften Widerhall.

Ohne zu wissen, wie er dorthin gekommen war, hielt ich meinen Dolch in der Hand. Ich zögerte einen Augenblick, zog dann den Vorhang beiseite. Hinter dem Altar lag ein kleiner, halbkreisförmiger Raum, offenbar als eine Art Lager benutzt, denn ich sah Stühle und Ölkrüge und Weihegefäße. Ich trat durch die Tür hinten in der Wand.

Sie führte zu einer rechteckigen Kammer, zweifellos dem

Wohnraum des Einsiedlers. Doch es war niemand zu sehen. Eine weitere Tür öffnete sich nach draußen, und im Schein der Sterne erkannte ich undeutlich die nahen Kiefern und einen Verschlag, in dem Brennholz gestapelt zu sein schien. Sonst nichts.

Die Tür offenlassend, ging ich in die Kammer zurück und sah mich genauer um. Ein Holzbett mit Fellen und Decken; ein Schemel; ein Tisch, auf dem ein Teller stand mit den Resten eines halbverzehrten Mahls; daneben ein Becher, halb mit dünnem Wein gefüllt; eine herabgebrannte Kerze, nur noch ein Häufchen Talg. Ihr Geruch lag in der Luft und vermischte sich mit dem Geruch des Weins und der erloschenen Holzscheite auf der Feuerstelle. Noch vor ganz kurzer Zeit, vielleicht nur Minuten, mußte jemand hier gewesen sein.

Ich trat wieder in die Kapelle und rief. Zu beiden Seiten des Altars gab es oben in der Mauer kleine Fenster, unverglast, nach dem Wald hin offen. War der Einsiedler nicht allzu weit entfernt, so mußte er mich hören. Doch wieder blieben meine Rufe ohne Antwort.

Dann huschte plötzlich eine große, weiße Eule durch eines der Fenster herein und strich durch den von der Lampe erhellten Raum. Ich sah den grausamen Schnabel, die weichen Schwingen und die weisen, wie blinden Augen. Schon war sie wieder fort, ohne das geringste Geräusch: eine »dillyan wen«, die Art, die überall im Land in Türmen und Ruinen haust, ein harmloses Tier. Und doch kroch es mir kalt über den Rücken. Dann kam von draußen ihr langgezogener, trauriger Schrei, und plötzlich hörte ich, wie als Widerhall, das Stöhnen eines Mannes.

Ohne das Stöhnen hätte ich ihn in der Dunkelheit nie gefunden. Er war mit Kutte und Kapuze bekleidet und lag, das Gesicht nach unten, bei den Bäumen an der Quelle. Ein Krug neben seiner schlaffen Hand verriet, daß er Wasser schöpfen wollte. Ich beugte mich zu ihm und drehte ihn sacht auf den Rücken.

Ein alter Mann, mager und gebrechlich. Nachdem ich mich vergewissert hatte, daß kein Knochen gebrochen war, hob ich ihn hoch und trug ihn hinein. Immer noch ohne Bewußtsein lag er in meinen Armen. Beim Lampenschein konnte ich erkennen, daß die eine Hälfte seines Gesichtes herabhing, als habe ein Bildhauer, seines Werkes plötzlich überdrüssig, mit grober Hand über den noch schmiegsamen Ton gewischt.

In seiner Kammer legte ich ihn ins Bett und hüllte ihn warm ein. Dann holte ich aus dem Verschlag draußen Holz, machte

Feuer und wärmte einen Stein, der dort bereitlag, den sogenannten Winterstein. Einige Streifen Tuch um ihn wickelnd, schob ich ihn ins Bett, dicht an die Füße des alten Mannes. Mehr konnte ich für den Einsiedler im Augenblick nicht tun.

Und so sah ich nach der Stute, bereitete mir dann ein Mahl, ließ mich beim Feuer nieder und hielt bis zum Morgen Wacht.

Vier Tage lang pflegte ich ihn. Niemand kam. Nur Hirsche und Rehe tauchten manchmal zwischen den Bäumen auf, und nachts strich die weiße Eule herbei, als warte sie darauf, seine Seele heimwärts zu begleiten.

Hoffnung bestand für ihn kaum. Sein Gesicht war grau, die Wangen eingefallen. Um seinen Mund zeigte sich jene bläuliche Tönung, wie ich sie schon oft bei Sterbenden gesehen hatte. Dann und wann schien er aus seiner tiefen Bewußtlosigkeit halb zu erwachen und zu erkennen, daß jemand bei ihm saß. Er lallte etwas, unverkennbar besorgt, niemand kümmere sich jetzt um die Kapelle. Ich versuchte, ihn zu beschwichtigen, doch er begriff offensichtlich nicht. Schließlich zog ich den Vorhang zurück, der den Altar vom hinteren Teil des Raums trennte. Er sollte sehen, daß die Lampe dort noch immer brannte.

Eine sonderbare Zeit für mich. Tagsüber war ich auf den Beinen, um für den Kranken und für seine Kapelle zu sorgen. Nachts wachte ich, immer wieder einnickend, an seinem Bett und lauschte auf sein Gestammel, in der Hoffnung, etwas zu verstehen. Nahrung war fürs erste vorhanden. In der Kammer befand sich ein kleiner Vorrat, und in den Satteltaschen hatte ich noch getrocknetes Fleisch. Der Kranke konnte ohnehin nichts zu sich nehmen als warmen Wein, den ich ihm, mit Wasser vermischt, sorgsam einflößte. Unter den Arzneien, die ich stets mit mir führte, fand sich zum Glück auch ein herzstärkendes Mittel.

Dennoch war ich immer wieder überrascht, wenn er nach langer, qualvoller Nacht morgens noch atmete. Manchmal überlegte ich, ob ich Hilfe holen sollte. Doch wer konnte ihm helfen? Auch durfte ich ihn nicht so lange allein lassen. Und so blieb ich und harrte an seinem Bett aus oder in der Kapelle, wo der Geruch des Weihrauchs nach und nach dem harzigen Duft der Kiefern wich.

Wenn ich jetzt auf jene Tage zurückblicke, so scheinen sie mir einer Insel im strömenden Wasser zu gleichen. Oder einer traumverlorenen Nacht, die Erquickung bringt, ehe das harte Licht des

Morgens wieder sein Recht fordert. Eigentlich hätte man erwarten sollen, daß ich voll Ungeduld meiner Weiterreise entgegensah, um endlich an Ectors Hof zu Artus zu gelangen. Doch das war nicht der Fall. Vom nahen Wald gleichsam umhüllt, genoß ich die Stille und den Frieden des Ortes. Das Schwert lag gut verborgen unter dem Dach des Verschlages und schien genauso gleichmütig zu warten wie ich. Wann die Götter kommen oder wann sie rufen, kann man nie wissen; doch manchmal spürt man ihre Nähe. So war es auch jetzt.

Als ich am fünften Tag von draußen Holz in die Kammer trug, hörte ich plötzlich, vom Bett her, die deutlich vernehmbare Stimme des Eremiten. Obwohl er nicht die Kraft besaß, den Kopf zu heben oder sich gar hochzustützen, wirkte sein Blick jetzt klar. Er betrachtete mich aufmerksam.

»Wer bist du?«

Ich legte die Holzscheite auf den Boden und trat zum Bett. »Mein Name ist Emrys. Als ich vor Tagen hierherkam, fand ich Euch bei der Quelle.«

»Ich ... ich erinnere mich ... ich wollte Wasser holen ...«

»Laßt nur«, sagte ich rasch. »Ich habe hier einen Trank, der Euch kräftigen wird. Ihr könnt mir vertrauen, ich bin Arzt.«

Er schluckte. Allmählich schien etwas Farbe in sein Gesicht zurückzukehren. Auch atmete er nicht mehr so beengt.

»Habt Ihr Schmerzen?« fragte ich.

Seine Lippen formten ein stummes »Nein«. Dann lag er sehr still und blickte zu der Lampe, die er durch die geöffnete Tür auf dem Altar sehen konnte. Ich legte einige Scheite ins Feuer und setzte mich dann zu dem Kranken. Draußen wurde es dunkel. Ganz in der Nähe erklang der Schrei der weißen Eule. Ich betrachtete das geschrumpfte Greisengesicht und dachte: Lange wirst du nicht mehr warten müssen, mein Freund.

Gegen Mitternacht drehte er plötzlich den Kopf und fragte: »Bist du Christ?«

»Ich diene Gott.«

»Wirst du dich um die Kapelle kümmern, wenn ich tot bin?«

»Macht Euch darum keine Sorgen. Ich gebe Euch mein Wort.«

Er nickte und lag wieder stumm. Doch in seinen Augen zeigte sich ein Schimmer von Unruhe. Ich gab ihm von dem Wein, in den ich das Herzmittel gemischt hatte. Er trank gefügig, schien jedoch immer noch besorgt zu grübeln. Dann sah ich, daß sein Blick wieder an der Lampe auf dem Altar haftete.

Ich sagte: »Wenn Ihr es wünscht, werde ich sofort losreiten, um einen christlichen Priester zu holen. Aber Ihr müßt mir sagen, wo ich einen finden kann.«

Er schüttelte den Kopf und schloß die Augen. Nach einer Weile erklang, sehr dünn, seine Stimme: »Kannst du sie hören?«

»Die Eule, meint Ihr? Ja.«

»Nein, nicht die Eule. Die anderen.«

»Welche anderen?«

»Die sich an den Türen drängen. Im Sommer kann man nachts manchmal ihre Rufe hören, wie die Schreie junger Vögel.« Er bewegte unruhig den Kopf. »Habe ich falsch gehandelt, als ich sie nicht einließ?«

Ich begriff oder glaubte doch, zu begreifen. Ich dachte an das Felsbecken draußen, dessen Wasser vom Quell gespeist wurde, und auch an die Bronzelampen in der Kapelle, in denen kein Licht brannte; Zeugnisse der alten Religion. Wenn nicht alles täuschte, so war dieser Ort schon in Urzeiten eine geweihte Stätte gewesen. Ich fragte leise: »Sagt, Vater — wessen Heiligtum war das früher?«

»Man nannte es den Ort der Bäume, später dann den Ort der Steine. Danach trug er eine Zeitlang einen anderen Namen ... doch unten im Dorf spricht man jetzt von der Kapelle im Grünen.«

»Er trug auch noch einen anderen Namen? Welchen denn?«

Er zögerte und sagte schließlich: »Der Ort des Schwertes.«

Von irgendwo aus der Tiefe schien mich etwas anzurühren, und über meinen Rücken strich es wie kaltes, scharfes Metall, wie eine Klinge.

»Warum nannte man ihn den Ort des Schwertes, Vater? Wißt Ihr das?«

Er schwieg und sah mich grübelnd an. Offenbar kam er zu einem Entschluß, denn nach einer Weile nickte er kaum merklich.

Er sagte: »Geh in die Kapelle und nimm das Tuch vom Altar herab.«

Vorsichtig stellte ich die Lampe auf die Stufe vor dem Altar und zog dann das Tuch beiseite, das ihn bis zum Boden verhüllt hatte. Was sich zuvor schon vermuten ließ, fand ich jetzt bestätigt. Der Altar besaß nicht die Form eines Tisches, wie man sie für gewöhnlich in christlichen Gotteshäusern sieht, sondern die Gestalt aus alter, aus römischer Zeit. Er glich dem Mithras-Altar in Segontium: rechteckige Vorderseite mit verzierten Kanten und einer jetzt fast verwischten Inschrift. Mit Mühe entzifferte ich die

Wörter INVICTO und MITHRAE. Darunter fand sich, grob in den Stein gemeißelt, doch deutlich erkennbar, die Abbildung eines Schwertes, vom Knauf bis zur Spitze der Klinge ein für mich vertrauter Anblick, völlig unverwechselbar. Es befand sich genau in der Mitte des Altars; und während ich noch starrte, wurde mir plötzlich bewußt, daß dieses Schwert im Stein in der ganzen Kapelle das einzige war, was einem Kreuz glich. Keines der bei Christen üblichen Kruzifixe konnte ich entdecken. Nur das Schwert und die Weihung an Mithras, den Unbesiegbaren.

Mit langsamen Schritten ging ich zum Bett des Kranken zurück und sah den wißbegierigen Ausdruck in seinen Augen.

»Das Schwert, das in den Altar eingemeißelt ist«, sagte ich, »es ist Macsens Schwert, nicht wahr?«

Er schloß die Augen, öffnete sie wieder zu einem schmalen Spalt. Dann atmete er sehr tief. »Ihr seid es also«, sagte er schließlich. »Ihr seid endlich gekommen. Es war auch an der Zeit. Nehmt Platz, während ich Euch berichte.« Ich setzte mich, und er fuhr nach einer Weile mit deutlicher, doch sehr erschöpfter Stimme fort: »Es wird mir noch die Frist bleiben, Euch alles zu erklären. Ja, es ist das Schwert des Macsen, den die Römer Maximus nannten und der hier in Britannien Kaiser war, noch ehe die Sachsen kamen, und der sich mit einer britannischen Prinzessin vermählte. Das Schwert, so heißt es, stammt aus einer Schmiede südlich von hier — gehämmert aus Eisen, das man unweit der See im Schneehügel fand, und gehärtet in Wasser, das von jenem Berg zum Meer hinabfließt. Es ist ein Schwert für den Hohen König von Britannien und soll helfen, das Land gegen seine Feinde zu verteidigen.«

»Aber als Macsen es nach Rom mitnahm, nützte es ihm doch sehr wenig.«

»Vielleicht ist es ein Wunder, daß es ihm nicht in der Hand zerbrach. Ich weiß es nicht. Doch nach seiner Ermordung gelangte es wieder nach Britannien zurück, wohin es auch gehörte. Jetzt ist es bereit für die Hand des Königs, der es finden und erheben kann.«

»Und Ihr wißt auch, an welchen geheimen Ort man es damals brachte?«

»Nein, das weiß ich nicht. Aber als ich als junger Mensch hierherkam, um den Göttern zu dienen, sagte mir der Priester des Heiligtums, daß man es wieder in jenen Teil des Landes gebracht hatte, wo es geschmiedet worden war — nach Segontium. Er erzählte mir die Geschichte, wie sie sich, lange vor seiner Zeit, an diesem Ort zugetragen hatte. Hier bei dem Quell, meine ich. Es geschah, nachdem Kaiser Macsen bei Aquileia am Mittelmeer gestorben war. Die noch lebenden britannischen Krieger kehrten über die Bretagne zurück und landeten hier an der Westküste. Sie fanden die Straße durch die Berge und stießen auf diesen Ort. Einige von ihnen waren Diener des Mithras, und als sie erkannten, daß es sich um eine geweihte Stätte handelte, warteten sie bis Mitternacht, um ihre Gebete zu sprechen. Doch die meisten waren Christen, darunter auch ein Priester, und nachdem die anderen ihre Gebete beendet hatten, bat man ihn, eine Messe zu halten; aber nirgends fand sich ein Kreuz oder ein Becher, nur der kahle Altar, wie er dort steht. Und so berieten sie sich und gingen dann zu ihren Pferden und holten aus den Bündeln dort überreiche Schätze. Darunter war das Schwert. Außerdem eine Schale oder ein Kelch, wie ihn die Griechen machen, sehr groß und breit und tief; ein Gral. Sie lehnten das Schwert als Kreuz gegen den Altar und tranken aus dem Gral, und später sagte man, daß da keiner gewesen wäre, der an diesem Tag nicht seinen inneren Frieden gefunden hätte. Für das Heiligtum ließen sie Gold zurück, doch das Schwert und den Gral gaben sie nicht her. Einer von ihnen nahm Hammer und Meißel und schlug das Abbild des Schwertes in den Stein des Altars. Und dann ritten sie mit den Schätzen davon und kehrten nie wieder zurück.«

»Eine sonderbare Geschichte. Ich habe sie nie zuvor gehört.«

»Niemand hat sie bisher gehört. Denn der Hüter des Heiligtums gelobte bei den alten und auch bei den neuen Göttern, nur dem Mann die Geschichte zu erzählen, der ihm als Priester nachfolgen würde. Auch dieser hielt sich an den Schwur. Als dann die Reihe an mich kam, erfuhr ich alles.« Er schwieg einen Augenblick. »Es heißt, daß das Schwert eines Tages hierher zurückkehren und als Kreuz stehen wird. Und so habe ich immer versucht, dafür zu sorgen, daß im Heiligtum nur das ist, was wirklich dorthin gehört. Ich nahm die Bronzelampen vom Altar und schaffte auch die Opferschalen fort. Die Sichel warf ich in den See, damit das Gras wieder über den Stein wachsen konnte. Die Eule vertrieb ich aus ihrem Nest im Dach. Und die Kupfer- und Silbermünzen, die im Wasser des Steinbeckens draußen lagen, gab ich den Armen.« Wieder verstummte er. Als ich schon glaubte, er sei entschlafen, schlug er die Augen auf. »Habe ich recht getan?«

»Das kann ich Euch nicht sagen. Aber Ihr habt getan, was Euch richtig zu sein schien. Und mehr kann kein Mensch tun.«

»Und Ihr?« fragte er. »Werdet Ihr ...?«

»Sorgt Euch nicht«, versuchte ich ihn zu beschwichtigen.

Er sah mich eindringlich an. »Versprecht Ihr mir, niemandem zu erzählen, was ich Euch berichtet habe — außer ihm, der es erfahren muß?«

»Ich verspreche es Euch.«

Er lag sehr still. Doch über sein Gesicht glitt ein sorgenvoller Schatten, und sein Blick schien auf einem fernen Punkt zu haften, weit entrückt in Raum und Zeit. Aber dann kam er offenbar, gleich einem Mann, der einen eiskalten Strom überqueren muß, um ans andere Ufer zu gelangen, zu einer Entscheidung.

»Ist der Altar noch ohne das Tuch?« fragte er.

»Ja.«

»Dann zündet die Bronzelampen an und füllt die Schale mit Wein und Öl und öffnet die Türen zum Wald und tragt mich zu einer Stelle, von der ich das Schwert noch einmal sehen kann.«

Ich schüttelte sacht den Kopf, denn ich wußte, daß er mir unter den Händen sterben würde, wenn ich ihn hochzuheben versuchte. Aber er bemerkte es nicht. Sein Atem ging rasselnd, und vor Anstrengung schien der ganze gebrechliche Körper zu zittern.

Mit letzter Kraft drehte er mir den Kopf zu. »So beeilt Euch doch.« Als ich immer noch zögerte, spiegelte sich in seinen Augen tiefe Furcht. »Tut endlich, was ich sage. Ich muß das Schwert noch einmal sehen.«

Ich dachte an das Schwert, das wirkliche Schwert, das draußen unter dem Dach des Verschlages lag. Doch selbst dafür war es bereits zu spät.

»Ich kann Euch nicht in die Kapelle tragen, Vater«, sagte ich. »Aber etwas anderes will ich tun. Ich werde den Altar hierher zu Euch bringen.«

»Den Altar? Hierher zu mir?« fragte er ungläubig und stockte dann und flüsterte schließlich. »Ja, tut es. Aber bringt ihn schnell, damit ich endlich sterben kann.«

Den Rücken ihm zugekehrt, kniete ich neben dem Bett nieder und starrte in das rote Herz des Feuers. Die flammende Helle der Holzscheite war tiefem Glühen gewichen. Hinter mir hörte ich das qualvolle Atmen des Greises, doch es schien meinem eigenen Körper zu entstammen, dem schmerzhaften Pulsen des Blutes in den Adern. In meinen Schläfen dröhnte es, und tief in meinem Leib saß ein Brennen, das sich weiter und weiter breitete. Ätzend rann mir Schweiß übers Gesicht, und meine Hände bebten, während ich Stück für Stück für ihn, der hinter mir harrte und hoffte, den Altar errichtete. Und Stück für Stück wuchs es denn auch, das von mir beschworene Heiligtum, und ragte hoch und fast schroff vor der kahlen Wand auf und verdeckte das Feuer. Doch gegen den jetzt dunklen Hintergrund schien der Stein hell zu schimmern, und Wellen aus Licht glitten darüber hin, und der Altar trieb wie auf sonnenüberglänztem Wasser. Dann zündete ich die Bronzelampen an, neun Flammen wie in alter Zeit, und sie schwankten auf dem Stein wie Ankerlichte. Den Kelch füllte Wein, fast bis zum Rand, und aus einem Gefäß stiegen dichte Weihrauchwolken.

INVICTO, schrieb ich und suchte angestrengt nach dem Namen. Doch nichts als dieses eine Wort stellte sich ein: INVICTO. Und dann hob sich aus dem Stein, wie aus einer zersplitterten Scheide, plötzlich das Schwert, und auf der hellen Klinge, vom flutenden, ungewissen Licht kaum getrübt, glänzte die Schrift, die Botschaft: FÜR IHN, DEN UNBESIEGBAREN.

Es war früher Morgen. In den Zweigen regten sich die ersten Vögel. Aus der kleinen Kammer kam kein Laut. Der Greis war hinübergegangen, ebenso mühelos entglitten wie die Vision, die ich für ihn aus den Schatten beschworen hatte.

Mit steifen, schmerzenden Gliedern deckte ich das Tuch über den Altar und füllte Öl in die Lampe.

3. BUCH

DAS SCHWERT

1

Als ich dem Sterbenden versprochen hatte, dafür zu sorgen, daß sich auch nach seinem Tod jemand um die Kapelle kümmerte, hatte ich dabei weniger an mich selbst gedacht. In einem der kleinen Täler, nicht weit von Ectors Burg, lag ein Kloster, und gewiß ließ sich dort ein frommer Mann finden, der bereit war, hier zu leben und das Heiligtum zu hüten. Doch hieß das nicht, daß ich ihm das Geheimnis des Schwertes anvertrauen mußte. Bei mir war es sicher bewahrt, und in meinen Händen lag es auch, die Waffe ihrer Bestimmung zuzuführen.

Aber im Laufe der folgenden Tage begann ich mich zu fragen, ob es richtig war, mit meiner Bitte jetzt an die Mönche heranzutreten. Da mich die Umstände zum Nichtstun zwangen, hatte ich genügend Zeit, über alles nachzudenken.

Ich begrub den Toten, gerade noch zur rechten Zeit. Denn gleich am nächsten Tag setzte dichter Schneefall ein, große, weiche Flocken, die den Wald tief einhüllten, und die Kapelle völlig von der Außenwelt abschnitten. Unmöglich, jetzt noch einer Fährte zu folgen. Doch ich war nicht einmal unglücklich darüber. Nahrung und Brennholz waren ausreichend vorhanden, und sowohl der Stute als auch mir selbst konnte eine Atempause nur guttun.

Etwa zwei Wochen lang blieb der Schnee liegen. Ohne sich zu unterscheiden, glitten die Tage ineinander. Weihnachten kam, dann die Jahreswende. Artus war jetzt neun.

Ganz von selbst wurde ich zum Hüter des Heiligtums. Wer immer dem Toten hier einmal nachfolgte, würde wohl, genau wie er, das Haus einzig seinem Gott offenhalten. Doch inzwischen war ich es zufrieden, wenn dort jegliche Gottheit wohnte, der diese Stätte gefiel. Und so nahm ich wieder das Tuch vom Altar, putzte die drei Bronzeleuchter, von denen jeder drei Arme hatte, und stellte sie darauf. Bald brannten die neun Flammen.

Das gebogene Messer fand ich nicht, und darüber war ich eher froh; denn jener Göttin öffne ich nicht gern die Tür. Doch ich sorgte für das süße, heilige Wasser in ihrer Opferschale, und jeden Abend und jeden Morgen zündete ich Weihrauch an. Die weiße Eule kam und verschwand, wann und wie sie wollte. Abends schloß ich die Tür der Kapelle gegen Kälte und Wind, sperrte sie jedoch nie zu; und tagsüber stand sie weit offen, und der Glanz der Lichter schimmerte auf dem Schnee.

Einige Zeit nach der Jahreswende begann der Schnee dann zu schmelzen, und auf dem Waldboden konnte man wieder die Pfade erkennen, tief und schwarz im Morast. Dennoch machte ich mich nicht zum Aufbruch bereit, denn inzwischen war ich fest davon überzeugt, daß mich ein und dieselbe Hand zuerst nach Segontium und dann hierher zur Kapelle geführt hatte. Gab es für mich einen unauffälligeren Ort in Artus' Nähe? Vor Heiligtümern und ihren Hütern empfand man ehrfurchtsvolle Scheu. Bald würde sich herumsprechen, daß auf den alten Einsiedler ein jüngerer gefolgt war wie schon so oft zuvor. Dann nannte man mich den »Eremiten vom Wilden Wald«, den »Heiligen Mann«. Ohne Verdacht zu erregen, konnte ich, wenn ich in den Dörfern um Nahrung bat, von den Leuten Neuigkeiten hören und gewiß auch dafür sorgen, daß Graf Ector erfuhr, wo ich mich befand.

Etwa eine Woche nach Einsetzen der Schneeschmelze (die Pfade lagen noch voll Schlamm) bekam ich zwei Besucher, einen kurzwüchsigen, vierschrötigen Mann, in stinkende Hirschfelle gehüllt, und ein Mädchen, seine Tochter, die in eine Art Gewand aus grober Wolle gekleidet war. Die dunklen Haare und die schwarzen Augen verrieten, daß sie zu den Gebirgsbewohnern von Gwynedd gehörten. Unter der wettergebräunten Haut wirkte das Gesicht des Mädchens grau. Sie war unverkennbar krank, litt jedoch stumm und dumpf wie ein Tier. Ohne die geringste Regung zu zeigen, hielt sie ihrem Vater die Hand hin, damit er die Fetzen ablösen konnte, die um Gelenk und Unterarm gewickelt waren. Ich betrachtete das dick geschwollene und schwärzlich gefärbte Fleisch.

»Ich habe ihr versprochen, daß du sie gesund machst«, erklärte er in der alten Sprache.

Ich griff nach ihrer Hand, doch sie scheute zurück. Auch meine beschwichtigenden Worte schienen nicht zu helfen. Erst als ich Mab (das war der Name des Vaters) erklärte, ich müßte Wasser heiß machen und im Feuer mein Messer säubern, ließ sie sich von ihrem Vater in meine Kammer führen. Ich schnitt die Schwellung auf und behandelte die Wunde sorgsam, ehe ich sie verband. Das

Mädchen gab keinen Laut von sich. Allmählich kehrte etwas Farbe in ihr Gesicht zurück. Ich wärmte für meine Gäste Wein und setzte ihnen getrocknete Weintrauben und Mehlfladen vor.

Die Mehlfladen hatte ich selbst gemacht, doch zu meinem Leidwesen waren meine ersten Versuche in dieser mir unbekannten Kunst anders ausgefallen als erhofft; denn das zähe Zeug wollte sich anfangs nicht einmal essen lassen, wenn ich es in Wein tunkte. Aber inzwischen hatte ich Erfahrungen gesammelt, und so beobachtete ich mit Vergnügen, wie meine beiden Gäste eifrig zugriffen. Mochte es auch ein weiter Schritt sein von den Visionen, in denen die Stimmen der Götter an mein Ohr klangen — die womöglich bescheidenste meiner Fertigkeiten erfüllte mich mit nicht geringem Stolz.

»Du hast offenbar gewußt, wo ich zu finden bin«, sagte ich zu Mab.

»Ja, Myrddin Emrys«, erwiderte er. »Aber keine Sorge, von uns Waldleuten erfährt niemand etwas. Doch weißt du ja sicher, daß uns hier nichts entgeht. Unsere Augen und unsere Ohren sind überall.«

»Ja, ich weiß. Und es kann durchaus sein, daß ich eure Hilfe brauche, solange ich hier in der Kapelle bin.«

»Die Kapelle. Du bist ihr Hüter geworden — und hast die alten Lampen wieder angezündet.«

»Ganz recht, Mab«, sagte ich und nickte. »Und jetzt berichte mir, was es an Neuigkeiten gibt.«

Er trank und wischte sich den Mund. »Der Winter war ruhig. An den Küsten wüten Stürme. Im Süden gab es Kämpfe, aber das ist jetzt vorbei. Cissa ist nach Germanien gesegelt. Aella und seine Söhne sind noch hier. Aus dem Norden hört man wenig. Gwarthegydd hatte mit seinem Vater Streit. Aber wann wäre das je anders gewesen? Er ist nach Irland geflohen, wo auch Riagath und Niall sein sollen. Zwischen Niall und Gilloman herrscht Frieden.«

Es war eine Aufzählung von Tatsachen. Mabs ausdrucksloses Gesicht verriet, daß er die tieferen Zusammenhänge nicht begriff. Aber ich konnte mir schon ein Bild machen. Die Sachsen, Irland, die Pikten im Norden; Bedrohungen von allen Seiten, doch auch nicht mehr als das: noch nicht.

»Und der König?« fragte ich.

»Wird selbst von seinen eigenen Leuten gefürchtet. Wo er früher tapfer war, ist er jetzt nur noch hitzköpfig.«

»Und sein Sohn?«

Angespannt wartete ich auf die Antwort. Wieviel wußten diese Waldbewohner wirklich?

Die schwarzen Augen blieben ohne Ausdruck. »Es heißt, daß er auf der Insel aus Glas lebt.« Er zögerte. »Aber was suchst du dann hier im Wilden Wald, Myrddin Emrys?«

»Ich hüte das Heiligtum«, sagte ich rasch. »Und jeder soll mir willkommen sein.«

Er schwieg. Das Mädchen beobachtete mich aufmerksam. Ihre Scheu schien sich gelegt zu haben. Verstohlen ließ sie einige Mehlfladen unter ihrem Gewand verschwinden. Ich mußte ein Lächeln unterdrücken.

»Höre, Mab«, sagte ich. »Wenn ich einmal eine Botschaft schikken möchte — könnten eure Leute das für mich tun?«

»Natürlich.«

»Selbst wenn sie für den König bestimmt wäre?«

»Wir würden schon dafür sorgen, daß sie ihn erreicht.«

Ich nickte. »Was nun den Sohn des Königs betrifft — du sagst, daß euch hier nichts entgeht und daß eure Augen und eure Ohren überall sind. Wäre der Prinz während der Reise durch den Wald sicher, wenn ich ihn durch Zauberkraft zu mir riefe?«

Er machte jenes sonderbare Zeichen, das ich schon bei Llyds Männern gesehen hatte. »Ja«, sagte er dann, »er wäre ganz gewiß sicher. Wir würden für dich über ihn wachen. Denn hast du Llyd nicht versichert, daß er eines Tages nicht nur der König der Stadtleute im Süden, sondern auch unser König sein wird?«

»Er wird aller König sein«, sagte ich.

Die Wunde verheilte offenbar gut, denn Mab brachte seine Tochter nicht wieder zu mir. Zwei Tage später fand ich draußen vor der Tür zu meiner Kammer einen frischgefangenen Fasan und einen Lederschlauch voll Honigwein.

Ich säuberte das Steinbecken am Quell und stellte einen Becher an den dafür bestimmten Platz. Zu sehen war dort nie jemand, aber unverkennbare Spuren verrieten, daß heimlich Besucher kamen; und als ich Mehlfladen vor meine Tür legte, verschwanden sie über Nacht, und an ihrer Stelle sah ich bald diese, bald jene Gabe — ein Stück von einem Reh vielleicht oder eine Hasenkeule.

Sobald der weiche Untergrund der Waldpfade das zuließ, sattelte ich die Stute und ritt nach Galava hinab. Der Weg führte am Bach entlang zum See, der kleiner war als jener bei Ectors Burg. Der Wald drängte sich fast überall bis dicht ans Wasser. Etwa in der Mitte des Sees lag eine kleine, baumbewachsene Insel, sehr felsig, mit grau aufragenden Steinwänden, die den Türmen einer Festung glichen. Unter dem wolkenverhangenen Himmel sah es aus, als schwebe das winzige Eiland über seinem eigenen Spiegelbild, dessen zerklüftete Felsen lotrecht in die Tiefe stießen.

Am unteren Ende des Sees erschien der Bach wieder. Doch war er jetzt, breiter und mächtiger, zum jungen Fluß angeschwollen, der sich durch Wald und Sumpf ein tiefes Bett grub und auf Galava zustrebte. Bald schon weitete sich das Tal, und ich sah Äcker und kleine Bauernhöfe, zum Teil nur Hütten. Am Horizont tauchte Ectors Burg auf. Dahinter erstreckte sich, so weit man blicken konnte, der riesige See.

Mein Weg führte an einem Gehöft vorüber, das, wie überall hier im Norden, aus Rundbauten bestand, umgeben von einem unregelmäßig verlaufenden Stein- und Palisadenwall. Am Tor kläffte ein Hund. Dahinter erschien ein Mann und starrte mich an. Er schien der Besitzer zu sein. Als ich ihm, die Stute zügelnd, einen Gruß zurief, kam er neugierig näher, betrachtete mich jedoch mit dem Mißtrauen, mit dem man jetzt überall auf dem Land Fremden begegnete.

»Wohin des Wegs, Fremdling? Zur Burg des Grafen von Galava?«

»Nein. Nur zu irgendeinem Flecken, wo ich Nahrung kaufen kann — Mehl und Fleisch und vielleicht auch etwas Wein. Ich komme von der Kapelle oben im Wald. Kennst du sie?«

»Wer kennt sie nicht? Wie geht es denn dem alten Mann dort, dem alten Prosper? Seit dem ersten Schneefall haben wir ihn nicht mehr gesehen.«

»Er ist zu Weihnachten gestorben.«

Er bekreuzigte sich. »Ihr wart bei ihm?«

»Ja. Ich kümmere mich jetzt um die Kapelle.« Genaueres sagte ich nicht. Falls er annahm, daß ich schon vor Prospers Tod dem Alten einige Zeit zur Hand gegangen war, so konnte das für mich nur von Vorteil sein. »Mein Name ist Myrddin«, fuhr ich fort, auch hierin einer sehr sorgfältigen Überlegung folgend, denn im Westen hießen viele so, während »Emrys« hier, in Artus' Nähe, den Verdacht erregen mochte, daß sich hinter dem schlichten Einsiedler in der Kapelle in Wirklichkeit ein anderer verbarg.

»So«, sagte er. »Myrddin heißt Ihr also. Und wo kommt Ihr her?«

»Eine Zeitlang habe ich mich in Pyfed um ein Heiligtum gekümmert.«

»Verstehe.« Er musterte mich eingehend, schien mich für harmlos zu befinden und nickte schließlich. »Nun ja, jedem seine Aufgabe und seine Pflicht. Auf ihre Weise nützen uns Eure Gebete gewiß nicht weniger als das Schwert des Grafen im Kampf. Weiß er schon, daß die Kapelle einen neuen Hüter hat?«

»Das glaube ich kaum, denn seit ich dort oben bin, habe ich niemanden gesehen. Gleich nach Prospers Tod setzte dichter Schneefall ein. Dieser Graf Ector — was für ein Mensch ist das?«

»Ein guter Herr und ein guter Mann. Und seine Frau steht ihm darin nicht nach. Solange sie hier gebieten, werdet Ihr gewiß keine Not leiden.«

»Hat er Söhne?«

»Ja, zwei. Beides prächtige Knaben. Sobald sich das Wetter bessert, werdet Ihr sie bestimmt zu Gesicht bekommen, denn sie reiten fast jeden Tag im Wald umher. Im Augenblick ist der Graf mit dem älteren Sohn fort. Im Frühjahr sollen sie zurückkehren, und dann wird Euch Graf Ector sicher holen lassen.« Er wandte den Kopf und rief laut. In der offenen Tür des Wohnhauses erschien eine Frau. »Catra«, sagte er zu ihr, »dies ist der neue Mann von der Kapelle. Der alte Prosper hat es nicht mehr lange gemacht, genau wie du befürchtet hast. Er ist zu Weihnachten gestorben. Bring uns doch Brot und Wein, ja?« Er blickte zu mir. »Guter Herr, wollt Ihr so freundlich sein, mit uns ein Stück vom alten Brot zu brechen, bis das frische aus dem Backofen kommt?«

Ich nickte, und sie bewirteten mich und brachten mir dann alles, was ich für mein Leben oben im Wald brauchte: Brot, Mehl, Wein; Schafstalg für die Kerzen, Öl für die Lampen und Futter für die Stute. Ich bezahlte und ließ mir von Fedor, dem Bauern, beim Packen der Satteltaschen helfen. Neugierige Fragen brauchte ich nicht zu stellen, denn er war nur allzu begierig, mir die letzten Neuigkeiten mitzuteilen. Zufrieden ritt ich zur Kapelle zurück. Ohne Zweifel würde Ector erfahren, daß dem alten Prosper ein jüngerer Mann nachgefolgt war, ein gewisser Myrddin: Wenn auch niemandem sonst, so mußte doch dem Grafen sofort klar sein, um wen es sich bei dem neuen »Einsiedler vom Wilden Wald« handelte.

Anfang Februar ritt ich wieder hinab, diesmal zum eigentlichen Dorf, wo man mich herzlich willkommen hieß. Wie von mir vermutet, war ich für diese Leute bereits so etwas wie ein unentbehrlicher Begriff, ein fester Bestandteil. Hätte ich mich irgendwo im Dorf oder gar in der Burg einquartiert, so wäre ich für die Menschen zweifellos »der Fremdling« geblieben, Gegenstand von Klatsch und Tratsch und voller Mißtrauen bei jedem Schritt beobachtet. Heilige Männer sah man jedoch mit anderen Augen. Sie pilgerten oft weit umher, und ich war nur froh, daß sie nie zur Kapelle kamen, vermutlich, weil diese auf einer alten Weihestätte stand. Christen zumeist, zogen sie es vor, sich an ihre Brüder im Kloster zu wenden. Doch da beim einfachen Volk der Glaube an die alten Götter schwer auszurotten war, genoß ich dort wohl mehr Achtung als selbst der Abt.

Auch an der Insel im kleineren See haftete offenbar etwas von der uralten Heiligkeit. Als ich einen der Waldleute danach fragte, erzählte er mir die Geschichte. Die Insel trug den Namen Caer Bannog, Burg in den Bergen, und es hieß, daß dort Bilis, der Zwergenkönig aus dem Jenseits, umging. Auch sagte man, manchmal sei sie unsichtbar, wie aus Glas gemacht. Selbst im Sommer, wenn am Ufer auf den Matten beim Fluß Vieh weidete und auf dem See Netze ausgeworfen wurden, wagte sich niemand in ihre Nähe. Aus alter Zeit berichtete man, daß ein Fischer, vom Sturm mit seinem Boot dort an Land getrieben, eine Nacht auf der Insel verbracht hatte. Als er am nächsten Tag nach Hause zurückkehrte, redete er irre. Statt von einer einzigen Nacht sprach er von einem ganzen Jahr in einer großen Burg aus Gold und Glas, wo seltsame und furchterregende Wesen einen riesigen Schatz bewachten. Doch niemand dachte daran, zur Insel zu fahren und den Schatz zu suchen, denn schon nach wenigen Tagen war der Fischer tot. Mitunter, so hieß es, sei an schönen Sommerabenden die Burg deutlich zu erkennen. Aber man wußte auch, daß kein Mensch es wagen durfte, seinen Fuß auf das Eiland zu setzen, weil es dann sofort versank.

Solche Geschichten sind nicht immer als reine Erfindung abzutun. Jedenfalls dachte ich viel an diese andere »Insel aus Glas«, die gleichsam vor meiner Tür lag. Gerade sie mochte für Macsens Schwert ein sicheres Versteck bilden. Ehe Artus alt genug war, um die Waffe zu führen, würden noch Jahre vergehen; und ihr jetziger Platz im Verschlag bei der Kapelle erschien mir weder sicher noch angemessen. Manchmal kam es mir wie ein Wunder vor, daß der strahlende Glanz des Schwertes von Britannien noch nicht das Strohdach in Brand gesetzt hatte.

In Segontium, im Tempel des Mithras, an geweihter Stätte also, war ich auf das Schwert gestoßen. An einem nicht weniger heiligen Ort sollte es von nun an liegen. Und wenn für Artus die Zeit kam, dann mußte ihn die Fügung zu der Stelle leiten, wie ich geleitet worden war. Mochte ich auch das Werkzeug des Gottes sein, so war ich doch nicht seine Hand.

Immer wieder dachte ich über die Insel nach. Und eines Tages hatte ich dann die Gewißheit.

Als ich im März von meinem Besuch im Dorf unten zurückkehrte und am Ufer des Sees entlangritt, stand die Sonne schon sehr tief. Über dem Wasser lag Dunst, und die Insel schien weit in die Ferne entrückt und glich einem treibenden Floß, so daß sie tatsächlich etwas Gespenstisches an sich hatte. Die Strahlen der untergehenden Sonne tauchten die Felsspitzen über den dunklen Baumwipfeln in brennende Glut, und es war, als verwandelte sich das gezackte Gestein wirklich in eine Burg mit Mauern und Türmen, goldglänzend und wie aus Glas. Während ich noch verwundert schaute und an die Sagen dachte, fiel mir plötzlich etwas ins Auge. Ich zügelte die Stute und starrte ungläubig. Denn dort drüben hinter dem spiegelnden Band des Wassers und über den dünnen Nebelschwaden erhob sich wieder der Turm aus meinem Traum, Macsens Turm, aus dem Licht der sinkenden Sonne erbaut. Der Turm des Schwerts.

Ich zögerte nicht länger. Gleich am nächsten Tag holte ich das Schwert aus seinem Versteck und brachte es zum See, wo der Nebel, jetzt am späten Abend, besonders dicht war.

Die Insel lag kaum zweihundert Schritt vom südlichen Ufer entfernt. Ich hatte geglaubt, mit der Stute hinüberschwimmen zu müssen, fand jedoch, daß ihr das Wasser nur bis zur Brust reichte. Und so watete sie, während ich im Sattel saß, vorsichtig voran, die spiegelglatte Oberfläche des Sees kaum durchbrechend. Wer immer das leise Geräusch hören mochte, mußte zweifellos an einen Hirsch denken. Die einzigen Lebewesen, denen wir begegneten, waren zwei Enten und ein Reiher, der mit trägem Flügelschlag vom Wasser abhob.

Ich ließ die Stute auf einem Flecken, wo sie grasen konnte, und trug das Schwert durch die Bäume zum Fuß der hochragenden Felswände. Was ich hier finden würde, glaubte ich schon zu ahnen. Zwischen dem Geröll unten wuchs verwuchertes Gestrüpp, doch da es um diese Jahreszeit noch ohne Blätter war, konnte ich durch die Zweige eine Öffnung erkennen. Sie führte zu einem engen Gang, der sehr steil in die Tiefe des Felsbodens stieß. Zum Glück hatte ich eine Fackel mitgebracht. Jetzt zündete ich sie an, folgte dann dem Gang und gelangte nach einiger Zeit zu einer Höhle, in die von außen kein Lichtschimmer dringen konnte.

Vor meinen Füßen dehnte sich, den Boden der Höhle zur Hälfte bedeckend, eine Art Teich oder Tümpel. Dahinter erhob sich vor der gegenüberliegenden Wand ein niedriger Block aus Stein — ob von Menschenhand geschaffen oder von der Natur, vermochte ich nicht zu sagen. Doch er ähnelte einem Altar. Auch fand sich auf der einen Seite eine in den Fels getriebene Schale voll Wasser, das im roten Schein der Fackel wie Blut aussah. Hier und dort quollen glitzernde Rinnsale die Wände herab, und wenn die schweren Tropfen unten in den Tümpel fielen, so klang es, als würde eine Harfensaite gezupft. Wo das herabsickernde Wasser jedoch auf Stein tropfte, hatte es diesen nicht ausgehöhlt, sondern von unten her Säulen errichtet, denen von oben, Eiszapfen ähnlich, andere Säulen entgegenwuchsen, bis sie sich in der Mitte trafen.

Kein Zweifel, daß dies ein Tempel war mit einem Boden aus Glas und Säulen aus fahlem Marmor. Obwohl ich ein Recht hatte, hier zu sein, und, von meinem Gott geschützt, keine Furcht zu haben brauchte, fühlte ich, wie mir ein kalter Schauer über den Rücken kroch.

Und wird heimgelangen über Wasser und über Land und verborgen liegen im schwebenden Stein, bis das Feuer es weckt. So hatte Llyd mir berichtet, was er von seinem Urgroßvater wußte; gewiß würden er und seine Männer den Ort genauso erkannt haben wie ich. Und jener Fischer, vom Sturm auf die Insel verschlagen, hatte offenbar hier übernachtet und darüber den Verstand verloren.

In dieser Vorhalle des dunklen Königs, des Zwergenkönigs Bilis, war das Schwert sicher aufgehoben, bis jener Jüngling kam, der als einziger das Recht besaß, es an sich zu nehmen.

Ich watete durch den Tümpel voran. Jetzt erkannte ich, daß der Gang oder Tunnel hinter dem altarähnlichen Stein weiter in die Tiefe strebte, bis er, sich ganz dem Wasser zuneigend, schließlich verschwand. Ich setzte meinen Weg unbeirrt fort. Bald spürte ich, daß der Boden sich senkte und der Tümpel meine Beine höher umspülte. Winzige Wellen schlugen gegen den Fels, und der Widerhall lief über die Wände und brach sich zwischen den Säulen. Das Wasser war eiskalt. Jetzt sah ich den Tisch aus Stein dicht vor mir. Ich nahm das Schwert und legte es, eingehüllt, wie es schon in der Truhe gewesen war, auf die Platte. Dann watete ich durch das Wasser zurück.

Lauter als zuvor drang von allen Seiten das hallende Echo auf mich ein, wie singende Stimmen. Erst als ich auf der anderen Seite eine Weile stehenblieb, erstarb es nach und nach. Und plötzlich war es mein eigener Atem, der den Raum dröhnend zu erfüllen schien. Ich warf noch einen Blick zum Stein, zum Schwert, und wandte mich dann um. Mit eiligen Schritten strebte ich nach oben. Die Schatten teilten sich und ließen mich durch.

2

Der April kam, und Ector wurde auf der Burg zurückerwartet. In der ersten Woche des Monats regnete und stürmte es. Der Wald toste wie die See, und durch die Ritzen und Fugen der Kapelle zog es so stark, daß die neun Lichter wild blakten. Von ihrem Winkel im Dach, wo sie auf ihren Eiern hockte, spähte die weiße Eule herab.

Doch als ich dann eines Morgens erwachte, stieg strahlend die Sonne in den klaren Himmel empor. Auf Grashalmen und Farnwedeln glitzerte noch der Regen von gestern, und von den Kiefern tropfte und dampfte es, so daß ihr würziger Geruch die ganze Luft zu erfüllen schien. Hinter ihnen stieg von den Gipfeln der benachbarten Hügel weißlicher Dunst dem weitgespannten Blau entgegen.

Ich holte die Stute aus dem Verschlag, wo sie, seit ich hier war, ihren Unterschlupf hatte. Doch als ich sie satteln wollte, hob sie plötzlich den Kopf und spitzte die Ohren. Wenig später hörte ich es dann auch. Galoppierende Hufe — viel zu schnell für die Schlängelpfade hier, auf denen tückische Wurzeln und sperriges Geäst gefährliche Hindernisse bildeten.

Und dann erschienen Roß und Reiter und kamen kaum drei Schritt von mir entfernt zum Stehen: ein prachtvoller Rappe und ein Knabe, der, lang auf dem Rücken liegend, jetzt mit geschmeidiger Bewegung auf den Boden glitt. Das Pferd schwitzte stark, und vom Maul flockte Schaum. In den Nüstern schimmerte es rot.

Der scharfe Galopp war also nicht Folge verwegenen Leichtsinns gewesen, sondern das Ergebnis reiterlicher Kunst. Ich schüttelte unwillkürlich den Kopf. Wie alt war Artus jetzt? Neun? In seinem Alter hatte ich ein fettleibiges Pony geritten, das erst durch aufmunternden Fersendruck zum Trott angetrieben werden mußte.

Er hielt die Zügel in einer Hand und ruckte nur kurz, als der Rappe zum Wasser wollte. Gehorsam blieb das Tier stehen. Doch der junge Reiter achtete kaum darauf. Seine Aufmerksamkeit galt mir.

»Seid Ihr der neue heilige Mann?«

»Ja.«

»Prosper war ein Freund von mir.«

»Das freut mich.«

»Ihr seht aber nicht wie ein Einsiedler aus. Kümmert Ihr Euch jetzt wirklich um die Kapelle?«

»Ja.«

Er nagte an seiner Unterlippe und sah mich nachdenklich an. Es war ein ruhiger und kühler Blick, der mich bis in den letzten Winkel zu durchforschen schien. Eigenartig: Wie noch nie einem anderen Menschen gegenüber fühlte ich mich plötzlich befangen. Mein Herz schien merklich schneller zu schlagen. Doch ich gab mich gelassen und wartete ab.

Er kam offenbar zu einem Entschluß. »Ihr werdet niemandem sagen, daß Ihr mich gesehen habt?«

»Warum? Wer sucht Euch denn?«

Er musterte mich überrascht. Augenscheinlich hatte er eine andere Antwort erwartet, vielleicht ein gefügiges: »Sehr wohl, junger Herr.« Dann wandte er mit scharfem Ruck den Kopf, und auch ich hörte das gedämpfte Pochen der Hufe auf moosbewachsenem Untergrund, schnell, doch bei weitem nicht so schnell wie der Galopp des Rappen.

»Ihr habt mich nicht gesehen, verstanden?«

Seine Hand wollte nach dem Lederbeutel an seinem Gürtel langen. Um mir eine Münze zuzuwerfen? Er besann sich und lächelte plötzlich. Helle glitt über sein Gesicht und verwandelte es. Hatte er bisher Uther geglichen, so ähnelte er jetzt Ambrosius. Auch die dunklen Augen waren die Augen meines Vaters. Oder meine eigenen.

»Nichts für ungut«, sagte er höflich und fügte dann eilig hinzu: »Wenn er dabei ist, darf ich nicht so reiten, wie es mir gefällt.

Aber keine Sorge — ich werde mich schon bald von ihm einholen lassen.« Er griff zum Sattel, bereit, sich hinaufzuschwingen.

»Nun«, sagte ich mit leisem Lächeln. »Wenn Ihr auf diesen Pfaden so wild galoppiert, kann man ihm das kaum verdenken. Aber müßt Ihr wirklich schon fort? Geht doch in meine Kammer, während ich ihn von Eurer Fährte ablenke. Für Euren Rappen habe ich im Verschlag noch ein Plätzchen.«

»Wußte ich's doch, daß Ihr kein heiliger Mann seid«, sagte er, und es klang wie ein Kompliment. Mir die Zügel zuwerfend, verschwand er durch die hintere Tür.

Ich führte den Rappen in den Verschlag und stand dann einen Augenblick tief atmend. Zehn Jahre hatte ich warten müssen, eine unendlich lange Zeit. Jetzt, endlich, war Artus hier bei mir. Ich raffte mich zusammen und trat an den Rand der Lichtung.

Bald tauchte Ralf auf, den Kopf tief über den Hals seines mächtigen Braunen gebeugt. Aus seinen Augen blitzte es zornig. Rote Spuren auf einer Wange verrieten, daß er von tiefhängendem Geäst gestreift worden war.

Es schien, als wollte er mich über den Haufen reiten. Offenbar blendete ihn die Sonne. Erst wenige Schritt vor mir riß er sein Pferd zurück.

»He, du!« rief er dann. »Hast du vielleicht einen Rappen gesehen mit einem jungen Reiter im Sattel?«

»Ja«, erwiderte ich leise und griff nach den Zügeln. »Aber höre ...«

»Aus dem Weg, du Narr!«

Er gab dem Braunen die Sporen, und das Tier bäumte sich wild hoch und riß mir die Zügel aus der Hand. Im selben Augenblick stieß Ralf fassungslos hervor: »Ihr, Herr?« Er warf sein Pferd herum, damit ich nicht von den wirbelnden Hufen getroffen wurde, und glitt ebenso geschickt aus dem Sattel wie vor wenigen Minuten Artus. Dann setzte er ein Knie auf den Boden und griff nach meiner Hand, um sie zu küssen.

»Steh auf, Ralf«, sagte ich hastig. »Er ist hier und kann uns sehen.«

»Beim allmächtigen Vater! Um ein Haar hätte ich Euch über den Haufen geritten, Herr. Die Sonne stach mir in die Augen, und ich konnte nichts erkennen.«

»Ein etwas rauher Willkommensgruß für den neuen Einsiedler, findest du nicht. Ist das hier im Norden vielleicht so Brauch?«

»Verzeiht, Herr, ich war zornig. Aber Ihr müßt verstehen — er hat mich wieder einmal zum Narren gehalten. Und selbst als ich den kleinen Teufel ein Stück vor mir entdeckte, gelang es mir nicht, ihn einzuholen.« Er brach ab und musterte mich verblüfft von Kopf bis Fuß. Erst jetzt schien ihm bewußt zu werden, was ich soeben gesagt hatte. »Der neue Einsiedler? Ihr? Der Myrddin vom Heiligtum? ... Aber natürlich! Wie dumm von mir, bei dem Namen nicht gleich an Euch zu denken. Doch offenbar ist noch niemand auf die Idee gekommen. Ich habe noch nicht die leiseste Bemerkung gehört, daß es Merlin sein könnte, der hier ...«

»Hoffen wir, daß es dabei bleibt. Ich bin jetzt nichts als der Eremit im Wilden Wald, und solange es nötig ist, werde ich mich damit bescheiden.«

»Weiß Graf Ector davon?«

»Noch nicht. Wann wird er zurückerwartet?«

»In der nächsten Woche.«

»Dann kannst du es ihm ja sagen.«

Er nickte und lachte. Seine Freude war unverkennbar. »Beim heiligen Kreuz Christi, Herr, es tut gut, Euch wiederzusehen. Wie geht es Euch? Wie ist es Euch ergangen? Wie seid Ihr hergekommen? Und vor allem — was wird jetzt werden?«

Eine Flut von Fragen. Ich hob lächelnd die Hand. »Höre, Ralf«, sagte ich rasch. »Wir werden uns später treffen. Dann können wir über alles reden. Aber jetzt sieh zu, daß du für eine Weile verschwindest, damit ich Artus auf meine Weise näher kennenlernen kann.«

»Natürlich. Werden zwei Stunden genügen? Übrigens dürfte ihm das Eindruck machen — sonst bin ich nämlich nicht so leicht abzuschütteln.« Ohne den Kopf zu drehen, ließ er seine Augen über die Lichtung gleiten, auf der heller Sonnenschein lag. In den Zweigen zwitscherten ein paar Vögel. »Wo ist er? In der Kapelle? Jedenfalls wird er uns beobachten. Zeigt mir also irgendeinen Pfad, den er entlanggeritten sein könnte.«

»Mit Vergnügen.« Ich streckte die Hand aus. »Wie wär's mit dem dort? Ich weiß zwar nicht, wohin er führt, aber sicher bist du da einstweilen gut aufgehoben.«

»Gut aufgehoben, Herr«, sagte er ergeben. »Falls ich mir nicht das Genick breche, meint Ihr wohl. Mußtet Ihr denn gerade diesen Pfad für mich aussuchen?«

»Reiner Zufall, Ralf. Tut mir leid, wenn ich eine schlechte Wahl getroffen habe. Ist der Weg wirklich so gefährlich?«

»Wenn ich dort nach Artus suchen soll, bin ich jedenfalls vorerst vollauf beschäftigt.« Er straffte die Zügel und nickte mir zu: eine vorgetäuschte Geste für den unsichtbaren Beobachter. »Aber im Ernst, Herr ...«

»Myrddin«, verbesserte ich ihn. »Nenn mich um Himmels willen nicht Herr.«

»Also gut — Myrddin. Doch was den Pfad betrifft: Reiten kann man dort, zur Not. Vor allem aber ist es der Weg, den bestimmt dieser kleine Satan eingeschlagen hätte. Und Ihr wollt mir weismachen, Ihr wärt rein zufällig daraufgekommen? Nein, bei Euch glaubt man besser nicht an Zufall.« Er lachte. »Es ist schön, daß Ihr endlich hier seid. Ich bin sehr froh darüber — und sehr erleichtert. Die vergangenen Jahre waren nämlich recht volle Jahre. Ihr versteht wohl, wie ich das meine.«

»So ungefähr«, sagte ich lächelnd.

Er schwang sich in den Sattel, grüßte kurz und trabte dann über die Lichtung auf den Weg zu, den ich ihm gewiesen hatte. Bald verklang das Pochen der Hufe.

Ich trat in meine Kammer. Artus saß mit baumelnden Beinen auf dem Tisch, ein Honigbrot in der Hand. Das klebrige Zeug lief ihm über das Kinn, und er wischte es mit den Fingern ab. Als er mich sah, rutschte er von der Tischkante herunter.

»Ich hatte einen Wolfshunger«, sagte er, »und es schien genug da zu sein. Ihr nehmt es mir doch nicht übel?«

»Natürlich nicht. In der Schüssel dort hinten sind getrocknete Feigen.«

»Danke, aber jetzt bin ich satt. Vielleicht später. Stern muß erst getränkt werden.«

Wir holten den Rappen und führten ihn zum Quell.

Artus sagte: »Ich nenne ihn Stern, weil der weiße Fleck auf seiner Stirn so aussieht. Aber warum habt Ihr gelächelt?«

»Nun, als ich klein war, hatte ich ein Pony mit dem Namen Aster — das ist das griechische Wort für Stern. Eines Tages ritt ich allein in die Hügel hinauf und fand dort einen Einsiedler, der in einer Höhle lebte. Und er gab mir Honigkuchen und Früchte.«

»Und Ihr seid nie wieder nach Hause zurückgekehrt?«

»O doch. Ich wollte nur einen Tag lang für mich sein. Man braucht das manchmal.«

»Dann versteht Ihr also? Wart Ihr deshalb bereit, Ralf von meiner Spur abzulenken? Die meisten hätten mich sofort verraten. Alle scheinen zu glauben, daß ich einen Aufpasser brauche.« Seine Stimme klang tief bekümmert.

Der Rappe hob den Kopf. Wasser troff ihm vom Maul. Wir führten das Tier über die Lichtung zurück.

Artus sagte: »Ich habe Euch noch gar nicht gedankt. Wenn Ralf zurückkommt, wird er mich hier finden, schon damit mein Vormund nichts erfährt. Im übrigen braucht Ihr nicht zu fürchten, daß er Euch die Schuld gibt. Er gibt sie immer mir.« Wieder das unvermittelte Lächeln. »Sicher hat er damit auch recht. Cei ist zwar älter als ich, aber bei unseren Streichen bin ich immer der erste.«

Beim Verschlag schien er mir die Zügel überlassen zu wollen. Doch dann besann er sich und band den Rappen selber fest.

»Wie heißt Ihr eigentlich?« fragte ich.

»Emrys. Und Ihr?«

»Myrddin. Und Emrys dazu. Seltsam, wie sich das trifft. Aber in meiner Heimat heißen viele so. Wer ist Euer Vormund?«

»Graf Ector, der Herr von Galava.«

Ich sah die plötzliche Röte auf seinen Wangen. Er erwartete die nächste, die wohl unvermeidliche Frage. Doch natürlich stellte ich sie nicht. Schließlich wußte ich aus eigener bitterer Erfahrung, was es bedeutete, Bastard eines unbekannten Vaters zu sein und das jedem sagen zu müssen. Dieses beschämende Eingeständnis wollte ich ihm ersparen.

Anderseits schien er mir besser gewappnet als ich seinerzeit. Nicht nur weil er der wohlbehütete Pflegesohn des Grafen von Galava war, sondern ... Ja, der Unterschied zwischen uns wurzelte tiefer: Ohne mir meiner Kraft bewußt zu werden, hatte ich mich mit wenig begnügt; er hingegen würde wohl immer höchsten Zielen zustreben.

»Wie alt seid Ihr?« fragte ich. »Zehn?«

»Nein«, sagte er, zufrieden lächelnd. »Ich bin gerade erst neun geworden.«

»Trotzdem könnt Ihr jetzt schon besser reiten als ich.«

»Nun, Ihr seid ja auch nur ...«, begann er und brach dann hastig ab.

»... ein Einsiedler?« fragte ich. »Das bin ich erst seit Weihnachten. Ich habe schon so manchen langen Ritt hinter mir.«

»Wirklich?«

»Ja, ich bin viel gereist. Und wenn es sein mußte, habe ich auch gekämpft.«

»Gekämpft? Wo?«

Wir waren inzwischen zum Vordereingang der Kapelle gelangt.

Nebeneinander stiegen wir die moosbewachsenen Stufen hinauf. Ich betrachtete ihn von der Seite. Für sein Alter wirkte er recht groß und kräftig. Auch versprach er, ein genauso ansehnlicher Mann zu werden wie sein Vater Uther. Doch tiefer beeindruckte mich die Art, in der er sich bewegte: flink und geschmeidig wie ein Tänzer oder Fechter. Äußerlich in manchem Uthers Unrast ähnelnd, entsprang seine Gewandtheit jedoch tiefer innerer Harmonie — Ausdruck einer unerschöpflichen Lebenskraft.

»Ihr habt gekämpft?« fragte er. »In welchen Schlachten denn? Während der großen Kriege müßt Ihr doch noch sehr jung gewesen sein. Mein Vormund sagt, ich darf erst mit vierzehn in den Krieg ziehen. Das ist ungerecht. Denn mit Cei kann ich es jederzeit aufnehmen, obwohl er drei Jahre älter ist als ich ... Oh!«

Die noch tief über dem Horizont stehende Sonne warf unsere Schatten auf den Altar. Doch während wir weitergingen, fiel die strahlende Morgenhelle zwischen uns hindurch auf das eingemeißelte Schwert, das durch die Kraft des Lichts für Augenblicke in eine wirkliche Waffe verwandelt schien.

Sofort stürzte Artus darauf zu. Seine Hand streckte sich nach dem Griff, stieß gegen Stein, zuckte zurück. Sekundenlang stand er wie erstarrt.

Ohne den Blick vom Altar zu wenden, sagte er schließlich: »Sonderbar — ich habe es für echt gehalten. Ich dachte: ›Das ist das schönste und tödlichste Schwert auf der ganzen Welt, und es ist für mich bestimmt.‹ Dabei ist es gar nicht echt.«

»Doch, es ist echt«, sagte ich und sah, wie er mir rasch den Kopf zudrehte. Hinter einem Schleier aus flirrenden Sonnenstäubchen gewahrte ich sein Gesicht, die angespannt starrenden Augen. »Es ist echt — jenes, dem dieses hier gleicht. Und eines Tages wird es auf dem Altar liegen, und er, der es wagt, es zu berühren und zu nehmen, soll ...«

»Soll was, Myrddin? Was soll er tun?«

Doch ich sprach nicht weiter. Wie benommen stand ich in der Sonnenhelle und blinzelte gegen den Widerschein, den der Altar zurückwarf. Ja, dachte ich, ja: Was ich bislang zu wissen glaubte, jetzt weiß ich es wirklich.

Die Menschen nannten mich einen Seher oder Propheten, aber sie konnten nicht ahnen, wie es war, wenn der Augenblick kam. Es glich einem Schlag der Peitsche Gottes, die wir Blitze nennen. Mitten durch meinen Leib stieß es. Doch noch während mein

Fleisch unter dem Schmerz zuckte, hieß ich ihn willkommen, wie eine Frau die letzten Wehen vor der Geburt willkommen heißt.

In der Flamme der Vision hatte ich gesehen und begriffen. Gesehen, was sich hier an diesem Ort ereignen würde: das Schwert, das Feuer, der junge König. Und begriffen, daß meine Reise durch das Mittelmeer und der Ritt nach Segontium, mein Leben als Hüter dieses Heiligtums und das Verbergen des Schwertes auf Caer Bannog — daß all dies notwendige Schritte waren auf dem Weg.

Ich hatte den Willen des Gottes richtig erkannt. Jetzt galt es nur noch zu warten.

»Was soll ich tun?«

Artus' Stimme klang drängend, fordernd, voll Ungeduld. Ich glaube nicht, daß er sich dessen bewußt war, daß er die Frage jetzt anders gestellt hatte als zuvor. Er brannte gleichsam, als habe auch ihn etwas von der Flamme erfaßt. Doch noch war es zu früh.

Nur mit Mühe gelang es mir, die Worte zurückzuhalten, die sich über meine Lippen drängen wollten.

»Ein Mann«, sagte ich, angestrengt nach einer Erklärung suchend, die er verstehen konnte, »ein Mann vererbt sein Schwert an einen Sohn. Ihr werdet Euer eigenes finden müssen. Aber wenn die Zeit kommt, wird es für Euch da sein — vor aller Augen.«

Plötzlich fiel es von mir ab, und ich fand mich in der strahlenden Helle des Aprilmorgens wieder. Tief atmend, wischte ich den Schweiß von meinem Gesicht. Dann strich ich mir über das Haar und schüttelte den Kopf. »Sie quälen mich«, sagte ich gereizt.

»Wer?«

»Die hier Wache halten.«

Er beobachtete mich aus großen, erwartungsvollen Augen und kam langsam die Stufen des Altars herab. Der Steintisch hinter ihm war jetzt nichts als ein Tisch mit einem grob eingemeißelten Schwert.

Ich lächelte. »Ich besitze eine Gabe, die oft sehr nützlich ist, Emrys. Doch hat sie auch ihre Schattenseiten. Wer über sie verfügt, muß manches ertragen.«

»Soll das heißen, daß Ihr Dinge sehen könnt, die gar nicht da sind?«

»Bisweilen.«

»Dann seid Ihr also ein Zauberer? Oder gar ein Prophet?«

»Ein wenig von beidem vielleicht. Aber das ist mein Geheimnis. Ihr werdet es doch hüten?«

»Von mir erfährt niemand etwas.« Kein Schwur, kein Eid, nur diese nüchterne Feststellung. Doch ich wußte, daß ich ihm vertrauen konnte. »Dann habt Ihr also die Zukunft vorausgesagt? Was hat es zu bedeuten?«

»Das kann man nicht immer wissen. Auch mir geht das nicht anders. Aber eines weiß ich genau. Wenn die Zeit dafür kommt, werdet Ihr Euer eigenes Schwert finden, und es wird das schönste und tödlichste Schwert der Welt sein. — Doch im Augenblick wäre ich Euch dankbar, wenn Ihr mir einen Schluck Wasser holen würdet. Beim Quell ist ein Becher.«

Er lief hinaus und kehrte im Handumdrehen zurück. Ich dankte und trank. »Nun«, fragte ich dann lächelnd, »wie wär's jetzt mit ein paar getrockneten Feigen? Habt Ihr noch Hunger?«

»Ich habe immer Hunger.«

»Dann bringt Euch am besten nächstes Mal selber etwas mit, denn es kann durchaus sein, daß es hier wenig zu beißen gibt.«

»Seid Ihr denn so arm? Eigentlich seht Ihr gar nicht so aus.« Er betrachtete mich mit zur Seite geneigtem Kopf. »Nun, vielleicht doch, aber — aber Ihr sprecht nicht so. Wenn ich auch für Euch etwas mitbringen soll, dann sagt es nur.«

»Nicht nötig«, versicherte ich ihm. »Ich habe jetzt alles, was ich brauche.«

3

Ralf kam zur verabredeten Zeit zurück, er hatte Fragen in den Augen, doch keine auf den Lippen, außer solchen, die er einem Fremden stellen mochte.

Für mich kam er jedoch viel zu früh. Hatte ich nicht neun lange Jahre auf die Begegnung mit Uthers Sohn warten müssen? Auch Artus wäre noch gern eine Weile mit mir allein geblieben, wie ich ihm deutlich ansah. Während Ralf ihn mit scharfen Worten zurechtwies, schwieg er höflich, wenn auch durchaus nicht eingeschüchtert. Offenbar unterstand er einer strengen Zucht, und mir wollte scheinen, daß es nicht immer nur bei Worten blieb, wenn man ihn beim Ungehorsam ertappte. Prinzen, zukünftige Könige, werden besonders streng erzogen. Doch woher sollte er auch nur ahnen, daß dies für ihn galt? Und wenn man bei Cei, woran ich nicht zweifelte, nachsichtiger war als bei ihm — mußte er das dann nicht als Herabsetzung empfinden? Viele Fragen, viele Ungewißheiten.

Geduldig ließ er Ralfs harten Tadel über sich ergehen und brachte uns dann bereitwillig den Wein, den ich seinem Begleiter als eine Art Versöhnungstrunk vorsetzte. Später wurde er dann hinausgeschickt, um nach den Pferden zu sehen.

Ich sah Ralf an. »Sage dem Grafen, daß es besser ist, wenn ich die Burg vorläufig meide. Er wird das verstehen. Mein Erscheinen dort könnte Verdacht erregen. Er soll den Ort bestimmen, wo wir uns treffen. Vielleicht hier in der Kapelle?«

»Solange Prosper lebte, ist er nie heraufgekommen.«

»Dann ist es auch ratsam, daß es dabei bleibt. Er wird schon etwas finden und mir zur rechten Zeit Nachricht geben. Gibt es irgendwelche Anzeichen, daß jemand weiß oder vermutet, wer Artus in Wirklichkeit ist?«

»Nein, Herr.«

»Bist du sicher?«

»Wir haben sehr genau auf fremde Späher geachtet. Bisher hat man keine Spur von ihnen gefunden.«

Ich nickte und sagte dann: »Als du ihn damals von der Bretagne herbrachtest — da wurdet ihr doch auf der Straße in den Bergen überfallen. Wer waren die Angreifer? Konntest du das erkennen?«

Er starrte mich an. »Ihr meint zwischen den Felsen vor Mediobogdum? Ja, das stimmt. Woher wißt Ihr das?«

»Ich habe es im Feuer gesehen, die ganze Reise. Doch was hast du?«

Er suchte nach Worten. »Das war so sonderbar, damals. Ich habe es nie vergessen. Als sie über uns herfielen, glaubte ich, Eure Stimme zu hören, die meinen Namen rief. Ganz laut und deutlich, wie ein warnender Trompetenstoß. Und jetzt sagt Ihr, daß Ihr uns beobachtet habt.« Er hob wie fröstelnd die Schultern, lachte dann. »Ich fürchte, an Merlin, den Zauberer, muß ich mich erst wieder gewöhnen. Beobachtet Ihr uns auch jetzt noch? Kein sehr behaglicher Gedanke.«

Ich stimmte in sein Lachen ein. »Keine Sorge, Ralf. Bei Gefahr würde sich mir wohl etwas mitteilen, doch im übrigen vertraue ich ganz auf dich. Weißt du, wer die Männer waren, die euch an jenem Abend überfielen?«

»Nein. Keiner von ihnen trug ein Zeichen. Graf Ector meinte, es seien Wegelagerer gewesen. Wir haben sie nie wieder zu Gesicht bekommen.«

Ich nickte. »Gut. Aber jetzt zu etwas anderem. Was erzählt man sich über den neuen heiligen Mann in der Kapelle hier?«

»Daß Gott ihn zur rechten Zeit geschickt hat, um Prospers Stelle einzunehmen. Und daß er vielleicht weniger demütig ist, als es nach außenhin scheint.«

»Wie ist das gemeint?«

»Offenbar wirkt Ihr nicht immer ganz wie der schlichte Einsiedler, der Ihr jetzt seid.«

»Dann werde ich wohl besser auf der Hut sein müssen.«

»Vielleicht.« Er lächelte belustigt. »Doch an Eurer Stelle würde ich mir darüber keine Sorgen machen. Vom Einsiedler im Wilden Wald erwartet man, daß er noch heiliger ist als die anderen heiligen Männer, das ist wohl im Grunde alles. Vergeßt nicht, daß dies eine uralte Weihestätte ist. Man glaubt, daß hier Geister hausen, und spricht jetzt sogar von einem ganz bestimmten Geist in Gestalt einer riesigen weißen Eule, die über jeden herfällt, der sich zu nahe heranwagt. Das übliche Geschwätz, Ihr wißt schon. Aber vor zwei Wochen ... ja, vor zwei Wochen ... geschah wirklich etwas Merkwürdiges.«

»Was denn?«

»Von Alauna her ritt eine Schar von Männern in diese Richtung, und plötzlich stürzte, obwohl kein Wind wehte, ein Baum vor ihnen über den Weg.«

»Und?«

»Niemand wurde verletzt. Aber die Männer nahmen es als Warnung und schlugen einen anderen Pfad ein.« Er betrachtete mich neugierig. »Eure Götter, Herr?«

»Vielleicht«, erwiderte ich ausweichend. »Offenbar stehe ich unter sicherer Hut.«

»Aber, Herr«, sagte er stockend, »wenn es kein Zufall war und ich wieder mit Emrys zur Kapelle will, dann ...«

»Weder ihm noch dir wird etwas geschehen. Du brauchst nichts zu fürchten.«

Er nickte zögernd und fragte dann, den Blick angespannt forschend auf meinem Gesicht: »Läßt sich absehen, wie lange Ihr hierbleiben werdet?«

»Nein, Ralf. Das kommt auf die Umstände an. Wenn Uther nichts zustößt, so muß Artus bis zu seinem vierzehnten Geburtstag warten, ehe sein Vater ihn zu sich ruft. Aber warum fragst du? Fällt es dir denn so schwer, auf Ectors abgelegener Burg zu leben? Oder fühlst du dich durch deine Pflichten als ›Aufpasser‹ überfordert?«

»Nein ... ja ... nein«, stammelte er.

Ich sah, daß er rot wurde, und sagte lächelnd: »So ist das also. Wer ist sie denn?«

Er gab keine Antwort. Mit gekrauster Stirn vor sich hinstarrend, fragte er schließlich fast trotzig: »Und was habt Ihr sonst noch alles im Feuer gesehen?«

Ich lachte. »Was in einem Schlafgemach vor sich geht, verraten mir die Flammen im allgemeinen nicht. Aber in deinem Gesicht kann man lesen wie in einem Buch, und so war es nicht schwer zu erraten, was hinter deiner Ungeduld steckt.«

»Oh ... nun ja, ich wollte auch keineswegs sagen, daß Ihr nicht hättet sehen dürfen, was zwischen ihr und mir war oder ist; denn sie ...« Er schwieg einen Augenblick. »Euch entgeht doch nichts, und nie weiß man, woran man bei Euch ist. Aber Ihr wart lange fort, und ich sagte ja schon: Ich muß mich erst wieder an Euch gewöhnen.« Er wies zur offenen Tür. »Draußen stehen die Pferde bereit. Offenbar hat er auch Euer Tier gesattelt. Wollt Ihr uns denn ein Stück begleiten?«

»Das war eigentlich nicht meine Absicht. Aber Emrys weiß es offenbar besser.«

Tatsächlich tauchte er sofort in der Tür auf und sagte eifrig: »Es ist Euch doch recht, ja? Ein kurzer Ritt kann nicht schaden.«

»Also gut«, sagte ich lächelnd. »Aber nur, wenn Ihr nicht wieder Euren wilden Galopp anschlagt.«

»Nein, gewiß nicht«, versicherte er.

»Am besten lassen wir wohl Ralf vorausreiten.«

»Ganz wie Ihr wollt.«

Als wir dann dem steil hinabstrebenden Pfad folgten, erzählte er, wie nur Kinder erzählen können, die es drängt, sich jemandem anzuvertrauen. Ohne selbst auch nur eine einzige Frage stellen zu müssen, erfuhr ich über sein Leben alles, was ich wissen wollte.

Die Fährte führte uns am Ufer des Sees entlang. Von Sonnenlicht übergossen, schien Caer Bannog mit seinem Geheimnis über dem Wasser zu schweben. Vor uns weitete sich das Tal. Bei den Weiden am Fluß trennten wir uns.

»Darf ich bald wieder zu Euch kommen?« fragte Artus.

»Wann immer Ihr wollt. Eines müßt Ihr mir allerdings versprechen.«

»Ja?«

»Kommt nie allein und versucht auch nicht wieder, Euren Begleiter abzuschütteln. Denkt daran, daß Ihr durch den Wilden Wald müßt.«

»Ja, man sagt, daß hier Geister umgehen. Aber ich fürchte mich nicht vor ihnen und auch nicht vor wilden Tieren. Wölfe fallen einen bei Tage nicht an. Außerdem habe ich einen Dolch bei mir, und Stern wäre für sie viel zu schnell.«

»An Wölfe dachte ich auch nicht.«

»Woran denn? Bären? Keiler?«

»Nein, Menschen.«

»Ach, das meint Ihr.«

Er zuckte die Schultern. Aus der Gebärde sprach Tapferkeit, aber auch Unwissenheit. Hier wie überall in den Wäldern gab es Geächtete, und zweifellos hatte er von ihnen gehört. Doch sie gehörten nicht in seine Wirklichkeit, sondern zu den Sagen und Märchen, die man sich erzählte.

»Nun«, fragte ich, »versprecht Ihr mir, nie allein zu kommen?«

Er nickte. »Ja, ich verspreche es Euch.«

»Gut«, sagte ich zufrieden und dachte: Mögen die Götter von den hohlen Hügeln auch über ihn wachen, so ist es dennoch unsere Aufgabe, für seinen Schutz zu sorgen.

Ich trug Ralf einen Gruß an Graf Ector auf und sah ihnen dann nach. In ruhigem Trab strebten sie das Flußufer entlang. Der Rappe schleuderte ungeduldig den Kopf, während Artus eifrig auf seinen Begleiter einsprach und am Schluß offenbar seinen Willen durchsetzte; denn plötzlich gab Ralf dem Braunen die Sporen, und schon jagten beide Tiere in scharfem Galopp dahin. Bald erreichten sie ein Birkenwäldchen. Doch ehe Pferde und Reiter dahinter verschwanden, drehte sich im Sattel eine kleine Gestalt herum und winkte. Ich winkte zurück.

Am nächsten Tag war er wieder da. Ralf auf dem Braunen ein kurzes Stück hinter sich, kam er in eigentümlich würdevoller Haltung auf die Lichtung getrabt, was ich erst begriff, als ich sah, daß er für mich außer Honigkuchen auch zerbrechliche Eier mitgebracht hatte.

Der Graf, so erfuhr ich sofort von ihm, war noch nicht wieder zurück, und die Gräfin fand offenbar, daß Emrys der Umgang mit einem heiligen Mann nur von Nutzen sein konnte. Jedenfalls hatte sie nichts dagegen, daß er zu mir kam.

Ich betrachtete die mitgebrachten Eier, von denen vier den Ritt nicht heil überstanden hatten.

Ralf schüttelte den Kopf. »Und er hat wirklich geglaubt, auf seinem wilden Rappen könnte das gutgehen.«

»Da nur vier zerbrochen sind, muß er schon recht geschickt gewesen sein.«

»Geschickt und vor allem ruhig. Einen so erholsamen Ritt habe ich schon lange nicht mehr gehabt.«

Auf meinen verstohlenen Wink entfernte er sich unter einem Vorwand. Artus spülte das Eigelb aus der Mähne seines Rappen, und als wir dann den Honigkuchen aufteilten, mußte ich seine unaufhörlichen Fragen beantworten: Wie sah die Welt jenseits des Wilden Waldes aus?

Einige Tage später kehrte Ector nach Galava zurück und schickte sofort Ralf zu mir.

Wir verabredeten ein zufälliges Zusammentreffen bei Fedors Gehöft. Da sich zweifellos herumgesprochen hatte, daß Emrys ein paar Male bei mir gewesen war, konnte es nicht verwundern, wenn der Graf dabei die Gelegenheit nutzte, den neuen Einsiedler kennenzulernen. Auf Fedor und seine Frau, so versicherte Ralf, war unbedingt Verlaß.

So sah ich Ector dann nach langen Jahren wieder. Fedor führte uns in einen kleinen Raum und ließ uns allein.

Ich betrachtete den alten Gefährten meines Vaters. Er wirkte fast unverändert. Nur sein Bart mochte eine Spur grauer sein. Als ich ihm das nach der ersten Begrüßung sagte, lachte er: »Das überrascht dich? Da legst du mir ein goldenes Kuckucksei in mein ruhiges Nest und glaubst auch noch, ich könnte sorgenfrei in den Tag hineinleben? Aber Scherz beiseite. Emrys ist Drusilla genauso ans Herz gewachsen wie mir. Keiner von uns möchte die letzten Jahre missen. Wir haben an ihm getan, was wir konnten. Und glaube mir, es war eine Freude. Ich bin stolz darauf.«

Er begann ausführlich zu berichten, und ich hörte aufmerksam zu. Vieles wußte ich schon. Zudem bestätigte sich, was ich bereits vermutet hatte: Auch jene, die nicht ahnten, wer »Emrys« in Wirklichkeit war, brachten ihm tiefe Zuneigung entgegen. Artus besaß Mut und Geistesgegenwart und war von brennendem Ehrgeiz erfüllt. Nur an Umsicht und Kaltblütigkeit mangelte es gelegentlich — wie bei seinem Vater. »Aber wer, zum Teufel, kann das von einem neunjährigen Knaben erwarten?« sagte Ector. »Er wird es schon noch lernen. Das bringt die Erfahrung mit sich.«

Als ich ihm danken wollte, ließ er mich gar nicht erst zu Wort kommen.

»Nach allem, was ich hörte, hast du hier ja vorläufig so etwas wie eine Heimstatt gefunden. Ein glücklicher Zufall, der dich gerade zur rechten Zeit zur Grünen Kapelle führte.«

»Zufall?« fragte ich.

»Richtig«, sagte er in seiner rauhen Art. »Ich vergesse ja ganz, wen ich hier vor mir habe. Aber Zauberer sind nicht mein täglicher Umgang, und für einen gewöhnlichen Sterblichen sieht es wie ein glücklicher Zufall aus. Doch was es auch immer gewesen sein mag, es war die beste Lösung. In die Burg hättest du nicht kommen können, weil da einer ist, der dich kennt, Marcellus, der Mann von Valerius' Schwester, bei mir jetzt Fechtmeister. Vielleicht hätte ich ihn nicht nehmen sollen. Schließlich mußte ich damit rechnen, daß du eines Tages hier erscheinst. Aber es fiel mir schwer, auf ihn zu verzichten. Er ist ein Meister seiner Kunst und für Artus gerade der richtige Mann.« Er musterte mich scharf. »Worüber lachst du? War das etwa auch kein Zufall, sondern ein Werk deiner Götter?«

»Nicht meiner Götter«, sagte ich. »Wohl aber des Hohen Königs.« Ich berichtete ihm von dem Gespräch, das ich mit Uther über Artus' Ausbildung geführt hatte. »Es sieht ihm ähnlich, ausgerechnet einen Mann zu schicken, der mich kennt. Aber für mehr als einen Gedanken war in seinem Kopf ja noch nie zur gleichen Zeit Platz ... Nun, ich werde mich von der Burg fernhalten. Nur müßte Artus dann zu mir kommen.«

Er nickte. »Da ist bereits vorgesorgt. Ich habe erzählt, daß ich von dir gehört hätte und daß du ein gelehrter und weitgereister Mann seist, von dem man mehr lernen könnte als selbst von Abt Martin. Das wird sich bald herumsprechen. Und auch, daß sie zu dir dürfen, sooft sie wollen.«

»Sie? Also auch Cei?«

»Nun ja, einen lernbegierigen Schüler wirst du nicht in ihm finden, jedenfalls nicht, solange es um Bücherweisheiten geht«, sagte Ector und fügte mit kaum verhohlenem Stolz hinzu: »Darin ist er wie ich — er hat nur das im Kopf, was ein Krieger braucht, und zäh und verbissen ist er auch. Nein, wenn's ums Lernen geht, drückt er sich lieber, und deshalb würde er bestimmt nicht zu dir kommen. Aber du weißt ja, wie Knaben sind. Was der eine hat, will auch der andere haben. Und Artus hat Cei so viel von dir erzählt, daß den jetzt keine zehn Pferde zurückhalten könnten.

Überhaupt spricht unser Emrys kaum noch von etwas anderem. Drusilla hat er sogar gesagt, es sei seine heilige Pflicht, jeden Tag zur Kapelle zu reiten und dafür zu sorgen, daß du auch genug zu essen hast. Ja, lach nur. Hast ihn wohl in deinen Bann geschlagen, Zauberer Merlin.«

»Nicht daß ich wüßte. Cei würde ich gern wiedersehen. Er versprach damals schon, ein prachtvoller Kerl zu werden.«

»Hat's nicht leicht, der Cei«, sagte Ector. »Schließlich weiß er, daß, trotz der drei Jahre Altersunterschied, der Jüngere ihm kaum in etwas nachsteht und ihn später als Mann bestimmt ausstechen wird. Außerdem ist ihm von früh auf eingeschärft worden, daß Emrys bei uns Pflegesohn und Gast ist und nicht weniger Rechte hat als er selbst. Du weißt ja, wie verwöhnt Cei war. Drusilla hatte alle Mühe, beiden gerecht zu werden. Vorziehen wollte sie natürlich keinen, und doch mußte sie Cei spüren lassen, daß er der richtige Sohn ist. Bei allem durfte Artus sich aber nicht zurückgesetzt fühlen. Ein hartes Stück, kannst mir's glauben. Nun, Cei hat sich soweit ganz wacker geschlagen, und wenn er mitunter auch etwas eifersüchtig ist, so hält er doch zu Emrys und wird auch zu ihm halten, wenn aus Emrys später Artus wird. Auf seine Treue und seine Ergebenheit kann man Häuser bauen. Er ist da wie sein Vater, etwas schwerfällig und langsam. Doch wenn er sich etwas in den Kopf setzt, dann bleibt er auch dabei. Wie ein Hund, der sich einen Knochen schnappt und nicht mehr losläßt.«

Er nahm seinen Becher, trank, seufzte dann. »Ja, die Zeit vergeht wie im Fluge. Cei ist jetzt alt genug, um bei den Männern zu sein, was nichts anderes heißt, als daß ich ihn inzwischen unter meine Fittiche genommen habe. Ich dachte auch weniger an Cei, als ich vorhin sagte, daß ›sie‹ jederzeit zu dir kommen dürften. Nein, ich meinte Bedwyr, den ich von York mitgebracht habe. Er ist Ban von Benoics Sohn. Kennt du Ban?«

»Ich bin ihm schon begegnet.«

»Er bat mich, Bedwyr für ein oder zwei Jahre zu mir zu nehmen, weil er gehört hatte, daß Marcellus jetzt in Galava ist; und er weiß so gut wie jeder, daß es im ganzen Land keinen besseren Fechtmeister gibt. Bedwyr ist im gleichen Alter wie Artus, und so war ich gern bereit, wie du verstehen wirst. Er gefällt mir auch gar nicht übel. Sehr still in seiner Art. Vielleicht kein besonders heller Kopf, wie Abt Martin sagt, aber ein guter Kerl. Er und Emrys halten zusammen wie Pech und Schwefel. Bisher jedenfalls. Selbst Cei legt sich nicht gern mit beiden an. Ja, das wär's wohl. Bleibt nur zu hoffen, daß uns Abt Martin keinen Knüppel zwischen die Beine wirft.«

»Wie meinst du das?«

»Nun, Bedwyr ist christlich getauft, und wenn der Abt hört, daß er mit Emrys zur Kapelle reitet ... ich weiß nicht recht. Prosper soll zwar, wenigstens in den letzten Jahren, Gott gedient haben, aber es ist ja kein Geheimnis, daß in der Grünen Kapelle früher andere Götter wohnten als der wahre Christus. Wie hältst du es denn jetzt, dort oben im Wald?«

»Jedem Gott die Ehre, die ihm gebührt«, sagte ich. »Das ist in dieser Zeit nur recht und billig — und auch vernünftig. Manchmal will mir scheinen, daß die Götter selbst noch nicht wissen, was ihnen die Zukunft bringen wird. Und so halte ich die Kapelle für alle offen.«

Er nickte zögernd und fragte dann: »Aber Artus?«

»Wird seiner Pflicht genügen, und das heißt, daß er bei Christen den Christengott ehrt. Zu wem er auf dem Schlachtfeld betet, ist später seine Sache. Welcher Gott ihm sein Schwert geben wird, weiß ich noch nicht.« Ich lächelte. »Euer Christus war ja wohl kein großer Krieger. Aber wir werden sehen. Darf ich dir noch Wein einschenken?«

»Wie? Ja, danke.« Er trank und stellte den Becher wieder auf den Tisch. »Etwas anderes, Merlin. Du wolltest von Ralf wissen, was das für Männer waren, die uns vor fünf Jahren bei Mediobogdum überfielen. Wegelagerer, sage ich dir. Aber warum hast du danach gefragt? Glaubst du, daß jetzt irgend etwas droht?«

»Das weiß ich nicht«, erwiderte ich. »Jedenfalls saßen mir während meiner Reise nach Norden ein paar Spürhunde auf den Fersen. Ich konnte sie jedoch abschütteln. Hier soll soweit ja alles ruhig sein, wie Ralf mir versichert.«

»Sehr ruhig. Und du kannst mir glauben, daß wir verdammt genau aufpassen. Bisher scheint niemand zu vermuten, daß Artus in Galava oder überhaupt im Norden ist. Ich war zweimal in Winchester und einmal in London. Aber neugierige Fragen? Nein, von keiner Seite.«

»Auch nicht von Lot?«

Er warf mir einen raschen Blick zu. »Lot, wie? Nun, bei dem würde mich nichts überraschen. Wenn der nicht so gierig nach dem Thron schielen wollte, hätten wir hier ein leichteres Leben.«

»Erzählt man sich das?« fragte ich. »Der Platz an der Seite des

Königs genügt ihm nicht? Er ist darauf aus, selbst König zu werden — Hoher König?«

Ector hob die Schultern. »Was weiß ich. Jedenfalls ist die Heirat zwischen ihm und Morgian jetzt beschlossene Sache. Die Hochzeit soll stattfinden, sobald das Mädchen zwölf wird. Da gibt es kein Zurück mehr, selbst wenn Uther wollte.«

»Der Gedanke behagt dir nicht?«

»Der behagt hier oben im Norden keinem. Woher auch? Lot dehnt seine Grenzen immer weiter aus, und verschlagen, wie er ist, kann er dabei oft auf das Schwert verzichten. Ja, Merlin, falls Uther sterben sollte, wird Lot mit seiner Macht zur Gefahr.« Er schwieg einen Augenblick. »Manchmal fürchte ich, die Zeit des Wolfes könnte wiederkehren. In jedem Frühjahr sächsische Vorstöße bis zum Penninischen Gebirge; Rauben, Plündern, Morden. Natürlich wären dann auch die Iren nicht weit. Und von unseren Leuten würden immer mehr in die Wälder und Hügel flüchten.«

»Wann hast du den König zum letzten Mal gesehen?«

»Vor drei Wochen. Als er mit seinen Kriegern bei York lagerte, ließ er mich rufen, um sich unter vier Augen nach Artus zu erkundigen.«

»Welchen Eindruck machte er dir?«

»Soweit ganz gesund, aber ohne den rechten Biß, falls du verstehst, was ich meine.«

»Ich glaube schon. War Cador von Cornwall bei ihm?«

»Nein. Cador war damals noch in Caerleon. Doch inzwischen habe ich gehört ...«

»In Caerleon?« fragte ich scharf. »Cador selbst war in Caerleon?«

Ector musterte mich erstaunt. »Ja. Das muß kurz vor deinem Aufbruch von Bryn Myrddin gewesen sein. Wußtest du das denn nicht?«

»Nein«, sagte ich. »Doch ich hätte es mir denken können. Er schickte einige seiner Späher nach mir aus, die meine Höhle durchsuchen und mich beobachten sollten. Es gelang mir, sie zu täuschen. Aber ich hatte nicht damit gerechnet, daß auch noch andere auf der Lauer lagen, ein paar von Urien von Gores Männern. Sie folgten mir bis nach Gwynedd, wo ich sie dann abschütteln konnte.« Ich gab ihm einen kurzen Bericht, und er hörte mir mit gekrauster Stirn zu. »Bist du wirklich sicher, daß sich in Galava keine Spitzel herumtreiben?« fragte ich dann.

»Ja, ich bin sicher«, sagte er. »Wenn hier ein fremdes Gesicht aufgetaucht wäre, so hätte man mir das sofort gemeldet. Offenbar ist es dir gelungen, deine Spur völlig zu verwischen. Keine Sorge, Cadors Männer werden nicht nach Galava kommen. Im übrigen befindet er sich jetzt in Segontium.«

»Als ich dort war, hörte ich, daß er erwartet wurde. Weißt du vielleicht, ob er in Segontium sein Hauptquartier aufschlagen will, nachdem Uther ihm jetzt den Oberbefehl über die Verteidigung an der irischen Küste übertragen hat? Spricht man davon, die alte Festungsanlage wieder instand zu setzen?«

»Nun ja, man spricht davon, aber ich glaube nicht, daß es je dazu kommt. Das ist eine Aufgabe, die viel Zeit erfordert und mehr Geld, als Uther im Augenblick erübrigen kann. Nein. Ich nehme an, daß Cador einen Teil seiner Leute in Segontium und in den Grenzbefestigungen zurückläßt und es vorzieht, weiter im Hinterland zu lagern, wo er mit seiner Streitmacht beweglicher ist, wenn er feindliche Angreifer zurückschlagen muß. Deva mag sich dafür ganz gut eignen. Rheged ist übrigens in Luguvallium. Wie du siehst, tun wir, was wir können.«

»Und Urien?«

»Im Osten zwischen seinen Felsen, wo er ja auch hingehört«, erwiderte Ector mit bissigem Lächeln. »Eines ist jedenfalls sicher. Lot wird gegen Uther nichts unternehmen, ehe er nicht in Anwesenheit aller verfügbaren Bischöfe Morgian geheiratet hat. Von ihm und Urien haben wir vorerst nichts zu befürchten. Und wenn es den beiden in neun Jahren nicht gelungen ist, Artus aufzuspüren, so werden sie es auch jetzt nicht schaffen.« Er nickte mir aufmunternd zu. »Also nur ruhig Blut, Merlin. Wenn Morgian zwölf wird, ist unser Prinz vierzehn, und Uther hat ja versprochen, ihn dann zum Thronerben zu erklären. Lot und Urien? Für die dürfte es zu spät sein.« Er schwieg einen Augenblick. »Sollte jedoch inzwischen etwas Unvorhergesehenes geschehen, dann — dann helfe uns Gott.«

Wenig später schieden wir voneinander, und ich ritt zur Kapelle zurück.

4

Von da an kam Artus zwei- oder dreimal in der Woche zu mir, meist zusammen mit Bedwyr, mitunter aber auch in Begleitung von Cei, der, blond und kräftig, seinem Vater wie aus dem Gesicht geschnitten war. Artus gegenüber spielte er sich gönnerhaft als der große Bruder auf, was den jüngeren zweifellos oft verdroß. Dennoch bestand zwischen beiden unverkennbar eine starke Zuneigung, und Artus schien sehr darauf bedacht, Cei an dem Vergnügen teilhaben zu lassen, das ihm selbst die Besuche bei mir offenbar bereiteten.

Ector hatte recht gehabt. Solange ich von fremden Ländern oder von Kämpfen und Schlachten und Eroberungen erzählte, war sein Sohn ganz Ohr. Doch wenn die Rede darauf kam, wie andere Völker lebten und was sie dachten und glaubten (Artus liebte besonders die Sagen), wurde er der Sache schnell überdrüssig. Im Laufe der Monate kam er immer seltener, und nach dem ersten Jahr sah ich ihn kaum noch. Den Stunden in meiner abgelegenen Klause zog er Jagd und Wettkampf vor. Auch begleitete er seinen Vater gern, wenn dieser Nachbarn besuchte.

Bedwyr war von völlig anderer Art; still und ruhig, wie Ector ihn mir geschildert hatte, und oft sehr verträumt. Mir schien er der geborene Gefolgsmann zu sein. Mit geradezu abgöttischer Liebe hing er an Artus und machte auch kein Hehl daraus. Trotz seiner Sanftmütigkeit und seiner verträumten Augen war er alles andere als ein Weichling. Von eher häßlichem Äußeren (seine platte Nase war wohl Folge irgendeiner Rauferei, dazu hatte er auf der Wange eine Narbe), wußte er durch sein freundliches und ausgeglichenes Wesen zu gefallen, und Artus erwiderte seine Zuneigung. Als Sohn eines Kleinkönigs stand Bedwyr dem Rang nach sogar über Cei, von »Emrys« ganz zu schweigen. Doch das fiel zwischen beiden nicht ins Gewicht, im Gegenteil: Artus nahm die Ergebenheit des anderen als selbstverständlich.

Eines Tages sagte ich zu ihnen: »Kennt ihr die Geschichte von Bisclavaret, dem Mann, der ein Wolf wurde?« — Sofort holte Bedwyr die Harfe für mich hervor, während Artus, auf dem Bett sitzend, ungeduldig protestierte: »Ach, laß doch. Die Musik ist nicht so wichtig. Nur die Geschichte.«

Ich stimmte die Saiten. Ich war neugierig, wie verschieden meine Zuhörer, jetzt beide auf dem Bett, die grausige Sache aufnehmen würden. Artus hing mit glänzenden Augen an meinen Lippen. Bedwyr hingegen, noch stiller als sonst, schien in sich selbst zu versinken. Als sie, von einem stämmigen Bediensteten begleitet, nach Hause aufbrachen, dunkelte es schon.

Artus, am nächsten Tag allein bei mir, berichtete: »In der Nacht hatte Bedwyr einen bösen Traum und wachte auf. Aber wißt Ihr, Myrddin, als wir gestern abend durch den Wald zurückkehrten und etwas sahen, was wir für einen Wolf hielten, bestand er darauf, daß ich zwischen ihm und Leo ritt. Dabei hatte er Angst. Doch er sagte, es sei sein Recht, mich zu beschützen. Und das stimmt sicher auch, denn er ist ja ein Königssohn, während ich ...«

Er brach ab. So nah war er dem ungewissen Untergrund noch nie gekommen. Ich schwieg und wartete.

»... und ich, ich bin sein Freund«, fügte er rasch hinzu.

Um den peinlichen Augenblick zu überbrücken, sprach ich mit ihm über das Wesen des Mutes. Später sagte er etwas über Bedwyr, woran ich mich Jahre danach noch oft erinnern sollte: als, auf noch weniger sicherem Boden, das Band der Treue zwischen Bedwyr und ihm allen Widerständen standhielt.

Mit ernstem Gesicht, fast feierlich, sagte er: »Bedwyr ist der mutigste Gefährte und der treueste Freund auf der ganzen Welt.«

Wie jeder im Land wußte Artus natürlich viel über Uther und Ygraine, seine Eltern, denn über das Königspaar wurde auch auf Ectors Burg oft gesprochen. Ebenso war ihm bekannt, daß irgendwo im verborgenen (in der Bretagne, auf der Insel aus Glas, in Merlins Turm) ein junger Thronerbe wartete, der seinem Vater eines Tages nachfolgen sollte.

Er erzählte mir selbst die Geschichte, die über die »Notzucht auf Tintagel« im Umlauf war. Natürlich hatte man sie abgeändert und ausgeschmückt, bis von der Wahrheit kaum mehr blieb als ein Kern. Jetzt hieß es, Merlin habe den König und seine Begleiter mit ihren Pferden durch die Wälle der Festung hindurchgezaubert — und am nächsten Tag wieder hinaus.

»Und man sagte auch«, schloß er, »daß während der Nacht oben auf der Burg ein Drache saß, auf dem Merlin dann am Morgen davonflog, hinter sich einen Schweif aus Feuer.«

»So? Davon habe ich noch nicht gehört.«

»Kennt Ihr die Geschichte denn nicht?« fragte Bedwyr.

»Ich kenne ein Lied, das, wie ich glaube, der Wahrheit näher kommt als die Geschichten, die man euch erzählt hat. Ich habe es von einem Mann, der einmal in Cornwall war.«

Ralf, an diesem Tag Begleiter der beiden, hob belustigt die Augenbrauen.

Und so begann ich wahrheitsgetreu zu berichten. Wer hätte auch besser gewußt als ich, was sich damals wirklich ereignet hatte? Selbst ohne das schmückende Beiwerk der Phantasie war die Geschichte wundersam genug: Gottes Wille und menschliche Liebe, vereinigt in dunkler Nacht unter dem Licht des großen Sterns, und der ausgesäte Same, dem einmal ein König entspringen sollte.

»Und so erfüllte sich Gottes Wille und durch ihn der Wille des Königs, und weil Menschen nie ohne Fehl sind, sondern oft unklug handeln, mußten einige Männer sterben, und am Morgen ritt der Zauberer allein davon, und es dauerte lange, bis seine gebrochene Hand heilte.«

»Kein Drache?« fragte Bedwyr enttäuscht.

»Kein Drache«, erwiderte ich.

»Der gehört aber dazu«, sagte er. »Denn daß Merlin so einfach auf dem Pferd davongeritten ist, das kann ich nicht glauben. Ein echter Zauberer würde das niemals tun.«

»Das mag schon sein«, sagte Ralf und erhob sich. »Aber uns wird jetzt nichts anderes übrigbleiben. Es beginnt schon zu dunkeln.«

Seine Aufforderung wurde geflissentlich überhört.

»Eines begreife ich nicht«, sagte Bedwyr kopfschüttelnd. »Wie kann ein König, einer Frau wegen, den Frieden in seinem Reich aufs Spiel setzen? Er ist doch mit seinen Fürsten durch einen Treueid verbunden. So etwas würde ich niemals tun.«

»Ich sicher auch nicht«, sagte Artus, angestrengt grübelnd. Nach kurzem Zögern fuhr er fort: »Trotzdem glaube ich zu verstehen. Auch die Liebe verlangt ihr Recht.«

»Aber doch nicht auf Kosten der Freundschaft«, sagte Bedwyr.

»Natürlich nicht«, stimmte Artus zu.

Ich beobachtete beide aufmerksam. Sie gebrauchten die gleichen Wörter und sprachen doch von verschiedenen Dingen. Während Bedwyr *eine* Liebe und *eine* Freundschaft meinte, dachte Artus unverkennbar an ein Band, das mehr umschloß.

Sekunden später huschte ein Schatten herein, die weiße Eule, die durchs Fenster schwebte, um sich oben im Gebälk niederzulassen, ein vertrauter Anblick. Dennoch war mir, als striche eine eiskalte Hand über meinen Rücken.

»Was habt Ihr, Myrddin?« fragte Artus verwundert. »Es ist doch nur die Eule. Ihr seht aus, als hätte Euch ein Gespenst erschreckt.«

»Ach, nichts«, sagte ich. »Ich weiß es selber nicht.«

Aber was ich damals nicht wußte, weiß ich jetzt. Wie meist

hatten wir lateinisch gesprochen, doch das Wort, das Artus für den huschenden Schatten gebrauchte, war keltisch: »Guenhwyvar«.

In unseren gemeinsamen Stunden entwarf ich nach und nach ein Bild von unserem Land und seiner jüngsten Geschichte. Ich erzählte von Ambrosius und dem Krieg, den er gegen Vortigern geführt hatte: von seinem Sieg und der Vereinigung der vielen kleinen Reiche zu einem großen Reich unter seiner Herrschaft, vom Frieden im Land, von der Gerechtigkeit für jedermann. Ich sagte, ich sei in Ambrosius' Diensten gewesen, schon in der Bretagne und später auch hier im Land. Unermüdlich befragte mich Artus über alles, was Ambrosius und die Vorbereitung und Durchführung des Feldzuges betraf. Oft hockten wir zu dritt draußen auf der Erde, in die ich Skizzen gekratzt hatte, und schlugen längst entschiedene Schlachten.

»Es heißt, daß es bald wieder Krieg geben wird. Und ich bin noch zu klein, um mitzukämpfen«, sagte Artus betrübt. Er glich einem jungen Jagdhund, der, das Wild witternd, während der Hatz in seinem Zwinger bleiben muß. In drei Monaten wurde er zehn.

Nicht immer sprachen wir über Kriege oder andere ernste Dinge. Oft herrschte wilde Ausgelassenheit. Artus und Bedwyr liefen um die Wette, balgten sich, jagten auf ihren Pferden am Flußufer entlang, schwammen nackt im See oder übten sich mit Ralf im Bogenschießen, wobei Hasen und Tauben ihre Beute waren. Manchmal begleitete ich sie auf der Pirsch, ohne jedoch Gefallen daran zu finden.

Eine alte Angelrute, unter Prospers Hinterlassenschaft entdeckt, bereitete mir größeres Vergnügen. Wir versuchten unser Glück am See, wo Artus mit mehr Eifer als Erfolg den Haken auswarf, während ich ihm zusah. Behagliche Stunden, bei leisen Gesprächen verbracht, doch für Bedwyr nicht der rechte Zeitvertreib. Er hielt sich lieber an Ralf und die Jagd. Artus hingegen zog offenbar meine Gesellschaft vor, selbst an Tagen, an denen Wind oder Wetter kaum einen Fang verhießen.

Bedwyr blieb über ein Jahr in Galava und verließ uns dann im Herbst vor Artus' zwölftem Geburtstag. Im folgenden Sommer sollte er zurückkehren. Artus nahm die Trennung von seinem Freund nicht leicht. Wochenlang brütete er still vor sich hin. Doch schließlich fand er sein inneres Gleichgewicht wieder und besuchte mich fast noch häufiger als zuvor.

Den Leuten konnte kaum verborgen bleiben, wie oft er zu dem Einsiedler in der Grünen Kapelle ritt. Aber wenn sie überhaupt darüber nachdachten, so fanden sie wahrscheinlich, daß es vernünftig von ihm war, sich einen so klugen und kundigen Mann als Lehrer zu suchen.

Sein Lehrer war ich in der Tat, wenn auch auf ganz andere Weise als Galapas früher für mich. Lesen, Schreiben, Rechnen, in diesen Künsten wurde Artus bereits von Abt Martin und anderen Männern unterwiesen. Aber es gab anderes, Sprachen zum Beispiel, deren Beherrschung für ihn, wenn er einmal König war, wichtig werden konnte. Auch schien er eine besondere Begabung dafür zu besitzen. In weiser Voraussicht hatte Ector darauf geachtet, daß Artus das Keltische nicht mit nördlichem Einschlag sprach; später sollte man ihn überall im Lande verstehen.

Als ich begann, ihm Unterricht im alten Britannisch zu geben, entdeckte ich zu meiner Überraschung, daß er schon viele Wörter kannte.

»Woher?« fragte ich ihn.

»Von den Waldleuten natürlich«, war seine erstaunte Antwort. »Sie sind ja die einzigen, die es noch sprechen.«

»Und Ihr habt mit ihnen gesprochen?«

»Ja. Als ich vor langer Zeit einmal ausritt, wurde mein Begleiter von seinem Pferd abgeworfen, und zwei Waldleute kamen uns zu Hilfe. Sie schienen zu wissen, wer ich war.«

»So?«

»Ja. Später begegnete ich ihnen noch oft und lernte es, mich mit ihnen ein wenig in ihrer Sprache zu unterhalten. Aber ich möchte mehr lernen.«

Musik und Heilkunst, Pflanzen- und Tierkunde, all jenes Können und Wissen, das ich mir mit so viel Eifer erworben hatte — ich ließ es beiseite. Als König würde er keine Verwendung dafür haben. Auf eine andere Fertigkeit legte ich hingegen besonderen Wert: das Anfertigen und Lesen von Karten und Lageplänen.

Eines Tages sagte er zu mir: »Manchmal seht Ihr mich an, als ob ich Euch an jemanden erinnerte.«

»Wirklich?«

»Nun tut nicht so«, drängte er ungeduldig. »An wen? Sagt schon!«

»An mich selbst vielleicht«, wich ich aus. »Ein wenig jedenfalls.«

»Wieso?«

»Als ich von meinem Lehrer Galapas lernte, wie man Karten liest, machte mir das zuerst auch viel Kopfzerbrechen. Und daran mußte ich unwillkürlich denken. Aber er war viel strenger zu mir, als ich es je bei Euch gewesen bin.«

»So?«

Es blieb bei der einsilbigen Antwort. Er wirkte sehr niedergeschlagen. Offenbar hatte er sich erhofft, ich könnte ihm etwas über seinen Vater sagen. Wie er auf diesen Gedanken kam, war mir unbegreiflich. Aber dann fiel mir ein, daß er von einem Propheten natürlich erwartete, solche Dinge nach Belieben zu »sehen«.

Er fragte nie wieder.

5

Weder in diesem noch im nächsten Jahr kam es zum Krieg. Einige Monate nach Artus' zwölftem Geburtstag gelang es Octa und Eosa, aus ihrem Kerker auszubrechen und nach Süden zu den verbündeten Sachsen zu fliehen. Gerüchte wollten wissen, daß einige der Fürsten, die Uther scheinbar treu ergeben waren, ihnen dabei geholfen hatten. Lot? Cador vielleicht? Niemand vermochte es zu sagen, doch das Gefühl der Unsicherheit, das die Menschen im Land ohnehin beherrschte, vertiefte sich noch. Jeder Kleinkönig verfolgte seine eigenen selbstsüchtigen Ziele. Und Uther? Er war längst nicht mehr der kühne Krieger, den man ebenso bewundert wie gefürchtet hatte. Im gleichen Maß, wie seine Kraft schwand, wurde er offenbar blind für die Macht, die seine sogenannten Verbündeten zusammenballten.

An der Oberfläche wirkte alles recht ruhig, wenn man von dem absah, was schon seit langem zur Tagesordnung gehörte: Raubzüge zu beiden Seiten des Hadrianwalls und Landungen an der Ostküste. Was den Westen betraf, so sorgten Stürme in der Irischen See dafür, daß es dort friedlich blieb. Cador, so hörte ich, hatte damit begonnen, die Befestigungen von Segontium wieder instand zu setzen. Uther seinerseits richtete sein Augenmerk auf den Ambrosiuswall und die Sächsische Küste, obwohl er, von seinen Ratgebern gewarnt, wissen mußte, daß bei einem Angriff die Hauptgefahr aus dem Norden drohte. Allerdings schien das oftmals befürchtete Bündnis unserer Feinde immer noch in weiter Ferne. Auch hielten Uther kleinere Einfälle an der Südküste in

Atem. Ygraine verließ Cornwall und zog mit ihrem ganzen Gefolge nach Winchester, wo der König sie besuchte, sooft er konnte. Natürlich blieb nicht verborgen, daß andere Frauen in seinem Leben plötzlich keine Rolle mehr spielten. Doch vom Verlust seiner Manneskraft sprach niemand. Die Mädchen, die davon wußten, hielten das offenbar für eine vorübergehende Schwäche, Folge seiner Krankheit, und schwiegen. Im Volk erzählte man sich, er habe Ygraine bedingungslose Treue geschworen — und war froh, die eigenen Töchter vor ihm nicht mehr in Sicherheit bringen zu müssen.

Seine frühere Beherztheit schien er, zum Teil wenigstens, im Laufe der Zeit wiederzugewinnen. Doch sagte man auch, im Jähzorn wüte er noch ärger als zuvor, und besiegte Feinde behandle er oft voll Grausamkeit. Aber den meisten galt dies als ein Zeichen von Stärke, die man jetzt nötiger brauchte denn je.

Was mich betraf, so war es mir offenbar gelungen, völlig unterzutauchen. Natürlich konnte es nicht ausbleiben, daß über mein Verschwinden die widersprüchlichsten Gerüchte umliefen. Die einen wollten wissen, ich sei auf Reisen durch ferne Lande. Andere behaupteten, ich hätte mich in die Einsamkeit einer nur mir bekannten Höhle zurückgezogen. Berichtet wurde mir das von Ector oder Ralf und manchmal auch, in aller Unschuld, von Artus.

Überall im Land wollte man mich gesehen haben. Die unsinnigsten Geschichten wurden erzählt. Bei der Erkrankung des Königs sei Merlin sogleich auf einem goldenen Schiff mit scharlachroten Segeln erschienen und zum Palast geritten, um Uther zu heilen und sich danach in Luft aufzulösen. Auch behauptete man, er sei nach Bryn Myrddin gelangt, ohne ein Pferd benutzt zu haben. (Dabei hatte ich meine Reittiere, wie jeder andere Reisende auch, an den üblichen Plätzen gewechselt und außerdem in öffentlichen Gasthäusern übernachtet.) Seitdem, so hieß es, tauche Merlin aus dem Nichts auf, wo immer es ihm beliebe. Bei Aquae Sulis sollte er eine kranke Frau geheilt haben. Eine Woche später war er angeblich, vierhundert Meilen entfernt, im Kaledonischen Wald erkannt worden. So gesellte sich Fabel zum Märchen und Märchen wieder zur Fabel.

Von Zeit zu Zeit fand ich Mittel und Wege, dem König eine beruhigende Nachricht zukommen zu lassen, denn ich fürchtete, Uther könne ungeduldig werden und überstürzt handeln. Vielleicht kam es ihm in den Sinn, Artus schon jetzt zu sich zu rufen.

Vielleicht auch ließ er, vor den Ohren eines Verräters, eine unbedachte Bemerkung fallen, die uns alle gefährdete. Doch er hüllte sich völlig in Schweigen.

Bei einem unserer Zusammentreffen fragte Ector mich kopfschüttelnd, was das zu bedeuten haben mochte: Hoffte der König etwa immer noch darauf, daß Ygraine ihm einen anderen Sohn schenkte?

Ich wußte es nicht, glaubte jedoch, mir Uthers Verhalten erklären zu können. Von Verrätern umgeben, hatte er alle Hände voll zu tun, der jeweiligen Schwierigkeiten Herr zu werden. Hinzu kam wahrscheinlich die Enttäuschung, nicht mehr der vor Kraft und Gesundheit strotzende Mann von einst zu sein. Auch hieß es, daß seit dem vergangenen Winter die Königin kränkelte. Er hatte also den Kopf voller Sorgen, und so konnte es kaum verwundern, wenn er wenig oder gar nicht an Artus dachte.

Etwas anderes war es mit Ygraine. Warum hatte sie in all diesen Jahren nie etwas von sich hören lassen? Durch Ralfs Großmutter (der ihr Enkel häufig verschlüsselte Botschaften schickte) wußte sie zwar, daß es ihrem Sohn gutging. Doch konnte ihr das genügen? Offenbar ja. Aber größer als ihre Liebe zu Artus und Morgian (und ich zweifelte nicht daran, daß sie beide Kinder gleichermaßen liebte) war ihre Ergebenheit gegenüber dem König, und wenn Uther in seinem Sohn wie in seiner Tochter Werkzeuge seiner Politik sah, so schien sie es, zumindest stillschweigend, zu billigen.

Eine merkwürdige Frau, wie mir immer stärker bewußt wurde. Bei Artus, ihrem Erstgeborenen, genügte ihr die Gewißheit, daß er seinem Vater eines Tages auf den Thron folgen würde. Und wenn Morgian, um Uthers wichtigsten nördlichen Bundesgenossen enger an das Hohe Königreich zu binden, mit zwölf Jahren Lot heiratete, so nahm sie das augenscheinlich ohne Wimpernzucken hin. Mir schien sie einem Falkenweibchen zu gleichen, das, sobald seine Jungen halbwegs flügge sind, die einst sorgsam gehütete Brut völlig vergißt.

Mit Bryn Myrddin hatte ich schon seit langem keine Verbindung mehr, aber Ector erfuhr auf Umwegen, daß Stilicho Mai, das Mädchen aus der Mühle, geheiratet hatte und inzwischen stolzer Vater eines Sohnes war. Ich schickte dem Paar meine Glückwünsche und ein Geldgeschenk.

Er war nicht der einzige, den es drängte, sich eine Frau zu nehmen. Ralf tat es ihm gleich. Offenbar fand sich das Mädchen, dem er nun schon so lange den Hof machte, erst nach einer christlichen Trauung bereit, das Bett mit ihm zu teilen. Zweifellos hatte er eine ausgezeichnete Wahl getroffen, denn sein junges Weib war nicht nur schön, sondern ihrem Mann allem Anschein nach auch tief ergeben; und wenn Ralf früher nur allzugern einer Versuchung nachgegeben hatte, so hielt er von nun an seiner Frau die Treue. Von diesem Weg wich er auch nicht ab, als man ihn in späteren Jahren, als er hoch in der Gunst des Königs stand, vielen Verlockungen aussetzte, um ihn als Mittel zum Zweck zu mißbrauchen. Doch ich eile der Zeit voraus.

Wahrscheinlich fragte sich in Galava mancher verwundert, warum ein so wehrhafter junger Mann immer noch für Ectors Pflegesohn den Wächter spielen mußte, wo sich inzwischen selbst Cei bei jedem Alarm seinem Vater und dessen Kriegern anschloß. Hämische Bemerkungen wurden jedoch offenbar nicht laut. Es wäre auch niemandem zu raten gewesen, sich mit Ralf anzulegen. Seit seiner Heirat wirkte er noch selbstbewußter als früher, und eine Kränkung hätte er auf der Stelle mit einem Fausthieb bestraft.

Zum Glück hatte seine junge Frau für seine Lage Verständnis. Auch war sie, die inzwischen ein Kind erwartete, gewiß froh, ihn in der Nähe zu wissen statt irgendwo in einem Lager bei den Kriegern.

Dennoch spürte ich mitunter sein Unbehagen. Doch das ging stets rasch vorüber, und ich entsinne mich noch sehr gut, wie er mir einmal unter vier Augen gestand, wichtig sei nur, daß Artus den ihm rechtmäßig zustehenden Platz an der Seite des Königs erhalte — alle Mühe würde damit reich belohnt.

»Ihr habt mir versichert, daß uns in jener Nacht auf Tintagel die Götter leiteten«, sagte er. »Nun stehe ich mit den höheren Mächten zwar nicht auf so gutem Fuß wie Ihr, aber eines weiß ich doch. Niemand ist würdiger als Artus, das Schwert des Hohen Königs zu ergreifen, wenn dieser es eines Tages aus der Hand legen muß.«

Er dachte nicht als einziger so. Ohne zu wissen, wer Ectors Pflegesohn in Wirklichkeit ist, bestätigten andere sein Urteil, wie ich oft genug hören konnte, wenn ich nach unten ins Dorf ritt und mich auch, dann und wann, ins Wirtshaus setzte. Bereits damals schien Artus' Persönlichkeit von jener Eigenart geprägt, die unwiderstehlich Vermutungen und Erwartungen laut werden läßt, um die sich wie von selbst Legenden ranken.

Einmal rief ein Mann in der Schenke: »Wenn man mir sagen würde, daß er dem Geschlecht des Drachen entstammt — nun, ich würde es sofort glauben.«

Die anderen nickten zustimmend, und einer sagte: »Ja, warum denn auch nicht? Er könnte doch wirklich Uthers Bastard sein. Ich habe mich immer gewundert, daß es nicht mehr von ihnen gibt. Er wußte die Weiber zu nehmen, wo und wie er sie fand. Erst seit seiner Krankheit ist das anders.«

»Wenn er mehr Bastarde in die Welt gesetzt hätte«, meinte ein dritter, »dann würde Uther bestimmt kein Hehl daraus machen.«

»Da hast du recht«, sagte der erste wieder. »Er war immer schon so unbekümmert wie ein Zuchtbulle. Nein, er hat wohl keine Kinder außer den beiden Mädchen und dem Prinzen, der irgendwo in der Fremde aufwächst.«

Und es war unvermeidlich, daß man zu rätseln begann, zu welchem fernen Königshof Merlin, der Zauberer, Prinz Artus denn nun gebracht haben mochte — natürlich auf geheimnisvolle und unergründliche Weise.

Mir erschien es oft wie ein Wunder, daß man nicht schon längst entdeckt hatte, wer er in Wirklichkeit war. Besaßen die Leute keine Augen? Sahen sie nicht wie ich den Glanz, der von ihm ausging, gleichgültig, ob er auf seinem Pferd einherjagte oder im See schwamm oder sich im Bogenschießen übte? Ja, Glanz. Jenen Glanz, den im blitzhaften Augenblick der Vision das Schwert im Altarstein ausgestrahlt hatte: den Glanz der Königswürde.

6

Dann kam das Jahr, das, selbst jetzt noch, das Schwarze Jahr genannt wird. Es war das Jahr nach Artus' dreizehntem Geburtstag. Der sächsische Anführer Octa starb bei Rutupiae an einer Krankheit, die er sich während der langen Gefangenschaft zugezogen hatte, und bald darauf traf sich sein Vetter Eosa in Germanien mit Octas Sohn Colgrim. Daß sie auf Rache sannen, war nicht schwer zu erraten. Dann hieß es, man habe die Schiffe des Königs von Irland gesichtet, doch nicht vor der Küste bei Segontium, wo Cador und Maelgon von Gwynedd ihre Streitkräfte zur Verteidigung bereithielten. Die Iren landeten weiter nördlich in Strathclyde, freudig begrüßt von den piktischen Königen dort, die zwar seit Macsens Zeiten mit Britannien einen immer noch gültigen

Bündnisvertrag hatten, Angeboten von anderer Seite jetzt jedoch nicht abgeneigt schienen.

Beunruhigende Nachrichten, gewiß. Und doch traten sie zurück vor der Not, die sich überall im Land mehr und mehr breitmachte. Es war ein Hungerjahr. Der Frühling brachte nichts als Kälte und Nässe, die Felder und Äcker standen unter Wasser, die Getreideaussaat verzögerte sich, bis es zu spät dafür war. Im Süden rafften Seuchen das Vieh dahin, und in Galava fielen selbst die zähen Bergschafe tückischen Krankheiten zum Opfer. Frost vernichtete einen großen Teil der Obstbäume, und wo hier und dort auf den Äckern doch noch grüne Saat aufkeimte, verwandelte sie sich bald in eine bräunlich faulende Masse.

Frühjahr und Sommer vergingen in Furcht und Bedrängnis, doch zum wirklichen Alptraum wurde die Zeit für die Menschen erst im Herbst. Viele verhungerten, und weite Landstriche glichen einer Wüstenei. Ein Fluch läge auf Britannien, hieß es allgemein. Unheil war über das Land hereingebrochen, und wie um das Maß vollzumachen, trat im Befinden des Königs eine Verschlechterung ein. In London hielten Fürsten und Edelleute Rat und forderten von Uther, er möge endlich seinen Erben benennen. Doch er schien zu keinem Entschluß fähig und erwiderte nur, man müsse sich noch bis zum nächsten Osterfest gedulden: Dann wolle er den Prinzen, seinen Sohn, vor aller Augen zu seinem Nachfolger bestimmen. Morgian war zwölf geworden und sollte bald nach Norden reisen, um sich zu Weihnachten mit Lot zu vermählen.

Wie zum Hohn kamen dann im Herbst noch schöne Tage, ein wunderbar mildes und trockenes Wetter. Weder an der mißglückten Ernte noch am Viehsterben vermochte es etwas zu ändern. Dennoch hießen es die sonnenhungrigen Menschen willkommen, und hier und dort ließ es auch noch, rechtzeitig vor Einbruch des Winters, ein paar Früchte reifen. Im Wilden Wald hüllten Frühnebel die Kiefern ein, und überall auf den Spinnweben glitzerten Tautropfen.

Ector verließ Galava, um sich mit Rheged und seinen Verbündeten bei Luguvallium zu vereinen. Der König von Irland war wieder zu seiner Insel zurückgesegelt, und in Strathclyde schien nach wie vor alles ruhig zu sein. Auf unserer Seite sprach man davon, entlang der Itanabucht, und zwar von Aluana bis nach Luguvallium, eine Verteidigungslinie zu errichten, und nannte Ector als wahrscheinlichen Oberbefehlshaber. Cei begleitete seinen Vater.

Und Artus? Ihn, der wie ein Sechzehnjähriger wirkte und der das Schwert wie ein Mann zu führen verstand, trennten nur noch drei Monate von seinem vierzehnten Geburtstag, und es konnte mir nicht entgehen, daß er von Tag zu Tag schweigsamer wurde und immer tiefer ins Grübeln versank. Unverkennbar fühlte er sich zurückgesetzt. Als zwinge ihn etwas, seine überschäumende Kraft wieder und wieder zu erproben, hetzte er in halsbrecherischen Ritten durch den Wald oder ging, zäh und von der Fährte niemals abzubringen, auf die Jagd.

»Wenn der König nur endlich einen Entschluß fassen wollte«, sagte Ralf zu mir. »Es ist, als ob der Prinz weiß oder doch ahnt, daß die Zukunft mit ihm etwas Besonderes vorhat. Aber Ruhe, nein, Ruhe bringt ihm das nicht. Im Gegenteil. Wenn das so weitergeht, bricht er sich vorher noch das Genick. Canrith, sein neues Pferd, ist ein wahrer Teufel. Wie konnte der Graf den weißen Hengst nur Artus schenken? Hat ihn vielleicht das schlechte Gewissen geplagt?«

Wahrscheinlich hatte er recht, denn nicht nur Cei war mit Ector nach Luguvallium geritten, sondern auch Bedwyr, Artus' gleichaltriger Gefährte. Aber wie hätten wir »Emrys« erklären sollen, daß gerade ihm dieses Recht versagt bleiben mußte? Solange Uther sich in Schweigen hüllte, waren uns die Hände gebunden.

Vollmond kam, der Septembermond, den man den Schnitter nennt. Doch es gab keine Ernte, die er einbringen konnte. Sein sanfter Schein fiel auf verfaulte Felder und half höchstens den Geächteten, die nachts aus ihren Verstecken hervorkrochen, um abgelegene Gehöfte auszuplündern. Vielleicht leuchtete er hier und dort auch einer Schar von Kriegern, wie man sie jetzt ständig in Bewegung sah.

Ich konnte nicht schlafen. Mit schmerzendem Kopf auf meinem Lager ausgestreckt, spürte ich, wie Gebilde und Gestalten auf mich eindrangen, wie stets vor einer Vision. Doch nichts zeigte sich meinem Blick, nichts trat ins Licht, keine Stimme sprach. Es schien über mir zu hängen wie Gewitterwolken mit der Drohung grollenden Donners, doch ohne das befreiende Aufzucken des Blitzes oder die reinigende Kraft des Regens, der den Himmel sauberwäscht. Als endlich, grau und neblig, der Morgen anbrach, stand ich sofort auf, stärkte mich mit einem Stück Brot und einer Handvoll Oliven und nahm auch ein wenig davon mit, als ich durch den Wald dem See zustrebte, um dort die Nacht und all ihre Bedrängnis von mir abzuspülen.

Es war ein stiller Morgen, so still, daß man kaum unterscheiden konnte, wo der Nebel endete und das Wasser begann. Nicht die geringste Wellenbewegung ließ sich auf dem Kies am Ufer erkennen. Die Bäume hinter mir glichen weißlich gewandeten Wächtern. Fast wie eine Entweihung kam es mir vor, als ich ins unberührte Wasser watete und untertauchte. Doch wie erhofft, wusch der frische, fröstelnde Hauch wirklich die letzten Spuren der Nacht von mir ab. Nach einer Weile ging ich wieder zum Ufer zurück, rieb mich trocken und kleidete mich an. Dann ließ ich mich mit der Angelrute nieder und wartete, tief atmend, auf den Sonnenaufgang.

Hinter nebligen Schwaden stieg die goldene Scheibe empor, doch immer noch kam kein Wind auf, nicht das leiseste Wehen. Deutlich traten die Baumwipfel aus ihren grauen Hüllen hervor, und auf der anderen Seite des Sees schien sich, von dünnen Schleiern getragen, der ganze Wald den rauchenden Hügeln entgegenzuheben. Auf dem Wasser lag der Nebel wie ein riesiger Schatz aus Perlen, von denen jede ihre eigene Blüte war.

Plötzlich vernahm ich vom Wald hinter mir das Knacken von Gezweig. Ein Reiter? Nein. Dafür waren die Geräusche nicht laut genug. Auch schienen sie nicht von einem Pfad zu kommen, sondern aus dem Unterholz, sehr schnell, sehr geschwind.

Kopf und Schulter halb zurückgedreht, verharrte ich. Ein Prikkeln lief mir über den Rücken. Die Erinnerung an die ununterscheidbaren Gebilde und Gestalten der vergangenen Nacht stellte sich ein. Meine Finger spannten sich fester um die Angelrute, so fest, daß das Fleisch schmerzte. Was ich in der Dunkelheit gespürt hatte, war also kein Trug gewesen, sondern eine Ankündigung dessen, was jetzt kam. Die ganze Nacht hatte ich darauf gewartet. Die ganze Nacht? Nein. Wenn nicht alles täuschte, so wartete ich schon seit vierzehn Jahren darauf.

Fünfzig Schritt von mir entfernt brach dicht am Ufer ein Hirsch aus dem Dickicht. Er sah mich, blieb stehen und reckte den Kopf, bereit, vor mir zu fliehen. Er war weiß, doch sein ausladendes Geweih schimmerte wie Bronze, und die Augen schienen granatrot zu leuchten. Aber es handelte sich um keine Erscheinung, sondern um ein lebendes Tier, wie die großen Schweißflekken auf dem weißen Fell bewiesen. Auch was das pelzige Haar an Bauch und Hals feucht verklebt. Beim eiligen Lauf hatte sich Weiderich verfangen und hing dem Hirsch jetzt wie ein Kranz über den Schultern.

Er besann sich nicht lange. Mit steifen Beinen sprang er von der erhöhten Uferstelle ins Wasser und schwamm hinaus in den See.

Die unbewegte Fläche des Wassers zersplitterte wie in tausend Scherben, und das laute Aufklatschen des schweren Körpers schien im Wald einen Widerhall auszulösen, erneutes Knacken und Krachen, ein anderes Tier offenbar.

Sekunden später tauchte genau an der Stelle, wo der Hirsch erschienen war, Artus' weißer Hund, Cabal, auf und stürzte sich sofort in den See. Und dann sah ich auch Artus selbst, auf Canrith, seinem Hengst.

Er zügelte den Schimmel, warf ihn dann seitlich herum und hob den Bogen, den er schußbereit in der Hand hielt. Doch vom Hirsch war nichts zu sehen als der Kopf, der wie ein Keil durchs Wasser pflügte, das Geweih gleich einem schleifenden Geäst hinter sich. Der Jagdhund schwamm in der breiten Spur, die das Wild im Wasser hinterließ.

Doch für einen Pfeilschuß auf den Hirsch war es jetzt zu spät, jedenfalls von dieser Stelle. Und so senkte Artus den Bogen wieder und wollte dem Hengst soeben die Sporen geben, als er mich entdeckte. Er rief etwas und kam dann in lockerem Trab näher.

Sein Gesicht glänzte vor Erregung. »Habt Ihr ihn gesehen? Schneeweiß und ein Kopf wie ein Kaiser! Noch nie ist mir so ein Tier begegnet! Ich reite jetzt um den See zur anderen Seite, wohin Cabal ihn treibt. Dort werde ich ihn abfangen.«

»Emrys ...«

Er warf mir einen ungeduldigen Blick zu. »Was ist?«

»Seht doch, er schwimmt nicht zum anderen Ufer. Er hält auf die Insel zu.«

Er spähte über das Wasser. Doch inzwischen hatte der Nebel Hirsch und Hund verschluckt.

»Die Insel?« fragte Artus zweifelnd. »Seid Ihr Eurer Sache sicher?«

»Ganz sicher.«

»Himmel und Hölle«, sagte er zornig. »Und da glaubte ich schon, ich hätte ihn, wo Cabal ihm so dicht im Nacken saß.« Er starrte wie gebannt auf den Nebel, der die Insel unseren Blicken entzog. Offenbar löste der Gedanke an das verwunschene Eiland in ihm eine ähnliche Scheu aus wie bei allen, die in der Nähe lebten.

Doch dann preßte er plötzlich die Lippen aufeinander und straffte die Zügel. »Ich muß zur Insel. Den Hirsch werde ich wohl nicht so bald wiedersehen, aber Cabal, den will ich auf keinen Fall verlieren. Bedwyr hat ihn mir geschenkt.« Er steckte zwei Finger in den Mund und stieß einen schrillen Pfiff aus. »Cabal! Cabal! Komm zurück! Komm sofort zurück!«

»Er wird jetzt kaum auf Euch hören.«

»Das fürchte ich auch.« Er atmete tief. »Mir bleibt keine Wahl. Ich muß wirklich zur Insel. Nun denn, Myrddin — gewährt mir den Schutz Eurer Zauberkraft.«

»Ihr wißt doch, daß sie Euch stets begleitet. Wollt Ihr auf dem Hengst hinüber?«

»Gewiß, Myrddin. Und er wird mir gehorchen.« Er lenkte den widerstrebenden Schimmel zum Wasser. »Ich muß mich beeilen. Denn wenn der Hirsch zwischen den Felsen verschwindet und Cabal ihm folgt, dann ...«

»Nehmt lieber das Boot. Damit geht es schneller, und Ihr seid im Handumdrehen drüben.«

»Das Boot? Aber das steht doch immer voll Wasser.«

»Ich habe es erst heute morgen ausgeschöpft. Es liegt für Euch bereit.«

»Wirklich ? Wolltet Ihr denn auf den See hinaus? Werdet Ihr mich jetzt begleiten?«

»Nein, Emrys. Ich bleibe hier. Und jetzt macht Euch auf die Suche nach Eurem Hund.«

Einen Augenblick verharrten Pferd und Reiter völlig bewegungslos. Artus blickte mich schweigend an. Er schien zu grübeln. Auf seinem Gesicht zeigte sich wieder jener Ausdruck von Scheu, den die Insel bei jedem wach werden ließ. Doch dann gewann seine Ungeduld die Oberhand. Er glitt von dem Schimmel herab und reichte mir die Zügel. Sich den Bogen über die Schulter werfend, lief er zum Boot, das er mit einem kraftvollen Stoß vom Ufer ins Wasser schob und sofort hineinsprang. Und dann setzte er sich und griff nach den Rudern, während ich, den Zügel in der Hand, ihm aufmerksam nachsah.

Nur für einen kurzen Augenblick verließ ich meinen Beobachterposten. Ich nahm die Decke, die zusammengerollt hinter dem Sattel lag, warf sie dem Hengst über den dampfenden Rücken und führte das Tier zu einer Stelle, wo es grasen konnte. Nachdem ich den Schimmel angebunden hatte, kehrte ich ans Ufer zurück.

Die Sonne stand jetzt schon ein ganzes Stück über den Bäumen und gewann von Minute zu Minute mehr Kraft. Wie ein Pfeil jagte ein Eisvogel vorüber. Fliegen tanzten, glänzenden Punkten gleich. Die Luft trug den Geruch von wilder Minze herbei, und hinter dem Schilf schimmerte eine verwirrende Vielfalt von Pflanzen. Unter der Sonnenhelle bewegten sich sacht die Nebelschwaden und stiegen, ruhe- und rastlos wie die Gestalten der vergangenen Nacht, vom Wasser auf, dem Rauch ähnlich, der aus magischen Feuern schwelt ...

Das Ufer, der Schimmel, die Drachenfliege, der Wald — alles um mich her verblich und schmolz ein in die Welt der Erscheinungen. Starr war mein Blick auf den undurchdringlichen Nebel gerichtet. Und ich sah.

Den Kopf tief gesenkt, ruderte er mit voller Kraft. Vor dem Boot tauchte, gleich einem verschwimmenden Schatten, die Insel auf. Klarer und deutlicher schälte sie sich heraus, das schroffe Ufer, die tiefhängenden Äste. Hinter den Bäumen ragten wie eine unbezwingliche Burg die Felsen hoch. Dort, wo das Wasser gegen das Land stieß, lag ein silbriger Saum und trennte die wirkliche Insel scharf von ihrem Spiegelbild im Wasser. Doch es war, als schwebten Baumwipfel und Felsenhöhen schwerelos in der Luft, Erscheinungen nur und genauso ungewiß wie der hüllende Nebel.

Das Boot glitt voran. Artus drehte den Kopf und warf einen Blick über die Schulter.

»Cabal!« rief er. »Cabal!«

Das Echo klang laut über das Wasser, stieg dann zu den Felsspitzen empor und verhallte dort. Artus beugte sich wieder tief über die Ruder und trieb das Boot mit raschen Schlägen auf die Insel zu.

Kaum knirschte es auf Kies, so sprang er auch schon hinaus, zog es eilig an Land und folgte dann der schmalen Grasnarbe. Das Sonnenlicht, viel heller jetzt, durchflutete den Nebel und prallte vom Wasser zurück. Auf Ästen und Zweigen der Bäume lag noch glitzernde Nässe. Die Beeren der Ebereschen glichen rotflammenden Punkten. Überall im Gras wuchsen weiße und gelbe Blumen. An Böschungen drängte sich später Fingerhut. Brombeersträucher bildeten ein wildes Gewirr. In der Luft schwebte, schwer und süß, der Geruch von abertausend Blüten, von der rauhen Hand des Herbstes oft schon mit rostigen Flecken betupft.

Artus bog das sperrige Gezweig ungeduldig beiseite, zwängte sich durch das Gestrüpp und blieb auf einer freien Stelle stehen. Aus verengten Augen spähte er zu den aufragenden Felsen. Wieder rief er laut nach dem Hund. Doch genau wie zuvor schien das Echo in einer Leere zwischen dem zerklüfteten Gestein zu verhallen. Der Nebel lichtete sich jetzt rascher, dünn wallte er die Felswände empor und gab allmählich den Blick nach oben frei.

Ich sah, wie Artus plötzlich erstarrte, die Augen gebannt auf einen sonnenüberfluteten Felsabsatz in halber Höhe, der eigentlich kaum mehr war als ein schmaler Rand. Und dort, im zugleich gleißenden und immer noch ungewissen Licht, erschien jetzt der weiße Hirsch, gemählich trottend mit stolz erhobenem Kopf und gerecktem Geweih, deutlich sichtbar und doch ein kaum weniger flüchtiges und unstetes Bild als die aufreißenden Nebelschleier über ihm.

Artus besann sich keinen Augenblick. Sofort stürzte er den vor ihm liegenden Hang hinauf. Lautlose Schritte im dichten Gras. Dann gelbliche Farnwedel, hüfthoch; hindurch. Und weiter, vorwärts, voran. Endlich war er oben, unmittelbar am Fuß des Felsens.

Hier blieb er wieder stehen und blickte um sich. Es war, als hielte ihn, genau wie vorhin, ein unsichtbares Band zurück, die Scheu vor der Insel. Doch nicht Furcht zeigte sich auf seinem Gesicht, sondern jene Wachsamkeit, die geboten ist, wenn jeder Schritt bedacht sein will, weil man das Ende des Weges nicht kennt.

Er hob den Kopf und spähte angestrengt nach dem Felsabsatz oben. Der weiße Hirsch war inzwischen verschwunden, und das zerklüftete Gestein glich vielleicht noch stärker einer uneinnehmbaren Burg, deren Türme vom goldenen Glanz der Sonne gekrönt wurden.

Er atmete tief und schüttelte den Kopf wie ein Schwimmer, der aus dem Wasser taucht. Dann rief er mit gedämpfter Stimme: »Cabal? Cabal?«

Nicht weit von ihm erklang das Bellen des Hundes, ein Zerreißen der lähmenden Stille. Deutlich ließ sich erkennen, was das Tier empfand, Furcht und tiefe Erregung. Die Laute kamen vom Felsen. Artus drehte rasch den Kopf. Und dann entdeckte er, wie hinter einem Vorhang aus Bäumen, die Öffnung der Höhle. Während er darauf zuschritt, bellte Cabal zum zweiten Mal, doch nicht vor Furcht oder Schmerz. Es war das Bellen eines Hundes, der eine sichere Fährte gewittert hat.

Ohne auch nur einen Augenblick zu zögern, tauchte Artus in das Dunkel der Höhle.

Wie er den Weg ins Innere fand, konnte er später nie sagen. Ich vermutete, daß er auf die Fackel und den Feuerstein stieß, die ich dagelassen hatte, und sich ihrer bediente; doch daran erinnerte er sich nicht. Vielleicht trifft auch eher zu, was ihm, verschwommen, im Gedächtnis haftengeblieben war. Er sagte, überall sei sanftes und sehr gedämpftes Licht gewesen, eine dämmrige Helle, wie Widerschein von der glänzenden Oberfläche jenes Teiches oder Tümpels tief in der von Säulen gerahmten Höhle.

Daß auf dem steinernen Tisch auf der anderen Seite des Wassers etwas lag, sah er sofort, und vielleicht ahnte er auch, was es war, obschon es sich kaum noch erkennen ließ. Denn über die Jahre hinweg hatte jeder herabfallende Wassertropfen eine winzige Spur Kalk zurückgelassen, bis die geölte Lederhülle, wenn für das blanke Metall auch ein sicherer Schutz, ihrerseits einem Steingebilde glich. Darin ruhte das Schwert, völlig geborgen und sich doch verratend: durch die langgestreckte Gestalt der Klinge und die Kreuzform des Griffs.

Ja, es glich immer noch einem Schwert, doch mochte man meinen, es sei wirklich aus Stein, zufällige Folge des herabtropfenden Kalks. Doch vielleicht erinnerte irgend etwas daran an jene Waffe, die in der Grünen Kapelle in den Altar eingemeißelt war. Vielleicht auch handelte es sich ganz einfach um ein sicheres Gefühl, einen untrüglichen Instinkt. Er dachte nicht darüber nach. Er wußte nur, daß er tun mußte, was er jetzt tat. Rasch durch das Wasser watend, trat er zu dem steinernen Tisch und streckte die Hand nach dem Griff aus.

Er sprach zu mir, als stünde ich neben ihm. Und wahrscheinlich war ich ihm tatsächlich nah: nicht weniger Teil seiner Wirklichkeit als der weiße Jagdhund, der leise winselnd auf der anderen Seite des Teiches kauerte.

»Ich umfaßte den Griff, und als ich zog, glitt es mühelos aus dem Stein hervor. Es ist das schönste Schwert auf der Welt. Ich werde es Caliburn nennen.«

Im Wald hatte der Nebel der Kraft der Sonne weichen müssen. Doch über der Insel lag er immer noch. Weißlich-grau umhüllt, blieb sie unsichtbar, wie dahinflutend auf ihrem Meer aus Perlen.

Zeit verging. Viel Zeit, wenig Zeit — ich wußte es nicht. Die Sonne strahlte heiß herab, und ihr Licht prallte auf die glänzende

Fläche des Sees, der zwischen den Hügeln lag wie in einer riesigen Hand.

Der Widerschein vom Wasser blendete mich. Meine Augen schmerzten. Ich rieb sie, streckte mich dann und bewegte die steifen Glieder.

Hinter mir erklang ein Geräusch, nicht sehr laut, doch deutlich genug, das Trappeln von Pferdehufen, als hätte sich der weiße Hengst losgerissen. Rasch drehte ich mich um.

Kaum dreißig Schritt von mir entfernt tauchte, einer herbeischwebenden Wolke gleich, Cador von Cornwall auf einem Grauschimmel aus dem Wald hervor, hinter sich eine Schar von Kriegern.

7

Wenn ich in diesem Augenblick etwas empfand, so brennenden Zorn: Zorn darüber, daß ich nicht gewarnt worden war. Und ich meinte damit nicht nur die Waldleute, die ihre Augen und Ohren überall hatten und über Artus wachen wollten, sondern vor allem mich, Merlin, der vielleicht zu blind gewesen war, um am Himmel rechtzeitig die Zeichen zu lesen.

Rasch zur Angelrute greifend, wandte ich mich ihm in demütiger Haltung zu, eine Lüge schon halb auf den Lippen. Auf ein Zeichen von ihm hielt die Schar. Er selbst näherte sich mir bis auf wenige Schritte. Und dann entdeckte ich zwischen zwei Kriegern Ralf, einen Knebel im Mund.

Unwillkürlich straffte ich mich. Cador hingegen beugte den Kopf so tief, als gelte es, den König zu grüßen. »Welch ein erfreuliches Zusammentreffen, Prinz Merlin.«

»Erfreulich?« fuhr ich ihn an. »Warum habt Ihr meinen Diener gefangengenommen? Er gehört Euch nicht mehr. Laßt ihn frei.«

Er drehte sich in der Schulter zurück, und auf eine knappe Handbewegung von ihm ließen die beiden Wächter Ralfs Arme los. Der junge Mann riß sich den Knebel aus dem Mund.

»Bist du verletzt?« fragte ich ihn.

»Nein.« In seinen Augen blitzte es zornig. »Verzeiht, Herr, aber ich konnte nichts tun. Sie fielen über mich her, als ich durch den Wald heraufritt. Damit ich Euch nicht warnen konnte, wurde ich geknebelt.«

»Mach dir keine Vorwürfe, Ralf. Es war nicht deine Schuld.«

Ich hatte mich wieder in der Gewalt. Wo mochte Artus jetzt sein? Immer noch auf der Insel? Oder bereits im Boot, auf dem Rückweg durch den Nebel?

»Ihr habt eine seltsame Art, ans Ziel zu kommen, Herzog«, sagte ich. »Auch ohne Euch Ralfs zu bemächtigen, hättet Ihr mich hier jederzeit finden können. Der Wald ist für alle frei, und die Grüne Kapelle steht Tag und Nacht offen. Ich wäre Euch nicht davongelaufen.«

»Dann seid Ihr also der Einsiedler von der Kapelle?«

»Ja, der bin ich.«

»Und Ralf dient Euch?«

»Er dient mir.«

Er ritt noch dichter heran, und plötzlich bäumte sich, laut und zornig wiehernd, der weiße Hengst gegen den Grauschimmel hoch. Cador riß sein Tier zurück und fragte dann, mit gerunzelten Brauen zu mir herabblickend: »Und das Pferd dort? Gehört es Euch? Eine sonderbare Wahl für einen Einsiedler.«

Ich erwiderte eisig: »Ihr wißt sehr wohl, daß es nicht mir gehört. Da Ihr im Wald Ralf gefangengenommen habt, werdet Ihr gewiß auch einen von Graf Ectors Söhnen gesehen haben. Sie ritten zusammen. Ectors Sohn kam hierher, um zu fischen. Wo er jetzt ist, weiß ich nicht. Oft bleibt er den halben Tag fort.« Unauffällig kehrte ich dem See den Rücken zu. »Ralf, warte hier auf ihn. Und Ihr, Herzog, der Ihr es so eilig hattet, mich zu finden, wollt Ihr jetzt mit mir zur Kapelle kommen, um mir unter vier Augen zu sagen, was Ihr zu sagen habt? Vielleicht könnt Ihr mir auch verraten, was Euch und Eure Männer so weit nach Norden führt — von der Jagd auf mich einmal abgesehen.«

»Der Krieg, Prinz Merlin«, erwiderte er sofort. »Der Krieg und der Befehl des Königs. Von Colgrims Drohungen dürftet Ihr selbst hier in Eurer Abgeschiedenheit gehört haben, nicht wahr? Zweifellos war es ein glücklicher Zufall, der mich diesen Weg reiten ließ.« Ein Lächeln glitt über sein Gesicht. »Ihr sprecht von einer Jagd auf Euch; wißt Ihr nicht, daß man überall im Land nach Euch sucht?«

»Es war mir nicht ganz unbekannt, doch ich habe es vorgezogen, mich nicht aufspüren zu lassen. Nun, Herzog, seid Ihr bereit, jetzt mit mir zur Kapelle zu kommen? Ralf kann hierbleiben, um auf Ectors jungen Sohn zu warten.«

»Ectors Sohn, wie?« Er machte keine Anstalten, mir zu folgen. Lächelnd saß er auf seinem mächtigen Tier. Um seine Mundwinkel zuckte es spöttisch. »Glaubt Ihr im Ernst, daß ich Euch zu Eurer Klause begleite und Ralf hier warten lasse — auf Graf Ectors Sohn? Eure Zauberkunst in Ehren, Prinz Merlin, aber Ihr könnt mir glauben ...«

Vom Wasser her erklang Cabals Bellen, sehr scharf, eine Warnung für seinen Herrn. Dann Artus' Stimme, ein kurzer Befehl. Der Hund verstummte. Wenig später hörte ich das harte Aufklatschen der Ruderblätter, die das Boot rasch vorantrieben.

Sofort riß Cador sein Pferd herum und starrte zu der Selle, von der die Geräusche gekommen waren. Unwillkürlich folgte mein Körper der Bewegung. Vielleicht wirkte es wie eine Drohung. Vielleicht auch spiegelte sich auf meinem Gesicht der Zorn, den ich empfand. Jedenfalls gaben zwei von Cadors Kriegern ihren Tieren sofort die Sporen und preschten auf mich zu.

»Haltet sie zurück«, sagte ich scharf.

Er warf mir einen kurzen Blick zu und hob dann die Hand, sofort brachten die beiden Männer ihre Pferde zum Stehen.

Ich sagte leise, so daß mich nur Cador verstehen konnte: »Wenn Ihr nicht wollt, daß Euch Ector und mit ihm ganz Rheged an der Kehle sitzt, dann laßt Ralf und den Knaben in Frieden. Was Ihr zu sagen habt, könnt Ihr mir sagen. Ich werde nicht versuchen, Euch zu entkommen. Aber glaubt mir, Herzog, die Antwort wird der König selbst geben.«

Er zögerte. Seine Augen glitten vom nebligen See zur Schar seiner Krieger.

»Nun ...«, begann Cador.

Doch er brach sofort wieder ab. Aus der Nebeldecke über dem Wasser tauchte das Boot hervor und hielt in rascher Fahrt auf das Ufer zu. Kurz bevor es auf Grund stieß, sprang Cabal, ein Knurren in der Kehle, über die Seitenwand und schwamm voraus. Kaum war er an Land, hetzte er in weiten Sprüngen auf den Herzog zu. Der Grauschimmel bäumte sich auf. Cabals Fänge verfehlten ihr Ziel, schnappten erneut zu und faßten den Rand der Schabracke. Das Tuch riß.

Hinter mir hörte ich Artus' lauten Ruf. Das Boot knirschte auf Sand. Im selben Augenblick stürzte Ralf auf den Hund zu, um ihn zurückzureißen. Doch ehe er dazu kam, senkten einige Krieger die Speere gegen ihn. Cabal, einen Fetzen der Satteldecke im Maul, schleuderte das Tuch über die Schulter und warf sich herum, um die Männer bei Ralf anzugreifen. Schwerter zuckten hervor. Ein Befehl des Herzogs hielt die Krieger zurück. Und dann hob Cador die Hand, und ich sah, daß seine Finger den Stiel einer Peitsche umschlossen. Ein scharfumrissenes Bild: Cabal, geduckt zum Sprung; der Herzog, bereit zum Schlag.

Ich handelte in Sekundenschnelle. Es gelang mir, den Hund beim Halsband zu packen. Mit aller Kraft warf ich mich gegen ihn, konnte ihn jedoch kaum halten. Dann hörte ich wieder Artus' Stimme: »Cabal! Zurück!« Die zum Sprung gespannten Muskeln des Tieres gaben nach, widerstrebend zuerst. Augenblicke später stand Artus zwischen mir und Cador. In seiner Hand blitzte das Schwert, das er in der Höhle entdeckt hatte.

»Sir«, keuchte er, »wer auch immer Ihr seid ...« Die Schwertspitze richtete sich auf die Brust des Herzogs. »Wagt es nicht, meinen Hund zu schlagen. Denn dann töte ich Euch — und wenn Ihr tausend Krieger hinter Euch hättet.«

Langsam senkte Cador die Peitsche. Der Hund legte sich knurrend auf den Boden. Artus stand mit gespreizten Beinen, das Schwert immer noch drohend erhoben und zweifellos selbst für einen kampferprobten Mann wie den Herzog eine Gefahr. Doch Cador schien die Waffe gar nicht zu bemerken. Seine Augen hafteten auf Artus' Gesicht. Nur für eine Sekunde lösten sie sich, um wie sich vergewissernd zu mir zu gleiten.

Während er noch starrte, rückte die Schar seiner Krieger vor. Ich vernahm rauhe Befehle, die ich jedoch nicht verstand. Meine Aufmerksamkeit galt ausschließlich Artus, der nicht gewillt schien, vor dem Herzog auch nur eine Handbreit zurückzuweichen.

Ehe es zum Zusammenstoß kommen konnte, packte ich ihn beim Arm und zwang ihn zu mir herum.

»Emrys! Was soll diese Narretei? An allem ist nur Euer Hund schuld. Ihr solltet ihn besser im Zaum halten. Nehmt ihn jetzt und reitet mit Ralf sofort nach Galava zurück.«

In diesem Ton hatte ich noch nie zu ihm gesprochen. Bestürzt sah er mich an, und während er noch wie benommen stand, fügte ich rasch hinzu: »Wie kommt Ihr nur auf den Gedanken, daß dieser Ritter hier mein Feind sein könnte? Ich kenne ihn sehr gut. Steckt endlich Eure Waffe weg.«

Seine Augen forschten kurz in meinem Gesicht und glitten dann zu dem Schwert in seiner Hand. Von der blanken Klinge glänzte der Widerschein der Sonne, und am Knauf funkelten die Edelsteine. Die Finger, die den Griff umspannten, wirkten noch sehr jung und sehr knabenhaft.

Streng sagte ich: »Steigt jetzt auf Euer Pferd.«

In sein blasses Gesicht kehrte die Farbe zurück, und in seinen Augen spiegelte sich aufsteigender Zorn. Er sah Uther zum Verwechseln ähnlich. In der Hoffnung, ihn davon abzuhalten, sagte ich, noch barscher: »Ja hört Ihr denn nicht? Ihr sollt auf Euer Pferd steigen. Morgen habe ich wieder für Euch Zeit.«

»Emrys?«

Es war Cadors Stimme, sehr leise und sehr sanft. Ehe ich es verhindern konnte, drehte Artus sich zu ihm herum, und ich sah, daß der Herzog jetzt nicht mehr den geringsten Zweifel hegte. Er wußte, wen er vor sich hatte.

»Emrys?« wiederholte er.

»Ja, so heiße ich«, sagte Artus mürrisch. Er hob den Kopf höher und erkannte das Wappen an Cadors Schulter. »Cornwall? Was sucht Ihr dann hier so weit im Norden? Und mit welchem Recht reitet Ihr mit Euren Kriegern über unser Land?«

»›Unser‹ Land?«

»Ja. Ich bin Graf Ectors Pflegesohn«, erwiderte Artus kalt.

»Ihr seid also Graf Ectors Pflegesohn?« fragte Cador gedehnt. »Nun, Emrys — wer ist dann Euer Vater?«

»Euch das zu sagen, Sir, steht mir leider nicht frei«, erwiderte Artus mit eisiger Stimme. »Aber meine Herkunft ist nicht von der Art, daß ich mich ihrer schämen müßte.«

Cador schwieg. Doch der grübelnde Ausdruck auf seinem Gesicht verriet genug. Ja, er wußte. Wie hätte es ihm auch verborgen bleiben können? Artus' ganze Haltung. Seine Unerschrockenheit. Der Zorn, in dem er so sehr seinem Vater glich.

Ich berührte Artus an der Schulter. »Emrys, könntet Ihr uns jetzt wohl allein lassen? Der Herzog von Cornwall möchte mit mir sprechen. Wenn es Euch recht ist, so reitet jetzt mit Ralf zur Kapelle und wartet dort auf mich.«

Zu meiner Überraschung erhob Cador keine Einwände. Er schien kaum zu hören, was ich sagte. Sein Blick lag jetzt auf dem Schwert, das Artus in der Hand hielt. Ahnte er etwas? Es war ihm nicht anzusehen. Schließlich straffte er sich mit einem Ruck, und auf ein Zeichen von ihm ließen seine Männer Ralf frei, der sofort Canrith und sein eigenes Pferd herbeiführte.

Artus schwang sich in den Sattel. Als beide oben saßen, warf Ralf mir verstohlen einen fragenden Blick zu. Offenbar wußte er nicht, ob meine Aufforderung, zur Kapelle zu reiten, ernst gemeint war. Sollte er nicht lieber die Gelegenheit nutzen, um mit dem Prinzen zu fliehen?

»Ja, ganz richtig«, sagte ich und nickte. »Zur Kapelle. Und keine Sorge. Ich werde bald nachkommen.«

Cador sah, daß Artus zögerte. »Ihr braucht Euch nicht zu beunruhigen, Emrys«, sagte er und fügte dann mit einem halben Lächeln hinzu: »Diesem Einsiedler hier wird nichts geschehen. Wer wäre auch so töricht, sich mit einem Zauberer anzulegen?«

Artus musterte mich mit einem eigentümlichen Blick. Er schien immer noch daran zu zweifeln, ob es klug war, mich bei dem Herzog zu lassen. Aber in seinen Augen lag mehr, ein schwer deutbarer Ausdruck.

»Emrys«, rief ich leise, ohne selbst recht zu wissen, was mich trieb zu sagen, was ich sagen mußte.

»Ja?«

»Ich schulde Euch Dank. Denn Ihr hattet recht — ich glaubte mich in Gefahr und fürchtete mich.«

Sein Gesicht hellte sich auf, die Verdrossenheit wich, aus seinen Augen verschwand die letzte Spur von Zorn.

Er sagte langsam: »Ja, wißt Ihr denn immer noch nicht, daß ich das Letzte geben würde, um Euch zu schützen?«

Er blickte auf das Schwert in seiner Hand, fast verwundert, und hob dann wieder den Kopf, um Cador anzusehen.

»Wenn ihm von Eurer Hand auch nur das geringste geschieht«, sagte er mit tonloser Stimme, »dann ist ganz Britannien für uns beide nicht groß genug. Das schwöre ich Euch.«

»Sir«, erwiderte Cador, und er sprach nicht zu einem Knaben, sondern zu einem ebenbürtigen Krieger, »ich glaube Euch aufs Wort. Aber seid versichert, daß er bei mir in guter Hut ist — wie jeder außer den Feinden des Königs.«

Artus musterte ihn noch einen Augenblick, nickte dann, grüßte und lenkte seinen Hengst zu dem Pfad, der am Ufer des Sees entlangführte. Ralf folgte ihm, und Cabal hetzte in großen Sprüngen hinterher.

Als die beiden Reiter die Stelle erreichten, wo der Weg in den Wald einbog, drehte Artus den Kopf zurück. Sein Blick traf auf mich. Dann war er mit seinem Begleiter verschwunden.

8

»Nun, Herzog?« fragte ich.

Er gab keine Antwort, sondern starrte nur nachdenklich vor

sich hin. Dann winkte er einen seiner Offiziere herbei, dem er, während er abstieg, die Zügel reichte. »Die Männer sollen etwa hundert Schritt von hier am Ufer warten und inzwischen ihre Pferde tränken.«

Dem Befehl wurde sofort Folge geleistet. Die Schar entschwand hinter einer vorspringenden Zunge von Bäumen und Büschen.

»Ist es Euch hier recht?« fragte er mich.

Ich nickte, und wir ließen uns dicht am Wasser unter einem überhängenden Felsen nieder. Cador zog mit seinem Dolch einen Kreis in den Boden, zeichnete ein Dreieck hinein und sagte dann, ohne den Kopf zu heben: »Er ist prachtvoll.«

»Ja, das ist er.«

»Und sehr seinem Vater ähnlich.«

Ich schwieg.

Mit einem harten Stoß trieb Cador die Klinge seines Dolches in die Erde. Einen Augenblick schwankte der Griff hin und her. »Warum, Merlin, haltet Ihr mich für seinen Feind?«

»Seid Ihr es denn nicht?«

»Bei allen Göttern — nein! Ohne Eure Erlaubnis werde ich niemandem sagen, wo er ist. Ihr seid überrascht? So sagt mir doch endlich, weshalb Ihr in mir seinen und Euren Feind seht.«

»Nun, wenn jemand Grund hat, mich und vielleicht auch ihn zu hassen, so doch niemand anders als Ihr. Meiner und Uthers Handlungsweise ist es zuzuschreiben, daß Euer Vater den Tod fand.«

»Aber das stimmt doch nicht. Eure Absicht war es, an seinem Ehebett Verrat zu üben, nicht jedoch an ihm selbst. Daß er das Leben verlor, verdankt er seiner Unbesonnenheit oder Tollkühnheit, oder wie immer man es nennen will. Nein, Prinz, daran tragt Ihr keine Schuld. Und wenn es wahr wäre, daß ich Euch wegen jener Nacht hasse — um wieviel mehr müßte ich dann Uther Pendagron hassen?«

»Und Ihr haßt ihn nicht?«

»Beim allmächtigen Himmel, Merlin, ist Euch denn nicht zu Ohren gekommen, daß ich an seiner Seite reite und ihm als sein Oberbefehlshaber diene?«

»Ich habe davon gehört und mich gefragt, was dahinterstecken mochte. Ihr seht, ich mache aus meinen Zweifeln an Euch kein Hehl.«

Er lachte. »In der Tat, das tut Ihr nicht. Ich kann es Euch kaum verargen. Doch um wieder zur Sache zu kommen: Nein, ich hasse Uther Pendagron nicht; aber ich will auch gestehen, daß ich ihn nicht liebe. Warum also, wollt Ihr wissen? Nun, schon als Kind konnte ich sehen, was mit Kleinreichen geschah. Cornwall gehört mir, doch auf sich selbst gestellt, ist es verloren. Ich bin mit Uther verbunden, ob es mir nun gefällt oder nicht. Nur im Bündnis mit dem Hohen König und unter seiner Schirmherrschaft kann das Land gedeihen. Teilung? Nein, nie wieder. Also halte ich zu Uther ... oder jedenfalls zu dem Mann, der auf Britanniens Thron sitzt.«

Nicht weit von uns stürzte in steilem Flug ein Eisvogel auf das Wasser zu und tauchte, einen erbeuteten Fisch im Schnabel, wieder hervor. Er schüttelte das Gefieder und entschwand über den See.

Ich sagte: »Waren es nicht Eure Leute, die mir, ehe ich vor Jahren hierher aufbrach, in Maridunum nachspürten?«

Er preßte die Lippen aufeinander und zögerte kaum merklich mit der Antwort. »Ja, das waren meine Leute ... Stümper allesamt. Ihr seid ihnen doch sofort auf die Schliche gekommen, nicht wahr?«

»Das fiel nicht allzu schwer. Sie stammten aus Cornwall, und Eure Krieger lagerten damals bei Caerleon. Später erfuhr ich auch, daß Ihr selbst dort gewesen wart. Wundert es Euch da noch, wenn ich annahm, Ihr wolltet Artus finden?«

»Keineswegs, denn eben das war tatsächlich meine Absicht. Aber nicht, um dem Prinzen etwas anzutun.« Er starrte auf den Dolch, der immer noch im Boden steckte. »Denkt bitte zurück und versetzt Euch in meine damalige Lage. Der König, durch seine Krankheit geschwächt, überließ Lot und dessen Freunden immer mehr Macht. Ja, er bot ihm sogar, noch vor Morgians Geburt, Morgause als Gattin an. Wußtet Ihr das? Mir scheint, daß Uther selbst jetzt noch nicht begriffen hat, worauf Lots Ehrgeiz in Wahrheit gerichtet ist. Ich habe versucht, ihm das klarzumachen, aber aus meinem Munde ... nun, da mußte es für ihn wohl wie Neid klingen, wie die Mißgunst eines Nebenbuhlers. Doch mir ging es um die Zukunft der Reiche. Was würde aus ihnen werden, wenn Uther starb — oder auch sein Sohn? Nicht daß ich an Eurer Macht zweifelte, das Kind auf Eure Weise zu schützen. Ich wollte nur das Meine dazu beitragen.« Er zog den Dolch aus dem Boden, schleuderte ihn dann wieder mit einem gezielten Wurf in das Gras. »Also wollte ich Artus finden, um ihn zu beobachten. Genauso wie ich, wenn auch aus anderen Gründen, Lot beobachtet habe.«

»Und es ist Euch nie der Gedanke gekommen, mit mir darüber zu sprechen?«

Er musterte mich aus den Augenwinkeln. »Hättet Ihr mir denn geglaubt?«

»Wahrscheinlich. Ich bin nicht so leicht hinters Licht zu führen.«

»Und mir auch gesagt, wo das Kind war?«

Ich lächelte. »Das? Nein.«

Er hob die Schultern. »Da habt Ihr Euch die Antwort selbst gegeben. Also setzte ich meine plumpen Spürhunde auf Euch an, die jedoch nichts fanden, sondern Eure Fährte ganz verloren. Aber glaubt mir, daß ich nichts gegen Euch im Schilde führte. Und wenn ich einmal Euer Feind gewesen sein mag, Artus' Feind war ich nie.«

»Ich hätte mir denken können, daß von Euch keine Gefahr droht, Herzog«, sagte ich. »Denn sonst wäre ich, bevor Ihr heute mit Euren Kriegern kamt, wohl irgendwie vor Euch gewarnt worden. Und das war nicht der Fall.«

»Wenn ich Artus' Feind wäre«, sagte er mit einem Lächeln, »so würde ich mich gewiß nicht an ihn heranwagen, solange Merlin in der Nähe ist. Aber was hätte Euch gewarnt? Ein Zeichen vielleicht?«

»Ich weiß nicht, wie Ihr es nennen würdet. Doch ich hätte es gespürt — ein Prickeln auf der Haut, ein kalter Hauch. Nun, es blieb aus, und auch jetzt fühle ich nichts. Verzeiht also mein Mißtrauen.«

»Gern.« Er langte wieder nach dem Dolch und wischte die Klinge am Gras sauber. »Aber wenn ich auch nicht sein Feind bin, Merlin, es gibt genügend andere, die es sind. Über die Gefahr, die durch die baldige Vermählung Lots mit Morgian droht, brauche ich Euch nichts zu sagen: eine Gefahr nicht nur für Artus und seinen Anspruch auf den Thron, sondern für das Hohe Königreich überhaupt.«

Ich nickte. »Ja, diese Hochzeit zu Weihnachten ist das dunkle Ende eines dunklen Jahres. Aber eine Frage. Wißt Ihr etwas über Lot, was nicht schon allgemein bekannt ist?«

»Leider nein. Jedenfalls nichts Genaues. Doch laßt Euch versichern: Wenn Uther sich nicht bald entschließt, seinen Sohn zum Thronerben zu ernennen, so kann es durchaus geschehen, daß die Edelleute einen der Ihren zu seinem Nachfolger wählen. Und auf wen die Wahl fallen würde, ist nicht schwer zu erraten. Lot ist ein erprobter Krieger, der an der Seite des Königs gekämpft hat und bald auch sein Schwiegersohn sein wird.«

»Ja, Lot«, sagte ich. »Nachfolger? Oder Nebenbuhler, der Uther vom Thron verdrängen will?«

»Nun, den Ehrgeiz mag er schon haben. Daß er es zum offenen Bruch und zum Kampf kommen läßt, glaube ich allerdings kaum. Doch nach seiner Heirat mit Morgian ist er der Thronbewerber mit den besten Rechten, solange Artus nicht da ist, um seine Ansprüche geltend zu machen. Es dürfte ihm ohnehin schwerfallen, diese Ansprüche auch durchzusetzen.«

»Meint Ihr?«

»O ja. Denn ohne starke Unterstützung hat er wenig Aussichten. Und hinter Lot stehen viele.« Er musterte mich, doch ich schwieg. Schließlich nickte er. »Nun, ich glaube zu verstehen. Er hat ja Euch ... der Thron ist ihm also sicher?«

»Ich denke schon. Ich werde Hilfe haben. Auch Eure?«

»Ja.«

»Ihr beschämt mich, Cador.«

»Ich bitte Euch, Merlin, sagt das nicht. Als ich jung war, habe ich Euch wirklich aus ganzem Herzen gehaßt. Doch jetzt sehe ich vieles mit anderen Augen, vielleicht auch deutlicher. Schon um meiner selbst willen kann ich es nicht zulassen, daß Lot sein Ziel erreicht. Und die stärkste Kraft gegen ihn ist Artus. Wenn überhaupt noch eine Hand unsere Länder zusammenhalten kann, dann seine. Ja, meine Unterstützung hat er.«

Seine Stimme klang nüchtern. Zweifellos war er ein Tatsachenmensch, sein praktischer Verstand sah nur die Wirklichkeit.

»Kennt Lot Eure Einstellung?« fragte ich.

»Ich habe ihn darüber nicht im Zweifel gelassen. Er weiß, daß ich sein Gegner wäre und nicht nur ich, sondern auch die Fürsten aus dem nördlichen Rheged und die Könige von Wales. Doch andere würden sich auf seine Seite schlagen, und viele ... nun, in dem Augenblick, wo ihre Länder bedroht sind, halten sie zum Stärkeren. Es sind gefährliche Zeiten, Merlin. Ihr wißt ja, daß Eosa in Germanien mit Colgrim und Badulf zusammentraf? Ja? Vor kurzem kam die Nachricht, eine große Zahl von Langschiffen hätte die See überquert und die Häfen der Pikten angelaufen — nicht ohne deren Einverständnis, wie sich denken läßt.«

»Das ist mir neu. Dann wird es also noch vor Winteranfang zu Kämpfen kommen?«

Er nickte. »Noch vor Ende dieses Monats, fürchte ich. Deshalb bin ich ja hier. Maelgon bleibt an der irischen Küste. Im Augenblick droht weniger aus dem Westen Gefahr als aus dem Osten und Norden.«

»Ah.« Ich lächelte. »Das wird jedenfalls bald klare Verhältnisse schaffen.«

Er hatte mich aufmerksam beobachtet. Jetzt entspannte sich sein Gesicht, und er nickte wieder. »Ja, sehr richtig. Etwas Gutes mag die Sache bei allem haben — Lot ist gezwungen, sich zu entscheiden, so oder so. Wenn er, wie behauptet wird, versucht hat, mit den Sachsen handelseinig zu werden, so muß er sich zu Colgrim schlagen. Will er jedoch Morgian haben und mit ihr das Hohe Königreich, so bleibt ihm nichts übrig, als für Uther zu kämpfen.« Er lachte belustigt auf. »Das alles verdanken wir Octas Tod, der Colgrim auf sofortige Rache sinnen ließ. Wäre er erst im kommenden Frühjahr erschienen, so hätte Lot wohl die Oberhand behalten und sich, als Morgians Gemahl, mit Unterstützung der Sachsen zum Hohen König erheben können wie vor ihm schon Vortigern. Bei der jetzigen Lage wird man abwarten müssen.«

»Wo ist der König?« fragte ich.

»Auf dem Weg nach Norden. Noch im Laufe dieser Woche müßte er in Luguvallium sein.«

»Wird er das Heer selbst anführen?«

»Das ist seine Absicht, obschon er, wie Ihr wißt, ein kranker Mann ist. Mir will scheinen, daß Colgrims Landung nicht nur Lot zu einer Entscheidung zwingt, sondern auch Uther. Wahrscheinlich wird er jetzt Artus rufen lassen. Eine andere Wahl bleibt ihm kaum.«

»Zu welchem Entschluß Uther auch kommen mag«, sagte ich, »Artus wird so oder so dort sein.«

»Ihr meint ...?« begann er, und seine Augen glänzten in plötzlicher Erregung.

»Ja, das meine ich, Herzog. Seid Ihr bereit, ihm Geleit zu geben?«

»Nur zu gern! Und Ihr? Werdet Ihr an seiner Seite sein?«

»Ich denke schon«, erwiderte ich lächelnd. »Denn dort ist mein Platz.«

Er nickte nachdrücklich. »Er wird Euch bitter brauchen. Möge der Himmel geben, daß Uther nicht zu lange gezaudert hat. Auch wenn niemand Artus' Abkunft bezweifeln sollte ... so ohne weiteres werden sich die Edelleute kaum für einen unerfahrenen

Knaben erklären. Und Lot und seine Anhänger werden um jeden Fußbreit Boden kämpfen. Ein kluger Plan von Euch, dieser Überrumplungsversuch. Vielleicht schafft Ihr dadurch vollendete Tatsachen. Jedenfalls kann der Prinz alles brauchen, was Ihr für ihn in die Waagschale zu werfen habt.«

Ich lächelte wieder. »Es ist nicht gar so wenig, was er selbst mitbringt, Cador. Wer ihn unterschätzt, dürfte eine Überraschung erleben. Ein willenloses Spielzeug in der Hand eines Königsmachers? Nein, das wäre er gewiß nie.«

»O ja«, sagte er, »davon bin ich überzeugt. Wißt Ihr übrigens, daß er Euch mehr gleicht als seinem Vater?«

Ich blickte zum See, zur glitzernden Fläche des Wassers. Ohne Zögern sprach ich meine Gedanken aus: »Nicht Uthers, sondern mein Schwert wird es sein, das ihm den Thron erkämpft.«

Mit einem Ruck drehte Cador den Kopf. »Richtig, das Schwert. Wo, bei allen Mächten des Himmels und der Hölle, hat er nur eine solche Waffe gefunden?«

»Auf Caer Bannog.«

Einen Augenblick starrte er mich sprachlos an. »Auf Caer Bannog? Dort drüben auf der Insel? Er hat es gewagt, sie zu betreten? Bei Gott, dann sei es ihm vergönnt, das Schwert und alles, was es ihm bringt. Ich wäre nie so tollkühn gewesen. Wie kam es denn dazu?«

»Sein Jagdhund schwamm hinter einem Hirschen her, und Artus fürchtete, das Tier zu verlieren. Es ist das Geschenk eines Freundes. Man könnte also sagen, daß ihn ein Zufall nach Caer Bannog geführt hat.«

»Ein Zufall? Sicher bin ich heute hier am See auch ganz zufällig auf einen armen Einsiedler gestoßen — und auf einen Knaben namens Ambrosius mit einem Schwert, das einem König angemessen wäre.«

»Oder einem Kaiser«, sagte ich. »Es ist nämlich Macsen Wledigs Schwert.«

»Was?« Tief atmend, starrte er mich an wie eine Erscheinung von der verwunschenen Insel. Schließlich sagte er: »Jetzt verstehe ich endlich. Ihr leitet Artus' Anspruch auf den Thron nicht nur aus seiner Abkunft ab, sondern vor allem aus dem Besitz dieses Schwertes. Und Ihr seid es auch gewesen, der es für ihn gefunden hat. Ihr werft Euer Netz sehr weit aus, Merlin.«

»Noch habe ich es nicht ausgeworfen. Doch wenn die Zeit dafür gekommen ist ...«

»Ja, ich begreife«, sagte er erregt und verstummte. Seine Augen suchten den See und die wie über dem Wasser schwebende Insel. Hastig fuhr er fort: »Und jetzt ist die Zeit gekommen — für Euch, für ihn, für uns alle?«

»Es scheint so. Er fand das Schwert an dem Ort, wo ich es verborgen hatte, und gleich darauf wart Ihr zur Stelle. Der König konnte sich bisher nicht dazu durchringen, Artus zu seinem Erben zu erklären. Also werden wir jetzt handeln. Lagert Ihr heute nacht bei der Burg?«

»Ja.« Er umfaßte seinen Dolch und ließ ihn in die Scheide gleiten. »Ihr stoßt dort zu uns? Wir brechen am frühen Morgen auf.«

»Ich werde rechtzeitig mit Artus kommen«, sagte ich. »Heute bleiben wir noch hier im Wald. Es gibt zwischen uns einiges zu besprechen.«

Er musterte mich neugierig. »Weiß er denn noch nichts?«

»Nein, nichts«, erwiderte ich. »Das hatte ich dem König versprochen.«

»Und dabei soll es auch bleiben, bis Uther selbst das Geheimnis lüftet? Gut. Ich werde alles daransetzen, daß Artus vorher nichts erfährt.« Wir erhoben uns, und der Herzog gab einem seiner Offiziere, der sich in Sichtweite befand, ein Zeichen. Ich hörte laute Befehle. Die Krieger saßen auf. Wenig später erschienen sie beim vorspringenden Keil des Waldes. Dem Uferpfad folgend, ritten sie auf uns zu.

»Habt Ihr ein Pferd?« fragte Cador. »Oder wollt Ihr, daß ich Euch eines der Tiere überlasse?«

»Danke, Herzog, aber damit bin ich versorgt. Und zur Kapelle kann ich zu Fuß zurückkehren, nachdem ich getan habe, was ich hier noch tun muß.«

Er blickte zum Wald, zum See, zu den verträumten Hügeln, und in seinen Augen zeigte sich ein eigentümlicher Ausdruck: Als erwarte er, daß sich noch in dieser Sekunde aus der Sonnenhelle ein geheimnisvoller Zauber auf mich herabsenke, eine magische Kraft.

»Ihr habt noch etwas zu tun? Hier?«

»Allerdings«, sagte ich und griff nach der Angelrute. »Fische fangen. Wenn es Artus gelungen ist, das Schwert von der Insel zu holen, so sollte mir doch wenigstens ein ordentlicher Fang glükken.«

9

Ralf kam mir am Rand der Lichtung entgegen, doch da Artus, Cabal zu seinen Füßen, auf den Stufen zur Kapelle saß, wechselten wir nur ein paar knappe Sätze.

In aller Eile gab ich Ralf den Auftrag, zur Burg zu reiten und Lady Drusilla zu unterrichten: Artus sei bei mir, und wir würden uns morgen Herzog Cador anschließen; Abt Martin möge dafür sorgen, daß sich während meiner Abwesenheit jemand um die Kapelle kümmere. Im übrigen sollten zwei Botschaften abgeschickt werden, die eine an Graf Ector, die andere an den König.

»Werdet Ihr es ihm jetzt sagen?« fragte Ralf.

»Nein. Das ist Uthers Sache.«

»Meint Ihr nicht, daß er schon etwas ahnt nach dem, was heute geschehen ist? Er grübelt still vor sich hin — so als hätte ihm dieser Tag noch mehr gebracht als ein Schwert. Was für ein Schwert ist das eigentlich?«

»Es heißt, daß es von Wieland dem Schmied stammt, aus ganz alter Zeit. Später hat es jedenfalls Kaiser Maximus gehört, dessen Männer es dann nach Britannien zurückbrachten für den künftigen König des Landes.«

»*Das* Schwert? Und er hat es auf Caer Bannog gefunden? Ich beginne zu verstehen. Ihr wollt mit Artus jetzt zu Uther ... um den König zu einer Entscheidung zu zwingen? Glaubt Ihr, daß er seinen Sohn endlich als Erben anerkennt?«

»Ja. Die Umstände zwingen ihn dazu. Vielleicht sind schon Boten unterwegs, um Artus zu holen. Aber mach dich jetzt auf den Weg. Wir haben keine Zeit zu verlieren. Du wirst morgen doch mit uns reiten?«

»Das will ich meinen, Herr. Um nichts in der Welt würde ich jetzt hierbleiben.«

Lächelnd hob er die Hand zum Gruß und gab, mit behendem Sprung im Sattel, seinem Pferd die Sporen. Nach wenigen Minuten verhallten die Hufschläge in der Ferne.

Sonnenschein ergoß sich auf die Lichtung. Vom Dach der Kapelle, wo ein Volk wilder Bienen hauste, kam lautes Summen.

Jeder Mensch kennt Augenblicke, die er nie vergißt. Oft wird in mir die Erinnerung an große Ereignisse wach: an das Leben und Sterben von Königen; an das Erscheinen und Verschwinden von Göttern; an den Aufstieg und Niedergang vieler Reiche. Doch nicht immer sind es die bedeutenden Dinge, die im Gedächtnis den ersten Rang einnehmen: Hier und jetzt in dieser endgültigen Dunkelheit rufe ich mir mit Vorliebe jene unscheinbaren Zeiten der Stille zurück, und sie sind es auch, die mir besonders lebendig und in leuchtenden Farben vor Augen stehen.

Wie dieser Nachmittag. Goldene Sonnenflut auf der Lichtung, das leise Plätschern des Quells, das fröhliche Lied der Drossel, das emsige Summen der Bienen und das Prasseln des Holzfeuers, über dem Artus die Forellen briet, die ich ihm inzwischen gegeben hatte. Mit ernstem Gesicht kniete er bei den flammenden Scheiten. In dieser Stunde nahm er seinen Anfang, und er wußte es.

Wir aßen draußen vor der Kapelle. Keiner sprach. Ich überlegte angestrengt. Wie sollte ich ihm sagen, was ich vorhatte? Anders als Ralf glaubte ich nicht, daß er sein eigenes Geheimnis schon kannte oder erahnte. Doch ohne Zweifel ging ihm wieder und wieder durch den Kopf, was sich heute ereignet hatte: die Fahrt zur Insel, die Entdeckung des Schwertes, der Zusammenprall mit dem Herzog, der einen so unerwartet friedlichen Ausgang nahm — viele rätselhafte Dinge.

Äußerlich schien es jedoch, als überließe er sich, entspannt und mit allem zufrieden, völlig der Muße des Augenblicks. Nach dem Essen holte er eine Schale voll Wasser, damit ich mir die Finger säubern konnte, und setzte sich neben mich. Die Drossel sang immer noch. Rund um das Tal erhoben sich, kauernden Riesen gleich, die Berge. Bläuliche Schatten schienen über ihnen zu schweben und auf mich einzudringen.

»Das Schwert«, sagte er. »Ihr wußtet natürlich, daß es dort war.«

»Ja, ich wußte es.«

»Der Herzog ... er hat Euch einen Zauberer genannt.«

»Das war für Euch doch nichts Neues.«

»Nein, gewiß nicht. Schon als ich das erste Mal hierherkam und das Schwert im Altar sah, habt Ihr es vor meinen Augen in ein echtes verwandelt ...« Er brach ab. Mit einem Ruck fuhr sein Kopf zu mir herum. »Aber es war ja echt. Ich meine, es gab das Schwert wirklich. Und dieses hier ist es. Das Schwert im Altar wurde ihm nachgebildet. Habe ich recht?«

»Ja.«

»Woher stammt das Schwert, Myrddin?«

»Erinnert Ihr Euch an die Geschichte von Macsen Wledig?«

»Sehr genau. Damals habt Ihr gesagt, daß es sein Schwert war, dessen Abbild man in den Altarstein meißelte. Und dies hier ist es? Macsens eigenes Schwert?«

»Ja.«

»Aber wie ist es auf die Insel gekommen?«

»Durch mich. Vor Jahren habe ich es von dem Ort, wo es verborgen lag, nach Caer Bannog gebracht.«

Er sah mich lange an. »Dann habt in Wahrheit also Ihr es entdeckt? Es ist Euer Schwert?«

»Davon kann nicht die Rede sein.«

»Aber wie habt Ihr es gefunden? Durch Zauberkraft? Und wo war es verborgen?«

»Das darf ich Euch nicht sagen, Emrys. Denn vielleicht wollt Ihr eines Tages selbst nach dem Ort suchen.«

»Ich verstehe nicht. Wieso meint Ihr das?«

»Nun, was ein Mann zuallererst braucht, ist ein Schwert, um sich im Leben seinen Platz zu erkämpfen. Doch später, wenn er dann älter ist, braucht er noch etwas anderes, nicht nur Speise für den Leib, sondern auch für die Seele ...«

Er schwieg einen Augenblick und fragte dann leise: »Was seht Ihr, Myrddin?«

»Ich sah ein reiches und wohlbestalltes Land, wo in den Tälern üppig das Getreide wuchs und auf den Feldern die Bauern arbeiteten, ganz wie in römischer Zeit. Ich sah ein Schwert, das träge wurde und viel von seinem hellen Glanz verlor. Ich sah, wie in den Tagen des Friedens Zwist und Hader aufkamen und auch die Sehnsucht nach blanken Waffen und nach Speisen für Geist und Seele. Vielleicht hat mir der Gott aus diesem Grund den Gral und den Speer wieder genommen und im Boden verborgen: damit Ihr eines Tages nach dem Rest von Macsens Schatz suchen könnt. Oder nein ... nicht Ihr, sondern Bedwyr ... seine Seele wird es sein, die hungert und dürstet und oftmals vom falschen Quell trinkt.«

Wie aus weiter Ferne hörte ich meine eigene Stimme. Sie verklang, und Stille kehrte zurück. Die Drossel sang nicht mehr, und das Summen der Bienen im Dach schien jetzt unhörbar. Artus war aufgestanden. Er sah mich aus großen Augen an.

Und dann fragte er: »Wer seid Ihr?«

»Mein Name ist Myrddin Emrys, doch man kennt mich als Merlin, den Zauberer.«

»Merlin? Aber dann seid Ihr doch, dann wart Ihr doch ...« Er brach ab.

»Merlinus Ambrosius, Sohn von Ambrosius, dem Hohen König? Ja.«

Er schwieg sehr lange. Sein angespanntes Gesicht verriet, daß seine Gedanken einander jagten. Was wußte er von mir, wieviel hatte er schon über mich gehört? Daß er seinem eigenen Geheimnis auf der Spur war, glaubte ich nicht. Seit Jahren tief verwurzelt im Leben unten auf der Burg, mußte ihm seine Stellung als Ectors Pflegesohn selbstverständlich scheinen. Ein Prinz? Nein, gewiß nicht. Denn erzählte man sich nicht überall, daß Uthers Bastard irgendwo jenseits des Meeres an einem fremden Königshof aufgezogen wurde?

Schließlich begann er wieder zu sprechen. Was er sagte, überraschte mich.

»Dann war es also Euer Schwert. Ihr habt es gefunden und nicht ich. Mich habt Ihr nur ausgeschickt, um es für Euch zu holen. Ja, es gehört Merlin. Ich werde es Euch jetzt bringen.«

»Nein, wartet, Emrys ...«

Aber er war bereits verschwunden. Wenig später erschien er wieder und streckte mir das Schwert entgegen.

»Hier. Es gehört Euch«, sagte er und fügte dann atemlos hinzu: »Ich hätte ahnen müssen, wer Ihr in Wirklichkeit wart ... kein einfacher Einsiedler ... und auch nicht in der Bretagne bei dem Prinzen, wie manche wissen wollen ... sondern hier in Eurem eigenen Land ... um in der Zeit der Not dem Hohen König zu helfen ... Ihr seid Ambrosius' Sohn ... nur Ihr konntet das Schwert finden ... als ich es auf Caer Bannog entdeckte, folgte ich Eurem Wunsch ... aber es ist für Euch bestimmt ... nehmt es also.«

»Nein. Nicht für mich. Nicht für Ambrosius' Bastard.«

»Aber warum nicht?« fragte er.

»Weil es so ist«, sagte ich mit fester Stimme.

Er blieb stumm. Langsam senkte er das Schwert, und es schien in seinen Schatten zu tauchen. Er stand bewegungslos, ohne mich anzusehen. Was sein Schweigen bedeutete, begriff ich damals nicht. Ich weiß nur, daß ich darüber erleichtert war.

Ich erhob mich. »Bringt es jetzt in die Kapelle. Auf dem Altar hat es seinen Platz, und dort werden wir es lassen. Welcher Gott es auch sein mag, der hier wohnt, er wird für uns darüber wachen. An diesem Ort muß es warten, bis die Zeit kommt, wo vor aller Augen jener es für sich fordert, für den es bestimmt ist — der wahre Erbe des Königsthrons.«

»Habt Ihr mich deshalb zur Insel geschickt? Damit ich es für ihn hole?«

»Ja. Eines Tages wird es ihm gehören.«

Zu meiner Überraschung lächelte er plötzlich. Die Antwort schien ihn zu befriedigen. Er nickte, und gemeinsam brachten wir es in die Kapelle, wo er es auf den Altar legte, unmittelbar über dem eingemeißelten Abbild. Beide waren einander zum Verwechseln ähnlich.

Zögernd löste er die Hand vom Griff des Schwertes und trat zu mir zurück.

»Und jetzt, Emrys«, begann ich, »muß ich Euch noch etwas sagen. Vom Herzog von Cornwall habe ich erfahren ...«

Weiter kam ich nicht. Vom Wald her jagten Hufschläge heran, und sofort sprang Cabal auf und knurrte mit gesträubtem Nakkenfell.

Artus fuhr herum. »Hört Ihr?« fragte er mit scharfer Stimme. »Sind das wieder Cadors Krieger? Irgend etwas stimmt da doch nicht ... Seid Ihr sicher, daß sie Euch nicht feindlich gesinnt sind?«

Ich legte meine Hand auf seinen Arm, und er sah mich verwundert an. Seine Augen forschten eindringlich in meinem Gesicht.

»Was ist es, Merlin? Wer ist es? Erwartet Ihr jemanden?«

»Nein. Ja. Ich weiß es selbst kaum. Wartet, Emrys. Ja, es mußte wohl kommen. Ich war davon überzeugt. Noch ist der Tag nicht vorüber.«

»Wie meint Ihr das?«

Ich schüttelte den Kopf. »Nicht jetzt, Emrys. Laßt uns hinausgehen.«

Tatsächlich waren es nicht Cadors Krieger, sondern Männer des Königs. Stampfende Hufe. Der rotleuchtende Drache auf goldenem Grund. Mit erhobener Hand gab der Offizier seiner Schar das Zeichen zum Halt. Dann ritt er auf uns zu. Ich sah, wie sein Blick über die verwucherte Lichtung glitt, über die pflanzenumrankte Kapelle, über mein dürftiges Gewand. Flüchtig streiften seine Augen den Knaben an meiner Seite und kehrten wieder zu mir zurück. Er grüßte, senkte tief den Kopf.

Es war ein sehr förmlicher Gruß, im Namen des Königs. Ihm folgte ein Bericht, der zum größten Teil jene Neuigkeiten enthielt, die ich bereits von Cador gehört hatte. Der König ziehe mit seinem Heer nach Norden, um bei Luguvallium zu lagern, wo er der Bedrohung durch Colgrims Streitkräfte entgegentreten wolle.

Mit besorgtem Gesicht fügte der Mann hinzu, seit kurzem wüte die Krankheit wieder im König und es gäbe Tage, an denen er sich nicht im Sattel halten könne. Doch er bestehe darauf, notfalls in einer Sänfte, auf das Schlachtfeld getragen zu werden.

»Und dies ist die Botschaft, die ich Euch ausrichten soll, Herr. In Anbetracht der Unterstützung und tatkräftigen Hilfe, die Ihr dem Heer seines Bruders Aurelius Ambrosius seinerzeit gewährt habt, ersucht Euch der Hohe König, unverzüglich dorthin zu kommen, wo er seine Feinde erwartet.« Der feierliche Wortlaut war unverkennbar eine Hülle, hinter der sich der eigentliche Sinn verbarg, wie mir der Offizier sogleich bestätigte: »Herr, ich soll Euch sagen, daß dies der Ruf ist, auf den Ihr gewartet habt.«

Ich beugte den Kopf. »Ganz recht. Ich habe bereits eine Botschaft abgesandt, um dem König zu melden, daß ich, zusammen mit Emrys von Galava, zu ihm kommen werde. Sollt ihr uns geleiten? Nun, dann bitte ich um Geduld, bis wir für die Reise bereit sind.« Ich wandte mich Artus zu, der mit vor Erregung bleichem Gesicht neben mir stand. »Kommt, wir wollen sofort die Vorbereitungen treffen.«

Er folgte mir in die Kapelle und packte mich beim Arm. »Ihr nehmt mich mit? Ihr nehmt mich wirklich mit? Und wenn es zur Schlacht kommt ...«

»Dann werdet Ihr kämpfen.«

»Aber mein Vater, Graf Ector ... wenn er es verbietet?«

»Ihr werdet nicht an seiner Seite, sondern an der Seite des Königs kämpfen.«

Seine Augen glänzten. »Was für ein Tag«, sagte er. »Was für ein herrlicher Tag. Zuerst glaubte ich, das Schwert, zu dem mich der weiße Hirsch führte, sei für mich. Aber jetzt begreife ich, daß es nur ein Zeichen war: Noch heute werde ich aufbrechen, um in meine erste Schlacht zu ziehen. — Aber was tut Ihr da?«

Ich streckte die Hände vor. Aus der Luft kam das fahle Feuer und lief zuckend über die Schwertklinge hin, so daß die eingravierte Schrift dort aufschimmerte, ein unstetes Schwanken, in dem die Buchstaben nicht zu erkennen waren. Dann schlugen die Flammen höher, glosende Helle, die den Blick blendete, und als sie nach und nach erstarben, stand der Altarstein nackt, bis auf das eingemeißelte Abbild des Schwertes.

Artus starrte mit offenem Mund. Unwillkürlich wich er ein Stück zurück. Über sein blasses Gesicht huschte der Widerschein des Feuers.

Als es vorüber war, blieb er bewegungslos stehen und fuhr sich mit der Zunge über die trockenen Lippen. Ich lächelte ihm aufmunternd zu.

»Ihr braucht nicht zu erschrecken. Es ist ja nicht das erste Mal, daß Ihr etwas von dem seht, was man meine Kunst nennt.«

»Ja. Ja, gewiß. Doch dies ... dies ist so anders als alles, was Ihr bisher ...« Er stockte und sagte dann: »Wie oft war ich doch bei Euch, allein und mit Bedwyr ... aber nie habt Ihr uns auch nur ahnen lassen ... Ihr habt ja nichts davon erzählt ...«

»Weil es nichts zu erzählen gab. In all diesen Jahren brauchte ich die Kraft nicht, und sie ist keine Kunst, die sich lehren läßt. Für Euch und auch für Bedwyr werden sich bald andere Aufgaben stellen, und wenn ich Euch mit meiner Kraft von Nutzen sein kann, so werdet Ihr mich stets an Eurer Seite finden.«

»Meint Ihr das im Ernst? Wenn ich Euch das nur glauben könnte.«

»Ihr könnt es mir glauben. Denn es ist die Wahrheit.«

»Wie wollt Ihr das wissen?«

»Ich weiß es«, sagte ich.

Er sah mich sehr lange an. Auf seinem Gesicht spiegelte sich eine ganze Welt von Gefühlen wider, Unsicherheit und Verwirrung, Sehnsucht und Verlangen. Sein Blick war der Blick eines Knaben, der sich, im Leben noch ohne Erfahrung, der Wirklichkeit gegenüber verloren glaubt. Doch dann schloß er gleichsam wieder das Visier und ließ nichts sehen als jenen hellglänzenden Panzer aus Mut und Furchtlosigkeit, den ich so gut kannte.

»Vielleicht werdet Ihr das eines Tages noch bereuen. Bedwyr ist nämlich der einzige, der es lange mit mir aushält.«

Ich lachte. »Gar so schlimm wird es schon nicht sein. Wir werden sehen. Aber sagt den Männern jetzt, sie sollen unsere Pferde bereithalten.«

Ich brauchte wenige Minuten, um fertig zu werden. Als ich hinausging, wartete Artus schon ungeduldig. Er saß noch nicht im Sattel, sondern hielt, einem diensteifrigen Stallknecht ähnlich, die Zügel meines Pferdes in der Hand. Als er mich sah, weiteten sich kaum merklich seine Augen. Ich hatte meine besten Kleider angelegt, und mein schwarzer Umhang, scharlachrot gesäumt, wurde an der Schulter von einer Brosche zusammengehalten, der Drachenbrosche des königlichen Hauses.

Ich lächelte, und er lächelte zurück. Doch als er sich dann auf seinen weißen Hengst schwang, setzte ich eine ausdruckslose Miene auf. Er, der manchmal sehr gut in meinen Zügen zu lesen verstand, sollte nicht einmal ahnen, was ich dachte: daß nämlich der Knabe im einfachen Gewand nach Haltung und Aussehen keine Brosche brauchte, um als das zu gelten, was er war — von königlichem Geblüt und ein Pendragon. Doch die Krieger hatten nur Augen für mich, denn ich war es, der im Prunkgewand an der Spitze ritt, während er mir auf seinem Hengst bescheiden folgte.

Und so überließen wir die Kapelle im Wilden Wald dem Schutz jener Gottheit, die in ihr wohnte, und strebten nach Galava hinab.

4. BUCH

DER KÖNIG

1

Die von den Sachsen drohende Gefahr erwies sich als noch größer, als selbst Cador geglaubt hatte. Colgrim war offenbar nicht gewillt, auch nur einen Augenblick zu zögern. Als wir uns mit unserer Schar Luguvallium näherten, fanden wir südöstlich der Stadt Uthers und Cadors Krieger, die sich zusammen mit den Männern von Rheged darauf vorbereiteten, dem in großer Zahl zum Angriff versammelten Feind entgegenzutreten.

Der König hatte sich mit den britannischen Befehlshabern in sein Zelt zurückgezogen, das sich auf einem kleinen Hügel unweit der Ebene, wo voraussichtlich die Schlacht stattfinden würde, erhob. Ruinen bezeigten, daß auf der Anhöhe einst eine Festung gewesen war. Weiter unten sah man die unkrautüberwucherten Trümmer eines längst verlassenen Dorfes. Große Flächen wurden von Brennnesseln und Gestrüpp bedeckt, zwischen denen, mit goldhell schimmernden Früchten, riesige alte Apfelbäume aufragten. Am Fuß des Hügels rumpelten Wagen und Karren des Trosses. Im halbverfallenen Gemäuer fanden sich geschützte Stellen, wo man sich später der Verwundeten annehmen konnte.

Das wilde Durcheinander, das im Augenblick zu herrschen schien, würde sich bald legen, denn die Streitkräfte des Königs kämpften immer noch mit jener straffen römischen Zucht, in der sie von Ambrosius geschult worden waren. Doch konnte das helfen gegen das übermächtige feindliche Heer dort drüben, eine unabsehbare Flut von Speeren und Äxten?

Während wir auf das Zelt des Königs zuritten, das oben vor der Ruine des ehemaligen Festungsturms stand, hörte ich durch den Lärm der sich zur Schlachtordnung aufstellenden Krieger laute Rufe: »Seht doch, es ist Merlin. Merlin ist es. Merlin, der Prophet, ist hier. Merlin ist bei uns.« Aus aufgerissenen Augen starrten sie mich an, schrien einander zu. Eine Woge freudiger Erregung glitt durch die Reihen. Ein Mann mit dem Zeichen von Dyfed rief mir in meiner Sprache zu: »Dann seid Ihr also mit uns, Myrddin Emrys?

Habt Ihr auch diesmal hoch am Himmel den Stern für uns gesehen?«

Ich erwiderte so laut, daß man es weithin hören konnte: »Heute ist es ein aufgehender Stern. Achtet auf ihn, und der Sieg gehört euch.«

Als ich zusammen mit Artus und Ralf abstieg, vernahm ich, wie meine Worte von Mund zu Mund gingen. Es klang, als striche der Wind über raschelnde Ähren hinweg.

Vor Uthers Zelt blähte sich im hellen Sonnenschein des Septembertages das Banner des Drachen, scharlachrot auf Gelb. Ohne zu zögern, trat ich ein. Artus folgte mir auf dem Fuß. In Galava in aller Eile ausgerüstet, war er Zoll für Zoll ein junger Krieger. Doch er trug weder Ectors Wappen noch sonst irgendein Zeichen. Gewand und Umhang waren aus einfacher weißer Wolle.

Auf meinen erstaunten Blick hatte er erklärt: »Das ist meine Farbe. Ein weißes Pferd, ein weißer Hund — und auch ein weißer Schild. Da ich keinen Namen besitze, werde ich ihn mit dem Schwert schreiben. Und mein Wappen wird ganz mein eigenes sein.«

Ich hatte geschwiegen. Doch als er jetzt vor dem König kniete, wollte mir scheinen, daß er nichts Besseres hätte ersinnen können, um auf dem Schlachtfeld aller Augen auf sich zu ziehen. Das makellose Weiß und der Glanz kraftvoller, unerschöpflicher Jugend, der von ihm ausging, hoben ihn aus dem grellen Farbengewirr dieses Morgens heraus, als hätte der schmetternde Klang der Trompeten bereits verkündet, daß er und kein anderer der Thronfolger war. Und als Uther uns jetzt begrüßte, glaubte ich in seinem Blick den gleichen Gedanken zu erkennen.

Sein Aussehen bestürzte mich. Es bestätigte, was mir über seinen Zustand zu Ohren gekommen war. Seine einst kräftige Gestalt wirkte mager, sein Gesicht bleich, und von Zeit zu Zeit hob er die Hand zur Brust, als fiele ihm das Atmen schwer. Er trug ein kostbares Gewand, golddurchwirktes Gewebe, mit Edelsteinen besetzt und den scharlachroten Drachen darauf. Unter seinem weiten Umhang sah ich den glänzenden Brustpanzer.

Die Haltung, in der er auf seinem Stuhl saß, war immer noch die Haltung eines Königs. Weder die grauen Strähnen im Haar und im Bart noch die tiefliegenden Augen vermochten daran etwas zu ändern. Im Gegenteil. Mehr noch als früher glich das knochige Gesicht dem Raubvogelkopf eines Falken, und in den Augen brannte das alte Feuer.

Während ich auf Uther zutrat, warteten Artus und Ralf hinter mir. Nicht weit vom König sah ich Graf Ector und Coel von Rheged und Cador sowie etwa ein Dutzend weiterer Befehlshaber, die mir bekannt waren. Lot befand sich nicht im Zelt. Ich bemerkte, daß Ector Artus mit einem fast ungläubigen Blick musterte.

Die Höflichkeit, mit der Uther mich begrüßte, war eine Hülle, die seine Ungeduld nur unvollkommen verbergen konnte. Ich weiß nicht, ob er die Absicht hatte, den Unterführern sofort zu erklären, daß der Knabe im weißen Gewand kein anderer war als sein Sohn, der Prinz. Doch blieb dafür keine Zeit. Von draußen klangen Trompetenstöße. Uther zögerte, gab Ector dann ein Zeichen, und der Graf trat zu Artus, den er dem König als seinen Pflegesohn Emrys von Galava vorstellte.

Artus kniete nieder, um Uther die Hand zu küssen. Ich sah, wie sich die Finger des Königs fest um die des Knaben schlossen. Er schien etwas sagen zu wollen. Aber im selben Augenblick ertönten wieder die Trompeten, näher und lauter jetzt. Die Tür des Zeltes wurde aufgerissen. Artus erhob sich und trat zurück.

Es kostete Uther sichtlich Mühe, seinen Blick vom Gesicht seines Sohnes zu lösen. Er drehte den Kopf und gab den Unterführern den erwarteten Befehl. Sofort eilten sie hinaus und schwangen sich auf ihre Pferde. Die Erde zitterte unter dem Stampfen der Hufe. Dann erschienen im Zelt vier Männer mit Stangen, und ich sah, daß Uthers Stuhl ein Tragstuhl war, eine Art Sänfte, mit deren Hilfe er zum Schlachtfeld gebracht werden konnte. Irgend jemand holte sein Schwert und reichte es ihm. Die vier Träger, bereit, den Stuhl hochzuheben, blickten den König fragend an. Sie warteten auf seine Weisung.

»Mein Diener hier erzählt mir, daß du uns schon den Sieg vorausgesagt hast?« Er lachte laut und schallend, ganz der Uther von einst. »Mehr können wir uns heute wirklich nicht wünschen. Knabe!«

Artus, der bei der Zelttür mit Ector sprach, blieb stehen und wandte sich um. Der König winkte ihm. »Hier. Bleib bei mir.«

Artus warf seinem Pflegevater einen fragenden Blick zu und sah dann zu mir. Ich nickte. Er gehorchte und trat zur Sänfte des Königs. Auf ein Zeichen Ectors folgte ihm Ralf. Der Graf zögerte kurz und verließ das Zelt. Wieder erklangen Trompetenstöße. Uthers Sänfte wurde hinausgetragen zum wartenden Heer. Für einen Augenblick schien es nichts zu geben als das helle Fluten der Sonne und die donnernden Rufe der Krieger.

Ich begleitete den König nicht den Hügel hinab, sondern blieb oben beim Zelt, während sich auf der Ebene die Schlachtreihen formierten. Der Tragstuhl wurde abgesetzt, und Uther erhob sich, um zu den Männern zu sprechen. Was er sagte, war aus dieser Entfernung nicht zu verstehen. Doch als er zu der Stelle wies, wo ich stand, erschollen wieder die Rufe: »Merlin! Merlin!« Sofort ertönte als Antwort das laute Geschrei des Feindes, eine Mischung aus Hohn und Trotz. Dann das Schmettern der Trompeten und das Stampfen der Pferdehufe. Die Schlacht hatte begonnen.

Neben der Turmruine stand ein uralter Apfelbaum. Davor sah ich, zwischen Trümmern, eine Sockelplatte, die einmal einem Altar oder einer Statue als Fundament gedient haben mochte. Von dort aus verfolgte ich den Kampfverlauf.

Lots Banner war immer noch nicht zu sehen. Ich winkte einen Mann vom Troß zu mir heran und fragte ihn: »Lot von Lothian? Wo ist er mit seiner Streitmacht?«

»Ich weiß nicht, Herr. Vielleicht befinden sie sich auf dem rechten Flügel und sollen erst später eingreifen.«

Mein Blick folgte seiner ausgestreckten Hand. Das Gelände dort war unübersichtlich. Ein Bach, viel Riedgras, noch mehr Steine. Dahinter ein allmählich ansteigender Hang mit vereinzelten Erlen, Weiden und Eichen, die sich mehr und mehr zum Wald verdichteten. Ich spähte angestrengt und glaubte zwischen den Baumstämmen das matte Blinken von Speerspitzen zu erkennen.

Lots Krieger? Wahrscheinlich. Doch ich bezweifelte sehr, daß er auf Befehl des Königs dort in Bereitschaft lag. Mein Gespräch mit Cador fiel mir ein: daß für Lot, eher als gedacht, die Stunde heranrückte, in der er sich zu entscheiden hatte. In aller Ruhe konnte er abwarten, wem sich das Siegesglück zuneigte, um in letzter Sekunde den Triumph zu teilen. Behielt Uther die Oberhand, so warf er seine Macht dort in die Waagschale und schmückte sich mit fremdem Lorbeer, um später auch den unverdienten Lohn einzuheimsen. Waren die Sachsen erfolgreich, dann hatte er die beste Aussicht, sich bei ihnen als tatkräftiger Verbündeter anzubiedern und als ihr Handlanger zumindest an Einfluß und Ansehen zu gewinnen.

Aber schätzte ich ihn nicht doch falsch ein? Tat ich ihm vielleicht unrecht? Nein, gewiß nicht. Das sagte mir ein untrüglicher Instinkt. Auch alle Überlegungen sprachen dafür. Noch ein anderer Gedanke ging mir durch den Kopf. Wenn Lot erfuhr, daß ich mich hier befand, würde er sofort wissen, wer der Jüngling im weißen Gewand an der Seite des Königs war.

Ich blickte wieder zum Schlachtfeld. Kein Zweifel, daß die Anwesenheit des Hohen Königs die britannischen Krieger mit Mut und Zuversicht erfüllte, auch wenn er, an seinen Stuhl gefesselt, den Angriff nicht selbst führen konnte. Über ihm wehte das Drachenbanner, und nur selten gelang es einem Feind, den Ring zu durchstoßen, den unsere Männer um Uther gebildet hatten. Nirgends wurde erbitterter gekämpft. Ab und zu sah ich durch den Wall von Leibern Uthers goldenes Gewand und das Blitzen seines Schwertes. Rechts von ihm fochten der König von Rheged sowie Caw und mindestens drei seiner Söhne. Auch Ector, der verbissene Kämpe, war deutlich zu erkennen. Auf der linken Seite bewies Cador, welch kühner und kaltblütiger Streiter er sein konnte. Und Artus? Mit Eifer und Umsicht erfüllte er seine Aufgabe, den König abzuschirmen, während Ralf wiederum seinem jungen Herrn den Rücken deckte. Nie wich der Braune mehr als ein oder zwei Schritt von der Flanke des weißen Hengstes.

Die Schlacht wogte hin und her. Manchmal spülte die heranrollende Flut der Feinde eines unserer Banner fort. Doch wie durch ein Wunder erhob es sich wieder, und die Britannier stürmten ihrerseits gegen die wild geschwungenen sächsischen Streitäxte vor. Ab und zu sprengte ein einzelner Reiter, ein Bote zweifellos, von der Kampfstätte zum bewaldeten Hang, wo Lot mit seinen Kriegern wartete. Doch der junge Herrscher dachte offenbar nicht daran, schon jetzt einzugreifen. Noch war der Ausgang der Schlacht ungewiß. Und so fochten die britannischen Krieger zwei Stunden lang mit wachsender Verzweiflung, ohne daß auf ihrer Seite frische Kräfte in den Kampf geworfen wurden. Der König von Rheged stürzte unter den feindlichen Waffen. Einige seiner Männer brachten den Verwundeten in Sicherheit, die übrigen hielten den Sachsen stand. Und noch immer wartete Lot mit seiner Streitmacht ab. Bald konnte es für uns zu spät sein.

Plötzlich war es offenbar soweit. Ein Schrei ohnmächtiger Wut stieg aus dem Getümmel rund um den Tragstuhl des Königs. Das Drachenbanner begann zu schwanken, sacht erst, dann wie von reißenden Strudeln eingesogen. Es fiel.

Unvermittelt fühlte ich mich an die Seite des Königs versetzt. Nicht mehr vom Hügel aus beobachtete ich den Kampf, sondern aus allernächster Nähe. Ein Stoßkeil blonder sächsischer Hünen hatte den schützenden Ring um Uther durchbrochen. Einige wurden niedergemacht, andere zurückgedrängt. Zwei gelangten jedoch bis zum Bannerträger neben dem König. Äxte wirbelten. Eine

Klinge ließ den Schaft des Feldzeichens zersplittern. Es sank, und mit ihm stürzte sein Träger. Hufe stampften über ihn hinweg.

Und dann sah ich erneut das Aufblitzen der Axt. Sie schwang gegen Uther vor, der sich, rasch auf den Beinen, gegen den sächsischen Angreifer zu wehren suchte. Ralf war rechtzeitig zur Stelle. Sein Schwert durchbohrte den blonden Hünen, und der Mann stürzte mit einer klaffenden Wunde vom Pferd. Sein schwerer Körper, völlig erschlafft jetzt, prallte gegen den König, der hilflos in den Tragstuhl zurückfiel.

Mit einem Wutschrei stürmte der zweite Sachse vor, womöglich noch riesenhafter als der erste. Rasch versuchte Ralf, seinen Braunen zwischen Uther und den neuen Angreifer zu drängen. Eine Vielzahl britannischer Schwerter reckte sich dem Feind entgegen, doch er schien sie beiseite zu wischen wie ein schnaubender Stier, der durch dürres Unterholz bricht.

All dies hatte sich in Sekundenschnelle abgespielt. Während das Drachenbanner sank, gab Artus seinem Hengst die Sporen. Der Schimmel bäumte sich hoch, und es gelang dem Prinzen, den zersplitterten Schaft zu fassen. Er schleuderte das Feldzeichen einem unserer Krieger zu und riß sein Tier dann herum, um sich dem Sachsen entgegenzuwerfen.

Wieder zuckte die Streitaxt herab. Der Hengst machte einen wilden Satz zur Seite, und die Waffe verfehlte ihr eigentliches Ziel. Doch sie schmetterte Artus das Schwert aus der Hand. Abermals stieg der Schimmel hoch, laut wiehernd, und seine wirbelnden Vorderhufe keilten gegen den Sachsen aus, der mit blutüberströmtem Gesicht zu Boden stürzte.

Ich sah, wie Artus' Hand zum Dolch glitt. Aber dann drang, leise und doch deutlich vernehmbar, Uthers Stimme durch den Kampfeslärm. »Warte! Nimm das hier!« Sofort war der Prinz an der Seite seines Vaters und griff nach dem Schwert, das ihm der Kranke entgegenstreckte.

Jetzt leuchtete das Drachenbanner wieder in der Sonne, Scharlachrot auf Gold. Von der Stelle, wo der weiße Hengst auf die Sachsen lossprengte, ging, immer lauter und mächtiger, ein Ruf durch die Reihen unserer Krieger. Sich gegenseitig anspornend, folgten sie ihrem neuen Anführer. Der Bannerträger zögerte kaum merklich und warf einen fragenden Blick zum König. Doch Uther nickte nur und lehnte sich lächelnd zurück.

Und jetzt brach auf einmal auch Lots Streitmacht aus dem Wald auf der rechten Seite hervor. Aber die Schlacht war auch ohne ihn entschieden. Sein listiger Plan erwies sich als ein Schlag ins Wasser. Niemandem konnte entgangen sein, wer die Wende gebracht hatte. Die weiße Gestalt auf dem weißen Hengst glich dem verkörperten Siegeswillen des siechen Königs. Wie die Spitze eines Wurfspeers trieb sie vor, mitten in das Herz des Feindes.

Sobald die sächsischen Reihen ins Wanken geraten waren, wurden sie unwiderstehlich auf die Sümpfe zugedrängt, die am Rand des Schlachtfeldes lagen. Von Minute zu Minute nahm der Druck unserer Krieger zu. Männer vom Troß tauchten auf und schleppten Sterbende und Verwundete fort. Uthers Sänfte folgte den Kämpfenden, und gebannt lag der Blick des Königs auf der hellen Gestalt dort vorn unter dem Drachenbanner.

Nein, meine Anwesenheit hier oben auf dem Hügel war nicht länger notwendig. Jetzt, da man Artus hatte, wurde Merlin für unser siegreiches Heer überflüssig. Und so stieg ich rasch den Hang hinab zu den Zelten im Obstgarten, in denen schon viele Verwundete lagen. Während ich von einem jungen Burschen die Tasche mit meinen Instrumenten holen ließ, nahm ich meinen Umhang ab und legte ihn als eine Art Sonnendach über die niedrigen Äste eines Apfelbaums. Als dann Träger mit einer Bahre vorbeikamen, winkte ich sie heran.

Einen von ihnen erkannte ich wieder. Er war hager, mit grauen Strähnen im Haar, und hatte mir nach der Schlacht von Kaerconan bei der Behandlung der Verwundeten geholfen.

Ich sagte: »Bleib an meiner Seite, Paulus. Träger gibt es genug. Du kannst hier von Nutzen sein.«

Ein flüchtiges Lächeln glitt über sein Gesicht. Unverkennbar war er stolz darauf, daß ich mich noch an ihn erinnerte. »Nur zu gern, Herr«, erwiderte er. »Ich dachte mir schon, daß Ihr vielleicht Verwendung für mich habt.«

Wir knieten neben dem Verwundeten, der blutend unter meinem ausgespannten Umhang lag. Er war bewußtlos. In der ledernen Hülle über seiner Brust zeigte sich ein klaffender Spalt.

Während wir gemeinsam Wams und Panzer abzulösen versuchten, fragte ich Paulus: »Was ist mit dem König?«

»Schwer zu sagen, Sir. Erst glaubte ich, er sei noch auf dem Schlachtfeld. Doch eben habe ich ihn drüben bei Gandar gesehen, sehr zufrieden offenbar. Aber er hat ja auch allen Grund dazu.«

»Das will ich meinen ... Warte ... ich muß mir das ansehen.«

Es war eine Axtwunde, und das Metall des Panzers stak tief im zerhackten Fleisch. Knochensplitter ragten hervor.

Ich sagte leise: »Wir werden ihm kaum helfen können, aber wir wollen es versuchen. Gott ist heute auf unserer Seite. Vielleicht steht er auch diesem armen Kerl bei ... Ja, Paulus, Uther hat wirklich allen Grund, zufrieden zu sein. Das Glück wird sich nicht mehr wenden.«

»Glück nennt Ihr das? Nun ja, Glück auf einem weißen Hengst, könnte man sagen. Glaubt mir, Sir, nur noch eine halbe Minute, und die Sachsen hätten den Sieg errungen. Manchmal fragt man sich, wie nur so viel von so wenigen Sekunden abhängen kann. Gerade wenn alles noch in der Schwebe ist, vermag ein einzelner Mann durch seine Entschlossenheit und mit ein bißchen Glück den Kampf zu entscheiden.«

Eine Weile arbeiteten wir stumm, denn der Verwundete begann sich zu bewegen, und ich mußte fertig werden, ehe er aus seiner Bewußtlosigkeit erwachte. Als ich alles getan hatte, was in meiner Macht stand, und wir den Mann verbanden, sagte Paulus nachdenklich: »Ist schon sonderbar, Sir.«

»Was meinst du?«

»Erinnert Ihr Euch an Kaerconan?«

»Aber gewiß. Sehr genau sogar.«

»Der Jüngling, der uns heute den Sieg brachte, er glich so sehr ihm — Ambrosius. Das helle Pferd, darüber das wehende Drachenbanner, und überhaupt, das meinten viele Männer. Sogar der Name ist doch wohl der gleiche. Sir. Emrys? Besteht da vielleicht eine Verbindung zu Euch?«

»Vielleicht.«

»Nun ja«, sagte Paulus nur und stellte keine weiteren Fragen.

Es ließ sich denken, daß im selben Augenblick, da ich mit Artus im Lager aufgetaucht war, allerlei Gerüchte die Runde gemacht hatten. Mir sollte es recht sein. Zu wessen Gunsten Uthers Entscheidung ausfallen würde, schien jetzt kaum noch zweifelhaft. Lot, der Zauderer, konnte nicht mehr damit rechnen, den König auf seine Seite zu ziehen. Und wer von den Edelleuten mochte nach der heutigen Schlacht noch glauben, daß Uthers Sohn kein fähiger Führer war? Lots Traum schien endgültig ausgeträumt.

Der Verwundete erwachte aus seiner Ohnmacht und begann gellend zu schreien. Für lange Grübeleien war jetzt keine Zeit.

2

Gegen Einbruch der Dunkelheit lag kein Gefallener mehr auf dem Schlachtfeld. Die Hauptmacht des britannischen Heeres war zu einer zwei Meilen entfernten Stadt gezogen, und nur Cador und Caw von Strathclyde befanden sich noch mit ihren Kriegern als eine Art Nachhut hier.

Was Lot betraf — nun, sofort nach Ende des Kampfes war er mit seiner Schar gleichfalls zur benachbarten Stadt abgerückt, grollend, wie es hieß. Das unvermutete Auftauchen des fremden Jünglings, die ihm vom König auf dem Schlachtfeld erwiesene Gunst, die Einladung zur morgigen Siegesfeier, wo ihm zweifellos weitere Ehren zuteil werden würden: das alles, so sagte man, habe Lot mit tiefem Zorn erfüllt.

Auch über sein verspätetes Eingreifen wurden Vermutungen angestellt. Zwar ging niemand so weit, ihm Verrat vorzuwerfen, doch sprach man ungescheut aus, daß sein Zaudern Uther gewiß den Sieg gekostet hätte, wäre dieser mutige und entschlossene Jüngling nicht zur Stelle gewesen, um der Schlacht eine Wendung zu geben, die einem kleinen Wunder gleichkam. Vielfach wurde die Frage laut, ob Lot bei der morgigen Siegesfeier überhaupt erscheinen würde. Nun, ich wußte nur zu gut, daß er es gar nicht wagen konnte, ihr fernzubleiben. Zweifellos hatte er längst begriffen, wer »Emrys« in Wirklichkeit war, und wenn er noch eine letzte Hoffnung hegte, seinen Plan in die Tat umzusetzen und die erstrebte Macht an sich zu reißen, so mußte er so rasch wie möglich handeln. Auf der Siegesfeier, so mochte er glauben, fand sich vielleicht doch eine Gelegenheit, Artus und seinem jungen Ruhm wirksam entgegenzutreten.

Gegen Mitternacht konnte ich endlich erleichtert aufatmen. Alle Verwundeten waren versorgt. Während Paulus meine Instrumente zusammenpackte, trat ich in einen Vorraum. Und hörte plötzlich von draußen Schritte, die den Hof überquerten. Ich wandte den Kopf.

»Merlin?« Unwillkürlich dämpfte er seine Stimme. Doch seine Erregung, wie ein Nachklang des so ereignisreichen Tages, blieb deutlich erkennbar.

Ich lächelte ihm zu, schrak dann zusammen.

»Seid Ihr verletzt? Tretet näher, damit ich mir Eure Wunde ansehen kann.«

Rasch entzog er den Arm mit dem blutverkrusteten Stoff meinem Griff. »Aber, Merlin«, sagte er mit einem halben Lächeln. »Gerade Ihr müßtet doch auf den ersten Blick erkennen, daß es sich um schwarzes sächsisches Blut handelt. Ich habe nicht einmal einen Kratzer abbekommen. Was für ein Tag! Und was für ein König! Läßt sich in einer Sänfte in die Schlacht tragen, um mitkämpfen zu können, um dabeizusein. Das nenne ich wahren Mut. Und ich selbst ... glaubt mir, es war alles so leicht, so selbstverständlich! Jetzt weiß ich endlich, daß ich zum Kämpfen geboren bin. Habt Ihr es gesehen, habt Ihr alles mit angesehen? Was der König tat? Sein Schwert? Es war wie von einem eigenen Willen beseelt, und dieser Wille war es, der mich vorwärts trieb, nicht mein eigener ... Und dann das Schlachtgeschrei ... und die voranstürmende Masse der Krieger ... ich brauchte Canrith nicht einmal die Sporen zu geben ... und alles ging so rasch ... und doch so langsam, daß man es in jeder Einzelheit verfolgen konnte. Merkwürdig. Ich habe nie gewußt, daß etwas gleichzeitig glutheiß und eiskalt sein kann. Ihr etwa?«

Doch er wartete meine Antwort nicht ab, sondern sprach hastig und mit erregt glänzenden Augen weiter.

»Ich sah Euch dort oben neben dem Apfelbaum«, sagte Artus eifrig. »Und wißt Ihr, was die Männer einander zuriefen? Das sei ein vortreffliches Zeichen, und wir hätten die Schlacht schon so gut wie gewonnen. Recht hatten sie. Denn während wir kämpften, konnte ich deutlich spüren, daß Ihr in der Nähe wart. Nein — nicht nur in der Nähe, sondern unmittelbar an meiner Seite. Wie ein Schild, der mit den Rücken deckte. Und ich glaubte sogar zu hören ...«

Er brach mitten im Satz ab. Sein Blick glitt an mir vorbei. Ich drehte den Kopf. Und sah dann, was seine Aufmerksamkeit erregt hatte.

Es war Morgause. Sie mußte jetzt etwa zweiundzwanzig sein. Ihre Schönheit wirkte noch unwiderstehlicher als früher. Das lange graue Gewand, das sie trug, glich der Tracht einer Nonne. Doch ihrer Lieblichkeit tat das keinen Abbruch. Ihre Haut war marmorblaß, ihre Augen goldgrün unter den langen Wimpern, das lange, seidig schimmernde Haar fiel ihr über die Schultern.

»Morgause!« sagte ich verdutzt. »Wie kommst du denn hierher?« Eine törichte Frage, natürlich. Doch erst nach kurzem Besinnen fiel mir wieder ein, wie bewandert sie in der Heilkunde war. Hinter ihr sah ich zwei Frauen und einen Burschen, die Leinentücher und andere Dinge trugen. Offenbar hatte also auch Morgause die Verwundeten versorgt. Oder sie pflegte immer noch den König und kam jetzt von ihm. Hastig fügte ich hinzu: »Verzeih meine dumme Frage und entschuldige, daß ich dich nicht sogleich begrüßt habe. Du und deine Kunst sind hier sehr willkommen. Wie geht es dem König?«

»Er hat sich erholt und pflegt jetzt der Ruhe. Bevor er sich schlafen legte, schien er in ausgezeichneter Stimmung. Aber das dürfte ja auch kein Wunder sein, denn allem Anschein nach war es eine bemerkenswerte Schlacht, und ich bedaure nur, daß ich keine Gelegenheit hatte, ihrem Verlauf zu folgen.« Sie blickte zu Artus, und ich sah, daß sie ihn aufmerksam und eingehend betrachtete. Kein Zweifel, daß sie in ihm jenen jungen Krieger erkannte, dessen Ruhm jetzt in aller Munde war. Doch offenbar hatte ihr Uther nicht verraten, um wen es sich bei diesem Knaben oder Jüngling handelte, denn auf ihrem Gesicht spiegelte sich nur die Achtung wider, die man einem kühnen Kämpfer erweist.

»Sir«, sagte sie ehrerbietig.

Er wurde rot wie ein Kind, das sich unversehens im Mittelpunkt der allgemeinen Aufmerksamkeit sieht. Er stammelte einen undeutlichen Gruß: verlegen, wie ich es bei ihm noch nie erlebt hatte.

Sie nahm seine höflichen Worte gelassen auf, ganz die erwachsene Frau, die einem Knaben die Achtung zwar nicht verweigert, sich ihm jedoch an Jahren weit überlegen weiß. Nein, dachte ich, sie weiß wirklich noch nicht, wer er ist.

Zu mir gewandt, sagte sie mit ihrer süßen Stimme: »Prinz Merlin, ich bringe Euch eine Botschaft vom König. Später, wenn Ihr ein wenig ausgeruht seid, möchte er Euch sprechen.«

»Aber hast du nicht gesagt, er schliefe schon?«

»Ja, er hat sich hingelegt. Und da er noch sehr erregt war und unbedingt der Ruhe bedurfte, gab ich ihm einen Schlaftrunk. Doch jetzt ist er wieder wach. Richtig schlafen wird er wohl erst, nachdem er mit Euch gesprochen hat. So will mir jedenfalls scheinen, denn er war sehr ungeduldig. Könnt Ihr in spätestens einer Stunde bei ihm sein?«

»Natürlich.«

Sie neigte den Kopf und verschwand genauso lautlos, wie sie aufgetaucht war.

3

Die späte Mahlzeit nahm ich zusammen mit Artus ein. Durch die Fenster des Raums, den man mir gegeben hatte, konnte man auf einen Garten am Flußufer blicken: eine Art Terrasse, von Toren und hohen Mauern umschlossen. Artus wohnte unmittelbar neben mir, und sowohl zu seinem als auch zu meinem Gemach führte der Weg nur durch einen Vorraum, wo bewaffnete Wächter standen. Uther war offenbar nicht gewillt, auch nur das geringste Risiko einzugehen.

Mein Quartier war groß und recht behaglich. Ein Bediensteter brachte Speisen und Wein. Während des Essens sprachen wir wenig. Ich war müde und hungrig, und auch Artus langte tüchtig zu. Seine plötzliche Schweigsamkeit berührte mich eigentümlich, doch ich dachte nicht weiter darüber nach.

Ulfin, Uthers Leibdiener, erschien, um mich zum König zu bringen. Der Blick, mit dem er Artus betrachtete, verriet deutlich, daß er die Wahrheit kannte. Doch während er mich durch die Gänge zum Gemach des Königs führte, ließ er kein Wort darüber fallen.

Der König lag im Bett, den Kopf auf Kissen gestützt, den Leib von einem warmen Fell halb bedeckt. Jetzt, ohne den Panzer und das Prachtgewand, ließ sich deutlich erkennen, wie tödlich ausgemergelt sein Körper war. Auch in sein Gesicht waren die unverkennbaren Anzeichen tief eingekerbt. Nicht heute nacht würde er sterben. Vielleicht auch morgen noch nicht. Doch zweifellos schon bald.

Er schien erfreut, mich zu sehen, und begierig, mit mir zu sprechen. Und so schob ich alle bedrängenden Gedanken beiseite und hielt mich für ihn bereit. Mochte ihm auch nur noch eine kurze Frist bleiben, sie würde reichen, um die Dinge zu ordnen: um unseren aufgehenden Stern sicher auf seinen Weg zum hell strahlenden Zenit zu schicken.

Er sprach zuerst von der Schlacht und den anderen Ereignissen des Tages. Fraglos waren all seine Zweifel zerstreut. Auch schien (obschon er es nicht eingestand) sein Bedauern unverkennbar: das Bedauern, nicht wenigstens die letzten Jahre zusammen mit Artus verbracht zu haben. Er bedrängte mich mit Fragen. Eigentlich war bei seinem hinfälligen Zustand strikte Beschränkung und Schonung geboten. Doch ich begriff, daß er tiefer und befriedigter ruhen würde, wenn ich seinen Wünschen nachkam. Und so berichtete ich ihm, was er wissen wollte: all jene Einzelheiten von Artus'

Leben in Galava, die meine Botschaften an Uther nicht enthalten hatten. Auch von dem, was ich über die Feinde des Prinzen wußte (oder vermutete), sprach ich. Als Lots Name fiel, blieb die Miene des Königs völlig unbewegt, doch er schien mir sehr aufmerksam zuzuhören. Von Macsens Schwert sagte ich nichts. Vor aller Augen hatte Uther auf dem Schlachtfeld ja seine Waffe seinem Sohn gereicht: ein kaum mißzuverstehendes Zeichen, daß er ihn als seinen Erben anerkannte. Die Zeit für Macsens Schwert würde später kommen. Wann, das wußte ich noch nicht. Zwischen dem Heute und dem Morgen oder Übermorgen klaffte ein Spalt, so dunkel, daß ihn auch mein angestrengt spähender Blick nicht durchdrang.

Nachdem ich meinen Bericht beendet hatte, lehnte Uther sich eine Weile schweigend zurück, tief in Gedanken, die Augen auf einen fernen Punkt gerichtet.

Schließlich sagte er: »Du hattest recht, Merlin. Vieles von dem, was du tatst, begriff ich nicht und verfluchte dich deswegen. Doch du hattest recht. Was immer geschehen ist, es war der Wille des Gottes. Und zweifellos hat er auch bewirkt, daß ich meinen Sohn verleugnete und deiner Obhut überließ, damit er in Sicherheit und Abgeschiedenheit aufwachsen konnte, um der zu werden, der er jetzt ist. Von welcher Art das Blut ist, das ich in jener wilden Nacht auf Tintagel zeugte — das zu sehen blieb mir wenigstens vergönnt. Nun weiß ich, was für ein König mir auf dem Thron nachfolgen wird. Ja, ich hätte mehr Vertrauen zu dir haben sollen, Bastard Merlin, genausoviel Vertrauen wie mein Bruder. Daß ich im Sterben liege, brauche ich dir wohl nicht zu sagen, nicht wahr? Gandar erfindet immer neue Ausflüchte; aber du, des Königs Prophet, wirst doch gewiß den Mut zur Wahrheit haben.«

Der gebieterische Klang seiner Stimme ließ kein Ausweichen zu, und so erwiderte ich nur kurz: »Ja.«

Er lächelte flüchtig, fast befriedigt, wie mir schien, und ich gestand mir ein, daß er in diesem Augenblick meine Zuneigung gewann, mehr jedenfalls als je zuvor. Was ich in ihm erkannte, war eine stille Tapferkeit: jene wahrhaft königliche Haltung, die auf dem Schlachtfeld schon Artus beeindruckt hatte — ein Wesenszug, der in Uther erst spät gereift war, aber doch nicht zu spät. Wir beide, der König und ich, fanden uns, gleichsam als Erfüllung der vergangenen Jahre, auf irgendeine Weise in der Persönlichkeit des jungen Prinzen vereint.

»Gut, Merlin. Die Schatten der Vergangenheit haben wir zwischen uns verscheucht. Die Zukunft liegt bei ihm und bei dir. Ich habe dich rufen lassen, um dir zu sagen, daß ich Artus bei der morgigen Siegesfeier zu meinem Thronerben erklären werde. Eine bessere Gelegenheit dürfte sich schwerlich finden. Nachdem er sich vor aller Augen in der Schlacht bewährt hat, kann ihm niemand seine Eignung bestreiten. Auch läßt sich wohl nicht länger geheimhalten, wer er in Wirklichkeit ist. Wie ich höre, geht es bereits wie ein Lauffeuer durch das Lager. Und er, kennt er inzwischen sein Geheimnis?«

»Offenbar nicht. Wollt Ihr es ihm morgen selbst sagen?«

»Ja. Ich werde ihn in der Früh zu mir rufen. Im übrigen, Merlin, halte dich stets in seiner Nähe und lasse ihn nicht aus den Augen.«

Er begann davon zu sprechen, wie er sich den Ablauf des nächsten Tages dachte. Am Morgen das Gespräch mit Artus und am Abend, beim Siegesfest, dann die feierliche und glanzvolle Verkündung vor den versammelten Edelleuten. Was Lot betraf (Uther sprach ohne Umschweife davon), nun, so ließ sich denken, wie der diese Tatsache aufnehmen würde. Doch durch sein verspätetes Eingreifen in die Schlacht hatte er überall so viel Ansehen eingebüßt, daß er es selbst als Uthers zukünftiger Schwiegersohn kaum wagen konnte, des Königs Wahl in aller Öffentlichkeit zu widersprechen.

Auf die Möglichkeit, daß Lot seine Streitkräfte absichtlich zurückgehalten hatte, um sich gegebenenfalls auf die Seite der Sachsen zu schlagen, ging Uther nicht ein. Vermutete er so etwas? Hatte er den Anverlobten seiner Tochter im Verdacht? Es ließ sich nicht erkennen. Nach außenhin jedenfalls schien es, als glaubte er, es sei Lots Absicht gewesen, erst in letzter Sekunde auf den Plan zu treten, um so für unsere Farben als Retter in höchster Not zu erscheinen. Doch wie dem auch immer sein mochte — es war bald nicht mehr Uthers Problem. Mit Lot und seinen dunklen Plänen würden sich bald andere herumschlagen müssen.

Er sprach dann von Morgian, seiner Tochter. Die Vermählung, durch einen Vertrag besiegelt, müsse unbedingt vollzogen werden, da Lot (und die nördlichen Fürsten, die zu ihm hielten) den Bruch des Eheversprechens kaum tatenlos hinnehmen würden. Überhaupt sei es sicherer, Lot auf diese Weise an Artus zu binden, der ja schon Monate vor der Hochzeit fest im Sattel säße als ...

Als gekröntes Haupt, wollte Uther wohl sagen, doch er ließ den Satz unvollendet. Er wirkte jetzt sehr erschöpft. Aber als ich mich empfehlen wollte, hob er eine Hand und gebot mir, noch zu bleiben. Minutenlang lag er mit geschlossenen Augen, ohne zu sprechen. Ein Lufthauch strich durch den Raum und brachte die Kerzen zum Flackern. Schatten schwankten und fielen dunkel über Uthers ausgezehrtes Gesicht. Dann brannten die Flammen wieder ruhiger, und ich sah seine tief in den Höhlen glänzenden Augen, die aufmerksam auf mich gerichtet waren.

Seine Stimme klang leise und angestrengt jetzt: eine Frage. Nein, keine Frage. Eine Bitte. Völlig ungewohnt aus seinem Mund. Uther, der Hohe König, bat mich, Artus immer zur Seite zu stehen, mit Rat und mit Tat ... über ihn zu wachen ... ihn zu beschützen ...

Er verstummte. Doch in seinen Augen war deutlich die Aufforderung zu lesen: »Enthülle mir, was die Zukunft bringen wird. Weissage mir.«

»Ich werde bei ihm sein«, erwiderte ich. »Ja, ich werde ihm immer zur Seite stehen.« Ich schwieg einen Augenblick und fuhr dann fort: »Und die Zukunft? Artus wird das Schwert eines Königs führen und mit diesem Schwert alles vollbringen, was die Menschen sich erhoffen — und mehr. Unter ihm werden die vielen Länder ein einziges Land sein, und Friede wird herrschen und Licht über die Dunkelheit. Dann kann ich zurückkehren in meine Einsamkeit. Doch stets werde ich mich bereithalten, um sogleich zur Stelle zu sein, wenn die Not es gebietet.«

Meine Worte entsprangen keiner augenblicklichen Vision, denn Gesichte lassen sich nicht nach freiem Wunsch und Willen herbeizwingen. Ich sprach aus der Erinnerung an frühere Prophezeiungen. Er brauchte Trost, und unverkennbar gelang es mir, ihn zuversichtlicher zu stimmen.

»Ja«, sagte er. »Ja, das wollte ich wissen. Daß du stets für ihn da sein wirst, um ihm nach besten Kräften zu dienen ... Hätte ich doch nur auf meinen Bruder gehört und dich in meiner Nähe gehalten ... Ich vertraue auf dich ... Es gibt keinen Mann, der über mehr Macht verfügt als du ... nicht einmal der Hohe König ...«

Es war eine nüchterne Feststellung, ohne den leisesten Hauch von Bitterkeit. Seine Stimme klang noch matter, die Stimme eines Todkranken.

Ich erhob mich. »Ich werde gehen, Uther. Und Ihr solltet jetzt schlafen. Was für ein Trank ist das, den Morgause Euch gibt?«

»Ich weiß nur, daß er nach Mohn riecht. Sie vermischt ihn mit warmem Wein.«

»Schläft sie hier in Eurer Nähe?«

»Nein, nicht hier, sondern im ersten der Frauengemächer. Aber störe sie jetzt nicht. Von der Arznei ist noch etwas in dem Krug dort drüben.«

Ich nahm das Gefäß, hob es hoch. Der Trunk war bereits mit Wein vermischt, ein Geruch von betäubender Süße. Mohn, ja. Auch anderes, das ich erkannte. Als Ganzes dennoch irgendwie sonderbar. Ich tauchte eine Fingerspitze in die Flüssigkeit, schmeckte sorgfältig. »Hat nach Morgause jemand den Krug berührt?«

»Wie?« Er schien sich erst besinnen zu müssen. »Berührt? Das glaube ich kaum. Und keine Sorge, Merlin, niemand würde versuchen, mich zu vergiften. Schließlich weiß jeder, daß alles, was ich zu mir nehme, vorher gekostet wird.«

Ich goß einen Becher halb voll. Doch als ich davon trinken wollte, sagte Uther mit unvermittelter Heftigkeit: »Laß das!«

»Aber weshalb, da Ihr doch sicher seid, daß der Trunk nicht vergiftet ist?«

»Ganz sicher kann man nie sein.«

»Mißtraut Ihr etwa Morgause?«

»Morgause?« Er runzelte ärgerlich die Brauen. »Was für ein Gedanke! Natürlich vertraue ich ihr. Hat sie mich nicht all diese Jahre gepflegt? Hat sie nicht meinetwegen auf alles verzichtet, selbst auf eine Heirat? Ihr Schicksal liege ›im dunkeln‹, sagt sie, und sie sei es durchaus zufrieden. Manchmal spricht sie genauso in Rätseln wie du, und du weißt, daß ich dafür wenig Geduld aufbringe. Aber meiner eigenen Tochter mißtrauen? Nein. Nur müssen wir gerade heute auf der Hut sein.« Er lächelte plötzlich, ganz der Uther, wie ich ihn von früher kannte: hart und unerbittlich gegen andere wie gegen sich selbst — und ein wenig boshaft. »Vergiß nicht, daß ich dich brauche, bis Artus zum Thronfolger erklärt worden ist. Danach mag es anders aussehen.«

Ich erwiderte sein Lächeln. »Laßt mich trotzdem den Wein kosten. Nach dem Geruch ist nichts Schädliches darin. Und glaubt mir — noch ist mein Tod nicht nah.«

Was ich ihm verschwieg, war dies: ›Ich möchte sichergehen, daß Ihr lebt, bis Ihr Euren Sohn zum Erben eingesetzt habt.‹ Immer noch spürte ich die bedrückende Last auf mir, einen drohenden Schatten. Mein Tod? Nein. Das wußte ich. Auch Artus war ungefährdet. Also der König?

Ich nahm einen Schluck, sehr vorsichtig, trank ein zweites Mal. Uther beobachtete mich aufmerksam. Ich nickte, trat dann zum großen Bett und setzte mich. Wir begannen zu sprechen: über die Vergangenheit, über die Hoffnungen und Verheißungen der Zukunft. Jetzt, nach so vielen Jahren, schienen wir einander endlich näherzukommen.

Als sich schließlich erwies, daß der Trunk tatsächlich harmlos war, gab ich Uther davon und rief dann, ehe ich den König dem Schlaf überließ, seinen Diener Ulfin.

4

Soweit stand alles gut. Selbst wenn Uther noch in dieser Nacht starb (und damit war kaum zu rechnen), änderte sich nichts. Von Cador und Ector unterstützt, konnte auch ich Artus zu seinem Recht verhelfen: Das Ansehen und die Macht, die wir gemeinsam verkörperten, würden den erstrebten Eindruck kaum verfehlen. Hinzu kam Uthers bedeutungsschwere Geste, als er auf dem Schlachtfeld dem Jüngling sein Schwert überlassen hatte — für viele Krieger gewiß ein ausreichender Beweis für Artus' berechtigten Anspruch auf den Thron. Sie, die ihm so willig im Kampf gefolgt waren, würden zweifellos auch jetzt zu ihm halten.

Dennoch wollte, während ich zu meinem Gemach ging, die Bedrückung nicht weichen: jene dunkle Vorahnung, die Tod oder anderes Unheil bedeuten mochte. Warum sah ich nur nichts? Was für ein Schatten war das, der da drohend lauerte und den Glanz des vergangenen Tages verdunkelte?

Als ich dann wenig später in meinem Quartier war, schien es plötzlich, als lange ein erster eiskalter Fühler nach mir. Durch die Türöffnung, die zum Raum nebenan führte, sah ich, daß Artus nicht in seinem Bett lag.

Sofort stürzte ich in die Vorkammer, wollte den schlafenden Bediensteten wachschütteln, hielt dann inne. In der Luft hing der verschwebende Geruch von Arznei, die auch der König eingenommen hatte. Ich ließ den Mann liegen und trat hinaus auf den Gang, wo ein Wächter stand. Unwillkürlich wich er vor mir zurück. Der Ausdruck meines Gesichts schien ihn tief zu erschrecken.

Ich hob beschwichtigend die Hand und fragte: »Wo ist er?«

»Herr, beunruhigt Euch nicht, es ist ihm nichts geschehen. Der andere Wächter begleitete ihn zur Tür und blieb dort. Wir haben den strengen Befehl ...«

»Wo ist er?«

»In den Frauengemächern, Herr. Als sie vorhin zu ihm kam, und ...«

»Sie?« fragte ich scharf.

»Ja, Herr. Dieses Mädchen. Natürlich dachten wir nicht daran, sie einzulassen. Aber dann erschien er selbst in der Tür ...« Mein Schweigen schien ihm Mut zu machen. »Es war eine der Frauen, die Lady Morgause um sich hat, die schwarzhaarige, etwas drall vielleicht, aber doch sehr hübsch — hübsch genug jedenfalls, um dem jungen Herrn eine Nacht lang zu gefallen. Gewiß habt Ihr sie schon gesehen.«

Ja, das hatte ich. Ein anziehendes Geschöpf: klein, drall, rote Wangen und schwarze Augen — sehr jung noch und ein Bild strotzender Gesundheit.

Dennoch wollte sich meine Besorgnis nicht legen. »Wann war das?« fragte ich.

»Vor etwa zwei Stunden.«

Ich ging in mein Gemach zurück. So wie Artus sich im Kampf bewährt hatte, wollte er sich jetzt auch bei einem Mädchen beweisen. Das war nur natürlich.

Doch die Unruhe in mir stieg. Ich spürte kalten Schweiß auf meinem Gesicht. Bewegungslos in der Mitte des Raumes verharrend, beobachtete ich, wie die Lampe zu flackern begann. Ich grübelte angestrengt.

Morgause, dachte ich, eines von ihren Mädchen. Hat den Bediensteten mit einem Schlaftrunk betäubt. Damit er nicht vor zwei Stunden zu mir kommen und mich verständigen konnte? Morgause ist Morgians Halbschwester und vielleicht bereit, Lot in die Hände zu arbeiten. Es könnte doch sein, daß er ihr für den Fall, daß er König wird, große Versprechungen gemacht hat. Hielt Morgause tatsächlich zu unseren Feinden, so stand zu befürchten, daß sie versuchen würde, Artus noch vor der Siegesfeier aus dem Weg zu räumen. Vielleicht hatte man ihn bereits betäubt, und er war nun ein hilfloses Opfer in Lots Händen, dem sicheren Tod ausgeliefert ...

Irrsinn, dachte ich, reiner Wahn. Wohin verirrst du dich? Nein, der Tod ist ihm jetzt nicht bestimmt. Sonst hätte der Gott ihm nicht, mit mir als Werkzeug, den Weg zu Macsens Schwert gewiesen: das unverkennbare Zeichen, daß ihm der Thron des Hohen Königs zugedacht war. Und Morgause? Welchen Grund sollte sie haben, ihm Böses zu wünschen? Als seine Halbschwester konnte sie sich von ihm mehr erhoffen als je von Lot.

Nein, Artus' Tod hatte für Morgause nicht den geringsten Nutzen. Dennoch war ich sicher, eine tödliche Bedrohung zu spüren. Ich witterte eine Gefahr, Verrat vielleicht.

Nicht vom Verstand her, sondern aus untrüglichem Instinkt wußte ich, daß Unheil drohte. Ich mußte die Gefahr aufspüren, solange noch Zeit war. Doch wie?

Unmöglich konnte ich von Raum zu Raum gehen, um herauszufinden, wo Artus sich befand. Lag er mit einem Mädchen im Bett, so würde er mir das nie verzeihen. Also mußte ich auf andere Weise nach ihm forschen. Und da ich Merlin war, gab es für mich Mittel und Wege. Immer noch reglos in meinem Gemach stehend, die Arme steif und mit wie verkrampften Fäusten an den Seiten, starrte ich auf die Lampe ...

Obwohl ich genau weiß, daß ich mich nicht von der Stelle rührte, will mir jetzt in der Erinnerung scheinen, als sei ich damals hinausgeschlüpft, lautlos und unsichtbar wie ein Geist: durch die Vorkammer, dann am Wächter vorbei und durch den Gang auf die Tür zu, die zu den Frauengemächern führte. Davor stand der zweite Krieger, der Artus begleitet hatte. Doch er sah mich nicht.

Von drinnen kam kein Laut. Ich trat ein.

Die Luft im vorderen Raum war stickig und warm und roch nach Duftwassern, wie Frauen sie benutzen. Undeutlich erkannte ich zwei Betten mit im Schlaf gelösten Gestalten. An der Türschwelle zum inneren Gemach lag ein Edelknabe, gleichfalls schlummernd.

Ich betrachtete die Betten genauer. In dem einen lag ein altes, grauhaariges Weib, das mit offenem Mund schnarchte. Die Schläferin in dem anderen Bett war das junge Mädchen mit dem pechschwarzen Haar — und sie schlief allein.

Und jetzt wußte ich es, kannte den Schrecken, der mich verfolgt hatte. Nein, nicht Tod und nicht Verrat. Überhaupt nichts von dem, was mir von der Furcht eingegeben worden war. Aber wer über den sogenannten Blick verfügt, ist für menschliche Dinge oft blind. Wäre ich nicht ein von Gesichten bedrängter Magier gewesen, so hätte mir bei der ersten Begegnung zwischen Artus und Morgause auffallen müssen, wie Auge suchend zu Auge fand und der junge Prinz sich später in tiefes Schweigen hüllte. Und Morgauses Blick, so zudringlich und abschätzend ...

Hatte sie ihre vielleicht gar nicht so geringen Zauberkünste an mir versucht, um mich darüber zu täuschen? Wie dem auch sein mochte — jetzt jedenfalls war der Bann nicht stark genug, um mich noch länger abzuwehren. Vielleicht auch hielt, da ich nun auf der Hut war, das schirmende Netz meiner Macht nicht stand. Gott weiß, daß ich nicht sehen wollte, was es zu sehen gab. Doch es war meine eigene Macht, die magische Kraft, die mich dazu zwang; und da es keine Macht gibt ohne Wissen und kein Wissen ohne Leiden, wichen die Tür und die Wände von Morgauses Schlafgemach vor mir zurück, und ich konnte und mußte sehen.

Zeit genug, hatte der Wächter gesagt, und in der Tat war ihnen genügend Zeit geblieben. Die Frau lag nackt und mit gespreizten Beinen auf dem Bett. Artus' brauner Körper auf weißem Leib, war halb über sie gestreckt in der wohligen Erschlaffung der Lust. Sein Kopf, zur Seite gewandt, lag zwischen ihren Brüsten, und ich sah, wie seine Lippen schläfrig nach einer der Brustwarzen spürten.

Doch dann war es ihr Gesicht, das meinen Blick auf sich zog. Sie hielt den Prinzen umschlungen, zärtlich scheinbar, aber in ihren Zügen spiegelte sich nichts davon. Nein, keine Zärtlichkeit. Nicht einmal der Nachklang genossener Lust. Sondern jene tief brennende Erregung, wie ich sie bei Kriegern auf dem Schlachtfeld gesehen hatte. Die weit geöffneten goldgrünen Augen hafteten auf einem unsichtbaren Punkt irgendwo in der Dunkelheit, und der kleine Mund lächelte: ein Lächeln, das gleichermaßen Triumph wie Verachtung ausdrückte.

5

Kurz vor dem Morgengrauen kehrte er in sein Gemach zurück. Draußen zwitscherten schon die Vögel, so laut, daß ich durch den Lärm kaum das Klirren der Waffen und die leisen Worte auf dem Gang vernahm. Dann trat er ein, die Augen voller Schlaf, und blieb mit einem Ruck stehen, als er mich auf dem Stuhl neben dem Fenster sah.

»Merlin! Ihr seid um diese Stunde auf? Konntet Ihr nicht schlafen?«

»Ich bin gar nicht zu Bett gegangen.«

Plötzlich war er hellwach. Scharf prüfend glitt sein Blick über mein Gesicht. »Was ist denn? Stimmt etwas nicht? Eine schlechte Nachricht? Der König?«

Ich sagte: »Nein, nicht der König. Aber ich möchte jetzt mit Euch sprechen.«

»Bei allen Göttern«, erwiderte er mit einem halben Lachen und gähnte. »Doch nicht um diese Zeit. Wirklich, Merlin, ich muß jetzt schlafen. Habt Ihr erraten, wo ich war? Oder hat es Euch der Wächter erzählt?«

Er kam näher, und wie eine Dunstwolke ging von ihm der Geruch ihres Körpers aus. Ich drehte den Kopf. Mir war übel. Fast barsch sagte ich: »Ja, jetzt weiß ich es, und zu erraten gibt es da nicht viel. Wascht Euch und macht Euch frisch. Ich muß mit Euch reden.«

Durch das Fenster drang Dämmerschein und wetteiferte mit dem trüben Licht der einen brennenden Lampe. In der fahlen Helle sah ich, wie das Gesicht des Prinzen plötzlich starr wurde. »Mit welchem Recht ...?« begann er und brach, seinen Zorn mit Mühe bezwingend, sofort wieder ab. »Nun gut, ich gebe Euch das Recht, mich zu befragen. Nur die Stunde habt Ihr dafür schlecht gewählt. Sehr schlecht.«

Ja, Zorn sprach aus ihm, und es war nicht die gereizte Wut des Knaben wie vor kurzem noch. So sehr hatten sie ihn bereits verwandelt, das Schwert und wohl auch die Frau.

Ich sagte: »Das Recht, Euch zu befragen, steht mir nicht zu, und es ist auch gar nicht meine Absicht, das zu tun. Hört mir zu. Ich möchte mit Euch sprechen, auch über heute nacht, aber aus anderen Gründen, als Ihr anzunehmen scheint. Es ist Eure Sache, wann und wo und wie Ihr Euch vergnügt.« Immer noch starrte er mich feindselig an. Um ihn zu beschwichtigen, fuhr ich rasch fort: »Vielleicht war es unvorsichtig von Euch, heute nacht durch dieses Haus zu gehen, wo es Menschen gibt, die Euch hassen, weil Ihr gestern so viel Mut und Kühnheit bewiesen habt. Aber ich? Wie könnte ich Euch Euren nächtlichen Ausflug verübeln? Wart Ihr auf dem Schlachtfeld ein ganzer Mann, warum solltet Ihr es dann nicht auch im Bett sein?« Ich lächelte. »Wenn ich selbst auch nie mit einer Frau geschlafen habe, so weiß ich doch, wie es ist, eine zu begehren. Und so freue ich mich für Euch über jede glückliche Stunde.«

Er musterte mich aus eigentümlich verengten Augen. Hatte sich auf seinem Gesicht soeben noch unterdrückter Zorn widergespiegelt, so zeigte sich jetzt ein völlig anderer Ausdruck, den ich nicht zu deuten wußte. Mir wurde unter seinem forschenden Blick unbehaglich.

»Ihr habt noch nie mit einer Frau geschlafen?«

Was sollte die Frage? Überrascht und etwas gereizt erwiderte ich: »Ganz recht, und soweit ich weiß, ist das allgemein bekannt. Es soll Männer geben, die mich deshalb verachten, aber ...«

»Ja seid Ihr denn ein Eunuch?«

Es klang fast brutal. Ich wartete einen Augenblick, ehe ich antwortete.

»Nein, das bin ich nicht. Doch was ich noch sagen wollte — wer mich meiner Enthaltsamkeit wegen verachtet, kann mich damit nicht treffen, ganz gewiß nicht. Und Ihr? Wie steht Ihr dazu?«

»Was?« Er hatte mir offenbar nicht zugehört. Undeutlich sagte er: »Ich werde mich jetzt waschen.«

Hinter ihm schloß sich die Tür. Ich stand auf, trat ans Fenster, lehnte mich hinaus. Fröstliger Septembermorgen. Irgendwo das Krähen eines Hahns, dem andere Hähne Antwort gaben. Ich blickte auf meine Finger. Sie zitterten. Ich versuchte den Aufruhr in mir zu beschwichtigen. Wie jung war er doch noch. Und hatte er nicht gerade seine erste Liebesnacht hinter sich, eine Erfahrung, die ihn natürlich mit unbändigem Stolz erfüllte? Wie konnte ich da in diesem Punkt von ihm Verständnis für mich erwarten? Grund für Grund aneinanderreihend, gelang es mir, mich leidlich zu besänftigen, und als Artus wieder eintrat, saß ich, zumindest äußerlich gelassen, am Tisch, auf dem zwei Becher standen, die ich inzwischen mit Wein gefüllt hatte. Er nahm einen und setzte sich, ein ganzes Stück von mir entfernt, wortlos auf mein Bett. Sein Gesicht war frisch gewaschen. Selbst im Haar glänzte Nässe. Auch die Kleider hatte er gewechselt, und in dem kurzen Gewand, ohne Umhang und Waffe, glich er wieder ganz dem Knaben, den ich aus dem Wilden Wald kannte.

Angestrengt suchte ich nach Worten, um das Schweigen zu überbrücken, konnte jedoch nichts finden; und schließlich war er es, der zu sprechen begann, während er den Becher unaufhörlich in den Händen drehte.

Als sei damit alles erklärt (und das war es auch wohl), sagte er tonlos: »Ich habe Euch für meinen Vater gehalten.«

Verzweifelt versuchte ich Ordnung in meine Gedanken zu bringen.

»Wo wir doch sogar denselben Namen tragen«, sagte er mit dumpfer Stimme.

Die Verzweiflung, die aus seinen Worten sprach, zerriß mir fast das Herz. Ich mußte ihm die Wahrheit enthüllen, gleichgültig, welche Folgen das haben mochte. Es blieb mir keine Wahl.

Und so sagte ich so einfach und ruhig wie nur möglich: »Wir

tragen denselben Namen, weil wir miteinander verwandt sind. Du bist zwar nicht mein Sohn, aber wir sind Vettern, beide Enkel von Constantius und Nachkommen des Kaisers Maximus. Dein eigentlicher Name ist Artus, und du bist der rechtmäßige Sohn des Hohen Königs und seiner Gemahlin.«

Er hob den Kopf und starrte mich an. Er öffnete die Lippen, sprach jedoch nicht. Langsam erhob er sich, stellte den Weinbecher auf den Tisch und trat ans Fenster.

Im Geäst eines nahen Baums begann ein Vogel zu singen. Die weitgespannte Fläche des Himmels schimmerte sanft, ein grünlich überhauchtes Blau, über das sich dann ein mildes Rot ergoß, rings von schneeflockenartigen Wolken gesäumt. Und immer noch stand Artus ohne Wort und ohne Bewegung. Ich wartete geduldig.

Schließlich sagte er, ohne den Kopf zu wenden: »Vierzehn lange Jahre. Warum nur? Weshalb bin ich nicht dort aufgewachsen, wo ich hingehöre?«

Und so berichtete ich ihm in fast jeder Einzelheit, was es zu berichten gab. Ich begann mit dem Traum, den ich mit meinem Vater Ambrosius geteilt hatte: der Vereinigung der vielen Länder zu einem von einem einzigen König regierten Reich, das der anbrandenden Flut der Feinde zu widerstehen vermochte — ein bescheideneres Ziel als Maximus' Hoffnung auf ein Imperium, aber wohl gerade deshalb zweckmäßiger und leichter zu verwirklichen. Dieser Gedanke, von meinem Großvater an meinen Vater weitergegeben und von diesem an mich.

Nach dem Tod meines Vaters war ich dem Fingerzeig der Gottheit gefolgt, die mir enthüllte, daß die plötzliche Leidenschaft des neuen Königs Uther für Ygraine, die Gattin Herzog Gorlois', zu jener Vereinigung führen würde, deren tieferer Sinn es war, Britanniens künftigen König zu zeugen.

Und weiter sprach ich. Von des Herzogs Tod und Uthers Gefühl der Schuld, die er auf andere abzuwälzen suchte. Daher sein Entschluß, mich und auch Ralf gleichsam zu verbannen und das Kind, die Frucht seiner verbotenen Liebe, nicht anzuerkennen. Später dann die Einsicht, vielleicht unklug gehandelt zu haben, und die Bereitwilligkeit, seinen Sohn meiner Obhut anzuvertrauen. Auch Uthers beginnende Krankheit ließ ich nicht unerwähnt, seine zunehmende Schwäche und die wachsende Macht seiner Feinde, die ihn zwang, seinen Sohn in einem unauffindbaren Schlupfwinkel zu lassen.

Einiges verschwieg ich vorsorglich. Weder sprach ich von dem, was die Zukunft für Artus barg, Größe und Ruhm, aber auch Leiden und Schmerz; noch sagte ich, welcher Art Uthers Krankheit war, daß sie im Verlust seiner Manneskraft ihren Ursprung hatte. Auch des Königs verzweifelten Wunsch, den »Bastard« von Tintagel durch einen anderen Sohn zu ersetzen, behielt ich für mich. Das waren Uthers Geheimnisse, und es lag ganz bei ihm, wem er sie anvertrauen wollte.

Artus hörte mir schweigend zu. Wie abwesend stand er da, mit leicht zur Seite geneigtem Kopf, und man hätte meinen können, daß seine Aufmerksamkeit ausschließlich dem immer heller flutenden Licht des Himmels und dem Gesang des Vogels galt. Doch schließlich wandte er sich langsam um, und ich spürte seinen Blick auf mir.

Er ging zu meinem Bett, nahm dort wieder Platz. Ich sprach von Uthers Krönung, von seiner Forderung an mich, ihm Zugang zu Ygraines Schlafgemach zu verschaffen. Mit nüchternen Worten schilderte ich, was in jener wilden Nacht geschehen war. Doch er lauschte mir mit der gleichen eigentümlichen Hingabe wie damals in der Grünen Kapelle, als ich ihm und Bedwyr die Geschichte erzählt hatte, die Tatsachen zwar nicht verschweigend, aber dennoch mit einem Anstrich von Märchenhaftigkeit. Ihn sorgsam beobachtend, sah ich, wie seine Augen dunkel und tief glänzten.

Ich beendete meinen Bericht. Wenn ich eines begriff, so dies: Was er soeben von mir erfahren hatte, war für ihn das letzte Stück einer gleichsam goldenen Kette, deren übrige Glieder ich ihm seit unserer ersten Begegnung im Wilden Wald vermittelt hatte. Es war, als hätte ich zu ihm gesagt: »Das alles bist du, du selbst. In dir hat es Gestalt angenommen.«

Einen Augenblick saß er noch. Dann erhob er sich rasch, goß aus dem Krug Wein in meinen inzwischen leeren Becher und beugte sich vor und küßte mich.

»Du«, sagte er mit ruhiger Stimme, »du, von allem Anfang an. Also habe ich mich gar nicht so sehr geirrt. Ich gehöre genauso zu dir wie zum König — mehr sogar. Und auch zu Ector. Allmählich beginne ich zu begreifen, ganz allmählich.« Er schritt auf und ab, wie von innerer Unrast getrieben. Unwillkürlich fühlte ich mich an Uther erinnert. »So viel, so unendlich viel. Ich brauche Zeit, um alles richtig in mich aufzunehmen. Wie schön, daß gerade du es warst, von dem ich alles erfahren habe. Hatte der König die Absicht, mich einzuweihen?«

»Ja. Sofern ihm noch Zeit dafür blieb. Und hoffentlich ...«

»Was willst du damit sagen?«

»Er liegt im Sterben, Artus. Bist du bereit, seinen Platz einzunehmen?«

Abrupt blieb er stehen und starrte mich an. Hinter seiner Stirn schienen sich die Gedanken zu drängen, eine Überfülle, eine wie taumelnde Flut.

»Heute noch?«

»Das weiß ich nicht. Es könnte sein. Jedenfalls bald.«

»Und du wirst bei mir bleiben?«

»Ja.«

Ein Lächeln glitt über sein Gesicht. Wenige Sekunden nur. Dann fiel es wie jähes Dunkel herab, ein tiefer Schatten. Ich hörte sein beengtes Atmen und sah, daß, wenn auch kaum merklich, seine Hände zitterten. Verstohlen machte er das Zeichen gegen die bösen Mächte, gegen Unheil und Verderbnis. Dann wandte er sich mir mit einem Ruck voll zu und blickte mir in die Augen.

»Jetzt muß ich dir etwas sagen.«

»Ja?«

Es klang, als müsse er sich jedes Wort mühsam abringen. »Die Frau, bei der ich heute nacht war, ist Morgause.« Und als ich schwieg, mit plötzlicher Schärfe: »Hast du das etwa gewußt?«

»Ja. Aber da war es bereits zu spät. Doch ich hätte es mir denken können. Noch ehe ich zum König ging, spürte ich etwas, wie Schatten, die mich von allen Seiten bedrängten.«

»Wäre ich nur in meinem Gemach geblieben, wie du mir gesagt hast ...«

»Artus. Es ist geschehen und nicht mehr zu ändern. Selbstanklagen haben keinen Sinn. Begreife doch, daß du keine Schuld hast. Du bist nur deiner Natur gefolgt, wie jeder junge Mann. Wenn überhaupt, so muß ich mir Vorwürfe machen, weil ich dir nicht schon früher gesagt habe, wer du in Wirklichkeit ...«

»Nein, Merlin. Ich hätte hierbleiben sollen. Warum habe ich nur nicht auf dich gehört? Dann wäre ich jetzt noch ...« Das letzte Wort verklang in einem undeutlichen Murmeln. Er fuhr fort: »Dir Vorwürfe zu machen, ausgerechnet dir? Nein, es ist meine Schuld, und Gott weiß es und wird darüber richten.«

»Gott wird über uns alle richten.«

Wieder begann er ruhelos umherzuwandern, kam dann zu mir zurück. »Von allen Frauen gerade meine eigene Schwester, die Tochter meines Vaters.« Die Worte kamen stoßweise. Ich sah, wie es ihn würgte, sah das Entsetzen in seinen Augen. Wieder machte seine linke Hand das Zeichen gegen Unheil, ein heidnisches Zeichen: Schon in Urzeiten war dies vor den Göttern ein Frevel, eine der schwersten Sünden.

Wie erstarrt stand er vor mir, sagte dann plötzlich: »Und Morgause? Was wird sie denken, wenn sie es erfährt, wenn sie weiß? Was wird sie tun? In ihrer Verzweiflung ...«

»Sie wird nicht verzweifeln.«

»Wie willst du das wissen? Du kennst Frauen doch nicht. Eine Frau nimmt solche Dinge noch schwerer.« Er brach ab, musterte mich bestürzt. »Merlin, wenn Morgause und ich nun ein Kind ...«

Wohl nie habe ich mich mit solcher Gewalt zur Selbstbeherrschung zwingen müssen. Flackernd haftete sein Blick auf mir, und hätte er meine Gedanken auch nur ahnen, mir vom Gesicht ablesen können, wer weiß, was geschehen wäre. Jener wie zerfließende Schatten, der seit gestern abend auf mir gelastet und mich niedergedrückt hatte, plötzlich nahm er Gestalt an. Ja, da saßen sie, rund um meine Schultern, plumpe Geier, die nach Aas und Verwesung stanken. Ich, Merlin, der mit so viel scharfsichtiger List dafür gesorgt hatte, daß der künftige König gezeugt werden konnte, war mit Blindheit geschlagen gewesen, als es galt, das Unheil von ihm abzuwehren, das Böse, das seinen Tod bedeuten mochte.

»Ich muß es ihr sagen.« Diese Worte klangen abgerissen, verzweifelt. »Jetzt sofort. Noch ehe mich der König zu seinem Erben erklärt. Wenn andere etwas ahnen, wenn sie von ihnen erfährt, daß ich ihr Bruder bin ...«

Er sprach weiter, jäh hervorgestoßene Sätze, wie zusammenhanglos. Doch ich hörte ihm kaum zu. Ich dachte: Wenn ich ihm sage, daß sie verderbt ist und begierig nach Macht; wenn ich ihm sage, daß sie ihn benutzt hat, um mehr Macht zu erlangen; wenn ich ihm das sage, dann wird er sie, verstört und verzweifelt, wie er jetzt ist, mit seinem Schwert töten. Und mit ihr stirbt dann auch die keimende Frucht, nicht weniger verderbt als sie. Das wäre das Beste, wenn nicht — ja, wenn man nicht fürchten müßte, daß er nie wieder das Schwert führt, um Gott und seinen Zielen zu dienen. Die Fäulnis, sie hätte dann ihn befallen, noch bevor er ans Werk gehen konnte.

Mich zur Ruhe zwingend, sagte ich: »Artus, ich beschwöre dich, hör mich jetzt an. Geschehenes ist geschehen, und man muß es hinnehmen, wie es ist. Bald wirst du der Hohe König sein, und ich, du weißt es, bin des Königs Prophet. Höre also, was ich dir zu sagen habe. Du bist ohne Schuld, weil das, was du tatst, in Unwissenheit geschah. Nicht der geringste Makel haftet an dir. Wußtest du nicht, daß die Götter auf manche Sterbliche neidisch sind? Zuviel Glanz und Ruhm sticht ihnen ins Auge und macht sie zornig. Jeder Mensch trägt den Samen seines eigenen Todes in sich. Du wirst alles erlangen, was einem Irdischen zuteil werden kann. Doch sterblich bist du und bleibst du. Auch deinem Leben wird irgendwann ein Ende gesetzt, und was heute nacht geschehen ist, hat nur die Frist bestimmt, die dir der Himmel gewährt. Doch ist das ein Grund zur Klage? Es ist nicht gut, wenn ein Mensch selbst über seinen Tod entscheiden kann. Leben ohne Tod ist undenkbar, genauso wie Schatten ohne Licht. Begnüge dich also. Genieße es, im Licht zu stehen. Und laß den Schatten fallen, wann und wo er will.«

Die Wirkung meiner Worte war unverkennbar. Er beruhigte sich nach und nach, und sein Gesicht zeigte wieder die gewohnte Zuversicht.

Schließlich fragte er: »Merlin, was muß ich tun?«

»Das überlasse nur mir. Was dich betrifft, so versuche die Nacht zu vergessen, alles, was dich bedrückt. Denke an das Morgen, an das, was dich erwartet. Da, hörst du die Trompeten? Geh jetzt zu Bett und schlafe noch ein wenig. Du brauchst deine Kraft.«

Und so, unscheinbar fast, wurde zwischen uns ein neues Band geknüpft. Während seine leisen Atemzüge zu mir herüberklangen, saß ich grübelnd, indes der frühe Dämmerschein sich zum hellen Tag wandelte.

6

Später kam Ulfin, des Königs Kämmerer, um Artus zu Uther zu bringen. Ich sah ihnen nach. Der junge Prinz wirkte jetzt sehr gefaßt, nahezu gelassen; vielleicht nur eine schützende Schicht über brodelndem Untergrund. Doch mochte es auch sein, daß er, in seinen Jahren noch voll Unbekümmertheit, die Kraft aufgebracht hatte, die Schatten der Nacht von sich abzuschütteln. Mir war es, als müßte ich die Last jetzt allein tragen. Und so war es wohl auch — wie noch oft in den kommenden Jahren.

Sobald er mit Ulfin verschwunden war, rief ich meinen Diener und befahl ihm, Lady Morgause zu mir zu holen.

Er musterte mich überrascht, Zweifel im Blick. Über die Lady, so wußte man, ließ sich nicht nach Wunsch und Willen verfügen. Ich sagte barsch: »Gehorche endlich.« Er eilte hinaus.

Sie kam, o ja, doch erst nach geraumer Zeit, und ihr Auftritt war wirklich sehenswert. Kirschrotes Gewand, lose herabwallendes Haar und jener Duft von betäubender Süße, den ich schon kannte und der mich, aus der Erinnerung, fast vor ihr zurückweichen ließ. Nur noch wenig Ähnlichkeit besaß sie mit jenem jungen Mädchen, das ich vor langer Zeit einmal geliebt oder doch geschätzt hatte. Die grünen Augen: nicht einmal der Versuch, Unschuld vorzuspiegeln. Lächelnd trat sie ein — ihr Mund war schmal, sie hatte reizende Grübchen in den Wangen, eine wie einstudierte Maske. Sie nickte mir einen kurzen Gruß zu, setzte sich dann auf den Stuhl beim Fenster und entließ ihre Frauen mit einer knappen Handbewegung.

Fragend sah sie mich an, die Hände über der sanften Wölbung ihres Leibes gefaltet, und aus ihren Augen sprach kein ungewisses Forschen, sondern ein Fordern.

Ich blieb stehen, ein Stück von ihr entfernt, auf der anderen Seite des Fensters. Ich sagte, und meine Stimme klang rauh: »Zweifellos weißt du, warum ich dich rufen ließ.«

»Und zweifellos wißt Ihr, Prinz Merlin, daß ich es nicht gewohnt bin, solchen Befehlen zu folgen.«

»Schon gut, vergeuden wir keine Zeit. Du bist jedenfalls hier, und ich möchte mit dir sprechen, solange Artus sich noch beim König befindet.«

»Artus?« rief sie mit gespielter Überraschung.

»Laß das, Morgause. Du kannst mich nicht täuschen. Als du ihn in der Nacht zu dir ins Bett nahmst, wußtest du ganz genau, wer er war.«

»Oh«, sagte sie und lachte leise mit unverkennbarem Hohn. »Dieser Knabe, dieses Kind — mußte sofort zu Euch laufen, um Euch alles brühwarm zu erzählen. Offen gestanden wundere ich mich, daß Ihr ihn überhaupt von der Kette gelassen habt. Aber ich darf Euch versichern, daß er voll auf seine Kosten gekommen ist. Viel Glück auch weiterhin, Merlin, Königsmacher. Nur — was für ein König ist das, so ein Welpe?«

»Keiner von dem Schlag, der vom Bett aus regiert wird«, sagte ich. »Du hast deine Nacht gehabt, und das war zuviel. Die Abrechnung kommt jetzt.«

»So?« Kaum merklich bewegte sie die gefalteten Hände. »Was wollt Ihr schon gegen mich unternehmen?«

»Ich werde nichts gegen dich unternehmen, außer dem, was unerläßlich ist.« Das Flackern in ihren Augen zeigte, daß ihre äußerliche Gelassenheit nur gespielt war. »Meine Aufgabe ist es, dafür zu sorgen, daß Artus vor dir Ruhe hat. Also wirst du Luguvallium noch heute verlassen und nicht wieder an den Hof zurückkehren.«

»Luguvallium verlassen? Ich? Ihr sprecht wie ein Narr. Als ob Ihr nicht wüßtet, daß ich es bin, die den König pflegt. Er braucht mich. Glaubt Ihr im Ernst, daß er mich jemals gehen lassen würde?«

»Nun«, sagte ich, »von heute an wird er nicht mehr den Wunsch haben, dich noch einmal zu sehen.«

Sie starrte mich an. Brennende Röte stieg in ihre Wangen. In ihren Augen mischten sich Zorn und Furcht. »Wie könnt Ihr das sagen? Nicht einmal Ihr, Merlin, besitzt Macht genug, um mich von meinem Vater zu trennen. Nie könntet Ihr ihn dazu bewegen, mich von sich fortzuschicken. Oder wollt Ihr ihm etwa verraten, was heute nacht geschehen ist? Er ist krank, sehr krank, und der Schock könnte ihn töten.«

»Von mir wird er darüber kein Wort erfahren.«

»Und was wollt Ihr ihm sagen? Wie ihn dazu bringen, daß er mich verstößt?«

»Waren das meine Worte?«

»Ihr habt gesagt, daß mich der König nicht mehr wird sehen wollen.«

»Ja. Aber ich sprach nicht von deinem Vater.«

»Wie denn?« Sie brach ab, atmete hastig, starrte mich aus aufgerissenen Augen an. »Ihr habt doch gesagt ... der König.« Wieder stockte sie. »Meint Ihr damit etwa dieses ... Kind?«

»Deinen Bruder, ja. Gerade du solltest wissen, daß Uther nicht mehr lange leben wird.«

Ihre Hände drängten gegeneinander. »Natürlich weiß ich das. Aber heute ... heute schon?«

Ich lächelte flüchtig. »Ja — wie du, der Magie nicht ganz unkundig, eigentlich voraussehen müßtest. Schon heute. Also scheint es für dich doch ratsam, Luguvallium so bald wie möglich zu verlassen. Denn nach Uthers Tod — wer wird dich hier dann noch beschützen?«

Sie grübelte vor sich hin. Ihre goldgrünen Augen, verengt jetzt, glichen Schlitzen, ganz ohne den sonstigen Reiz. »Beschützen? Aber gegen wen? Gegen Artus? Woher seid Ihr überhaupt so sicher, daß Ihr seine Thronbesteigung durchsetzen könnt? Und selbst wenn es Euch gelingt — warum sollte ich Artus fürchten, warum vor ihm beschützt werden?«

»Daß er König werden wird, weißt du so gut wie ich, und wahrscheinlich ahnst du auch, was für ein König; obwohl du ihn vorhin geschmäht hast, um mich in Zorn zu bringen. Schutz? Nun, es mag sein, daß du gegen ihn keinen Schutz brauchst — gewiß aber vor mir.« Unsere Blicke verschränkten sich ineinander. Ich nickte. »Ja. Wo er ist, da bin auch ich. Nimm es als Wink und verschwinde beizeiten. Den Zauber, mit dem du ihn in der vergangenen Nacht umstrickt hast, kann ich brechen, um ihn vor dir zu schützen.«

Sie nickte wieder sehr ruhig. Um ihren schmalen Mund spielte ein verstohlenes Lächeln. Ja, auch sie besaß auf ihre Art Macht. »Seid Ihr so sicher, daß Ihr gegen die Künste einer Frau etwas ausrichten könnt? Am Ende werdet Ihr Euch selbst in der Schlinge fangen, Prinz Merlin.«

»Wer will das wissen«, sagte ich gelassen. »Sicher bin ich meiner Sache gewiß nicht. Wie es am Ende ausgehen mag? Nun, ich habe etwas gesehen — Macht für dich und für das, was in deinem Leib keimt. Aber sonst? Nichts. Keine Freude, weder jetzt noch später.«

Vor dem Fenster stand ein Aprikosenbaum. Warmer Sonnenschein lag auf den goldenen Früchten, deren süßer Duft zu uns hereindrang. Zwischen den glänzenden Blättern summten Wespen.

Sie saß sehr still, die Hände über dem Leib verschränkt. Ihre Augen schienen sich an mir festzusaugen. Noch beklemmender als zuvor strömte von draußen die betäubende Süße herein, schier sichtbar, goldgrüner Dunst, der durch das Fenster schwebte und sich mit der Sonnenhelle vermischte ...

Ich sagte verächtlich: »Du glaubst doch nicht im Ernst, daß du mir mit deiner Kunst etwas anhaben kannst, mag es sich auch hundertmal um Zauberei oder Hexerei handeln. Nein, gegen mich bist du machtlos. Was willst du also? Worauf hoffst du? Artus weiß jetzt, wer er ist, und er weiß auch, mit wem er in der vergangenen Nacht schlief. Glaubst du, er könnte dich noch länger in seiner Nähe ertragen? Meinst du, er möchte mit ansehen, wie dein Leib von Woche zu Woche wächst? Dafür besitzt er weder die Kälte noch die Geduld. Doch er hat ein Gewissen. Und gutgläubig, wie er ist, nimmt er an, daß du genauso in aller Unschuld und Unwissenheit gehandelt hast wie er. Wüßte er, wie es in Wirklichkeit war, so würde er dich vielleicht ...«

»... töten?«

»Hättest du den Tod nicht verdient?«

»Er ist ebenso schuldig wie ich.«

»Nein. Denn er wußte ja nicht, daß du seine Halbschwester bist. Du hingegen warst sehr genau im Bilde. Als ich gestern mit ihm kam, verbreitete sich das Gerücht wie ein Lauffeuer. Zweifellos hast auch du gehört, wen man in ihm vermutete. Du wußtest, daß er Uthers Sohn war, dein Halbbruder.«

Zum erstenmal gewahrte ich in ihrem Gesicht eine Spur von Furcht. Sie sagte trotzig: »Nein, das wußte ich nicht. Und Ihr könnt es auch nicht beweisen. Warum sollte ich so etwas überhaupt tun?«

Ich kreuzte die Arme und lehnte mich gegen die Wand. »Warum? Nun, das will ich dir sagen. Du bist Uthers Tochter. Also ist dir jede Gelegenheit recht, deine Wollust zu befriedigen. Und das Pendragon-Blut in dir ist versessen auf Macht. Daß dein Vater im Sterben liegt, wußtest du so gut wie ich. Du hattest Angst, deinen Einfluß am Hof zu verlieren. Und deshalb hast du versucht, den künftigen König an dich zu binden. Denn sonst? Nach Uthers Tod hättest du deinen Platz an der Sonne verloren. Man würde dich mit einem kleinen Fürsten verheiraten, irgendwo in einem entlegenen Winkel des Landes, wo du deinem Gatten Kinder in die Welt setzen und für ihre Aufzucht sorgen kannst. Deine Macht? Sie würde zusammenschrumpfen zu dem, was einer Mutter und untergeordneten Fürstin bleibt. Aus diesem Grund hast du getan, was du getan hast, Morgause. Dir war jedes Mittel recht, um auf den jungen König so etwas wie ein Anrecht zu erlangen, und sei es ein Anrecht aus Schrecken und Haß. Kalten Blutes hast du die Schritte erwogen, die zu dem führten, was letzte Nacht geschah — aus Gier nach Macht.«

»Und Ihr? Wer seid Ihr denn, daß Ihr so zu mir sprecht? Ihr habt Euch Macht genommen, wo Ihr sie finden konntet.«

»Nein, nicht, wo ich sie finden konnte, sondern wo sie mir gegeben wurde. Was du an Macht besitzt, hast du dir geraubt, göttlichem und menschlichem Gesetz zum Trotz. Hättest du unwissentlich gehandelt, aus Wollust, man brauchte kein Wort darüber zu verlieren. Wie ich schon sagte, hält Artus dich für schuldlos. Als er hörte, wie die Dinge liegen, galt sein erster Gedanke dir — deiner Verzweiflung.« Ich gewahrte das triumphierende Aufblitzen in ihren Augen und fügte beiläufig hinzu: »Aber nicht mit ihm hast du es zu tun, sondern mit mir. Und ich sage, daß du gehen wirst.«

Sie erhob sich hastig. »Und warum habt Ihr ihm nicht gesagt, wie es sich in Wahrheit verhält? Wolltet Ihr nicht, daß er mich tötet? Dann wäre ich Euch doch ein für allemal aus dem Wege.«

»Zur einen Sünde eine noch schlimmere? Ein solcher Gedanke sieht dir ähnlich.«

»Ich werde zum König gehen.«

»Zu welchem Zweck? Er wird für dich keine Zeit haben. Er hat Wichtigeres zu tun.«

»Ich bin ja immer bei ihm. Er braucht seine Arzneien.«

»Jetzt bin ich hier. Und Gandar. Auf dich können wir verzichten.«

»Und doch werde ich zu ihm gehen. Wenigstens um ihm Lebewohl zu sagen.«

»Wie du willst«, sagte ich. »Ich werde dich nicht zurückhalten. Falls du die Absicht hast, deinem Vater die Wahrheit anzuvertrauen, so überlege dir das lieber. Wenn der Schock ihn tötet, so wird Artus nur um so eher Hoher König.«

»Man wird ihn nicht anerkennen! Nein, nie wird man ihn anerkennen. Oder meint Ihr, daß Lot auf Euch hört und sich Euch fügt? Was würde wohl geschehen, wenn ich dem Fürsten berichte, was Artus in der letzten Nacht getan hat?«

»Nun«, sagte ich gleichmütig. »Dann würde gewiß Lot Hoher König werden. Aber du? Wärst du vor ihm noch sicher? Mit Artus' Kind im Leib? Also überlege dir genau, was du tust. Und glaube mir, dir bleibt keine Wahl — außer rechtzeitig von hier zu verschwinden. Wenn deine Schwester zu Weihnachten Lot heiratet, kannst du ihn ja bitten, einen Mann für dich zu finden. Das mag die beste und vor allem sicherste Lösung für dich sein.«

Plötzlich blitzte aus ihren Augen Wut, die Wut einer Katze, die ihre Krallen schärft. »Ihr verurteilt mich? Ausgerechnet ihr? Aber Ihr seid doch auch ein Bastard ... Mein Leben lang habe ich mit ansehen müssen, wie Morgian bekam, was immer sie sich wünschte. Morgian! Und jetzt soll sie Königin werden, während ich ... Sogar mit der magischen Kunst hat sie sich befaßt, weiß sie aber so wenig für ihre Zwecke zu nutzen wie eine törichte Bauersfrau. Sie gehört eher in ein Nonnenkloster als auf den Thron, und ich ... ich ...« Atemlos brach sie ab und biß sich auf die Unterlippe. Behende gab sie dem Satz eine andere Wendung. »... und ich, die ein wenig jene Kunst beherrscht, die Euch so großgemacht hat, mein Vetter Merlin — ja, glaubt Ihr im Ernst, daß ich mich damit zufriedengebe, ein Nichts zu sein?« Ihre Stimme klang leise, nur ein Flüstern, wie eine Verwünschung. »Nichts? Das ist es, was du bist,

Merlin. Freund keines Mannes, Geliebter keiner Frau. Du bist wirklich ein Nichts, ein völliges Nichts, und nichts wird am Ende von dir übrigbleiben als ein Schatten und ein Name.«

Ich lächelte. »Spar dir die Mühe, Morgause. Ich fürchte dich nicht. Ich sehe weiter als du. Ich bin ein Nichts, gewiß. Ich bin die Luft und die Dunkelheit, bin ein Wort und ein Versprechen. Ich beobachte den Kristall und warte in den hohlen Hügeln. Doch draußen im Licht sind ein junger König und ein blitzendes Schwert, die mein Werk für mich tun und die erbauen, was noch stehen wird, wenn mein Name nur noch ein Wort in halbvergessenen Liedern ist und dein Name, Morgause, nichts als ein verwehtes Flüstern im Wind.« Ich drehte den Kopf und rief nach meinem Diener. »Doch genug davon. Alles Notwendige ist zwischen uns gesagt. Jetzt geh und mach dich bereit, den Hof zu verlassen.«

Der Bedienstete war inzwischen eingetreten und wartete bei der Tür. Mit verstohlenem, halb verwundertem Blick sah er bald zu Morgause, bald zu mir. Vielleicht spürte er die unversöhnliche Feindschaft zwischen uns.

Was mich betraf, so war Morgause jetzt nichts weiter als eine junge Frau, die Stirn sorgenvoll gekraust, das anmutige Gesicht ein wenig vorgebeugt, so daß ihr die goldene Haarflut vorn über die Brust fiel.

Als sie sprach, klang ihre Stimme sehr gefaßt. »Ich werde zu meiner Schwester reisen. Bis zu ihrer Vermählung hält sie sich in York auf.«

»Gut«, sagte ich. »Und ich will dafür sorgen, daß ein Geleit zur Stelle ist. Zweifellos wird die Hochzeit zu Weihnachten stattfinden. Und so wird wohl auch König Lot bald bei euch sein — und dir einen Platz im Gefolge seiner Schwester geben.«

Der kurze Blick, den sie mir zuwarf, sprach eine eigene Sprache: eine unmißverständliche Sprache, wie mir schien. Offenbar hoffte sie selbst jetzt noch, an Stelle ihrer Schwester den Platz an Lots Seite einnehmen zu können. Doch ich war ihrer zu überdrüssig, um auch nur einen Gedanken darauf zu verschwenden, und so sagte ich nur: »Lebe wohl und eine gute und sichere Reise.«

Sie neigte den Kopf und erwiderte kaum hörbar: »Auf Wiedersehen, Vetter. Denn einander wiedersehen werden wir ganz gewiß.«

Meine Antwort war eine Höflichkeitsfloskel: »Es soll mir ein Vergnügen sein.«

Aufrecht, fast steif, verließ sie das Gemach. Der Bedienstete schloß hinter ihr die Tür.

Ich trat zum Fenster, atmete die frische Luft. Der unverkennbare Geruch, die letzte Spur von Morgauses Gegenwart, verflog wie ein übler Hauch, wie der Pestgestank des Bösen. Ich war todmüde, doch mein Kopf fühlte sich frei und klar. Als der Bedienstete ins Gemach zurückkam, spülte ich mir Gesicht und Hände in kaltem Wasser. Dann gab ich dem Mann einen Wink, mir zu folgen. Durch lange Gänge gingen wir zu den Räumen, wo die Verwundeten lagen. Der Geruch des Eiters, die brechenden Augen der Sterbenden — alles war leichter zu ertragen als die Erinnerung an die Frau, die Artus' Kind unter dem Herzen trug: die Frucht, die sie ihm gleichsam geraubt hatte.

7

König Lot war inzwischen nicht müßig geblieben. Einige seiner Parteigänger (Freunde konnte man sie wohl weniger nennen) wirkten äußerst geschäftig und versuchten jedem einzureden, Uther dürfe seinen Thronerben keinesfalls hier ausrufen, sondern nur in einer seiner großen Residenzen, London also oder Winchester. Die übergroße Eile, meinten sie, sei unziemlich. Ein so entscheidender Schritt habe altem Brauch gemäß zu erfolgen, rechtzeitig angekündigt und des Segens der Kirche gewiß. Doch sie mühten sich vergeblich. Die Krieger und nicht zuletzt auch die einfachen Menschen in Luguvallium dachten anders darüber. Uther hatte nicht mehr lange zu leben, und so erschien es ebenso notwendig wie richtig, daß er seinen Nachfolger ohne weiteren Aufschub bestimmte, unweit jenes Schlachtfeldes, auf dem Artus sich vor aller Augen bewährt hatte. Daß kein Bischof zur Stelle war, was tat's? Die Siegesfeier war gleichsam der Abschluß des so erfolgreich verlaufenen Kampfes gegen den sächsischen Feind.

In und vor dem Gebäude, wo der König in Luguvallium Hof hielt, drängten sich die Menschen. Überall in der Stadt und zum Teil auch außerhalb sah man die Feuer der Krieger, die an Spießen ihre Festtagsbraten rösteten. Das Grölen der Betrunkenen und das Kreischen gewisser Frauenzimmer war nicht zu überhören, doch anders als sonst stellten sich die Offiziere taub und ließen ihre Männer gewähren.

Ich bekam Artus an diesem Tag kaum zu Gesicht. Bis zum Nachmittag blieb er bei seinem Vater. Später ruhte er, um für das Fest frisch zu sein. Mir schien es angezeigt, gewisse Vorkehrungen zu treffen. Bereits am frühen Morgen bat ich Caius Valerius, einen Offizier des Königs, dafür zu sorgen, daß die Wachen ihre Augen überall hatten, gleich ob am Haupteingang, in der Vorkammer oder selbst auf den Fenstern. Und ehe ich zu den Verwundeten ging, begab ich mich zu den Gemächern des Königs, um mit Ulfin, dem Kämmerer, zu sprechen.

Die Wachen vor dem Quartier des Königs hoben ihre Speere und ließen mich sofort durch. Ich betrat das vordere Gemach, wo Edelknaben und Bedienstete warteten, während im nächsten die Frauen saßen, die bei der Pflege des Königs halfen. Ich sah Ulfin und begann mit ihm ein belangloses Gespräch über die Krankheit des Königs, über Artus und die Ereignisse des gestrigen Tages, über die Siegesfeier.

Mich vergewissernd, daß die Frauen uns nicht hören konnten, fragte ich ihn nach einer Weile leise:

»Du weißt, daß Morgause den Hof verlassen hat?«

»Ja, ich habe davon gehört. Niemand vermag es sich zu erklären.«

»Morgian, die sich zur Zeit ja in York befindet, sehnte sich offenbar nach der Gesellschaft ihrer Schwester.«

»So sagt man«, versicherte er in einem Ton, der keinen Zweifel daran ließ, daß er dieses Gerücht für unglaubwürdig hielt.

»Hat sie versucht, vor ihrer Abreise den König zu sprechen?«

»Ja. Dreimal sogar.« Er lächelte. Augenscheinlich empfand er für Morgause wenig Sympathie. »Doch da der Prinz noch bei Uther war, wurde sie nicht vorgelassen.«

»So?« sagte ich.

Seine Lieblingstochter, zwanzig Jahre lang. Und im Handumdrehen vergessen, als er seinen einzigen Sohn zum vertrauten Gespräch empfing. Was würde wohl mit ihr werden? Hegte sie für ihren Vater eine echte Zuneigung? Um in seiner Nähe zu sein, hatte sie schließlich sogar auf eine Heirat verzichtet. Vielleicht tat ich ihr unrecht, wenn ich sie von vornherein verurteilte.

Ich zögerte einen Augenblick und fragte dann: »Wirkte sie verzweifelt?«

»Verzweifelt?« Ulfin verzog spöttisch die Lippen. »Nun, das läßt sich wirklich nicht behaupten. Zornig war sie, vor Wut völlig außer sich. Aber so kennt man sie ja schon seit ihrer Jugend. Eines ihrer Mädchen weinte. Offenbar hatte sie das arme Ding durchgeprügelt.« Mit dem Kopf wies er auf einen blutjungen Pagen, der beim Fenster stand. »Mit ihm ist sie auch nicht gerade freundlich umgegangen. Er hatte den Auftrag, sie beim letzten Mal abzuweisen, und sie zerkratzte ihm mit ihren Fingernägeln die Wangen.«

»Dann soll man achtgeben, daß sich die Wunden nicht entzünden«, sagte ich. Ulfin sah mich prüfend an. Die Frage in seinen Augen war unmißverständlich. Ich nickte. »Ja, ganz recht. Ich war es, der sie von hier fortschickte. Strengt das Gespräch mit Artus den König nicht zu sehr an?«

»Ganz im Gegenteil. Er scheint sich so wohl zu fühlen wie seit langem nicht mehr. Kaum daß er den Blick von seinem Sohn läßt. Das Mittagsmahl wollen sie gemeinsam zu sich nehmen.«

»Dann werden die Speisen natürlich vorgekostet. Das wollte ich nur wissen.«

»Ja. Ihr könnt ganz beruhigt sein, Herr. Von daher droht dem Prinzen gewiß keine Gefahr.«

»Der König muß vor der Siegesfeier noch ruhen.«

Er nickte. »Ich habe ihn dazu überreden können, am Nachmittag zu schlafen.«

»Gut«, sagte ich. »Aber der Prinz? Auch er muß frische Kräfte schöpfen. Zumindest soll er in sein Quartier gehen und dort bis zum Beginn des Festes bleiben. Sag ihm das.«

Ulfin musterte mich zweifelnd. »Ob er wohl darauf hört?«

»Vielleicht. Wenn du ihm klarmachst, daß du ihn auf meinen ausdrücklichen Wunsch darum bittest.«

»Gut, Herr, ich will es versuchen.«

»Ich werde bei den Verwundeten zu finden sein. Sollte der König mich brauchen, so läßt du mich natürlich holen. Auf jeden Fall möchte ich, daß du mir sofort Bescheid gibst, wenn der Prinz seinen Vater verläßt.«

Irgendwann am frühen Nachmittag erschien dann der blonde Page bei mir. Der König schliefe jetzt, berichtete er, und der Prinz hätte seine Gemächer aufgesucht, allerdings nicht ohne Widerstreben (er habe keine Lust, den ganzen Tag im Hause zu hocken) und erst als er hörte, daß ich, Merlin, ihn darum bat.

»Gut«, sagte ich und nahm etwas Salbe, um die zerkratzten Wangen des Knaben damit zu behandeln. Kaum war er fort, machte ich mich auf den Weg zu meinem Quartier. Die Gänge waren mehr denn je von Menschen verstopft, und es dauerte eine ganze Weile, bis ich mein Gemach erreicht hatte.

Artus stand beim Fenster. Als er meine Schritte hörte, drehte er sich herum.

»Weißt du, daß Bedwyr hier ist? Leider bekam ich ihn nur flüchtig zu Gesicht und konnte kein Wort mit ihm wechseln. Aber ich ließ ihm mitteilen, daß ich am Nachmittag mit ihm ausreiten wollte. Und jetzt sperrst du mich hier ein.«

»Das tut mir leid. Aber du wirst schon bald Gelegenheit finden, mit ihm zu sprechen.«

»Bald? Warum nicht gleich jetzt? Bei allen Teufeln, hier drinnen ersticke ich. Was will sie von mir, die Meute draußen auf den Gängen?«

»Was solche Leute von einem Prinzen und zukünftigen König nun einmal wollen. Du wirst dich daran gewöhnen müssen.«

»So scheint es. Weißt du, daß sogar draußen vor dem Fenster eine Wache steht?«

»Ja, denn ich habe selbst dafür gesorgt.« Und als Antwort auf seinen fragenden Blick: »Du hast Feinde, Artus. Begreifst du das nicht?«

»Ja soll ich denn mein Leben lang wie in einem Kerker hausen? Dann wäre ich ja praktisch ein Gefangener.«

»Wenn du erst einmal König bist, kannst du deine eigenen Maßnahmen treffen. Bis dahin mußt du bewacht werden. Vergiß nicht, daß dies hier nur ein Behelfsquartier ist. Später, in der Hauptstadt oder in einer der starken Festen, hast du deinen eigenen Hofstaat, von dir selbst gewählt und bestimmt. Dann kannst du Bedwyr oder Cei oder wen immer sonst so oft bei dir haben, wie du willst. Doch die ungebundene Freiheit von früher — nein, weder du noch ich können zum Wilden Wald zurückkehren, Emrys. Damit ist es vorbei.«

»Leider«, sagte er, »denn dort war es viel schöner.« Er runzelte die Stirn, sah mich dann lächelnd an. »Merlin.«

»Ja?«

Er schien etwas sagen zu wollen, besann sich jedoch und schüttelte den Kopf. Nach einer Weile fragte er dann: »Bei der Feier heute abend — du wirst doch in meiner Nähe sein?«

»Natürlich.«

»Was wird geschehen, nachdem der König mich der Versammlung vorgestellt hat? Diese Feinde, von denen du sprachst ...«

»... werden alles daransetzen, die übrigen auf ihre Seite zu ziehen, dich also als Uthers Erben abzulehnen.«

Er überlegte einen Augenblick. »Werden Sie bewaffnet sein?«

»Im Saal? Nein. Sie werden auf andere Mittel und Wege sinnen.«

»Aber welche Möglichkeiten bleiben ihnen?«

Ich sagte: »Daß du wirklich Uthers Sohn bist, werden sie kaum bestreiten. Schließlich sind Ector und ich da, um das zu bezeugen. Sie können nur versuchen, dich in ein schlechtes Licht zu setzen, um die Unentschlossenheit unter den Fürsten und vor allem das Heer in ihrer Entscheidung zu beeinflussen. Nach den Ereignissen auf dem Schlachtfeld dürfte ihnen das nicht gerade leichtfallen. Doch ich bin überzeugt, daß sie es mit irgendeiner Überrumpelungstaktik versuchen werden, um das Vertrauen zu dir und sogar zu deinem Vater zu erschüttern.«

»Und auch zu dir, Merlin?«

Ich lächelte. »Das mag schon sein. Es tut mir leid, daß ich dir nicht mehr darüber sagen kann. Zwar sehe ich etwas, aber noch ist es undeutlich. Tod und Dunkelheit — jedoch nicht für dich.«

»Nicht für mich? Für wen sonst?«

Ich gab keine Antwort. Er schwieg einen Augenblick und nickte dann, als hätte er auch so verstanden. Schließlich fragte er:

»Wer sind diese Feinde?«

»Ihr Kopf ist der König von Lothian.«

»Ah«, sagte er mit blitzenden Augen. Offensichtlich hatte er, obwohl von unzähligen neuen Eindrücken fast überwältigt, seine Ohren zu gebrauchen gewußt und einiges gehört. »Lot. Und wohl auch sein Mitläufer Urien. Und Tudwal von Dinpelydr. Und — wem gehört das grüne Wappen mit dem Vielfraß darin?«

»Aguisel. Hat der König über die Männer gesprochen?«

Er schüttelte den Kopf. »Nein. Wir sprachen fast nur über die Vergangenheit. Zwar wußte er durch dich und Ector recht genau über mich Bescheid, und ich natürlich über ihn, aber — nun ja, im Gespräch gewinnt man doch ein viel klareres Bild, und wir hatten ja beide viel nachzuholen.«

Er fuhr fort, über seine Unterredung mit Uther zu berichten, und wieder einmal bewunderte ich die nüchterne Gelassenheit, die ihm oft eigen war. Von seinem Vater stammte sie nicht, eher schon von früheren Generationen. Auch Ambrosius hatte sie bewiesen und nicht zuletzt ich selbst: Kaltblütig wurden wir häufig genannt.

Artus? Trotz seiner Jugend brachte er schon die Kraft auf, die Jahre, die er im Schatten gelebt hatte, mit völliger Leidenschaftslosigkeit zu betrachten, als vielleicht notwendige und vor allem unabänderliche Tatsachen. Selbst als er auf seine Mutter zu sprechen kam, schien er ihre Handlungsweise nicht nur zu billigen, sondern geradezu mit ihren Augen zu sehen.

»Wäre ich, als sie sich von mir trennte, alt genug gewesen, um zu begreifen, so hätte mich das zweifellos tief getroffen. Aber ich wußte ja nichts von ihr, und Ector und du, ihr habt mir beide erklärt, sie sei tot. Jetzt begreife ich, daß das, was sie tat, unumgänglich war. Leicht ist ihr die Trennung von mir sicher nicht gefallen.« Er lächelte, doch seine Stimme klang ernst. »Gewiß war ich, als vater- und mutterloser Bastard, im Wilden Wald besser aufgehoben als am Hofe des Königs, wo ich von Jahr zu Jahr nur darauf gewartet hätte, daß die Königin einen anderen Sohn zur Welt brachte, der meine Stellung einnehmen konnte.«

Ich musterte ihn überrascht. Ja, er hatte gewiß recht. Plötzlich fühlte ich mich erleichtert, wie freigesprochen von einer schweren Schuld.

»Ich mag ihn«, sagte er jetzt von seinem Vater. »Er war, soweit er die Kraft und die Fähigkeit dazu hatte, ein guter König. Da ich nicht in seiner Nähe aufgewachsen bin, glaube ich, einen klaren Blick dafür zu besitzen. Auch weiß ich, wie man allgemein darüber denkt, und kann mir ein eigenes Urteil bilden. Wie wir, als Vater und Sohn, miteinander ausgekommen wären, ist eine andere Sache. Noch bleibt mir Zeit, meine Mutter richtig kennenzulernen. Sie wird wohl schon bald Trost brauchen.«

Morgause erwähnte er nur einmal ganz kurz.

»Es heißt, daß sie die Stadt verlassen hat.«

»Als du heute morgen beim König warst, ist sie abgereist.«

»Du hast mit ihr gesprochen? Wie hat sie es aufgenommen?«

»Ohne Verzweiflung«, erwiderte ich. »Du brauchst dich um sie nicht zu sorgen.«

»Hast du sie fortgeschickt?«

»Nun ja — sagen wir, ich habe es ihr geraten, so wie ich dir rate, nicht mehr an sie zu denken. Wollen wir uns jetzt nicht hinlegen? Bis zum Sonnenuntergang bleibt uns Zeit.«

Er gähnte plötzlich wie eine junge Katze und lachte dann. »Du versuchst wohl deine magische Kunst an mir. Auf einmal fühle ich mich todmüde ... Also gut, ich werde deinem Rat folgen. Aber sicher hast du nichts dagegen, daß ich Bedwyr zuvor eine Nachricht schicke.«

Von Morgause sprach er nicht wieder. Vergaß er sie wirklich? Ich beobachtete ihn aufmerksam. Nein, kein Schatten der vergangenen Nacht trübte sein erwartungsvolles Gesicht. Und selbst wenn er, wie ich, gewußt oder doch geahnt hätte, was die Zukunft ihm bringen würde, unvorstellbaren Ruhm und ein Ende voll

Schrecken — ich glaube kaum, daß er jetzt, ganz von Vorfreude und ungeduldiger Anspannung erfüllt, dadurch beirrt worden wäre. Mit vierzehn kann man sich nicht vorstellen, wie es ist, wenn man mit vierzig stirbt. Der Tod scheint eine Ewigkeit entfernt.

Eine Stunde nach Sonnenuntergang kamen sie, um uns zur Siegesfeier zu holen.

8

Der Saal war mit Menschen überfüllt, und als die Trompeten erschollen, um den Beginn des Festes zu verkünden, schien man selbst in den Gängen kaum atmen zu können. Fast hatte es den Anschein, als wolle das alte römische Mauerwerk, so festgefügt es auch war, unter dem Ansturm nachgeben und zerbröckeln. Wie ein Lauffeuer hatte sich das Gerücht verbreitet, daß dies keine gewöhnliche Siegesfeier sei, und von weither kamen die Menschen nach Luguvallium geströmt, um dem großen Ereignis beizuwohnen.

Die Edelleute und ihr Gefolge im Saal schienen zur ununterscheidbaren Masse zu gerinnen. Wie bei solchen Anlässen üblich, mußten die Waffen in einem Vorraum gelassen werden, und das geschah auch, bis die Kammer mit der Unmenge von Speeren und Schwertern einem undurchdringlichen Dornengestrüpp glich. Eifrig kamen die damit beauftragten Wachen dem Befehl nach, doch sie konnten kaum mehr tun, als jeden der eintretenden Gäste scharf ins Auge zu fassen und darauf zu achten, daß ihm nur sein Dolch oder ein Messer blieb: Dinge, die er für das Festmahl brauchte.

Draußen dunkelte der Himmel, und im Saal verbreiteten die brennenden Fackeln und die dichtgedrängte Menge eine unbehagliche Wärme. Aufmerksam beobachtete ich den König. Er schien in guter, ja blendender Stimmung, doch auf seinen Wangen zeigten sich unverkennbare Erregungsflecken, und seine Haut besaß jenen eigentümlichen durchsichtigen Schimmer, wie man ihn oft bei Menschen findet, die ihre letzte Kraft aufbieten, um der Erschöpfung Herr zu werden. Aber er hatte sich völlig in der Gewalt und unterhielt sich angeregt mit Artus, der rechts von ihm saß, und mit den anderen in seiner Nähe. Nur fiel mir auf, daß er mitunter in tiefes Schweigen versank, wie dahintreibend in Gedankenleere, in einer Öde oder Ferne, aus der er sich nur mit Anstrengung lösen konnte.

Einmal fragte er mich (ich hatte meinen Platz links von ihm), ob ich wüßte, warum sich Morgause den ganzen Tag über nicht bei ihm habe blicken lassen. Es klang eher beiläufig, ohne eigentliches Interesse, und ich erwiderte, es sei ihr Wunsch gewesen, zu ihrer Schwester nach York zu reisen; ich selbst hätte ihr, gleichsam stellvertretend, die Erlaubnis dazu erteilt, da er, Uther, kaum Zeit gehabt habe. Rasch fügte ich noch hinzu, selbstverständlich würde ich jetzt an Stelle seiner Tochter seine Pflege übernehmen. Er nickte, dankte höflich, doch es schien, als glaube er, meine Hilfe nicht länger zu benötigen, denn er sagte: »Ich habe die besten Ärzte, die man sich wünschen kann, den Sieg und diesen Knaben neben mir.« Er legte eine Hand auf Artus' Schulter und lachte. »Hast du gehört, wie mich die sächsischen Hunde nannten? Den halbtoten König. Sie riefen es, als man mich in meinem Stuhl über das Schlachtfeld trug, und so war es wohl auch. Doch jetzt habe ich beides, Sieg und Leben.«

Seine Stimme klang laut, voller Zuversicht, und die Umsitzenden nickten bestätigend, während Uther sich wieder seinem Mahl zuwandte. Gemeinsam mit Ulfin hatte ich ihn gebeten, Mäßigkeit zu üben, doch der Rat erwies sich als überflüssig. Der König zeigte nur wenig Appetit, und der Kämmerer achtete sorgfältig darauf, daß der Wein für ihn, und auch für Artus, mit Wasser verdünnt war.

Ja, Artus. Sehr aufrecht saß er neben seinem Vater, und vor Erregung und Anspannung wirkte er ein wenig blaß. Entgegen seiner sonstigen Gewohnheit schien er kaum zu bemerken, was er zu sich nahm. Auch sprach er kaum, und wenn er den Mund öffnete, so geschah es wohl nur aus Höflichkeit, um auf eine an ihn gerichtete Frage Antwort zu geben. Meist musterte er schweigend die Menge im Saal unterhalb der königlichen Estrade, und ich begriff sehr bald, worum es ihm ging. Er wollte jede Einzelheit in sich aufnehmen, wollte freundliche von feindseligen und gleichgültige von neugierigen Gesichtern scheiden. In anderen Worten: Es lag ihm daran, rechtzeitig er erkennen, wie die Kräfte verteilt waren, wer in welchem Lager stand.

Gewiß fiel es mir, der über genügend Erfahrung verfügte, nicht schwer, ein deutliches Bild zu gewinnen. Doch bei einem Knaben oder Jüngling von noch nicht einmal fünfzehn Jahren fand ich es erstaunlich, daß er, dazu noch unter diesen Umständen, die Kaltblütigkeit aufbrachte, so aufmerksam die Lage einzuschätzen. Sein Blick wirkte gelassen und gesammelt zugleich, und nur zweimal bemerkte ich, daß ein weicherer Zug in sein Gesicht trat: Als er zu Ector sah, der, vom Wein schon leicht berauscht, seinen prächtig gekleideten Pflegesohn mit bewundernden Augen betrachtete (Cei, neben dem Grafen, schien weniger entzückt, doch wirkte er, mit seinen gerunzelten Brauen, meist irgendwie verdrossen); und als er an einer weiter entfernten Stelle im Saal Bedwyr entdeckte, der bei seinem Vater, König Ban von Benoic, saß. Immer wieder tauchten die Blicke der beiden Freunde ineinander, und wenn das Wort von der Seele, die sich in den Augen zeigt, je seine Berechtigung hatte, so galt es an diesem Abend gewiß für Artus' einstigen Spielgefährten.

Während das Fest seinen Fortgang nahm, beobachtete ich sorgenvoll Uther. Würde seine Kraft ausreichen oder die Erschöpfung überhandnehmen? Ich hielt mich bereit, um notfalls an seiner Statt Artus zum Thronfolger auszurufen, mochte es darüber auch zu Kämpfen kommen. Doch meine Bedenken erwiesen sich als überflüssig. Der König hob die Hand, und sogleich erschollen die Trompeten, Schweigen gebietend. Das Stimmengewirr verstummte, und aller Augen wandten sich unserem Tisch zu. Stehen konnte Uther natürlich nicht, aber auf seinem großen Stuhl in der Mitte war er für jedermann deutlich sichtbar, und im Schein der Fackeln, Banner hinter sich, wirkte er jetzt sehr wach, eine beherrschende Gestalt.

Er legte die Hände auf die geschnitzten Armlehnen seines Stuhls und begann zu sprechen. Er lächelte.

»Fürsten und Edle, ihr alle wißt, warum wir heute hier zusammengekommen sind. Colgrim und sein Bruder Badulf wurden von uns in die Flucht geschlagen, und inzwischen ist die Nachricht eingetroffen, daß die zersprengten Scharen des Feindes der Küste zustreben, der Wildnis im Norden des Landes.« Er ging ausführlicher auf den errungenen Sieg ein, der nicht weniger entscheidend gewesen sei als der Sieg seines Bruders bei Kaerconan: ein gutes Vorzeichen für die Zukunft. »Die Macht unserer Feinde, seit Jahren anwachsend und für uns eine ständige Gefahr, ist vorerst gebrochen. Wir haben eine Frist gewonnen, um Luft zu schöpfen. Aber noch bedeutsamer als diese Tatsache will mir scheinen, auf welche Weise dieses Ziel erreicht wurde — durch Einigkeit. Was können wir, die Könige des Nordens, des Südens und des Westens, auf uns allein gestellt bewirken? Wir sind hilflose Opfer. Stehen wir jedoch zusammen, vereint im gleichen Willen und unter einem gemeinsamen Führer, so besitzen wir die Kraft, dem Feind Macsens Schwert wieder ins Herz zu stoßen.«

Er meinte es natürlich bildlich, doch ich bemerkte deutlich, wie Artus unwillkürlich zusammenzuckte und mir dann einen raschen Blick zuwarf.

Als Uther schwieg, näherte sich ihm sofort Ulfin mit einem Becher Wein. Doch der König winkte ihn zur Seite und sprach weiter. Seine Stimme klang kräftig, fast wie ich es von früher bei ihm gewohnt war. »Das ist die Lehre, die wir aus den vergangenen Jahren ziehen müssen. Ein starker Hoher König, dem alle anderen sich unterordnen. Tun sie das nicht, widersetzen sie sich ihm, so stehen wir wieder dort, wo wir waren, ehe die Römer kamen. Dann ergeht es uns wie den Galliern und den Germanen, zerspaltene und verlorene Völker. Wie sie werden wir dann, Wölfen gleich, übereinander herfallen und uns um jeden Bissen balgen, statt gemeinsam gegen den Feind zu stehen, der uns alle bedroht. Doch unter dem richtigen König, wenn wir ihm getreulich folgen, können wir eins werden, unzertrennlich, unbesiegbar. Und mag der Drachen Britanniens vielleicht auch nicht so hoch steigen wie die Adler Roms, so kann er doch weithin sichtbar sein, ein verwirklichter Traum, eine erfüllte Vision.«

Tiefe Stille herrschte. So hätte auch Ambrosius sprechen können, dachte ich, oder sogar Maximus. So sprechen die Götter, wenn sie den Irdischen ihr Urteil verkünden.

Diesmal schwieg Uther länger als zuvor, scheinbar, um seine Worte nachwirken zu lassen, in Wirklichkeit jedoch, um frische Kräfte zu schöpfen, wie seine blutlosen Hände auf den Armlehnen deutlich bewiesen. Da fast alle zu Artus blickten, schien das außer mir niemand zu bemerken. Bis auf eine Ausnahme. Lot ließ den König keine Sekunde aus den Augen. Lauernd haftete sein Blick auf ihm. Wieder näherte sich Ulfin mit dem gefüllten Becher. Ehe er ihn Uther reichte, nahm er, auf meinen verstohlenen Wink, einen winzigen Schluck. Ich sah, wie die Hand des Königs zitterte, als er sich mit dem Trunk stärkte. Auch der Kämmerer bemerkte es. Sofort griff er wieder nach dem Becher. Und die anderen? Hatten sie etwas wahrgenommen? Lot ganz gewiß. Der lauernde Ausdruck auf seinem Gesicht vertiefte sich noch. Unverkennbar wartete er darauf, daß den König die Kräfte verließen. Wußte er, wie es mit Uther stand, von Morgause vielleicht? Hatte er es erraten? Zweifellos würde er jede sich bietende Gelegenheit nutzen, um Artus zu schaden und den Thron für sich zu retten.

Als Uther weitersprach, klang seine Stimme kraftloser als vorher, doch im allgemeinen Schweigen drang sie auch so bis in den letzten Winkel. Selbst die Männer, die dem Wein allzu eifrig zugesprochen hatten, hingen aufmerksam an seinen Lippen, als er abermals auf die Schlacht zu sprechen kam: auf jene, die gefallen waren, auf solche, die sich im Kampf hervorgetan hatten — und auf Artus und die durch ihn bewirkte entscheidende Wende.

»Ihr alle wißt seit vielen Jahren, daß der Sohn, den mir Ygraine, meine Gemahlin, schenkte, fern von mir aufwuchs, geleitet und gelenkt von Händen, die stärker waren als meine eigenen, seit mich die Krankheit heimsuchte. Auch ist euch bekannt, daß er, Artus, sobald er das richtige Alter erreichte, öffentlich zum Thronerben erklärt werden sollte. So mögen denn jetzt alle erfahren, wo mein Sohn, der Prinz, seine Jugendjahre verbracht hat; zuerst bei meinem Vetter Hoel in der Bretagne, dann bei meinem treuen Gefolgsmann und Mitstreiter, dem Grafen Ector von Galava. Merlin jedoch, den man auch Ambrosius nennt und dem das Kind sofort nach der Geburt anvertraut wurde, war ihm während dieser ganzen Zeit Beschützer und Lehrer zugleich. Niemand unter uns wird wohl daran zweifeln, daß für diese Aufgabe keiner besser geeignet ist als er. Kinder königlichen Blutes an fremden Höfen aufziehen zu lassen, wo sie weniger den Anfechtungen des Hochmuts und den Bedrohungen durch Ränkeschmiede ausgesetzt sind, ist vielfach Brauch, und auch mir wird gewiß niemand das Recht dazu absprechen.« Schwer atmend, schwieg er einen Augenblick. Hier und dort bewegten sich Männer unruhig auf ihren Sitzen. Artus' kühlem Blick schien keine Einzelheit zu entgehen.

Uther fuhr fort: »Gestern auf dem Schlachtfeld konnte jeder sehen, aus welchem Holz mein Sohn, der Prinz und zukünftige König, geschnitzt ist: Wie er das Schwert von mir empfing und das Heer zum Siege führte, als sei er ein kampferprobter Krieger, ja schon der Hohe König selbst.«

Sein Atem ging jetzt noch mühevoller, stoßweise fast. Ich sah Lots wachsamen Blick, wie auf dem Sprung. In Cadors Augen hingegen spiegelte sich Besorgnis. Dankbar dachte ich an das klärende Gespräch mit ihm zurück. Cador und Lot: Mit vereinter Macht hätten sie das Land zwischen sich aufteilen können in eine nördliche und eine südliche Hälfte, wobei die anderen leer ausgegangen wären. Doch zum Glück schlug Cador offenbar seinem Vater Gorlois nach, dem das Wort Treue so viel bedeutet hatte.

»Und so«, sagte Uther, und durch die Stille klang sein qualvolles Keuchen, »sei denn allen hier mein wahrer und einziger Sohn vorgestellt, Artus, genannt Pendragon, der nach meinem Tode den Thron besteigen und von nun an in der Schlacht mein Schwert führen wird.«

Er streckte die Hand nach Artus aus, der sich sofort erhob, aufrecht und ohne ein Lächeln, während der Jubel unten im Saal kein Ende nehmen wollte, ein Tosen, das das Mauerwerk zu zersprengen schien. Als es schließlich verstummte, war weithin der Widerhall hörbar. Kein Zweifel, daß aus den Rufen der Männer Freude sprach, die Erleichterung darüber, daß nach der langen Zeit der Ungewißheit jetzt endlich Klarheit herrschte. Ich beobachtete Artus. Er wirkte gefaßt. Aber ich gewahrte die kaum merklichen Zeichen von Anspannung in seinem Gesicht. Er stand wie ein Krieger, der soeben einen Sieg errungen hat, sich jedoch für die nächste Herausforderung bereithält.

Sie ließ nicht lange auf sich warten. Durch die wieder aufklingenden Hochrufe erscholl, scharf und deutlich, Lots Stimme.

»Ich widerspreche Eurer Wahl, König Uther!«

Es war, als sei unversehens ein mächtiger Felsblock in das rasch dahinströmende Wasser eines Flusses gestürzt, um ihn in zwei Teile zu spalten. Noch jubelten viele der Anwesenden Artus und dem König zu, doch hier und dort erklangen, verhalten zuerst, dann stärker anwachsend, die Rufe: »Lothian! Lothian!«

Und wieder durchschnitt Lots Stimme messerscharf den Lärm. »Ein unerfahrener Knabe, ein halbes Kind, das gerade seine erste Schlacht hinter sich hat? Bald schon wird Colgrim mit einer neuen Streitmacht zurückkehren. Soll dieses Kind uns dann gegen ihn führen? Wenn Ihr schon Euer Schwert in andere Hände legen müßt, König Uther, so erwählt dafür einen erprobten Kämpfer und Führer, der seines Amtes walten mag, bis Euer Sohn erwachsen ist!«

Wie um seinen Worten Nachdruck zu verleihen, schlug er mit der geballten Faust auf den Tisch, und rings um ihn flammte es wieder auf: »Lothian! Lothian!«, während auf der anderen Seite des Saals Gegenrufe erschollen: »Pendragon!« und: »Cornwall!« und sogar: »Artus!« Wenn es nur zu Schmähungen und erbitterten Wortgefechten kam, nicht jedoch zu blutigen Kämpfen, so lag das daran, daß die Männer praktisch waffenlos waren. Die Bediensteten wichen ängstlich an die Wände zurück, und die Kämmerer eilten zwischen den streitenden Gruppen hin und her, um die Zornigen zu beschwichtigen. Der König, aschfahl im Gesicht, hob eine Hand, doch niemand schien die Gebärde zu bemerken. Artus stand ohne Bewegung, schweigend und sehr blaß.

»Ihr Fürsten und Edlen!« rief Uther, und ich sah, daß er zitterte, nicht vor Schwäche, sondern vor Zorn, für ihn nicht weniger gefährlich als ein geschleuderter Speer. Rasch legte ich meine Hand auf seinen Arm. »So beruhigt Euch doch«, sagte ich leise. »Laßt sie nur schreien. Seht, Ector hat sich erhoben, um zu sprechen.«

»Mein König und Herr!« Ectors Stimme klang frisch, doch sehr sachlich, ein gutes Mittel, um die erhitzten Gemüter abzukühlen. Er schien sich nur an Uther zu wenden, aber gerade das bewog die Menge im Saal, zu verstummen und angespannt zu lauschen. Ector fuhr fort: »Der König von Lothian hat Eurer Wahl widersprochen. Nun hat er zwar, wie alle Eure Untertanen, das Recht, vor Euch zu sprechen, jedoch nicht, Euch zu widersprechen oder Eure Worte gar anzuzweifeln.« Seine Stimme hebend, wandte er sich den im Saal Anwesenden zu. »Ihr Herren, hier geht es nicht darum, daß eine Wahl getroffen wird. Der Erbe eines Königs wird von ihm gezeugt und besitzt somit einen Anspruch, den niemand in Frage stellen kann. Dort steht er, der Prinz, betrachtet ihn nur. Und hört, was ich euch zu sagen habe. Zehn Jahre hat er bei mir gelebt, und ich kenne ihn gut und weiß, daß kein anderer als er uns führen sollte — nicht erst, wenn er älter ist, sondern schon jetzt. Habt ihr vergessen, wie glänzend er sich gestern auf dem Schlachtfeld bewährt hat? Gewiß nicht. Und so sage ich euch, daß er der wahre und rechtmäßige Thronfolger ist. In ihm werden wir einen König haben, der die Kraft besitzt, die Herrscher von ganz Britannien zu einen und das Schwert seines Vaters machtvoll zu führen.«

Rufe erschollen: »Wahr! Sehr wahr!« und: »Wer kann daran zweifeln? Er ist ein Pendragon und darum unser König!« Das Stimmengewirr klang noch verworrener als zuvor. Unwillkürlich fühlte ich mich an die Versammlungen erinnert, die mein Vater mit den Fürsten abgehalten hatte, an die dort herrschende Ruhe und Ordnung, an die bezwingende Persönlichkeit des Königs. Doch Uther, jetzt vor Schwäche zitternd und leichenblaß, hatte nicht mehr die Kraft, seinen Willen durchzusetzen. Ihm blieb nur die Hoffnung, die Zustimmung der Mehrheit zu gewinnen.

Doch bevor er sprechen konnte, hatte sich Lot wieder erhoben, und seine Worte klangen jetzt weniger aufsässig als gewichtig und, sich an Ector richtend, sogar höflich. »Es sind nicht das Geburtsrecht und der Anspruch des Prinzen, die ich in Zweifel ziehe. Aber ich glaube nicht, daß er, bei seiner Jugend und Unerfahrenheit, schon geeignet ist, uns zu führen. Die Schlacht gestern, das wissen wir alle, war nur ein Vorgeplänkel, das erste in einer Reihe von Gefechten, die gefahrvoller und bedrohlicher sein werden, als sie selbst Ambrosius je zu überstehen hatte: ein Kampf auf Leben und Tod, wie es ihn seit den Tagen des Maximus nicht mehr gab. Nein, nicht einen Führer, dem das Schlachtenglück einmal hold war, brauchen wir, und auch keinen Stellvertreter für einen kranken König, sondern einen Mann von der unumschränkten Autorität eines gesegneten und gesalbten Herrschers. Wenn dieser junge Prinz in der Tat würdig ist, seines Vaters Schwert zu tragen — ist der Vater dann auch bereit, es ihm jetzt, vor unser aller Augen, zu überlassen?«

Betroffenes Schweigen im Saal, denn natürlich begriff jeder, was es zu bedeuten hatte, wenn Uther das königliche Schwert in aller Form an Artus übergab: seine Abdankung. Und mochte ich (und wohl auch Ulfin) wissen, daß Uther diesen Tag nicht überleben würde, so wußten es doch die anderen und der König selbst keineswegs. Besaß er die innere Größe, schon jetzt auf jene Macht zu verzichten, die so lange Jahre gleichsam sein Lebensblut gewesen war?

Er saß sehr ruhig, wie unbeteiligt, und nur wer sich in seiner unmittelbaren Nähe befand wie ich, mochte bemerken, daß seine äußerliche Erstarrung von Zeit zu Zeit von einem kaum wahrnehmbaren Zittern durchbrochen wurde. Ich stand auf und stellte mich dicht neben ihn, zu seiner linken Hand. Artus zog die Brauen zusammen und warf mir einen fragenden Blick zu. Ich schüttelte kaum merklich den Kopf.

Der König fuhr sich mit der Zunge über die Lippen, unschlüssig allem Anschein nach und nicht weniger ratlos als die meisten Anwesenden im Saal. Die bislang Schwankenden jedoch fühlten sich durch Lots geschickten Schachzug offenbar erleichtert. Vor einer Rebellion gegen den Hohen König scheuten sie zurück. Lots Vorschlag indes billigten sie, schien er doch einen vernünftigen Ausweg zu bieten.

Lot breitete die Hände, eine umfassende Geste, mit der er sich zum Sprecher für alle machte. »Ihr Herren, wenn wir mit eigenen

Augen sehen, wie der König sein Schwert seinem erwählten Erben übergibt, dann müssen wir den Nachfolger natürlich anerkennen, meint ihr nicht? Die kommenden Schlachten, die künftigen Kriege? Später werden wir dieser Gefahr gemeinsam ins Auge sehen.«

Artus drehte den Kopf, und für Sekunden glich er einem Jagdhund, der eine ungewohnte Witterung aufnimmt. Ector musterte Lot ungläubig, der scheinbaren Kapitulation offenbar nicht trauend. Cador, auf der anderen Seite des Saals, starrte aus verengten Augen, wie um der Sache auf den Grund zu kommen.

Uther neigte kaum merklich den Kopf, eine Gebärde der Selbstverleugnung, wie ich sie noch nie bei ihm gesehen hatte.

»Ich bin dazu bereit.«

Er lehnte sich erschöpft zurück und wehrte mit schwacher Bewegung Ulfin ab, der ihm wieder einen Becher Wein reichen wollte. Ich ließ meine Hand unauffällig über den Arm des Königs gleiten und fühlte ihm den Puls, der sehr unregelmäßig war und manchmal kaum zu spüren.

Wieder fuhr er sich mit der Zunge über die trockenen Lippen. Dann sagte er leise zu mir:

»Was führt er nur im Schilde? Ich begreife das nicht. Du vielleicht?«

»Nein, noch nicht.«

»Die Gefolgschaft, über die er verfügt, ist doch nicht stark genug, nicht einmal im Heer. Doch jetzt ... jetzt wirst du wohl eingreifen müssen. Sie wollen keine Worte, keine Beteuerungen, keine Gelübde. Nein, sie warten auf ein Zeichen. Kannst du es ihnen geben?«

»Ich weiß es nicht. Die Götter kommen, wann und wie es ihnen gefällt.«

Mit angespanntem Gesicht lauschte Artus auf unser Flüstern, das er offenbar nicht verstand. Dann wanderte sein Blick durch den Saal und schien plötzlich einen Ruhepunkt zu finden. Ich sah, daß seine Augen auf Bedwyr lagen, der, rot vor Zorn, nur von der kraftvollen Hand seines Vaters auf seinem Platz gehalten wurde — sonst wäre er Lot wohl an die Kehle gegangen.

Mit eiligen Schritten brachte der Kämmerer Uthers Schlachtschwert, dessen Knauf mit Edelsteinen geschmückt, dessen Scheide mit Silber und Gold verziert war. Jeder hier kannte es gut. Der Kämmerer legte es vor dem König auf den Tisch. Uthers magere Hand langte nach dem Griff, den seine Finger zu liebkosen schienen. Artus beobachtete ihn grübelnd. Offenbar dachte er an das

Schwert im Wilden Wald und fragte sich, welche Rolle ihm zukam, jetzt, bei Uthers formeller Abdankung.

Doch ich, in dessen Augen das Feuer der Rubine brannte, die den Knauf schmückten — ich wußte jetzt endlich, was die Götter wollten. Auch begriff ich, daß es so und nicht anders in den Sternen gestanden hatte, von Anfang an. Und nicht das wie im Dunst auftauchende Gesicht des lächelnden Gottes verriet mir das Geheimnis, sondern das aufflammende Licht der Rubine: So wie Uthers Kräfte versagt hatten, würde auch sein Schwert versagen, anders als jenes, das über Wasser und Land gekommen war und jetzt im verborgenen wartete, um Artus zur Königswürde zu verhelfen und sie ihm zu sichern, bis es später für alle Zeiten den Blicken der Menschen entschwand ...

Mit fester Hand umfaßte der König den Griff seiner Waffe und zog sie aus der Scheide. »Ich, Uther Pendragon, übergebe hiermit meinem Sohn Artus ...«

Wie ein Keuchen oder Stöhnen kam es aus dem Saal. Dann schollen Stimmen auf, furchtsame Rufe: »Ein Zeichen! Ein Zeichen!«, und jemand schrie: »Tod! Das bedeutet Tod!«, und Flüstern, gelähmt, fast erstarrt, machte sich breit: »Welche Hoffnung bleibt uns, einem verwüsteten Land mit einem siechen König und einem Knaben ohne Schwert?«

Taumelnd hatte sich Uther hochgerafft, mit wie betäubtem Blick und erschlafften Lippen. Er hielt den Griff des Schwertes in der Hand, doch knapp darunter war die Klinge zerbrochen, schartiges Metall, auf dem sich dumpf der Widerschein des Fackellichtes fing.

Der König schien sprechen zu wollen, es wurde jedoch nur ein unverständliches Lallen, das ihm in der Kehle erstarb. Mit hartem Aufprall schlug das zerbrochene Schwert auf den Tisch. Uther begann zu schwanken. Sofort faßten Ulfin und ich ihn bei den Armen und ließen ihn sacht auf seinen Stuhl gleiten. Schon stand auch Artus bei uns und beugte sich über seinen Vater. »Sir? Sir?«

Dann richtete er sich langsam auf und sah mich an. Ich brauchte ihm nicht zu sagen, was jetzt jedem im Saal klar sein mußte.

Uther war tot.

9

Es schien, als sei eher der tote als der sterbende Uther in der Lage, die Versammlung in seinen Bann zu zwingen. Alle standen stumm, den Blick auf dem leblosen Körper des Hohen Königs. In der Stille knisterten und raschelten die Flammen der Fackeln wie Seide. Ich beugte mich über den Toten und drückte ihm die Augen zu.

Doch dann erklang Lots Stimme: »Ein Zeichen fürwahr! Ein toter König und ein zerbrochenes Schwert! Wollt Ihr auch jetzt noch behaupten, Ector, daß Gott uns diesen Knaben als Führer gegen die sächsischen Eindringlinge bestimmt hat? Ein Kind mit einem zerbrochenen Schwert soll uns vor dem Untergang retten?«

Sogleich erhob sich wieder Tumult. Rufen und Schreien und Augen voll Furcht und Ratlosigkeit. Artus starrte mit bleichem Gesicht zur Menge hinab, als wolle er den Kampf aufnehmen, und sei die Übermacht auch noch so groß. »Nein. Warte«, rief ich ihm zu, und er gehorchte. Doch wie von selbst glitt seine Hand zu seinem Dolch. Schweigend stand er, während der Lärm im Saal anschwoll wie eine sturmgepeitschte Brandung.

Doch Ectors Stimme durchdrang das Geschrei, und sie klang genauso nüchtern und besonnen wie zuvor. Gleich einer zielstrebigen Hand wischte sie die Spinnweben aus Angst und Aberglauben beiseite. »Ihr Herren! Ist dieser Aufruhr unser würdig? Dort, vor aller Augen, sitzt der tote Hohe König. Wollen wir, kaum daß er die Augen geschlossen hat, seinem Willen zuwiderhandeln? Was seinen Tod verursachte, konnte ein jeder sehen: das zerbrochene Schwert, gestern noch ganz. Doch kann und darf uns dieses Mißgeschick«, er wählte das Wort sehr sorgsam aus, »in Furcht und Schrecken versetzen wie Kinder und uns von dem abhalten, was es jetzt zu tun gilt? Wenn ihr nach einem Zeichen Ausschau haltet — nun, dort ist es.« Er wies mit der Hand auf Artus, der bewegungslos neben seinem toten Vater stand. »Wenn ein König fällt, so steht ein anderer bereit, seinen Platz einzunehmen. Und diesen hier hat Gott uns heute gesandt. Wir müssen ihm huldigen.«

Er schwieg einen Augenblick, wie um seine Worte nachwirken zu lassen. Wieder Geflüster, zustimmende Rufe und Nicken, aber hier und dort immer noch Zweifel und laute Fragen: »Doch das Schwert? Das zerbrochene Schwert?«

Ector fuhr unbeirrt fort: »König Lot hat es ein Zeichen genannt, dieses zerbrochene Schwert. Ein Zeichen wofür oder wovon? Ich will es euch sagen, ihr Herren: Ein Zeichen von Verrat. Denn weder in der Hand des Königs noch in der Hand seines Sohnes zerbrach die Waffe.«

Bedwyrs Vater, der König von Benoic, rief laut: »Das ist wahr! Wir alle sahen, wie Artus es gestern in der Schlacht führte. Und, bei Gott, es war und blieb ganz.«

Andere Stimmen schrien dagegen: »Wirklich? Können wir sicher sein? Hatte die Klinge vielleicht schon einen Sprung, von dem Uther sehr wohl wußte?« Und wieder andere: »Aber hätte er das Schwert dann jetzt holen lassen?« Und plötzlich, alle übrigen übertönend, Uriens Ruf: »Er wußte, daß er nicht mehr lange zu leben hatte. Mit dem zerbrochenen Schwert gab er auch die Herrschaft aus der Hand, und am Mächtigsten ist es jetzt, sie sich zu nehmen.«

Und wieder Ector, mit zornrotem Gesicht: »Ich wußte, was ich sagte, als ich von Verrat sprach. Denn hätte der Hohe König nicht selbst seinen Sohn als Erben benannt, so würde Britannien von treulosen Hunden wie Euch zerrissen werden, Urien von Gore!«

Urien schien aufbegehren zu wollen, doch mit einer heftigen Handbewegung brachte Lot ihn zur Ruhe.

Lächelnd und sehr beherrscht sagte Artus' Widersacher: »Nun, ein jeder hier weiß, welches Interesse Graf Ector daran hat, daß sein Schützling auf den Thron des Hohen Königs gelangt.«

Betroffenes Schweigen. Suchende, forschende Blicke überall. Ectors verwirrte Miene. Dann plötzlich, auf der rechten Seite des Saals, ein Scharren, als Cadors Gefolge dem Herzog Platz machte.

Er trat einige Schritte vor, und seine Stimme klang völlig unbewegt. »Was Ector sagt, ist wahr. Ich habe mit eigenen Augen gesehen, wie der Prinz nach der Schlacht seinem Vater das Schwert zurückgab. Es war ganz und trug keinerlei Spuren außer dem Blut des Feindes.«

»Und wann und wie ist es zerbrochen? War es Verrat? Wer hat es getan?«

»Ja, wer?« sagte Cador. »Gewiß nicht die Götter, wie König Lot uns offenbar weismachen will. Das Schwert dessen, dem sie den Sieg zuteil werden ließen, zerbrechen sie nicht. Sie haben es ihm ja selbst gegeben.«

»Und Artus?« schrie jemand. »Wenn er unser König ist, welches Schwert haben sie ihm gegeben?«

Cadors Augen glitten durch den Saal zu mir. Zweifellos erwartete er, daß ich jetzt sprechen würde. Doch ich schwieg. Ich stand jetzt hinter Artus, gleichsam im Schatten des großen Königsstuhls. Dort war mein Platz, das sollte jeder sehen. Den vielen Blicken, die mich wie überrascht musterten, ließ sich anmerken, daß sie sehr wohl begriffen. Einige Männer scharrten unruhig mit dem Füßen, andere flüsterten miteinander. So mancher hier hatte schon meine Macht gespürt, und es gab keinen, der an ihr zweifelte, nicht einmal Lot. Aber als ich immer noch nicht sprach, huschte hier und dort ein Lächeln über ein Gesicht. Ich sah, wie Artus unwillkürlich die Schultern spannte, und sagte zu ihm, ohne daß ein Wort über meine Lippen kam: »Noch nicht, Artus, noch nicht. Warte.«

Er blieb stumm. Plötzlich nahm er das zerbrochene Schwert vom Tisch und schob den oberen Teil mit dem Griff in die Scheide. Ein kurzes Aufblitzen, das sofort verlosch.

»Seht ihr?« rief Cador in den Saal. »Uther ist tot, und sein Schwert ist gleichsam mit ihm gegangen. Doch Artus braucht es nicht, denn er besitzt sein eigenes Schwert, größer und schöner und königlicher als dieses, das von Menschenhand zerbrochen wurde. Die Götter haben es ihm gegeben. Ich sah mit eigenen Augen, wie er es schwang.«

Überall schollen Fragen auf. Sie schienen einander zu überstürzen. »Wann? Wo? Welche Götter? Was für ein Schwert?«

Cador wartete lächelnd, bis der Lärm sich wieder legte. Er wirkte völlig entspannt, sehr zuversichtlich und sehr selbstbewußt. Lot hingegen nagte unruhig an seiner Unterlippe. Mit flinkem Blick schien er abzuschätzen, wie groß die Gefolgschaft war, auf die er jetzt noch zählen konnte. Augenscheinlich hatte er auch gehofft, in Cador einen Bundesgenossen gegen Artus zu haben.

Doch der junge Herzog würdigte ihn keines Blickes. »Ich will Antwort geben, so gut ich es vermag«, sagte er zu den Versammelten. »Ich sah ihn einmal mit Merlin im Wilden Wald, und er trug ein Schwert, wie ich es noch nie gesehen hatte, eine prachtvoll verzierte Waffe, eines Kaisers würdig und mit einer Klinge, die nur aus Licht zu bestehen schien, so sehr blendete ihr Glanz die Augen.«

Lot räusperte sich. »Reines Gaukelspiel, nichts als Zauberei. Ihr sagt ja selbst, daß Merlin zugegen war, und was das bedeutet, wissen wir alle. Merlin, o ja. Und Artus als sein gelehriger Schüler.«

Ein kleiner, schwarzhaariger Mann unterbrach ihn. Ich erkannte Gwyl von der Westküste. Dort im hügeligen Gelände kamen immer noch die geheimnisumwitterten Druiden zusammen. »Von Zauberei sprecht Ihr, König Lot? Nun ja. Aber was folgt daraus? Ein Herrscher, der über magische Macht verfügt, ist ein Herrscher, dem man getrost folgen kann.«

Beifällige Rufe antworteten ihm. Derbe Fäuste hieben auf die Tische. Viele der Männer waren Gebirgskelten, und dies war die Sprache, die sie verstanden. »Das ist wahr! Das ist wahr! Stärke ist gut, doch was nützt sie, wenn das Glück fehlt? Unser neuer junger König hat beides. Und gibt es einen besseren Ratgeber für ihn als Merlin?«

»Auch gehört er nicht zu jenen, die zu feige oder zu dumm sind, um rechtzeitig in die Schlacht einzugreifen«, schrie Bedwyr, der sich offenbar nicht länger zurückhalten konnte. Sein Vater streckte die Hand nach ihm aus, um ihn zum Schweigen zu bringen. Doch die Gebärde, als nachdrückliche Ermahnung gemeint, geriet ihm eher zur Liebkosung. Bans Finger strichen Bedwyr kurz über das Haar.

Die Männer lächelten. Anspannung löste sich. Deutlich spürbar ebbte die Erregung im Saal ab. Jetzt schienen die Versammelten bereit, alles in Ruhe zu überdenken. Vernunft trat an die Stelle der Furcht.

Und dann rief jemand: »Warum spricht Merlin denn nicht? Er weiß, was zu tun ist. Merlin soll sprechen.«

Sogleich hallte ein vielstimmiges Echo nach: »Merlin! Merlin! Merlin soll sprechen!«

Ich wartete, bis sie zur Ruhe kamen. Erst als aller Augen auf mich gerichtet waren, begann ich.

»Zwei Dinge gibt es zu klären«, sagte ich. »Erstens irrt sich der König von Lothian, wenn er meint, ich sei so etwas wie Artus' Meister und Herr. O nein, sein Diener bin ich und nichts sonst. Und zweitens kann uns vor der sächsischen Gefahr nur dieser junge König schützen, er und das Schwert, das Gott ihm gegeben hat.«

Lot schien zu spüren, daß er auf verlorenem Posten stand. Doch er versuchte zu retten, was noch zu retten war. »Ein Wunderschwert fürwahr?« rief er. »Blendwerk in seiner Hand, das sich in der Schlacht dann in nichts auflöst.«

»Seid kein Narr«, sagte Ector grob. »Die Waffe, die ihm der Sachse mit der Streitaxt aus der Hand schlug, stammte von mir.

War aber nur meine zweitbeste, so daß ich den Verlust verschmerzen kann.«

Gelächter klang auf, und als Lot weitersprach, schwang in seiner Stimme ohnmächtiger Zorn. »Wo hat er es denn her, dieses Prachtschwert, und wo ist es jetzt?«

Ich sagte: »Er fuhr allein in einem Boot nach Caer Bannog und fand es dort in einer tiefen Höhle.«

Schweigen. Jeder hier wußte, was das zu bedeuten hatte, und mir entging nicht, daß viele das Zeichen gegen Zauberei machten.

Cador nickte. »Das ist wahr. Ich habe selbst gesehen, wie Artus mit dem Schwert von der Insel zurückkehrte. Die Lederhülle, in der es steckte, schien mindestens hundert Jahre alt zu sein — als hätte die Waffe sehr lange im verborgenen gelegen.«

»Genau so ist es«, sagte ich. »Und jetzt, ihr Herren, hört, was ich euch über das Schwert zu berichten habe. Es ist Macsen Wledigs Schwert — jenes, das er nach Rom mitnahm und das später von britannischen Kriegern zurückgebracht wurde. Muß ich euch an die Weissagung erinnern, die lange vor meiner Geburt von Mund zu Mund ging? ›Über Wasser und Land wird es heimgelangen, verborgen in Dunkelheit und eingeschlossen in Stein, bis jener kommt, welcher der rechtmäßige König von ganz Britannien ist, und es aus der Verborgenheit befreit.‹ Und dort auf Caer Bannog, in Bilis' Burg, hat es gelegen, ihr Herren, bis Artus durch ein Zeichen der Götter zu ihm geführt wurde.«

»Wir wollen es sehen!« riefen sie. »Wir wollen es sehen!«

»Ihr sollt es sehen. Es liegt jetzt auf dem Altar der Grünen Kapelle im Wilden Wald. Und dort wird es liegen, bis Artus es vor euer aller Augen erhebt.«

In Lots Augen zeigte sich aufsteigende Furcht. Sie waren jetzt gegen ihn, und er, Artus' erklärter Feind, stand fast allein. Dennoch schien er nicht aufgeben zu wollen, vielleicht getäuscht durch den ruhigen Klang meiner Stimme, vielleicht getrieben von seinem brennenden Ehrgeiz. Verächtlich rief er: »Das Schwert in der Kapelle? Ich habe es gesehen. Viele von uns haben es gesehen. Es gleicht Macsens Schwert, aber es ist nur eine Nachbildung aus Stein.«

Ich wartete nicht länger. Langsam hob ich die Arme. Durch die geöffneten Fenster fuhr ein Windstoß und blähte das Banner hinter Artus, so daß sich der Drache, scharlachrot auf goldenem Untergrund, hoch aufzubäumen schien. Vom Fackelschein unruhig überflackert, halb im Dunkeln, halb im Licht, mußte ich wirken wie ein riesiger Vogel mit erhobenen Schwingen. Ja, die Macht, jene besondere Macht, war in mir. Ich spürte sie, hörte sie in meiner Stimme.

»Vom Stein hat er das Schwert gelöst und wird es wieder lösen vom Stein vor euer aller Augen. Und von diesem Tage an soll die alte Weihestätte Kapelle der Fährnis heißen, weil das Schwert jedem, der nicht der rechtmäßige König ist und es dennoch zu berühren wagt, wie ein Blitzstrahl die Hand verbrennt.«

Unten im Saal sagte eine laute Stimme: »Wenn es tatsächlich Macsens Schwert ist, dann hat es ihm Gott selbst gegeben, und da Merlin ihm zur Seite steht, bin ich bereit, ihm stets zu folgen.«

»Ich auch«, sagte Cador.

»Und ich! Und ich!« scholl es von allen Seiten. »Wir wollen dieses Zauberschwert sehen und auch den Altar aus Stein.«

Und dann kamen, immer mächtiger anschwellend, jubelnde Rufe: »Artus! Artus!«

Ich ließ die Arme sinken. »Jetzt, Artus«, dachte ich. »Jetzt ist es soweit.«

Er hörte meine Gedanken, und ich spürte, wie die Macht von mir auf ihn überströmte. Von Sekunde zu Sekunde schien sie weiter anzuwachsen, bis sie ihn umgab wie ein fester Schild. Auch die Männer im Saal spürten das offenbar. Schweigend warteten sie. Er hob die Hand, und als er sprach, war seine Stimme nicht die Stimme eines Knaben, sondern eines Mannes, der seine ersten entscheidenden Schlachten geschlagen hat: draußen auf der Walstatt und hier im Saal.

»Ihr Herren. Jeder von euch weiß, daß mir mein Vater gestern im Kampf sein Schwert überließ. Jetzt ist die Waffe, die er mir vor wenigen Augenblicken geben wollte, zerbrochen — durch Verrat. Verrat war es auch, der mir mein Geburtsrecht abzusprechen versuchte. Doch es wird nicht gelingen. Von Merlin wißt ihr bereits, daß Gott mir ein anderes Schwert zugedacht hat, viel machtvoller und auch tödlicher. Wenn ihr bereit seid, mit mir zur Kapelle der Fährnis zu reiten, so will ich es dort vor euch allen erheben.«

Er schwieg. Die Fackeln brannten jetzt tiefer, und der Windstoß war längst verweht. Von meinem Schatten fand sich an der Wand kaum noch eine Spur, und das Drachenbanner hing sehr still.

Artus sprach weiter:

»Ihr Herren, wir werden am Morgen reiten. Doch jetzt gilt es, dem Hohen König die gebührende Ehre zu erweisen und ihn aufzubahren, wie es sich geziemt, mit Totenwachen, ehe man ihn zu seiner letzten Ruhestätte bringt. Wer dann mit mir kommen will, mag Schwert und Speer nehmen und mich begleiten.«

Er verstummte und stand wartend. Sofort eilte Cador auf ihn zu. Ector und Gwyl und Bedwyrs Vater, König Ban, und viele andere schlossen sich an. Ich trat zurück und überließ Artus der Schar seiner Freunde und Bewunderer. In der Nähe sah ich einige Bedienstete. Ich winkte sie herbei, und sie trugen den Stuhl hinaus, auf dem immer noch der tote König saß, von niemandem beachtet als von Ulfin, in dessen Augen Tränen schimmerten.

10

Ich verließ den Saal und befahl sofort einem Diener, mir ein schnelles Pferd zu besorgen. Ein anderer holte meinen Umhang und mein Schwert, und wenig später schlüpfte ich unbemerkt durch die Gänge auf den Hof.

Das Pferd stand bereit. Zu meiner Überraschung bemerkte ich, daß es Ralfs Brauner war. Und dann sah ich Ralf selbst. Er hielt die Zügel, und sein Gesicht wirkte eigentümlich angespannt. Jenseits der Mauern, die den Hof umgaben, summte es wie in einem umgestülpten Bienenkorb. Trotz der späten Stunde schien die ganze Stadt noch auf den Beinen. Die Kunde hatte sich also rasch verbreitet.

»Was soll das?« fragte ich Ralf. »Hat mich der Diener nicht richtig verstanden? Ich reite allein.«

»Ja, ich weiß. Der Braune ist für Euch. Er ist schneller als Euer eigenes Tier und auf seinen Beinen sehr sicher. Außerdem könnte es doch sein, daß Ihr auf Bewaffnete stoßt, und Ihr wißt ja ...« Er ließ den Satz unvollendet, aber ich begriff auch so, was er meinte. Das Pferd war für den Kampf geschult, ein Vorzug, den man nicht gering veranschlagen durfte.

»Danke, Ralf.« Ich nahm ihm die Zügel aus der Hand und schwang mich in den Sattel. »Werde ich am Tor erwartet?«

»Ja.« Er schluckte hart und sagte dann beschwörend: »Herr, darf ich Euch nicht begleiten? Ihr solltet nicht allein reiten. Ihr habt einen unerbittlichen Feind, der vor nichts zurückschreckt.«

»Das weiß ich, Ralf. Doch glaube mir, es ist besser, wenn du hierbleibst und darauf achtest, daß mir niemand folgt. Sind die Tore geschlossen?«

»Ja, ich habe dafür gesorgt. Außer Euch kann kein Reiter hinaus, ehe Artus und die anderen aufbrechen. Aber man hat mir gesagt, daß bereits zwei Männer fortgeritten sind.«

Ich musterte ihn scharf. »Zwei Männer? Von Lots Gefolge?«

»Das konnte mir niemand sagen. Es heißt, es habe sich um Boten gehandelt, die die Nachricht vom Tod des Hohen Königs nach Süden bringen sollen.«

»Boten?« fragte ich. »Niemand hat Boten ausgeschickt.« Schließlich hatte ich selbst dafür gesorgt, daß dergleichen vorerst unterblieb. Die Nachricht von Uthers Tod konnte die überall schwelende Ungewißheit und Furcht nur allzuleicht zum Brand entfachen. Erst mußte der neue König gekrönt sein: bestätigt durch den Besitz des Schwertes.

Ralf nickte. »Ja, ich weiß, daß Ihr das angeordnet habt. Aber für diese beiden kam Euer Befehl zu spät. Sie waren schon fort. Natürlich könnte es sein, daß einer der Kämmerer die Männer ausgeschickt hat, um sich durch eine rasche Botschaft nach Süden einen guten Lohn zu verdienen. Falls es jedoch Lots Leute sind — was für einen Auftrag könnten sie haben? Macsens Schwert zu zerbrechen, wie sie Uthers Schwert zerbrochen haben?«

»Glaubst du, daß das überhaupt möglich ist?«

»N-nein. Aber wenn er nichts auszurichten vermag, warum brecht Ihr dann schon jetzt auf und wartet nicht, um den Prinzen zu begleiten?«

»Weil Lot wirklich vor nichts zurückschreckt, um Artus' Anspruch auf den Thron zu untergraben. Nicht nur sein Ehrgeiz treibt ihn, sondern auch Furcht. Er wird alles tun, was in seiner Macht steht, um mich in den Augen der anderen herabzusetzen und ihren Glauben an das Schwert als ein Geschenk Gottes zu erschüttern. Deshalb muß ich jetzt fort. Denn Gott verteidigt sich nicht selbst. Das überläßt er lächelnd uns Irdischen.«

»Ihr meint ...? Ich verstehe. Sie könnten das Heiligtum entweihen oder den Altar zerstören. Vielleicht auch werden sie versuchen, Euch davon abzuhalten, den König dort zu empfangen. Damit rechnet Ihr doch, nicht wahr?«

»Schon möglich«, erwiderte ich ausweichend.

Er griff nach den Zügeln und riß so hart daran, daß mir das Leder fast aus den Händen glitt. »Dann seid Ihr also überzeugt, daß Lot keinen Augenblick zögern würde, Euch ermorden zu lassen.«

»Ja. Doch es wird ihm nicht gelingen. Und jetzt laß den Braunen los, Ralf. Du brauchst dich um mich nicht zu sorgen.«

»Ah«, sagte er erleichtert. »Dann steht in den Sternen heute nacht wohl nichts von einem weiteren Tod?«

»O doch. Aber nicht für mich. Und da ich dich nicht der Gefahr aussetzen will, bleibst du hier. Begreifst du jetzt, Ralf?«

»Bei Gott, wenn das der einzige Grund ist ...«

»Höre, Ralf«, unterbrach ich ihn schroff. »Wir haben uns deshalb schon einmal gestritten. Damals ließ ich mich von dir erweichen. Diesmal ist das anders. Zwar kann ich dich nicht zwingen, mir zu gehorchen, weil du nicht mehr in meinen, sondern in Artus' Diensten stehst. Doch es ist deine Pflicht, bei ihm zu bleiben und ihn sicher zur Kapelle zu geleiten. Und jetzt gib die Zügel frei. Durch welches Tor muß ich?«

Lange verharrte er schweigend. Schließlich trat er zurück. »Durch das Südtor, Herr, und möge Gott Euch schützen.«

Er drehte den Kopf und rief einem der Wächter einen Befehl zu. Das Tor schwang auf, und während der Braune einen lockeren Galopp anschlug, hörte ich, wie es hinter mir krachend zufiel.

Am Himmel stand der Halbmond, wie aus Silber gehämmert und von Schatten gesäumt. Die Weiden am Ufer schienen sich dichter aneinanderzudrängen. Der Fluß, durch Regenwasser angeschwollen, strömte rasch dahin. Am Himmel funkelten Sterne, alle überglänzt von der Strahlkraft des Bären. Doch Mond, Sterne und Fluß entschwanden meinem Blick, als der Braune, von mir zu schnellerer Gangart angespornt, in die Schwärze des Wilden Waldes tauchte.

Der erste Teil des Pfades verlief fast schnurgerade, und hier und dort schimmerte gelegentlich Mondschein durch die Baumkronen und zeichnete graue Muster auf den Boden. Überall krümmten sich Wurzeln, ein tückischer Untergrund, der vom Braunen jedoch sicher gemeistert wurde. Um vom tiefhängenden Geäst nicht zerkratzt oder herabgeschleudert zu werden, duckte ich mich tief auf den Hals des Tieres. Bald begann der Pfad anzusteigen, sacht erst, dann steiler, wie ein gewundenes Band. Manchmal bog er, einem vorspringenden Felsen ausweichend, scharf zur Seite. Von irgendwo kam das Rauschen eines Gebirgsbaches, auch er offenbar überquellend von herbstlichen Regenfällen.

Doch sonst drang, bis auf die pochenden Hufe meines Pferdes, kein Laut an mein Ohr. Nichts rührte, nichts bewegte sich. Die Bäume standen wie stumme Wächter. Vielleicht waren Wölfe oder Füchse oder anderes Getier auf nächtlichem Beutezug, doch ich sah sie nicht, sie blieben für mich unsichtbar.

Noch steiler stieg der Weg jetzt an, aber der Braune, wenn auch in gemächlicherem Trab, zögerte keinen Augenblick. Weit konnte es nicht mehr sein. Ein Stück voraus erkannte ich undeutlich, wie der Schlängelpfad in noch tieferes Waldesdickicht strebte. Dann erscholl, links von mir, der Schrei einer Eule. Sofort kam, von rechts, die Antwort. Wie Schlachtrufe hallte es mir in den Ohren, und als der Pfad jetzt schroff zur Seite bog, versuchte ich den Braunen mit aller Kraft zurückzureißen. Doch es war fast schon zu spät.

Die vier Hufe in den schlammigen Boden stemmend, rutschte das Tier seitlich auf das Hindernis zu, das uns den Weg versperrte — ein mit kahl aufragenden Ästen gespickter Kiefernstamm, quer auf dem Pfad liegend, eine tödliche Falle: zu hoch, um, selbst bei vollem Mondenschein, mit einem Sprung darüber hinwegzusetzen.

Die Stelle war gut gewählt. Denn zur linken Hand fiel der Felsen zum Gebirgsbach hin steil ab, und zur rechten erstreckte sich Dornengestrüpp, so dicht, daß sich selbst ein Pferd nicht hindurchzwängen konnte. Ein Ausweichen gab es also nicht. Wäre ich schneller geritten, so hätten sich die spitzen Äste zweifellos in den Leib meines Tieres gebohrt.

Ich überlegte fieberhaft. Irgendwo in der Nähe lag der Feind im Hinterhalt. Doch da er offenbar damit rechnete, daß ich, im Galopp auf die Sperre zupreschend, aus dem Sattel geschleudert würde, mochten mir einige Sekunden bleiben, die die Rettung bedeuten konnten. Ich versuchte den Braunen herumzureißen. Er gehorchte sofort. Äste schabten gegen meinen Schenkel und bohrten sich ins Fleisch. Neben dem Dornengestrüpp schien es ein Gelände mit spärlicherem Baumbestand zu geben. Ich hielt darauf zu. Und plötzlich gab der Boden unter uns nach. Unter Zweigen und Blättern versteckt, hatte sich ein Loch aufgetan, eine nicht sehr tiefe, doch gefährliche Grube. Das Pferd, mehr rutschend als fallend, glitt seitlich aus, während ich, mich rechtzeitig aus dem Sattel lösend, mit hartem Aufprall auf den Boden schlug. Benommen lag ich und sah, wie der Braune zitternd wieder auf die Beine kam. Und entdeckte die herbeihuschenden Schatten von zwei Männern, die gezückten Dolche in ihren Händen.

Doch sie fanden mich nicht sofort. Reglos im Dunkeln liegend, schien ich für sie im Augenblick unsichtbar. Vielleicht auch glaubten sie, daß ich, aus dem Sattel geschleudert, den Abhang hinuntergestürzt war. Jedenfalls trat der eine dicht an den Felsenrand, während der andere geduckt zur Grube schlich.

Offenbar war ihnen nicht genügend Zeit geblieben, tiefer zu graben. Doch die flache Vertiefung hatte auch so ihren Zweck erfüllt. Das Pferd lahmte, ich lag immer noch halb betäubt auf dem Rücken. Aber auch mir brachte die Grube jetzt einen nicht zu unterschätzenden Vorteil. Sie trennte mich von den Angreifern und verhinderte, daß sich beide zugleich auf mich stürzten.

Augenscheinlich hatte der eine mich jetzt erspäht. Er rief seinem Kumpanen einige Worte zu, die vom Brausen des Gebirgsbaches jedoch übertönt wurden. In knappem Bogen wich er der Grube aus und kam auf mich zu. Ich sah den matt schimmernden Dolch in seiner Hand.

Rasch rollte ich herum, packte ihn beim Fuß und zog mit aller Kraft. Er schrie auf, fiel halb in das Loch und riß sich von mir los. Der andere warf ein Messer. Es prallte hinter mir gegen einen Baum. Gut, dachte ich, eine Waffe weniger. Jetzt kauerten sie beide auf der anderen Seite der Grube. Sie schienen zu beratschlagen. In der Hand des einen gewahrte ich das schwache Blinken eines Schwertes. Ob auch der andere eines hatte, ließ sich in der Dunkelheit nicht ausmachen.

Wo waren ihre Pferde? Sicher irgendwo in der Nähe an Bäume gebunden. Wenn ich sie fand, war ich gerettet. Aber wie sollte ich meinen Angreifern entkommen? Durch die Baumsperre kriechen? Dort hätte man mich sofort entdeckt und durchbohrt. Das dichte Dornengestrüpp schied ebenfalls aus. Und das lichtere Gelände? Im Mondschein zu gut zu überblicken. Blieb nur der Abgrund, die schmale Schlucht. Doch wie konnte es mir gelingen, dort hinabzusteigen? Gab es vielleicht einen geheimen Pfad, eine begehbare Stelle?

Langsam glitt ich, auf dem Bauch jetzt, auf den Abgrund zu. Meine tastende Hand stieß gegen Büsche, dann gegen junge Bäume, deren Wurzeln tief und fest im Fels zu sitzen schienen. Sorgfältig prüfte ich, ob sie das Gewicht eines Mannes aushalten konnten. Offenbar ja. Jedenfalls ließ ich mich über den Rand gleiten, Blick noch auf dem schimmernden Schwert bei der Grube. Ja, dort waren sie, beide doch wohl, wenn ich vom zweiten auch keine Spur entdecken konnte.

Meine baumelnden Füße suchten im Fels nach einem Halt und fanden ihn, eine winzige Spalte. Doch dann spürte ich plötzlich die Hand eines Mannes an meinem Bein. Der zweite der Wegelagerer hatte meine Absicht offenbar erahnt und war mir zuvorgekommen. Vermutlich auf einem schmalen Felsabsatz stehend, hängte er sich mit seinem ganzen Gewicht an mich, während er gleichzeitig versuchte, mir mit dem Dolch einen Stich zu versetzen.

Doch gerade das war sein Fehler. Hätte er sich damit begnügt, mich in die nicht allzu tiefe Schlucht stürzen zu lassen, so wäre ich, halb betäubt, den beiden Wegelagerern hilflos ausgeliefert gewesen. Aber so fiel ich, ehe die Klinge ihr Ziel finden konnte, und riß meinen Angreifer im Fallen mit.

Ich landete zuerst. Die Schlucht war weniger steil, als ich geglaubt hatte, eher eine schroffe Schräge. Ich prallte hart gegen einen Kiefernstamm, in halber Höhe des Abhangs etwa. Als der dunkle Körper des Mannes mit wirbelnden Gliedern auf mich zurollte, war ich bereit, ihn gebührend in Empfang zu nehmen. Ich warf mich über ihn und preßte seine Hände gegen den Boden. Vor Schmerz schrie er auf. Sein linkes Bein war unter seinem Leib eingeklemmt, doch mit dem anderen versuchte er, mich von sich abzuwehren. Der Sporn stieß gegen das weiche Leder meines Stiefels und schien tief ins Fleisch zu schneiden. Mit dem Mut der Verzweiflung kämpfte der Mann um sein Leben. Jeden Augenblick mochte es ihm gelingen, mich vom schützenden Stamm der Kiefer zu drängen. Dann würden wir beide in die Tiefe stürzen. Meine Dolchhand glitt tiefer. Aber noch bekam sie die Waffe in meinem Gürtel nicht zu fassen.

Dem anderen Mann war der Lärm natürlich nicht entgangen. Er rief laut und schwang sich dann, als er keine Antwort erhielt, gleichfalls herab, behende und sehr schnell. Viel zu schnell. Mit äußerster Anstrengung gelang es mir, nach meinem Dolch zu greifen. Der Mann unter mir drehte und wand sich wie eine Schlange. Ich hielt die Waffe in der Hand. Dann sah ich den grauen Schimmer des Mondlichts, das sich in seinen Augen spiegelte. Furcht und Schmerz und Haß standen in ihnen. Mit dem Knauf des Dolches wollte ich ihm einen Hieb hinter das Ohr geben, um ihn zu betäuben. Er versuchte sich dagegen aufzubäumen. Aber ich hielt ihn fest und schlug zu.

Doch mein Schlag verfehlte sein Ziel, denn im selben Augenblick traf mich etwas an der Schulter, ein Felsbrocken wohl, von oben geschleudert. Mein Arm war wie gelähmt. Der Dolch entfiel meiner Hand. Und dann war auch schon der andere Mordgeselle heran, durch Büsche gleitend, ehe er, ein kurzes Stück über mir, zum Stehen kam und sein Schwert hob. Jetzt war ich es, der dem tödlichen Hieb zu entkommen trachtete, während mein erster Gegner sich an mir festkrallte.

Aber gerade das war sein Verderben. Als sein Kumpan zuschlug, riß ich mich mit letzter Kraft los und warf mich zur Seite. Mein Gewand wurde zerfetzt. Doch nicht mir drang das Schwert in den Leib, sondern dem Mann auf dem Boden. Ich hörte das Knirschen von Metall auf Knochen, dann den gellenden Schrei, während ich, halb fallend, halb gleitend, auf die Stelle zutaumelte, von der das Rauschen des Wassers kam.

Ich weiß nicht mehr genau, wie alles vor sich ging. Ich weiß nur, daß ich Glück hatte, Glück im Unglück. Gewiß hielten weder Büsche noch Sträucher meinen Sturz auf, sie verlangsamten ihn nur. Auch hätte die Sache glimpflicher abgehen können, wäre ich ins tiefere Wasser gefallen. Andererseits — ein Aufprall auf einen der mächtigen Felsklötze bedeutete fast mit Sicherheit den Tod.

Der Gott, der seine Hand schützend über mich hielt, wählte die Mitte. Ich fiel zwar auf einen Felsen, doch wurde mein Sturz durch das Wasser gemildert, das, etwa eine Elle hoch, über ihn hinwegschäumte. Auf der Seite landend, lag ich einen Augenblick keuchend und mit zerschundenen Gliedern, ehe der Bach mich weiterspülte über den schlüpfrigen Fels. Vergeblich versuchte ich mich in den Boden einzukrallen.

Dann hörte ich das Aufklatschen unmittelbar neben mir und sah, daß mir der zweite Mordgeselle gefolgt war. Wieder hob er das Schwert, die im Mondschein blitzende Klinge. Ich starrte darauf, starrte auf die Sterne dahinter, oben am Himmel: deutlich und unverkennbar erstreckte sich, von funkelnden Lichtern gebildet oder doch gesäumt, ein riesiges Schwert quer über das nächtliche Firmament. Ich widerstand nicht länger und lieferte mich ihm aus. Vom Wasser halb geblendet, gewahrte ich ein Aufleuchten wie von einer Sternschnuppe. Und dann sauste das Schwert auf mich herab.

Es war wie ein Traum, den ich schon einmal geträumt hatte: damals, als ich bei einem Feuer saß, während sonderbar kleinwüchsige und dunkelhaarige Waldmenschen mich wartend umstanden, den Abglanz der Flammen in den wachsamen Augen.

Doch dieses Feuer hatte nicht ich entfacht, sondern sie. Ich sah, daß davor meine Kleider zum Trocknen aufgehängt waren. Kleine Dampfwolken stiegen hoch. Mich hatte man in Schaffelle gehüllt, kein berückender Geruch, doch angenehm warm. Mein Körper schmerzte. Es gab kaum eine Stelle, die nicht in Mitleidenschaft gezogen worden war. Aber gebrochen schien nichts.

Ein Stück entfernt entdeckte ich meine Angreifer, lang auf dem Boden liegend, beide tot. Blutspuren auf einer Keule und einem langen Messer sprachen ihre eigene Sprache. Unwillkürlich drehte ich den Kopf zur Seite.

Mab brachte mir eine Schale mit heißem Wein, in den wohl eine Arznei gemischt war, denn er schmeckte eigentümlich scharf.

Ich wischte mir den Mund und richtete mich auf.

»Was ist mit ihren Pferden? Habt ihr sie gefunden?«

Er nickte. »Ja, dort drüben. Auch deinen Braunen. Aber er lahmt.«

»Ich weiß. Könnt ihr euch vorerst um ihn kümmern? Ich werde später einen Bediensteten schicken, der ihn am Zügel führen mag. Bringt mir jetzt eines von den anderen. Und auch meine Kleider.«

»Aber sie sind noch nicht trocken. Wir haben dich ja gerade aus dem Bach gezogen.«

»Ich muß jetzt fort, Mab«, sagte ich. »Da hilft alles nichts. Eine Bitte habe ich noch an dich. Oben auf dem Pfad befinden sich eine Baumsperre und eine Fallgrube. Könnt ihr beides noch vor Morgengrauen beseitigen?«

Er lächelte. »Meine Männer sind schon dabei. Hörst du sie nicht?«

Ja, jetzt vernahm ich es deutlich, selbst durch das Brausen des Baches: laute Schläge wie von Äxten und Hacken.

Mab sah mich an. »Dann wird also der neue König diesen Weg reiten?«

»Vielleicht«, sagte ich. »Aber woher weißt du?«

»Von einem unserer Leute aus der Stadt.« Er grinste breit. »Nein, die verschlossenen Tore haben ihn nicht zurückhalten können. Aber wir hätten es auch ohne ihn erfahren. Hast du denn nicht die Sternschnuppe gesehen? Wie ein Drache fuhr sie über den ganzen Himmel hin, hinter sich eine Spur wie ein Schweif aus Rauch. Daher wußten wir, daß du kommen würdest. Doch wir waren zu dieser Zeit in Gramarye, und es hätte nicht viel gefehlt, so wären wir hier zu spät eingetroffen.«

»Ich verdanke euch mein Leben und bin in eurer Schuld. Ich werde es nicht vergessen.«

»Warum bist du nur allein geritten?« fragte er. »Du mußtest doch damit rechnen, daß man dir hier auflauern würde.«

»Ja, du hast recht«, erwiderte ich. »Aber ich wollte niemanden der Gefahr aussetzen. Daß mir nichts Schlimmeres geschehen würde, wußte ich ja, und die Schmerzen, nun, die sind bald vorbei.« Ich erhob mich mühsam. »Doch bewegen muß ich mich jetzt, Mab, sonst werde ich noch völlig steif. Meine Kleider?«

Sie waren natürlich noch feucht und kaum mehr als ein Haufen Lumpen, verschmutzt und zerfetzt. Aber mir blieb keine Wahl. Was die kleinwüchsigen Waldmenschen trugen, Schaffelle zumeist, hätte mir nicht gepaßt. Und so schlüpfte ich in das, was von meinem Prachtgewand noch übrig war, und schwang mich dann in den Sattel des Fuchses, der einem der Wegelagerer gehört hatte. In meinem Schenkel spürte ich einen stechenden Schmerz. Doch jetzt blieb keine Zeit, die Wunde zu untersuchen.

»Sollen wir dich nicht begleiten?« fragte Mab besorgt.

Ich schüttelte den Kopf. »Nein. Bleibt jetzt hier und behaltet die Wegstrecke im Auge. Aber am Morgen könnt ihr zur Kapelle kommen, wenn ihr wollt. Dort ist für euch alle Platz.«

Silbriger Schein erhellte die Lichtung, in deren Mitte die Kapelle stand. Unter dem Licht des Mondes wirkte alles eigentümlich fremd, wie im Traum. Die Kiefern rundum schienen schimmernde Wipfel zu haben, während die offene Tür zum Gotteshaus, von innen durch die neun brennenden Leuchten sanft angestrahlt, wie in Gold gefaßt war.

Ich ritt daran vorbei, zum hinteren Teil, wo sich der Wohnraum befand. Ängstlich spähte der Bedienstete hervor. Endlich erkannte er mich. Alles sei in bester Ordnung, versicherte er, niemand habe sich hier blicken lassen. Dann sah er, daß mein Gewand in Fetzen hing. Doch er riß nur die Augen auf und fragte nicht. Ich reichte ihm die Zügel und bat ihn, mich allein zu lassen. In der Schlafkammer setzte ich mich ans Feuer. Erst nach einer Weile dachte ich daran, nach meinen Verletzungen zu sehen und mich umzuziehen.

Der Bedienstete war fortgeritten, Stille kehrte zurück. Ein Lufthauch strich über die Wipfel herbei und drang in die Kapelle. Die neun Flammen erzitterten leicht, und dünne Rauchfäden kräuselten empor. Hier, in der Einsamkeit und Abgeschiedenheit, spürte ich deutlich, daß der Gott zugegen war. Und so kniete ich vor dem Altar nieder und machte mich leer wie ein empfangsbereites Gefäß, ohne eigenen Wunsch und ohne eigenen Willen. Und spürte, wie mich nach und nach das Wesen des Gottes erfüllte, sein Wille, sein Gebot.

Die Nacht lag in silberner Stille, wie mit offenen Armen. Sie wartete auf die Fackeln und die Trompeten.

11

Endlich kamen sie. Licht und Lärm und stampfende Pferdehufe. Dann hörte ich draußen vor der Kapelle das Schwirren erregter Stimmen. Ich vernahm es nur gedämpft, noch befangen in meiner Vision. Es klang wie das Läuten ferner Glocken, halb verweht.

Die Fürsten traten zum Eingang und standen stumm. Was sie sahen, war ein fast leerer Raum mit einem Altar und einem davor wartenden Mann. Das Licht der neun Lampen ließ das eingemeißelte Schwert hervortreten und die Worte: MITHRAE INVICTO. Doch es zeigte noch mehr — die wirkliche Waffe, blank auf der nackten Steinplatte.

»Löscht die Fackeln«, sagte ich. »Wir brauchen sie nicht.«

Sie gehorchten und kamen dann auf ein Zeichen von mir näher.

Die kleine Kapelle konnte sie nicht alle fassen. Nur die Fürsten und ihr engeres Gefolge fanden hier Platz, während die übrigen draußen bleiben mußten. Auf der Lichtung standen Pferde und Männer, dicht gedrängt. Die Krieger sprachen kaum oder nur leise. Sie schienen die Nähe der Gottheit zu spüren. Wer in die Kapelle kam, trat ohne Waffen ein. Es war kein Priester zugegen, keiner der berufenen Mittler zu Gott, nur ich: seit dreißig Jahren Werkzeug in der Hand der höheren Macht und jetzt endlich hier, an diesem Ort der Erfüllung.

Schließlich waren alle versammelt, wie durch Instinkt gesondert nach Rang und Gruppen. Draußen auf den Stufen warteten die kleinen Waldmenschen aus den Hügeln, Naturwesen, die geschlossene Räume scheuten. In der Kapelle stand rechts vor mir

König Lot mit seinen Anhängern, während sich auf der linken Seite Cadors Gefolge um den jungen Herzog geschart hatte. Weitere hundert Männer oder mehr mochten sich in dem winzigen Raum drängen, doch wirklich ins Auge fielen nur diese beiden: der weiße Eber von Cornwall und der rote Leopard von Lothian — und Ector, wachsam bei der Tür stehend, Cei neben sich. Und dann sah ich, wie Artus an der Seite des Grafen auftauchte, und von dieser Sekunde an galten meine Blicke keinem außer ihm.

Eine wahre Flut von Farben erfüllte die Kapelle. Gold glänzte und Edelsteine strahlten. In der kühlen Luft schwebte ein Gemisch aus vielerlei Düften, der harzige Geruch der Kiefern, der linde Hauch von Büschen, die betäubende Süße des Weihrauchs ... Das gedämpfte Murmeln der Stimmen, voller Erwartung und Ungeduld, vereinte sich zu einem Klang, der dem Knistern emporleckender Flammen glich.

Flammen. Flammen von den neun Lampen, bald flackernd, bald scheinbar verlöschend. Flammen, um den steinernen Altar züngelnd. Flammen, die über die Schwertklinge huschten, bis das Metall zu glühen schien. Ich streckte die Hände vor und hielt sie dicht darüber. Sofort sprang das Feuer auf mich über, lief die Arme empor, breitete sich über mein Gewand und verbrannte mich doch nicht. Denn es war ein kaltes Feuer, durch ein Wort aus der Dunkelheit beschworen: ein eiskaltes Feuer und dennoch voll Glut in seinem Herzen, dort, wo das Schwert lag, in gleißende Helle gebettet wie ein Kleinod auf weißem Untergrund. Wer dieses Schwert nimmt ...

Die Kapelle war jetzt wie eine dunkle Höhle, in deren Mitte Licht aufstrahlte, das meinen Schatten riesengroß auf das Dekkengewölbe warf. Und dann hörte ich meine eigene Stimme, dumpf hallend wie in einem Traum.

»Und so nehme dieses Schwert, wer die Kühnheit besitzt.«

Wieder das Gemurmel, diesmal Ausdruck der Furcht. Und dann Cador: »Ja, das ist es. Das ist das Schwert, das ich in seiner Hand sah, wie ein Strahl der Sonne. Bei Gott, es gehört ihm und keinem anderen. Ich würde nicht wagen, es zu berühren, und sollte es mir Merlin selber gebieten.«

Rufe wurden laut: »Ich auch nicht. Nein, niemals.« Und dann: »Der König soll es nehmen. Der Hohe König soll uns Macsens Schwert zeigen.«

Schließlich Lots Stimme, verdrossen: »Ja, er mag es nehmen.

Denn ich habe gesehen, beim allmächtigen Himmel, ich habe gesehen. Wenn es für ihn bestimmt ist, dann hält Gott seine Hand über ihn, und ich habe keinen Anspruch darauf.«

Langsam trat Artus näher. Hinter ihm verschwamm alles in Dunkelheit, und das leise Flüstern der Männer und ihr unruhiges Scharren war so wesenlos wie der Windhauch, der draußen durch die Baumwipfel strich. Ich stand auf der anderen Seite des Altars. Zwischen Artus und mir lag, wie auf glutendem Stein, das von Helle überflutete Schwert, dessen Klinge leise zu erbeben schien. Aus dem Dunkel blitzte und funkelte es, und unwillkürlich fühlte ich mich in die Kristallhöhle zurückversetzt, den Ort meiner frühen Visionen. Gesichte jagten sich, Bilder taumelten übereinander: ein weißer Hirsch, wie von Gold umkränzt; eine Sternschnuppe in Gestalt eines Drachen mit einem Schweif aus Feuer und Rauch; ein König, von Begierde getrieben und doch nur ein Werkzeug in der Hand der Himmlischen; eine Frau in weißem Gewand und von königlicher Haltung, dahinter, auf einem Altar, ein Schwert wie ein Kreuz; ein Kind, mir in einer Winternacht anvertraut; ein Gral, in faulendes Tuch gehüllt und in dunkler Wölbung verborgen; und ein junger König, gekrönt.

Durch das Flimmern und Funkeln der Visionen sah er mich an. Für ihn waren sie nichts als Flammen, züngelnde Helle, heiß oder kalt. Das Erschauen von Dingen und Menschen, von Geschehnissen blieb mir überlassen. Er wartete, weder voll Zweifel noch in blindem Vertrauen. Er hielt sich nur bereit.

»Kommt«, sagte ich leise zu ihm. »Es gehört Euch.«

Er streckte die Hand vor, durch die weiße Lohe, und gefügig glitt ihm der Griff der Waffe entgegen, schmiegte sich an die Fläche zwischen den langsam sich schließenden Fingern: ging über in den Besitz dessen, dem sie zugedacht war seit hundert Jahren und mehr.

Der erste, der niederkniete, war Lot, und es schien, als dränge es ihn jetzt dazu. Doch sofort bedeutete Artus ihm, sich wieder zu erheben, und als er sprach, klang aus seiner Stimme weder Verbitterung noch leere Höflichkeit. Es waren die Worte eines besonnenen Herrschers, der zu unterscheiden weiß zwischen Vergangenem und dem Hoffnungsschimmer der Zukunft.

»Heute darf keine Zwietracht herrschen, Lot von Lothian, und schon gar nicht zwischen mir und dem künftigen Gatten meiner Schwester. Bald schon werdet Ihr erkennen, daß Ihr grundlos an mir gezweifelt habt, und Ihr und später auch Eure Söhne werdet mir gewiß helfen, Britannien vor seinen Feinden zu schützen.«

Zu Cador sagte er nur: »Bis mir ein eigener Erbe geboren wird, seid Ihr es, Herzog von Cornwall.«

Mit Ector führte er ein längeres Gespräch, doch so leise, daß niemand in der Nähe auch nur ein Wort davon verstand. Schließlich küßte er ihn.

Ruhig stand er beim Altar, während die Männer, einer nach dem anderen, vor ihm niederknieten und den Treueid schworen. Mit jedem wechselte er ein paar Worte, offen und unbekümmert wie ein Knabe und doch unverkennbar der König. Das Schwert Caliburn, zwischen seinen Händen wie ein Kreuz, erglänzte in eigenem Licht, indes der Altar mit den erloschenen neun Lampen im Dunkeln lag.

Nachdem alle den Eid geleistet hatten, zog er sich zurück, und die Kapelle leerte sich langsam. Während es hier still wurde, füllte sich die Lichtung immer mehr mit lärmendem Leben. Die erregten Stimmen derer, die draußen hatten warten müssen, fragten ungeduldig nach dem König, und ich hörte das Stampfen und Schnauben der Pferde und das leise Klirren des Zaumzeugs.

Schließlich verließen auch Mab und seine Männer den Posten, den sie auf den Stufen draußen bezogen hatten, und bis auf den Leibwächter, der schweigend an einer Wand verharrte, war ich mit Artus allein.

Langsam trat ich auf ihn zu, und erst jetzt wurde mir bewußt, daß er fast schon so groß war wie ich. Die Augen, die meinen Blick erwiderten, hätten meine eigenen sein können.

Ich kniete vor ihm nieder und streckte meine Hände nach seinen Händen aus. Er wehrte hastig ab und zog mich zu sich hoch und küßte mich.

»Du darfst nicht vor mir knien, nein, du nicht.«

»Ihr seid der Hohe König, und ich bin Euer Diener.«

»Was redest du da? Wir wissen doch beide, daß das Schwert dir gehört hat. Und es ist gleichgültig, wie du dich nennst, meinen Diener oder Vetter oder Vater — du bist und bleibst Merlin, und ohne dich zur Seite zu haben, bin ich nichts.« Er lachte plötzlich, jetzt wieder der Knabe, der dennoch nichts von seiner Würde als König verlor. »Wo ist denn dein Prachtgewand geblieben? Sich bei einem solchen Anlaß in so scheußliches Zeug zu hüllen konnte auch nur dir einfallen. Aber ich werde dir Kleider geben, wie sie dir zustehen, golddurchwirkt und mit Sternen bestickt. Versprichst du mir, diese Gewänder zu tragen?«

»Nein. Nicht einmal für Euch könnte ich das tun.«

Er lächelte. »Nun gut, damit werde ich mich wohl abfinden müssen, und ich will es gerne tun. Du wirst mich jetzt doch begleiten?«

»Ich werde später nachkommen. Wenn Ihr wieder zu Atem kommt und Zeit habt, Euch nach mir umzusehen, so werdet Ihr mich an Eurer Seite finden. Doch jetzt müssen wir uns trennen. Draußen wartet man schon voll Ungeduld auf Euch.«

Wir gingen zur Tür. Fackelschein flackerte über die Lichtung, obschon Mond und Sterne inzwischen verschwunden waren und die Morgendämmerung heraufzog, von Minute zu Minute tiefer leuchtend. Golden wuchs das Licht.

Man führte den weißen Hengst zu den Stufen der Kapelle. Doch als Artus aufsitzen wollte, streckte sich ihm, wie in Abwehr, eine Vielzahl von Händen entgegen. Und dann hoben sie ihn hoch, Cador und Lot und andere Kleinkönige und Fürsten, hoben ihn in den Sattel, bis die Männer auf der Lichtung und zwischen den Bäumen laut jubelten: erhoben ihn im tiefsten Sinne des Wortes zu ihrem Herrscher.

Ich trug die neun Leuchten aus der Kapelle hinaus. Später würde ich sie zu den hohlen Hügeln bringen, dorthin, wo wohl auch jetzt noch ihre Götter wohnten. Während der Zeremonie waren sie umgestürzt, wie von unsichtbarer Hand bewegt. Auch die Steinschale war lautlos zerborsten, als sie das kalte Feuer getroffen hatte. Überall lagen Trümmer und Splitter herum. Ich tat, was meine Pflicht war als Hüter des Heiligtums. Sorgsam kehrte ich alles zusammen und entdeckte erst jetzt, daß die Vorderseite des Altars eine fast völlig glatte Fläche bot, auf der man nur noch den Griff des eingemeißelten Schwertes und wenige Wörter sah.

Mit aller Sorgfalt schaffte ich in der Weihestätte Ordnung. Von Schmerzen geplagt — Folge des nächtlichen Überfalls —, ging und bewegte ich mich wie ein alter Mann. Und als ich schließlich niederkniete, schien mein Blick noch von Visionen verschleiert. Oder von Tränen.

Ja, durch Tränen sah ich jetzt den Altar, ein entleertes Heiligtum: ohne die neun Leuchten, an denen die alten, kleineren

Götter Gefallen gefunden hatten; ohne das Soldatenschwert und den Namen des Mithras, des Soldatengottes. Einzig der Griff der Waffe, einem Kreuz sehr ähnlich, war noch geblieben und darüber, deutlich lesbar, die Worte: FÜR IHN, DEN UNBESIEGBAREN.

DIE SAGE

Als Aurelius Ambrosius Hoher König von Britannien war, holte Merlin, auch Ambrosius genannt, den Hünentanz aus Irland und errichtete ihn nahe Amesbury, in Stonehenge. Bald darauf erschien ein großer Stern in Drachengestalt, und Merlin, wissend, daß sich hierin der Tod des Ambrosius ankündigte, weinte bitterlich und weissagte Uther die Königswürde unter dem Zeichen des Drachen. Auch verhieß er ihm einen Sohn »von überragender Macht, dessen Herrschaft sich erstrecken wird, so weit der Strahl (des Sterns) reicht«.

Folgende Ostern, beim Krönungsfest, verliebte sich König Uther in Ygraine, Gemahlin des Gorlois, Herzog von Cornwall. Zum Ärgernis des Hofes überhäufte er sie mit Zeichen seiner Huld, die sie jedoch kühl und sehr gelassen aufnahm. Voll Zorn zog Gorlois, ohne Uthers Erlaubnis einzuholen, mit Mannen und Gemahlin nach Cornwall zurück. Der König ergrimmte und befahl Gorlois, zurückzukehren, doch der Herzog weigerte sich. Hierauf zog Uther, über alle Maßen erzürnt, mit einem Heer nach Cornwall, wo er Städte und Burgen brandschatzte. Gorlois, ihm an Streitmacht unterlegen, brachte Ygraine in die Burg von Tintagel, den sichersten Zufluchtsort, und machte sich bereit zur Verteidigung der Burg von Dimilioc. Der König belagerte diese Feste sofort und sann, während Gorlois und seine Mannen dort eingeschlossen waren, auf Mittel und Wege, in Tintagel einzudringen, um an Ygraine seiner Lust zu frönen. Nach etlichen Tagen fragte er einen seiner Vertrauten, mit Namen Ulfin, um Rat, und dieser entgegnete ihm, er möge Merlin rufen lassen. Merlin, vom offenkundigen Gram des Königs gerührt, versprach Hilfe. Durch Zauberkraft verwandelte er Uther in Gorlois, Ulfin in Jordan, Gorlois' Freund, und sich selbst in Brithael, einen von Gorlois' Hauptleuten. Zu dritt ritten sie nach Tintagel und wurden vom Pförtner eingelassen. Ygraine hieß Uther, den sie für den Herzog hielt, willkommen und führte ihn zu ihrem Bett. So lag er in dieser Nacht bei ihr, und sie hatte keinen Gedanken, ihm zu verwehren, was er begehrte.

Unterdessen kam es jedoch bei Dimilioc zum Kampf, und

Herzog Gorlois, Ygraines Gemahl, verlor in der Schlacht das Leben. Bald erschienen Boten auf Tintagel, um Ygraine die traurige Kunde zu überbringen. Als sie jedoch Gorlois lebendig bei ihr sahen, standen sie sprachlos. Aber der König gestand die List ein und vermählte sich wenige Tage später mit Ygraine. Manche behaupten, am selben Tage habe sich Ygraines Schwester Morgause mit Lot von Lothian verbunden, während die zweite Schwester, Morgan le Fay, ins Kloster ging, wo sie die Zauberei erlernte; später wurde sie von König Urien von Gore zur Frau genommen. Andere hingegen versichern, Morgan sei Artus' Schwester gewesen, nach seiner Geburt von König Uther und Ygraine gezeugt. Morgause, von einer anderen Mutter stammend, war angeblich seine Halbschwester.

Uther Pendragon regierte noch fünfzehn Jahre. Während dieser Zeit sah er nichts von seinem Sohn Artus. Vor der Geburt des Kindes suchte Merlin den König auf und sprach mit ihm. »Sir, Ihr müßt für die Zukunft Eures Sohnes Sorge tragen.« Der König entgegnete: »Das sei dir überlassen und geschehe ganz nach deinem Willen.« Und so wurde Artus in der Nacht seiner Geburt zur Geheimpforte von Tintagel hinabgetragen und Merlin übergeben, der ihn zur Burg von Sir Ector, einem getreuen Ritter, brachte. Dort ließ Merlin den Knaben auf den Namen Artus taufen, und Sir Ectors Gemahlin nahm ihn als Pflegesohn in ihre Hut.

Solange Uther regierte, wurde das Land immer wieder von den Sachsen sowie den Skoten aus Irland heimgesucht. Den beiden sächsischen Führern, die der König in London eingekerkert hatte, gelang es, nach Germanien zu entfliehen, wo sie ein großes Heer um sich scharten, das dann im ganzen Königreich tiefen Schrekken verbreitete. Uther selbst wurde von einer tückischen Krankheit befallen und ernannte Lot von Lothian, den Anverlobten seiner Tochter Morgause, zu seinem Oberbefehlshaber. Doch sooft Lot die Feinde auch in die Flucht schlug, sie kehrten in immer größerer Zahl und Stärke wieder und verwüsteten das Land. Schließlich versammelte Uther, obschon schwerkrank, seine Edlen um sich und verkündete ihnen, er selbst müsse die Heere anführen. So baute man ihm eine Sänfte, in der er an der Spitze seiner Krieger gegen den Feind getragen wurde. Als die sächsischen Führer das vernahmen, schmähten sie ihn und sagten, es gereiche ihnen nicht zur Ehre, mit einem Halbtoten zu kämpfen. Aber Uther, dessen alte Kraft zurückzukehren schien, lachte und rief: »Sie nennen mich den halbtoten König, und das war ich in der Tat. Doch möchte ich sie lieber als Kranker besiegen, denn als Gesunder von ihnen besiegt zu werden und in Schmach und Schande zu leben.« Und so schlug das Heer der Britannier die Sachsen. Aber der König verfiel immer mehr dem Siechtum und sein Reich dem Elend. Als er schließlich dem Tode nahe war, erschien Merlin und forderte ihn in Gegenwart aller Edlen auf, seinen Sohn Artus als neuen König anzuerkennen. Nachdem Uther diesem Wunsch entsprochen hatte, starb er und wurde an der Seite seines Bruders Aurelius Ambrosius in der Mitte des Hünentanzes begraben.

Nach seinem Tode kamen die Edlen von Britannien zusammen, um ihren neuen König zu finden, doch wußte niemand, wo Artus war, und auch Merlin blieb verschwunden. Aber alle glaubten, daß ihnen durch ein Zeichen kundgetan würde, wer ihr Herrscher sei. Daher ließ Merlin ein großes Schwert schmieden, das er durch seine Zauberkraft mit der Klinge in einen riesigen Stein senkte, der die Gestalt eines Altars besaß und in dem auch ein Amboß war. Den Stein ließ er im Wasser nach London treiben, wo er ihn im Hof einer großen Kirche aufstellte. Auf dem Schwert stand in goldenen Lettern: »Wer dieses Schwert aus dem Stein und dem Amboß zieht, ist der rechtmäßige König von ganz England.« Darum wurde ein großes Fest veranstaltet, zu dem alle Edlen kamen, um ihre Kraft an dem Schwert im Stein zu versuchen. Unter ihnen waren auch Sir Ector und Kay, sein Sohn, und Artus, der weder Schwert noch Wappen besaß und Sir Ector als Schildknappe gefolgt war. Als sie zum Turnier kamen, entdeckte Sir Kay, daß er sein Schwert vergessen hatte, und so schickte er Artus zurück, um es zu holen. Doch dieser fand das Haus, in dem sie wohnten, verschlossen und ritt voll Ungeduld zu dem Kirchhof und zog das Schwert aus dem Stein und brachte es Sir Kay. Natürlich wurde es erkannt, aber selbst als Artus bewies, daß er als einziger das Schwert aus dem Stein ziehen konnte, gab es welche, die sich gegen ihn stellten und meinten, es sei eine Schmach, wenn ein Knabe von geringer Abkunft den Thron besteige, und deshalb wolle man zu Lichtmeß erneut eine Probe machen. So kamen die Großen des Landes zu Lichtmeß denn abermals zusammen, und auch zu Pfingsten, doch außer Artus konnte keiner von ihnen das Schwert aus dem Stein ziehen. Aber selbst jetzt sträubten sich manche der Edlen voll Zorn, ihn anzuerkennen, bis am Ende das einfache Volk rief: »Artus soll unser König sein, weil das Gottes Wille ist, und wir werden jeden erschlagen, der sich dawiderstellt.« Und so wurde Artus von hoch und niedrig anerkannt, und arm und reich beugte das Knie vor ihm und bat ihn um Vergebung, weil man ihm so lange sein Recht verweigert hatte, und er verzieh ihnen. Dann sagte Merlin allen, wer Artus war, kein Bastard, sondern in Wirklichkeit gezeugt von König Uther und Ygraine, drei Stunden nach dem Tode ihres Gemahls, des Herzogs. Und so erhoben sie den jungen Artus zu ihrem König.

NACHWORT UND ANMERKUNGEN

Wie sein Vorgänger »Flammender Kristall« ist auch dieser Roman ein Werk der Phantasie, wenn auch nicht ohne feste Wurzeln in Sage und Geschichte, wobei die Sage notgedrungen überwiegt, denn über das Britannien des fünften nachchristlichen Jahrhunderts ist so wenig bekannt, daß man sich kaum weniger auf Überlieferungen und Vermutungen angewiesen sieht als auf Tatsachen. Aber ich bin überzeugt, daß bei einer Überlieferung, die um die Gestalt des Artus so hartnäckig einen unvergänglichen Sagenkreis gerankt hat, selbst in den merkwürdigsten Geschichten ein wahrer Kern steckt. Es ist ein erregendes Gefühl, diese mitunter absonderlichen und unsinnigen Erzählungen in einem Roman zu verarbeiten, wo sie, im Zusammenhang, ihre Glaubwürdigkeit als menschliche Erfahrungen und vorgestellte Wirklichkeit beweisen sollen.

In »Der Erbe« habe ich versucht, eine in sich abgeschlossene Geschichte zu schreiben, zu deren Verständnis man weder den Vorläufer »Flammender Kristall« noch diese Anmerkungen kennen muß.

Wenn ich denn überhaupt ein Nachwort anfüge, so für jene Leser, deren Interesse zwar über den Roman als solchen hinausgeht, die jedoch mit den Verästelungen der Artussage nicht genügend vertraut sind, um jeweils den Hintergrund zu erkennen, vor dem der Roman spielt. Vielleicht bereitet es ihnen Vergnügen, dem Keim so mancher Idee und den Ursprüngen gewisser Anspielungen nachzuspüren.

Der Roman »Flammender Kristall« stützte sich hauptsächlich auf die »Historie«, wie sie von Geoffrey von Monmouth* berichtet wird, Quelle späterer, meist mittelalterlicher Erzählungen von »König Artus' Tafelrunde«. Doch ließ ich die Handlung in einer Szenerie römisch-britannischer Prägung aus dem fünften nachchristlichen Jahrhundert ablaufen, die, soweit wir wissen, am

---

* *History of the Kings of Britain,* übersetzt von Sebastian Evans und revidiert von Charles W. Dunn (Everyman's Library, 1912).

ehesten der Zeit entspricht, in der Artus vermutlich lebte.* Genaue Jahreszahlen sind uns nicht bekannt, doch bin ich einigen Fachleuten gefolgt, die Artus' Geburt in etwa für das Jahr 470 n. Chr. ansetzen. Der Roman »Der Erbe« befaßt sich mit jener im dunkeln liegenden Zeitspanne zwischen Artus' Geburt und seinem Aufstieg zum Kriegsführer (*dux bellorum*) oder, wie es die Sage seit über einem Jahrtausend behauptet, zum König von Britannien. Von Interesse mag sein, welche Fäden zu einer Geschichte verwoben wurden, um einen Abschnitt in Artus' Leben nahezubringen, von dem die Überlieferung wenig und die Historie nichts zu berichten weiß.

Daß Artus überhaupt gelebt hat, erscheint sicher. Für Merlin gilt nicht einmal das. »Merlin, der Zauberer«, wie wir ihn kennen, ist eine zusammengesetzte Gestalt, fast völlig aus Lied und Sage gebildet. Aber auch hier hat man den Eindruck, daß ein wirklicher Mensch hinter den die Jahrhunderte überdauernden Erzählungen steht, ein Mann von eigentümlicher Macht, die offenbar seinen Zeitgenossen geheimnisvoll und wunderbar erschien. Schon bei seinem ersten Auftreten in der Sage, als Jüngling, verfügt er über besondere Gaben und Kräfte. Auf dem Fundament dieser Geschichte, wie sie von Geoffrey von Monmouth berichtet wird, habe ich eine Gestalt gezeichnet, die, gleichsam auf einen kurzen Nenner gebracht, nach meiner Meinung das sogenannte »dunkle Zeitalter« verkörpert.

In seinem glänzend geschriebenen Buch: »From Cesar to Arthur«** beschreibt Geoffrey Ashe unter anderem diese »Häufigkeit von Visionen«:

> Als das Christentum vorherrschte und das keltische Heidentum in die Berichte des Aberglaubens versank, blieben viele Vorstellungen der alten Art erhalten. Wassergeister huschten hin und her, und Helden reisten in seltsamen Schiffen. Aus verwunschenen Hügeln wurden Märchenhügel, in denen Zauberwesen hausten, für die sich bei anderen Völkern kaum Parallelen finden. Wo es Hügelgräber gab, war ihnen ihre Rolle gleichsam

---

* Siehe: *Roman Britain and the English Settlements*, R. G. Collingwood und J. N. L. Myres (Oxford, 1937).
Celtic Britain, Nora K. Chadwick, Band 34 in der Reihe: *Ancient People and Places*, herausgegeben von Glyn Daniel (Thames and Hudson, 1963).

** Erschienen bei Collins, 1960. Siehe auch: *The Quest for Arthur's Britain*, herausgegeben von Geoffrey Ashe (Pall Mall Press, 1968).

vorgeschrieben. Inmitten der sichtbaren Wirklichkeit existierten unsichtbare Bereiche, zu denen man auf geheimnisvolle Weise Zugang finden konnte. Die Fabelwesen und die Heroen, die einstigen Götter und Halbgötter brachten die Geister der Abgeschiedenen in eine Verwirrung von bunter Vielfalt ... Alles spielte sich wie im Zwielicht ab. Und so gab es denn noch lange nachdem das Christentum triumphiert hatte, überall Zauberhügel, und das galt selbst für solche, von denen man wußte, daß sie nicht die Seelen der Toten bergen konnten ... Von Heiligen wurden Wunder berichtet; aber Wunder gleicher Art waren früher den alten Göttern zugeschrieben worden. Es gab Burgen aus Glas, wo ein Held sein Leben lang verzaubert schlummerte. Es gab Wunderreiche, zu denen man nur über das Wasser oder durch verschlungene Höhlengänge gelangen konnte ... Reisen und Verzauberungen, Kämpfe und Gefangenschaft — alles, was die keltische Phantasie beschäftigte, fand in Geschichten seinen Ausdruck. Man mochte die jeweilige Fabel als Tatsache nehmen oder als Phantasieprodukt oder als religiöse Allegorie, manchmal auch alles zugleich.

Merlin, der Erzähler in »Der Erbe«, der Zauberer und Heilkundige, dem der »Blick« eignet, kann sich nach freiem Willen zwischen den verschiedenen Welten bewegen. Und so wie ihn die Sage mit Glashöhlen, unsichtbaren Türmen und hohlen Hügeln (wo er jetzt für alle Zeiten ruht) verbindet, habe ich ihn als Bindeglied gesehen zwischen den Welten: als das Werkzeug, mit dessen Hilfe, wie er selbst sagt, »alle Könige ein König und alle Götter ein Gott werden«. Um dieses Werkzeug sein zu können, verleugnet er seinen eigenen Willen und entsagt auch der Erfüllung normalen Mannestums. So wie die hohlen Hügel im dinglichen Bereich die Brücke zwischen den beiden Welten darstellen, bildet Merlin auf menschlicher Ebene das Band: Er ist der Kristallisationspunkt für die ineinander verwobenen Sphären von Menschen und Göttern, von Tieren und Naturgeistern.

Eine Verschmelzung zwischen der Welt der Wirklichkeit und der Welt der Phantasie mag man in der Figur des Maximus sehen. Magnus Maximus, der Soldat mit dem Traum vom Imperium, war eine Tatsache. Er war Befehlshaber in Segontium, ehe er, im vergeblichen Ringen um Macht, nach Gallien übersetzte. Macsen Wledig hingegen ist eine Sagengestalt, keltischen Geschichten entstammend, die später in die »Suche nach dem heiligen Gral« einmündeten. In diesem Roman habe ich Artus' großen Vorläufer und seinen Traum vom Imperium mit den Schwertepisoden der Artus-Sage verknüpft und dem Ganzen jene Prägung gegeben, die die nachmalige Legende kennzeichnet: das Suchen und Streben.

Die Geschichte vom »Schwert des Maximus« ist meine Erfindung. In ihrem Kerngedanken folgt sie dem »Suchet-und-findet-Muster«, für das es außer der Gralssage auch andere Beispiele gibt. Die Erzählungen vom heiligen Gral, der angeblichen Abendmahlsschüssel aus dem Neuen Testament, schöpfen ihre Hauptelemente aus alten keltischen »Such«-Geschichten, ja zum Teil bedienen sie sich noch älterer Vorlagen. Alle Gralssagen weisen gewisse gemeinsame Punkte auf. Mögen sie in Einzelheiten auch differieren, so bleiben sie sich in Idee und Gestalt doch ziemlich gleich. Fast immer ist ihr Held ein namenloser Jüngling, der *bel inconnu*, welcher in der Wildnis aufwächst und über seine Herkunft nichts weiß. Er verläßt seine engere Heimat, um nach seiner Identität zu forschen. Bald gerät er in eine Wüstenei, über die ein verstümmelter (impotenter) König herrscht. Zumeist auf einer Insel steht eine Burg, die der Jüngling zufällig findet. Er setzt in einem Schiff über, das einem königlichen Fischer gehört, dem Fischerkönig der Gralslegenden. Mitunter sind der Fischerkönig und der impotente Herrscher über die Wüstenei ein und dieselbe Person. Die Burg auf der Insel gehört einem König der »anderen Welt«, und dort findet der Jüngling, wonach er auf der Suche ist, manchmal einen Becher oder einen Speer, manchmal auch ein Schwert, zerbrochen oder ganz. Am Ende seiner Suche erwacht er am Rande des Wassers, und während er nicht weit von sich sein Roß erblickt, ist die Insel wieder unsichtbar. Nach seiner Rückkehr aus der anderen Welt gedeihen in der Wüstenei wieder Fruchtbarkeit und Frieden. In manchen Geschichten findet sich ein weißer Hirsch mit goldenem Kranz, der den Jüngling zum Ort seiner Bestimmung führt.

Weitere Einzelheiten entnehme man dem Buch »Arthurian Literature in the Middle Ages« mit den Beiträgen verschiedener Autoren, herausgegeben von R. S. Loomis (Oxford University Press, 1959), und dem Band »The Evolution of the Grail Legend« von D. D. R. Owen (University of St. Andrews Publications, 1968).

Segontium. In seiner »Vita Merlin« erzählt Geoffrey von Monmouth von Bechern, die von Wieland dem Schmied gemacht wurden und später an Merlin gelangten. Auch von einem Schwert ist die Rede, das Merlin von einem walisischen König als Geschenk erhielt. Die Waffe wird gleichfalls als Werk Wielands bezeichnet. Kurze Erwähnung findet das Jahr 418 n. Chr. »In diesem Jahr sammelten die Römer alle Schätze in Britannien und verbargen einige von ihnen in der Erde, so daß sie später niemand zu finden vermochte. Die anderen Schätze nahmen sie nach Gallien mit.«

Galava. In den meisten Sagen werden als Artus' Heimat die keltischen Landstriche des Westens genannt, Cornwall, Wales und die Bretagne, und ich bin ihnen hierin getreulich gefolgt. Aber es gibt auch Beweise für eine andere starke Überlieferung, die Artus im Norden Englands und in Schottland ansiedelt. Daher findet der Jüngling bei mir später auch dort eine Heimstatt. Der in den Sagen oft erwähnte »Sir Ector vom Wilden Wald« (der den jungen Artus aufzog) herrscht in diesem Roman über Galava, dem modernen Ambleside im Seengebiet. Oft habe ich mich gefragt, ob »der Quell von Galabes*, wo er (Merlin) umgeht«, identisch ist mit dem römischen Galava oder Galaba. (In »Flammender Kristall« bot ich eine andere Interpretation. Die mittelalterlichen Dichter machen aus »Galapas« einen Riesen — zweifellos eine Spielart des altbekannten Beschützers eines Quells oder Wasserweges.) Ector als Artus' Pflegevater und Bedwyr als sein zeitweiliger Gefährte in Galava — beides erscheint plausibel. Schon Procopius berichtet, daß die Söhne hochstehender Familien zu ihrer Erziehung von zu Hause fortgeschickt wurden. Und was die »Kapelle im Grünen« betrifft: Nachdem meine Phantasie ein Heiligtum im Wilden Wald in die Welt gesetzt hatte, konnte ich der Versuchung nicht widerstehen, die Weihestätte »Grüne Kapelle« zu nennen, entsprechend dem mittelalterlichen Gedicht

* *fontes galabes*

von »Sir Gawaine und dem grünen Ritter«, das irgendwo im Seengebiet spielt.
Der Ambrosiuswall. Das ist der Wansdyke oder Wodens Dyke, so von den Sachsen genannt, die darin ein Werk der Götter sahen. Er erstreckte sich von Newbury bis zum Severn und läßt sich in Spuren noch nachweisen. Vermutlich entstand er irgendwann zwischen 450 und 475 n. Chr., weshalb ich seine Entstehung Ambrosius zugeschrieben habe.
Caer Bannog. Dieser Name, altkeltisch für »die Burg der Gipfel«, ist meine eigene Interpretation der mannigfachen Namen (Carbonek, Corbenic, Caer Benoic etc.), die man der Burg gab, wo der Jüngling den Gral findet.

In einer keltischen Sage stößt Artus auf einen Kessel (Zaubergefäß oder Gral) und ein prachtvolles Schwert von Nuadda oder Llyd, dem König der anderen Welt, des Jenseits.
Cei und Bedwyr. In der Sage sind sie Artus' Gefährten. Cei war Ectors Sohn und wurde Artus' Seneschall. Der Name Bedwyr erhielt später die Form Bedivere, doch in seinem Verhältnis zu Artus scheint er das Urbild des Lancelot zu sein. Daher auch die Anspielung auf den *guenhwyvar* (weißer Schatten: Guinevere) im Gespräch zwischen den Knaben
Cador von Cornwall. Als Artus ohne Erben starb, hinterließ er, wie berichtet wird, sein Reich Cadors Sohn.
Morgause. Über Artus' unwissentlichen Inzest mit seiner Schwester herrscht in den Sagen eine heillose Verwirrung. In der ungewöhnlichsten Version heißt es, er habe bei seiner Halbschwester Morgause »gelegen« (Gemahlin — oder Geliebte — des Lot) und Mordred gezeugt, die Ursache seines späteren Sturzes. Seine Schwester Morgan (auch Morgian) wurde zu »Morgan le Fay«, der Zauberin. Morgause soll Lot vier Söhne geboren haben, die später Artus' getreue Gefolgsleute wurden, was nicht recht einleuchten will, falls Morgause Lot mit Artus »betrogen« hat. Daher habe ich versucht, aus dem Labyrinth einen Weg zu finden, indem ich unterstelle, daß Morgause es schon sehr bald verstehen wird, den Platz ihrer Schwester an der Seite Lots einzunehmen. Soweit ich weiß, gab es im fünften Jahrhundert ein Nonnenkloster unweit Caer Eidyn (Edinburgh), wohin Morgian sich zurückgezogen haben könnte. Vielleicht ist dieses Kloster das »Haus der Hexen« oder »Zauberinnen«, von dem die Sage zu berichten weiß, und es hat seinen Reiz, Morgian und ihre Nonnen aus dieser ihrer Klause erscheinen zu lassen, als Artus, nach

seiner letzten Schlacht gegen Mordred bei Camlann, der Hilfe und der Pflege bedarf.
Coel, König von Rheged, ist das Urbild des Old King Cole aus den Kinderversen. Es heißt, daß Artus gegen Hueil, einen der neunzehn Söhne Caws von Strathclyde, eine starke Abneigung empfand. Einer der anderen Söhne, Gildas, der Mönch, scheint diese Abneigung erwidert zu haben; denn er war es, der 540 n. Chr. »Der Verlust und die Eroberung von Britannien« schrieb, ohne Artus' Namen auch nur einmal zu erwähnen, obschon er von der Schlacht von Badon-Hill spricht, der letzten von Artus' zwölf großen Schlachten, in denen er die Kraft der Sachsen brach. Dem Tenor des erwähnten Buches ist zu entnehmen, daß Artus, falls überhaupt ein Christ, sein Christentum auf Lippendienste beschränkte. Ein Freund der Mönche war er jedenfalls nicht.
Caliburn ist der »griffigste« Name für Artus' Schwert und wurde später zu Excalibur romantisiert. Weiß war Artus' Farbe, und sein weißer Hund Cabal hat seinen festen Platz in der Sage. Canrith bedeutet »weißes Phantom«.

Diesen unvermeidlich knappen Anmerkungen ist zu entnehmen, daß jede Episode meines Romans aufgefaßt werden mag »als Tatsache oder als Phantasieprodukt oder als religiöse Allegorie, manchmal auch (als) alles zugleich« (womit ich noch einmal Geoffrey Ashe zitiere). Hierin jedoch, wenn auch in nichts sonst, wird die Geschichte ihrer Zeit gerecht.

November 1970 — November 1972 M. S.

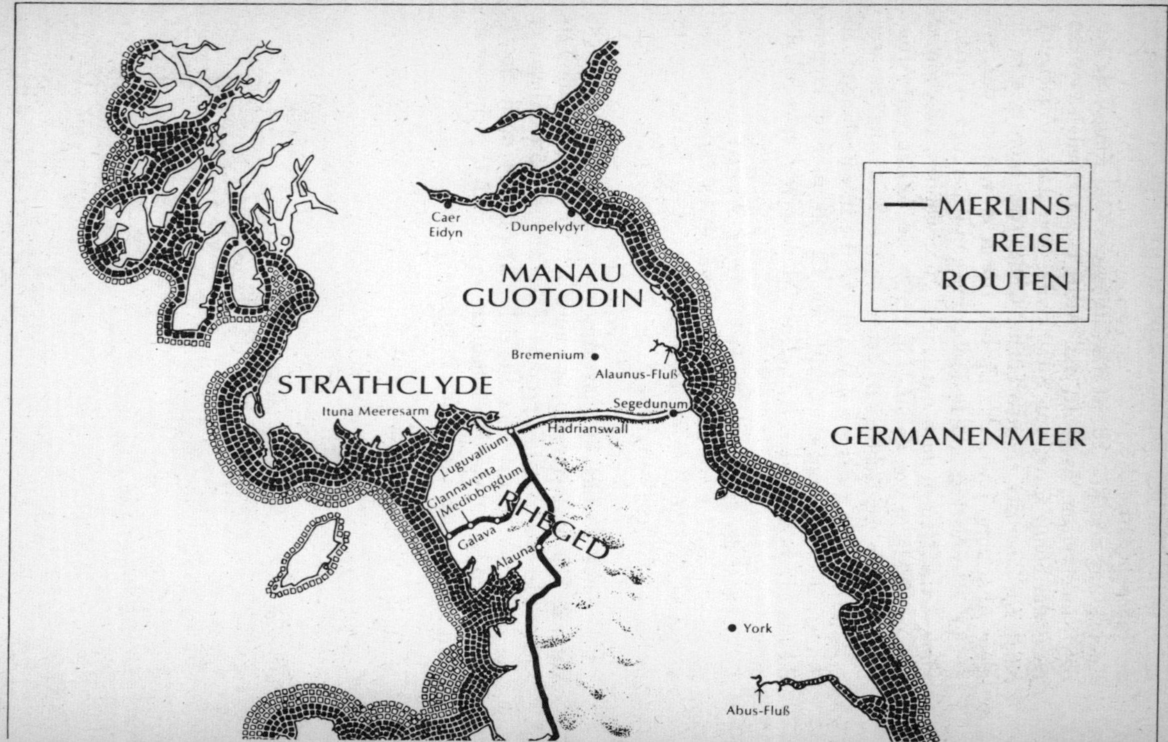
MERLINS
REISE
ROUTEN
Caer
Eidyn
Dunpelydyr
MANAU
GUOTODIN
Bremenium
Alaunus-Fluß
STRATHCLYDE
Segedunum
Ituna Meeresarm
Hadrianswall
GERMANENMEER
Luguvallium
Glannaventa
Mediobogdum
RHEGED
Galava
Alauna
York
Abus-Fluß

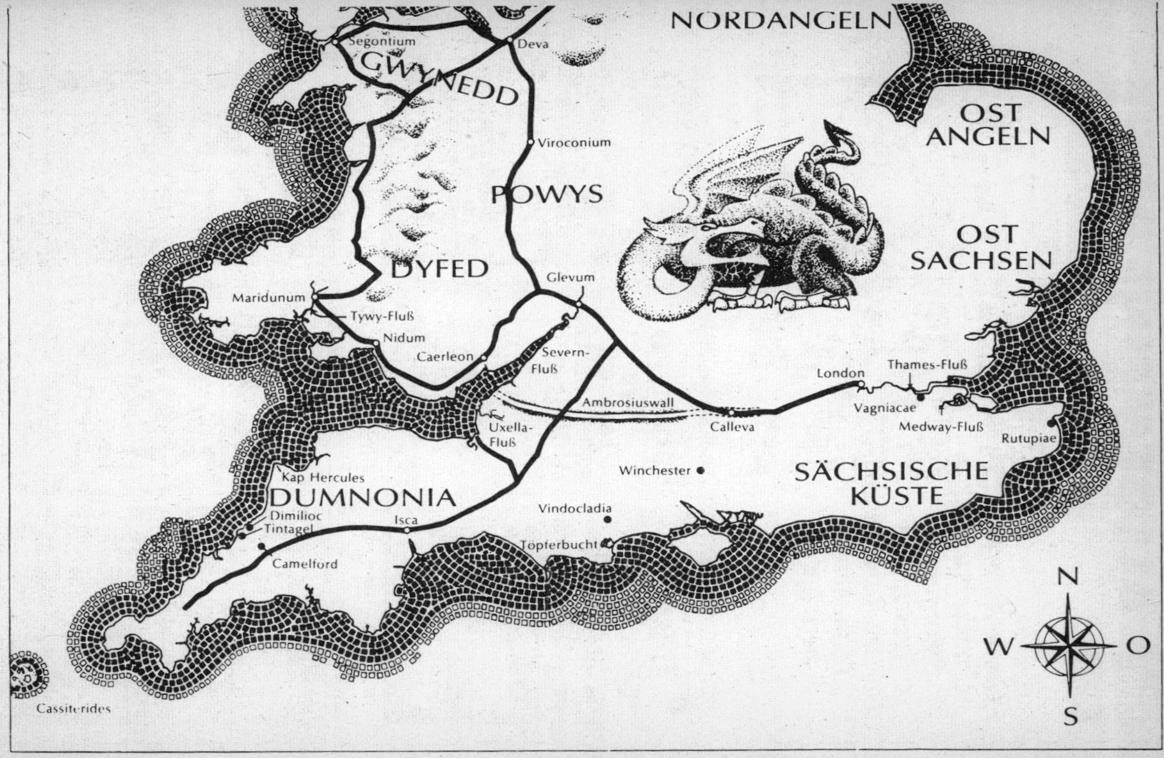

NORDANGELN
Segontium
Deva
GWYNEDD
Viroconium
POWYS
OST
ANGELN
OST
SACHSEN
DYFED
Glevum
Maridunum
Tywy-Fluß
Nidum
Caerleon
Severn-
Fluß
London
Thames-Fluß
Ambrosiuswall
Vagniacae
Calleva
Medway-Fluß
Rutupiae
Uxella-
Fluß
Winchester
SÄCHSISCHE
KÜSTE
Kap Hercules
DUMNONIA
Vindocladia
Dimilioc
Tintagel
Isca
Töpferbucht
Camelford
N
W
O
S
Cassiterides